T. Coraghessan Boyle

WENN DAS SCHLACHTEN VORBEI IST

Roman

Aus dem Amerikanischen
von Dirk van Gunsteren

Büchergilde Gutenberg

Die amerikanische Originalausgabe erschien 2011
unter dem Titel *When the Killing's Done* bei Viking in New York.

Die Übersetzung wurde durch ein Stipendium
des Deutschen Übersetzerfonds gefördert.

Lizenzausgabe für die Büchergilde Gutenberg,
Frankfurt am Main, Wien, Zürich
Mit freundlicher Genehmigung
des Carl Hanser Verlags, München
www.buechergilde.de
ISBN 978-3-7632-6539-8

© T. Coraghessan Boyle 2011
Alle Rechte der deutschen Ausgabe
© Carl Hanser Verlag München 2012
Satz: Satz für Satz. Barbara Reischmann, Leutkirch
Karte: Peter Palm, Berlin
Druck und Bindung: Friedrich Pustet, Regensburg
Printed in Germany 2012

Für Kerrie, die über Berge gewandert ist
und es mit Geistern aufgenommen hat.

Und Gott segnete sie und sprach zu ihnen: Seid fruchtbar und mehret euch und füllet die Erde und machet sie euch untertan und herrschet über die Fische im Meer und über die Vögel unter dem Himmel und über das Vieh und über alles Getier, das auf Erden kriecht. Das erste Buch Mose 1,28

Teil I
ANACAPA

DER SCHIFFBRUCH DER *BEVERLY B.*

Da war sie nun, in der beengten Kombüse, wo man kaum stehen konnte, ohne sich den Kopf anzuschlagen, die rechte Hand rot und schmerzend, weil sie sich mit dem Kaffee verbrüht hatte, den sie pflichtbewusst – und törichterweise – hatte kochen wollen, damit sie alle etwas Warmes im Bauch hätten, tapfer, immer tapfer, und dabei war sie vor nicht mal einer halben Stunde kotzend in ihrer Koje aufgewacht. Sie trug einen zu großen Pullover mit Zopfmuster, den sie aus dem Schrank ihres Mannes gezogen hatte, weil es in der Kajüte so kalt war, und jede Faser davon schien auf ihrer Haut zu scheuern, als wäre sie im Schlaf wundgepeitscht worden. Sie hatte ihr Haar nicht gebürstet. Die Zähne ebenfalls nicht. Es fiel ihr schwer, das Gleichgewicht zu bewahren, und sie fragte sich, ob die See hier draußen immer so rauh war, traute sich aber nicht, Till oder Warren zu fragen. Sie hatte nicht die geringste Ahnung, wie man ein Boot steuerte oder einen Sturm abwetterte oder auch nur eine Seekarte las, daran hatten die beiden sie ja bei jeder Gelegenheit erinnert, und Till hatte ihr gesagt, sie solle sich irgendwohin setzen und die Fahrt genießen. Ihr Platz war in der Küche. Oder vielmehr: in der Kombüse. Sie würde die Fische ausnehmen und braten, und wenn die Sonne herauskam – sofern sie herauskam –, würde sie ein Strandtuch auf dem Kajütendach ausbreiten, die Beine mit einer Mischung aus Babyöl und Jod einreiben, sich auf den Rücken legen, die Augen schließen und liegenbleiben, bis sie schön gleichmäßig gebräunt war.

Erst jetzt – das Boot bockte und rollte, und ihre Hand glühte vor Schmerz – merkte sie, dass ihre Füße nass waren, dass die Sokken an der Haut klebten und die neuen weißen Tennisschuhe sich zu einem feuchten Dunkelgrau verfärbt hatten. Und warum waren ihre Füße nass? Weil auf dem Kombüsenboden Wasser war. Nicht Kaffee – sie hatte ihn so gut es ging mit einem Putzlumpen aufgewischt –, sondern Wasser. Salzwasser. Eine Lache floss auf sie zu und schwappte wieder zurück, als das Boot in ein weiteres Wellental tauchte. Sie ließ sich schwer auf die Bank fallen, die sich ihr entgegenhob, und klammerte sich mit beiden Händen an den Tisch, so hilflos, als wäre sie in einem dieser Achterbahnwagen im Vergnügungspark festgeschnallt, die Till so liebte, während sie ihr bloß das Gefühl gaben, als hätte ihr Magen sich selbst verschluckt – wie diese Cartoonschlange, die ihren eigenen Schwanz auffraß.

Die Säume ihrer Bluejeans waren mit einemmal ganz nass, das Boot tauchte aus dem Tal empor, und wieder schoss das Wasser auf sie zu, mehr diesmal, ein Kälteschock bis zu den Knöcheln. Sie wollte rufen, doch ihre Kehle war wie zugeschnürt. Das Wasser wich nach achtern zurück und kehrte dann wieder, tiefer und kälter. *Tu was!* rief sie sich zu. *Steh auf. Beweg dich!* Sie kämpfte gegen die Übelkeit an und hangelte sich mit beiden Händen am Tisch entlang, so dass sie zum drei Stufen höher gelegenen Deck hinaufsehen konnte, wo Till mit seinem stocksteifen versehrten Arm am Ruder saß, während Warren, sein Bruder Warren, der Exmarine, der rechthaberische Besserwisser, wild an ihm zerrte und das Steuer übernehmen wollte. Sie wollte die beiden warnen, wollte das Wasser in der Kombüse melden, damit sie etwas dagegen taten, damit sie machten, dass es wegging, damit sie irgendwas reparierten, so dass alles wieder in Ordnung war, aber Warren schrie, die Adern an seinem Hals standen hervor, und die Gischt, die hinter dem Heck aufstob, sah aus wie der peitschende Schweif eines Unterwasserkometen. »Verdammt, du Arschloch! Nicht quer zu den Wellen!« Das Boot schlingerte seitwärts und erbebte. »Willst du das verdammte Scheißding versenken?«

Ja. Das war die Geschichte. So war es gewesen. Und so oft sie auch ihre Version dessen erzählte, was ihrer Großmutter im kalten, wütenden, aufgewühlten Wasser des Santa-Barbara-Kanals widerfahren war, vor so langer Zeit, dass sie die Augen halb schließen musste, um ein Bild davon zu bekommen – ein schärferes, klareres Bild als ihre Mutter, die ebensowenig dabeigewesen war wie sie selbst, jedenfalls nicht bewusst –, senkte Alma ihre Stimme zu einem Flüstern, wenn sie zur Pointe, zum überraschenden, krönenden Schluss kam: »Als das Boot sank, war Nana im zweiten Monat schwanger.«

Sie versäumte es nie, innezuhalten und aufzusehen, ob sie die Geschichte nun am Esstisch ihrer College-Wohngemeinschaft einer Mitbewohnerin erzählte oder einem Wildfremden im Flugzeug. »Im zweiten Monat schwanger. Und sie wusste es nicht mal.« Dann hielt sie abermals bedeutungsvoll inne. Ihre eigene Mutter wäre ungeboren gestorben, wäre irgendwo angespült worden, Futter für die Krabben, und sie selbst würde nicht existieren, würde nicht hier sitzen können, das Haar noch nass von der Dusche oder zu einem Pferdeschwanz gebunden und durch das Loch an der Rückseite der Baseballmütze gesteckt, sie würde nicht alle Nuancen und existentiellen Implikationen aus dieser Geschichte, der Geschichte der Welt vor ihrer Geburt, herauskitzeln können, wenn ihre Großmutter, an die sie sich nur als hinfällige und gebrechliche Frau erinnerte, in Körper, Geist und Seele nicht so zäh gewesen wäre.

Und natürlich empfand sie auch die Kälte, die darin lag, sah das Würfeln des Schicksals, das die Unglücklichen und Untüchtigen ausmerzte, während die anderen sich vermehrten. Wenn tausend Generationen derselben Familie Schiffbruch erlitten, würden ihre Nachkommen dann irgendwann Schwimmhäute und Kiemen entwickeln, oder würden sie lernen, an Land zu bleiben und der Versuchung der Inseln, die am glitzernden Horizont zu schweben schienen, zu widerstehen? Sie lebte, war im Schnittpunkt der Schöpfung wie alles andere, das in dem Augenblick, da sie die Geschichte erzählte, den Funken des Lebens enthielt, und eines Tages würde sie ebenfalls Kinder haben, der Summe des Lebens etwas hinzufügen, die DNA voranbringen. Der Vater ihrer Mutter war tot. Sein Bruder ebenfalls. Und auch die Mutter ihrer Mutter hätte sterben sollen. Nur: Sie war nicht gestorben.

Es war im März des Jahres 1946. Almas Großvater Tilden Matthew Boyd war seit sechs Monaten aus dem Krieg im Pazifik zurück, von wo er einen verkrüppelten rechten Arm mitgebracht hatte: kein Fleisch oberhalb des Ellbogens, nur eine einzige lange Narbe, die sich wie ein verbranntes Omelette um den Knochen schmiegte. Ihre Großmutter, jung und optimistisch und mit Haar, so dunkel und voll wie ihr eigenes, zerschlug eine Flasche am Bug der *Beverly B.*, während Till, der durch ein Wunder, konkreter und greifbarer als alle Kathedralen der Welt, aus dem Rachen des Krieges zu ihr zurückgekehrt war, am Ruder saß und Möwen über ihnen kreisten und Wolken von Nordwesten herbeizogen und die Sonne über das Wasser jagten. Beverly war glücklich, weil Till glücklich war, und sie aßen die Sandwiches und tranken den billigen Sekt aus Pappbechern in der Kajüte, denn der Wind war steif und die Wellen schaumgekrönt und winterlich. Auch Warren war an jenem ersten Tag, am Tag des Stapellaufs, dabeigewesen, ein wandelndes Diktiergerät, hatte unerbetene Ratschläge, abgedroschene Klischees und ausführliche Kritik von sich gegeben. Aber er trank den Sekt und kam an zwei Wochenenden hintereinander, um Till mit dem Motor zu helfen und die Teakschränke und Schlingerleisten zu montieren, die Till in der Garage ihres gemieteten Hauses gebaut hatte, eines Hauses, das einen Anstrich, Moskitogitter und Dachrinnen gebraucht hätte, damit der Winterregen sich nicht mehr einfach vom Dach ergoss und jeden durchnässte, der, den Schlüssel in der Hand und zwei große Einkaufstüten in den schmerzenden Armen, vor der Haustür stand. Aber Till hatte keine Lust, das Haus zu reparieren – es gehörte ja nicht ihnen. Die *Beverly B.* dagegen schon.

Sie war ein schlankes, achteinhalb Meter langes Kajütboot mit Holzrumpf, solide gebaut, mit Teakholzverzierungen und Schotten mit Knebelverschluss, eine echte Schönheit, aber sie hatte während des Krieges, aus dem ihr Besitzer, ein Marinesoldat, nicht zurückgekehrt war, vernachlässigt auf dem Trockenen gelegen. Till entdeckte das Boot am hinteren Ende der Werft, halb von Unkraut überwuchert, machte die still trauernden Eltern des Marinesoldaten ausfindig – ihr Junge war in einem Ölteppich verbrannt, nachdem ein Kamikazepilot während der Schlacht im Golf von Leyte die *St. Lo* gerammt hatte – und saß, den Hut auf ein Knie gelegt, in ihrem Wohnzimmer, während sie Fotos und Orden betrachteten, die letzten Erinnerungen an ihren toten Sohn. Volle zwei Stunden saß er da, trank lauwarmen Beuteltee, auf dessen Oberfläche sich ein Stück bittere Zitrone langsam um sich selbst drehte, und als er schließlich das Boot erwähnte, starrten sie ihn an, als wäre er gerade aus den Seiten des Familienalbums gekrochen, um in dem abgedunkelten und kaum erleuchteten Wohnzimmer, in dem sie seit undenklichen Zeiten wie Geister lebten, auf den Samtpolstern des Sofas aus Ahornholz Platz zu nehmen. Die Mutter – sie musste in den Fünfzigern sein, stämmig, aber mit den zarten Handgelenken und Knöcheln eines jungen Mädchens und einem von Kummer und Empörung gleichermaßen gezeichneten Gesicht – warf den Kopf in den Nacken und schrie geradezu: »Das alte Ding?« Dann sah sie zu ihrem Mann und senkte die Stimme. »Das wird Roger jetzt auch nicht mehr brauchen, oder?«

Im Verlauf des Herbstes und Winters widmete Till sich der Aufgabe, das Boot wieder flottzumachen. Er sah sich in der Werft und beim Schiffsausrüster um und schraubte an dem Motor herum, bis er so ölverschmiert war, dass Beverly jedem, der es hören wollte, erzählte, er sehe die meiste Zeit aus, als wollte er als Neger in einer dieser Minstrelshows auftreten. Das fand sie witzig: Till als Neger. Und sie erzählte Mrs. Viola im Lebensmittelladen davon und Warren und seiner Freundin Sandra mit dem Mund wie ein Reißverschluss und dem Pullover, der so eng war, dass man die Nähte, Träger und Körbchen ihres BHs deutlich sehen konnte. Gewissenhaft, das war Till. Gewissenhaft, genau und unfehlbar. Er sprach nie darüber, aber er hatte seinem Land den rechten Arm geopfert und war entschlossen, den linken für sich selbst zu behalten. Und für sie. Vor allem für sie.

Er musste lernen, mit dem linken Arm die Arbeit des rechten zu tun. Er stempelte die Fahrscheine auf der Linie zum Santa Monica Boulevard, unter den ungeduldigen Blicken der Passagiere, die sich mit einer Art mürrischer Anerkennung mühten, höflich zu sein. Die tote Hand hielt den Fahrschein, und die neuerdings dominante stempelte ihn ab, und er lernte, seinen Gehaltsscheck mit dieser Hand einmal zu falten und ihr zu überreichen, als wäre er ein Fahrschein, eine Eintrittskarte für ein Fest, zu dem sie, nur sie allein eingeladen war. Spät am Abend, nach dem Essen und dem Radio, ließ er die Linke über ihren nackten Körper gleiten, als wäre sie seit langem darin geübt, und das war in Ordnung, und besser würde es nicht werden, denn er war jetzt Linkshänder und würde es bis zu seinem Tod bleiben. Und als sie die *Beverly B.* zu Wasser gelassen hatten, war er mit dem Boot so sanft und rücksichtsvoll wie mit ihr im Ehebett, und der rechte Arm schwang steif herum, wenn er mit dem linken am Steuer drehte. Die ersten paar Male entfernte er sich nicht außer Sichtweite des Hafens. Till sagte, er wolle ein Gefühl für das Boot bekommen, es zureiten und hören, was der Chrysler-Doppelmotor zu sagen hatte, wenn er den Gashebel ganz nach vorn schob und zusah, wie die Nadel des Drehzahlmessers auf 2800 UpM kletterte.

Und dann kam jener Freitagnachmittag Ende März, als sie und Till und Warren aus dem Hafen fuhren und Kurs auf die nächstgelegenen der nördlichen Santa-Barbara-Inseln nahmen, auf Anacapa und Santa Cruz, die große Insel jenseits davon, denn dort waren die Fische: jede Menge Lingcod, so lang wie ein Arm, die Abalone konnte man einfach von den Felsen pflücken, und es gab viel mehr davon als Felsen, und die Hummer waren so entgegenkommend, dass sie an der Ankerkette emporkrabbelten und sich in den Kochtopf stürzten. Ein Kollege hatte Till davon erzählt. Nach Catalina konnte jeder fahren – verdammt, es fuhr ja auch jeder dorthin, Tagesausflügler und Wochenendkapitäne und der ganze Rest –, aber wenn man unberührte, freie Natur wollte, musste man von Oxnard oder Santa Barbara zu den nördlicher gelegenen Inseln fahren. Sie hatten die beiden größten Kühlboxen mitgenommen, die sie bei Sears & Roebuck hatte finden können, beide gut gefüllt mit schlanken dunklen Bierflaschen, die, wie Warren ihr versicherte, verschwunden sein würden, wenn sie auf dem Heimweg all die Fischfilets und gekochten Hummer für ein schönes langes Schläfchen zwischen all das Eis betten würde.

»Wir werden genug Fische für eine ganze Woche haben, mindestens für eine Woche«, sagte Till immer wieder. »Und wenn wir sie aufgegessen haben, fahren wir einfach wieder raus und holen uns neue.« Er sah sie an. Er stand am Ruder, das Wetter war schön, vor ihnen lag der irisierende Schimmer des Nachmittagsdunstes über dem Wasser, und hinter ihnen blieb der Hafen zurück. Das Bier in seiner Hand schien ihn kaum zu behindern, und er saß da wie ein Kapitän aus einer Geschichte von Jack London. »Und das«, sagte er, weil er wusste, welche Bedenken sie gehabt hatte, Geld in das Boot zu stecken, »wird unsere Lebensmittelausgaben um die Hälfte senken, mindestens.«

Sie hatte zu Hause Sandwiches gemacht – Leberwurst auf Weißbrot mit viel Senf und Mayonnaise, Schinken auf Roggenbrot und Thunfischsalat –, und als sie sich in die Kajüte setzten und sie mit großen hungrigen Bissen aßen und sich die Kehle mit Bier befeuchteten, so kalt, dass es runterging wie Quellwasser, da war es, als hätten sie die Welt hinter sich gelassen. Nach dem Essen saß sie lange auf dem Achterdeck. Die Luft war frisch und rein, und es war ganz still, bis auf das stete Brummen des Motors, das wie das beständige Arbeiten eines zuverlässigen Herzens klang, des Herzens im Bauch der *Beverly B.*, beruhigend und unermüdlich. Sie sah Delphine, ganze Schwärme, die silbern und hellrosarot durchs Wasser glitten und am Rumpf entlangstrichen, um das elektrische Summen zu spüren. Sie schienen ihr zuzugrinsen, sie willkommen zu heißen, und fühlten sich in ihrem Element so wohl wie sie in dem ihren. Wie war das noch mal – hatte sie es in der Zeitung gelesen oder in *Reader's Digest*? Ein Junge war auf seinem Surfboard von einer Strömung aufs Meer hinausgetrieben worden, und dann waren Haie gekommen, aber kurz darauf waren diese grinsenden Delphine aufgetaucht und hatten die Haie vertrieben, denn Delphine waren Säugetiere, Warmblüter im kalten Meer, und sie hassten die Haie, in denen sie kalte Todesboten sahen. Hatten sie das Surfboard des Jungen aus der Strömung und zur Küste geschoben und ihn wie Schutzengel begleitet? Vielleicht. Vielleicht hatten sie das getan.

Die untergehende Sonne versank im Dunst vor ihnen, im Westen – »Im Westen will sie schlafen gehn«, holperte ihr der Kinderreim durch den Kopf. Sie legte die Füße auf die gefirnisste Reling und musterte ihre Zehen. Der Nagellack war abgeblättert, und sie nahm sich vor, neuen aufzutragen, wenn sich die Gelegenheit ergab, morgen früh vielleicht, wenn die Jungs angelten und sie in der Sonne liegen konnte und sich über nichts Gedanken machen musste. Der Motor summte. Dunkel geflügelte Vögel flogen vom Wasser auf, stürzten sich, wie an Gummibändern befestigt, wieder hinab und machten dabei nicht das leiseste Geräusch. Der Wind spielte mit ihrem Haar, sie zündete sich eine Zigarette an und sah durch die frisch geputzten Fenster zu ihrem Mann, der mit leichter Hand das Steuer hielt, während sein Bruder auf der gepolsterten Bank neben ihm saß und redete, immerfort redete, allerdings für sie eher pantomimisch, denn die Tür war geschlossen, und sie verstand kein Wort.

Sie rauchte die Zigarette zu Ende und schnippte die funkensprühende Kippe in den Wind. Es wurde kühl, der Himmel verdunkelte sich und schloss sich über ihnen, als würde einem riesigen Topf ein Deckel aufgelegt. Noch eine Minute, und dann würde sie hineingehen und ihnen zuhören bei ihren Männergesprächen über Gott und die Welt, über die Fische im Meer, über die Vergaser und Spulen und Drehbänke und Lacke und Werkzeuge und Bürsten und Messfühler, die sie zu Männern machten, und sie würde zur Feier des Tages noch eine Flasche Bier trinken, auch wenn sie, ebenfalls zur Feier des Tages, bereits drei getrunken hatte – oder waren es vier gewesen? Genau in dem Augenblick, als sie aufstehen wollte, brach das Meer plötzlich auf wie ein speiender Mund und spuckte ihr etwas entgegen, ein dunkles Geschoss, das auf ihr Gesicht zielte. Sie riss den Kopf zur Seite, und es prallte mit einem vernehmlichen Klatschen an das Fenster der Kajütentür. Beide Männer fuhren herum.

Sie stieß einen Schrei aus. Sie konnte nicht anders. Das Ding lebte, es flutschte vor ihren Füßen herum wie eine Art Fledermaus aus dem Meer, so lang wie ihr Unterarm, und jetzt bebte es und schnellte hoch wie ein Schachtelteufel, fiel wieder zurück und kroch auf Flügeln und Schwanz über das Deck. Flügel? Aber es war doch ... es war doch ein Fisch, oder nicht? Doch jetzt war Till da, gefolgt von Warren, und sein Gesicht fand den Mittelweg zwischen Besorgnis und Belustigung. Er trat und stampfte, und dann beugte er sich hinunter, hob das nass glänzende lange Ding auf und hielt es mit seiner gesunden Hand hoch, als wäre es eine Opfergabe. »Herrgott, Bev, hast du mich erschreckt! Du hast so geschrien, dass ich dachte, du wärst über Bord gegangen.«

Warren lachte, und seine Augen funkelten. Das Boot hörte auf zu schaukeln. »Darauf müssen wir anstoßen«, rief er und hob die Bierflasche, die sein ständiger Begleiter war. »Bev hat den ersten Fisch gefangen!«

Sie hatte ihre Angst überwunden. Oder nein, es war keine Angst – sie war keine von diesen hilflosen, ständig heulenden Frauen, die man in Filmen sah. Sie war nur erschrocken, das war alles. Und wer wäre nicht erschrocken angesichts dieses Dings, dessen Rücken bläulichschwarz war und dessen Bauch glänzte wie ein Haufen Silbermünzen und das ohne Vorwarnung wie ein Torpedo auf sie zugeschossen war? »Du lieber Himmel«, sagte sie, »was *ist* das?«

Till hielt es ihr hin, und sie lächelte jetzt, ja sie lachte beinahe, lachte mit den anderen, doch zugleich wich sie zurück an die Reling, während der Himmel immer dunkler wurde und das Kielwasser schäumte. »Hast du noch nie einen fliegenden Fisch gesehen?« fragte Till. Er schnalzte tadelnd mit der Zunge. »Was glaubst du, wo du bist, Frau?« sagte er und gab ihr einen Rippenstoß. »Du bist hier nicht in der Küche oder im warmen, gemütlichen Wohnzimmer. Du bist in der freien Natur.«

»Darauf trinken wir!« rief Warren. »Auf Bev, die beste Anglerin von allen!« Und er wollte gerade die Flasche zum Mund heben, als sie die Hand auf seinen Arm legte. Ihr Haar flatterte im Wind. »Wenn das so ist«, sagte sie, »wirst du mir wohl noch ein Bier holen müssen.«

Als sie erwachte, hatte sie einen trockenen Mund, und ihr war, als stiege irgendwo hinter ihren Augen eine Art Dunst auf, als wäre ihr Kopf im Schlaf voller Helium gepumpt worden. In der Koje gegenüber, weit vorn im Bug, der sich hob und senkte und dabei sanft auf das Kissen der Wellen schlug, schlief Till, das Gesicht zur Wand gekehrt, die gar keine Wand war, sondern die Beplankung des Schiffsrumpfs, der sie über einen schwarzen Abgrund aus Wasser trug. Unter ihr, tief unten, waren riesige und winzige Wesen: Wale, Ruderfußkrebse, Haie, Sardinen, unzählige Krabben – der Meeresboden wimmelte von den chitingepanzerten Legionen der Krabben, die allem, was ertrunken war, das Fleisch von den Knochen rissen und es in die Miniaturhäcksler ihrer Mäuler stopften. All dies wurde ihr im Augenblick des Erwachens bewusst, und sie war weder verwirrt noch desorientiert: Sie war nicht in dem Doppelbett, das sie noch abzahlten, und auch nicht auf der schmalen Matratze im Gästezimmer ihrer Eltern, wo sie tausend hohl widerhallende Nächte darauf gewartet hatte, dass Till zurückkehrte und sie heimführte. Sie war auf hoher See. Inzwischen war ihr das Schaukeln des Bootes so vertraut, als hätte sie nie etwas anderes gekannt, und sie spürte das gedämpfte Summen des Motors tief in sich, in ihrem Herzschlag und dem Pulsieren ihres Blutes. Auf See. Auf hoher See.

Sie setzte sich auf. Ein Mondstrahl fiel in die Kajüte hinter ihr und zerschnitt den Tisch in zwei Teile. Dahinter war ein Teich voll Schatten, und hinter dem Schatten waren die drei Stufen zum Cockpit und zum grünlichen Schimmer der Instrumente, wo Warren mit seinen Muskelpaketen und dem eingravierten Mund am Ruder saß und sie durch die Nacht steuerte. Sie musste zur Toilette – dringend. Und sie brauchte Wasser, ein Glas Wasser aus dem Wasserhahn in der Toilette, der an den 150-Liter-Tank angeschlossen war. Till hatte so viel Aufhebens darum gemacht, denn auf See durfte man kein Wasser verschwenden – schließlich wusste man ja nie, wann man wieder neues Trinkwasser aufnehmen konnte. Es war soweit gekommen, dass sie sich beinahe scheute, den Hahn zu öffnen, aus Sorge, sie könnte einen einzigen kostbaren Tropfen verschwenden. Wie ging noch mal dieses Gedicht, das sie in der High School gelernt hatte? »Wasser, Wasser überall/ Und nirgends ein Tropfen zu trinken.«

Die Ballade vom Seemann, das war es. Die Ballade vom alten Seemann. Er hatte unbedingt diesen Vogel töten müssen, nicht? Den Albatros. Wie sah ein Albatros eigentlich aus? Groß und weiß, nach der Illustration in dem Buch zu urteilen, das sie in der

Bibliothek ausgeliehen hatte. Wie ein Dinosaurier vielleicht, nur nicht so groß. Inzwischen wahrscheinlich ausgestorben. Aber wenn Albatrosse nicht ausgestorben waren und es einem davon einfallen würde, herbeizufliegen und sich auf den Bug des Bootes zu setzen, würde sie nicht im Traum daran denken, ihn zu erschießen. Nein, sie nicht. Erstens hatte sie keine Waffe, und zweitens hätte sie auch gar nicht gewusst, was sie damit machen sollte, aber darum ging es ja gar nicht, oder? Wenn sie aus diesem Gedicht irgend etwas gelernt hatte – und sie konnte die schrille, strenge Stimme von Mr. Parminter, ihrem Englischlehrer in der zwölften Klasse, hören, die aus den Tiefen ihres Unbewussten aufstieg –, dann etwas über die Natur, über ihre Kraft und Größe. Setz dein Glück nicht aufs Spiel. Störe nicht das Gleichgewicht. Lass den Albatros am Leben. Lass überhaupt alle Lebewesen am Leben ... außer vielleicht Hummer. Bei dem Gedanken an Mr. Parminter und ihre Schulzeit, die schon ein Jahrhundert zurückzuliegen schien und in der ihr ganzes Leben aus Gedichten und Romanen und Lehrsätzen und Gleichungen bestanden hatte, lächelte sie im Dunkeln. Sie konnte kaum glauben, dass seit ihrem Schulabschluss nur vier Jahre vergangen waren.

Sie schwang die nackten Füße aus der Koje. Der Boden fühlte sich fest an, kühl und ein wenig feucht. Sie trug ein Flanellnachthemd, das bis zu ihren Füßen reichte, auch wenn sie wünschte, sie könnte für Till etwas Durchsichtigeres anziehen – doch das würde warten müssen, bis sie wieder zu Hause in ihrem Schlafzimmer waren. Sie war anständig und sittsam, nicht wie die Frauen, die ihre in Übersee kämpfenden Männer bei der ersten Gelegenheit betrogen hatten, und sie hatte sich einfach nicht wohl dabei gefühlt, Warren auf so beengtem Raum etwas von sich zu zeigen, auch wenn er Tills Bruder war. Sie hatte gesehen, mit welchen Blicken Warren sie manchmal musterte: Sie waren im Grunde kaum anders als die Pfiffe und Rufe und anzüglichen Bemerkungen, die sie hatte erdulden müssen, seit sie in der achten Klasse einen Busen bekommen hatte. Sie machte ihm keine Vorwürfe. Er war eben ein Mann. Er konnte nicht anders. Und sie war zwar stolz auf ihre Figur – die war das Beste an ihr, denn sie würde nie das sein, was man als hübsch bezeichnete, jedenfalls nicht im landläufigen Sinne –, aber sie wollte weder ihn noch irgend jemand sonst auf irgendwelche Gedanken bringen. Sie war eine Frau, die nur einem einzigen Mann gehören wollte, und damit war alles gesagt. Im Gegensatz zu Sandra, die aussah, als hätte sie jede Menge Erfahrung, und vor einer Woche, als sie mit dem Boot nach San Pedro gefahren waren, in einem zweiteiligen Badeanzug herumstolziert war – und dabei war der Wind so kühl gewesen, dass sie am ganzen Körper eine Gänsehaut bekommen hatte und sich bei der Rückkehr in den Hafen in Warrens Jacke hatte wickeln müssen. Immerhin: Sandra hatte diesmal nicht mitkommen können. Sie hatte einen »Auftritt« in Nord-Hollywood, was immer das hieß, aber das war schließlich nicht Beverlys, sondern Warrens Sorge.

Sie schlüpfte in die Toilette, trank ein Glas Wasser und dann noch eins. Ihr war flau. Das letzte Bier war wohl eines zuviel gewesen. Sie fuhr sich mit den Fingern durch das Haar, das schlaff und kraftlos war, obwohl sie es am Morgen gewaschen und gelegt hatte. Genaugenommen gestern morgen. Aber sie war jetzt auf hoher See und würde sich damit abfinden müssen – wie auch Till, der immer erwartete, dass sie adrett und zurechtgemacht war und sich präsentierte wie eine dieser Schauspielerinnen in den Illustrierten. Sie bediente die Handpumpe der Spülung, wusch sich die Hände – wertvolles, kostbares Wasser –, öffnete leise die Tür und schloss sie wieder. Als sie sich in die Koje legte, nahm sie sich vor, ein Kopftuch umzubinden, wenigstens bis sie angekommen waren und sie ein wenig schwimmen konnte – sofern das Wasser warm genug war, natürlich. Dann dachte sie wieder an den alten Seemann und Mr. Parminter, der immer eine Fliege getragen und »Ode an eine griechische Urne« auswendig hatte rezitieren können. Und dann schlief sie ein.

Als sie zum zweitenmal erwachte, war es hell, und Tills Koje war leer. Sie versuchte, sich auf den Boden zu konzentrieren, aber der wollte nicht stillstehen. Eine wütende Faust schien den Rumpf des Bootes mit donnernden Schlägen zu bearbeiten, die die dünne Matratze und die Planken darunter erzittern ließen, und dieses Erbeben setzte sich in ihr fort, bis sie es in der Brust, im Kopf, in den

Zähnen spüren konnte. Und obendrein stöhnte und ächzte jede Schraube, jede Mutter, jedes Stück Metall an Bord, und das alles zusammen erzeugte ein beständiges erregtes Summen, als wäre ein Hornissenschwarm in dem Boot gefangen. Und was war das für ein Geruch? Schimmel, versteckte Fäule, die säuerliche Ausdünstung ihres ungewaschenen Körpers. Ohne nachzudenken beugte sie sich über den Eimer, den sie für den Notfall neben die Koje gestellt hatte, und gab alles, was in ihrem Magen war, von sich – der letzte Rest, beißend scharf wie Essig, kam zusammen mit einem langen, zähflüssigen Strom von Speichel. Sie schüttelte den Kopf, um klarer denken zu können, und wischte sich mit dem Handrücken über den Mund. Dann stand sie auf und zog ihre Bluejeans und einen Pullover an, Tills Pullover, rauh wie Sackleinen, aber das Wärmste, was sie finden konnte. Wie war es nur so kalt geworden?

Es dauerte eine Weile: Sie saß da und stellte sich trockenes Land vor, einen Strand auf der Insel, einen aus dem Meer ragenden Felsen, irgend etwas, das sich nicht bewegte – erst dann war sie imstande, aufzustehen und zur Kombüse zu gehen. Sie füllte Wasser in den Kaffeebereiter, schüttete Kaffeepulver direkt aus der Dose in den Filter, ohne sich die Mühe zu machen, es abzumessen – sie konnte kaum stehen, geschweige denn irgendwelche kleinlichen Regeln einhalten, und die Männer würden ihren Kaffee ohnehin stark trinken wollen –, und stellte dann alles auf den Gasbrenner. Doch das Ding schwankte und rutschte hin und her, bis sie auf den Gedanken kam, es mit dem großen Gusseisentopf einzukeilen, in dem sie, wenn sie angekommen waren, Fischsuppe kochen wollte. Wenn sie je ankamen. Was war eigentlich passiert? Spielte das Wetter auf einmal verrückt? War es ein Taifun? Oder ein Hurrikan?

Sie sah entsetzlich aus, das wusste sie, und sie musste irgendwas mit ihren Haaren machen, doch sie kämpfte sich die schwankenden Stufen zum Cockpit hinauf und ließ sich dort auf die Couch fallen – oder vielmehr die Bank, die sie in eine Couch umgewandelt hatte, indem sie Schnüre an ein paar alte, karierte Polster aus der Garage ihrer Eltern genäht hatte. Die Fenster waren beschlagen, es war stickig und roch nach Männerschweiß und Schlamm vom Meeresgrund. Till war da und saß ihr gegenüber auf seiner Bank am Steuer, so nah, dass sie ihn mit ausgestrecktem Arm hätte berühren können. Das Steuerrad bockte immer wieder, und er hielt es mit der Linken fest, während er mit der unbeholfenen, steifen Rechten den Gashebel vor- und zurückschob. Warren beugte sich mit grimmigem Gesicht über ihn. Keiner von beiden schien sie bemerkt zu haben.

Erst da wurde ihr bewusst, wie hoch die Wellen waren, die auf sie zurollten – aufragende schwarze, flüssige Vulkane, die das Boot ins Leere fallen ließen, um es gleich darauf wieder hochzureißen, während Wassermassen gegen die Fenster prallten, als wären dort draußen hundert aus allen Schläuchen spritzende Feuerwehrwagen aufgefahren. Es gab auch einen Rhythmus: auf, ab, auf, und jedesmal klatschte Wasser gegen die Scheiben. »Wo sind wir?« hörte sie sich fragen.

Till sah nicht auf. Er war wie erstarrt, nur seine Arme und Schultern bewegten sich. »Keine Ahnung«, sagte Warren und sah über seine Schulter. »Irgendwo zwischen Anacapa und Santa Cruz, aber wer weiß das schon genau bei diesem Sturm?«

»Was wir brauchen«, sagte Till zögernd und mit gepresster Stimme, als wollte er seine Gedanken eigentlich gar nicht laut äußern, »ist ein windgeschützter Ankerplatz.«

»Laut Karte wäre der nächste die Scorpion Bay, aber das –« Es krachte, als wäre das Boot frontal mit einem Lastwagen zusammengestoßen, und Warren mit seinen marinegestählten achtzig Kilo wurde wie ein leerer Sack gegen das Fenster geschleudert. Er rappelte sich auf, drückte den Rücken gegen das Glas und versuchte zu lächeln, was ihm misslang. »Das ist irgendwo vor uns, genau da, wo der Sturm herkommt.«

»Wie weit?«

Warren schüttelte den Kopf und hielt sich an der Stange fest, die an den Wänden des Steuerhauses montiert war. »Vielleicht zwei Meilen, vielleicht auch fünf. Ich kann nichts erkennen – du etwa?«

»Nein. Aber jedenfalls brauchen wir uns keine Sorgen um Untiefen zu machen. Wir haben eine Menge Wasser unter uns. Eine ganze Menge.«

Sie sah nach vorn, wo der Bug sich stampfend senkte, aber dort waren nur Wellen, eine auf dem Rücken der anderen, und sie kamen und kamen und kamen, unendlich und ungeduldig. Wieder wurde ihr übel. Sie dachte, sie müsste sich abermals übergeben, aber es gab nichts mehr, das sie von sich hätte geben können. »Was ist mit dem Wetter los?« fragte sie und musste die Stimme erheben, um den Wind zu übertönen, aber es war eigentlich keine Frage, sondern mehr eine Bitte um Beruhigung. Sie wollte, dass die Männer ihr sagten, dies sei nichts, mit dem sie nicht fertig würden, nur ein kleiner Sturm, der sich bald legen werde, und danach werde die Sonne wieder herauskommen und die Welt bescheinen, und alles werde wieder so schön und friedlich sein wie gestern abend, als die Wellen leise an den Rumpf geschlagen hatten und die Sandwiches und das Bier im reinen Genuss des Augenblicks in ihren Mägen gelandet und dort geblieben waren. Aber keiner antwortete ihr. Sie hatte keine Angst, noch nicht, denn für sie war das alles neu, und sie vertraute Till. Till wusste, was er tat. Er wusste es immer. »Ich hab Kaffee aufgesetzt«, sagte sie, obwohl ihr schon übel wurde, wenn sie nur an den Geruch und Geschmack von Kaffee dachte und an den zähen Film, der an der Innenseite des Bechers haftete. »Was ist, Jungs« – sie musste sich zwingen, die Worte zu sagen –, »wollt ihr auch einen?«

Dann war sie wieder in der Kombüse, schlug sich Ellbogen und Knie an und wurde hin und her geworfen, und als sie die Hand nach der Kaffeekanne ausstreckte, sprang diese wie von selbst vom Herd und verbrühte ihre rechte Hand. Bevor sie so richtig registrierte, was passiert war, lag die Kanne auf dem Boden, der Deckel klappte auf, und dampfendes Kaffeepulver und sechs Tassen schwarzer Kaffee ergossen sich über den Kombüsenboden. Ihr erster Gedanke galt den Planken – der Kaffee würde Flecken machen und sich wie Säure durch den Lack fressen –, und ohne sich um ihre Verbrühung zu kümmern, bückte sie sich, rannte wie eine silberne Flipperkugel von einer Ecke der Kombüse zur anderen und wischte alles mit einem Lappen auf, der im Nu so unerbittlich heiß wurde, dass sie sich die Hand ein zweites Mal verbrühte. Als sie den Boden schließlich so gut es ging saubergewischt hatte, ließ sie sich auf die Bank am Esstisch fallen. Sie war jetzt wütend, wütend auf das Boot und das Meer und die Männer, die sie in diese kleine, beschissene, klappernde, nach Meer stinkende Gefängniszelle geschleppt hatten, und sie schwor, nie mehr mit hinauszufahren, ganz gleich, was sie ihr versprachen. »Es tut mir wirklich leid, aber es gibt keinen Kaffee«, sagte sie laut. »Habt ihr gehört?« rief sie in Richtung der Stufen am Ende der Kombüse. »Keinen Kaffee, kein Frühstück, kein gar nichts. Ich hab die Nase voll!«

Mit einemmal machte sich der glühende Schmerz der Verbrühung bemerkbar und sprang sie unvermittelt und mit bösartigem Stechen und Pochen an. Schon bildeten sich Blasen, die bald platzen würden, und sie wollte aufstehen und Butter auf die gerötete Haut auf dem Handrücken und zwischen den Fingern auftragen, doch sie konnte sich nicht rühren. Sie fühlte sich plötzlich so schwer, schwerer als das Boot, schwerer als das Meer, so schwer, dass sie völlig unbeweglich war. Sie würde hier sitzen, ja, das würde sie tun. Sie würde es aussitzen.

Das war der Augenblick, in dem das Wasser aus dem Bugstauraum drang. Es war der Augenblick, in dem ihre Füße nass wurden und sie Angst bekam. Es war der Augenblick, in dem sie zum erstenmal an die Schwimmwesten unter den Sitzen auf dem von schäumenden Wellen überspülten Achterdeck dachte – und es war der Augenblick, in dem sie, sich am Tisch abstützend, zur Treppe ging und zum Cockpit hinaufblickte und sah, wie ihr Mann und ihr Schwager um das Ruder kämpften, und hörte, wie der Motor stotterte, sich noch einmal fing und dann erstarb. Ihr stockte der Atem. Etwas Wesentliches war mit einemmal abwesend, auf eine Art, die falsch war, ganz und gar falsch, eine Negation all dessen, was sie gewusst und geglaubt hatte, als sie den Hafen hinter sich gelassen hatten. Der Geist war aus der Maschine entflohen.

Dann war sie oben und versuchte, Till und Warren von dem Wasser in der Kajüte zu erzählen, von dem Wasser, das nicht dorthin gehörte und durch den Bugstauraum drang, dessen Luk ebenfalls immer wieder überspült wurde, bevor das Boot das Gewicht der Wellen abschüttelte und abermals eintauchte. Doch Till hörte nicht zu. Till, ihr Fels in der Brandung, der Mann, der die Zerfleischung seines Arms und die feurige Explosion der Granate überlebt hatte, deren Splitter noch immer in seinen Beinen und unter den Narbenkonstellationen auf dem breiten Firmament seines Rückens verborgen waren, saß zusammengesunken, erschöpft und verwirrt am Steuer und drückte verzweifelt immer wieder auf den Knopf des Anlassers. Und Warren kämpfte sich, in eine gelbe Öljacke gehüllt und ununterbrochen fluchend, durch die Tür zum Achterdeck, während der Sturm in die Kajüte fuhr und die ganze sichtbare Welt ihre Festigkeit verlor.

Ungläubig und wütend drehte Till am Steuer, doch das Boot reagierte nicht. Es rollte und taumelte, aus dem Nichts tauchte eine Welle auf und traf es wie eine volle Breitseite, so dass es sich neigte, bis sie dachte, es würde kentern. Vielleicht schrie sie. Vielleicht schrie sie vergeblich, ihr Atem jedenfalls ging schnell und heftig. Sie konnte sich jetzt nur noch festhalten, mit zusammengebissenen Zähnen, während die Gischt über die Kajüte hinwegfegte und Warren, der irgendein Werkzeug in der Hand hatte, das Luk zum Motorraum öffnete – Warren, der aufs Achterdeck gegangen war, um alles zum Guten zu wenden. Aber was sollte er schon tun? Wie konnte irgend jemand in diesem Chaos irgend etwas reparieren?

Er war ein gelber Fleck in einer Welt, die aller Farben beraubt war, eben noch am Luk und im nächsten Augenblick nicht mehr, denn eine große, von achtern überkommende Welle warf ihn gegen die Kajütentür und goss einen halben Ozean in den Motorraum. Till warf ihr einen Blick zu, sein Gesicht war erschöpft und ohne Hoffnung. Warren wurde mit fuchtelnden Armen und keuchend aufgerissenem Mund gegen das Fenster geworfen und tauchte, geradezu unglaublich, aus dem schäumenden Tosen wieder auf – die Öljacke war ihm halb von den Schultern gerissen, untauglich, lächerlich, eine Kinderjacke, ein Puppenjäckchen –, und dann wurde er abermals umgerissen und verschwand. Im nächsten Augenblick sprang Till auf und wandte sich vom Steuer ab, das sich wild hin und her drehte. Alle Lichter im Armaturenbrett leuchteten, die Speigatten wurden überspült, die Bilgepumpe hustete schwächlich. Er packte sie am Handgelenk und zerrte sie hoch, und plötzlich waren sie draußen im Wüten des Sturms, der ihr den Atem nahm, und die nächste Woge türmte sich auf und zwang sie mit einem gewaltigen, eisigen Schlag auf die Knie, und sie war jetzt nicht mehr seekrank, sie war nicht mehr müde und erschöpft und wie betäubt. Alles in ihr, alles, was sie war, schrie in den höchsten Tönen. Sie würden untergehen, alle drei, das war offensichtlich. Sie würden untergehen und sterben und Futter für die Krabben sein.

»Was soll das?« Warren, dem das Haar wie aufgemalt ins Gesicht hing, stand schwankend da und packte Till, als wollte er mit ihm tanzen, doch der schüttelte ihn ab und beugte sich zum Beiboot, um es loszubinden.

»Das ist unsere einzige Chance!« brüllte er, taumelnd und wankend wie ein Betrunkener, in den Sturm. Er riss an den Leinen und zerrte heftig an der Persenning, mit der das Beiboot abgedeckt war.

»Du bist verrückt!« schrie Warren. »Du hast deinen verdammten Verstand verloren!« Auch er taumelte und versuchte, das Gleichgewicht zu bewahren, und ihr ging es nicht anders. Sie war hilflos, und die Wellen drangen von allen Seiten auf sie ein. Das Boot hob und senkte sich leblos unter ihren Füßen. »Bei diesem Sturm überstehen wir keine fünf Minuten in dem Ding!«

Aber da war das Beiboot, losgebunden und im Wasser, und sie saßen darin. Warren nahm die Ruder, und keiner dachte an die Schwimmwesten, denn diese waren zwar ganz neu und praktisch und versprachen, Männer, Frauen und Kinder beliebig lange an der Oberfläche des stürmischsten Meeres zu halten, doch sie waren ordentlich unter der Bank auf dem Achterdeck der *Beverly B.* verstaut, und die *Beverly B.* lief voll. Sie machte keine Fahrt. Sie ging unter.

Schwerfällig wie ein mit Wasser vollgesogener Baumstamm in einem angeschwollenen Fluss trieb das Boot davon. Sie hatten den Rumpf weiß lackiert, als Kontrast zum braunen Holz des Decks und der Aufbauten – es war ein kaltes, reines, makelloses Weiß, das Weiß von Bettlaken und Nelken, das gespenstische Weiß eines Negativs, von dem es nie einen Abzug geben würde. Ungehindert donnerten die Wellen gegen die Fenster, und dann war das Glas verschwunden, die *Beverly B.* schaukelte müde, tauchte ein und kam noch einmal hoch. Die Decks waren jetzt unter Wasser, nur das Dach der Kajüte schimmerte bleich im trüben Licht der Morgendämmerung, und die Gischt wehte im Sturm wie ein Leichentuch.

Beverly sah es, sie saß durchnässt, zitternd, zusammengesunken im Bug des Beiboots. Till war neben ihr, aber sie klammerte sich nicht an ihn, ganz und gar nicht, denn sie war zu sehr erfüllt von dem Bedürfnis, all dies hinter sich zu lassen, von hier fortzukommen, an Land. Sie empfand kein Bedauern. Sollte das Meer doch das Boot haben und all die Zeit und das Geld, die sie hineingesteckt hatten, solange es sie nur verschonte, solange es dort draußen, im Zwielicht, diese Insel gab und sie ihnen mit aufschäumender Gischt und schwarzblutenden Felsen entgegenkam. Sie ritten über zwei Wellen, drei, in die Höhe, und jetzt war es eine wilde Fahrt, viel wilder als alles, was ein Vergnügungspark wagen würde anzubieten, und mit einemmal waren sie in einer tiefen Grube mit Wänden aus aquamarinblauem Glas, und alles schien für einen einzigen schimmernden Moment innezuhalten, bevor die Wände über ihnen zusammenstürzten. Sie spürte das Gewicht, die Gewalt des Wassers, und plötzlich schwamm sie, die Kälte hatte sie im Griff, und instinktiv kehrte sie dem Dingi den Rücken und schwamm zurück zur *Beverly B.*, in der Hoffnung, dort etwas zu finden, an dem sie sich festklammern konnte – und dort war das Boot, es hob und senkte sich und sie mit ihm. Der Wind blies ihr in die Augen. Das Salzwasser brannte in ihrer Kehle.

Sie sah Warren nicht, konnte ihn nirgends entdecken, aber dann wirbelte eine Welle sie herum, und er hätte überall sein können. Und Till – sie hatte ihn auf sich zuschwimmen sehen, sein unversehrter Arm hatte im schwarzen Wasser gerudert, bis er aufgehört hatte zu schwimmen. Wo war er? Die Wellen türmten sich zu Barrikaden auf, und sie konnte nichts sehen. Er rief nach ihr, dessen war sie sicher, sie hörte den ganz leisen Widerhall einer dünnen, brüchigen Stimme, Tills Stimme, vom Sturm verweht, bis sie schließlich verstummte. »Wo bist du?« rief sie. »Till? Till?«

Die Wellen nahmen ihr den Atem. Ihre Glieder schmerzten, ihre Zähne klapperten. Zeit verging – sie wusste nicht, wieviel –, doch alles blieb, wie es war. Sie klammerte sich an das stampfende Wrack der *Beverly B.*, weil es das einzige war, was es gab. Irgendwann tauchte sie unter, um die Tennisschuhe, die sie behinderten, abzustreifen und der Tiefe zu übergeben. Dann zog sie die Bluejeans aus, deren Beine schwer wie Blei waren.

Als die *Beverly B.* schließlich von einer Woge, so groß wie ein Kontinent, emporgeschleudert wurde und versank, befreite sie sich mit aller Kraft aus dem Strudel und trat Wasser. Die Wellen hoben sie auf und ab, auf und ab. Sie war allein. Verlassen. Das Boot war verschwunden. Till war verschwunden und Warren ebenfalls. Sie spürte in sich etwas flattern, als hätte es Flügel: Es war die Panik, die sie unvermittelt zu einigen wilden Schwimmzügen antrieb und sich ebenso unvermittelt legte, und dann trat sie wieder Wasser und fuhr für eine Ewigkeit fort, Wasser zu treten, bis die Kräfte sie verließen. Tills Pullover zerrte an ihr. Er war zu groß, zu schwer, und er gab ihr nichts, keine Wärme, keinen Trost, keinen Till, nicht seine Stärke, nicht seinen Geruch. Sie schlüpfte heraus, holte tief Luft und ließ ihn versinken wie das Exoskelett eines ganz neuen Wesens, erschaffen aus Wasser und Salz und der alles durchdringenden Kälte.

Sie versuchte, sich auf dem Rücken treiben zu lassen, doch der Wind blies ihr Wasser in Nase und Mund, so dass sie sich keuchend und spuckend umdrehen musste. War sie abgetrieben worden? Ertrank sie? Gab sie auf? Sie kämpfte mit erschöpften Armen und Beinen gegen die Angst an. Nach einer Weile verlor sie alles Gefühl in den Gliedern und ging unter, doch die Luft in ihrer Lunge brachte sie an die Oberfläche zurück, einmal, zweimal, noch einmal. Sie suchte nach etwas, an dem sie sich festhalten konnte, nach irgend etwas, irgend etwas Festem, doch es gab nichts Festes in diesem flüssigen Medium, in dem Delphine grinsten und fliegende Fische zum Flug ansetzten und Haie herumschwammen, wie es ihnen beliebte.

Und Till? Wo war Till? Er hätte neben ihr sein können, drei Meter entfernt – sie hätte es nicht gemerkt. Sie schloss die Augen, holte Luft, ließ sich sinken und stieg wieder auf. Noch einmal. Schaffte sie es noch einmal? Sie hatte nie Verzweiflung kennengelernt, doch jetzt spürte sie sie, kälter als das Wasser: Sie kroch stumpf von den Füßen empor, in die Knöchel, die Beine, den Rumpf, sie überwältigte sie und ergriff Stück für Stück Besitz von ihr. *Wasser, Wasser überall.* Gerade als sie aufgeben wollte, als sie sich öffnen, weit öffnen und sich der beharrlichen, unnachgiebigen, gnadenlosen Kraft überlassen wollte, damit diese sie hinabzog, wo die Wellen sie nie mehr erreichen würden, gab das Meer ihr etwas zurück: eine Kiste, eine schwere Kühlbox, die tief im Wasser lag. Ein silbriges Ding, so silbrig wie der Bauch eines Fisches. Sears & Roebuck. Lebenslange Garantie. Sie packte es, und auch wenn sie nicht darauf klettern konnte, war es doch da und gab ihr Halt, während der Sturm peitschte und aus dem Zwielicht am Horizont die Sonne erschien, um ihre Lippen auszutrocknen und die straff sitzende Maske ihres zum Himmel gewandten Gesichts zu verbrennen.

RATTUS RATTUS

Sie war in ihrem ganzen Leben noch nie so durstig gewesen. Sie hatte Durst nie gekannt, hatte nie gewusst, was es wirklich bedeutete, durstig zu sein, wenn sie in einer Zeitschrift von Beduinen gelesen hatte, die von ihren Kamelen gefallen waren, von Kamelen, die unter ihren Reitern zusammengebrochen waren, von amerikanischen Soldaten, die in den Dünen Nordafrikas, wo Wasser nichts weiter war als eine Luftspiegelung, den Gerüchten über Rommels Panzer nachgegangen waren, denn sie war in einem Haus mit fließendem Wasser aufgewachsen, wo das Gras morgens nass vom Tau gewesen war und man in einem Schnellimbiss oder am Automaten in der Tankstelle nebenan jederzeit eine Cola kriegen konnte. Wenn sie durstig war, trank sie etwas. So einfach war das.

Jetzt wusste sie es. Jetzt wusste sie, wie es war, wenn man nichts zu trinken hatte, wenn Klauen sich in die Kehle bohrten, wenn die Zunge pelzig und geschwollen im Grab des Mundes lag und man kaum noch schlucken oder atmen konnte. In der Kühlbox war Eis – und Bier, kaltes Bier, die Flaschen klirrten im Rhythmus der Wellen –, doch sie wagte es nicht, den Deckel zu öffnen, nicht einmal für einen Augenblick. Die Luft darin hielt sie über Wasser, und wenn sie den Deckel öffnete, würde die Luft entweichen, und was würde dann aus ihr werden? Die Flaschen klirrten. Ihre Kehle war geschwollen. Die Sonne brannte auf ihr Gesicht. Doch dies war eine besondere Folter, für sie allein erdacht, schlimmer als alles, was der sadistischste japanische Kommandant hätte anordnen können, und sie fragte sich immer wieder, was sie getan hatte, um dies zu verdienen: Das Eis, das Bier, die herrliche, kalte, schäumende blassgoldene Flüssigkeit in der von Kondenswasser glänzenden Flasche war nur Zentimeter entfernt, und sie war dabei zu verdursten.

Bei dem Gedanken daran schluckte sie unwillkürlich, dabei war ihre Kehle so wund wie damals, als sie als kleines Mädchen eine Mandelentzündung gehabt hatte: Sie hatte sich vor Schmerzen im Bett hin und her gewälzt, die Jalousien waren zugezogen gewesen, der steif gestärkte Bettbezug hatte gescheuert, und dann war ihre Mutter gekommen wie ein barmherziger Engel und hatte ihr Ginger Ale in einem großen, kalten Glas gebracht und Scherbet und Weingummi und Eiswürfel aus gefrorenem Traubensaft, die sie zwischen den Zähnen halten und auf der Zunge zergehen lassen konnte, bis sie sich aufgelöst hatten. Die Hand ihrer Mutter kam näher, sie sah sie vor sich, vor dem Hintergrund der Wellen, sie sah das Gesicht ihrer Mutter und das beschlagene Glas in ihrer Hand. Es war unerträglich. Sie gab nach und benetzte die Lippen mit Meerwasser, obwohl sie wusste, dass sie das nicht tun sollte, dass es falsch war und alles nur noch schlimmer machen würde, doch sie konnte nichts dagegen tun, und ihre Zunge streckte sich und leckte das Wasser, als gehörte sie nicht ihr. Die Erleichterung war sofort spürbar und durchpulste sie wie eine Droge: Wasser floss in ihren Körper. Aber dann, fast gleich darauf, schwoll ihr die Kehle zu, und ihre aufgesprungenen Lippen begannen zu bluten.

Blut. Das war das zweite Problem. Beide Ellbogen waren aufgeschürft, und auf dem Rücken der linken Hand, die nicht vom Kaffee verbrüht worden war, klaffte ein unregelmäßiger Riss. Woher er stammte, wusste sie nicht, und die Kälte machte sie so gefühllos, dass sie den Schmerz nicht spürte. Es war klar, dass die Wunde würde genäht werden müssen und eine Narbe zurückbleiben würde, und sie hatte den Riss schon seit einer Weile immer wieder betrachtet und daran gedacht, dass sie nach ihrer Rückkehr zu einem Arzt gehen würde, ja sie hatte sich bereits überlegt, was sie zu ihm sagen würde, nämlich dass sie einen erstklassigen Arzt wolle, denn sie wolle unter keinen Umständen eine entstellende Narbe, nicht in ihrem Alter. Doch hier und jetzt blutete sie, und jede Welle wusch die Wunde aufs neue aus und schwemmte etwas rosarote Flüssigkeit heraus, die sich sofort im Wasser verteilte. Diese Flüssigkeit war Blut. Und Blut lockte Haie an.

Wieder ein Anfall von Panik. Ihre Beine hingen im Wasser wie Köder, wie eine Provokation, und sie konnte sie nicht sehen und kaum spüren. Wenn Haie kamen – sofern sie kamen –, würde sie sich nicht verteidigen können. Sie war in einem kindlichen Alptraum gefangen, einem uralten Traum aus der Zeit, als es noch kein Land gegeben hatte, als alle Wesen, die es gab, im Wasser geschwommen waren, mitten unter den Tieren mit den scharfen Zähnen, die sie auffraßen. Sie versuchte, ihre verletzte Hand über Wasser zu halten, versuchte, nicht an das zu denken, was sich unter ihr, hinter ihr befand, was vielleicht gerade jetzt langsam, träge aus den Tiefen emporschwebte wie ein Ballon, der langsam über den Abendhimmel trieb. Doch sie musste denken. Sie musste sich angst machen, um am Leben zu bleiben.

Seit sie auf die Kühlbox gestoßen war, hatte sie sich auf verschiedene Weisen daran festgehalten: Sie hatte sich wie ein Reiter darauf gesetzt und sie zwischen die Beine geklemmt, hatte sie tief unter Wasser gedrückt, sich mit den Füßen darauf gestellt und auf dieser schwankenden Unterlage gehockt, hatte sich, den Rücken gekrümmt und die Beine weit gespreizt, um das Gleichgewicht zu bewahren, auf den Deckel gelegt, so dass dieser zwischen ihren Brüsten und dem Unterleib eingeklemmt war. Jetzt versuchte sie, sich mit dem ganzen Gewicht darauf zu knien, als würde sie beten – und sie betete, o ja, sie betete –, und sie mühte sich, die verletzte Hand über Wasser zu halten und wie ein Artist auf dem Hochseil zu balancieren, doch die Wellen ließen es nicht zu. Immer wieder rutschte sie herunter, so dass die Box sich von ihr entfernte und sie einige Schwimmzüge machen musste, um sich mit weißglühender Angst daran festzuhalten, und dabei konnte sie an nichts anderes denken als an die lautlos dahingleitende Gestalt, die aus der Tiefe heranschoss, um sie mit einem Korb aus Zähnen zu packen.

Sie hatte nur einmal einen Hai gesehen. Es war auf der Pier von Santa Monica gewesen, kurz nachdem Till aus dem Krieg zurückgekehrt war. Sie waren untergehakt stundenlang am Strand entlang und dann bis zum äußersten Ende der Pier gegangen; die nackten, hellen Bohlen hatten unter ihren Schritten leicht gefedert, und die Meeresbrise war herrlich kühl gewesen. Sie hatte sich so lebendig gefühlt, so in Anspruch genommen von Till und seiner Verwandlung aus etwas Erinnertem in etwas tatsächlich Vorhandenes aus Fleisch und Blut, in die Hand, die er um ihre Taille gelegt hatte, in die Stimme, die ihr etwas ins Ohr flüsterte, dass winzige Kleinigkeiten ihr erregend neu erschienen, als wären sie noch nie zuvor von jemandem bemerkt worden. Ein Pappbecher voller Zuckerwatte, so leuchtend rosarot, dass sie nicht von dieser Welt zu sein schien, kam ihr so seltsam vor, als hätten Marsmenschen ihn überbracht. Ebenso der tätowierte Mann, der sich in der Hoffnung auf ein paar Münzen nur mit einer Badehose bekleidet präsentierte, und die achtzigjährige Schönheitskönigin in ihrem zweiteiligen Badeanzug und sogar der Burger mit Zwiebelringen und reichlich Ketchup, den sie im Stehen unter der sonnenbeschienenen Markise des Standes am Fuß der Pier verzehrten, schmeckte besser als jeder, den sie je gegessen hatte. Ihre Füße schienen den Boden gar nicht zu berühren. Sie beide waren da, sie und Till, und sie schlenderten dahin wie irgendein ganz normales Paar. Sie konnten nach Hause und ins Bett gehen, wann immer sie die Lust dazu überkam, sie konnten sich in irgendeiner dunklen Kneipe Highballs bestellen, sich in eine Ecke setzen und der Jukebox zuhören, sie konnten langsam und gemütlich den Ocean Boulevard entlangfahren, mit heruntergekurbelten Fenstern, so dass der Wind mit ihren Haaren spielen konnte. Ihr Traum war wahr geworden. Doch dann, mitten in diesem Traum, war da der Hai.

Am Ende der Pier stand eine Menschenmenge, und aus Neugier schlenderten sie hin. Erwachsene reckten die Hälse, Kinder drängten sich durch die Menge, um besser sehen zu können, und da war er, eine weitere Neuigkeit, der erste echte Hai, den sie je zu Gesicht bekommen hatte. Er war, noch tropfend, mit einem dicken Strick am Schwanz aufgehängt, die Schnauze hing nur Zentimeter über den ausgebleichten Bohlen der Pier. Der Angler, der ihn gefangen hatte – ein Neger, und auch dies war etwas Neues: ein Neger, der auf der Pier von Santa Monica angelte –, stand links daneben, während sein Freund, ebenfalls ein Neger, mit einer Boxkamera ein

Foto machte. »Nicht bewegen jetzt«, sagte er. »Und lächeln. Na los, lächel doch mal.«

Eine Frau neben Beverly machte ein kehliges Geräusch, aus dem eine Mischung aus Abscheu und Faszination sprach. »Was ist das?« fragte sie. »Ein Schwertfisch?«

Der Angler lächelte breit, und die Kamera klickte. »Sehen Sie vielleicht irgendwo ein Schwert?« fragte er rhetorisch. »Ich nicht.«

»Das ist ein Delphin«, sagte jemand.

»Das ist kein Delphin«, entgegnete der Angler, der sich köstlich amüsierte. »Und auch kein Thunfisch.« Er beugte sich zum Kopf des Tiers, zu den Kiemenschlitzen und dem starrenden Auge, packte die leblose Schnauze und zog sie hoch. »Sehen Sie die Zähne?«

Und da waren sie, plötzlich enthüllt, eine ganze Landschaft aus hintereinander angeordneten, gezackten Zähnen, die sich in der Terra incognita des dunklen Schlundes verlor, und ihr wurde bewusst, dass dies ein Hai war, die Geißel der sieben Meere, das einzige Tier, das alle anderen fraß, das in einer Explosion von Schaum an die Oberfläche kam, um einen Seelöwen zu packen oder einen Surfer zu verstümmeln und am Strand von La Jolla oder Redondo für Schlagzeilen zu sorgen, die schon eine Woche später wieder vergessen waren.

»Wissen Sie, was das ist, was Sie hier sehen? Ein weißer Hai, zwei Meter fünfunddreißig lang, ein richtig übles Vieh. Und der hier ist kaum mehr als ein Baby. Verdammt, die sind bei der Geburt ja schon eins fünfzig lang.«

Die Menge drängte näher. Tills Augen leuchteten. Das war etwas, das ihm gefiel, etwas für Männer – *ein richtig übles Vieh*. Es gab nur noch eine Frage, und sie hörte ihre Stimme zittern, als sie sie stellte: »Wo haben Sie den gefangen?«

Eine Pause. Ein Lächeln. Ein weiteres Klicken der Kamera. »Na, hier, am Ende der Pier.«

Der Anblick verfolgte sie noch lange. Sie fragte Till, wie das sein könne – der Mann hatte gesagt, er habe den Hai am Ende der Pier gefangen, genau dort, wo sie schon als kleines Mädchen immer geschwommen war –, und er versuchte sie zu beruhigen. »Ich schätze, die können überall auftauchen«, sagte er, »aber hier sind sie selten. Richtig selten.« Er drückte sie an sich. »Eigentlich sind sie dort draußen« – er zeigte auf die Nebelbank, die sich über den Horizont senkte – »bei den Inseln.«

Man konnte von Haien gefressen werden. Man konnte verdursten. Man konnte an Unterkühlung sterben. Sie trug nur noch den Slip und den BH, sie war praktisch nackt, und das Wasser saugte ununterbrochen die Wärme aus ihrem Körper. Sie klammerte sich zitternd an die Kühlbox und spürte, wie der Lebenswille sie verließ. Sollen die Haie doch kommen, dachte sie, träumte sie, denn die Kälte lullte sie ein, bis sie wie der Mann in dieser anderen Geschichte von Jack London war, der Mann, der sich hinlegte und starb, weil er es nicht schaffte, ein Feuer zu entzünden. Auch sie konnte kein Feuer entzünden, denn Wasser brannte nicht, und sie befand sich in einer Welt, in der es nichts gab außer Wasser.

Sie erwachte spuckend und würgend – in ihrer Kehle steckte eine kalte Faust. Sie hustete, keuchte, schnaufte, und die Heftigkeit, mit der sie das tat, holte sie wieder zurück. Sonne, Meer, Wind, Wellen. Sonne. Meer. Wind. Wellen. Die Kühlbox schaukelte, und sie schaukelte mit. Dann war unvermittelt noch etwas anderes da, etwas Neues, Lebendiges, das die Wasseroberfläche mit einer wilden, kochenden, vernichtenden Plötzlichkeit durchbrach: der Hai, der gekommen war, um ein Ende zu machen. Sie schloss die Augen und wandte das Gesicht ab. Sie zog die Beine nicht an, denn was für einen Sinn hätte das gehabt? Der Augenblick rückte näher, der erste reißende Schock der Zähne. Trauer breitete sich in ihr aus wie eine Schliere im Wasser, Trauer um Till, um ihre Eltern, um alles, was hätte sein können ... doch der Augenblick ging vorüber und auch der Augenblick danach, und sie war noch immer da, sie war noch immer unversehrt und schaukelte mit der Kühlbox.

Das nächste Platschen war näher. Sie zwang sich, die Augen zu öffnen, und versuchte, trotz der geschwollenen Lider etwas zu erkennen. Ihre Pupillen brannten. In ihren Ohren rauschte das Blut. Es dauerte einen Moment, bis sie begriff, dass dies kein Hai, ja nicht einmal ein Fisch war – Fische hatten keine Hundegesichter oder Schnurrhaare oder Augen, so rund und dunkel glänzend wie die eines Menschen. Sie starrte verblüfft in diese Augen, bis sie im Wasser versanken, und dann sah sie jenseits des wirbelnden Schaums die sonnenbeschienene Felswand, die im Dunst über ihr aufragte.

Anacapa ist die kleinste der vier Inseln, aus denen der Archipel der nördlichen Santa-Barbara-Inseln besteht. Sie ist dem Festland am nächsten – von ihrem östlichen Ende bis zum Hafen von Oxnard sind es kaum zwanzig Kilometer – und erstreckt sich, von Arch Rock im Osten bis Rat Point im Westen, parallel zur Küste. Geologisch ist sie ein Ausläufer der Santa-Monica-Berge. Genaugenommen handelt es sich nicht um eine, sondern um drei Inseln, die nur bei extremer Ebbe miteinander verbunden sind. Anacapa ist vulkanischen Ursprungs und besteht hauptsächlich aus Basalt aus dem Miozän. Alle drei Inseln sind vom Meer aus weitgehend unzugänglich: Steil aufragende Klippen wechseln sich ab mit Stränden, auf denen die von den Wellen aus den Felsen gebrochenen Steine dunkel schimmern. Aus der Luft sieht das schmale, gewundene Band der Inseln aus wie der Rücken einer Seeschlange: Auf dem Kamm zeichnen sich ihre Wirbel ab, sie hat die Klauen ausgefahren und das Maul aufgerissen, und ihr Schwanz peitscht das Meer. Seevögel nisten auf den Klippen und der dahinter liegenden Hochfläche – unter anderem Lummenalke, Kalifornische Braunpelikane und Pinselscharben –, und in den Buchten lärmen Seelöwen. Die jährliche Niederschlagsmenge beträgt weniger als dreißig Zentimeter. Es gibt keine Süßwasserquellen.

Das alles wusste Beverly nicht. Sie wusste nicht, dass es sich bei dem aufragenden Felsen um Anacapa handelte und sie beinahe zehn Kilometer weit getrieben war. Sie wusste nur, dass Felsen, im Gegensatz zu Wasser, Halt boten, und schwamm mit letzter Kraft darauf zu. Zweimal ging sie unter und kam keuchend wieder hoch, und in den Wellen, die ringsumher donnerten, konnte sie sich nur an die Kühlbox klammern. Mit einemmal war sie in der Brandung, die Box wurde ihr entrissen und war plötzlich verschwunden, und ihr blieb nichts anderes übrig, als die Augen zusammenzukneifen, die Arme auszustrecken und sich von den Wellen tragen zu lassen, bis diese sie wie ein Wrack gegen den Fuß der Klippe warfen. Steine rollten unter ihren Knien und den verzweifelt tastenden Händen, sie wurde so heftig zur Seite geworfen, dass ihr die Luft wegblieb, doch dann berührten ihre Finger etwas anderes: Sand, ein kleines, aus den Felsen gewaschenes Stück Strand. Es war kaum mehr als ein halbkreisförmiges Fleckchen, über dem das anbrandende Wasser schäumte wie in einer Waschmaschine, aber es war greifbar und gab ihr Halt, und als die Welle zurückwich, stand sie auf festem Boden. Sie hätte vielleicht Erleichterung empfunden, doch dazu war keine Gelegenheit. Sie zitterte. Sie war tropfnass. Sie taumelte. Und die nächste Welle kam bereits auf sie zu.

Die Gischt brandete auf, traf ihre Knie und warf sie rücklings gegen die harte schwarze Felswand. Sie stolperte nach links, als die nächste Welle herandonnerte, und dann kroch sie auf Händen und Knien hinauf, über die kantigen, scharfen und dennoch schlüpfrigen Felsen, fort vom Wasser und auf ein schmales Sims, nicht breiter als ihre Koje auf der *Beverly B.* Sie zog die Beine an, schlang die Arme um die Schultern, zitternd vor Kälte. Das Haar hing ihr nass ins Gesicht. Die Wellen prallten an die Felsen und schäumten hoch, und alles roch nach Fäulnis und den protoplasmischen Überresten der unzähligen wimmelnden, beißenden, gierigen Wesen, die hier zugrunde gegangen waren. Sie dachte nicht an Till oder das Boot oder Warren. Ihr Geist war vollkommen leer. Sie starrte stumpf auf die Brandung, die gegen den Strand anrannte und wieder zurückwich, auf das abgerissene Seegras, das hin und her wogte, auf ein Stück Treibholz, auf das Schäumen und Wirbeln des Wassers. Und dann schlief sie ein.

Als sie erwachte, wurde sie von der Sonne beschienen, und der Strand war um ein winziges Stück größer geworden. Die Ebbe gab einen muschelförmigen Streifen schwarzen, glänzenden Sandes frei, die Zähne der Felsen waren zu sehen und der nasse Untergrund, der sie festhielt. Sie war die ganze Zeit im Schatten gewesen, zusammengesunken auf dem Sims, außer Reichweite der Wellen und der Sonne, doch diese war nun weitergezogen und hatte

Beverly geweckt. Lange saß sie da und nahm die Wärme in sich auf, und wenn sie einen Sonnenbrand bekam, so machte das nichts, gar nichts, denn sie wollte lieber verbrennen als erfrieren, sie wollte verbrennen, sie wollte versengt und geröstet werden, bis die Haut sich schälte – alles war besser als die Kälte, die in ihr eingeschlossen war, ein Gefühl der Taubheit, das so tief saß, dass sie ebensogut eine Leiche hätte sein können. Mit einem Hass, wie sie ihn bisher nicht gekannt hatte, sah sie auf das Meer. Sie hasste seine Monotonie, seine Gleichgültigkeit, seine durch Mark und Bein gehende Kälte. Und dann, mit einemmal, war sie durstig. Noch immer durstig. Durstiger, als sie es im Meer gewesen war, und dort war sie durstiger gewesen als jemals in ihrem Leben.

In diesem Moment fiel ihr Blick auf etwas metallisch Glänzendes am vorderen Ende des Sandstreifens. Die Kühlbox. Da stand sie, und der Deckel war noch verschlossen. Beverly sprang von ihrem Sims. Sie war schmutzig und verschmiert, ihre Glieder waren zerschlagen, ihre Zunge schien aus Filz zu bestehen. Sie rannte zu der Box und riss den Deckel auf. Das Eis war geschmolzen, die Flaschen waren zerbrochen – alle bis auf eine. Eine kostbare dunkelbraune, nasse Flasche. Das Etikett war abgelöst, und unter dem Kronkorken waren Sandkörner. Sie hob die Flasche hoch und sah, dass sie unbeschädigt war. Kleine Bläschen fingen das Licht ein und stiegen in einem langsamen, hypnotischen Tanz auf. *Bier. Kaltes Bier.* Aber sie hatte keinen Öffner, keinen Hebel oder Schraubenzieher, kein Messer oder Werkzeug. Wo war Till? Wo war er, wenn sie ihn brauchte?

Sie dachte daran, wie lässig er seine Bierflasche an der Kante des Küchenschranks oder der Werkbank in der Garage öffnete, wie der Kronkorken im Bogen davonflog und Till die Flasche an den Mund hob, alles in einer einzigen, fließenden Bewegung, als gehörten das Öffnen und das Austrinken der Flasche zu ein und demselben physikalischen Vorgang. Über ihr glitt eine Möwe im Wind dahin und musterte sie, wehklagte über ihren zerschlagenen, geschundenen Körper und verschwand. Beverly sah sich verzweifelt nach etwas um, was ihr als Werkzeug dienen könnte, doch hier gab es nur Sand, Treibholz und Steine.

Steine. Mit einem Stein würde es gehen. Natürlich. Sie strich mit der Hand über die Felswand und suchte nach einem Vorsprung, einer Kante. Da, da war eine. Sie legte die Kante des Kronkorkens darauf, und dann schlug ihre verbrühte Hand zu, einmal, zweimal … Nichts. Sie schlug immer heftiger, verzweifelt, wütend, fuchsteufelswild, mit dem Ergebnis, dass die Zacken des Korkens nun geglättet waren, so dass die Flasche nur noch fester verschlossen war als zuvor, und das war zuviel, das war mehr, als sie ertragen konnte – und dann war es passiert: Der Flaschenhals war abgeschlagen und klaffte, und sie schüttete den ganzen Inhalt in drei gierigen Schlucken in sich hinein, und wenn Splitter darin waren und diese ihre Speiseröhre der Länge nach aufschlitzten, dann war ihr das vollkommen egal, denn sie trank, und das war das einzige, was zählte.

Dann war die Flasche leer, doch der Durst war noch da und rasselte in ihr wie ein Zuckerrohrfeld in einem Wüstenwind, und war es ein Wunder, dass sie sich beschwipst fühlte? Sie hatte Alkohol immer gut vertragen, war stolz darauf, dass sie genausoviel trinken konnte wie Till, doch dieses eine Bier machte ihr zu schaffen, und auf einmal saß sie im Schneidersitz im Sand wie ein Buddha, als hätte sie es von vornherein nicht anders vorgehabt. Die Sonne schien inzwischen weitergewandert zu sein und näherte sich der flachen grauen Oberfläche des Meers, wo der Nebel sie einhüllen und auslöschen würde wie eine Zigarette – wie die Zigarette, nach der Beverly sich plötzlich ebensosehr sehnte wie nach Wasser. Sie stand auf und ging auf wackligen Beinen zur Kühlbox. Die stand noch dort, wo sie sie vor nicht mal zehn Minuten abgestellt hatte (oder war es schon länger her? War sie eingenickt?), doch nun kam die Flut und wollte sie wieder mitnehmen. Beverly schleifte sie mühsam über den Sand zu der Fläche an der Felswand und bugsierte sie dann auf das etwa eineinhalb Meter höher gelegene Sims. In der Box waren Scherben, Sand, Tangfetzen und eine Flüssigkeit, die wohl eine Mischung aus Bier und Schmelzwasser war und somit trinkbar sein und ihren Durst hätte stillen müssen, doch als sie den Finger hineinsteckte und ihn ableckte, schmeckte sie nichts als Salz.

Die Abenddämmerung senkte sich herab, unterstützt und beschleunigt durch den Nebel, der sich über die Klippe legte, während die Flut stieg, und obwohl das Wasser mehr als knietief war, erkundete sie die muschelbewachsenen Felsen an beiden Enden des winzigen Strandes und suchte einen Ausweg. Sie stellte einen Fuß auf einen Vorsprung, tastete mit den Händen nach einem Halt, zog den zweiten Fuß nach. Geduldig, das Gesicht an die Felswand gepresst, arbeitete sie sich fünf, sechs Meter weit hinauf, doch als sie zum drittenmal hinuntergefallen und hart auf dem Sand und im kalten Wasser gelandet war, gab sie es auf. Es hatte keinen Zweck. Sie war gefangen. Sie unterdrückte die Panik, die sie durchzuckte. Sie hatte keine Angst, jetzt nicht mehr – das lag hinter ihr. Das einzige, was sie spürte, war Ärger. Wut. Warum war sie verschont worden, nur um hier zu verdursten, zu verhungern, zu erfrieren? Wo war da Gottes Hand? War das etwa Sein Wille? Als es schließlich ganz dunkel und der Nebel so dicht war, dass sie nicht einmal die Sterne sehen konnte, geschweige denn die Positionslichter eines Schiffes, das vielleicht im Santa-Barbara-Kanal umherfuhr und nach ihnen, nach Überlebenden suchte – und hier sah sie vor ihrem geistigen Auge Till und Warren, die, in Decken gehüllt, in einer leise schaukelnden Kajüte saßen und Becher mit heißem Kaffee tranken, umgeben von warm leuchtendem Holz, im Licht einer leise schwankenden Laterne –, hielt sie die Kühlbox umklammert und zwang sich einzuschlafen.

Bei Tagesanbruch erwachte sie von den Schreien der Möwen, die wie das Öffnen und Schließen einer Tür mit ungeölten Angeln klangen, dabei gab es hier keine Tür, kein Bett, kein Zimmer, keine Kleider, keine Wärme, und die Möwen konnte sie wegen des Nebels nicht sehen. Sie zitterte im ersten Tageslicht, schlug sich auf Beine und Schultern und kauerte sich zusammen, und dann überfiel sie wieder der Durst. Er trieb sie an, und sie stand schwankend auf. In der Nacht war die Flut zurückgegangen und wiedergekehrt, so dass ihre Welt nur noch aus diesem Sims und der aufragenden Felswand bestand. Sie wollte einen Krug Wasser, sonst nichts. Sie stellte sich den weißen Porzellankrug in ihrer Küche vor, ein Erbstück von ihrer Mutter, das sie nur zu besonderen Gelegenheiten hervorholte, und es dauerte eine Weile, bis sie merkte, dass es beständig auf ihre Schulter getropft hatte, weswegen sie unbewusst einen Schritt beiseite gegangen war. Sie hob den Blick und sah, dass die Felswand nass war. Der Nebel strich um die Klippe und kondensierte, und das Kondenswasser tropfte, tropfte, tropfte.

Sie wusste nicht, dass vierzig Jahre zuvor ein Mann namens H. Bay Webster die Insel von der Bundesregierung gepachtet hatte, um dort Schafe zu züchten. Das hatte allerdings nicht funktioniert, und zwar wegen Wassermangel und Überweidung, und schließlich hatten die Tiere einander den Tau vom Fell lecken müssen, um nicht zu verdursten. Aber das war unwichtig. Wichtig war nur, dass Wasser von der Klippe tropfte. Sie öffnete den Mund, sie leckte die Felswand ab, als wäre es eine Eiswaffel, die sie bei der Frau hinter dem Stand auf dem Jahrmarkt gekauft hatte. Und als eine der kleinen grünen Krabben in ihre Reichweite kam, ein kleines, flaches Ding, nicht größer als fünf Zentimeter im Durchmesser, trat sie mit dem Fuß darauf und steckte sich die kalten, salzig schmeckenden Stücke in den Mund.

Es dauerte lange, bis sie genug Mut gefasst hatte, denn sie wusste jetzt, was sie zu tun hatte, auch wenn sich alles in ihr dagegen sträubte. Immer wieder betete sie, dass jemand zu ihrer Rettung käme, dass sich der Bug eines Schiffs durch den Nebel schöbe oder ihr von oben ein Seil zugeworfen würde – dass irgend etwas geschähe, was es ihr ersparte, noch einmal in dieses eiskalte Wasser zu gehen. Das Komische war, dass sie immer gern geschwommen war – in der Schule hatte sie an Schwimmwettkämpfen teilgenommen und so viel trainiert, dass ihr Haar im letzten Schuljahr praktisch gar nicht mehr trocken geworden war –, doch als sie jetzt von ihrem Sims kletterte und, die Kühlbox an die Brust gedrückt, ins Wasser watete, hasste sie das Schwimmen mehr als alles in der Welt. Sogleich fror sie wieder bis auf die Knochen und ruderte wie wild mit den Beinen, um etwas warm zu werden, und dann hatte sie die Brandung hinter sich gelassen und schwamm.

Der Alptraum begann aufs neue, doch diesmal war es anders, denn sie war gerettet, sie hatte sich gerettet, und sie blieb nah an der Küste, zitternd, ja, erschöpft und durstig, aber nicht mehr in panischer Angst. Hier gab es keine Haie, nicht in der Nähe der Insel, wo es viele Seelöwen gab. Ganze Armeen bellten auf den Felsen und verströmten einen schwefligen Gestank nach Urin und Fäkalien. Das Meer war jetzt ruhiger, viel ruhiger, beinahe sanft, und von Zeit zu Zeit versuchte sie, sich auf dem Rücken treiben zu lassen, wobei sie den Oberkörper auf die Kühlbox legte und diese mit den Ellbogen festhielt, doch immer wieder musste sie sich umdrehen und sich so weit wie möglich auf die Box schieben, um der Kälte zu entkommen. Nebel lag über dem Meer. Große Seetangteppiche aus braunen Stielen und gelblichen Blättern trieben vorbei. Winzige Fische schossen wie Nadeln durch das Wasser und verschwanden.

Im Verlauf des Morgens weitete sich der Himmel über ihr. Unzählige Vögel verschwanden im Nebel und kehrten im Gleitflug zurück wie Geister. Oberhalb der Guanoflecken, der Büsche und Blumen, die so hoch oben wuchsen, dass sie wie in die Luft gepflanzt schienen, wirkten die Klippen wie enthauptet. Sie ließ sich von der Strömung treiben, zwang sich hin und wieder, mit den Beinen zu paddeln, um auf Kurs zu bleiben, und sagte sich, sie werde gleich auf ein ankerndes Boot oder einen Strand stoßen, der den Endpunkt einer Schlucht bildete, durch die sie ins Innere der Insel gelangen könnte. Sie wusste nicht, welche Strecke sie zurückgelegt hatte oder wie lange sie bereits im Wasser war. Die Kälte zehrte an ihr, machte sie müde und erschöpfte ihre Willenskraft. Jede von Seelöwen wimmelnde Ansammlung von Felsen, jede schwarze Felswand glich der anderen so sehr, dass sie dachte, sie habe die Insel bereits zweimal umrundet. Doch sie schwamm weiter, wie sie es getan hatte, als die *Beverly B.* vor einem Tag und einer Nacht untergegangen war, denn es war das einzige, was sie tun konnte.

Es musste gegen Mittag sein, und die Sonne war noch immer irgendwo im Nebel verborgen, als sie schließlich fand, was sie suchte. Oder vielmehr: sie wusste gar nicht, was sie eigentlich gesucht hatte, bevor es in einer Bucht auftauchte, die kein bisschen anders als die anderen aussah. Eine verkrustete Leiter, so rostig, dass sie die Farbe der an den Felsen darunter klebenden Seesterne hatte, schien über die Wasseroberfläche auf sie zuzugleiten, und als sie sie erreicht hatte, ließ sie die Kühlbox los und zog sich Sprosse für Sprosse aus dem sich sanft lösenden Griff des Wassers.

Die Welt hörte auf zu schaukeln. Das Meer blieb unter ihr zurück. Ein Pfad führte steil bergauf, wo der Nebel in Fetzen zerfiel und sich schließlich auflöste, bis er ganz verschwunden war. Oberhalb von ihr, von der Sonne beschienen und umgeben von niedrigem, mit gelben Blüten gesprenkeltem Buschwerk, das den Hang wie Bartwuchs bedeckte, stand eine Hütte. Nein, es waren zwei Hütten, drei, vier, aufgereiht am Steilhang, als wären sie aus dem Fels gewachsen. Die Fenster der nächstgelegenen – sie hatte ein Flachdach und bestand aus grau verwitterten Brettern – reflektierten das Licht der Sonne und leuchteten wie die einer Kathedrale. Und daneben, wo das Fallrohr der Regenrinne war, stand ein Fass, eine große Holztonne, die den Regen auffing.

In diesem Augenblick war sie nur noch ein Tier, nicht mehr, und ihre Zielstrebigkeit war die eines Tiers. In ihrem Geist war kein Platz für irgend etwas anderes als dieses Fass und seinen Inhalt, und sie spürte weder die kleinen, scharfkantigen Steine, die sich in ihre Fußsohlen bohrten, noch das Gewicht der Sonne, das auf ihren Schultern lastete, ebensowenig wie sie daran dachte, dass jemand sie in ihrer Nacktheit beobachten könnte und was das bedeuten würde. Und dann hatte sie das Fass erreicht und tauchte das Gesicht ins Wasser und trank, bis sie das seidig-kühle Nass wieder in sich aufsteigen spürte. Erst dann sah sie sich um. Alles war still, und es war heiß, obwohl sie noch immer zitterte, und ihr erster, absurder Gedanke war zu rufen: »Hallo? Ist da jemand?« Warum nicht gleich: »Juu-huu?« Das wäre genauso lächerlich gewesen wie alles andere. Sie war nackt wie Eva, die Bluejeans war fort, Tills Pullover abgestreift, ihre Unterwäsche irgendwann im Hin und Her ihres Kampfes gegen Strömung und Wellen und schürfende Steine auf der Strecke geblieben. Als sie sich berührte, als sie ihre Blöße mit den Händen bedeckte, waren ihre Brüste wie zwei tote Tiere, wie Fische, wenn sie auf dem Schneidbrett lagen, und sie fiel auf die Knie, kauerte sich zitternd zusammen und sah sich mit der stumpfen Berechnung eines Tiers um.

Im nächsten Augenblick stand sie auf und ging um die Ecke der Hütte zu der Tür auf der anderen Seite. Sie wollte sich etwas anziehen, und dort drinnen musste es etwas geben, mit dem sie sich bedecken konnte, irgendwelche Lumpen, ein Laken, ein altes Handtuch, den Pullover eines Fischers. Aber was, wenn dort Leute waren? Was, wenn dort ein Mann war? Kein Mann außer Till und dem Arzt, der bei ihrer Geburt geholfen hatte, hatte sie je nackt gesehen, und was sollte sie zu Till sagen, wenn ein anderer Mann sie in diesem Zustand sah? Sie zögerte, wusste nicht, was sie tun sollte. Lange betrachtete sie die Tür in ihrer sturen Unbelebtheit, eine Tür aus verwitterten, nichtssagenden Brettern, zusammengehalten durch Quersprossen. Daneben befand sich auf Augenhöhe ein in vier Rechtecke unterteiltes Fenster, so verschmiert, dass es fast undurchsichtig wie Milchglas war, aber sie trat trotzdem davor, legte die gewölbten Hände daran und spähte hinein, und dabei hatte sie die ganze Zeit das Gefühl, beobachtet zu werden.

Sie konnte eine roh gezimmerte Küchentheke erkennen, auf der eine Pfanne und ein Sortiment anscheinend leerer Flaschen standen, dahinter war ein durchhängendes Bett mit einer Armeedecke. Durch ein zweites, nach Norden gehendes Fenster fiel das Gleißen des Meeres. Sie pochte leise an das Glas und hoffte, damit jemandem, der sich vielleicht dort drinnen aufhielt, zuvorzukommen. Schließlich klopfte sie an die Tür und flüsterte: »Hallo? Jemand zu Hause?«

Keine Antwort. Sie drückte die Klinke herunter und stieß die Tür auf. Ein Rascheln, etwas bewegte sich, dunkle Schatten in den Ecken, auf dem Boden ein zerfleddertes Buch, Regale, Konservendosen, an einem Haken ein Südwester, bei dessen Anblick sie zusammenfuhr, weil sie dachte, dort stehe jemand. Es dauerte ein paar Sekunden, bis ihre Augen sich an das Dämmerlicht gewöhnt hatten und die Schatten sich als das offenbarten, was sie waren – pelzig, flink, die Schwänze nackt und träge zuckend, eine Vielzahl dunkel schimmernder Augen, die sie ohne Furcht oder Eile musterten, denn hier war *sie* der Eindringling, der Bettler, sie war diejenige, die nackt war, angeschwemmt wie irgendein Treibgut –, und sie stieß einen leisen Schrei aus. Ratten. Sie hatte Ratten schon immer gehasst, schon als sie im Kindergarten gewesen war und ihre Mutter ihr verboten hatte, in die Nähe der Mülltonnen zu gehen, die in der Gasse hinter ihrem Mietshaus standen. »Sie beißen kleine Kinder«, hatte ihre Mutter gesagt. »Und große Mädchen auch. Sie beißen sie in die Zehen und krallen sich in ihr Haar. Du kennst doch Janey, oben in 7B? Als sie ein Baby war, sind Ratten in ihre Wiege geklettert. Hier, in diesem Haus.« Ihr Vater hatte die Ermahnung noch verstärkt, indem er sie an die Hand genommen und mit dem Schuh in der dunklen Ecke der Garage herumgestochert hatte, so dass sie die Tiere sehen konnte, die in die mit Erdnussbutter bestückten Schlagfallen gegangen waren. Heimlich, im Dunkeln, kamen sie und leckten oder kratzten an dem Köder aus Erdnussbutter, derselben Erdnussbutter, die sie auf entrindetem Weißbrot aß, bis die Falle zuschnappte und Blut aus den zerschmetterten Köpfen und zerquetschten Mäulern rann. *Ratten.* Krankheitsüberträger, Nahrungsmittelverderber, Babybeißer. Aber wie kamen sie auf diese ungezähmte Insel mitten im Meer? Waren sie geschwommen? Hatten sie Flügel bekommen?

Der Gedanke kam und ging. Sie schwenkte die Arme. »Raus!« schrie sie, stampfte auf, wirbelte herum und klatschte in die Hände. »Raus!« Sie blinzelten sie an – es mussten ein Dutzend oder mehr sein –, und dann krochen sie ganz langsam in ihre Löcher, als wäre es eine Zumutung, der sie nur nachgaben, weil das Wollen dieser Frau im Augenblick größer war als ihre. Beverly dagegen war in hektischer Bewegung. Sie riss die Decke vom Bett, ohne sich um das Rasseln des Rattenkots zu kümmern, der wie Schrotkugeln auf den Boden fiel, wickelte sich hinein und stürzte sich auf die Konservendosen, die auf dem Regal standen – Pfirsiche, Bohnen, Mais –, und die Küchenutensilien in der angeschlagenen Emaillepfanne auf der Theke.

Sie aß im Stehen. Erst die Pfirsiche, und der herrliche dickflüssige Saft war besser als alles, was sie je gegessen hatte – Sirup, den sie vom Löffel und von allen zehn Fingern leckte –, dann den Mais, dessen Süße sie aus der Dose löffelte, und schließlich eine Dose

Thunfisch, weil es ihr gefiel, wie er sich zwischen ihren Zähnen anfühlte. Erst als sie satt war, sah sie sich genauer um. Die leeren Dosen, Beweise ihres Verbrechens – Einbruch und Diebstahl –, lagen zu ihren Füßen. Sie ließ sich auf das Bett sinken, zog die rauhe Decke eng um den Hals und stellte mit nüchternem Interesse fest, dass die Wände mit ganzen Seiten aus Zeitschriften tapeziert waren, aus *Life* und *Look* und der Sonntagsbeilage der Tageszeitungen. Pin-ups sahen sie an, Männer, die auf Panzern saßen, Barbara Stanwyck auf einem Pferd. Hier wohnte ein Mann, schloss sie daraus, und zwar allein. Ein Einsiedler. Ein Fischer. Einer, der Frauen gegenüber schüchtern war und einen Schnauzbart hatte wie die Männer auf den Fotos aus der Zeit ihres Großvaters.

Sie fand seine Kleider in einer Truhe, die in der Ecke stand. Zwei weiße Hemden in einer kleinen Größe, einen blauen Wollpullover mit roten Streifen und eine fleckige, geflickte Gabardinehose. Ohne nachzudenken – später, wenn sie gerettet war, würde sie es ihm zehnfach vergelten – schlüpfte sie in die Hose und das weniger hässliche Hemd und ging dann hinaus, um zu sehen, ob sie ihn finden konnte. Ihn oder einen der Männer, die in den anderen Hütten leben mussten, denn wenn es vier Hütten gab, musste es auch vier Männer geben. Mindestens. Und jetzt, als sie vor der Tür stand, das Gesicht der nächsten, etwa zehn Meter entfernten Hütte zugewandt, rief sie tatsächlich: »Juu-huu!«

Niemand antwortete. Die einzigen Geräusche waren jene, an die sie sich bereits gewöhnt hatte: das Rauschen des Windes, das Klatschen und Donnern der Brandung, die schrillen, gepressten Schreie der Vögel. Sie ging von einer Hütte zur anderen, und obgleich sie Anzeichen dafür fand, dass sie bis vor kurzem bewohnt gewesen waren – eine Schüssel mit von Ratten angeknabberten Kartoffeln, eine auf einer Untertasse zusammengeschmolzene Kerze, weitere Konserven, eine Dose mit alten Keksen, diverse Angelruten, Hummerfallen, zwei Steinkrüge voll Rotwein und eine Flasche ohne Etikett, in der etwas war, das einst Sherry gewesen sein mochte, sich inzwischen aber unter einer schwimmenden Schimmelschicht schwarz verfärbt hatte –, traf sie keine Menschenseele an. Es war, als wäre sie ein heimatloses Waisenkind in einem Märchen, das ein Zauberreich betrat, dessen Bewohner allesamt in Bäume oder Tiere verwandelt worden waren – in Ratten, schwarze Ratten, die keine Angst vor Menschen hatten. Als sie schließlich alle vier Behausungen durchsucht und immer wieder vergeblich gerufen hatte, ging sie zur ersten zurück, öffnete eine weitere Dose mit Pfirsichen, die sie langsam aß, einen nach dem anderen, wobei ihr der Saft über das Kinn lief. Anschließend streckte sie sich auf dem Bett aus, deckte sich zu und schlief ein.

Es gab so vieles, was sie nicht wusste. Wie hätte sie es auch wissen können? Sie war gestrandet, sie hatte ihren Mann in schwerer See untergehen sehen (auch wenn sie es sich nicht eingestehen und jenen langsam zerfasernden Strang aus Hoffnung nicht loslassen konnte, noch nicht), sie war nie in ihrem Leben auf diesen Inseln gewesen und hatte keine Ahnung, wo sie war und was sie erwarten sollte, und die Hütte, in der sie sich befand, hätte ebensogut so, wie sie war, vom Himmel gefallen sein können. Es war eine Hütte, und sie war darin, und das Ding würde ihre Zuflucht sein, bis sie gerettet wurde – das war alles, was sie wissen musste.

Natürlich war die Hütte, in der sie sich befand, nicht vom Himmel gefallen, obgleich die Tatsache, dass sie in der Stunde ihrer Not an diesem Hang auf diese Baracke gestoßen war, zweifellos etwas Übernatürliches hatte. Dennoch war es von Menschen erbaut worden, von Menschen, die ein Sinnen und Trachten und sehr konkrete finanzielle Ziele gehabt hatten, wie Alma nur zu gut wusste. Die Geschichte ihrer Großmutter war für sie von enormer Bedeutung, sie hatte sowohl auf der High School als auch auf dem College Zeitungsartikel darüber gelesen, in Archiven recherchiert und Arbeiten darüber geschrieben, und darum wusste sie mit absoluter Sicherheit, dass Beverly in Frenchy's Cove auf West-Anacapa gestrandet war, der größten und am weitesten westlich gelegenen der drei kleinen Inseln. Diese Hütten – eigentlich nicht mehr als Baracken – waren 1925 von Investoren aus Ventura gebaut worden, die eine Art Camp für Sportangler hatten errichten wollen. Sie bestanden aus Brettern und Bohlen und waren nur mit dem Nötigsten ausgestattet, zugeschnitten auf die Bedürfnisse von Naturburschen, die bei den Inseln angeln, die Nächte aber nicht unbedingt in einer engen Koje auf einem schaukelnden Boot verbringen wollten.

Zum Leidwesen der Investoren stellten sich diese Naturburschen jedoch nie ein, die Gesellschaft ging in Konkurs, und die Hütten blieben unbewohnt, bis ein Mann namens Raymond »Frenchy« LaDreau sie drei Jahre später einfach besetzte. Er lebte allein dort, ernährte sich hauptsächlich von dem, was er aus dem Meer zog, beherbergte gelegentlich Besucher und bat alle, die in der Bucht vor Anker gingen, um Wasser, seien es Fischer aus Santa Barbara und Oxnard oder Ausflügler, die ein Wochenende auf den Inseln verbringen wollten. Worum seine Gedanken und Hoffnungen kreisten und ob er einsam war oder nicht, weiß man nicht, aber er blieb bis 1956, als er sich, achtzig Jahre alt, bei einem Sturz auf dem schlüpfrigen Weg zum Strand an den Beinen verletzte und auf das Festland zurückkehren musste. Er war der Besitzer des Hemds und der Hose, die Beverly trug, sowie der Konservendosen, die sie geöffnet hatte, und er hätte sie willkommen geheißen und ihr all das mit Freuden angeboten, doch leider machte er gerade einen seiner ausgedehnten Ausflüge auf das Festland und konnte nicht wissen, dass er gebraucht wurde. Als er schließlich zurückkehrte, war er empört über diese Verletzung seiner Privatsphäre und die Beschädigung seiner Sachen, aber das war nichts Neues – es war nicht das erstemal, denn die Hütten standen da wie eine Herausforderung an Leute, die glaubten, die Welt existiere für sie allein, und es würde nicht das letztemal sein. Er würde eben neue Dosen mit Pfirsichen, Bohnen und Mais kaufen müssen und vielleicht, wenn er in dem Gewimmel und der Hektik des Haushaltswarengeschäfts in Oxnard daran dachte, auch ein Vorhängeschloss.

Als Beverly an jenem Tag erwachte, schwand das Licht, und die Abendkühle kroch heran. Sie setzte sich abrupt auf und wusste zunächst nicht, wo sie war, doch da waren die Ratten, überall im Raum verteilt, und starrten sie an. Sie waren ruhig und zufrieden, sie hatten es sich gemütlich gemacht, lagen auf dem Stuhl, der an die Theke gerückt war, stöberten im Abfall auf dem Boden, beugten sich über nestelnde Vorderpfoten und irgend etwas Essbares, das sie gerade gestohlen hatten. Mit einemmal war sie wütend, sprang aus dem Bett und sah sich nach etwas um, mit dem sie ihnen zu Leibe rücken, sie vertreiben, sie *bezahlen lassen* könnte – und da, in der Ecke, war etwas: eine Schaufel. Die Ratten wichen zurück, als sie das Ding packte und damit um sich schlug. Das schwere Blatt knallte auf den Boden und an die Wände. Innerhalb von Sekunden waren sie verschwunden, und Beverly stand keuchend mitten im Raum. Das Hemd zwickte, die Hose war zu eng, und das Meer vor dem Fenster war hart wie Stein.

Sie ging hinaus. Ihre Wut steigerte sich, sie murmelte vor sich hin, stieß eine Reihe von obszönen Flüchen aus, von denen sie bis dahin gar nicht gewusst hatte, dass sie sie kannte, und begann, an dem Treibholz zu zerren, das hinter der Hütte aufgeschichtet war. Ohne nachzudenken, ohne Rücksicht auf ihre ungeschützten Hände und das Schluchzen, das in ihrer Kehle aufstieg, lud sie sich die Holzstücke eines nach dem anderen auf die Schulter und schichtete sie auf der ebenen Fläche zwischen den Hütten auf. Als sie einen großen Scheiterhaufen aufgetürmt hatte und der Schweiß ihr in die Augen lief und ihr Haar so nass war, dass es schlaff herunterhing, ging sie zum Strand hinunter, suchte ihn nach irgendwelchen brennbaren Dingen ab und schleppte diese ebenfalls hinauf. In einer Pappschachtel hinter der Tür der zweiten Hütte fand sie von Ratten angenagte Zeitungen. Die Streichhölzer waren in einer Schüssel über dem Ofen.

Sie wartete, bis es ganz dunkel war, kauerte in dem zu kleinen Hemd und dem blauen Pullover mit den roten Streifen, der nach Männerschweiß roch, aß Schweinefleisch und Bohnen aus der Dose und genoss jeden einzelnen Bissen. Dann entzündete sie das Signalfeuer. Als es brannte, legte sie immer mehr Holz nach, bis die Flammen zehn Meter hoch schlugen und auch vom Festland aus zu sehen waren, dem Festland, das sie durch den Nebelschleier als eine Reihe flackernder, unsteter Lichter ausmachen konnte, als wären dort Sterne ins Meer gefallen. Das Feuer loderte und zerriss die Nacht. Irgend jemand würde es sehen, sagte sie sich, irgend jemand musste es sehen. In jener ersten Nacht schrie sie sogar, ein schrilles Kreischen, das den Nebel durchdringen, über das Meer schallen, den Rumpf eines in der Nacht vorüberfahrenden Schiffs erschüttern und seine Besatzung auf sie aufmerksam machen sollte. In der zweiten Nacht sparte sie sich diese Mühe. Nach der dritten Nacht hatte sie beinahe alles Feuerholz aufgebraucht und erwog, eine der Hütten oder das Unterholz in Brand zu setzen. Am Ende der ersten Woche hatte sie resigniert. Sie verjagte die Ratten, aß aus Dosen und trank aus der Regentonne. Wenn sie nicht Holz sammelte, lag sie auf dem Bett, döste, blätterte in den vergilbten Zeitungen und dachte über die Bedeutung von Ereignissen nach, die sich vor Jahren zugetragen hatten, über Nachrichten aus Politik und Wirtschaft, aus dem Krieg. Würden die Alliierten Monte Cassino einnehmen und nach Rom vorstoßen, würden die Marines auf Guadalcanal landen, würde Tojo triumphieren oder würde er sich sein Schwert in den eigenen gelben Bauch stoßen?

Die Ratten waren beharrlich, sie nagten und stahlen, sie schlüpften durch Ritzen und raschelten nachts, doch auch Beverly war beharrlich: Ihre Feuer waren notgedrungen kleiner geworden, aber es waren dennoch sichtbare Signale, dringende, glühende Bitten um Hilfe, um Rettung. In der Ferne sah sie Boote mit winzigen flatternden Segeln, und sie winkte wie eine Cheerleaderin und schwenkte Fahnen, die sie aus Stöcken und den Fetzen eines blassrosa verbleichten Handtuchs verfertigt hatte, doch die Boote wurden nie größer, sie waren so statisch wie Punkte auf einer Leinwand, die an der entferntesten Wand des riesigsten Raums der Welt angebracht war. Niemand kam. Niemand ging an Land. Niemand existierte. Und wo war Till? Wo war er nur? Wenn er es überlebt hätte, wäre er längst gekommen, sie zu holen, und wie konnte er in Amerika gestorben sein, auf seinem eigenen Boot vor den von Hummern wimmelnden Santa-Barbara-Inseln, wenn doch nicht einmal die Japaner es in den gewaltigen blendenden Weiten des Pazifiks geschafft hatten, ihn zu töten?

Die Antwort war zu schrecklich, als dass sie sich ihr stellen konnte, und so gab sie das Fragen auf. Sie gab alles auf. Sogar die Ratten waren ihr gleichgültig. Und dann, am ersten Tag der Woche, die ihre dritte Woche der Gefangenschaft an einem Ort gewesen wäre, den sie ob seiner gleichbleibenden, unaufhörlichen, endlosen Ruhe und Indifferenz, seines schieren hirnlosen Beharrungsvermögens zu hassen gelernt hatte, bog ein Kutter der Küstenwache so leicht wie eine Wolke um die Landspitze und fuhr in die Bucht ein.

Und was fanden die Männer von der Küstenwache? Eine von der Sonne verbrannte Frau, die nicht mehr an den Klang ihrer eigenen Stimme gewöhnt war, mit strähnigem Haar und einem Blick, der ins Leere ging. Sie war die Frau eines Ertrunkenen, eine Witwe, mehr nicht. Sie stieg in das Ruderboot, und das Meer unter ihr regte sich und hörte nicht auf, sich zu regen, als der Kutter in sengender Sonne durch den Santa-Barbara-Kanal fuhr, bis die Küste mit ihren scharf umrissenen Häusern, schwankenden Palmen und glitzernden Automobilen in Sicht kam, sie in Empfang nahm und so fest und sicher barg, wie sie nur je hoffen konnte geborgen zu werden.

DER SCHIFFBRUCH DER *WINFIELD SCOTT*

Obwohl Alma sich die größte Mühe gibt, es zu unterdrücken, geht ihr das Geräusch der Schnellstraße auf die Nerven. Sie kann sich nicht darauf konzentrieren, die Kirschtomaten und Babykarotten zu schneiden, sie kann keinen klaren Gedanken fassen, kann kaum hören, wie Micah Stroud aus den großen Lautsprechern im Wohnzimmer auf den Wellen seiner Gefühle reitet. Abgesehen vom gelegentlichen spätnächtlichen Sirenenjaulen und dem Rumpeln der Sattelschlepper, die auf der langen Fahrt entlang der Küste gegen den Luftwiderstand ankämpfen, ist das Geräusch normalerweise ein gleichmäßiges weißes Rauschen, es ist wie ein Naturphänomen, nicht anders als das Flüstern des Windes in den Eukalyptusbäumen oder das regelmäßige Donnern der Brandung am Butterfly Beach, und sie hat gelernt, es zu überhören. Oder wenigstens damit zu leben. Aber jetzt ist Berufsverkehr, wo jedes Geräusch wie vergrößert ist, wo die Leute willkürlich beschleunigen, nur um eine halbe Sekunde später wieder zu bremsen, und ihre Hupe geschätzte siebenundachtzig Prozent häufiger betätigen als zu jeder anderen Tageszeit – sie hat diese Statistik in einer Tageszeitung gelesen und allen Kollegen davon erzählt, um ihre Ansicht zu untermauern, dass die mechanisierte Gesellschaft auf vier Rädern in den Untergang rollt. Nicht dass sie irgend jemand davon hätte überzeugen müssen. Und ihre Eigentumswohnung – überdurchschnittlich teuer und unterdurchschnittlich schallgedämmt – liegt genau im Kriegsgebiet zwischen der Schnellstraße davor und den Eisenbahngleisen dahinter, ein Umstand, den sie ertragen kann, wegen der Nähe zum Strand, der kühlen Nachtluft und der Option (die sie, sogar wenn es regnet, fast immer wahrnimmt), zu jeder Jahreszeit bei offenem Fenster zu schlafen, fest eingehüllt in ihre Decke.

Heute aber, heute abend, ist sie gereizt und versagt sich auch den Trost, den ein Glas Wein spenden würde. Oder vielmehr Sake on the rocks, denn das ist es, was sie am liebsten trinken würde. Sake aus der Flasche im Kühlschrank, über knisternde Eiswürfel in einem Cocktailglas gegossen, einem der sechs besonderen Gläser aus einer Serie von acht, die sie von ihrer Großmutter geerbt hat, unten durchsichtig, oben mattiert und mit dem *B* der Besitzerin graviert. Bei dem Gedanken daran schluckt sie unwillkürlich. *Nur ein halbes Glas, ein Viertel.* Die Karotten – glatt, geschält und feucht in der Zellophanverpackung – fühlen sich an, als wären sie lebendig, wenn sie sie festhält und ihrer natürlichen Neigung entgegenwirkt, wegzurollen und sich der Messerklinge zu entziehen. Mit einem Zischen ergießt sich Wasser aus dem Hahn, in den Tiefen des Siebes tanzen die Tomaten im Brausestrahl. Auf der Schnellstraße ertönt eine Hupe, ein plötzliches verärgertes, tadelndes Blöken, eine zweite Hupe antwortet und dann noch eine. Sie stellt sich die Fahrer vor, freiwillig eingesperrt, die eine Hand umklammert das Lenkrad, die andere das Handy. Sie gieren. Allesamt. Sie gieren nach Dingen, nach Platz, nach Mitteln, nach Erfüllung ihrer unmittelbaren Bedürfnisse, doch sie bekommen nichts davon – oder jedenfalls nicht genug. Nie genug.

Natürlich gehört auch sie zu ihnen, obgleich ihre Bedürfnisse bescheidener sind – wenigstens denkt sie das gern. Nein, der Sake ist keine echte Versuchung – es geht auch ohne. Es muss. Wenn sie irgendein hervorstechendes Merkmal hat, dann ist es Selbstbeherrschung. Und Energie. Und Grips. Die Leute sehen sie an und denken, sie sei eine verkniffene Fachidiotin – jedenfalls diejenigen, die sie zu Fall bringen wollen –, doch das ist sie keineswegs. Aber sie kann sich konzentrieren. Alles zu seiner Zeit und an seinem Ort. Und die Zeit für den Sake – aus dem Glas ihrer Großmutter mit dem eingravierten *B* für Boyd – ist nach dem Vortrag. Oder dem Informationsabend. Oder der Kreuzigung. Je nachdem, was die Fanatiker diesmal daraus machen werden.

Die Wut beginnt in den Schultern und strahlt in ihre Arme und bis in die Finger, das Messer, die stummen, störrischen Karotten aus. Plötzlich ist sie aufgebracht, wirft das Messer hin und stapft ins Wohnzimmer, wo sie die Lautstärke aufdreht und durch das Fenster auf die Ausfahrt der Schnellstraße und die starre Reihe der Neophyten sieht, die Caltrans dort hat pflanzen lassen, um die Straße vor ihren Blicken zu verbergen – oder sie vor den Blicken der Fahrer, obwohl sie nicht annimmt, dass die Bürokraten in Sacramento ihr Wohl im Sinn hatten, als sie eine Firma beauftragten, zu beiden Seiten der Straße abwechselnd dunkelrot, weiß und lachsrot blühenden Oleander zu pflanzen. Wenn dort draußen ein Vogel oder eine Eidechse oder sonst irgendein lebendes Wesen außer *Homo sapiens* ist, so ist es nicht zu entdecken. Sie sieht durch die Lücken zwischen den Büschen lediglich das unregelmäßige Aufblitzen von Licht auf funkelnden Stoßstangen, Radkappen und Schwellern, während die endlose Reihe der Kohlendioxid speienden Fahrzeuge vorbeizieht, und denkt: *Sieben Milliarden bis 2013, sieben Milliarden, und es werden immer mehr. Und wo sollen die alle hin?*

Während sie dort steht und Micah Stroud sich mit seinem nasalen Louisiana-Slang über einem Tiefdrucksystem aus rasenden Akkorden und einem synkopierten Bass zu tonalen Höhen aufschwingt, löst sich einer der Wagen aus dem Fluss – oder vielmehr dem immer wieder stockenden Fluss – und jagt über die Ausfahrt direkt vor ihr. Es ist ein weißer Prius, bucklig, hässlich, langweilig, aber heilbringend, und im Gegensatz zu den anderen weißen Priusen auf der Straße sitzt in diesem ihr Partner – soll heißen: ihr Lebensgefährte Tim Sickafoose –, und er starrt sie mit einem Ausdruck verblüfften Erkennens an und winkt, während der Wagen aus ihrem Blickfeld verschwindet und in die Einfahrt einbiegt.

Als er durch die Tür tritt, ist sie schon wieder in der Küche und beschränkt sich auf einfache Tätigkeiten: das Pitabrot toasten, die Karotten würfeln, die Tomaten in Scheiben schneiden, den Salat mischen. Hummus aus dem Plastikschälchen, eine dicke Scheibe Feta, so vollkommen, als hätte die Ziege sie selbst zur Welt gebracht. Irgendwo auf dem Bauernhof. Wo all die anderen Ziegen sind. *Mäh, mäh, mäh.*

Sie und Tim gehören nicht zu den Pärchen, die sich zur Begrüßung küssen oder in der Öffentlichkeit aneinanderhängen wie

Einkaufstüten. Sie lassen einander Raum, geben einander Zeit anzukommen. Bevor sie noch »Hallo« sagen kann, ihre übliche Begrüßung, sitzt er auch schon am Tisch und öffnet ein Bier; sein Rucksack liegt offen auf dem Boden.

Der Blick durch das Küchenfenster geht auf Raffiapalmen vor einer weißverputzten, von Bougainvilleen überrankten Mauer, an deren Fuß sich Klivien und Frauenhaarfarne aus einem dick gemulchten Beet über einen überwässerten Rasen aus Bermudagras neigen, dessen tiefes, sattes Grün alles andere blass erscheinen lässt. Hinter der Mauer verströmt ein Eukalyptushain in der Regensaison ein durchdringendes Mentholaroma, so dass alles nach fermentierenden Hustenbonbons riecht, und jenseits der Eukalyptusbäume ist die Schneise der Eisenbahnlinie. Dahinter leuchten die hellrot verblassten Dachziegel des Hotels am Meer – das Meer selbst kann sie von hier aus gar nicht und vom ersten Stock aus so gerade eben sehen. Sie hat eine Aussicht, über die sie sich ärgert. Eine Aussicht, die so widersinnig ist wie nur was, und zwar nicht bloß, weil sie öde und zerklüftet und beinahe ausschließlich von fremden Spezies bevölkert ist, sondern weil sie den eigentlichen Grund dafür, in Sichtweite des Meeres zu wohnen, ad absurdum führt.

»Die Musik ist ganz schön laut«, bemerkt er.

Sie dreht sich um, die Hände halten im Halbieren der Tomaten inne. »Ich hab meinen iPod im Büro gelassen.«

Dazu hat er nichts zu sagen, obwohl sie weiß, wie sehr er Micah Stroud und Carmela Sexton-Jones und die anderen New-Wave-Folksänger hasst, die sie sich im Büro den größten Teil des Tages in zufälliger Reihenfolge anhört. Als sie sich kennenlernten, in der ersten Woche, legte sie eine CD auf, von der sie dachte, sie könnte ihm gefallen, und er trank erst einmal den größten Teil seiner Halbliterdose Guinness, bevor er sein Urteil sprach. »Ich weiß nicht, wie ich es sagen soll, ohne unhöflich zu sein oder so«, sagte er und sah sie so sanft wie möglich an, um zu zeigen, dass er nur versuchte, aufrichtig zu sein, »aber wie kann man sich dieses … dieses … wie immer man das nennen soll bloß anhören? Ich meine: Rock and Roll, ja, jederzeit – die White Stripes, die Strokes, die

Queens of the Stone Age.« Es war eine Herausforderung, ein Test, und sie machte ihm keinen Vorwurf – eigentlich sprach es ja für ihn, denn um eine gute Beziehung zu haben, musste man ja nicht der Zwilling des anderen sein. Dennoch zuckte sie innerlich ein wenig zusammen. »Aber wenigstens haben sie was zu sagen«, erwiderte sie, »wenigstens singen sie über was anderes als Sex und Drogen.« »Was hast du gegen Sex?« konterte er, etwas zu schnell und mit einem ganz leisen Lächeln, und sie wusste, dass sie ihm in die Falle getappt war. Er hielt einen Augenblick inne und ließ das Lächeln breiter werden. »Oder, wo wir schon davon sprechen, gegen Drogen?«

»Ich hab in der Zeitung nachgesehen«, sagt er jetzt und erhebt die Stimme, um gegen die Musik anzukommen, »ob was über heute abend drinsteht.«

Obgleich sie angespannt ist, schießt ihr die Bezeichnung für das Verhalten, das er gerade gezeigt hat, durch den Kopf: Es ist der Lombard-Effekt, und damit ist gemeint, dass man unwillkürlich lauter spricht, um die Geräusche der Umgebung zu übertönen, etwa – das geläufigste Beispiel – das Summen der Stimmen in einem Restaurant. Sie geht von der Küche ins Wohnzimmer, um die Musik leiser zu stellen. Sogleich kehren die Autos und Lastwagen und hupenden Hupen in ihr Leben zurück, als wären sie nie fortgewesen. Warum die Schnellstraßen nicht in den Untergrund verlegen und die so gewonnenen Flächen in Parks umwandeln? Mit Spazierwegen. Mit Gemüsegärten für die Hungrigen. Mit Bäumen, Wildkräutern und so weiter. Wenn sie genug Geld hätte – so um die fünfhundert Milliarden –, würde sie sämtliche Grundstücke der Stadt kaufen, alle Gebäude abreißen, die Straßen entfernen und Grizzlybären ansiedeln.

»Hier, hier ist es«, ruft er.

Die Notiz, ein winziger Absatz unter der Rubrik »Veranstaltungen«, steht zwischen der Ankündigung einer Vorstellung ausgewählter Szenen aus »Les Sylphides« im Junior Dance Studio in Goleta und dem Hinweis auf einen Vortrag über die Ethnobotanik der Chumash im Maritime Museum:

Vortrag und Diskussion – Alma Boyd Takesue, Projektkoordinatorin und Direktorin für Öffentlichkeitsarbeit beim National Park Service, Abteilung Santa-Barbara-Inseln, spricht über die geplante Aktion zur Beseitigung der Ratten auf Anacapa. 19.00, Natural History Museum, 2559 Puesta del Sol, Santa Barbara.

Sie beugt sich neben ihm über den Tisch, die Schrift wird größer und kleiner, denn sie hat ihre Brille auf der Küchentheke liegenlassen. Sie ist dreiunddreißig, eine schlanke, hübsche Frau mit den blassgrauen Augen ihrer Mutter – und ihrer Großmutter – und den muskulösen, nicht ganz kerzengeraden Beinen und dem pechschwarzen Haar ihres Vaters. Sie trägt es taillenlang, und eine Strähne, die sie zuvor hinters Ohr gestrichen hat, löst sich und fällt, als er ihr die Zeitung hinhält, über seinen Unterarm.

»Nur das Nötigste«, sagt er. »Mehr kann man wohl nicht erwarten, oder?«

Es ist irgendwie überraschend, es gedruckt zu lesen. Die Sache, mit der sie insgeheim seit einer Woche gerungen hat, ist jetzt offiziell und steht da in der vertrauten, zurückhaltenden Schrifttype, die sie jeden Morgen überfliegt. Das sind die Tatsachen: Sie wird zur angegebenen Zeit am angegebenen Ort erscheinen, um den Standpunkt des Park Service in Hinblick auf ein Vorgehen darzulegen, das ihr angesichts der Konsequenzen, die Untätigkeit haben würde, höchst angemessen und vernünftig erscheint. Und da das die Ausrottung einer invasiven und schädlichen Spezies erfordert – also das Töten, das bedauerliche Töten unschuldiger Tiere –, wird sie erklären, dass es dazu keine Alternative gibt, weil die Gesundheit und das Wohlergehen, ja die Existenz der auf der Insel brütenden Vögel davon abhängt. Das gesamte Brutgebiet der Lummenalke liegt zwischen Baja und Point Conception, und es gibt nur noch zweitausend Brutpaare. Die Ratten dagegen sind überall. Und Ratten fressen Alkeneier.

»Klingt nicht gerade spannend.«

»Nein«, gibt sie zu, richtet sich auf und reckt sich, als wäre sie eben erst aus dem Bett aufgestanden, und vielleicht, denkt sie, sollte sie sich eine Tasse grünen Tee gönnen, einen kleinen Extrakick Koffein. Für einen Augenblick steht sie reglos da und sieht auf ihn hinab, auf seinen Hinterkopf und die eigenartig fleischigen Ohrläppchen, auf sein mittellanges, nerzbraunes Haar, das an den Spitzen zu einem Rostbraun verbleicht ist und über den Ausschnitt seines T-Shirts und die Tonperlen hängt, die auf eine für sechzig Pfund ausgelegte Angelschnur gefädelt sind. (»Warum sechzig Pfund?« hat sie ihn einmal gefragt. »Damit sie beim Surfen nicht reißt«, hat er geantwortet, als wäre es das Selbstverständlichste von der Welt. »Du nimmst die Kette nie ab?« »Nie.«) Sie legt ihm die Hand auf die Schulter, ganz leicht nur, aber es ist dennoch ein Kontakt. »Andererseits, wenn man bedenkt, wie es letzte Woche in Ventura war« – sie sieht ihn an, wendet den Blick dann ab und presst bei dem Gedanken daran die Lippen zusammen, denn die Wunde ist frisch und noch nicht verheilt –, »wollen wir vielleicht gar nicht allzuviel Publikum. Vielleicht wollen wir nur, ach, ich weiß nicht, vielleicht dreißig Leute, die sich mit der Materie befasst haben –«

»Dreißig Ökologen.«

Sie lächelt rasch und dankbar. Er schafft es immer, ihre Stimmung aufzuhellen. »Ja«, sagt sie, »das wäre nicht schlecht.«

Auch er lächelt jetzt und hängt über der perspektivischen Linie des Tisches wie eine Figur auf dem Gemälde, das sie sich gerade vorstellt: das Pitabrot auf der Theke, die Abendsonne, die schräg durch das Fenster fällt und seine Bartstoppeln beleuchtet, während die Schnellstraße verschwunden ist, ebenso wie die düstere, trübselige Stimmung, die sie, Alma, ins Wohnzimmer gebracht hat. Alles ist gut. Alles ist sehr, sehr gut. »Ich wollte mich nur vergewissern«, sagt er und reißt sie aus ihrem Tagtraum, »falls du mich als Ordner brauchst, um die Leute in Schach zu halten.« Er hält inne, nimmt ihre Hand, streicht mit dem Daumen über die Handfläche, streichelt und streichelt und holt sie in die Gegenwart zurück. »Keine Rattenfreunde, okay? Sind wir uns da einig?«

Am 2. Dezember 1853 traf der Kapitän der S.S. *Winfield Scott*, eines Seitenraddampfers, der am Vortag von San Francisco zu der zweiwöchigen Reise nach Panama aufgebrochen war, eine fatale

Entscheidung, die, ob sie nun auf Selbstüberschätzung, Übereifer oder einem schlichten Rechenfehler beruhte, dem Schiff und, im Lauf der Jahre, Generationen von Seevögeln zum Verhängnis wurde. Die *S.S. Winfield Scott* war erst drei Jahre zuvor in New York für den Linienverkehr zwischen dieser Stadt und New Orleans gebaut worden; 1851 wurde sie jedoch verkauft und in den Dienst an der Westküste gepresst, wo die Passagierzahlen nach der Entdeckung von Gold in Nordkalifornien geradezu explodiert waren. Sie war für rauhes Wetter gebaut, etwa siebzig Meter lang und zehn Meter breit und benannt nach Generalmajor Winfield Scott, dem Löwen des amerikanisch-mexikanischen Krieges, dessen vergoldete Büste mit strenger, unbewegter Miene über das Vorderdeck blickte. Auf der besagten Fahrt waren 465 Passagiere, 801 871 Dollar in Gold und Goldstaub sowie mehrere Tonnen Post und eine volle Besatzung an Bord. Ob die Ratten aus New York oder New Orleans oder dem Hafen von San Francisco stammten, wusste niemand. Aber sie waren da, wie sie hin und wieder auf jedem Schiff dieser Größenordnung waren, und die *Winfield Scott* schien ihnen zuzusagen: Der Speisesaal bot Platz für bis zu hundert Menschen, es gab Kombüsen und Vorratsräume sowie Tonnen voller Abfall, die darauf warteten, ins Meer entleert zu werden, und eine Unzahl feuchter Winkel und Löcher unter Deck und in den Aufbauten bot ihnen Unterschlupf – eine eigene Welt, getrennt von der jener anderen Allesfresser, die sie mit all den feinen Leckerbissen versorgten. Auf einem Schiff dieser Größe hätten Hunderte, ja mehr als tausend Ratten sein können – niemand konnte sagen, wie viele es waren, und diejenigen, die in die Fallen der Stewards gingen, schwiegen sich aus.

Kapitän Simon F. Blunt war ein erfahrener, entschlossener Mann. Er war mit dem Santa-Barbara-Kanal vertraut, denn er war ein wichtiges Mitglied der Kommission gewesen, die zwei Jahre zuvor, kurz nach Kaliforniens Aufnahme in die Union, die Küste vermessen hatte. Als er am Vortag von San Francisco ausgelaufen war, hatte er mit schwerer See und starkem Gegenwind zu kämpfen gehabt, was nicht nur die Geschwindigkeit verminderte, sondern auch dafür sorgte, dass die meisten Passagiere sich von Salon und Speisesaal fernhielten und es vorzogen, in den Kojen zu bleiben. Um die verlorene Zeit wettzumachen, beschloss er, durch den Santa-Barbara-Kanal und die Anacapa-Passage zwischen Santa Cruz und Anacapa zu fahren, anstatt die Inseln seewärts zu umfahren, was deutlich länger gedauert hätte. Normalerweise wäre dies eine bewundernswerte – und zeitsparende – Entscheidung gewesen. Doch unglücklicherweise zog, als an jenem Abend das Essen serviert wurde, Nebel auf, wie es im Santa-Barbara-Kanal häufig geschieht, weil dort der kalte Kalifornienstrom, der von Norden nach Süden fließt, auf den wärmeren südkalifornischen Gegenstrom trifft, ein Umstand, der den außerordentlichen Fischreichtum im Kanal erklärt, diesen für die Schiffahrt aber auch sehr gefährlich macht. Infolgedessen war Captain Blunt gezwungen, seine Position nicht durch Sichtzeichen, sondern durch Koppeln zu ermitteln, wobei die zurückgelegte Distanz durch die Messung der Geschwindigkeit in festgelegten Intervallen berechnet wird. Dennoch war er zuversichtlich: Es war Routine, nichts, was ernste Schwierigkeiten gemacht hätte – er war diese Route ein Dutzendmal oder mehr gefahren –, und um zehn Uhr dreißig war er sicher, die Inseln passiert zu haben, und gab Anweisung, auf südöstlichem Kurs parallel zur Küste zu gehen.

Eine halbe Stunde später rammte die *Winfield Scott* mit ihrer Höchstgeschwindigkeit von zehn Knoten einen Felsen vor der Nordküste der mittleren Anacapa-Insel, der ein großes Loch in den Rumpf riss. Sogleich brach unter den Passagieren Panik aus. Sie wurden aus ihren Kojen geschleudert, Gepäckstücke flogen über die Decks, Laternen flackerten und erloschen, und die undurchdringliche Finsternis aus Nacht und Nebel senkte sich über das Schiff. Niemand konnte etwas sehen, doch alle spürten und hörten, was geschah: Irgendwo unten brach Wasser ein, und um ihm Platz zu machen, stieß das Schiff eine Reihe langgezogener Seufzer aus. Als die Passagiere auf die Beine kamen und sich durch die Korridore drängten, immer in der Angst, das Wasser könnte sie einholen und unter Deck einschließen – die Füße waren bereits nass, Fremde klammerten sich aneinander, während sie über unsichtbare Beine und Stiefel und Gepäckstücke stolperten, ins Taumeln gerieten, stürzten, wieder aufstanden, zur Eile getrieben durch das beständige grimmige Rauschen –, hörte man ein gewaltiges tiefes Mahlen und spürte ein lang anhaltendes Beben, als der Rumpf an dem Felsen scheuerte. Schreie und Flüche hallten durch die Dunkelheit. Ein Kind rief nach seiner Mutter. Irgendwo bellte ein Hund.

Das bleiche Gesicht des Wachoffiziers auf der Brücke schien wie eine Glühbirne in der Luft zu hängen und war nur schemenhaft zu erkennen. Er gab Alarm, und der entsetzte Kapitän befahl volle Kraft zurück, damit das Schiff von dem Hindernis loskam und weiterer Schaden verhindert wurde. Die Maschinen mühten sich, beißender Rauch quoll aus den Schornsteinen, bis man an Deck kaum noch atmen konnte, die großen Schaufelräder fuhren durch das Wasser, als wollten sie den Ozean mit Eimern ausschöpfen, alles stand auf Messers Schneide – der Kapitän verharrte wie festgenagelt, die Offiziere flüsterten Stoßgebete, auf Deck schrie die Menge –, bis das Schiff unter lautem Seufzen und dem krachenden Splittern von Holz zurücksetzte. Die *Winfield Scott* war frei. Sie bebte, sie schlingerte, aber sie war frei und schwamm. Für Mannschaft und Passagiere muss es ein erhebender Augenblick gewesen sein, doch er währte nur kurz, denn im nächsten Moment lief das Heck des Schiffs auf Grund. Das Ruder riss ab, und das Schiff war manövrierunfähig. Beinahe sofort bekam es Schlagseite, und alles, was nicht befestigt war, rutschte auf die unsichtbaren Felsen und die weißgesäumten Wellen vier Decks tiefer zu.

Kapitän Blunt war in schweren Nöten: Menschenleben standen auf dem Spiel, seine Karriere war ruiniert, seine Hände zitterten, seine Kehle war wie ausgetrocknet. Er gab Befehl zum Verlassen des Schiffs. Im Licht der verbliebenen Laternen ließ er Offiziere und Mannschaft antreten, um eine geordnete Evakuierung zu gewährleisten, doch dies wurde erschwert durch Gruppen zu allem entschlossener Männer – Goldsucher, die monate- und in einigen Fällen jahrelang Hunger, Durst und Mühsal auf sich genommen, auf weibliche Gesellschaft und die Segnungen der Zivilisation verzichtet und den Lohn für diese Strapazen schließlich auf die Rücken ihrer nach Schweiß stinkenden Maultiere geladen hatten –, die auf dem Oberdeck herumliefen, ihre prallen, schweren, abgewetzten Satteltaschen hinter sich her zerrten und um einen Platz in einem der Rettungsboote kämpften, ohne an irgend etwas anderes zu denken als daran, wie sie ihr Gold an Land bringen könnten. Der Kapitän war gezwungen, seine Pistole zu ziehen, um die Disziplin zu wahren. Das Heck war jetzt von Wasser überspült, und immer mehr Passagiere drängten in wilder Flucht auf das Oberdeck, zappelnde Gestalten, getrieben von schreienden Mündern und fuchtelnden Händen. Er feuerte in die Luft. »Ruhe bewahren!« rief er immer wieder, bis er heiser war. »Frauen und Kinder zuerst. Es gibt genug Platz für alle. Keine Panik.«

Die Boote wurden zu Wasser gelassen. Die Menschen an Deck konnten sehen, dass sie nicht mehr in unmittelbarer Gefahr waren, und das wirkte sich sehr beruhigend aus. Es ging nun darum, die Leute zu dem dunklen, zerklüfteten Felsen überzusetzen, gegen den das Schiff im Dunkeln geprallt war, und dazu brauchte es nur Geduld, mehr nicht. Niemand würde ertrinken. Niemand würde seine Habe verlieren. Ruhe. Bewahrt Ruhe. Wartet, bis ihr dran seid. Und so geschah es: In den folgenden zwei Stunden fuhren die Boote hin und her, bis alle evakuiert waren, dann folgten die Besatzung und der Kapitän. In der sehr feuchten und kühlen Nacht mit aufkommender Flut und sich verdichtendem Nebel, der alle Proportionen verzerrte, merkten sie nicht, dass der Fels, auf dem sie gelandet waren, etwa zweihundert Meter von der Hauptinsel entfernt war, so dass sie am Morgen ein zweites Mal durch die Brandung rudern mussten.

Sie wurden erst nach einer Woche gerettet. Bevor das Schiff unterging, barg man Proviant, doch dieser reichte nicht annähernd für alle. Es gab Kämpfe, sowohl um die zugeteilten Rationen als auch um Gold, so dass Captain Blunt schließlich gezwungen war, zwei Golddiebe vor den Augen der versammelten Passagiere an einen Felsen binden und zur allgemeinen Befriedigung und unter spärlichem Applaus auspeitschen zu lassen. Einige Männer angelten vom Ufer aus, in der Hoffnung, die Versorgungslage zu verbessern. Andere sammelten Muscheln und Abalone, wieder andere schossen einen Seelöwen und brieten ihn über offenem Feuer. Als die Nachricht von dem Schiffbruch schließlich San Francisco erreichte und die drei Schiffe *Goliath, Republic* und *California* die Küste absuchten und die Passagiere bargen, tat es niemandem leid, die schwarzen Klippen von Anacapa im Nebel zurückbleiben zu sehen. Das Schiff war verloren. Die Passagiere hatten eine Nacht voller Schrecken und eine Woche voller Langeweile, Sonnenbrand und Zwangsdiät hinter sich, aber niemand war ums Leben gekommen, und auch das Gold war gerettet, jedenfalls zum größten Teil.

Ratten sind gute Schwimmer, sie besitzen große Ausdauer und einen starken Überlebenswillen. Experimente haben gezeigt, dass eine durchschnittliche Ratte sich etwa achtundvierzig Stunden über Wasser halten, mit der Geschicklichkeit eines Eichhörnchens an senkrechten Drähten, Seilen, Trossen oder glatten Bäumen emporklettern und sich durch Öffnungen mit einem Durchmesser von zweieinhalb Zentimetern zwängen kann. Ratten verfügen außerdem über einen hervorragenden Gleichgewichtssinn und erreichen das Land meist auf schwimmenden Trümmerteilen wie Kissen, Planken, Whiskeyflaschen, Handkoffern und anderem Treibgut oder auf Ästen, die bei heftigen Regenfällen aus Schluchten ins Meer gespült werden. Sicherlich ertranken einige der Ratten an Bord der *Winfield Scott*, weil sie im Laderaum eingeschlossen wurden, als die Gepäckstücke verrutschten, oder weil sie es nicht schnell genug auf das Oberdeck schafften, doch wahrscheinlich gelangte die Mehrzahl an Land. Natürlich hätte schon ein einziges Pärchen gereicht. Oder auch nur ein trächtiges Weibchen.

Jedenfalls wird Alma das Publikum darüber informieren, dass es den überlebenden Hausratten – mit wissenschaftlichem Namen *Rattus rattus* – nach dem Untergang der *Winfield Scott* gelungen ist, von jenem Felsen aus die mittlere Insel zu erreichen und sich im Lauf von Generationen über die östliche und schließlich, auf Treibholzstücken oder angetrieben von hurtig rudernden Pfoten, auch über die westliche Insel auszubreiten. Nur pures Glück und die fast zehn Kilometer breite Anacapa-Passage mit ihrer starken Strömung und schäumenden Gischt haben ihr Vordringen nach Santa Cruz bislang verhindert. Und eine solche Ausbreitung würde niemand wollen, nicht einmal der entschiedenste Nagetierfreund.

Das Innere des Prius erglüht im sanften bernsteinfarbenen Licht der Armaturenbeleuchtung, als der Wagen sich beinahe lautlos in den dahinströmenden Verkehr auf der Schnellstraße einfädelt. Tim sitzt entspannt am Steuer und kommentiert die Radionachrichten – das ist seine Art, sie zu beruhigen und so zu tun, als wäre dieser kleine Ausflug zum Museum etwas ganz Normales. Als wollten sie Arm in Arm durch die Ausstellung schlendern, zum zwanzigstenmal den Chumash-*tomol* und das Skelett des Santa-Rosa-Zwergmammuts betrachten, mit gedämpfter Stimme lachen und scherzen und sich in der trockenen, stickigen Museumsluft wie zu Hause fühlen. Alma wäre selbst gefahren, aber sie hat gern den Kopf frei, bevor sie vor Publikum spricht, und weiß aus Erfahrung, dass die Konzentration auf den Verkehr – und sei sie noch so oberflächlich und die Strecke noch so kurz – sie nur ablenkt. Jedesmal gibt es irgendein Problem: Entweder hat sich ein Unfall ereignet oder eine Spur ist gesperrt, damit der Asphalt ausgebessert oder der Seitenstreifen befestigt werden kann oder was immer es ist, was diese Bauarbeiter nachts auf der Schnellstraße machen, oder es herrscht einfach Wahnsinn, schlichter Wahnsinn – schlechte Manieren, Handytelefonate, allgemeine Unaufmerksamkeit –, und diese Verzögerungen bringen sie aus dem inneren Gleichgewicht. Wenn man vor sich eine Kette von Bremslichtern sieht, weiß man nie, ob man für fünf Minuten oder eine Stunde aufgehalten wird. Oder für immer. Für den Rest des Lebens.

Und natürlich: Einen Kilometer vor ihrer Ausfahrt erwartet sie ein Meer von roten Lichtern, und im nächsten Augenblick stehen sie hinter einem Pick-up, dessen mittels eines Gespinstes aus glänzenden Streben höhergelegte Karosserie so hoch aufragt, dass der Rüssel eines Zwergmammuts das Dach nicht hätte erreichen können. »Scheiße«, zischt sie und beißt sich auf die Unterlippe, eine schlechte Angewohnheit, wie sie weiß, aber sie kann nicht anders. »Ich wusste, wir hätten außen herum fahren sollen.«

Tim zuckt die Schultern und wechselt den Sender, woraufhin die beruhigende Stimme des Sprechers sich im Schlagen und Rasseln von Trommeln, Congas und Kuhglocken und dem klagenden, beinahe menschlichen Klang einer Gitarre auflöst, der sich über dieser rhythmischen Sturzflut aufschwingt. »Wahrscheinlich geht's gleich weiter«, sagt er. »Außerdem haben wir noch zwanzig Minuten. Und die nächste Ausfahrt ist Mission. Siehst du sie? Da vorn, hinter dem Heck von diesem Idioten.«

Sie antwortet nicht. Sie wendet nur den Kopf, blickt aus dem Fenster auf das Autogeschäft neben der Schnellstraße – noch mehr Autos – und stößt einen langen, vernichtenden Seufzer aus. Es ist nicht Tims Schuld, und sie will ihn nicht dafür büßen lassen. Er tut sein Bestes, und die schnellste Verbindung ist zweifellos die Schnellstraße. Wie hätte er wissen sollen, dass das passieren würde? (Allerdings hat sie für den Schleichweg plädiert, als er den Blinker eingeschaltet hat, um auf die Schnellstraße zu fahren. *Ist da nicht noch Berufsverkehr?* hat sie gefragt, und er hat ihr versichert: *Nein. Jetzt nicht mehr. Wir sind rechtzeitig da.*) Es war also seine Entscheidung. Und sie war einverstanden. Und jetzt stehen sie hier. Es geht nicht vor und nicht zurück.

Nach einer Weile sagt er: »Muss ein Unfall sein.«

Sie ist ganz in Schwarz – gebügelte Baumwollhose, Lacklederpumps, ein Oberteil mit V-Ausschnitt, das Ganze akzentuiert durch eine Halskette und ein Armband, beides Silber, nichts Protziges, nichts, an dem irgend jemand Anstoß nehmen könnte –, und ihre Unterlagen sind in dem Schnellhefter auf dem Laptop, den sie auf dem Schoß hat. Am Nachmittag hat sie lange gebraucht, um zu entscheiden, was sie anziehen wird, sie hat versucht, die Mitte zwischen formell und lässig zu finden und auszusehen wie eine Ökologin, die eben noch in der freien Natur war und über das richtige Maß an Chic verfügt, um nicht einschüchternd, sondern sympathisch und überzeugend zu wirken, und dann hat sie eine Stunde vor dem Spiegel verbracht und sich das Haar ausgebürstet und Make-up aufgelegt. Zuviel Wimperntusche, und sie sähe aus wie ein Flittchen. Zuwenig, und man würde weder die Form ihrer Augen sehen noch die Art, wie sie das Licht einfangen (eine Eigenschaft, die Leute auf der Straße manchmal starrend stehenbleiben lässt). Ein gutes oder wenigstens modisches und interessantes Erscheinungsbild gehört in ihrem Job zum Anforderungsprofil. Wer will schon auf einem Stuhl mit harter Lehne sitzen und sich anhören, wie ein schlechtgekleideter Waldschrat Statistiken über den Rückgang dieser oder jener Spezies abspult? Sie ist da, damit man sie ansieht und ihr zuhört, und damit hat sie kein Problem. Wenn sie ihr Aussehen zur Förderung ihrer Ziele einsetzen kann – um so besser.

Aber verdammt, verdammt, dass sie ihr diese Sache so schwer machen. Und sie hätte niemals diesen Tee trinken sollen: Das Koffein lässt das Blut in ihren Ohren pochen und legt ihre Nerven blank, als hätte sie ihren Körper mit einem Gemüseschäler bearbeitet. »Ich wollte, ich wäre auf den Inseln«, sagt sie und sieht ihn abrupt an. »Wirbellose sammeln. Vögel beringen. Irgendwas. Ich hab diesen Kram so satt.«

Er sieht nach vorn, sein von den Bremslichtern des Pick-ups beleuchtetes Gesicht wirkt konzentriert. »Aber du bist die Sprecherin.«

»Direktorin für Öffentlichkeitsarbeit.«

»Dasselbe in Grün. Was ich meine, ist: Sprecher müssen sprechen. Das ist es, was du tun sollst, und das ist es, was du gut kannst.« Er hält inne, die Finger trommeln auf dem Lenkrad, er geht ein paar Variationen durch. »Und warum heißt es eigentlich ›Sprecher‹ – sollte es nicht ›Verkünder‹ heißen? Oder ›Erklärer‹? ›In der heutigen Pressekonferenz erklärte der Erklärer des Präsidenten …‹« Er wendet sich zu ihr und ist unvermittelt ernst. »Ohne dich wären die aufgeschmissen, und das wissen sie auch.«

»Dave LaJoy«, sagt sie langsam und deutlich. »Anise Reed.«

Er winkt ab. »Okay, okay, aber Idioten gibt es überall. Besonders wenn du –«

»Wenn ich was?«

»Wenn du, ich weiß nicht, wenn du etwas Umstrittenes tust. Oder verteidigst. Es erklärst. Erklärungen machen dich immer angreifbar, als würdest du dich entschuldigen für etwas, was schon geschehen ist. Oder noch geschehen wird.«

Sie spürt Wut in sich aufwallen. »Ich entschuldige mich nicht. Es gibt nichts, wofür wir uns entschuldigen müssten. Wir sind Wissenschaftler. Wir fertigen Studien an. Wir sind nicht wie diese Tierschutzfanatiker, diese PETA-Idioten, die nur kommen, um

einen niederzubrüllen, weil sie nichts Besseres zu tun haben – und die sind so uninformiert, so dumm. Die haben nicht die leiseste Ahnung, worum es eigentlich geht. Nicht den Hauch einer Ahnung. Wenn sie nur mal –«
»Dann klär sie auf.«
Sie ist jetzt erbittert, erbittert und empört. »*Aufklären? Viel Glück!* Diese Leute wollen keine Fakten, sie wollen nichts wissen von der Biogeographie von Inseln, von den Auswirkungen invasiver Spezies, von den Folgen eines Zusammenbruchs des Ökosystems und allem anderen. Sie wollen sich nur einmischen. Und herumschreien. Das tun sie nämlich am liebsten.«
»Ich weiß«, sagt er, »ich weiß«, und jetzt kommt Bewegung in den Stau, die Bremslichter erlöschen, Reifen drehen sich, rollen voran, die Ausfahrt rückt näher. »Ich stehe ja auf deiner Seite. Du musst nur gelassen bleiben. Sei freundlich. Aber bleib fest. Sei professionell. Denn das bist du doch, oder – ein Profi?«
Die Schnellstraße entlässt sie auf städtische Straßen: Am Bordstein parken Wagen, Schaufensterscheiben reflektieren gleißende Scheinwerferlichter, Bäume werfen Schatten. Leute kommen aus Restaurants, schließen mit Fernsteuerungen ihre Wagen auf, stehen ohne erkennbaren Grund in Gruppen auf dem Bürgersteig herum, sind unterwegs zu Veranstaltungen. Ein Bus verlässt die Haltestelle und reiht sich, bebend wie ein Schiff auf hoher See, in den Verkehr ein. Sie fahren an einem ehemaligen Laden vorbei, in dem jetzt Kung-Fu unterrichtet wird, und Alma sieht für einen kurzen Augenblick Gewänder, Gesichter, synchronisierte Bewegungen. Es ist Viertel vor sieben. Sofern es keine weiteren Überraschungen gibt, werden sie fünf Minuten vor Beginn des Informationsabends dasein, und irgendwie ist das besser, als noch eine halbe Stunde Zeit zu haben und in einem Hinterzimmer herumsitzen zu müssen, wo man dann den drei Meter großen ausgestopften Grizzly anstarrt, der dort steht, und nervös auf und ab geht und der Uhr zusieht, wie sie die Sekunden abzählt. Sie hebt die Hand, um das Haar aus dem Gesicht zu streichen, und legt sie wieder auf den Schnellhefter. Der Regen, der sich schon den ganzen Nachmittag angekündigt hat, wählt diesen Augenblick, um die

Windschutzscheibe und die dunkle Zunge der Straße vor ihnen mit zischenden Tropfen zu besprengen. »Ja«, sagt sie schließlich, als die Frage längst vergessen ist, »das bin ich. Ein Profi.«

Sie ist überrascht, wie viele Wagen auf dem Parkplatz stehen. Alle Plätze scheinen besetzt zu sein, jedenfalls die in der Nähe des Eingangs, und andere Autofahrer fahren pirschend, lauernd durch die Reihen. Der Regen ist stärker geworden, prasselt auf den Asphalt und reflektiert das Licht der Scheinwerfer mit einem wächsernen Schimmer. »Sieht so aus, als hätten sich deinetwegen eine Menge Leute auf die Beine gemacht«, sagt Tim, beugt sich, beide Unterarme auf dem Lenkrad, vor und späht in die Nacht, während er darauf wartet, dass der Fahrer des Wagens vor ihnen, eines schwarzen BMW mit hektisch pulsierendem linkem Blinker, sich endlich entschließt: links, rechts oder geradeaus. Diese Verzögerung nervt. Es ist genau das, was sie wahnsinnig macht: Unentschlossenheit, Unaufmerksamkeit, die Faulheit der Leute, die nicht bis zum Ende des Parkplatzes fahren wollen, weil der Weg dann vielleicht zehn Meter länger ist, die auf der Couch sitzen, eine Tüte Chips in der einen und eine Cherry Coke in der anderen Hand, und sich fragen, warum Amerika fetter und fetter wird. Sie beugt sich nach links und will auf die Hupe drücken – *Was sind das bloß für Leute?* –, zieht die Hand aber wieder zurück. Sie kann es sich nicht leisten, unhöflich zu sein. Nicht hier. Nicht heute abend. Wie verheerend wäre es, als Ehrengast und Hauptrednerin in einen Streit auf dem Parkplatz verwickelt zu werden?

»Da muss irgendwo noch eine andere Veranstaltung sein«, sagt sie.

»Weiß nicht. In der Zeitung stand jedenfalls nichts davon.« Der Wagen vor ihnen kriecht weiter, das hektische Blinken links erstirbt, nur um auf der rechten Seite reanimiert zu werden. Dann leuchten die Bremslichter, und der Wagen bleibt stehen. Schon wieder. Davor sieht sie die von den Scheinwerfern beleuchteten Gestalten von Paaren, die den Bürgersteig entlangeilen, gebeugt unter Regenschirmen, und in diesem Augenblick fällt ihr ein, dass sie ihren Schirm vergessen hat.

»Tim? Hast du einen Schirm mitgenommen?«

Er sieht sie mit seinem erschrockenen Blick an: hochgezogene Brauen, die Augen weit aufgerissen, nach Worten suchende Lippen – das Ganze sowohl Parodie als auch Hommage auf seinen Lieblings-Talkmaster. Er kann sehr komisch sein, nichts ist ihm heilig, kein Anlass ist so feierlich oder so wichtig, dass er nicht einen Witz darüber machen würde. Aber dies ist nicht die rechte Zeit. Oder der rechte Ort.

»Also nicht?«

Er schüttelt den Kopf, spielt noch immer den Trottel, als wäre das alles ein großer Witz, als könnte er sie auch nur ansatzweise beruhigen. »Nein. Tut mir leid. Soll ich zum Eingang fahren und dich vor der Tür absetzen? Oder nein, ich trage dich. Soll ich dich tragen?«

»Nein«, fährt sie ihn an und denkt an ihre ruinierte Frisur und das verlaufene Make-up, denkt daran, dass sie am Mikrofon stehen wird, als wäre sie gerade von einem Boot gefallen, »nein, ich will nicht, dass du mich trägst. Hast du denn nicht gesehen, dass es Regen geben wird? Hast du überhaupt nicht nachgedacht?«

Als sie einen Monat zusammen waren, hat sie ihm, bevor sie zusammen nach Scottsdale gefahren sind, wo er Katherine kennenlernen sollte, ein genaues Bild von ihrer Mutter gezeichnet, von ihrer Persönlichkeit, ihren Gewohnheiten und Vorlieben – ein zwar im großen und ganzen liebevolles, aber auch schonungsloses Porträt. Ihre Mutter war eine Käuferin, eine unermüdliche Käuferin. Eine Kaufsüchtige. Es gab nichts, was sie nicht sammelte – Tonperlen, Zuni-Türkisschmuck, Fiestazubehör, Porzellanpuppen, antike Abfalleimer und viktorianische Möbel, so wuchtig und dunkel, dass sie das Licht aus jedem Zimmer drängten. Angesichts eines sterbenden Planeten und ausgebeuteter Rohstoffreserven hätte sich wohl jede Tochter dafür geschämt, aber für eine Ökologin, die sich der Aufgabe verschrieben hatte, die Öffentlichkeit aufzuklären, war es niederschmetternd und unerklärlich. Und es tat weh, sehr weh. Sie fand es auf vielen Ebenen schlimm. Unter anderem fand sie schlimm, dass sie es überhaupt erwähnte – als würde sie dadurch ihre Mutter und die Liebe ihrer Mutter verraten. Und was war das erste, was Tim dazu sagte? »Ich weiß den Sammeltrieb zu schätzen«, erklärte er, als er sich mit dem Gimlet, den ihre Mutter ihm in die Hand gedrückt hatte, auf das Sofa im Wohnzimmer sinken ließ, »ganz gleich, ob das ökologisch korrekt ist oder nicht. Meine Mutter – die wirst du noch kennenlernen, sie lebt in Upstate New York, aber sie besucht mich ungefähr zweimal im Jahr –, meine Mutter war genauso. Aber dann hab ich zu ihr gesagt: ›Für Frauen ist die Jagd nach Antiquitäten das, was für Männer das Angeln ist. Ich verstehe das. Aber heutzutage geht es darum, Ressourcen zu schonen, und darum werfen die meisten ihre gefangenen Fische wieder ins Wasser. Du weißt schon: Man kostet die Aufregung aus, man schleicht sich an die Forellen an und wirft die Fliege aus, man zieht dieses geheimnisvolle, wunderschöne Wesen aus dem Wasser, eins von einer Million, so wertvoll wie Gold, aber dann lässt man es wieder frei.‹ Und jetzt macht meine Mutter es genauso. Sie ist total geheilt. Sie geht in ein Geschäft, stößt auf irgend etwas Wunderschönes, was immer es ist, feilscht so verbissen, als würde es sie umbringen, auch nur zehn Cent mehr zu bezahlen, und dann legt sie das Geld hin, lässt sich das Ding einpacken – und gibt es wieder zurück. Verstehst du? Fangen und wieder freilassen.«

Er gibt keine Antwort. Aber er lässt den Wagen vorwärtskriechen und betätigt die Lichthupe, um den Leuten in dem BMW zu signalisieren, dass ihr Verhalten korrekturbedürftig ist. »Warum parkt ihr denn nicht gleich mitten auf der Straße? Na los«, treibt er sie an, »nun macht schon.« Wer immer sie auch sind – im Gegenlicht heben sich plötzlich zwei Silhouetten ab, der Hinterkopf eines Mannes und das Profil der Frau neben ihm, deren Haar aussieht wie ein schlampig gewickelter Turban –, sie scheinen begriffen zu haben, worum es geht. Die Schultern des Mannes machen eine rasche Bewegung, er lenkt nach rechts und macht widerwillig den Weg frei.

Und in diesem Augenblick überkommt sie dieses Gefühl – was ist es? Entsetzen? Ärger? Hass? –, und sie will es nicht wissen, sie will nicht hinsehen, sie starrt wie im Kälteschock nach vorn, als Tim an ihm vorbeifährt, im gleißenden Licht der Scheinwerfer des

Wagens hinter ihnen. Sie spürt, dass sein säuerlicher Blick über sie hinwegstreicht, der Motor des Prius summt, die Scheibenwischer fahren rhythmisch hin und her, und aus dem Radio dringt eine ganz leise Stimme, als sie sich an ihm vorbeischieben, doch sie wendet nicht den Kopf. Sie schließt sie aus, diese beiden, sie negiert sie, spielt Verstecken, doch zuvor springt ihr noch der Aufkleber auf dem Seitenfenster des BMW entgegen: Vor dem Hintergrund der Cartoonfigur eines Nagetiers mit menschenähnlichem Gesicht stehen drei knallrote, grellgelb eingerahmte Buchstaben: *FPA*, und darunter, in Lettern, die wie vom Fahrtwind verwischt aussehen: *For the Protection of Animals*.

Doch dann merkt sie, dass Tim beschleunigt, und sie rauschen durch den Regenvorhang, oder jedenfalls den von den Scheinwerfern beleuchteten Teil davon, zwischen den rechts und links abgestellten Wagen zum anderen Ende des Parkplatzes und auf der anderen Seite wieder zurück. Bevor sie irgendwelche Einwände machen kann, hält er vor dem Eingang an, auf dem breiten Streifen, der *Nur für Fußgänger* ist, neben der gewundenen Schlange aus Leuten mit Regenmänteln und Schirmen, die Eintrittskarten wollen, und kaum sind sie zum Stehen gekommen, da beugt er sich vor und streckt die Hand nach ihrem Türgriff aus. »Na los«, sagt er. Der Sicherheitsgurt zerrt an seiner Schulter, und sein Geruch – sein Rasierwasser, sein Shampoo, der warme, feuchte Geruch der Haare unter seinen Achseln und zwischen seinen Beinen, der Geruch ihres Bettgenossen, ihres Geliebten – steigt ihr in die Nase, urtümlich und tröstlich und doch auch verwirrend. Für einen Augenblick weiß sie nicht, was sie tun soll. »Ich parke irgendwo dahinten«, sagt er und weist mit einer unbestimmten Geste auf die weite Schattenarena hinter ihnen. »Ich komme dann nach.« Die Tür schwingt auf. Sie löst ihren Sicherheitsgurt, klemmt sich Laptop und Schnellhefter unter den Arm und steigt aus in den Wind und den windverwehten Regen –, den sie auf den Lippen schmeckt, süß und aufdringlich zugleich. Tim sieht ihr nach. Grinst. »Hals- und Beinbruch«, sagt er.

Bevor sie antworten kann – und was hätte sie schon sagen sollen? *Ich werd's versuchen?* –, ist Frieda Kleinschmidt, die Museumsdirektorin, bei ihr und hält einen leuchtend rosaroten Schirm über sie. Die Lampen entlang des Wegs zum Eingang verschwimmen im Dunst, Leute kommen aus den Schatten und suchen Zuflucht unter dem Vordach, klappen Schirme zusammen, stampfen mit den Füßen auf und streifen Regentropfen von Schultern, Ärmeln und Hüten. Groß, mit schmalen Schultern und verkniffenem Gesicht steht Frieda steif da und starrt auf den Prius, der schräg auf dem Fußweg steht, wo noch nie zuvor ein Wagen gestanden hat. Ihre Stahlbrille schimmert, und aus vergrößerten Augen wirft sie einen ängstlichen Blick auf Tim – Nein, er ist kein Terrorist, will Alma ihr versichern, nur mein Freund –, und dann sagt sie: »Na, da haben Sie ja ein schönes Wetter erwischt. Wer hätte das gedacht?« Sie macht eine pumpende Bewegung mit dem Schirm und senkt ihn auf Almas Höhe. »Ich meine, vor einer Stunde war es noch wolkenlos. Oder nicht? Ich glaube schon. Als ich zuletzt geschaut habe.«

Alma murmelt eine Antwort, und dann gehen sie durch den Innenhof, vorbei am Eingang zum Vortragssaal und zu der Tür des Raums, in dem der unglückliche Grizzly (*Ursus arctos californicus*, 1924 für ausgestorben erklärt) Wache hält. »Diese vielen Leute – die sind doch nicht alle wegen mir gekommen, oder?«

»Ich wüsste nicht, wegen wem sonst«, sagt Frieda über ihre Schulter, beugt sich vor, klimpert mit einem Schlüsselbund und öffnet die Tür zu dem kalten, zu hell erleuchteten Raum. Sie bewegt sich schnell, verschränkt die Arme und geht in ihren Joggingschuhen mit federnden Schritten herum, als wollte sie gleich in die Nacht verschwinden. Sie ist nervös, das kann Alma sehen, nervös wegen des zahlreichen Publikums und wegen des Themas und dem, was letzte Woche in Ventura passiert ist. »Aber Sie haben ja alles, was Sie brauchen, oder? Auf dem Podium stehen eine Flasche Wasser und ein Glas. Und ich glaube, wir sollten zehn Minuten später anfangen, weil es ja regnet und damit jeder einen Platz hat.«

»Ja«, murmelt Alma, »ist gut. Ich muss nur den Laptop an den Projektor anschließen. Und das Mikrofon –«

»Ich habe den Soundcheck selbst gemacht. Werden Sie nach dem Vortrag Fragen beantworten?«

Der Grizzly mit den Glasaugen, der früher zur Ausstellung gehörte, jetzt aber aufgrund ungenannter Vergehen in diesen Raum verbannt ist, überragt sie und fletscht stumm die Zähne. Es gibt hier noch andere Ausstellungsstücke: In einer Ecke steht ein großer, steifer Kamm aus Walbarten, auf einem Eichentisch sind Mammutknochen ordentlich aufgereiht und sehen den ins Unwahrscheinliche vergrößerten Resten eines Kentucky Fried Chicken beunruhigend ähnlich, Pfeilspitzen und Tonscherben von Chumash-Gefäßen liegen in einer verstaubten Vitrine, die schräg in den Raum steht – Museumsplunder, der auf die Spenden wartet, die ihn vor dem Schicksal eines ewigen Depotdaseins bewahren sollen. »Ja. Ich meine, deswegen sind die doch gekommen. Die meisten jedenfalls.«

Frieda sieht sie an. »Wenn irgend jemand, ich weiß nicht, *streitlustig* wird, entziehen Sie ihm einfach das Wort. Und Bill Braithwaite steht an der Tür, nur für alle Fälle …«

Das ist der Punkt, wo sie sagen sollte: *Keine Angst, ich komme schon zurecht – ich hab so was schon tausendmal gemacht.* Aber sie sagt es nicht.

Hoch aufgerichtet, mit blitzenden Brillengläsern und verschreckten taubengrauen Augen, faltet Frieda die Hände und dreht sich um, unter dem leisen Quietschen von Gummi oder Kunststoff oder was immer es ist, aus dem man heutzutage Joggingschuhe macht. »Na, dann lasse ich Sie jetzt allein. Ich hole Sie in« – sie hebt die Hand und sieht blinzelnd auf eine flache goldene Uhr an einem schnürsenkeldünnen Armband – »sagen wir siebeneinhalb Minuten ab.«

Es ist warm im Saal, sehr warm. Auch die Stehplätze sind gefüllt, was bedeutet, dass mindestens dreihundert Zuhörer gekommen sind, und die drängen sich auf engem Raum. Die meisten haben bereits gegessen und verdauen jetzt, wandeln Proteine und Kohlenhydrate um und erzeugen Wärme. Und es ist feucht, der Regen prasselt unaufhörlich auf das Dach und läuft mit peristaltischem Gluckern und Gurgeln durch die Regenrinnen. Außerdem ist es November, und darum ist die Klimaanlage des Museums längst abgeschaltet. Während Frieda eine Liste von Ankündigungen verliest – Veranstaltungen, Seminare, Spendensammlungen, Exkursionen, Filme und Diavorträge –, sitzt Alma in der Mitte der ersten Reihe und spürt, wie ihr der Schweiß aus den Poren tritt, sich im Nacken unter der Heizdecke ihrer Haare sammelt und tropfenweise das Rückgrat hinunterrinnt, wo ihr die Bluse bereits an der Haut klebt. Als sie durch den linken Seiteneingang gegangen ist und sich auf ihren Platz gesetzt hat, war sie abermals erstaunt, wie viele Leute erschienen sind, besonders an einem so verregneten Abend, aber sie hat ihren Blick nur schweifen lassen, so dass sie keine einzelnen Gesichter erkannt hat, auch nicht das von Tim, der wohl im überwiegend männlichen Teil des Publikums am hinteren Ende des Saals steht, das sich keine Hoffnung auf einen Sitzplatz machen kann. Vor ein paar Minuten, in dem grünen Raum mit Frieda und dem Grizzly, war sie noch nervös, aber das ist jetzt vorbei. Sie wünscht sich nur – sie hofft –, dass Friedas Begrüßung kurz und knapp ausfällt, damit sie zum Podium gehen und diese Sache hinter sich bringen kann.

Aber Frieda fasst sich nicht kurz. Nach den ersten stockenden Worten kommt sie in Schwung und genießt die rauschhafte Erfahrung, ihre Stimme durch die Drähte eines mit Schaumstoff ummantelten Mikrofons und die unter der Decke aufgehängten Lautsprecher zu jagen und die Aufmerksamkeit von dreihundert Zuhörern zu fesseln, ohne sich zu verhaspeln, zu versprechen oder sich auf andere Weise zum Narren zu machen. Ihre Einführung – Alma Boyd Takesue, Bachelor in Biologie an der University of Hawaii, Master und Promotion in Ökologie an der University of California in Berkeley, drei Jahre Feldforschung über Braunschlangen auf Guam und dann der ganze Rest bis hin zur Auflistung ihrer Publikationen in Fachjournalen, aller Publikationen in allen Journalen – ist ebenso langwierig wie langweilig, und als Frieda endlich vom Mikrofon zurücktritt, mit einer Hand das Scheinwerferlicht abschirmt und die andere in einer Willkommensgeste ausstreckt, ist das Publikum ungeduldig. Pflichtschuldiges, spärliches Klatschen ertönt, als Alma aufsteht, und erstirbt, noch bevor sie im Scheinwerferlicht angekommen ist und sich müht, das

Mikrofon, das Frieda ihr hinterlassen hat, so einzustellen, dass es nicht mehr über ihrem Scheitel hängt.

»Hallo«, hört sie sich sagen, und der Verstärker schleudert ihre Stimme durch den Saal, so dass sie mit hallendem Vibrato in alle Winkel dringt. »Ich möchte Ihnen danken, dass Sie gekommen sind, besonders an einem so« – und hier hält sie inne, sucht nach dem rechten Wort, das die Spannung herausnimmt und eine freundliche Atmosphäre erzeugt, und wie ist der Abend denn überhaupt? –, »an einem so ungemütlichen Abend.« Ja, ungemütlich. Allgemeines Geraschel, als säße das ganze Publikum auf einem riesigen, gespannten Papier, und dann beugt sie sich zu ihrem Computer, und auf der großen Leinwand hinter ihr erscheint das erste Foto: Anacapa bei Tagesanbruch, der Arch Rock leuchtet ikonisch, und das Meer blinkt so friedlich, als wäre es in Öl gemalt. »Das ist Anacapa«, sagt sie überflüssigerweise, »eine der Inseln des Nationalparks Santa-Barbara-Inseln, jener Inseln, die man oft als die Galapagos-Inseln Nordamerikas bezeichnet.«

Die Galapagos-Inseln Nordamerikas. Eine abgedroschene Phrase, die sie aber in Presseerklärungen und bei formellen und informellen Vorträgen gern gebraucht, denn sie verfehlt nie ihre Wirkung: Die Zuhörer denken sogleich an Sonderausgaben von *National Geographic*, sehen vor ihrem geistigen Auge Blaufußtölpel, Fregattvögel, Vampirfinken und Meerechsen in liebevollen Großaufnahmen, während im Hintergrund azurblaue Wellen an ein zerklüftetes Gestade schlagen, und stellen dann in Gedanken die gewünschte Verbindung her: Diese Inseln, *unsere* Inseln, sind ebenso einzigartig. Und haben es ebenso verdient, geschützt zu werden. Nicht bloß geschützt, sondern auch wiederhergestellt zu werden.

Sie hebt den Kopf und sieht ins Publikum, wendet den Kopf nach rechts und links, als spräche sie jeden einzelnen von ihnen persönlich an, obwohl sie wegen der Scheinwerfer und weil ihre Brille auf dem Podium liegt und das Licht im Saal gedimmt ist, kaum über die zweite Reihe hinaussehen kann. »Anacapa«, sagt sie und lässt jede Silbe für sich allein stehen, »ist, wie Sie sicher wissen, ein einzigartiges und unersetzliches Ökosystem, eine Heimat für eine ganze Reihe endemischer Tier- und Pflanzenarten, die es nirgendwo sonst gibt, vom Anacapa-Goldlack und einer autochthonen *Malacothrix* aus der Gattung der Wegwarten bis hin zu Schildgrille und Anacapa-Hirschmaus, *Peromyscus maniculatus anacapae*, so wie die anderen Inseln einzigartige Vogelarten sowie den Tüpfelskunk und« – hier klickt sie mit der Maus, so dass das nächste Foto erscheint, das jedesmal beifälliges Gemurmel hervorruft – »den Insel-Graufuchs beherbergen. Diese Füchse haben sich im Verlauf der sechzehntausend Jahre, die seit der Abtrennung der Inseln vom Festland vergangen sind, zu einer eigenen Unterart entwickelt, die den bei Inselpopulationen oft beobachteten Zwergwuchs aufweist. Diese kleinen Burschen« – sie sieht auf die Leinwand, wo der Fuchs im Dämmerlicht steht, die Ohren aufgestellt, die Vorderpfoten ordentlich nebeneinander und mit einem Blick, aus dem die ganze Wildheit eines Plüschtiers spricht – »wiegen im Durchschnitt drei bis fünf Pfund und sind so groß wie eine Hauskatze ... eine Hauskatze, die sich ausgiebig und regelmäßig bewegt.« Die letzte Bemerkung, ihr Eisbrecher, sorgt immer für den ersten Lacher des Abends oder wenigstens für ein schuldbewusstes Schmunzeln, wenn die Katzenbesitzer an ihre übergewichtigen, an Trockenfutter gewöhnten Zimmertiger denken, die zu Hause schlafend auf dem Sofa liegen.

Jetzt hat sie es geschafft, das Publikum ist gefesselt. Was macht es schon, dass sie insgeheim findet, alle streunenden Katzen sollten abgeschossen werden? Sie findet ihren Rhythmus, die lateinischen Bezeichnungen gehen ihr so leicht über die Zunge, als wäre sie eine Novizin, sie hat alle Fakten und Zahlen parat und braucht nicht auf die Notizen zu sehen, die sie in einer 22-Punkt-Schrift ausgedruckt hat, damit sie keine Brille braucht und das Publikum ihr direkt in die Augen sehen kann. Hinter ihr erscheint ein Bild nach dem anderen, sie präsentiert einen kurzen Überblick über die Biogeographie der Inseln und erklärt, wie sich an isolierten Orten Spezies entwickeln und die Nischen des Ökosystems füllen und dass ein solches einzigartiges Gleichgewicht, wie es auf vielen Inseln in aller Welt herrscht, durch die Einfuhr von Festlandarten empfindlich gestört werden kann. Sie spricht vom Dodo, dem Paradebeispiel für eine ausgestorbene Inselspezies, einem taubenartigen Vogel, der irgendwie seinen Weg auf eine Insel im Indischen Ozean gefunden und sich, da es dort keinerlei Raubtiere gab, zu dem watschelnden, fettsteißigen, flugunfähigen Vogel entwickelt hat, der dann zum Inbegriff der Hilflosigkeit geworden ist.

»Der Dodo war naiv«, sagt sie und bedenkt sie mit einem strengen, nüchternen Blick, denn das ist die Realität, Leute, das ist es, worauf es hinausläuft – der unersetzliche Verlust einer Spezies –, und daran ist nichts Komisches oder auch nur entfernt Ironisches. »Das soll heißen, er hatte Misstrauen und Furcht im Verlauf von Generationen verloren und watschelte arglos auf den ersten Matrosen zu, der auf der Insel Mauritius landete. Und der drehte dem Dodo den Hals um, rupfte und briet ihn. Anschließend führte er Ratten und Schweine ein, die die Eier dieser Bodenbrüter fraßen. Fliegen ist teuer«, fährt sie fort, »jedenfalls in Hinblick auf den Kalorienverbrauch, und dasselbe gilt für das Anlegen von Nestern in Bäumen. Warum fliegen, warum Nester auf Bäumen bauen, wenn man an einem Ort ist, wo man nichts zu befürchten hat? Wie jedes Schulkind weiß, lautet die Antwort – oder vielmehr das Resultat – im Fall des Dodos: Ausrottung.«

Das Publikum ist ruhig geworden, das anfängliche Rascheln, Schneuzen und halbunterdrückte Husten ist einer Stille gewichen, die sie nicht als kollektiven Stupor, sondern als aufmerksames Schweigen deuten möchte. Und tatsächlich, sie sind aufmerksam: Sie kann es spüren, sie sind wach und gespannt, sie warten auf das Thema (Schlüsselworte: Ratten und Gift) und die heftige anschließende Diskussion. Nun gut. Dann also heraus damit. Sie klickt mit der Maus, und das nächste Bild, das die Leinwand befällt, ist das ebenjener Ratten. Augen funkeln dämonisch im Blitzlicht des Fotografen, und die Tiere selbst durchstöbern die Nester von Möwen und Alken, ihre Schnauzen und Pfoten sind verschmiert mit Eidotter, Eiweiß und Keimflecken.

»Ratten«, verkündet sie und hält kurz inne, damit das ganze Gewicht dieser Information zur Geltung kommt, »sind weltweit für sechzig Prozent des Aussterbens von Inselpopulationen verantwortlich.« Wieder eine kurze Pause. »Und Ratten sind dabei, die Bodenbrüter auf Anacapa auszurotten.« Diesmal wird ihre Pause begleitet von dem stählernsten Blick, den sie angesichts der Tatsache, dass sie das Publikum praktisch nicht sehen kann, zustande bringt. »Und darum bin ich heute abend hier, um Ihnen zu erklären, dass wir schnell etwas unternehmen müssen, wenn wir diese endemischen Tier- und Pflanzenarten vor dem Schicksal bewahren wollen, das der Dodo, der Rodrigues-Solitär, der Stephenschlüpfer, Roosevelts Anolis und Dutzende, Hunderte, *Tausende* andere Arten erleiden mussten.«

Ein Rascheln, das Knarzen von Stühlen, Geflüster – Erregung geht durch das Publikum wie eine elektrische Ladung. Das ist es, wofür sie gekommen sind. Und das ist es auch, wofür Alma gekommen ist: der Augenblick der Wahrheit. Sie richtet sich auf und strafft die Schultern. Sie hat die Leute jetzt da, wo sie sie haben will, und jetzt ist der Augenblick gekommen, sich zum Mikrofon zu beugen, mit diesem stählernen Blick, und zu sagen: »Und darum haben wir, nach langer Beratung und mit voller Unterstützung der Biologen vom National Park Service, der Naturschutzbehörde und diverser wissenschaftlicher Institute, beschlossen, die auf die Santa-Barbara-Inseln vorgedrungene Rattenpopulation, die die Bestände der einheimischen Hirschmaus, des Alken, der Taubenteiste, der Westmöwe und des Kormorans gefährdet, durch ein auf dem Luftweg ausgebrachtes Mittel namens Brodifacoum zu beseitigen.« Sie klickt, und es erscheint eine Großaufnahme eines Lummenalken mit schwarzer Kappe und Maske über weißer Kehle und hellem Bauch. Der kleine Vogel sieht entsetzt auf die Ratte hinab, die an dem Ei nagt, das er bebrütet. »Und ich kann Ihnen versichern, dass dieses Mittel schnell und human wirkt und dass wir nur zu gern weniger drastische Maßnahmen ergreifen würden, wenn es denn welche gäbe. Angesichts der Dringlichkeit der Situation und unseres Vertrauens in diese Methode müssen wir aber ...«

Es ist ganz still. Alles sieht zu einer Gestalt, die sie erst jetzt am Rand ihres Blickfelds entdeckt, der Gestalt eines Mannes, der sich von einem der Plätze am Rand der ersten Reihe erhoben hat. Er hat rostbraune Dreadlocks, er hält den Kopf gesenkt, die Muskeln sind angespannt, er beißt die Zähne zusammen. Sie kennt ihn. Natürlich kennt sie ihn. Und natürlich ist er hier, natürlich unterbricht er sie und benimmt sich wie ein SA-Mann, wie ein, ein –

»Quatsch«, ruft er. Seine Stimme hallt von einem Ende des Saals zum anderen. »Propaganda und Doppelsprech.« Er fährt zum Publikum herum, die Arme erhoben wie ein biblischer Prophet. »Sind wir gekommen, um uns die Parteilinie erklären zu lassen wie Arbeitssklaven in einer kommunistischen Diktatur, oder ist das hier eine öffentliche Versammlung? Wollen wir, dass unsere Fragen beantwortet werden? Wollen wir unseren eigenen Standpunkt darlegen? Oder ist das etwa ein Vortrag für Taubstumme?«

Aufbrandender Beifall und verschiedene Stimmen, männliche wie weibliche, die ihm beipflichten, und dann, zögernd zunächst wie ein aufkommender Wind, aber mit jeder Wiederholung stärker werdend, ein Sprechchor: »Dis-kus-sion! Dis-kus-sion! Dis-kus-sion!«

Sie hebt die ausgestreckten Hände, eine Geste, die um Ruhe bittet, um Geduld, um schlichte Höflichkeit, und auch sie bekommt Unterstützung. »Setzen!« ruft einer aus der Dunkelheit. »Halt den Rand!«

»Gut«, hört sie sich sagen, und ihre verstärkte Stimme donnert wie die eines Stentors, eines allmächtigen Gottes – sie hat das Mikrofon, und das Publikum hat es nicht. »Ich werde Ihre Fragen gleich beantworten. Und was Sie betrifft, Mr. LaJoy« – er steht noch immer da, die Arme trotzig verschränkt –, »so sind Ihre Einwände ja wohlbekannt, und Sie werden Gelegenheit bekommen, sie noch einmal vorzubringen, aber bis dahin setzen Sie sich bitte wieder und gedulden Sie sich.« Und dann fügt sie überflüssigerweise noch hinzu: »Alles zu seiner Zeit.«

Der Beifall, der jetzt ertönt, gilt eindeutig ihr und ihrer Bitte um Höflichkeit und Zurückhaltung, und er erstirbt erst, als Dave LaJoy sich auf seinen Platz hat sinken lassen und Alma einen Schluck Wasser aus dem Glas getrunken hat, das Frieda auf das Rednerpult gestellt hat. Zittert ihre Hand, als sie es zum Mund führt? Nein. Sie zittert nicht. Kein bisschen. Entschlossen, sich nicht aus dem Konzept bringen zu lassen, stellt sie das Glas energisch ab und macht weiter, wo sie unterbrochen worden ist. Sie beschreibt – und ja, sie verharmlost – die Wirkung des Mittels und weist abermals und mit eindringlichen Worten darauf hin, dass es absolut keine Alternative zu dem geplanten Vorhaben gibt, während das letzte Foto, das eines Alkes, erscheint, der vor einem verschwommenen Hintergrund aus Pflanzen, die sich an dunkles Vulkangestein klammern, seinen Nestling atzt. Sie nimmt den Applaus dankend entgegen, verbeugt sich und wartet, bis die hagere, hüftlose, hängeschultrige Frieda auf die Bühne und ins Scheinwerferlicht getreten ist. »Und jetzt«, sagt Frieda, begleitet von einer kurzen, warnenden Rückkopplung, »*jetzt* wird Dr. Takesue Ihre Fragen beantworten. Eine nach der anderen. Und immer nur einer, *bitte*.« Sie hält kurz inne, als erwartete sie Widerspruch, schirmt die Augen gegen das Scheinwerferlicht ab und ruft: »Schalten Sie das Licht im Saal ein, Guillermo. Wir wollen doch sehen, mit wem wir sprechen.«

Sofort ist Dave LaJoy aufgesprungen und reißt die Hand hoch – und da ist sie, neben ihm: Anise Reed mit dem Wirbelsturmhaar, den glühenden Augen, den im Schoß geballten Händen. Alma, die ihre Brille inzwischen fest auf die Nase gedrückt hat, ignoriert die beiden und deutet auf eine Frau in der zehnten Reihe. Die erhebt sich von ihrem Stuhl, mit gerötetem Gesicht, einer Haube aus milchweißem Haar und einer rechteckigen Stahlbrille, die aus demselben Geschäft wie Friedas stammen könnte, und sagt mit dünner, freundlicher Stimme: »Aber was ist mit den Mäusen? Werden die von dem Mittel nicht auch getötet?« Sogleich setzt sie sich wieder und verschwindet in der Anonymität der Menge, als würde es sie erdrücken, auch nur eine Sekunde länger im Mittelpunkt der Aufmerksamkeit zu stehen.

»Eine gute Frage«, gratuliert Alma ihr, erleichtert, eine Frage von jemandem beantworten zu können, der sich informieren und etwas dazulernen will, anstatt Aufmerksamkeit zu saugen wie ein Parasit, denn das ist genau das, was Dave LaJoy ist: ein Parasit, der am Park Service und am Museum und an Frieda und allen anderen saugt, die sich bemühen, die Situation zu verbessern, und nicht alles kaputtmachen wollen. »Unsere Biologen« – ihre Stimme ist jetzt sanft und honigsüß, und die Befriedigung, die Alma empfindet, löst die Spannung, die sich in ihrem Bauch aufgebaut hat und bis in die Fingerspitzen ausstrahlt, so dass sie kribbeln, als wären sie erfroren –, »unsere Biologen haben eine repräsentative Population eingefangen, damit sie sich in Gefangenschaft vermehren und nach der Beseitigung der Ratten ausgesetzt werden können. Wir rechnen damit, dass der Bestand sich sehr schnell erholen wird, sobald keine Konkurrenz mit den Ratten mehr besteht.«

»Und die Vögel? Was ist mit den Vögeln? Es werden doch auch jede Menge Vögel sterben, oder etwa nicht?« Ein Mann zu ihrer Linken – ein Verbündeter von LaJoy? – ist aufgesprungen. Sie kennt ihn nicht, sieht einen Spitzbart, einen funkelnden goldenen Ohrring, die blauen, unverwandt starrenden Augen des Fanatikers, und will ihn im ersten Moment einfach ignorieren, entscheidet sich jedoch sogleich anders: Wenn sie ihm nicht antwortet, wird es so aussehen, als wollte sie der Frage ausweichen.

»Die Köder sind leuchtendblau eingefärbt und haben somit keinerlei Ähnlichkeit mit irgend etwas, was ein Vogel fressen würde. Und wir wollen diese Aktion bald, im Winter, durchführen, wenn sich weniger Vögel auf der Insel aufhalten.« Sie hebt beschwichtigend die Hand und lässt sie wieder sinken. »Wir glauben, dass die Kollateralschäden sehr klein sein werden.«

»Klein?« Schon wieder Dave LaJoy, der abermals aufgesprungen ist. »Der Tod auch nur eines einzigen Tiers – einer einzigen Ratte – ist unmenschlich, ungerecht und nicht hinnehmbar. Warum erzählen Sie uns nicht – *Dr.* Takesue –, was dieses Mittel mit einem Tier anrichtet, das das Pech hatte, etwas davon zu fressen, ganz gleich, ob es eine Ratte oder eines von Ihren kostbaren Vögelchen ist? Na? Warum erzählen Sie uns nicht davon?«

Sie sieht, dass Frieda auf ihrem Platz in der ersten Reihe hin und her rutscht. Frieda, der Wachhund. Sie reckt den Hals, und ihre Brille blitzt streitlustig. Und wo ist Bill Braithwaite – sollte er nicht als Ordner bereitstehen? Und Tim? Wo ist Tim?

»Das Mittel wirkt schnell und schmerzlos«, hört sie sich sagen.

»Noch mehr Doppelsprech.« LaJoy fährt herum und will die Menge aufstacheln, er fuchtelt mit den Armen, und die Dreadlocks hüpfen, wenn er den Kopf auf dem kräftigen Hals dreht. »Tatsache ist, dass dieses Gift – denn das ist es ja schließlich, also warum nennen Sie's nicht auch so? –, dass dieses Gift einen langsamen Tod durch innere Blutungen bewirkt, und das kann zwischen drei und zehn Tage dauern. Zehn Tage! Und das nennen Sie schnell und schmerzlos?«

Ein Raunen geht durch den Saal. Stühle quietschen. Entrüstetes Gemurmel erhebt sich. Das Publikum entgleitet ihr.

»Hören Sie, Mr. LaJoy«, sagt sie, und ihre Stimme ist so scharf wie die Pfeilspitzen in dem Hinterzimmer, die sie am liebsten auf ihn abschießen würde: einfach den Bogen spannen, zielen und den Pfeil loslassen, »ich werde hier nicht mit Ihnen diskutieren –«

»Wo denn dann? Na los, sagen Sie's. Ich werde dasein. Dann kommt vielleicht die Wahrheit ans Licht: dass Sie und Ihre sogenannten Wissenschaftler –«

»Ehrlich gesagt: nirgends. Sie haben Ihre Meinung bereits dargelegt. Danke. Jetzt ... ja, Sie dort hinten, der Herr mit dem karierten Hemd.«

Aber LaJoy gibt nicht auf, ebensowenig wie er in der Woche zuvor in Ventura aufgegeben hat, wo er Flüche und Drohungen ausgestoßen hat und man ihn hinauswerfen musste. »Nazis, ihr seid Nazis! Alles umbringen – das ist eure Lösung. Töten, töten, töten!«

Plötzlich steht Frieda neben ihr und hebt das Mikrofon an ihr empörtes Gesicht. »Das reicht jetzt. Wenn Sie sich nicht an die Regeln der Höflichkeit halten können –«

Er fällt ihr ins Wort: »Wie können Sie von den Regeln der Höflichkeit sprechen, wenn unschuldige Tiere zu Tode gefoltert werden sollen? Höflich? Ich werde erst wieder höflich sein, wenn das Schlachten vorbei ist, und keine Minute früher. Diese Ratten –«

Alma spürt, wie ihr das Herz sinkt. Sie steht an Friedas Seite, fühlt sich hilflos und ausgesetzt und versucht, die Schultern nicht hängen zu lassen. Sie hat das Mikrofon, ihr Zepter, ebenso verloren wie das Publikum. Frieda späht zum Ende des Saals und ruft: »Bill. Guillermo. Würden Sie diesen Herrn bitte aus dem Saal begleiten?«

Und da kommen sie, Bill Braithwaite mit seinen vierzig Kilo Übergewicht und Guillermo Díaz, der Techniker, mit gesenktem Kopf und hundert Pfund leichter. Sie gehen mit entschlossenen

Mienen durch den rechten Seitengang auf LaJoy zu. »Diese Ratten sind schon seit zweihundertfünfzig Jahren auf der Insel!« ruft La-Joy und schiebt sich weiter in die Mitte, um ihnen auszuweichen. »Welche Welt wollen Sie wiederherstellen? Die von vor hundert Jahren? Tausend? Zehntausend? Warum« – er steht jetzt im anderen Seitengang und wendet sich an das Publikum – »nicht gleich einen Zwergmammut klonen und auf der Insel aussetzen, wie in *Jurassic Park*?«

»Bill«, sagt Frieda und stößt einen langen, entnervten Seufzer aus, der aus den Lautsprechern rauscht wie das letzte Stoßgebet eines Märtyrers. »Bill!«

Alle scheinen sich von ihren Plätzen erhoben zu haben, Stimmen hallen von dem offenen Gebälk der Decke wider, die Versammlung ist beendet, wieder ist ein Abend vertan – oder jedenfalls der nützlichste Teil davon. Warum hat sich niemand zu Wort gemeldet, der sich zuvor informiert hat? Oder Schulkinder, die etwas über die Gewohnheiten der Inselfüchse erfahren oder wissen wollen, was der Tüpfelskunk frisst und wieso er so klein ist? Warum dieser Streit? Warum diese Wut? Warum dieser Hass? *Jurassic Park*. Das war ein Tiefschlag, ein demagogischer Trick, um vom eigentlichen Thema abzulenken, und am liebsten würde sie das Mikrofon an sich reißen und ihm die Meinung sagen, aber das kann sie nicht, denn sie ist ein Profi, sie hält sich an die Regeln, sie hat Geschmack und Umgangsformen und die Wahrheit auf ihrer Seite, und sich auf einen lauthals geführten Wortwechsel mit einem Soziopathen einzulassen ist ihren Zielen nicht dienlich.

Sie blickt in den Saal. LaJoy ist bereits beim Ausgang, zwischen ihm und Bill und Guillermo ist gut die Hälfte des Publikums, so dass ihr nicht mal die Befriedigung bleibt zu sehen, wie man ihn hinauswirft. Er lässt sich Zeit, wiegt sich in den Hüften, schiebt die Schultern, dreht den Kopf keck hin und her, er bewegt sich wie ein Catcher, der die Arena betritt. Er ist beinahe draußen, die Leute machen ihm Platz, wie sie es für jeden Krawallmacher, jeden Spinner tun würden, aber im letzten Augenblick richtet er sich noch einmal auf, dreht sich um, wirft einen erbitterten Blick zum Rednerpult, an dem sie und Frieda unbeachtet stehen, reckt das

Kinn und verschießt einen letzten Pfeil. So laut, dass alle es hören können, ruft er: »Wer hat Ihnen eigentlich erlaubt, Gott zu spielen, Frau *Doktor*?«

Danach, bei dem Empfang, den das Museum für sie ausgerichtet hat und bei dem man warmen Weißwein und weiche Tortillachips reicht, kommen einige Leute zu ihr, um ihr zu sagen, wie anregend und informativ ihr Vortrag war, wie sehr sie das, was sie für die Inseln tut, befürworten und wie beklagenswert sie die Dummheit und Grobheit finden, deren Zeugen sie heute abend geworden sind. Sie meinen es gut, aber mehr als ein reflexartiges Lächeln und ein freundliches »Danke« bekommt Alma nicht zustande. Nach LaJoys Abgang – Anise Reed ist zusammen mit ihm hinausgeschlichen – ist es Frieda gelungen, die Leute zu beruhigen, so dass die Fragestunde wie geplant fortgesetzt werden konnte. Alma hat Fragen von Menschen beantwortet, die echtes Interesse gezeigt haben, und die Gelegenheit genutzt, sie zu informieren, mit all der Verbindlichkeit und Redegewandtheit, die ihr zu Gebote stehen. Und das war schon eine Leistung angesichts der dramatischen Spannung, die noch immer in der Luft lag – eigenartigerweise hat LaJoys Ausbruch das Publikum nur aufgeschlossener und empfänglicher gemacht. Alles in allem hat sie den Abend ganz gut überstanden; sie hat, was noch wichtiger ist, ihr Anliegen dargelegt und die Menschen an ihren Überlegungen und Erkenntnissen teilhaben lassen, auf ruhige, vernünftige Weise, was die Anschuldigungen und Verzerrungen dieser PETA- und FPA-Leute wohl wirkungsvoller entkräftet hat als alles andere. Ja. Sicher. Und warum steht sie dann hier, einen Plastikbecher mit abgestandenem, ungenießbarem Weißwein in der Hand, und setzt sich Blicken aus wie sie sonst für die kleine Turnerin reserviert sind, die bei den Olympischen Spielen vom Schwebebalken gefallen ist?

Sie spricht mit einer knochigen Siebzigerin in einer rosaroten Bluse, so groß wie ein Footballtrikot, über die Möglichkeit, von Inseln stammende Pflanzen in Gärten auf dem Festland anzusiedeln, als unvermittelt Tim erscheint, ihren Ellbogen nimmt – »Entschuldigung«, sagt er zu der alten Dame, »es handelt sich um einen

Notfall« – und sie zum Ausgang führt. »Ich habe gerade bei Hana Sushi angerufen, die Küche ist noch bis zehn geöffnet. Willst du nun diesen Sake – Sake on the rocks, forsch auf der Zunge, mit einer zarten Note von Hokkaidowald, unterlegt mit einer Andeutung von Vanille und Granatapfel – oder nicht?«

»Aber ich muss mich noch von Frieda verabschieden.«

»Mit deutlichen Anklängen von Ananas und … ich weiß nicht … nassem Hund?«

»Aber Frieda –«

»Ruf sie von unterwegs an.«

»Das kann ich nicht«, sagt sie, aber da sind sie schon zur Tür hinaus und gehen durch die Nacht zum Parkplatz, der beinahe ganz leer ist. Aus tiefhängenden Wolken fällt neuerlicher Nieselregen. Sie denkt: *Ich werde ihr eine Karte schicken*. Sie denkt, dass es ihr für heute reicht, sie denkt an die in ruhiges, sanftes, vertrautes Licht getauchte Sushi-Bar, an leise Jazzmusik aus den Lautsprechern und an Shuhei und Hiro, die hinter der Theke stehen und lachen und tratschen und extra für sie etwas ganz Besonderes zaubern, sie denkt an Heilbutt und Albacore und Gelbflossen-Thunfisch aus den Tiefen des Ozeans und an Sake on the rocks in einem durchsichtigen, beschlagenen Glas.

Es sind noch etwa fünfzehn Meter bis zum Wagen, dessen mottenfarbene Karosserie in der tiefen Dunkelheit bleich schimmert, als sie sieht, dass irgend etwas nicht stimmt. Obwohl sie die Brille trägt, wirkt alles verschwommen. Sie gehen jetzt schneller, auch Tim hat es gemerkt, aber selbst als sie direkt neben dem Wagen stehen, kann sie nicht erkennen, was das für Linien sind. Es scheint sich um irgendwelche schwarzen Bänder zu handeln. Sprühlack?

Tim, eine schattenhafte Gestalt neben ihr, auch er nun Teil einer noch unklaren Komplikation, stößt mit vor Überraschung und Empörung bebender Stimme einen Fluch aus. »Scheiße! *Scheiße!* Die haben den Wagen vollgesprayt!«

Als ihre Augen sich an die Dunkelheit gewöhnt haben, nehmen große, verschlungene Buchstaben Gestalt an. *Stirb*, liest sie. *Schlampe*, liest sie. Und schließlich: *Japsfotze*.

DIE *PALADIN*

Wenn es etwas gibt, was er hasst, dann ist es flüssiges Eigelb. Und Toast, so trocken, dass er wie ein Cracker zerbröselt, bevor man Butter darauf streichen kann. Und Regen. Regen hasst er ebenfalls. Seit drei Tagen regnet es nun schon, in den Straßen liegt Schmutz, die Kunden bleiben zu Hause (in allen vier Filialen armselige, absolut armselige Verkaufszahlen, und dabei ist es nicht mehr lange bis Weihnachten), die Leute sind mürrisch, die Tropfen rinnen wie Bilgewasser am großen Fenster des Cactus Café hinab, wo er an fünf Tagen die Woche frühstückt und sie noch immer nicht wissen, was *beidseitig gebraten* heißt. Der vertrocknete Toast ist kalt. Der Kaffee schmeckt nach Aluminiumfolie und ist ebenfalls kalt oder bestenfalls lauwarm. Und in der Zeitung steht bloß eine mickrige kleine Notiz über das, was gestern abend im Museum passiert ist, schön versteckt in der Rubrik »Lokales«, unter dem Datum Dienstag, 20. 11. 2001. Das Datum ist fetter gedruckt als die Überschrift, als wollte man darauf hinweisen, dass alles, was nun folgt, ebenso geisttötend und unwichtig ist wie vorgestern und vorvorgestern. »Protest bei Museumsvortrag«, und dann zwei kleine Absätze, die das Thema nicht mal ansatzweise erklären und, schlimmer noch, ihn oder die FPA nicht namentlich erwähnen, geschweige denn die Gegenargumente nennen, die er dieser herablassenden kleinen Schlampe vom Park Service um die Ohren gehauen hat, dieser Schnepfe, die man doch sofort durchschaut, mit ihren zusammengekniffenen grauen Augen und dem schwarzen Outfit, als wäre sie unterwegs zu einer Beerdigung oder einem Gothic Club oder so, und ihren nachbearbeiteten Bildern von süßen kleinen Tieren, die man einfach schützen muss vor dem Ansturm dieser anderen hässlichen kleinen Tiere, noch hässlicher gemacht durch gewisse

Photoshop-Manipulationen, als würden diese Vögel keine weitere Woche überleben, und dabei sind die vergangenen hundertfünfzig Jahre in Harmonie und vollkommenem natürlichen Gleichgewicht zwischen den Vögeln, den Pflanzen und den Ratten vergangen – auch etwas, was Dr. Alma Boyd Takesue nicht des Erwähnens wert befunden hat.

Plötzlich wendet er den Kopf – und da ist Marta, die dicke Marta mit ihren Zwei-Tonnen-Titten und einem Bauch, so riesig wie der einer Schwangeren, nur dass sie nicht schwanger ist, bloß fett, und sie beugt sich über den Tisch eines Kerls an der Tür und flirtet mit ihm, Herrgott. Sofort und ohne nachzudenken ruft er ihren Namen und ist selbst überrascht, wie laut seine Stimme ist. Alle Gäste – es müssen etwa dreißig sein, die Hälfte kennt er vom Sehen, die anderen nicht – blicken auf, als hießen sie allesamt Marta. Und was denkt er? Er denkt: Leckt mich doch alle. Er denkt, dass er sich wohl ein anderes Scheißcafé wird suchen müssen, wo man den Unterschied zwischen –

Und da kommt sie, das Gesicht zusammengezogen um einen Mund, der zwischen den feisten Wangen zur Größe eines Schlüssellochs geschrumpft ist, sie kommt so rasch, wie ihre zu kleinen Füße sie tragen können, und versucht, einen beflissenen Eindruck zu machen. »Ist alles in Ordnung?« fragt sie, noch bevor sie überhaupt an seinem Tisch ist, damit alle hören können, dass sie ihre Arbeit gut macht, sogar Ricardo, der Koch, der, eine Zigarette in der einen und den Pfannenwender in der anderen Hand, hinter dem Grill steht und ihn unter düster gerunzelter Stirn ansieht.

»Nein«, sagt er, noch immer zu laut, und noch immer sehen alle anderen ihn an, weil sie nichts weiter sind als ein Haufen armseliger hängeärschiger Gaffer, die nichts anderes zu tun haben, und scheiß auf sie. Ja, wirklich, *scheiß auf sie*. »Nein, es ist nicht alles in Ordnung. Ich komme jeden Tag hierher, stimmt's? Und ihr wisst noch immer nicht, was ›beidseitig gebraten‹ heißt? Verdammt, wenn ich flüssiges Eigelb will, bestelle ich mein Ei doch nicht beidseitig gebraten!«

Sie greift bereits nach dem Teller, entschuldigt sich – »Tut mir leid, Sir, ich sage dem Koch Bescheid« und all die anderen beschwichtigenden kleinen Sätze, die sie hundertmal am Tag sagt, denn der Koch ist ein Idiot, und sie als unfähig zu bezeichnen wäre ein Kompliment –, aber er kann einfach nicht aufhören und knurrt – und warum knurrt er eigentlich? –: »Nehmen Sie's mit und machen Sie's entweder richtig oder gar nicht.« Und dann, zu den sich entfernenden Zwillingshügeln ihres Hinterns: »Und der Toast ist kein Toast, sondern Zwieback, und Zwieback habe ich nicht bestellt. Ich will Toast.« Sie ist jetzt an der Schwingtür zur Küche und leert seinen Teller mit großer Gebärde in den Mülleimer, während Ricardo eine aztekisch ausdruckslose Miene aufsetzt und alle anderen Anwesenden so tun, als würden sie ihre Unterhaltungen dort fortsetzen, wo sie unterbrochen wurden. Er muss einfach noch etwas sagen. Seine Stimme ist jetzt leiser, die Wut ist verraucht, aber die Glut ist noch heiß. »Ganz normaler Toast. Ist das vielleicht zuviel verlangt?«

Nach dem Frühstück geht er hinaus in den Regen. Vor seinem geistigen Auge sieht er den Regenschirm zu Hause am Türpfosten lehnen, aber das ist kein Problem, denn die Feuchtigkeit tut seinen Dreads gut, gibt ihnen Spannkraft und Volumen, besonders an den Wurzeln auf dem Schädel, wo er beim Blick in den Spiegel in letzter Zeit etwas zuviel Kopfhaut gesehen hat, und außerdem ist das gar kein echter Regen, sondern mehr ein Nieseln. Vor dem Diner bleibt er einen Augenblick stehen, um die Zeitung unter den Arm zu klemmen und den Kragen seiner schwarzen Nylonjacke aufzustellen, und mit einemmal fühlt er sich befangen, als wäre ein aufgestellter Kragen eine Affektiertheit aus dunkler Vorzeit, einem Clash-Konzert im Hollywood Bowl etwa. Und vermutlich ist er das auch. Er blickt auf und bemerkt, dass ihn irgendein Typ mit Halbglatze durch das regenschlierige Fenster verstohlen ansieht, aber die Vorstellung ist vorüber, und er wird sich nicht mehr über flüssiges Eigelb oder diesen Idioten oder irgend etwas anderes aufregen. Ja, er hat seine Tablette gegen Bluthochdruck genommen, die andere dagegen nicht – dieses Zeug wird er nie nehmen, dieses Xanax, das Dr. Reiser ihm als Mittel gegen die Wutanfälle aufgeschwatzt hat, die ihn unvermittelt überkommen, unerklärlich wie eine Monsterwelle bei ruhiger See, und eigentlich ist es nicht so sehr Wut, die ihn packt, als vielmehr eine Erbitterung über die Menschen und den Umstand, dass sie imstande sind, praktisch alles auf vielfältigste Art und Weise zu zerstören, und es, wenn sich die Gelegenheit bietet, auch tatsächlich tun, immer und immer wieder.

Der Wagen steht zwei Blocks entfernt. Er geht an einer sanft geneigten, von Parkuhren und schlampig geparkten Volvos und Toyotas gesäumten Straße entlang – gemischte Bebauung, Wohn- und Geschäftshäuser nebeneinander, Bäume, hier und da ein Vorgarten – und biegt an einer Ecke ab. Er schreitet jetzt aus in seinem üblichen Tempo, zweiundvierzig Jahre alt und so fit, wie er dank Fitness-Studio und Dr. Reisers Lotensin und den Blutverdünnern nur sein kann. Er ignoriert die Wagen, die an der roten Ampel warten, mit hin und her schlagenden Scheibenwischern und Abgaswolken, die aus den Auspuffrohren quellen, diesem letzten petrochemischen Keuchen des schwarzen Zeugs, das in Saudi-Arabien, Nigeria und Venezuela unter Schieferschichten lagert, diesem Tod der Erde und alles Lebendigen, und er riecht zertretene Würmer, moderndes Laub und den feuchten, säuerlichen Geruch aufgeweichter Zeitungen, die auf dem Bürgersteig liegen, weil die mexikanischen Austräger in der finsteren, trostlosen Stunde vor Tagesanbruch die Schwellen der Haustüren und Ladeneingänge verfehlt haben. Er geht dahin und beschließt, heute nicht in einem seiner Geschäfte vorbeizuschauen – LaJoy Heimelektronik, mit Filialen in Santa Barbara, Goleta, Ventura und Camarillo –, denn was immer an einem Tag wie diesem dort geschieht oder nicht geschieht, ist nicht mehr seine Sorge, sondern das Problem der jeweiligen Geschäftsführer. Sie haben jetzt die Verantwortung, sie und Harley Meachum, der mehr als genug dafür bekommt, ebendies zu tun: sich zu kümmern.

Er hat sich weitgehend aus dem Geschäft zurückgezogen. Das ist sein wohlverdienter Status. Er hat schwer gearbeitet und eine Menge Geld verdient, und jetzt hat er sein Haus in Montecito, seine zwei Wagen, sein Boot und Anise, und er hat Zeit, so wie er es immer wollte – wie der Penner, den er an seinem BMW stehen sieht, als er um die Ecke biegt, einen schlanken, philosophisch wirkenden weißhaarigen Penner, der da steht, als überlegte er, ob er ein Angebot auf den Wagen machen soll.

Das ist bei ihm ganz automatisch: Ein Penner ist für ihn ein Penner und nicht ein Obdachloser oder ein weniger vom Glück Begünstigter oder ein Bedürftiger oder ein nichtsesshafter Mitbürger oder wie immer man es gerade auszudrücken hat, auch wenn Anise ihn in diesem Punkt immer korrigieren will, aber seine Sympathien gehören eben den Tieren, die gar keine Wahl haben – den Schweinen, die mit Elektroschocks zur Schlachtbank getrieben werden, den Hühnern, die am Fließband zerlegt werden, obwohl sie noch halb am Leben und bei Bewusstsein sind, den Kaninchen und Eseln und Schafen, die der Park Service auf Santa Barbara, San Miguel und Santa Cruz hat abschlachten lassen, ohne mit der Wimper zu zucken –, und nicht irgendeinem weißhaarigen, aufrecht gehenden Primaten, der nicht in einem Land der Dritten Welt aufgewachsen ist, sondern alle Vorzüge eines Lebens in Amerika genossen hat und trotzdem in einer infantilen Regression den ganzen Tag auf einer Wiese herumliegen und an einer Flasche nuckeln will. Ist das ein fundamentaler Widerspruch: für Tiere, gegen Menschen? Und wennschon – das ist nicht schlimmer als die Haltung dieser Ökopolizisten, und mit dem Geld, das die für das Brodifacoum und die Hubschrauber ausgeben, könnten sie jeden Penner in der Stadt für einen Monat im Holiday Inn unterbringen.

Sein Lieblingspenner – obwohl er ihm nie etwas geben würde und sehr erfreut wäre, wenn ihn jemand in den Bus nach Echo Park oder San Jose setzen würde, zurück in das Loch, aus dem er irgendwann gekrochen ist – ist ein Typ, der mindestens dreihundert Pfund wiegt und immer Shorts, Arbeitsstiefel und ein schmutziges weißes T-Shirt trägt, so groß wie das Segel eines Hobie Cat. Seine Beine sind wie Betonpfeiler, und sein Bauch wölbt sich unter dem T-Shirt wie ein Wesen mit einem eigenen Leben, das im Begriff ist, sich abzuspalten. Er stellt sich vor ein Restaurant seiner Wahl und bettelt den dicken, gesättigten, leicht benebelten Touristen die Tüten mit den mitgenommenen Resten der Mahlzeit ab.

Und wenn ihm nach italienischer Küche ist, nimmt er kein Sushi. O nein. Er nicht. Er weiß, was er will. Er hat Geschmack. Er ist ein Gourmet.

Inzwischen hat dieser Penner, der Philosoph, gemerkt, dass er nicht mehr allein ist. Es ist, als wäre er aus einem Traum erwacht, seine Augen bekommen etwas Suchendes, wie Finger, die im Dunkeln nach einem Halt tasten, und als Dave um den Wagen herum zur Fahrerseite geht, sagt er mit einer Stimme voller Schleim und Teer: »Ham Sie ma 'n Dollar?«

Der Schlüssel ist im Schloss, der Regen fällt auf die Dreads, der Kragen ist aufgestellt, und er verspürt keine Wut, denn er hat etwas zu erledigen, er hat einen Termin, und kein Penner, der ja nicht mal die Zeit wert ist, die man braucht, um ihn anzusehen, die stumpfen Augen, die verdrehten Handgelenke, das irgendwo abgestaubte, schwarz-rot karierte, regennasse Flanellhemd, das wie eine abgestreifte Haut an ihm hängt, wird je auch nur fünf Cent von ihm kriegen, geschweige denn ihn so auf die Palme bringen – *Ham Sie ma 'n Dollar?* –, dass er ihm sagen würde, wie er das moralische Gewicht dieser kleinen Begegnung beurteilt. Er hebt also lediglich die rechte Hand, als wäre sie ein Stoppschild, und lässt sich auf den Fahrersitz gleiten, und schon wird seine Szenerie beherrscht von Leder, dem sanften Schein der Armaturenbeleuchtung und der herrlichen deutschen Präzisionsmusik des Motors, die den Penner, die nassen Zeitungen, die toten Würmer und den ganzen Rest zu nichts zerstieben lässt.

Auf der State Street staut sich der Verkehr, aber er reiht sich trotzdem ein, denn er hat keine Eile und will einen Blick auf die Geschäfte und ihre Weihnachtsdekorationen werfen, einfach um, wie er sich sagt, in Weihnachtsstimmung zu kommen und nicht um mit geschultem Auge die Horden von Kunden zu betrachten und ihre Kaufabsichten einzuschätzen. In seinen eigenen Geschäften – Spezialgeschäften für Leute mit Geld, die den 52-Zoll-LCD-Bildschirm von Sony und die aus England importierte High-End-Anlage von Linn mit fünf Mini-Lautsprechern und den großen Subwoofern fix und fertig in ihrem Medienraum montiert haben wollen, damit sie nur noch den Knopf auf der Fernbedienung drücken müssen, um ein wirklich überwältigendes Audiovisionserlebnis zu haben – ist es nie voll, ganz gleich zu welcher Jahreszeit. Das war schon immer so, auch als er das Angebot für die Audiophilen der achtziger Jahre um die Großbildschirme und Surround-Sound-Anlagen der neunziger und nuller Jahre erweitert hat. Nein, sein Geschäft sind High-End-Geräte, und er erfüllt eher Bedürfnisse als Wünsche, denn man zieht sich immer mehr aus dem öffentlichen Raum zurück: Die Leute investieren in Home Entertainment, weil sie keine Lust mehr haben, auch nur in den Garten zu gehen, geschweige denn in ein Kino oder dergleichen. Um Kundschaft muss er sich nicht sorgen – die Leute kommen zu ihm –, und er hat sich stets den Luxus leisten können, keine Reklame zu machen und seine Geschäfte in bescheideneren Seitenstraßen zu eröffnen, wo die Mieten niedriger sind und man nicht um Aufmerksamkeit konkurrieren muss.

Dennoch – er kommt gerade an Macy's vorbei, wo Frauen mit beiden Armen voller Einkaufstaschen ein und aus gehen und mit einer am Muskelspiel ihrer Waden und der Zielstrebigkeit ihrer Schritte erkennbaren tiefen Zufriedenheit über den Bürgersteig schreiten –, dennoch muss er zugeben, dass diese großen, festlich dekorierten Schaufenster etwas haben: all diese Farben, dieser Flitterkram, die glatte, geleckte Perfektion dieser Arrangements, die den Kunden den Wunsch eingibt, selbst ebenso perfekt zu sein, und zwar auf die einfachste Weise, nämlich dadurch, dass sie Geld ausgeben. Mach mich besser. Mach mich gesund. Mach meine Augen größer und meinen Bauch kleiner, mach meine Beine fester und mein Haar voller. Mach mich schön und erfolgreich, und vor allem mach, dass ich gemocht, bewundert und geliebt werde. Sehr wohl – und wo wir gerade dabei sind: Wie wär's mit einem Home Entertainment Center?

Es ist kurz nach zehn, aber die bunten Glühbirnen, mit denen die Palmen behängt sind, leuchten und schimmern sanft vor dem Hintergrund der regenverhangenen Straße, die durch das Geschäftsviertel und vorbei an zahllosen Restaurants und Surfshops zur Pier führt, wo sie den Cabrillo Boulevard kreuzt, den Ocean Boulevard von Santa Barbara, Touristenattraktion der Stadt und irdisches Paradies umherschweifender Penner: großzügig, breit und von Palmen gesäumt, führt er am Meer entlang, von den Klippen am East Beach bis zur Marina im Westen, die Daves Ziel ist. An einer Ampel muss er halten, die Scheibenwischer fegen in Intervallen den Nieselregen beiseite. Genau vor ihm ist der Springbrunnen am Anfang der Pier, und für einen Augenblick ist er abgelenkt und denkt an den Penner von etwa Mitte Zwanzig mit dem Zylinderhut und dem knallroten Jackett – warum gibt's so was heute nicht mehr? –, der an diesem Brunnen die Nummer mit seinem Disney-Hund abgezogen hat, den er im Tutu herumtanzen ließ, während im Hintergrund die Fontäne des Brunnens spritzte und schäumte. Der Junge war der König der Penner – die Touristen standen Schlange, um ihm ihr Geld abzuliefern. Er ist natürlich nicht mehr da, schiebt wahrscheinlich einen Einkaufswagen durch irgendeine Gasse. Der Zylinderhut ist zerdrückt, der Hund tot, der Rest seines Lebens eine einzige lange Reise ins Nirgendwo.

Und dann denkt er an den Burschen, der ein Vorstandsmitglied von AT&T hätte sein können, wenn man ihm einen Anzug und einen Haarschnitt verpasst hätte, einen umtriebigen Mann, dessen Revier unterhalb des Geländers war, wo die Pier von der Promenade abzweigt. Er faltete Boote aus weggeworfenen Pappkartons und schenkte sie den Touristen, die auf der Pier vorbeischlenderten und auf koreanisch, deutsch, schwedisch und newyorkisch schnatterten. Heutzutage breiten die Penner bloß eine Decke auf dem Sand aus, stellen einen Plastikbecher in die Mitte, setzen sich in den Schatten der großen Pfeiler und lassen die Flasche mit dem Zeug, das sie trinken, herumgehen, bis der Becher unter einem Berg aus Quarters, Dimes und Nickels begraben ist. Herrgott. Es ist wie Krabbenfischen oder so. Wie ein Sport.

Hinter ihm ertönt grell eine Hupe. Die Ampel hat auf Grün geschaltet. Er sieht in den Spiegel – irgendein Arschloch, das die Mütze verkehrt herum aufhat, und neben ihm sitzen seine Freundin und ein großer gelber, hechelnder Hund auf dem Vordersitz eines Geländewagens – und gibt Gas. Der Wagen bricht kurz aus, doch er fängt ihn ab und rast davon, und er ist nicht mal wütend, bloß ... zielstrebig. Vor dem Yachthafen kommen noch zwei Ampeln, und beide zeigen Grün. Als er sich der ersten nähert, bremst er so weit ab, dass sie in dem Augenblick auf Rot schaltet, in dem er an ihr vorbeifährt, so dass der Scheißkerl, der dicht aufgefahren ist, um ihn zu provozieren, anhalten muss. *Tja, mein Lieber, war wohl nichts.* Einen Augenblick später ist er ausgestiegen, geht auf dem betonierten Kai und kramt in der Tasche nach dem Kartenschlüssel. Als das Maschendrahttor am Anfang des Stegs in Sicht kommt, das da montiert worden ist, damit sich keine Unbefugten hineinschleichen (sprich: Penner – und wie war das noch, vor ein paar Jahren, als ein nautisch bewanderter Penner mit einer geklauten Yacht einen Ausflug nach Ventura gemacht und das Boot dann auf den Klippen versenkt hat?), sieht er, dass Wilson ihn schon erwartet.

Wilson Gutierrez ist siebenundzwanzig, ein erstklassiger Zimmermann, dessen Mutter in den sechziger Jahren aus Kopenhagen hierhergekommen und dageblieben ist und dessen Vater laut den Mehrere-Angaben-möglich-Kästchen auf den Volkszählungsformularen ein Weißer hispanischer Abstammung aus Culiacán ist und jetzt in der West Side von Santa Barbara wohnt. Er spricht seinen Namen *Uill-sonn* aus – das ist etwas, auf das er großen Wert legt, da ist er regelrecht empfindlich. Er hat blaue Augen, einen glatten schwarzen Spitzbart und einen goldenen Knopf in der linken Ohrmuschel, so dass er aussieht, als hätte ihn einer mit einem Blasrohr erwischt. Er kriegt Sonnenbrand wie jeder andere auch, er ist schlank und rank, aber breit in den Schultern und Oberarmen, und die Unterarme sind besonders muskulös – »Wie Popeye«, sagt er immer, »und das kommt nicht vom Spinat, sondern davon, dass ich den ganzen Tag den Hammer schwinge, und zwar mit beiden Armen« –, und er ist neben Dave und Anise eins der drei Gründungsmitglieder der FPA, seit sie vor sechs Monaten beschlossen haben, wegen der Ereignisse auf den Inseln in Aktion zu treten. Zu seinen Füßen liegen drei sichtlich gut gefüllte schwarze Müllsäcke. »Alles klar, Dave?« fragt er mit einem breiten Grinsen, das sein Gesicht aufleuchten lässt wie den Bildschirm eines LCD-Fernsehers in einem dunklen Schaufenster.

»Ja. Hast du das Zeug?« Er lacht unwillkürlich. »Scheiße«, sagt er, »das hört sich an, als würden wir einen Drogendeal machen.«

Wilsons Grinsen wird noch breiter. »Machen wir ja auch.«
»Irgendwie.«
»Ja, irgendwie.«

Das Tor schwingt auf, sie nehmen die Säcke – Wilson zwei, er selbst einen, denn bis jetzt gehören sie Wilson, und er ist derjenige, der darüber zu bestimmen hat – und gehen über den Steg, wo die Boote sich auf den Resten der Wellen wiegen, die der Sturm in den Hafen gedrückt hat. Schwarze, knisternde Säcke, deren Falten und Ausbuchtungen das Licht metallisch reflektieren, nichts Ungewöhnliches, nichts, was irgend jemanden zum Nachdenken bringen würde, nicht mal Mrs. Janov, die ihnen auf dem Weg von ihrem Boot, der *Bitsy*, entgegenkommt, einem Boot, das er nicht nur wegen seines Namens hasst, sondern auch wegen seiner Besitzer: Es sind Leute, die nie den Hafen verlassen, aber jede Menge Zeit zu haben scheinen, um mit einem Drink in der einen und einem Fernglas in der anderen Hand in einem Liegestuhl zu sitzen und zu beobachten, immer nur zu beobachten. Und was beobachten sie bloß? Normalerweise ignoriert er Mrs. Janov, geht einfach an ihr vorbei, ganz gleich, welchen Schwachsinn über das Wetter, die Möwen, die Möwenscheiße oder was auch immer sie zu ihm sagt, immer die gute Nachbarin, die ihre Nase in alles hineinstecken muss, aber weil alles so glatt läuft und er sich beschwingt fühlt und vielleicht ein kleines bisschen aufgeregt ist, bedenkt er ihr verkniffenes Gesicht mit einem knappen Nicken. Der Steg wippt unter ihnen, und Mrs. Janovs Flipflops klatschen wie zwei Hämmer.

Sie gehen an Bord, gleiten in die Kajüte wie Robben ins ruhige Meer. Bis auf das leise Wispern des Nieselregens auf dem Dach und der salzfleckigen Windschutzscheibe des Steuerhauses ist es still. Wilson setzt sich schwerfällig hin – nein, er lässt sich mit einem Seufzer auf die Couch fallen – und verkündet: »Zehntausend Tabletten, wie du gesagt hast. Meinst du, das wird reichen?«

Das Boot riecht, wie Boote eben riechen, wenn sie in Regen und Kälte im Hafen liegen: Die Toilette macht sich bemerkbar, Wachs und Lack und Muschelentferner konkurrieren mit der modrigen Ausdünstung von Pilzen und dem feuchten, gemaserten Geruch des Meers, den die Kälte festhält, komprimiert und gären lässt, bis die Sonne – oder die elektrische Heizung – das alles vertreibt. Er hat die Heizung bereits eingeschaltet, schiebt sich um den Tisch herum auf die Bank und richtet sich in dem beengten Raum ein, der ihm immer das angenehme Gefühl gibt, dass alles, was er je brauchen könnte, in Reichweite ist – Leinen los, raus aufs Meer, vergiss den ganzen Rest. »Willst du Kaffee?« fragt er und setzt Wasser auf. »Ich mach sowieso welchen. Mann, das Zeug, das sie mir im Cactus vorgesetzt haben, hat geschmeckt wie Verdünner.«

»Mit Milch und Zucker«, sagt Wilson und blättert in einer sechs Monate alten Nummer von *National Geographic*. Er hat sich hingelegt, seine Augen sind halb geschlossen. Er ist einer von denen, die, wenn sie nicht gerade arbeiten – und im Augenblick arbeitet er definitiv nicht –, überall schlafen können, sei es um halb elf Uhr morgens auf einer leise schaukelnden Yacht im Hafen von Santa Barbara oder um fünf Uhr nachmittags auf der Terrasse von Brophy Brothers vor einem Teller mit fritierten Kalamari.

»Ich weiß nicht«, sagt Dave und nimmt zwei Becher von den Haken, »das ist alles nur geschätzt. Die sagen, da drüben gibt es dreitausend Ratten –«

»Mehr nicht?«

Dave zuckt die Schultern, eine Geste, bei der er die Becher auf Brusthöhe hebt und wieder senkt. »Kommt mir auch wenig vor. Aber Platz und Nahrung sind begrenzt, nicht wie hier, wo es jede Menge Menschen gibt. Und Müll. Aber was ist jetzt mit dem Mittel. Es ist fettlöslich, oder?«

»Ja, genau. Fettlöslich. Die Vitamine C und B sind wasserlöslich, das heißt, man scheidet sie beim Pissen aus. Und darum kriegt man Skorbut. Seeleute jedenfalls. Damals. Aber dieses Zeug wird im Fett der Leber gespeichert.«

»Dann wird eine Dosis also reichen? Sie fressen eine Tablette und sind geschützt?«

»Mann, das weiß ich nicht. Ich weiß bloß, was ich im Internet gelesen hab. Vitamin K_2, hundert Mikrogramm pro Tablette, total natürlich. Da stand, es handelt sich um ›eine biologisch aktive Form, die aus einem fermentierten japanischen Sojaprodukt namens Natto gewonnen wird‹. Hast du je davon gehört?«

»Nein, kann ich nicht behaupten.« Er stellt die Becher auf die Theke und bemerkt, dass auf der Innenseite des einen, ein paar Zentimeter unterhalb des Randes, ein brauner Ring ist. Den er nicht weiter beachtet. »Klingt aber gut. Ich meine, wie kompliziert soll das sein? Es ist ja bloß ein Vitamin.« Er kann bereits spüren, wie es warm wird. Das Wasser im Kessel wird gleich kochen. Draußen ist der Regen heftiger geworden und prasselt auf das Deck, und plötzlich ist er dreißig Jahre zurückversetzt in die Kajüte des Bootes seines Vaters, das an einem Tag wie diesem vor der Insel Santa Cruz vor Anker lag: Seine Mutter stand am Herd und machte getoastete Käsesandwiches – Schweizer Käse auf Grahambrot mit Sauerkraut und Senf, ihre Spezialität –, so dass die Luft erfüllt war von dem schweren, süßen Geruch, und er saß mit einem Becher heißer Schokolade und einem Stoß Comics da, gemütlich, so gemütlich und sicher und geborgen. Wie jetzt. Wie hier und jetzt. »Was hast du übrigens bezahlen müssen?«

Wilson lässt die Zeitschrift fallen, verschränkt die Hände hinter dem Kopf und reckt sich, er spannt die Beine an, seine Schultermuskeln zeichnen sich ab. »Der erste Anbieter wollte dreizehn Dollar für hundert, aber dann hab ich einen gefunden, der bei großen Mengen drei Dollar Rabatt gibt. Also genau tausend.«

»Hast du mit deiner Visa-Card bezahlt?«

»Nein. Ich hab die einer Freundin genommen. Und die Lieferung an ihre Adresse schicken lassen, in Goleta.«

Das klingt gut. Nicht dass irgend jemand die Spur zurückverfolgen würde. Und selbst wenn ihnen diese Sache um die Ohren fliegt, werden sie damit in die Zeitungen kommen – und obendrein die Ratten vielleicht trotzdem retten, denn darum geht's ja, und ganz gleich, wie locker er ist, das darf er nie vergessen: Die Tiere müssen gerettet werden. Er gießt kochendes Wasser in den braunen Papierfilter und fischt die halbfette Kaffeemilch aus dem Kühlschrank. Den Kessel stellt er wieder auf den Herd, und dann reicht er Wilson einen Becher und setzt sich auf den Sessel ihm gegenüber, während das Boot schwankt und tickt und sich unter ihnen zurechtrückt. In diesem Augenblick ist er so ruhig, wie er es seit dem Vortrag nicht mehr gewesen ist – *Almas* Vortrag, und er hat sie nicht vergessen, er hat nichts von dem vergessen, was früher zwischen ihnen gewesen ist, auch wenn sie so tut, als ob sie nichts mehr wüsste, *Dr.* Alma mit ihren Ticks und ihren Allüren –, und ihm wird bewusst, wie gut es ihm tut, einfach nur auf dem Boot zu sein. Dies ist eine andere Welt, weit entfernt von all dem Streit und den Kämpfen, all den Leuten, die einem auf den Leib rücken, wenn man ihnen Gelegenheit dazu gibt. »Ich geb dir einen Scheck«, sagt er.

»Von mir aus.« Wilson zuckt die Schultern und unterdrückt ein Gähnen.

Und dann lehnt er sich zurück, trinkt Kaffee, richtigen Kaffee, und denkt an den Tag vor zehn Monaten, an dem er das Boot gekauft hat. Es ist ein Klischee, aber es stimmt: Es war ein Glückstag, damals wie heute. Ein gutes, ein exzellentes Geschäft, denn die Leute wollten es unbedingt loswerden – der Mann war irgendein hohes Tier bei PacifiCare, blutleer wie ein Leichnam, und er war genau dreimal mit dem Boot rausgefahren und hatte es jedesmal beinahe auf Grund gesetzt, so lautete jedenfalls die Geschichte, und seine Frau (die früher vielleicht nach was ausgesehen hatte, jetzt aber nicht mehr) spitzte die faltigen Lippen, als von diesen Ausflügen die Rede war. Dumme Menschen. Idioten. Sie hatten das Boot *Easy Life* genannt – soviel zum Thema Klischees. Als er hier, in dieser Kajüte, saß und der Frau zuhörte, die in einem Ton, der ironisch sein sollte, über die nautischen Fähigkeiten ihres Mannes oder vielmehr das Fehlen derselben sprach, wusste er schon, wie er das Boot nennen würde, sobald der Scheck ausgestellt und die Papiere übergeben waren, und schon damals dachte er an heute, natürlich dachte er an heute, denn wie sollte er seine Absichten kundtun, wie sollte er eine Lanze für die Tiere brechen, wenn die Tiere da draußen waren, jenseits des Santa-Barbara-Kanals, wo keiner sie sehen konnte? Und Anise – sie war auf dem College gewesen, aber manchmal wundert er sich über die Lücken, die klaffenden Abgründe in ihrer Allgemeinbildung – fragte: »Paladin? Was ist ein Paladin?«

Als der nächste Morgen anbricht, ist der Himmel über dem Meer klar, der Nebel hängt in weißen Fetzen an den Schultern der Inseln, das Meer ist ruhig, der Wind schwach, auch wenn der Wetterbericht warnt, dass im Verlauf des Tages ein neues Tiefdrucksystem von Norden heranzieht. Das wird sie vielleicht betreffen, vielleicht aber auch nicht – es kommt ganz darauf an, wie lange diese Aktion dauern wird. Oder ob jemand versucht, sie aufzuhalten, was ja immer geschehen kann. Anise schläft in der Bugkoje, der Rhythmus ihres Atems wird von einem leisen, rasselnden Gurgeln tief in der Kehle akzentuiert, einem Schnarchen, das sich gelegentlich über das Brummen des Motors erhebt und wieder verebbt. Wilson, der Mann, der immer und überall schlafen kann, liegt bäuchlings auf der Couch, eine Decke über den Kopf gezogen. Es gibt frischen Kaffee für jeden, der will, und Anise hat Sandwiches gemacht und in den Kühlschrank gelegt. Auf dem Tisch sind drei Plastiktüten und drei Rucksäcke für den Transport. Er hat das Funkgerät ausgeschaltet, die Stille ist ihm lieber. Er nippt an seinem Kaffee und sieht über das Meer. Das Boot liegt ruhig im Wasser, die Oberfläche ist kaum gekräuselt.

Wilsons Freundin – sie heißt Alicia Penner und fährt fünfmal die Woche den ganzen Weg von Goleta nach Ventura, weil sie als Sekretärin beim National Park Service am Harbor Drive im Yachthafen arbeitet, wo die Sonne durch die Fenster scheint und die NPS-Bürokraten mit Papier rascheln und den ganzen Tag überlegen, was sie als nächstes töten könnten –, Wilsons Freundin also hat, in ihrer bescheidenen Nebenrolle als Freundin der Tiere, den Tag herausgefunden, an dem das Gift abgeworfen werden soll. Dieser Termin wird nämlich nicht öffentlich gemacht. Trotz all der Vorträge und Diskussionsveranstaltungen interessieren sich diese Leute gar nicht für das, was die Öffentlichkeit dazu sagt, und ganz bestimmt wollen sie nicht gestört werden, nicht im Museum, nicht auf dem Parkplatz und ganz besonders nicht am Ort des Schlachtens, da draußen, jenseits des Bauchs aus grauen, plätschernden Wellen.

Es ist der Tag vor Thanksgiving, ein Tag, an dem alle nur an Truthahn mit Kastanienfüllung und Football und Champagner denken und die Inseln, sofern sie überhaupt wahrgenommen werden, nichts als ein verschwommener Fleck im Dunst sind. Während die Leute bei Von's und Ralph's und im Lacy Acres Market Schlange stehen, während sie blaumachen, um in Bars einen zu heben, während sie zum Flughafen fahren, um Grandma und Tante Leona abzuholen, während sie Truthähne, Gänse, Enten in die Röhre schieben, will sich der Park Service zunächst Ost-Anacapa vornehmen, und zwei Wochen später, wenn dieselben Leute mit Weihnachtseinkäufen und der Planung der Betriebsweihnachtsfeier beschäftigt sind, sollen die mittlere und die westliche Insel bombardiert werden. Geheimhaltung. Abschirmung. Aus den Augen, aus dem Sinn. Dabei haben diese Sesselfurzer aber nicht bedacht, dass manche Leute eben weder Truthähne noch Gänse oder Enten oder sonst irgendein Fleisch essen, denn Fleisch ist Mord, und jedes Lebewesen besitzt einen Lebensgeist und hat ebensoviel Recht zu leben wie die Menschen, die ihm das Leben nehmen, die es schlachten und in ihre großen gierigen Mäuler stopfen und die Knochen in den Abfall werfen, als hätte es das Ding, dem sie gehörten, nie gegeben. Und diese Leute geben acht. Sie geben sehr gut acht.

Als die Insel aus dem Dunst hervortritt und sich, etwa fünfzehn Minuten entfernt, über den südlichen Horizont ausbreitet, stoppt er den Motor und geht hinunter in die Kajüte, um Anise zu wecken. Sie schläft immer tief, liegt wie hingegossen da, so komatös, als hätte man sie mit einem Hammer niedergeschlagen, und er beugt sich behutsam zu ihr, streicht ihr das Haar aus dem Gesicht und küsst sie auf den Mundwinkel. Ihre Lippen sind leicht geöffnet, die Lider geschlossen und mit einem zarten Lidstrich versehen. In diesem Augenblick umfängt ihn ihre Wärme, eine starke, aufsteigende Aura von Fleisch und Flüssigkeiten, der leise Duft ihres Parfüms und des Jojoba-Shampoos, das sie benutzt, ihr Atem ist süß und feucht und schwer von Schlaf. »He«, flüstert er, »Anck-Su-Namun, wach auf, Imhotep ist da.«

Sie braucht einen Moment, denn sie kommt von sehr weit her, und dann öffnet sie ohne irgendein Zeichen von Überraschung die Augen, als hätte sie die ganze Zeit gewusst, dass er da ist. Ihre Lippen sind warm, weich, ohne Lippenstift. Sie hat ein zu großes T-Shirt an, in einem blassen Blau, das zu ihren Augen passt. Auf der Brust steht in Schreibschrift ihr Name, auf dem Rücken ist eine Liste der Daten und Orte – Lompoc, Santa Maria, Nipomo, Buellton, Santa Ynez – ihrer letzten bescheidenen, selbstfinanzierten Tournee, mit der sie für ihre neueste bescheidene, selbstfinanzierte CD geworben hat. »Ich will meine Mummie«, sagt sie und streckt die Arme nach ihm aus, und das Ganze ist ein Ritual, das auf ihren ersten gemeinsamen Ausflug zurückgeht, einen Ausflug nach Paseo Nuevo, wo sie sich ein Remake des alten Boris-Karloff-Films angesehen haben.

Er drückt sie kurz an sich, eine Morgenumarmung, mehr nicht, und dann löst er sich von ihr und richtet sich auf. Er spürt, wie das Koffein in ihm arbeitet, wie das Boot schaukelt, als wäre es eine Wiege, wie die Seeluft von oben hereindringt. Er erinnert sich an das erstemal, als er sie gesehen hat, an einem Sonntagabend im Februar oder vielleicht im März. Sie spielte in der Cold Spring Tavern auf dem San-Marcos-Pass, wo sie vor einer Hardcore-Bluesband auftrat. Mit gesenktem Kopf, die Gitarre unter den Arm geklemmt, stieg sie auf die winzige Bühne. Er stand mit einem Freund an der Bar – vielleicht war es Wilson, vielleicht auch nicht. Folkmusik war nie so recht sein Ding gewesen, aber Anise war einfach umwerfend, eine hochgewachsene Schönheit mit breitem Gesicht und einer Haut, die nie von der Sonne beschienen worden war, mit Haar, so blond wie kristallisierter Honig, das ihr bis zu den Knien reichte, sowie – und das war es, was ihn wirklich überwältigte, als wäre der Rest noch nicht genug – nackten Füßen. Diese perfekten, schlanken, ungeschmückten Füße faszinierten ihn, die gelenkigen Zehen, der hohe Rist, die Art, wie der Rhythmus in ihnen zu leben schien. Ihre Zehen krallten sich die Bühne und ließen sie wieder los, ihre Augenlider schlossen sich flatternd, und sie legte den Kopf in den Nacken, bis ihre Zunge die Worte fanden, die auf dem Rhythmus dahinglitten. Sie war wie eine Hippieprinzessin aus einer anderen Zeit, altmodisch, total altmodisch und ganz und gar falsch, und trotzdem stand sie da: breitschultrig, strahlend und zuversichtlich. Er begann zuzuhören und blendete

Wilson oder wer immer es war aus, er hörte, was sie sang: eine Handvoll Coverversionen und eine Reihe von Eigenkompositionen, die nichts mit Herzschmerz und vergangener Liebe am Hut hatten, sondern einen Standpunkt vertraten, die beschrieben, wie diese Hurensöhne die Welt asphaltierten, wie sie Tiere in Fabriken züchteten und ihre Gifte in alles taten, was man aß und trank, bis man ihnen nicht mehr entkommen konnte. Die Songs waren ziemlich gut, fand er, und als sie die Bühne verließ und nach hinten verschwand, bestellte er sich einen Cocktail und dann noch einen, und vielleicht hätte er sie, umfangen von Absolut on the rocks, im Hin und Her der Unterhaltung vergessen, aber dann kamen die Mitglieder der Bluesband auf die Bühne, und nach der Hälfte des ersten Sets erschien sie plötzlich unter ihnen wie eine Wiedergängerin und sang »Stormy Monday«, bis er hoch oben im Hals einen Schmerz spürte.

»Später«, sagt er jetzt, kälter als eine Mumie, und gibt seiner Stimme dann einen sanfteren Ton. »Wenn wir zurück sind. Dann gehen wir zusammen essen. Dann feiern wir. Aber erst haben wir noch was zu erledigen.«

Sie streckt sich, ihre nackten Beine schlüpfen aus dem Schlafsack, und der warme, fleischige Geruch steigt zu ihm auf. »Sind wir gleich da?«

Er nickt und ist schon wieder in Bewegung. »Ja«, sagt er. »In der Kombüse ist Kaffee, frisch und heiß. Ich wecke jetzt Wilson, okay?«

Das Frühstück besteht aus Bagels, Joghurt und einem Obstsalat, den Anise am Vorabend gemacht hat. Sie essen im Steuerhaus, wo sie, die nackten Beine untergeschlagen, neben ihm auf der Bank sitzt und Joghurt löffelt, während er den Gashebel nach vorn schiebt und das Boot über die Wellen hüpft. Wilson ist unten, macht irgendwelche Geräusche und singt mit klarer, tonloser Stimme Fetzen irgendeines unidentifizierbaren Liedes. Die Sonne schwebt über dem Meer und verblasst. Vögel drehen ab und bleiben hinter ihnen zurück. Vollgas, harte kurze Wellen hier, die Bagels zu feucht und zäh wie Gummi, der Kaffee wie Feuer in seinem Magen, jedes Stückchen Obst fällt durch seinen Schlund wie ein

Stein von einer Klippe – wird ihm jetzt übel, muss er sich übergeben? –, und dann liegt die Insel genau vor ihnen, so groß wie ein Kontinent.

Der Ankerplatz ist an der Nordküste, am östlichen Ende der Insel, und als sie in die Bucht einlaufen – die Felsen ragen aus dem Wasser auf, die Klippen so steil und dicht nebeneinander, dass es ist, als führe man in eine Höhle ohne Decke –, sehen sie das Boot des Park Service, das an einer der für den NPS und die Küstenwache reservierten Bojen festgemacht hat; der Anlegesteg dahinter ist ausschließlich dem Konzessionär vorbehalten, der Tagesausflügler zur Insel bringt. Alle anderen müssen weiter draußen ankern und mit dem Beiboot zur Insel übersetzen. Na gut. In Ordnung. Er hat damit kein Problem – oder vielleicht doch, denn diese Hurensöhne tun so, als wäre das hier ihr privates Reservat, während es doch der Allgemeinheit gehört, aber das spielt jetzt keine Rolle. Was zählt – und was ihn zuversichtlich macht, als er vor Anker geht und den Blick über die Bucht schweifen lässt –, ist die Tatsache, dass niemand hier zu sein scheint. Keine Ausflügler, keine Park-Service-Typen, keine Wissenschaftler und Hobbyornithologen. Nur die stummen schwarzen Klippen und der schuppige Rücken aus bräunlicher, verbrannter Vegetation. Und der Anlegesteg mit seinen eisernen Treppen und Geländern, die im Zickzack zum Plateau hinaufführen.

Anise wird auf dem Boot bleiben, hat er beschlossen. Das wird sie nicht freuen, aber der Wind frischt auf, und nachdem er den zweiten Anker hat fallen lassen, wird ihm klar, dass jemand an Bord bleiben muss, für den Notfall – der Platz ist nicht so geschützt, wie er sein sollte, und dorthin zurückzukehren und das Boot an den Felsen zerschellt zu sehen ist wirklich das letzte, was er will. Und Wilson muss mitkommen und das Zeug verstreuen, denn Wilson besitzt die Kraft und die Entschlossenheit, diese Aufgabe so schnell und effizient wie möglich zu erledigen – soll heißen: bevor jemand auftaucht und sie fragt, was sie da machen –, während Anise, trotz ihres Einsatzes für die Sache, dazu neigt herumzutrödeln, begeistert diese oder jene Pflanze zu betrachten und stehenzubleiben, um einen Schmetterling zu bewundern oder einen Falken, der auf feurigen Schwingen über den Klippen dahingleitet, und dabei im Kopf schon ihren neuen Song zu komponieren. Außerdem ist sie leicht wiederzuerkennen mit dem langen Haar und den langen, glatten weißen Beinen, die jedem Mann, der nicht blind ist, auffallen müssen, und so viele blinde Park Ranger gibt es seines Wissens nicht. All das geht ihm durch den Kopf, als er an Deck steht und mit dem Leica-Fernglas das Ufer beobachtet. In der Ferne hört er das Bellen der Seelöwen. Wellen schlagen an den Rumpf. Bei Windstille wäre das anders.

In der Kajüte öffnen Anise und Wilson Pillenfläschchen und leeren sie zusammen mit einer entsprechenden Menge Katzen-Trockenfutter aus dem Fünfundzwanzig-Pfund-Sack in die Tiefen der Rucksäcke, wo sie Trockenfutter und Tabletten vermischen, bis es aussieht wie Hühnerfutter. Nicht dass er jemals Hühnerfutter gesehen hätte – es geht ihm vielmehr um das Prinzip der Streuung. Hineingreifen und verstreuen, so stellt er es sich vor. Vitamin K ist das Gegenmittel für Brodifacoum und andere blutverdünnende Gifte, und die Ratten werden mit dem Katzenfutter auch die Vitamintabletten fressen, – das müssen sie, das ist unumgänglich –, und sobald das Vitamin aufgenommen worden ist, wird es die blutverdünnende Wirkung des Giftes neutralisieren. Das jedenfalls hofft er, denn er hat gesehen, was das Gift anrichtet, und es ist unvorstellbar grausam – herzlos, Übelkeit erregend –, aber die Leute finden den Einsatz unbedenklich, sowohl auf den Inseln als auch in ihrem eigenen Garten.

Er hat nie einen dabei erwischt, aber seine Nachbarn scheinen das Zeug wie Grassamen zu verstreuen – darauf deuten jedenfalls die Mengen von sterbenden und verendeten Tieren hin, die er entlang der Straßen gefunden hat, vor allem Vögel. Häher, Krähen, Spatzen, einmal sogar einen Falken. Wenn er zur Post oder zum Strand oder zu einer der Bars an der Coast Village Road geht, stößt er immer wieder auf Ratten, die sich mit roten Augen und hellroten Blutstropfen an der Schnauze am Rand des Bürgersteigs zusammenkauern, zitternd, leidend, ohne auf ihn oder sonst irgend etwas zu achten, und was ist mit dem Waschbären, dem Opossum, dem Hund, der vorbeikommt und das sterbende oder tote Tier frisst? Der kriegt dann eine sogenannte Sekundärvergiftung, und die dürfte kein bisschen besser sein.

»Okay«, sagt er und stützt sich am Tisch ab, weil das Boot jetzt kräftiger schaukelt, »ich sehe keine Hubschrauber, noch nicht, aber wenn sie das Gift abwerfen, wird die Insel gesperrt. Wir müssen uns also beeilen, denn wer weiß, wie lange es dauert, bis irgendein Park-Service-Typ kommt und uns sagt, dass wir nicht Land gehen dürfen.« Er hebt einen der Rucksäcke prüfend an. »Ach ja, und wir müssen alles auf nur zwei Rucksäcke verteilen.« Er sieht Anise an und schlägt die Augen nieder. »Der Wind frischt auf, Baby. Du musst an Bord bleiben. Wie wir es besprochen haben.«

»Nein. Kommt nicht in Frage.«

»Tut mir leid.«

»Scheiße!« bricht es aus ihr heraus. Sie zieht ihren Rucksack über den Tisch zu sich, so dass es aussieht, als wäre das Ding plötzlich zu wildem Leben erwacht, hebt ihn hoch und wirft ihn auf den Boden. »Ich will nicht hier eingesperrt sein, während ihr da drüben ich weiß nicht was *tut*. Ich will mitmachen. Was glaubst du denn, warum ich mitgekommen bin?«

Aber das geht ihm zum einen Ohr herein und zum anderen hinaus, denn sie werden sich nicht streiten, nicht hier, nicht heute, und so gibt er keine Antwort. Er stellt seinen Rucksack zwischen Tisch und Bank, öffnet die Deckelklappe und sieht, dass er kaum mehr als halbvoll ist. Wortlos und ohne aufzusehen beugt er sich vor, nimmt Anises Rucksack und schüttet die Hälfte des Inhalts in seinen. Es raschelt leise, als die Tabletten und das Trockenfutter gegen den Nylonstoff rieseln. Wilson stellt seinen eigenen Rucksack daneben und schüttet den Rest hinein. Als sie fertig sind, die Rucksäcke geschultert und die schwarzen Baseballmützen aufgesetzt haben – das war Anises Idee, ebenso wie die schwarzen Jeans und Kapuzenshirts, die etwaige Zeugen verwirren sollen –, zieht er eine Tube Sonnencreme aus der Tasche und hält sie ihr hin. »Das ist nicht fair«, murmelt sie, drückt etwas Creme auf ihre Handfläche, beugt sich vor und verteilt das Zeug mit energischen, kreisenden Bewegungen auf seinem Gesicht und Hals. Ihre Hände sind kalt, ihre Finger sind wie aus Holz und lassen ihn wissen, wie ungehalten sie ist.

Was soll er sagen? Dass es ihm leid tut, dass er es wiedergutmachen wird, dass irgend jemand schließlich das Kommando haben muss? Dass das Leben eben nicht perfekt ist? Dass sie nicht mehr im Kindergarten ist, ebensowenig wie er? Er steht auf, noch während sie die Creme verreibt, er ist mit einemmal ungeduldig und nervös und fürchtet, dass die Sache ihm entgleitet, und alles, was ihm einfällt, ist: »Wenn das Boot sich vom Anker losreißt, startest du den Motor und hältst es auf Abstand zu den Klippen, bis wir wieder da sind. Okay? Hast du verstanden?«

Dann sitzen sie im Beiboot, die Wellen werfen sie hin und her wie Prankenhiebe, obwohl sie noch in Lee der *Paladin* sind, und Anise reicht ihnen die Rucksäcke hinunter, während er am Starterseilzug des kleinen, gerade mal zwanzig PS starken Außenbordmotors zieht und denkt: *Bitte, lieber Gott, lass sie nicht nass werden. Nicht jetzt. Nicht nach all der Mühe.* Er stellt sich vor, wie das kleine Boot kentert, das Bild steht ihm ganz deutlich vor Augen: der Schock des kalten Wassers, die harten Wellen, er und Wilson rudernd und schnaufend, während das gekenterte Boot davontreibt und Vitamintabletten im Wert von tausend Dollar auf den Grund der Bucht sinken und alle Ratten auf der Insel aus Mund, Ohren und Anus bluten. Der Wind schmeckt nach Versagen, nach Niederlage und Demütigung. *Es ist vorbei*, denkt er, *vorbei, noch bevor wir überhaupt angefangen haben.* Aber Wilson weiß, was er tut, Anise ist geschickt, und der Motor springt beim zweiten Versuch an und stößt eine kleine Abgaswolke aus. Das Beiboot löst sich von der *Paladin*, und er dreht den Gasgriff und steuert auf den Anlegesteg zu.

Wegen der Klippen ist es die einzige Stelle, wo man anlegen kann. Sie werden dabei gut zu sehen sein, aber der Steg ist leer, und der Himmel zieht sich zu. Er fragt sich, ob der Park Service es bei diesem Wetter riskieren wird, die Hubschrauber loszuschicken. Vielleicht nicht. Vielleicht können Wilson und er den Vergiftern zuvorkommen, den Ratten einen Vorsprung verschaffen. Sie retten. Sie bewahren. Sie beschützen. Niemand sonst wird es tun, soviel ist sicher, niemand außer Anise, Wilson und ihm selbst, niemand außer der FPA, die sich dem Schutz der Tiere verschrieben hat, aller Tiere, seien sie groß oder klein. Keine Ausnahmen. Der Wind bläst ihm ins Gesicht, so dass die Kapuze gegen seinen Hals schlägt, der Steg kommt rasch näher – Aktion, er tritt in Aktion, während alle anderen herumsitzen und jammern –, und er spürt diesen leichten Schwindel in sich aufsteigen, dieses Gefühl von Macht und Triumph, das aus dem Nichts kommt und die Verwirrung, die Wut und die Depression verdrängt, gegen die Dr. Reiser und seine Tabletten machtlos sind. Das hier ist es, was er ist. Das hier.

Bis zum oberen Ende der Klippe und dem Plateau sind es etwa hundertfünfzig Stufen. Seine Stunden auf dem Stepper kommen ihm jetzt zugute. Wilson und er ersteigen einen Treppenlauf nach dem anderen, verstreuen dabei Katzenfutter und Vitamintabletten und achten darauf, auch die unzugänglichsten Stellen zu erreichen, und was macht es schon, wenn viele Tabletten herunterfallen und am Fuß der Klippen landen? Ratten gehen überallhin. Oben angekommen – das Plateau ist gewellt und baumlos, und es ist nichts zu sehen außer dem Leuchtturm und ein paar weißgestrichenen Baracken (an einer hängt ein Schild mit der Aufschrift »Ranger«) – trennen sie sich. Wilson nimmt den Rundweg, der nach rechts führt, er selbst den linken. »Okay«, sagt er. Der Wind zerrt an ihm, und das Blut durchpulst ihn, bis er das Gefühl hat, er könnte abheben und mit den Möwen durch die Luft segeln. »Denk daran, dass das Zeug nicht nur rechts und links des Wegs, sondern auch auf den Klippen landen muss.«

Wilson sieht ihn unter dem tief in die Stirn gezogenen Schirm der Mütze hervor an, als hätte er gerade einen guten Witz gehört. Oder erzählt. »Ja, das hast du schon mal erwähnt. Ungefähr sechshundertmal.«

»Und wir treffen uns dann in der Mitte« – der Pfad verläuft weitgehend flach und ist nicht mal drei Kilometer lang – »und gehen die Diagonalen ab, damit wir soviel Gelände wie möglich abdecken.«

Wilson fährt fort zu grinsen und hebt die Faust, damit sie in einer Geste der Solidarität die Knöchel aneinanderstoßen können, und dann geht jeder seines Weges. Die Sonne ist jetzt auf dem Rückzug, Wolken liegen wie Haufen alter, faseriger Seile über dem Horizont im Norden, die Böen sind so stark, dass sie ihm die Körner praktisch aus der Hand reißen, und so dauert es nicht lange, bis er das Zeug einfach hoch in die Luft wirft und das Verteilen dem Wind überlässt. Es ist herrlich. Als wäre er ein spielendes Kind. Die Vitamintabletten sind blassgelb, das Katzenfutter ist rostrot, blutrot, und er will gar nicht wissen, woraus es gemacht ist, er will nicht an Abfälle denken, an Knochen und das Zeug, das auf dem Boden des Schlachthofs herumliegt – es reicht ihm zu sehen, wie es von seinen Händen auffliegt und wie Konfetti verweht und verwirbelt wird.

Mit gegen den Wind gesenktem Kopf den Pfad entlang. Und wenn es regnet? Werden sie den Abwurf verschieben? Werden die Tabletten sich auflösen, wird das Katzenfutter stinken und verfaulen? Er weiß nicht genug über die Zusammensetzung, und außerdem ist es zu spät, um die Sache abzublasen. Und selbst wenn die Mischung vom Regen aufgeweicht wird, ist es höchst wahrscheinlich, dass die Ratten sie trotzdem fressen werden – immerhin sind sie Ratten, geboren, um zu stöbern und zu horten und sich den Bauch vollzuschlagen, bis er anschwillt wie ein Ballon –, und das fettlösliche Vitamin wird sich in ihrem Gewebe anreichern. Wer weiß, vielleicht sagt die Mischung ihnen so sehr zu, dass sie die Massen blauer Körnchen, die der Park Service auf sie abwerfen wird, einfach ignorieren. Das denkt er, während er am Rand der Klippe entlanggeht und hin und wieder kleine Abstecher macht, um die Mischung bis an die Kante zu werfen, ganz hingegeben an den Rhythmus von Greifen, Ausholen und Werfen, und nach und nach fühlt er sich besser und beginnt zu glauben, dass doch noch alles klappen wird.

Er ist ganz dem Augenblick hingegeben, atmet tief, schreitet aus, er riecht den Geruch des Salbeis, Vögel schweben über ihm, Eidechsen huschen vor ihm davon. Bald stellt er fest, dass es ihm hier tatsächlich gefällt: Entlang der Küste des Festlands drängen sich zwanzig Millionen, während diese Insel so menschenleer ist wie zu der Zeit, als sie sich aus dem Meer erhoben hat. Außer Wilson natürlich. Und dem Park-Service-Typ, der mit dem Boot gekommen ist. Und nicht zu vergessen dem hier stationierten Ranger, der in seinem weißen Häuschen mit dem atemberaubenden Ausblick zweifellos auf seinem Hintern sitzt, Krimis liest, Spaghetti kocht und bis zum Erblinden Gin in sich hineinschüttet.

Er ist jetzt vom Pfad abgegangen – Greifen, Ausholen, Werfen – und denkt an das geradezu unvorstellbare Maß an Grausamkeit, das ein Wissenschaftler besitzen muss, der für einen Chemiekonzern arbeitet, für Montsanto, Dow oder Amvac, der all seine Tatkraft und all sein Talent, ja eigentlich sein ganzes Leben der Aufgabe widmet, ein Mittel zu entdecken, das so tödlich ist wie Brodifacoum, und dann das richtige, das unwiderstehliche Mischungsverhältnis findet, das dieses Zeug zu einem Rattenheroin, einem Rattenkokain macht. Da stolpert er plötzlich über den Zweig eines Busches, und mit einemmal ist es ganz windstill. Es geschieht so schnell, dass er es gar nicht begreift: Die rissige, von Wurzeln durchzogene Erde verschwindet unter seinen Ellbogen, als er vornüberfällt, Staub steigt ihm in die Augen, und Steine wirbeln davon, fliegende Steine stürzen in die Tiefen des Abgrunds, der sich vor ihm öffnet, als würde ein Film plötzlich auf Breitwandformat gezeigt. *Achtung! Die Klippenkanten sind brüchig! Bleiben Sie auf den markierten Wegen!* Und das, was unter seinem Rumpf und den zappelnden Beinen ist, verschwindet ebenfalls und fällt hinab – wie er selbst. Ein kurzer Augenblick der Schwerelosigkeit und der Panik, die ihn wie ein elektrischer Schlag durchzuckt, und dann der Aufprall auf dem Sims drei Meter unterhalb der Kante.

Er landet auf der rechten Seite, auf den Rippen, die Luft bleibt ihm weg, der Rucksack ist verrutscht. Zunächst versteht er nicht, was passiert ist. Und dann? Dass er von der Klippe gestürzt ist, von der brüchigen Klippe, der felsigen, mit loser Erde bedeckten Klippe, aber nicht abgestürzt – das ist das Wort, das ihm einfällt und das er in keinem anderen Zusammenhang benutzen würde –, nicht tot. Zerschmettert auf den Felsen dort unten. Wo die vom Sturm aufgewühlte Brandung donnert und schäumt und aufstiebt.

Für einen langen Augenblick ist er unfähig, sich zu rühren. Dann spannt er wie eine erwachende Katze nacheinander alle Muskeln an, macht sich wieder mit ihren Funktionen vertraut und denkt: *Anise wird es nicht glauben* und: *Was ist, wenn ich gerettet werden muss? Wenn der Hubschrauber, der Hubschrauber des Park Service, der Hubschrauber der Giftmischer ...?*

Das Sims, der Vorsprung aus vulkanischem, mit stacheligen xerophytischen Pflanzen bewachsenem Gestein, der seinen Sturz aufgehalten und ihn gerettet hat, ist nur eine von vielen Felsnasen, die aus der Wand ragen, als gälte es, eine Invasion abzuwehren. Er sieht es, er sieht, als er ganz vorsichtig das Gewicht verlagert, das Muster, das eigentlich gar kein Muster ist und sich in beiden Richtungen über die Wand zieht. Es dauert eine Weile – er ist zweiundvierzig und hat Bluthochdruck und einen stechenden Schmerz in der rechten Seite –, bis er es schafft, die Beine anzuziehen und sich Zentimeter für Zentimeter aufzurichten, so dass er schließlich dicht an den Fels geschmiegt dasteht. Er sieht die Stelle über ihm, wo die Erde nachgegeben hat, und entdeckt an der ihm zugewandten Seite ein Gestrüpp von Pflanzen. Es besteht hauptsächlich aus *Dudleya*, Sukkulenten, die sogleich brechen, sich aus der Erde lösen und ihn *abstürzen* lassen würden, aber da ist auch etwas mit einem holzigen Stamm, ein *Ceanothus* oder vielleicht eine Krüppeleiche, und dieser Stamm befindet sich in Reichweite. Er packt ihn. Rüttelt prüfend daran. Und dann presst er sich so fest an den Fels, dass er später Kieselsteine, Sand, Blätter und Zweige unter seinem Gürtel und dem elastischen Rand der Unterhose findet, und zieht sich hinauf, greift nach dem nächsten Zweig, während die Spitzen seiner Wanderschuhe nach einem Halt suchen. Zwanzig Sekunden später ist er oben, die Beine schaben über die lose Erde, der Rucksack zerrt an ihm, das Blut rauscht donnernd in seinen Ohren, und dann ist er in Sicherheit, kriecht auf allen vieren zehn, fünfzehn Meter weit durch das Gebüsch und bricht zusammen.

Das nächste, an was er sich später erinnert: Er sieht auf die Uhr. Es ist verblüffend: Nur fünf Minuten sind vergangen. Fünf Minuten. Nicht eine Stunde, sondern nur fünf Minuten, dreihundert Sekunden, in denen er dem scheinbar sicheren Tod entronnen und wiederauferstanden ist. Er schwitzt, obwohl der Wind kalt ist, das T-Shirt unter dem Kapuzenshirt ist klatschnass. Auf dem rechten Handrücken hat er einen dunkelblauen Bluterguss. Seine Rippen schmerzen. Doch er steht auf, holt die Plastikwasserflasche hervor, drückt sich einen langen, zischenden Strahl von dem gefilterten Wasser in den Mund – *Aqua vita* aus dem Umkehrosmosetank, den er zu Hause installiert hat –, steckt die Flasche weg und setzt, während er mechanisch die Tabletten verstreut, seinen Weg auf dem Pfad fort. Er hat bereits entschieden, dass er niemandem, weder Anise noch Wilson oder Dr. Reiser, je erzählen wird, was geschehen ist. Oder beinahe geschehen wäre. Warum sollte er auch? Er kommt sich ohnehin wie ein Idiot vor, und während er sich dem Rhythmus – Greifen, Ausholen, Werfen – überlässt, denkt er unwillkürlich, dass er sich noch mehr wie ein Idiot gefühlt hätte, wenn er hätte gerettet werden müssen. Oder schlimmer noch: ein postumer Idiot, hingestreckt auf den Felsen mit zerschmettertem Schädel und verrenktem Körper, wie das Zwergmammut für alle Zeit ein Totem des Park Service: *Erinnerst du dich an diesen Clown? Wie hieß er noch? Der versucht hat, Vitamintabletten zu verstreuen und dabei über die Klippe gegangen ist?*

Trotz des Sweatshirts zittert er, als er Wilson auf sich zukommen sieht. Der Himmel ist jetzt durchgehend dunkel, der Wind ist stärker und kälter geworden, die Büsche nicken in seinem Rhythmus, kleine Holzstückchen und Samen fliegen an Dave vorbei, getrieben von Böen, die von überall her zu kommen scheinen. Er fährt fort, die Mischung in die Luft zu werfen, auch wenn ihm langsam dämmert, dass der Abwurf nicht heute erfolgen wird. Keine über ihm schwebenden Hubschrauber, keine verblutenden Ratten, keine Behördenbüttel, denen man ausweichen oder entgegentreten müsste. Er denkt, dass er besser auf den Wetterbericht hätte achten und flexibler sein sollen – aber andererseits ist er ein Mensch, der einen Plan macht und sich dann daran hält, und das ist der Grund seines geschäftlichen Erfolges. Gib nie auf, streck nie die Waffen und vor allem: Gesteh nie ein, dass du im Unrecht bist. Wilson marschiert auf ihn zu, sein rechter Arm bewegt sich rhythmisch und wirft eine Handvoll nach der anderen über die

Schulter. Er kommt näher und grinst. »Wie sieht's aus?« ruft er, als sie noch ein paar Meter voneinander entfernt sind. »Hast du noch was übrig? Ich hab so gut wie alles verstreut.«

Sie bleiben kurz stehen, den Rücken zum Wind gekehrt, und Wilson zieht eine Packung Zigaretten aus der Innentasche. »Scheißkalt, was?« sagt er. »Ich hab ja schon gehört, dass das Wetter hier draußen launisch sein kann, aber das hier« – er steckt sich eine Zigarette in den Mundwinkel, legt die Hand schützend darum und zündet sie an –, »das ist regelrecht brutal. Wusstest du, dass es so kalt werden würde? Ich meine, wer hätte das gedacht?«

Das ist keine Klage, sondern eher ein Ausdruck der Solidarität wie unter Frontsoldaten. »Ja, scheißkalt«, ist alles, was Dave dazu sagen kann, auch wenn er die gute Absicht zu würdigen weiß. Der Schock seines Sturzes vergeht, bestimmt wird er ihn nicht erwähnen, weder jetzt noch sonst irgendwann. Es ist wie damals auf der High School, als er Football gespielt hat: Wenn dich einer rammt, stehst du einfach auf und machst ein paar Schritte, bis der Schmerz vergangen ist. Er sieht das Gesicht des Trainers vor sich, eine freudlose, egopralle, abgewrackte Kloake von einem Gesicht über einem grauen Sweatshirt und einer silbrig blitzenden Trillerpfeife an einem roten Band. *Geh herum, bis du es nicht mehr spürst.* Das hat er immer gesagt, selbst wenn man sich die Schulter ausgekugelt oder das Knie verrenkt hatte.

Wilson sieht unter dem tief in die Stirn gezogenen Schirm der Baseballmütze zum Himmel und sagt: »Ich weiß nicht – ich hab das Gefühl, gleich fängt es an zu regnen.«

»Ja. Ich auch. Aber wenigstens können diese Scheißer dann nicht fliegen. Jedenfalls heute nicht.«

»Ich hab mich gefragt«, sagt Wilson und kratzt mit der Schuhspitze in der Erde, während der Wind ihm den Rauch der Zigarette von den Fingern reißt und er die Augen zusammenkneifen muss, »was eigentlich passiert, wenn es regnet. Was passiert dann mit diesem Zeug? Wenn es richtig regnet. Ich meine, wenn es regnet wie aus Eimern, wie im Monsun, denn das ist jetzt die Jahreszeit dafür. Verschwenden wir hier unsere Zeit? Wird das Zeug einfach weggespült?«

Wenn es so ist, wird er es nicht zugeben. »Nein, glaube ich nicht. Und dass sie das Gift heute offensichtlich nicht abwerfen werden, macht auch nichts. Das gibt den Tieren Zeit, das Vitamin zu speichern. Denen macht es nichts, wenn das Zeug nass ist. Ratten sind schließlich nicht besonders wählerisch.«

Wilson zuckt nur die Schultern. Er blickt über das Meer zum Horizont, der hinter einem Mahlstrom von Wolken verborgen ist. »Was weiß ich? Das ist deine Abteilung. Du sagst, was gemacht wird.« Ein Zug an der Zigarette, die Glut leuchtet auf. »Du wolltest doch heute hier rausfahren, oder?«

»Ja.«

»Okay, und hier sind wir jetzt. Dann wollen wir mal aufhören zu quatschen wie zwei alte Omas im Schaukelstuhl und die Sache zu Ende bringen, damit ich mich an die Heizung setzen und den Champagnerkorken knallen lassen kann. Lang leben die Ratten, stimmt's?«

Sie brauchen eine weitere halbe Stunde, um das Plateau abzugehen. Er und Wilson bewegen sich in einem Winkel von fünfundvierzig Grad zueinander, und der Wind nimmt weiter zu. Als der Rucksack leer ist, als seine Finger vor Kälte taub sind und seine Rippen bei jedem Schritt schmerzen, als würde einer dagegentreten, kehrt er zur Treppe zurück, wo Wilson ihn erwartet: Er sitzt auf einer Stufe, liest in einem Taschenbuch und raucht. »Fertig?« fragt Wilson und sieht auf. »Ja«, sagt er, und dann traben sie die Treppe hinunter. Der Blick auf die Bucht unter ihnen weitet sich: Das Park-Service-Boot ist noch immer an der Boje festgemacht, und die *Paladin* – nicht dass er sich wirklich Sorgen gemacht hätte – liegt noch immer vor Anker, den Bug im Wind, und die Wellen strömen an ihr vorbei wie Falten in einem Stück Stoff.

Erst auf halbem Weg sehen sie die Gestalt dort unten, einen Mann in einem grünblauen Hemd, der ihnen den Rücken zukehrt und die Leiter hinuntersteigt, um sein Zeug in einem weißen Zodiac-Schlauchboot zu verstauen, das neben ihrem Beiboot liegt. Da bloß ein anderes Boot in der Bucht ist und nur ein entsprungener Irrer bei diesem Wetter mit einem Schlauchboot herkommen würde, muss man annehmen, dass der Mann zu dem Park-Service-Boot gehört. »Und jetzt ganz unauffällig«, sagt Wilson, aber Dave macht ihm ein Zeichen zu schweigen. »Keine Sorge«, sagt er und geht über den Steg, als wäre der Mann auf der Leiter gar nicht existent.

Als sie näher kommen – der Typ dreht sich zu ihnen um, als hätte er ihre Anwesenheit oder, was wahrscheinlicher ist, die Schwingungen ihrer Schritte auf dem Steg gespürt –, stellt er zu seiner Überraschung fest, dass er ihn schon mal gesehen hat. Der Mann klettert auf den Steg, er lächelt nicht und ist groß, über eins neunzig, und er sieht sie erwartungsvoll an, als hätte er hier auf sie gewartet.

Wenn es nach ihm ginge, würde er einfach wortlos vorbeigehen, kein *Hallo* oder *Sieht nach Regen aus* oder *Leck mich am Arsch*, aber Wilson fühlt sich offenbar berufen, als Botschafter des guten Willens aufzutreten. »Schönen Tag noch«, sagt er, wiegt die Schultern und grinst breit, indem er nur den Mund verzieht, ohne die Zähne zu zeigen, als könnte die geballte Strahlkraft all des weißen Zahnschmelzes den anderen blenden.

Noch immer keine Reaktion von dem Mann in dem grünblauen Hemd. Der einfach mit verschränkten Armen dasteht, als würde er auf etwas warten. Er ist schmal in den Schultern, und der Rücken ist leicht gebeugt. Er sieht aus wie Mitte Dreißig, in seinem Gesicht sind keine Falten, und er wirkt ein bisschen wie ein Collegeboy, der cartoonartige Strichmund sitzt unter einer übertrieben großen Nase, die leicht nach links verschoben scheint, als wäre sie mal gerichtet worden. Grüne Augen, schmutzfarbenes Haar, das im Wind flattert. Und noch etwas: An der Brust seines grünblauen Hemds ist ein Namensschild, wie Polizisten es tragen. *Sickafoose*, steht darauf.

Und da ist der Wind, das Beiboot zerrt an der Leine, Wellen schlagen an die Pfeiler des Stegs, der Geruch von Regen ist in der Luft, die *Paladin* liegt da draußen vor Anker, und dieser Idiot steht ihnen im Weg. »Die Insel ist für die Allgemeinheit gesperrt«, sagt der Typ schließlich. »Für die nächsten drei Wochen. Vielleicht haben Sie das Schild nicht gesehen?«

»Nein«, hört er sich sagen, und er wird sich jetzt nicht aufregen, ganz bestimmt nicht. »Nein, wir haben kein Schild gesehen.«

Sickafoose streckt einen langen grobknochigen Finger aus und lenkt ihre Aufmerksamkeit auf ein weißes, emailliertes Schild von der Größe einer Schulwandtafel, auf der das Verbot in unmissverständlich knallroter Schrift steht. Wie hat er das nur übersehen können? Nicht dass es irgendeinen Unterschied gemacht hätte. Diese Insel wird geschützt für die Allgemeinheit, sie gehört der Allgemeinheit.

»Und was sind Sie?« fragt Dave. »So eine Art Polizist?«

»Ich bin Biologe.«

»Gratuliere.«

Sickafoose geht darauf nicht ein. Er hat etwas in der Faust, die er, einen Finger nach dem anderen, öffnet – eine Art langsamer Striptease, in dessen Verlauf rostrotes Katzenfutter und blassgelbe Vitamintabletten zum Vorschein kommen. Wilson tippt an den Schirm seiner Mütze, sagt: »Wir müssen dann mal los. Schönen Tag noch« und geht zur Leiter.

»Moment«, sagt Sickafoose. Er streckt die Hand aus. »Wissen Sie, was das ist?«

Jetzt spürt er ihn, den beschleunigten Puls jener Wut, an der Dr. Reisers Tabletten nur leise kratzen können, und er kann sich nur mühsam beherrschen, dem Typ nicht vor die Füße zu spucken. »Nein«, sagt er, und seine Stimme bleibt ihm beinahe in der Kehle stecken. »Nie gesehen.«

Ein Augenblick vergeht. Wilson hat die Hand schon an der Leiter und ist drauf und dran, in das Boot hinunterzuklettern, und das sollte er ebenfalls tun – er sollte verschwinden und das hier vergessen. »Sie wissen doch, dass es gesetzlich verboten ist, Tiere in einem Nationalpark zu füttern, oder?« sagt Sickafoose. »Wenn es das ist, was Sie getan haben. Das ist doch Tierfutter, nicht?«

Noch ein Augenblick, länger, viel länger. Er denkt an die Ratte, die er an einem traurigen Morgen neben der Straße gefunden hat, fest in das Gewand ihrer Qual gehüllt, ein vollkommenes Wesen, ganz und gar vollkommen, das ihm in aller Einzelheiten lebhaft vor Augen steht – die blassen, feingliedrigen Finger und Zehen, die Schnurrhaare, zurückgestrichen und glänzend, als wären sie gebürstet, die zarte Schnauze, die dunklen, blutigen Nasenlöcher und die in den Höhlen liegenden leidenden Augen –, und das alles ist so sinnlos, so falsch, falsch, falsch. Doch er sagt nur: »Lassen Sie mich jetzt durch oder was?«

Dann sitzen sie im Beiboot. Und dann sind sie wieder an Bord der *Paladin*. Und dann kommt der Regen, er kommt in einer Reihe von Böen, die die Wellen zum Kochen bringen, und scheiß auf den Champagner, scheiß auf diese ganze Aktion, denn von allen Augenblicken, die vergangen sind, seit er die *Paladin* gekauft hat, von allen Augenblicken, die er damit verbracht hat, das Boot in Schuss zu halten und damit bei jedem Wetter und in schwerster See die Küste hinauf und hinunter und zu den Inseln zu fahren, wählt der Motor ausgerechnet diesen, um den Dienst zu versagen.

BOIGA IRREGULARIS

Als Mitte der fünfziger Jahre der Bestand der einheimischen Vögel auf der Insel Guam stark zurückging und sie in den sechziger und siebziger Jahren ganz verschwanden, wusste niemand, warum. Der Verdacht der Forscher fiel auf DDT, Pflanzenschutzmittel, den Verlust von Lebensraum sowie Epidemien, und erst als Julie Savidge Anfang der achtziger Jahre Feldforschungen für ihre Dissertation betrieb, fiel das wissenschaftliche Augenmerk auf ein bis dahin wenig beachtetes Reptil, das kurz nach dem Zweiten Weltkrieg auf Guam aufgetaucht war. Die in Australien, Malaysia und Neuguinea beheimatete Braune Nachtbaumnatter war wohl in einer Munitionskiste, im Motorraum eines Militärfahrzeugs oder vielleicht im Radkasten eines Transportflugzeugs der Marine auf die Insel gelangt. Ihr Auftreten wurde zwar registriert, doch da diese Tiere nachtaktiv sind und auf Bäumen leben, kamen nur wenige Menschen mit ihnen in Kontakt. Nachdem Savidge alle anderen Faktoren ausgeschlossen hatte, beschloss sie, die Ausbreitung der Schlangen von Apra, dem im Westen gelegenen Haupthafen, bis zu den südlichen, östlichen und nördlichen Küsten der Insel zu dokumentieren, und stellte fest, dass es eine Korrelation zwischen ihrer Zunahme und dem weitgehenden Verschwinden der einheimischen Vogelwelt gab. Das Rätsel war gelöst. Das Problem bestand weiter.

Auf Guam fand die Braune Nachtbaumnatter ein Schlangenparadies vor. Die einzige andere Schlangenart war ein harmloses Tierchen, so groß wie ein Regenwurm, und stellte keine Konkurrenz dar, und es gab keinerlei Raubtiere, die die Zahl der Nachtbaumnattern begrenzt hätten. Das Nahrungsangebot war reichlich und bestand aus etwa achtzehn weltweit einzigartigen

Vogelarten, die, wie andere Inselspezies, jener Naivität zum Opfer fielen, die dem Dodo und seinesgleichen zum Verhängnis geworden war. In ihrem angestammten Lebensraum lebt *Boiga irregularis* in einem natürlichen Gleichgewicht mit anderen Spezies und ist nicht besonders beeindruckend oder gefährlich. So ist ihr Gift, das durch Giftzähne im hinteren Bereich des Mauls injiziert wird, relativ schwach und für Menschen kaum gefährlich. Außerdem ist sie nachtaktiv und daher nur selten zu sehen, und da sie sehr schlank ist – Exemplare von etwa einem Meter Länge sind nicht dicker als der Zeigefinger eines Mannes –, wirkt sie nicht annähernd so bedrohlich wie einige andere tropische Schlangen, wie die Kobras, Boomslangs, Mambas und Wassermokassinottern, die durch die Alpträume der Ophiophoben gleiten.

Dennoch hat sie sich als eine der erfolgreichsten und schädlichsten invasiven Spezies überhaupt erwiesen. Von den erwähnten achtzehn endemischen Vogelarten gibt es noch elf, zwei davon – die Guamralle und der Zimtkopfliest – existieren nur noch in Gefangenschaft, sechs sind in ihrem Bestand bedroht und drei weitere stark dezimiert. Die Populationsdichte der Braunen Nachtbaumnatter – bis zu fünftausend pro Quadratkilometer – gehört weltweit zu den höchsten. Sie ist unglaublich anpassungsfähig und frisst, wenn sie keine Vögel fangen kann, ebenso gern einheimische Frösche und Eidechsen sowie die eingeführten Geckos, Skinke, Aga-Kröten und alle anderen Tiere, die durch ihren Schlund passen. Sie wird bis zu drei Meter lang und erscheint in Toiletten, Duschen und Babybetten. Seit 1978 gab es zwölftausend Stromausfälle, weil Nachtbaumnattern auf Strommasten geklettert waren und Kurzschlüsse verursacht hatten – unabsichtlich natürlich, aber trotzdem fielen Lampen, Computer und Kühlschränke aus. Vor allem sind Nachtbaumnattern hervorragende, furchtlose und zunehmend gierige Kletterer, auf deren Speiseplan inzwischen nicht nur Tierfutter, sondern auch Haustiere stehen (in einem dokumentierten Fall ein drei Wochen alter Golden-Retriever-Welpe), ja eigentlich alles, was nach Fleisch riecht. Oder nach Blut.

Daran denkt Alma, als sie den Ausdruck des Artikels »Der Einsatz von Paracetamol zur Bekämpfung von *Boiga irregularis* in insulären Habitaten« liest, der neben ihrem Laptop liegt. Sie sitzt an einem der leise schwankenden Resopaltische in der Hauptkajüte der *Islander*, die nach Anacapa unterwegs ist. Sie trinkt etwas Kaffee aus dem Pappbecher und starrt auf den Bildschirm, wo die ordentlich ausgerichteten Zeilen sich mit der Tischplatte, dem Deck und dem Rumpf darunter hypnotisch heben und senken, und sie hat noch nicht gemerkt, dass sich Kopfschmerz ankündigt, aber einmal pro Minute hebt sie wie im Reflex den Blick vom Bildschirm und sieht über das Meer, als wollte sie ihren Augen mehr Weite gönnen. Dann kehrt sie zu ihrem Text zurück, schlägt die Rücktaste an und fügt eine Formulierung ein oder ergänzt einen Satz, wobei sie lautlos die Lippen bewegt. Ihre Stirn ist gerunzelt, aber auch das merkt sie nicht.

In der Kajüte sowie auf dem Vorder- und Achterdeck ist Platz für etwa hundertfünfzig Menschen, und heute sind fünfundachtzig dieser Plätze für Angestellte des National Park Service und verschiedene am Anacapa-Wiederherstellungsprogramm beteiligte Biologen reserviert, darunter auch Tim. Außerdem sind einige Journalisten von *AP*, *Los Angeles Times* und *Santa Barbara Press Citizen*, ein Dutzend Lokalpolitiker und Multiplikatoren sowie ein Fernsehteam vom örtlichen NBC-Büro an Bord. Im Laderaum stehen drei große Kühlschränke, vollgestopft mit mariniertem Hähnchenfleisch, Putenwurst und Tofuburgern zum Grillen, verschiedenen Salaten, Vollkornbroten und einem Topf Chili und Reis, ein vierter enthält Erfrischungsgetränke, in Flaschen abgefülltes Trinkwasser und Desserts, und in einem fünften befindet sich ausschließlich Champagner. Zwei Kartons. Gut gekühlt. Kalifornischer Champagner aus dem mittleren Preissegment, wie es dem Budget des NPS ansteht, aber dennoch Champagner – oder vielmehr Sekt.

Das Meer ist ruhig, der Nebel löst sich bereits auf. Der Kapitän hat die Fahrt verlangsamt, weil eine Schule Delphine in Sicht gekommen ist, und die meisten Passagiere – Touristen, Wanderer, eine von Zucker und Hormonen befeuerte Gruppe von Sechstklässlern, die der Kontrolle der beiden geplagten Lehrerinnen zunehmend entgleitet – sind an Deck gegangen, um die glänzenden Cetazeen wie zum Leben erweckte Schatten durch das Wasser schießen zu sehen. Als sie aufblickt, entdeckt sie Tim unter ihnen, in der linken Hand einen Pappbecher mit Kaffee, in der rechten ein Fernglas.

Es ist Anfang Juni, zehn Uhr morgens, knapp zweieinhalb Jahre nach dem ersten Abwurf des Bekämpfungsmittels, und sie machen diesen kleinen Ausflug einzig und allein um zu feiern: Während die Journalisten auf ihre Tastaturen einhämmern, die Fotografen mit Digitalkameras hantieren und das Fernsehteam filmt, wird sie zusammen mit Freeman Lorber, dem Direktor des Parks, das Sektglas erheben und verkünden, dass die drei Inseln, aus denen Anacapa besteht, zu hundert Prozent rattenfrei sind. Im Augenblick ist sie damit beschäftigt, ihre Presseerklärung zu formulieren – der Artikel des Reptilienforschers Robert Ford Smith, mit dem sie auf Guam zusammengearbeitet hat, muss warten, bis sie einen Augenblick Zeit hat. Er ist heute morgen per E-Mail von der Forschungsstation in Ritidian Point an der Nordspitze der Insel, wo die Strände waschpulverweiß sind, wo die Vegetation wuchert und es von Schlangen wimmelt, in ihrem Büro eingetroffen, bevor sie es um Viertel nach sieben verlassen hat, und sie freut sich darauf wie ein Kind auf ein neues Computerspiel, aber die Pflicht ruft, sie ruft wie immer und geht wie immer vor.

Die Presseerklärung, an der sie seit zwei Tagen feilt, soll die anwesenden Journalisten und durch sie die Allgemeinheit darüber informieren, dass das Rattenbekämpfungsprojekt ein voller Erfolg war. Seit dem Einsatz des Mittels konnten auf Anacapa keinerlei Hinweise auf Ratten mehr gefunden werden, weder Nester noch Kot oder Spuren oder irgendwelche Anzeichen von Nesträubern – die Eierattrappen, welche die Ornithologen in die Nester verschiedener Vogelarten geschmuggelt haben, sind unberührt, während sie früher Bissspuren von Nagezähnen aufwiesen. Aufgrund eingehender Beobachtungen in den vergangenen zwei Jahren kann sie mit absoluter Gewissheit sagen, dass sämtliche Exemplare der Zielspezies eliminiert sind. Die Folgen waren unmittelbar sichtbar: Die Bestände der Seevögel haben sich erholt, ganz zu schweigen von denen des Channel-Islands-Salamanders, des Seitenfleckleguans – dessen Zahl sich verdoppelt hat – und der

Hirschmaus, deren Population auf achttausend Exemplare geschätzt wird, was der höchste je ermittelte Stand wäre. Und mehr noch: Tim Sickafoose, beratender Ornithologe, hauseigener Humorist und überhaupt der reinste Märchenprinz, hat zum erstenmal seit Menschengedenken ein Brutpaar Aleutenalken entdeckt, und zwar auf Rat Rock, einem Felsen, der – und das wird ein subtiler, aber triumphaler Scherz in ihrem sonst recht trockenen Text sein – in naher Zukunft wohl wird umbenannt werden müssen. Wie wär's mit Auklet Rock? denkt sie. Höre ich noch andere Gebote? Warum nicht Sickafoose Point? Das hätte doch was.

Aber Scherz beiseite – sie macht sich Gedanken über kleine Details: Zeichensetzung, Absätze, die abgedroschenen Phrasen, die ihr jedesmal, wenn ihr Blick darauf fällt, dümmer vorkommen. Nein, nicht nur dümmer, sondern regelrecht idiotisch. Zum Beispiel hier, gleich im ersten Absatz, bezeichnet sie Lorber als »vorbildlichen Kämpfer für den Naturschutz«, und das ist zwar wahr, aber macht es ihn nicht auch zu etwas Statischem, zu einem dieser aus dem Fels gehauenen Präsidentenköpfe am Mount Rushmore oder einer stumpf gewordenen Schwertklinge? Oder schlimmer noch: zu etwas Totem? Auf dessen Grabstein steht: »Liebender Ehemann und Vater, vorbildlicher Kämpfer für den Naturschutz«?

»Hallo«, haucht Tim und lässt sich auf den Platz neben ihr sinken. Das Boot hat wieder Fahrt aufgenommen, und die Passagiere kehren in die Kajüte zurück, alle bis auf die Sechstklässler, die an der Reling stehen, bis sie durchnässt sind und frieren und dringend die heiße Schokolade, das Popcorn und die in der Mikrowelle erwärmten Burritos brauchen, die es in der Kombüse gibt. »Bist du damit immer noch nicht fertig?« fragt er anzüglich. Sie sieht ihn von der Seite an. Da sitzt er also, dringt in ihre Privatsphäre ein – was, wie sie sich ermahnen muss, das Vorrecht eines Liebhabers ist – und grinst sie schief an. »Es gibt nämlich, wie du weißt, einen Punkt, an dem man anfängt, das Ding zu Tode zu verbessern. Und außerdem soll das hier doch eine Party sein, oder irre ich mich?«

Sie ist drauf und dran, ihn anzufahren, kann sich aber bremsen. Lange starrt sie ihm in die Augen. Vor den Fenstern fliegt Gischt vorbei, die aufgeregten Rufe der Sechstklässler klingen wie die

Schreie von Verzückten. »Ja«, sagt sie schließlich und kann jetzt ebenfalls lächeln, sich entspannen, feiern, denn er hat recht – das Schlimmste liegt hinter ihr, und dies ist ein Tag, an dem sie nach vorn blicken sollte, nicht zurück. »Ja, du hast recht.«

Und es funktioniert. Alles ist wieder im Lot. Ihr Kopfschmerz – der beginnende Kopfschmerz, dessen sie sich gerade erst bewusst geworden ist – fährt seine Fühler aus und zieht sie noch im selben Augenblick wieder zurück. Sie verschiebt die Maus, klappt den Laptop zu, beugt sich hinunter zu ihrem Rucksack und holt eine Tüte Studentenfutter hervor, damit ihre Energie nicht absackt. Party hin oder her – sie muss nach der Presseerklärung eine Rede halten, sie muss Wade beaufsichtigen, ihren Assistenten, der für das Essen zuständig ist, und sie muss brennendes Interesse heucheln, wenn Freeman seine eigene Rede hält, wie immer mit peinlichen Pausen, heftigem Zupfen an der Unterlippe und Witzen, die nur theoretisch welche sind. Aber dies ist tatsächlich eine Party oder jedenfalls ihr Anfang, und so schiebt sie den Laptop mit einem entschlossenen Schulterzucken in die Hülle, reibt demonstrativ die Handflächen aneinander und öffnet den Verschluss der Studentenfuttertüte. Sie wirft sich eine Handvoll in den Mund und zermahlt mit den Backenzähnen die Mischung aus Sonnenblumenkernen, Datteln, Rosinen und Schokoladenstückchen. Der Zuckerkick kommt beinahe sofort. Sie hält Tim die Tüte hin, der sie geistesabwesend nimmt. Er sieht sie zweifelnd an, als würde er an etwas ganz anderes denken, sich stellvertretend für sie Sorgen machen, sich ihren Kopf zerbrechen. »Ich will schwer hoffen, dass der Drucker da draußen funktioniert –«

Ihr Lächeln ist jetzt wärmer, es breitet sich aus, bis sie ein Ziehen in den Muskeln am Mundwinkeln spürt. Wie heißen die noch? *Zygomaticus major*. Oder *minor*. Oder beides. Das klingt ungefähr richtig, aber ihr Anatomiekurs liegt lange zurück, und wenn sie sich recht erinnert, braucht man ungefähr sechzehn verschiedene Muskeln, um ein Lächeln zu erzeugen, das diesen Namen verdient. Aber das spielt keine Rolle. Wichtig ist nur, dass sie lächelt, denn Tim lächelt zurück, und sie beide kommen in den seltenen Genuss eines gemeinsamen freien Tages, sofern man es so nennen kann.

»Kennst du mich, oder kennst du mich nicht?« sagt sie und klopft auf den Rucksack zu ihren Füßen. »Ich habe meinen eigenen mitgenommen, nur für den Fall.« Bevor er etwas sagen kann, hebt sie die Hand. »Ja«, sagt sie, »ja, ich weiß. Und Papier.«

Vor sieben Jahren ist sie nach Guam gegangen, weil sich die Möglichkeit bot, weil Julie Savidge eine ihrer großen Heldinnen war und weil sie selbst sich gerade von Rayfield Armstrong getrennt hatte, der in den Bars und Cafés von Berkeley Gitarre spielte, wenn er nicht an seiner Dissertation über die Auswirkungen der Ausbreitung einer bestimmten eingeschleppten Krabbenart – der Gemeinen Strandkrabbe – auf die Populationen der Wirbellosen in der San Francisco Bay schrieb, und dessen Brust-, Schultern- und Rückenmuskeln von all den Stunden, die er im Wasser verbrachte, so trainiert und akzentuiert waren, dass er aussah wie ein menschliches Mosaik. Sie war bei ihm eingezogen, und das war eine Entscheidung gewesen, die erste Entscheidung dieser Art in ihrem Leben, aber die Monate waren vergangen, und schließlich waren ihre Geduld, ihre Hoffnung und ihr guter Wille erschöpft gewesen. Er war nie zu Hause, ständig musste er tauchen oder in irgendeiner Bar, irgendeinem Café im Licht des Scheinwerfers stehen und Gitarre spielen oder mit dem Greyhound-Bus zu einem Auftritt in irgendeinem Nest fahren, von dem noch nie jemand gehört hatte, und wenn er zu Hause war, gab es für ihn nur Krabben und Gitarre, Krabben und Gitarre, und er schien nicht viel Zeit für sie zu haben. Also zog sie wieder aus. Und nahm eine Forschungsstelle an. In Guam.

Sie erwartete, dass es dort in etwa so sein würde wie in Hawaii, nur primitiver, härter, weniger entwickelt, und sie wurde nicht enttäuscht. Die durch den Dschungel gebahnten Straßen waren pausenlos verstopft und voll tödlicher Gefahren, die Architekten bevorzugten Stahlbeton (aus schierer Notwendigkeit und um den Taifunen in dieser Weltgegend zu trotzen, die von Meteorologen als »Wiege der Taifune« bezeichnet wurde), und alles, selbst der Plastikkanister mit Blechmittel, den sie unter dem Waschbecken ihres bunkerartigen Ein-Zimmer-Apartments aufbewahrte, roch nach den schwärenden, sich explosionsartig vermehrenden Mikroorganismen der Tropen. Der Dschungel wucherte, doch viele im Krieg zerstörte einheimische Bäume waren durch aus Südamerika importierte Tangantangan ersetzt worden, und es war gespenstisch still, weil es keine Vögel gab. Deshalb hatten die Insekten überhandgenommen, mit dem Ergebnis, dass sich die Spinnen – handtellergroß, mit leuchtendgelben Streifen auf den glänzendschwarzen Körpern – rasant vermehrt hatten und ihre großen, zeltartigen, bebenden Netze im Unterholz ebenso wie zwischen den Ästen der Bäume spannten, weswegen man sich unmöglich durch den Dschungel bewegen konnte, ohne dass dieses Zeug an einem klebte wie eine zweite Haut. Ganz zu schweigen von der Spinne selbst, die vermutlich nicht gerade erbaut war, mitsamt ihrem Netz davongerissen zu werden und sich auf einem Ärmel, einem Kopf, einem Gesicht wiederzufinden.

Die Einheimischen – hauptsächlich Chamorros und Filipinos – hatten nie mehr als einen flüchtigen neugierigen Blick für sie übrig. Sie betrachteten sie als Asiatin oder irgendeine Variante davon und fanden sie trotz ihrer Big-Dog-Shorts und den T-Shirts mit Bildern von Micah Stroud und Carmela Sexton-Jones weniger exotisch als jemanden wie Robert Ford Smith und seine Frau Veronica, die beide aus Lancashire stammten und große englische Hakennasen sowie eine Haut so stumpf und bleich wie Kartoffelmehl besaßen. Sie fühlte sich zu Hause, nicht anders als in Hawaii und in Berkeley, und vielleicht wäre das anders gewesen, wenn sie ins blütenweiße Wisconsin gegangen wäre, um die Auswirkungen streunender Katzen auf die Waldvogelpopulation zu untersuchen, oder nach Salt Lake City, um die Schwarzhalstaucher auf dem Großen Salzsee zu studieren, aber das hatte sie eben nicht getan.

Robert – nicht Bob oder Rob oder Robbie, sondern einfach Robert – war Mitte Fünfzig und arbeitete an der Bekämpfung der Braunen Nachtbaumnatter, seit Julie Savidge, die inzwischen anderswo arbeitete, das Ausmaß der Katastrophe enthüllt hatte. Er wurde im Rahmen des Programms zur Erforschung dieser Schlangenart vom amerikanischen Landwirtschaftsministerium bezahlt, und sein erstes Augenmerk galt der Entwicklung von Sperren, die den Schlangen den Zugang zu den Containern im Hafen und den

Frachtmaschinen am Flughafen verwehren sollten, denn es bestand Grund zu der Sorge, einzelne Exemplare könnten als blinde Passagiere auf eine der benachbarten Inseln oder gar nach Hawaii gelangen. Das war der erste Schritt – die Verhinderung einer weiteren Ausbreitung –, doch der zweite und weit wichtigere war, ein biologisches Mittel zu finden, ein Bakterium, ein Virus oder einen Parasiten, mit dessen Hilfe sich die Zahl der Schlangen begrenzen ließ, so dass die in Gefangenschaft gezüchteten Vögel wieder ausgewildert werden konnten. Zu diesem Zweck fing er Nachtbaumnattern und experimentierte mit ihnen. Und ihre Aufgabe war es, bei Tag und bei Nacht mit einer Stirnlampe und einem Stock für die Spinnweben nach den Fallen zu sehen und mit den gefangenen Schlangen – es waren stets viele – ins Labor zurückzukehren, damit sie sie sezieren und feststellen konnte, was sie gefressen hatten. Es war ein einsamer Job – »irgendwie gruselig«, fand Tim, der kein Schlangenfreund war –, aber sie war viel in der freien Natur, und darum ging es ja, wenn man im Bereich Naturschutz arbeitete.

Ein Jahr hatte dreihundertfünfundsechzig Tage, das war unbestreitbar, doch in den drei Jahren, die sie auf der Insel verbrachte, kam es ihr so vor, als wäre die Zeit elastisch geworden, als dehnte sie sich wie ein feinkalibriertes Bungeeseil, bis ein Tag ihr so lang erschien wie sonst zwei oder drei Tage. Sie lernte, ohne Zivilisation auszukommen – ohne amerikanische Zivilisation jedenfalls –, und obgleich sie einige Freundschaften schloss, an diversen Familienfesten und anderen Feiern teilnahm und Oktopus auf malaiische Art und in Kokosmilch gekochte Brotfrucht liebenlernte, lebte sie nicht wie die Einheimischen – etwas, was viele andere, die in der Forschungsstation arbeiteten, früher oder später taten. Sie verbrachte ihre Zeit vornehmlich allein und bewegte sich im Dschungel, als wäre sie ein Urwaldtier: klein, mit gesundem Haarwuchs, wachen Sinnen und schnellen Reflexen, die es ihr erlaubten, mit Spinnweben behängten Zweigen auszuweichen. Sie fing die Schlangen in Drahtkörben, die einen weiteren, viel kleineren Drahtkorb mit einer weißen Maus und ihrer Ration kleingeschnittener Kartoffeln enthielten, stopfte sie in einen Sack und brachte sie zur Station, wo sie die Tiere tötete und sezierte oder ihnen Halsbänder mit winzigen Sendern anlegte und sie wieder freiließ, um herauszufinden, wohin sie sich bewegten.

Die Schlangen waren wie Peitschen aus Muskeln, stark genug, um drei Viertel des Körpers in die Luft zu recken und minutenlang so zu verharren, doch Almas Muskeln waren die eines Primaten und denen der Schlangen überlegen. Sie tötete Tausende. Sie wurde ein halbes Dutzend Male gebissen. Der eigenartige, säuerlichtrockene Geruch, den die Eingeweide der Schlangen verströmten, wurde ihr innig vertraut. Sie stellte fest, dass diese Spezies im Gegensatz zur landläufigen Meinung und dem ersten Gesetz der Schlangenliebhaber keine lebende Beute, ja eigentlich nicht einmal Beute im herkömmlichen Sinne brauchte. Sie war beängstigend anpassungsfähig. Wenn es keine Vögel gab, fraß sie Ratten und Eidechsen. Und wenn sie keine Ratten oder Eidechsen finden konnte, kam sie in den Garten oder ins Haus und schnappte sich alles, was sie finden konnte, ob lebendig oder nicht. Zweimal stieß sie beim Öffnen der Bauchhöhle einer Schlange auf blasse, zerdrückte Reste von Plastikfolien, in denen rohe Hamburger verpackt waren. Und einmal – es war ein Bild wie aus einem Buñuel-Film – entdeckte sie den blutgetränkten Zylinder eines gebrauchten Tampons. Noch heute sieht sie manchmal, wenn sie nachts die Augen schließt, im Zwielicht ihres Bewusstseins die Schlangen, die sich hoch aufrichten, die Köpfe hierhin und dorthin recken und nach etwas suchen, an dem sie emporklettern könnten.

Tim plaudert. Das Boot hüpft. In ihrem Magen blubbern das Studentenfutter und der Kaffee, mit dem sie es hinuntergespült hat, aber sie wird nicht seekrank – nie. Der Geist ist stärker als die Materie – oder vielmehr die Verdauung. Und der Reflux. Manche können das kontrollieren, manche nicht. Tim zum Beispiel ist unerschütterlich. Er könnte ein siebengängiges Menü verspeisen und den ganzen Tag am Magic Mountain Achterbahn fahren, ohne dass es ihm das geringste ausmachen würde – ja, wenn die Zentrifugalkräfte nicht wären, würde er sich wahrscheinlich die Serviette umbinden und das Menü *in* der Achterbahn verspeisen. Einige Passagiere scheinen allerdings empfindlicher zu sein, darunter mindestens eine der Journalistinnen, die Alma mit diesem kleinen Ausflug gewinnen will, und unwillkürlich ist sie ein wenig besorgt. Toni Walsh von der Zeitung in Santa Barbara, die bisher nicht sonderlich enthusiastisch über das Rattenprojekt und die sich daraus ergebende Frage der Schweinebekämpfung auf Santa Cruz berichtet hat, wirkte schon als sie an Bord kam, als hätte sie eine schwere Nacht hinter sich. Das Boot hatte den Hafen kaum verlassen, da setzte sie sich auf einen Platz am Fenster, legte den Kopf auf den Tisch und schloss die Augen. Jetzt, kaum zwei Kilometer von der Küste entfernt, steht sie abrupt auf und taumelt hinaus zum Achterdeck, wo der Wind ihr Frühstück davontragen kann. Kein guter Anfang. Und natürlich muss Tim, nur um sie ein bisschen zu ärgern, die Augenbrauen hochziehen und flüstern: »Wir erleben gerade die Entstehung eines bösen Artikels.«

Das Boot verlangsamt die Fahrt und gleitet zum Anlegesteg, die Sonne wirft lange Lichtsäulen durch das, was vom Nebel noch übrig ist, die Klippen ragen auf, Vögel schreien, und in die Passagiere kommt Bewegung. Leute, die während der ganzen Fahrt keinen Ton gesagt haben, plappern plötzlich mit hohen, aufgeregten Stimmen, die Sechstklässler sind außer Rand und Band – Was haben die nur davon, denkt sie, außer Zucker und Sonnenbrand? –, und auf den Gesichtern ihrer Kollegen liegt jener seltene Ausdruck von Freude und Entspannung, den sie sonst nur freitags nachmittags zu sehen bekommt. Sie ist mitten unter den Leuten, hilft ihnen die Leiter hinauf, plaudert, flachst und wird von Alicia, der blassen, schüchternen Sekretärin, sonst so verschlossen wie eine Truhe, deren Schlüssel verlorengegangen ist, sogar mit einem Lächeln belohnt, und dann schüttelt sie Fausto Carillo, dem Bürgermeister von Oxnard, die Hand – er lächelt breit und strahlend – und führt die leicht taumelnde Toni Walsh zur Leiter.

Sie hat eine kurze Unterredung mit Wade, und dann werden die Kühlboxen ausgeladen und auf ihren Kunststoffkufen donnernd über die sonnengebleichten Planken des Stegs geschoben. Alle Einzelheiten sind geklärt, das Picknick ist in Vorbereitung, und sie muss jetzt nur noch für Ablenkung sorgen, und zwar mit dem, wie sie hofft, Höhepunkt des Tages: dem Spaziergang. Während

Wade und ein paar andere den Grill entzünden und im Garten des Besucherzentrums – von wo sich eine Aussicht über den Kanal bietet, die selbst den nüchternsten, zynischsten Bürohengst beeindruckt – Picknicktische aufstellen, gehen sie und Tim, wie verabredet, langsam den Hügel hinauf und führen den gemeinschaftlichen Spaziergang auf dem Rundweg an. Sie achtet darauf, langsam zu gehen, besonders auf den Stufen, wo sie immer wieder stehenbleibt, um auf diese oder jene Pflanze hinzuweisen und den weniger Durchtrainierten Gelegenheit zum Verschnaufen zu geben. Wenn sie erst einmal oben sind, verläuft der Weg ebener, und dann wird sie reichlich Gelegenheit haben, die Grundsätze und Methoden der Inselregeneration ins rechte Licht zu rücken, sie wird den Gästen die Nester von Westmöwen und anderen Vogelarten zeigen, deren Bestände sich erholen, und dabei dezent, aber dennoch deutlich darauf hinweisen, dass all dies nur durch das Rattenprojekt möglich geworden ist, das übrigens aufgrund eines Gerichtsbeschlusses von einem der größten Verschmutzer dieses Ökosystems – der Montrose Chemical Corporation, die von 1947 bis 1982 über hundert Tonnen DDT-verseuchten Abfall in die Santa Monica Bay geleitet hat – finanziert wurde und den Steuerzahler somit praktisch nichts gekostet hat.

Detailversessen, wie sie ist, hat sie ihre Gäste in wiederholten E-Mails gebeten, ihre Kleidung so zu wählen, dass sie einem etwa vier Kilometer langen, nicht sonderlich anspruchsvollen Spaziergang bei wechselhaftem Wetter angemessen ist, und die meisten scheinen die Nachricht verstanden zu haben. Sie sieht Wanderschuhe und Windjacken, Tagesrucksäcke, Wasserflaschen und dergleichen, aber Toni Walsh, die in blutroten Espadrilles, einer kurzen Hose aus Krepp mit Tarnmuster und einem enganliegenden, ärmellosen Top das Schlusslicht bildet, hat bereits die Arme verschränkt und sieht aus, als brauchte sie dringend eine Zigarette. Nein, ruft Alma sich zur Ordnung, das ist gemein und voreingenommen – sie weiß ja nicht mal, ob die Frau überhaupt Raucherin ist. Aber alle Schriftsteller und Journalisten rauchen, oder? Und trinken. Und sitzen vor ihren Bildschirmen, bis ihre Arterien verstopft und die Muskeln atrophiert sind. Jetzt ist Tim gerade dabei, den um ihn gescharten Gästen das Brutverhalten der Möwen zu erklären, und erzählt, dass die Partner einander ihr Leben lang treu bleiben und ihr Nest Jahr für Jahr an derselben Stelle bauen, die sie so aggressiv verteidigen, dass sie sogar Küken aus benachbarten Nestern töten, wenn diese sich auf ihr Territorium verirren, und so winkt sie ihm nur kurz zu und geht zurück, um Toni Walsh die zusätzliche Windjacke anzubieten, die sie eigens für einen Fall wie diesen mitgenommen hat.

Der Weg ist zentimeterhoch mit grobkörnigem Staub bedeckt. Die Sonne hat den Nebel aufgelöst, doch es weht ein Nordwind, der die gefühlte Temperatur auf zehn bis zwölf Grad senkt, und als sie sich an den Leuten vorbeischiebt (»Was ist los, Alma?« fragt der Bürgermeister mit rotem Mondgesicht, hervorstehenden Augen und hechelndem Mund. »Geben Sie etwa schon auf?«) und den sanften Abhang hinunter zu Toni Walsh geht, die mühsam einen Fuß vor den anderen setzt, zieht sie schon die Windjacke aus dem Tagesrucksack. Obwohl ihre Absicht klar auf der Hand liegt, blickt die Reporterin – Wie alt mag sie sein? Vierzig? Fünfundvierzig? – sie nur verständnislos an. »Alles okay?« fragt Alma.

»Ich?« Toni Walsh hat kein Make-up aufgetragen, nicht einmal Lippenstift. Ihre Schuhe sind staubbedeckt. Das in einem unnatürlichen Rotton gefärbte Haar hängt schlaff auf ihre Schultern, brüchig und trocken wie das Gras zu ihren Füßen. »Ja, mir geht's prima. Ich bin's nur nicht gewöhnt, mit einem Boot zu fahren. Nicht morgens jedenfalls.«

»Sie sehen aus, als wäre Ihnen kalt.« Alma hält ihr die Windjacke hin. »Die können Sie haben, wenn Sie wollen. Sie ist überzählig, also...«

Etwas im Gesicht der Frau warnt sie, und es ist ihr mit einemmal peinlich, als hätte sie irgendwie und unabsichtlich versucht, sie zu bestechen oder wenigstens versucht, sich einzuschmeicheln, obwohl das überhaupt nicht der Fall ist. Sie ist lediglich zuvorkommend, sonst nichts, denn alle hier sind in gewisser Weise ihre Gäste, und eine gute Gastgeberin... oder es ist einfach ein Gebot der Höflichkeit...

»Nein, nein, danke«, sagt Toni Walsh und kramt in ihrer Tasche nach ... jawohl, nach einer Zigarette. Die sie sich in den Mund steckt und mit windverwehtem Paffen entzündet. Auf den Oberarmen hat sie eine Gänsehaut. Ihre Augen sind gerötet. Die trokkenen, gespaltenen Haarspitzen hängen auf ihre Schultern.

Alma lässt verlegen den Arm sinken. Das zurückgewiesene Kleidungsstück bauscht sich im Wind und flattert wie ein Kissenbezug auf der Wäscheleine. »Wenn Sie wollen, können Sie auch zum Besucherzentrum zurückgehen und eine Tasse Kaffee trinken – Wade hat den Grill bestimmt schon in Gang gebracht. Oder Wein, wenn Sie wollen. Wir sind bald wieder zurück.«

Toni Walsh sieht über die Schulter zurück zu dem weißen Monolithen des Leuchtturms, der vor der weiten, schimmernden Fläche des Ozeans aus den Büschen aufragt. Das Licht ist wie gehämmertes Kupfer, das schmale Segel einer Yacht in der Ferne sieht aus wie ein vom Wind verwehter Stofffetzen. Der Rest der Gruppe hat sich wieder in Bewegung gesetzt, Tim geht mit hängenden Schultern voraus und redet immer weiter. »Ja«, sagt Toni Walsh schließlich, spitzt die Lippen, stößt Rauch aus und sieht zu, wie der Wind ihn fortreißt, »das klingt gut. Ich glaube, das werde ich tun.«

Später, als sie die Gruppe eingeholt hat, um Tims Monolog mit eigenen Kommentaren und Bemerkungen zu ergänzen, und die Leute Gelegenheit gehabt haben, die einzigartige Schönheit und Abgeschiedenheit dieser Insel selbst zu erleben, beginnt sie, ihre Funktion zu vergessen, und versucht, dies alles mit den Augen ihrer Gäste zu sehen, als wäre sie zum erstenmal hier. Geologisch unterscheidet sich diese Landschaft überhaupt nicht von der entlang der Küste des Festlands, wo der Highway 1 sich bei Port Hueneme durch die Hügel windet und die mit einem Mantel aus Mädchenauge und Coyotenbusch bedeckten Klippen vor dem Ansturm der Brecher zurückweichen, nur dass es hier keinen Highway gibt, keine Straßen, keine Gebäude, keinen Abfall. Und es ist still, so still, wie die Welt vor der Erfindung des Verbrennungsmotors gewesen sein muss. Meer und Wind bilden den Hintergrund für das Bellen der Seelöwen und die klagenden Schreie der Möwen. Manchmal, wenn sie allein hier draußen ist, kann sie den Puls von etwas Größerem spüren, als wäre alles Belebte im

Einklang miteinander, und dann überkommt sie ein so herrliches Gefühl der Verbundenheit, dass sie aus sich selbst, aus ihrem Bewusstsein heraustritt und nichts mehr einen Namen hat, weder in Latein noch in Englisch oder irgendeiner anderen Sprache.

Aber heute ist sie natürlich zu aufgeregt, um an diesen Punkt oder auch nur in seine Nähe zu gelangen. Dennoch wirkt alles frisch und ewig zugleich: Wildblumen blühen, die Aussichten sind unverstellt, die Möwen kooperieren, Eidechsen huschen auf dem Weg dahin, als wollten sie noch einmal besonders darauf hinweisen, dass die Ratten fort sind und alles gut ist. Die Spaziergänger genießen den Ausflug, das ist nicht zu übersehen – persönliche Erfahrung ist mehr wert als tausend Presseerklärungen. War das nicht der Grund, warum sie diesen Job angenommen hat: um der Öffentlichkeit die Besonderheit dieser Inseln und mittelbar auch all der anderen immer kleiner werdenden Zufluchtsorte auf der Welt, die durch ihr Schwinden nur um so kostbarer sind, vor Augen zu führen? Um die Menschen zu begeistern? Sie zu Fürsprechern zu machen? Sie aufzufordern, gegen Grundstücksspekulanten und Stadtentwickler und Leute wie Dave LaJoy zu kämpfen, die es vielleicht gut meinen, oder jedenfalls glauben, es gut zu meinen, deren Handeln letztlich aber einzig und allein von Dummheit und Rachsucht bestimmt wird?

Sie hat ihr Haar gelöst. Der Wind greift hinein und wirft es ihr ins Gesicht, und als sie den Kopf schüttelt, sind alle Gedanken an Dave LaJoy und die anderen selbsternannten Retter und Erlöser verschwunden. Sie schließt die Augen und hebt ihr Gesicht der Sonne entgegen. Alles ist so vollkommen. Ein vollkommener Tag. Sie fühlt sich wie eine Eroberin, wie eine Königin, wie die erste Chumashfrau, die vor zehntausend Jahren hier an Land gegangen ist. Sie schwebt. Sie ist high von diesem Moment. Und dieses Gefühl erfüllt sie für volle dreißig Sekunden – bis sie auf ihre Uhr sieht. Wo ist nur die Zeit geblieben? Sie sind zehn Minuten hinter dem Zeitplan zurück, mindestens zehn Minuten.

Sie spürt den vertrauten Stachel des Unbehagens, dreht sich um und geht zu Tim an die Spitze der Gruppe. Er hat aus Steinen eine Plattform gebaut, so groß wie eine Ottomane, und darauf steht er nun, die Arme in die Seiten gestemmt, in einer Hand die Sonnenbrille. Die ausgefranste Baseballmütze, die er gestern nacht an den Bettpfosten gehängt hat, damit er sie nicht vergisst, ist tief in die Stirn gezogen, so dass nur die untere Hälfte seines Gesichts der Sonne ausgesetzt ist. Er erzählt gerade von den Lebensgewohnheiten und Vorlieben des Kaninchenkauzes, und die Zuhörer betrachten die Erdhöhle dieses Wesens, das im Augenblick ausgeflogen zu sein scheint. Sie räuspert sich. »Wie sieht's mit Ihrem Hunger aus?« fragt sie. »Ich jedenfalls könnte jetzt was vertragen.«

O ja, die anderen auch. Natürlich. Es gibt eine unausgesprochene Vereinbarung: Immer wenn sie aus PR-Gründen zu einer Begehung einlädt, gibt es ein gutes und reichliches Mittagessen und gekühlten Wein. Eine stämmige Frau mit einem unpraktischen Strohhut, dessen Krempe der Wind so verbiegt, dass er wie eine dieser Plastikmanschetten aussieht, die der Tierarzt einem Hund um den Hals legt – ist sie die Frau des Bürgermeisters oder seine Geliebte? –, wirkt besonders hungrig, und so lächelt Alma ihr zu und sagt: »Gut, dann folgen Sie mir.«

Sie führt sie zurück zum Besucherzentrum, wo Wade und seine Helfer, darunter auch Alicia, das Fleisch, die Salate und alles andere auf einem langen Tisch angerichtet haben, der durch ein gebügeltes weißes Tischtuch und eine Vase voller Wildblumen etwas Festliches hat. Jenseits davon, nicht weit entfernt, erhebt sich der freundliche, in der Sonne schimmernde Leuchtturm, dahinter weitet sich das Meer in einem Geflirr von Farben, alles ist einladend und wohltuend. Wie eine Party. Genau so. Die Gäste kommen näher, erst noch im Gänsemarsch, dann bilden sich schlendernde Grüppchen, man unterhält sich leise, trinkt aus Wasserflaschen, lacht und scherzt in jenem Geist der Kameraderie, den ein gemeinsames Naturerlebnis anscheinend stets hervorbringt. Alma betrachtet die Szenerie mit kritischem Blick; sie bewertet nicht, registriert aber, wer keinen Anschluss gefunden hat, und versucht Haltungen, Stimmungen zu ermitteln: Sehen sie hungrig aus, gelangweilt, zufrieden? Solche Sachen. Es ist bei ihr fast ein Reflex.

Sie entdeckt Toni Walsh, ein Glas Wein in der einen und eine Zigarette in der anderen Hand, jenseits des Grills, wo sie mit Alicia plaudert. Alicia? Aber Alma kann ja nicht alles steuern und kontrollieren, und was Alicia – dunkeläugig, stylisch, etwas über zwanzig und ungefähr so gesprächig wie ein Stein – Toni Walsh zu erzählen hat, kann nicht viel sein und wird der Sache gewiss nicht schaden. Alicia ist nur Sekretärin, unerschütterlich und tüchtig, wenn auch ein wenig blutleer, und von Regenerationsökologie weiß sie nur, was sie durch Osmose aufgenommen hat. Alma ist ganz sicher, dass es ihr völlig egal ist, ob sie für den Park Service oder die Industrie und die Umweltverschmutzer arbeitet.

Sie erinnert sich an einen Abend, an dem sie und Alicia allein im Büro waren und Überstunden machten, um das Manuskript für eine Rede zu überarbeiten, die Freeman auf einer Konferenz unter Vorsitz des Innenministers halten sollte. Alma las den Text laut vor, und Alicia verglich ihn mit ihrem Manuskript. Es war eine ziemlich langweilige Tätigkeit – Freeman war nicht gerade ein mitreißender Redner –, und irgendwann machten sie eine Pause und gingen auf die Terrasse, um zuzusehen, wie die Nebelschwaden sich in den Büschen verfingen. Alma bestritt den größten Teil der Unterhaltung; sie sprach über dies und das, Alltägliches, das nichts mit der Arbeit zu tun hatte, und wenn Alicia sich nicht öffnen wollte, nicht einmal jetzt, da die Stimmung entspannter war als während der Bürozeiten, wo sich die Kluft zwischen Chefin und Untergebener vielleicht als zu groß erwies, so konnte Alma das verstehen. Aber es war so gut wie unmöglich, diese Frau dazu zu bringen, irgend etwas zu erzählen, über ihren Freund, ihre Eltern, einen Film, den sie gesehen hatte. Sie sagte nur ja, nein, mh-mh, und wenn sie irgendwelche Meinungen hatte, behielt sie diese für sich. Doch bei dieser Gelegenheit, nur dieses eine Mal, sagte sie etwas, ganz unvermittelt. Der Aufhänger war, wie Alma später merkte, eine Bemerkung, die Freeman über biologische Kontrolle in geschlossenen Ökosystemen gemacht hatte.

»Ich weiß nicht, warum wir alles töten müssen«, sagte Alicia so leise, dass Alma sie kaum hören konnte, und betrachtete ihre Fingernägel, die zweifarbig lackiert waren, in Aquamarin und Brombeer. Kein Blickkontakt. Blickkontakt wäre konfrontativ gewesen, durchsetzungsfähig, und Alicia war alles andere als das, mehr Gefäß als Inhalt. »Was wäre, wenn wir die Welt sich selbst überlassen würden wie damals, bevor es uns gab – als Gott sie gemacht hat? Wäre das nicht einfacher?«

Alma war verblüfft. Diese junge Frau, diese verschlossene Auster, hatte hier gearbeitet, geatmet und gedacht, ohne irgend etwas aufzunehmen? Nichts? Absolut nichts? Und vielleicht hätte sie einfühlsamer reagieren sollen, instruktiver, mehr wie die Aufklärerin, die sie doch sein sollte, doch es war das Ende des Gesprächs, das Ende von Alicias Versuch, ein themenorientiertes Gespräch zu beginnen, denn Alma sagte nur: »Aber das wäre ja genau falsch! Weil wir schließlich diejenigen sind, die diese Tiere dorthin gebracht haben – die Schafe und Rinder und Schweine auf Santa Cruz und Santa Rosa, die Ratten auf Anacapa, die Katzen und Kaninchen auf Santa Barbara –, und es ist unsere *Pflicht* –«, und dann begann sie zu dozieren, sie konnte nicht anders, und Alicia sah nicht mehr vom Nest ihrer Hände auf und sagte nie mehr etwas anderes als ja oder nein oder mh-mh.

Jedenfalls, ruft Alma sich abermals ins Gedächtnis, ist das hier eine Party, und sie sollte sich einfach entspannen, wenigstens heute. Sie winkt Toni Walsh und Alicia zu und versucht ein Lächeln, schüttelt ein halbes Dutzend Hände und wirft einen kurzen Blick auf den Tisch. Wade hat – mit Alicias Hilfe – wie üblich gute Arbeit geleistet, und jetzt kann es losgehen. Wunderbar. Alles bestens. Und sollte es ein Detail geben, das sie übersehen hat, irgendein winziges Ding, das sie – da ist sie ganz sicher – vergessen hat, als wäre sie in einem dieser frühmorgendlichen Träume gefangen, in denen sie zum Seminar oder zum Abflug zu spät kommt oder ihre Bluse, ihre Jeans, ihren BH nicht finden kann, dann ist es eben nicht zu ändern. Entschlossen nimmt sie ein leeres Glas vom Tisch, geht von einem Grüppchen zum anderen und ermuntert die Leute, zum Büfett zu gehen. Der Wind treibt den verheißungsvollen Geruch von Grillfleisch herüber, und es gibt nichts Ursprünglicheres, Festlicheres: ein Tier, im Busch erlegt, wird dem Stamm dargeboten. Man bildet eine unregelmäßige Schlange, man nimmt Teller, Besteck und die Pappbecher, auf denen sie bestanden hat, denn Plastik ist das Polymer des Teufels – aber das ist ein anderes

Thema, und sie verbannt den Gedanken daran, kaum dass er aufgetaucht ist, aus ihrem Kopf.

Sie wartet, beobachtet und wird immer nervöser, während die Leute sich am Tisch entlangschieben, ihre Teller füllen und in Dreier- oder Vierergrüppchen stehenbleiben, um mit Wade oder einem der anderen zu plaudern, die das Essen austeilen. Sobald auch das letzte Paar (der Bürgermeister und seine Frau, definitiv seine Frau, und wie heißt sie noch? Yolanda?) versorgt ist, packt sie eine tropfnasse, eisgekühlte Flasche Piper Sonoma am Hals, als wäre sie etwas Lebendiges, hebt sie hoch und schlägt mit einem Löffel dagegen, so dass ein scharfes Klirren ertönt. »Darf ich um Ihre Aufmerksamkeit bitten«, sagt sie und dreht sich um sich selbst, damit alle sie ansehen. »Es ist Zeit für den Champagner« – sie grinst und blickt in die Gesichter –, »denn schließlich haben wir etwas zu feiern.«

Wade ist neben ihr, entfernt eilends die Sicherungsdrähte an den Flaschen und lässt einen Korken nach dem anderen knallen. Die Leute strecken ihre Pappbecher aus, während die Flaschen herumgehen. Gelächter erklingt. Witzige Bemerkungen werden gemacht. Freeman kommt, in der einen Hand einen Teller, in der anderen einen Becher, auf sie zu. Die blitzende, insektenhafte Fernsehkamera nähert sich. Alles lächelt. Als die Becher gefüllt sind, spürt sie einen Triumph, eine Bestätigung, so durch und durch befriedigend wie nur irgend etwas, das sie je erfahren hat. Sie hebt ihren Becher, Freeman tut es ihr nach. Für eine herrliche Sekunde hält sie die Hand ausgestreckt, und dann ruft sie, mit einem Grinsen, so breit, dass sie die Worte kaum herausbringt: »Auf Anacapa, das jetzt zu hundert Prozent rattenfrei ist!«

Auf Guam gab es keinen Champagner, denn Guam war nicht schlangenfrei und würde es nie werden. Es waren zu viele Spezies betroffen, es gab zuviel Vegetation, zu viele invasive Arten, die Plage war nicht auszurotten. Ein halbes Dutzend Mal glaubte Robert, eine Lösung gefunden zu haben; die letzte war ein Virus, das nur in Kaltblütern überlebte, und so impfte er den Schlangen dieses Pathogen ein und ließ sie dann frei, doch offenbar wirkte das Mittel nicht, denn es gab keine merkliche Veränderung des Bestands. Im

Scherz sagte er, um sie auszurotten, müsse man Atombomben über der Insel abwerfen, und selbst dann wäre er bereit zu wetten, dass einige überleben würden, verborgen in irgendeiner Spalte oder einem Bleirohr. Einmal, als sie ihn bei seinen Feldstudien begleitete, fanden sie ein Stück PVC-Schlauch mit einem Durchmesser von nicht einmal drei Zentimetern, und darin waren sechs Schlangen, aneinandergepresst wie die Drähte in einem Elektrokabel. Jetzt hatte er, wie aus dem Artikel hervorging, den er ihr geschickt hatte, eine neue Hoffnung: Acetaminophen. Einfach herzustellen, billig, der wirksame Bestandteil von Paracetamol. Ein Blutverdünner wie Brodifacoum, jedoch weit wählerischer in der Art seine Opfer.

Erste Experimente waren vielversprechend. Zwei Hundert-Milligramm-Tabletten, verborgen im Kadaver einer Maus, töteten eine Braune Nachtbaumschlange innerhalb von drei Stunden durch innere Blutungen. Ja. Aber wie sollte das Gift verabreicht werden? Robert und seine Kollegen warfen tausend mit Paracetamol präparierte Mäuse über einem sorgsam abgesperrten Waldgebiet ab, doch die meisten blieben in den Zweigen hängen und verwesten, bevor die Schlangen sie entdecken konnten. Außerdem stellte sich die Frage, was das Mittel bei anderen Spezies, die es aufnahmen, anrichten würde. Und wie viele Mäuse würde man brauchen? Wie viele Abwürfe? Schätzungen zufolge gab es über zwei Millionen Schlangen auf der Insel, und selbst wenn man es schaffte, den enormen Betrag aufzubringen, den eine solche Operation kosten würde, und selbst wenn sich das Mittel als für andere Tiere unschädlich erwies, waren die Chancen, die Braune Nachtbaumschlange gänzlich auszurotten, ungefähr – nein, genau – gleich Null. Die Schlangen würden bleiben. Und darum würden die einheimischen Bäume immer weniger werden, denn es gab nicht genug Vögel, die ihre Samen verbreiteten, und die Zahl der Spinnen und anderen Insekten würde zunehmen, und in fünfzig bis hundert Jahren würde Guam nicht mehr Guam sein.

Die Sonne scheint ihr in die Augen. Sie muss sie zusammenkneifen, als sie den Kopf in den Nacken legt und die kühle Bestätigung ihres Triumphs durch die Kehle rinnen lässt. Sie wird ihre kleine Rede halten und die Presseerklärung verteilen, und dann wird sie sich neben Tim auf eine Decke legen und den Vögeln zusehen, die an einem bis in die Unendlichkeit aufgerissenen Himmel vorübergleiten. Das wird ihre Belohnung sein, ihr Friede, ihre Freude. Sie war ein Werkzeug des Guten, sie hat die Invasoren besiegt, die ihrer Großmutter vor all den Jahren so zugesetzt und die Eier und Nestlinge von Vögeln gefressen haben, deren Brutgebiet eine Welt ohne Ratten sein muss. Und diese Welt hat sie ihnen zurückgegeben. Sie hat ihnen eine Chance gegeben. Und jetzt ist sie, wie sie beim nächsten Erheben ihres Pappbechers verkünden wird, bereit, unerschrocken ein neues Projekt anzugehen, unterstützt von Freeman Lorber und all den anderen phantastischen Leuten vom National Park Service. Die nächste, weit größere Herausforderung heißt: Santa Cruz.

»Santa Cruz!« wird sie rufen, der hämmernde Trochäus wird von tief in ihrer Kehle aufsteigen wie ein Schlachtruf, und alle werden ihre Becher heben, als Ermunterung, als Zeichen der Entschlossenheit und Unterstützung, Menschen mit dem richtigen Bewusstsein, gebildete Menschen, überwältigt vom Rausch des Augenblicks an diesem Ort, den sie inzwischen mehr liebt als irgendeinen anderen, mehr als Hawaii, mehr als die Berkeley Hills, sogar mehr als Guam. »Auf nach Santa Cruz!«

Und dann bricht der nächste Morgen an, ein Sonntagmorgen: frisch gepresster Orangensaft, Bagel mit Frischkäse, die Zeitung. Tim schläft aus, wann immer er kann, und heute ist es nicht anders. Als sie zu ihrer gewohnten Zeit – halb sieben – aus dem Bett geschlüpft ist, lag er leicht und ruhig atmend da und wirkte, als würde er bis Mittag schlafen, und sie sah keinen Grund, ihn zu wecken. Soll er doch schlafen. Ihr Leben ist nicht einer dieser Weichzeichnerfilme, in denen Paare sich über Frühstückseier und salatschüsselgroße Kaffeeschalen hinweg verliebt anlächeln und anschließend Hand in Hand am Strand spazierengehen – nein, ihr Leben ist echt, und sie hat eine echte Beziehung mit einem echten, lebendigen Mann, der gern länger schläft als sie. Na und? Es tut ihm gut. Tim hat sein Leben, und sie hat ihres. Und wenn ihre Wege sich kreuzen, um so besser.

Draußen löst sich der Nebel bereits auf, die Sonne steht als blasse Scheibe zwischen den Bäumen, bis sie plötzlich einen leuchtenden Strahl durch das Fenster wirft, der die Küche erleuchtet und die aus rostfreiem Stahl gefrästen Bedienungsknöpfe des Herds und das Glas über dem Zifferblatt der Uhr an der Wand aufblitzen lässt. Der Garten erwacht mit einemmal zum Leben. Die Begonien stehen in Flammen. Morgen in Montecito. Sie hat einen trägen Blick auf die Schlagzeile geworfen – Bush und sein Krieg – und das Geschirr in die Maschine geräumt. Um diese Zeit werden am Strand nur ein paar Hundebesitzer und Jogger sein, das hofft sie jedenfalls, und so schlüpft sie in ihre Sneaker und tritt hinaus in den Morgen.

Den Block hinunter, vorbei am Hotel und seiner epikureischen Rasenfläche, die Luft ist kühl und noch frisch, auf der Zufahrtsstraße ist kein Verkehr. Sie überquert die Straße diagonal, auf dem kürzesten Weg zu der Treppe, die zum Strand führt. Sie hat den Tidenkalender nicht im Kopf – keine Zeit für so was, und außerdem lässt sie sich lieber überraschen –, und so freut sie sich, als sie die weite Fläche aus nassem Sand sieht, die sich bis zu den Untiefen mit den dunklen, vom zweimal täglich vorbeiströmenden Wasser glattgeschliffenen Felsbuckeln erstreckt. Ebbe. Bei Flut schlägt die Brandung an die Mauer, und Alma muss den gepflasterten Fußweg auf der Uferbefestigung nehmen. Vom Strand aus sieht man Santa Cruz als langen, braunen Streifen am Horizont. Hier gibt es keine großen Wellen – die laufen parallel zur Küste durch den Santa-Barbara-Kanal –, und darum ist dieser Strand eigentlich nicht besonders interessant. Es ist ein hübscher Strand, kein Zweifel, aber es gibt viele Tidentümpel, und es wird kaum etwas angespült. Abgesehen von Abfall. Und Hundescheiße, sorgsam in Plastiktüten verpackt. Macht sie das wahnsinnig? Und wie. Dass die Leute etwas Natürliches, biologischen Abfall, Fäkalien, das Endprodukt eines tierischen Prozesses in Plastik verpacken, damit zukünftige Archäologen es in tausend Jahren aus einer ehemaligen Müllkippe ausgraben können, ist reiner Wahnsinn. Diese Welt. Diese verrückte, zum Untergang verurteilte Welt.

Sie steht auf dem Strand und erwägt die Optionen – links oder rechts –, bevor sie sich entscheidet, nach rechts zu den Klippen zu gehen, die Santa Barbara an dieser Seite umschließen, in Richtung der Pier und des verrückten Treibens der Zivilisation, um zu sehen, ob sie zwischen den Felsen, die im Lauf der Jahre abgebröckelt und in die Brandung gestürzt sind, vielleicht etwas Interessantes findet. Wenn die Ebbe besonders mickrig ist, wie es jetzt der Fall zu sein scheint, taucht dort ein Riff mit ein paar Tümpeln auf, in denen die üblichen Verdächtigen sitzen: Muscheln, Seeigel, Strandschnecken, Seeanemonen und Einsiedlerkrebse, außerdem vielleicht hin und wieder als Überraschung ein leuchtend blau-weißer Nacktkiemer oder ein gestrandeter Oktopus. In einem Frühjahr ist dort der Kadaver eines jungen Grauwals angeschwemmt worden, mit Bisswunden, die auf einen Weißen Hai hindeuteten, und im vorletzten Sommer, während der Planktonblüte, ist sie auf eine Gruppe von Menschen gestoßen, die ein Seelöwenjunges ins Wasser zerren wollten, das offenbar an Land gekommen war, um sich zu wärmen.

Das Tier war deutlich unterernährt – sie vermutete eine Domoinsäurevergiftung, weil das mit dem Plankton aufgenommene Toxin sich in der Nahrungskette anreichert und mit der Muttermilch in hoher Konzentration abgegeben wird –, und als sie bei der Gruppe ankam, versuchte ein kahlrasierter junger Latino in einem engen T-Shirt, es über die Felsen und ins Meer zu ziehen. Ohne nachzudenken sprang sie hinzu und fiel ihm wütend in den Arm, obgleich er deutlich größer war als sie. In ihrem Kopf ertönte ein Schrei – wieder ein wohlmeinender Tierfreund, der genau das Falsche, genau das Tödliche tat –, und sie spürte, wie ihr das Blut ins Gesicht stieg. »Lassen Sie los!« brüllte sie, starr vor Wut, und stand da wie angenagelt – ihre Hand hielt seinen Arm umklammert, als wäre sie etwas Mechanisches aus Schrauben, Muttern und Titanröhrchen –, bis er gehorchte. Und dann, als das Seelöwenjunge seinem Griff entglitt und der Mann sie so verständnislos ansah, dass sie beinahe Mitleid mit ihm bekam, fügte sie hinzu, mit einer Stimme, so hart wie Stahl: »Treten Sie zurück, alle!«

Sie stellte sich zwischen ihn und das Tier, das panisch über die Felsen kriechen wollte, aber zu schwach war und sich lediglich auf den Flossen aufrichtete und wieder zusammensank, und in diesem

Augenblick kam Leben in den Mann. Er starrte sie an und sagte: »Wer sind Sie überhaupt?« Auf der Innenseite des linken Handgelenks hatte er eine kleine, verblasste Tätowierung – einen springenden Delphin –, und sein Atem roch nach Mandarinen, als wäre er soeben durch eine Mandarinenplantage spaziert.

Interessante Frage: Wer war sie überhaupt? Das zielte auf ihre Autorität ab: Was gab ihr das Recht, sich einzumischen, wenn er doch zuerst hiergewesen war und nur das Naheliegende tun wollte, wenn er seine Muskel- und Willenskraft einsetzte, um seiner Freundin und seinen Kumpeln und vielleicht auch den anderen Schaulustigen zu imponieren, indem er sich als barmherziger Samariter erwies, getrieben nicht von Selbstliebe, sondern vielmehr von Liebe für alles Lebendige? Noch heute spürt sie den Stich der Peinlichkeit, wenn sie an ihre Antwort denkt: »Ich bin Wissenschaftlerin.«

Na gut. Wenigstens war das Tier gerettet. Sie rief mit ihrem Handy das Zentrum für Meeressäugetiere an, während die Schaulustigen zurücktraten und der junge Seelöwe, der nur aus Haut und eckigen Knochen zu bestehen schien, sich langsam beruhigte. Jetzt, da sie auf die Felsen zugeht, verblasst die Erinnerung an diesen Zwischenfall, denn sie entdeckt etwa zweihundert Meter vom Strand entfernt eine Schule Rundkopfdelphine, fünf oder sechs Exemplare. Sie sind drei bis vier Meter lang, bis zu fünfhundert Kilo schwer und gehören zu den größten Delphinen überhaupt; normalerweise jagen sie in tieferem Wasser, und ihr Anblick so nah am Strand ist für Alma ein seltenes Vergnügen. Sie geht zügig dahin und versucht, mit den in Richtung der Felsen schwimmenden Tieren Schritt zu halten, als sie vor sich eine Gestalt sieht, einen Mann mit zwei Hunden, der ihr entgegenkommt. Die Hunde – Köpfe, wie mit dem Airbrush gezeichnet, abfallende Kruppen, auf die Knochen gemalte Haut – sind Greyhounds, wie sie jetzt sieht, und sie denkt: *Ein guter Mensch, er hat sie von einer Hunderennbahn in Florida gerettet,* bis sie ihn genauer ins Auge fasst und ihren Irrtum erkennt. Da sind die breiten Schultern, der Unterkiefer, der zu lange Hals und irgend etwas in seinem Gang – aber nichts davon macht ihn unverwechselbar. Es gibt viele Männer mit einer solchen Statur, Männer, die ausschreiten, als würden sie mit jedem Schritt irgend etwas oder irgend jemand in den Staub treten. Nein, es sind die Dreads. Sandfarbene Dreads, die von seinem Kopf abstehen, als würde er durch einen Windkanal gehen.

Sie spürt einen Anflug von Panik. Er hat sie gesehen, dessen ist sie sicher. Muss das jetzt sein, eine hässliche Auseinandersetzung, an diesem Morgen, wo sie doch bloß einen Strandspaziergang machen und den Augenblick genießen will? Sie überlegt, ob sie ausweichen, die Richtung ändern, umkehren soll – das Riff kann sie sich jederzeit ansehen, morgen oder übermorgen –, als er ihren Namen ruft und sie erstarrt. »He, Alma!« ruft er. Die Hunde traben vor seinen nackten, ausschreitenden Beinen wie Abfangjäger. »Alma Boyd! Alma Boyd Takesue!«

Sie hat es Tim nie erzählt – er hat nicht gefragt und würde es ohnehin nicht glauben; sie kann es ja selbst kaum glauben –, aber sie hat einmal einen Abend mit Dave LaJoy verbracht, einen katastrophalen, vorzeitig beendeten Abend. Sie hat mit ihm zu Abend gegessen. Oder vielmehr: Sie wollte mit ihm zu Abend essen. Sie hat ihn in einem Musikclub in der Stadt kennengelernt, einem Café, in dem junge, unbekannte Songwriter auftreten. Eines Abends ging sie allein dorthin – sie war neu in der Stadt, hatte erst seit ein paar Wochen diesen Job und war glücklich, ihn bekommen zu haben, und bis sie Tim begegnete, sollten noch sechs Monaten vergehen –, und am Nachbartisch saß, mit einem Freund, ein gutaussehender Mann in den Dreißigern. Er trug ein Tournee-T-Shirt, auf dessen Rücken ein Bild von Micah Stroud mitsamt Gitarre war, und das war in ihren Augen ein Pluspunkt, denn damals war Micah Stroud nur Eingeweihten ein Begriff. Und ihr gefielen sein Lächeln, seine Haltung, seine Frisur, die eine Einstellung zum Ausdruck brachte: Es gab nicht viele Männer seines Alters mit Dreads. Sie hielt ihn für einen Musiker oder Künstler, einen Schriftsteller oder Fotografen vielleicht, für einen freien, unabhängigen Geist jedenfalls. »Sie sehen so allein aus«, sagte er. »Wollen Sie sich nicht zu uns setzen?«

Und das tat sie. Es war ein schöner Abend. Und als das Wochenende kam, rief er an und lud sie zum Essen ein, in ein Restaurant ihrer Wahl. Nach Rayfield und drei Jahren auf Guam, wo sie gelernt hatte, allein zurechtzukommen, war sie nicht sonderlich erpicht auf eine neue Beziehung, und da sie über ihn nicht mehr wusste als das, was er ihr selbst erzählt hatte – ihm gehörten ein paar Elektronikläden, er war geschäftlich erfolgreich, liebte die Natur und war Single –, entschied sie sich für ein Lokal im Lower Village. Teuer, aber welches Restaurant war das nicht? Die Küche war italienisch und gehoben, und sie war so oft dort gewesen, entweder allein oder in Gesellschaft einer Kollegin, dass man sie als Stammgast betrachtete. Oft genug jedenfalls, um von Giancarlo, dem Besitzer und Oberkellner, besonders zuvorkommend und fürsorglich behandelt zu werden, wenn sie mit einem Fremden dort zu Abend aß. Der sich möglicherweise als die große Liebe ihres Lebens erweisen würde. Oder als Katastrophe.

Es begann verheißungsvoll. Er erschien zu Fuß, brachte Lilien vom Blumenmädchen – oder vielmehr der Blumenfrau – um die Ecke mit und plauderte mit ihr über dies und das, während sie die Blumen in eine Vase stellte, ihren schwarzen Spitzenschal um die Schultern legte und ihn zur Tür führte. Sie gingen die Straße hinunter, überquerten auf der Brücke die Schnellstraße und schlenderten zum Lower Village. Die Unterhaltung lief leicht und locker dahin: Er hatte ein Haus dort oben auf dem Hügel, kaum einen Kilometer entfernt, und kam andauernd an ihrem Haus vorbei, und wie lange wohnte sie dort eigentlich schon? Drei Monate? Wieso hatte er sie dann noch nie gesehen? Er konnte es nicht glauben. Wahrscheinlich hatte sie keinen Hund, denn wenn sie einen hätte, wären sie sich bestimmt auf dem Hügel oder auf der Straße oder am Strand begegnet. Nein, sie hatte keinen Hund – das hatte er ja sicher bemerkt –, obwohl sie Hunde liebte, aber sie war noch dabei, sich einzuleben, und musste beruflich oft hinaus auf die Inseln, wo Hunde verboten waren, weil sie Krankheiten unter den Füchsen und Skunks verbreiten konnten. *Die Inseln?* sagte er. *Ich liebe die Inseln.*

Giancarlo begrüßte sie an der Tür und führte sie zu einem Tisch am Fenster, und dann kam der Ober – Fredo, ein hochgewachsener, düster blickender Chilene, der sich aus Gründen der Authentizität einen neapolitanischen Habitus und Akzent zugelegt hatte – mit der Weinkarte. »Was möchten Sie trinken?« fragte LaJoy sie. »Rotwein oder Weißwein?«

Sie zuckte die Schultern. »Ich mag Rotwein lieber«, sagte sie.

»Ja«, sagte er, »ich auch. Es kommt natürlich auf das Essen an. Und den Anlass.«

»Ich bin eigentlich nicht so schwer zufriedenzustellen«, gestand sie. »Das kommt davon, wenn man drei Jahre auf Guam verbracht hat.« Sie lachte sarkastisch. »Auf Guam trinkt man, was man kriegen kann. Hauptsächlich Sake. Und Whiskey. Oder wie er dort heißt: Whieski. Whieski Soda. Und Gin natürlich. Gin Tonic, das alte Allheilmittel.«

Darauf hatte er nicht viel zu sagen. Er vertiefte sich in die Weinkarte, und seine Dreads fielen ihm in die Stirn, so dass sie das rosige Mosaik seiner Kopfhaut sehen konnte. Er fuhr mit dem Finger bis zum Fuß der Liste und sah auf zu Fredo. »Schicken Sie mir den Sommelier.«

Fredo stand da, die Hände auf den Rücken gelegt, korrekt wie ein Bestattungsunternehmer. »Leider«, sagte er und kämpfte mit seinem Akzent, »haben wir eigentlich keinen Sommelier.«

»*Eigentlich?*« LaJoy – Dave – sah ihn ungläubig und unwillig an. »Was soll das denn heißen? Haben Sie einen Sommelier oder nicht? Oder werden die Weine auf dieser Karte von der Zahnfee ausgeschenkt?«

»Nein, Sir, dafür sind ich«, begann Fredo, »oder Giancarlo –«

»Dann holen Sie ihn her.«

Fredo verbeugte sich knapp und verschwand. Als er fort war, biss LaJoy in ein Grissino, als wäre es aus Holz, und sah sie an. »Amateure«, sagte er. »Ich hasse Amateure.«

Sie sagte seinen Namen, langsam und mit sanftem Tadel. »Sie tun ihr Bestes. Ich weiß nicht, ob Sie schon mal hier waren, aber das Essen ist ausgezeichnet, wirklich erstklassig.« Sie hielt inne. »Was haben Sie denn gesucht? Auf der Weinkarte, meine ich.«

Er ignorierte sie und starrte an ihr vorbei auf Giancarlo, der durch das gutbesetzte Restaurant ging – die Gäste grüßten ihn, schüttelten ihm die Hand, badeten in seinem Lächeln und schätzten sich glücklich, mit dem Besitzer des Lokals auf so vertrautem Fuß zu stehen. Und Giancarlo füllte seine Rolle hervorragend aus: Er war zweiundfünfzig, groß, in Turin geboren und aufgewachsen, er hatte ein offenes Gesicht, kleidete sich in schiefergraue italienische Seidenanzüge und trug das Haar zurückgekämmt wie ein Mafia-Don. Lächelnd trat er an ihren Tisch. »Alma«, sagte er und wiederholte ihren Namen, als er sich verbeugte und ihre Hand küsste. »Was kann ich für Sie und Ihren charmanten Begleiter tun?«

»Sie sind der Sommelier?« LaJoy funkelte ihn an. »Ich möchte eine Flasche Brunello di Montalcino Riserva, 1988 – den Castello Ruggiero.« Er zeigte auf das Fußende der letzten Seite der ledergebundenen Weinkarte und hob dann warnend den Finger. »Haben Sie mehr als eine Flasche davon? Denn es gibt nichts Enttäuschenderes, als einen erstklassigen Wein zu bestellen und nach der ersten Flasche zu merken, dass danach nur noch Zweitklassiges im Keller ist.«

»Allerdings«, sagte Giancarlo als Antwort auf beide Fragen. »Das ist einer unserer seltensten und besten Weine, und ich bin ganz sicher, dass wir mehrere Flaschen davon haben.« Und dann versuchte er ein Witzchen, das an LaJoy allerdings verloren war: »Sollten Sie sie alle trinken, würden Sie mich glücklich, vielleicht sogar überglücklich machen, und ich würde persönlich nach Hause fahren und Ihnen einige weitere Flaschen aus meinem privaten Keller bringen.«

Alma hatte währenddessen nicht aufgehört zu lächeln, doch sie sah LaJoy – Dave – mit einemmal in einem neuen Licht. Er war erregt, das war deutlich, aber warum? War es eine Art Machtspiel, bei dem er erst Fredo und nun auch noch Giancarlo zur Schnecke machen wollte, als könnte er ihr damit imponieren? Aber Giancarlo ging, um den Wein zu holen, einen Wein, der, wie ihr ein verstohlener Blick auf die Karte verriet, dreihundertfünfundzwanzig Dollar die Flasche kostete, und sie versuchte, die Sache zu überspielen. »Ich bin sicher, es ist ein guter Wein«, sagte sie und zwang sich zu einem Lächeln ganz anderer Art, einem Lächeln aus zwei Teilen Zuversicht und einem Teil Unbehagen.

Er sagte nur: »Das will ich auch hoffen. Bei diesen Preisen.«

Und dann war Giancarlo wieder da und ließ es sich nicht nehmen, die Flasche persönlich und auf eine weiße Serviette gebettet zu präsentieren. Er hielt sie LaJoy zur Begutachtung hin, öffnete sie und legte den Korken diskret auf ein Tellerchen. LaJoy nahm ihn, schnupperte daran, machte ein säuerliches Gesicht und legte ihn wieder hin. Es folgte das Ritual der Verkostung: LaJoy hob das Glas an die Nase, hielt es ins Licht und ließ den Wein kreisen, um ihm Luft zuzuführen – er war dunkel und schwer wie das Blut auf dem Boden der Styroporschalen mit Steaks im Kühlregal des Supermarkts, Steaks, die sie seit ihrer Teenagerzeit nicht mehr gesehen oder gar gegessen hatte, denn das war gegen ihre Prinzipien –, und dann schließlich nahm er einen Schluck.

Sie sah ihn erwartungsvoll an, ebenso wie Giancarlo, der beflissen und überkorrekt darauf wartete, einschenken zu dürfen. Doch LaJoy verzog das Gesicht. Er nahm einen zweiten Schluck, bewegte den Wein im Mund hin und her und spuckte ihn dann zurück ins Glas. »Fusel«, erklärte er.

Giancarlo sagte nichts. Er stand hoch aufgerichtet da, hinter ihm das Restaurant mit den hübsch gedeckten Tischen und der gedämpften Konversation der Gäste, mit den von diskreten Scheinwerfern beleuchteten Gemälden an den ockerfarbenen Wänden, mit den Topfpalmen und den zarten Farnen – seine Existenz, sein Stolz, sein Herzblut.

Sie wusste nicht, was sie tun sollte. Auf jeden Fall konnte sie nicht verlangen – oder auch nur darum bitten –, den Wein ebenfalls probieren zu dürfen. LaJoy war der Experte. Er war derjenige, der zahlte – er hatte sie eingeladen –, und so musste sie sich fügen. Aber er war zweifellos unhöflich, nein, ungehobelt, und zwar ohne jeden Grund. Absolut ungehobelt. Er sagte nichts Abmilderndes, weder *Entschuldigung, es tut mir sehr leid, und ich weiß, dass das nur selten vorkommt, aber ...* noch *Er muss gekippt sein,* sondern machte nur eine Bewegung aus dem Handgelenk, als würde er ein lästiges Insekt verscheuchen, und vertiefte sich abermals in die Weinkarte.

Diesmal bestellte er einen französischen Wein, den zweitteuersten auf der Karte, und diesmal war es Fredo, der die Flasche präsentierte und, tadellos wie immer, das Ritual des Öffnens, der Begutachtung des Korkens und der Verkostung zelebrierte. Und diesmal sagte LaJoy mit angeekelt verzogenem Mund, ohne Fredo zu beachten, den Blick fest auf Alma gerichtet: »Essig.« Und als er dann zu Fredo aufsah, brannte in seinen Augen jener fanatische Hass, den man in denen von Revolutionären sieht, und er sagte sehr langsam und deutlich, als müsste er sich beherrschen: »Bringen Sie mir noch mal die Weinkarte.«

Das war der Augenblick, in dem sie nach ihren Sachen griff, nach ihrer Handtasche, dem Schal, der Brille, die sie kurz aufgesetzt hatte, um die Preise auf der Weinkarte entziffern zu können, der Weinkarte, die LaJoy ihr nicht angeboten hatte, als würde ihre Meinung – die Meinung einer Saketrinkerin – nicht zählen, und es war ihr egal, ob es ihre erste Verabredung war oder nicht. Sie schob den Stuhl zurück, als Giancarlo mit ernstem Gesicht an ihren Tisch trat, um ihnen oder vielmehr *ihr* und diesem gereizten, selbstgefälligen, unsensiblen, verkniffen lächelnden Angeber, in dessen Gesellschaft sie sich leider befand, zu sagen, es tue ihm sehr, sehr leid, aber er könne nicht Flasche um Flasche seiner besten Weine öffnen, wenn diese dann sogleich wieder zurückgeschickt würden.

Mit hängenden Schultern und brennendem Gesicht ging sie bereits zur Tür, als LaJoy – nicht Dave, sondern nur LaJoy und nie mehr anders – sagte: »Tja, scheiß drauf, dann gehen wir eben woandershin. In ein richtiges Restaurant. In einen Laden« – sie stellte sich vor, wie er über dem Tisch gestikulierte und ihm beim Aufstehen die Serviette vom Schoß glitt – »mit Klasse. Wo man was von Wein versteht.« Sie stürzte hinaus in den Abend und wandte sich nach rechts, fort von ihrer Wohnung, entgegengesetzt zu der Richtung, aus der sie gekommen waren, und sie bewegte sich rasch, hielt sich in den Schatten und hoffte leise fluchend, dass er sie nicht einholen würde.

Und jetzt ist er hier, an *ihrem* Strand, und kommt mit demselben hasserfüllten, selbstgerechten Blick auf sie zu, aber sie wird sich von ihm nicht den Morgen verderben lassen – sie wird ihn ignorieren, ja, das wird sie, sie wird an ihm vorbeigehen, als wäre er gar nicht vorhanden. Er ist noch zwanzig Meter entfernt, zehn, fünf, und die Hunde, straff gespannte Haut über Knochen und Sehnen, schnüffeln an ihr und stecken ihre überzüchteten Schnauzen in die Falten ihrer Jeans. »Hübscher Artikel in der Zeitung heute«, sagt er und bleibt genau vor ihr stehen, hämisch und schadenfroh. »Sagen Sie bloß, Sie haben ihn nicht gelesen. Über die kleine Feier gestern. Nein? He, bleiben Sie stehen, ich rede mit Ihnen!«

Sie ist an ihm vorbei, ihr Herz klopft heftig – Artikel? Welcher Artikel? –, und sie richtet den Blick auf die Felsen dort drüben und konzentriert sich darauf, ruhig weiterzugehen, denn sie wird nicht nachgeben, sie wird ihm nicht die Befriedigung zuteil werden lassen, sie rennen oder auch nur ihre Schritte beschleunigen zu sehen.

»He!« ruft er und wirbelt herum, um ihr die Worte nachzuschleudern, »he, Alma Boyd Takesue, *Dr.* Alma – wollen Sie nicht hören, was ich zu sagen habe? Oder wollen Sie es bestreiten? Sehen Sie mal im zweiten Teil nach, da steht ein hübscher Artikel von Toni Walsh. Mit einer tollen Überschrift: *Die wahren Schädlinge auf Anacapa*. Klingt doch gut, oder?«

Zwischen ihnen liegen jetzt dreißig Meter. Der Sand unter ihren Füßen ist feucht, die Wellen haben sich ganz zurückgezogen und sind so sanft wie in einer Badewanne. Vor ihr laufen Strandvögel herum. In der Ferne kommt ein weiterer Hundebesitzer in Sicht. Sie weiß: Der Morgen ist ihr verdorben. Sie kann jetzt nur noch daran denken, dass sie nach Hause gehen und diesen Artikel lesen muss, diesen Nagel im Sarg ihrer Bemühungen, die Gunst des *Santa Barbara Press Citizen* zu gewinnen. Wie sie bald feststellen wird, sind Toni Walshs erlauchter Meinung zufolge die Mitarbeiter des Park Service im allgemeinen und Dr. Takesue im besonderen die wahren Schädlinge auf Anacapa, denn sie glauben, sie könnten die Natur manipulieren und die Inseln in einen Themenpark verwandeln. Und Sickafoose, Tim Sickafoose, der beratende Ornithologe, der es doch eigentlich besser wissen müsste und mit einem Alkenküken in der behandschuhten Hand für kitschige Fotos posiert.

»Ich werde mit euch Schlitten fahren!« brüllt er ihr nach, und normalerweise würde sie über dieses Klischee lachen, doch es ist nichts Komisches an diesem kranken, hasserfüllten Mann, an seinen Zielen und der Schlacht, die bevorsteht. »Auf Santa Cruz kommt ihr damit nicht durch! Wir sehen uns vor Gericht, wartet's nur ab!«

Sie fährt herum. Er steht da, in seinem T-Shirt, aufgeblasen, wütend, mit rotem Gesicht, und fordert sie heraus wie ein Schulhofschläger. Die Hunde haben sich von ihm entfernt, schnüffeln an einem Felsen am Wasser und werden gleich die Beine heben. Ein paar Joggerinnen – einheitliche weiße Shorts und Sonnenmützen, Arme und Beine in verschwommener Bewegung, die Gesichter ausradiert von der Sonne – nähern sich ihm von hinten, während ihr eigener Hund, ein zottiger Golden Retriever mit grauer Schnauze, voraus und zu den Greyhounds rennt. Sie sollte sich nicht darauf einlassen, das weiß sie, aber sie kann nicht anders. Das Wort »Gericht« ist schuld. Gericht. Er will sie vor Gericht zerren, wie er es im Fall der Rattenbekämpfung auf Anacapa getan hat, aber das ist eine leere Drohung, denn die Richter wissen, wer im Recht ist, wer den Interessen der Allgemeinheit dient und wer nicht.

Aber sie *wird* ihn vor Gericht sehen, in zwei Wochen. Und nicht sie wird diejenige sein, die sich windet – nein, sie wird im Zuschauerraum sitzen, wenn Tim gegen ihn aussagt, sie wird erleben, wie der Gerechtigkeit Genüge getan wird. Denn nun, da alle Verzögerungstaktiken, die seine Anwälte aus den Tiefen der juristischen Fachliteratur hervorzaubern konnten, ausgeschöpft und alle Fluchtwege verstellt sind, nun, da er den Konsequenzen seines Tuns nicht mehr entkommen kann, wird er wegen zweier Vergehen vor einem Bundesgericht erscheinen und erklären müssen, was er an jenem grauen, stürmischen Tag, an dem Tim ihn zur Rede gestellt und mit Unterstützung der Küstenwache festgenommen hat, auf Anacapa zu suchen hatte.

»Genau!« schreit sie und ignoriert die erschrockenen Blicke der Joggerinnen und die Hunde, die sich ob der Heftigkeit in ihrer Stimme verblüfft nach ihr umsehen. »Wir sehen uns vor Gericht!«

COCHES PRIETOS

Auf der Rückseite von Santa Cruz, der Seite, die zum Pazifischen Ozean hin gelegen ist, gibt es jede Menge geschützter Ankerplätze – Yellowbanks, Willows, Horqueta, Alamos, Pozo, Malva Real –, doch am besten gefällt ihm, besonders werktags, wenn normalerweise niemand sonst da ist, eine hufeisenförmige Bucht mit gelbbraunem Sandstrand namens Coches Prietos. Dorthin sind sie jetzt unterwegs. Anise ist in der Kombüse und presst Limonen für die erste Runde Margaritas aus (von denen er nicht mal kosten wird, bevor sie die Schiffahrtsstraßen hinter sich gelassen haben – er weiß nicht, wie oft er schon sorglos in der Gegend herumgefahren ist, nur um sich irgendwann umzublicken und einen dieser riesigen, unerbittlichen siebenstöckigen Containerfrachter wie einen schwimmenden Berg auf sich zuhalten zu sehen), die Kabbelung ist harmlos, die Sonne steht klar am Himmel, und er freut sich auf zwei Tage Urlaub. Ihm liegt daran, das Boot mindestens einmal im Monat aus dem Hafen zu fahren, denn wozu hat man denn so ein Ding, wenn man es nur am Steg vertäut wie die Janovs und all die anderen Schönwetterskipper, die ein Boot nur haben, aber nicht damit fahren wollen? Doch manchmal kommt eins zum anderen, und dann liegt die *Paladin* wochenlang im Hafen. Der Motor ist generalüberholt, und zweimal hat er sie von Muscheln befreien, kalfatern und neu lackieren lassen. Es gibt einen neuen Kühlschrank mit Eisbereiter und ein hochwertiges Audio- und Videosystem (installiert von einem der Heinis in der Goleta-Filiale), und das Boot liegt wunderbar im Wasser, *como un sueño*, wie Wilson sagen würde. Also bemüht er sich, zu den Inseln hinauszufahren und sich den Wind um die Nase wehen zu lassen, wann immer es sich machen lässt.

Es ist nicht leicht. Ständig muss irgend etwas am Haus repariert werden, und er kann es anscheinend nicht lassen, in den Filialen vorbeizuschauen, ganz gleich, wieviel er Harley Meachum dafür bezahlt, dass der sich kümmert. Und diese FPA-Sache ist unglaublich zeitraubend: Spendenaufrufe, E-Mail-Kampagnen, Postwurfsendungen, die Website. Dann sind da die endlosen Gespräche mit seinen Anwälten, nicht nur wegen diverser sich dahinschleppender Verfahren, sondern auch wegen der blödsinnigen Gerichtsverhandlung, die ihm bevorsteht und in der er wegen des Fiaskos vor zweieinhalb Jahren angeklagt werden wird, als der Motor den Geist aufgab und er vor Anker bleiben musste, bis die Küstenwache mit Tim Sickafoose, Vogelkundler und Spitzel erster Klasse, und Ranger Rick Melman vom National Park Service an Bord kam. Das war ein sehr trauriger Tag. Kaum waren sie wieder auf dem Boot, da begann es stark zu regnen, der Seegang wurde hart und unangenehm, und so blieb ihm nichts anderes übrig, als Hilfe zu rufen. Und Hilfe kam dann auch: Die Küstenwache schleppte ihn zurück in den Hafen, nicht ohne ihn und Wilson festgenommen zu haben, mit der unendlich idiotischen Begründung, sie hätten wilde Tiere gefüttert und die Arbeit einer Bundesbehörde behindert.

Wilson war bereit zu kämpfen. Er war von Anfang an dagegen, die Küstenwache zu rufen: »Was sollen diese Scheißer hier? Die werden es darauf anlegen, sich alles genau anzusehen, du weißt schon: ›Wie viele Schwimmwesten haben Sie an Bord und wo ist der Feuerlöscher und was ist eigentlich mit den leeren Katzenfuttersäcken ganz unten im Abfall, wo Sie doch keine einzige Katze an Bord haben?‹« Aber keiner von ihnen konnte den Motor in Gang bringen, und selbst wenn sie einen Tag und eine Nacht und noch einen Tag auf ein Aufklaren gewartet hätten – was hätten sie dann tun sollen? Etwa nach Santa Barbara paddeln? Der Champagner stand unberührt im Kühlschrank. Es war Wilson, der schäumte. Schließlich war er einverstanden, und Anise war eine große Hilfe, denn sie hatte am nächsten Abend einen Gig in der Night Owl, und den wollte sie unter keinen Umständen verpassen, aber als der Kutter der Küstenwache längsseits ging und Wilson diesen

Sickafoose und Ranger Rick sah, wurde sein Blick hart. »Lass diese Wichser nicht an Bord«, sagte er immer wieder. »Schmeiß sie gleich über die Reling.«

Als es dann soweit war, als sie alle ein bisschen gedrängt an Deck standen und ihre Nasen ins Cockpit und die Kajüte steckten, wurde auch Anise sauer. Ranger Rick war mit einem dieser breiten schwarzen Ledergürtel ausgerüstet, wie Polizisten sie auf Streife tragen, komplett mit Schlagstock, Handschellen und Revolver. Sie wollte wissen, welches Recht der Park Service hatte, ein Privatboot in öffentlichen Gewässern vor den Küsten einer Insel zu betreten, die dem Volk der Vereinigten Staaten gehörte – dem Volk, wohlgemerkt, nicht ein paar Figuren in einem grünblauen Hemd mit einem Namensschild –, und er erklärte ihr in dem nüchtern ermahnenden Ton, den alle Polizisten auf der Welt beherrschen, wenn sie nicht sofort den Mund halte, werde er darüber nachdenken, ob er ihrem Freund und seinem Komplizen außer den genannten Vergehen nicht zusätzlich die Verabredung zu einer Straftat zur Last legen müsse.

Auch er selbst war kurz davor zu explodieren – all diese Mühen und Ausgaben, nur um auf seinem eigenen Boot festgenommen zu werden, zwanzig Kilometer entfernt vom nächsten Reporter, während das Vitamin K sich im Regen auflöste und er absolut machtlos war –, doch dieses eine Mal beherrschte er sich. Ihm lag vor allem daran, die Dinge nicht eskalieren zu lassen. Die Situation war ungünstig, keine Frage, doch er überlegte bereits, wie er sie für Publicity ausschlachten konnte. Die Vorwürfe waren absurd und ganz offensichtlich übertrieben: Tiere zu füttern verstieß gegen das Gesetz, Tausende Tiere zu vergiften dagegen war völlig in Ordnung? Er sagte nur: »Ein Sturm zieht auf, und wir sind in Seenot. Alles andere ist mir neu. Das ist doch verrückt. Wir sind ein bisschen gewandert, das ist alles. Wollen Sie etwa behaupten, dass das verboten ist?«

Heute aber ist es anders. Seit dem Zwischenfall sind zweieinhalb Jahre vergangen, soviel Zeit, dass alle ihn vergessen haben – bis auf das Gericht, den Park Service, Alma Boyd Takesue und den ganzen Rest dieser rachsüchtigen Hurensöhne –, und sein Anwalt hat die Sache mit diesem oder jenem Antrag hinausgezögert, bis sie nicht mehr weiter hinauszuzögern war. Die Verhandlung – die Farce, wie sein Anwalt sie nennt – ist erst für nächsten Montag anberaumt und in diesem Stadium nichts weiter als eine Formalität. Oder jedenfalls ist er zu neunundneunzig Prozent sicher, dass es so ist. Oder sein wird. Wilson hat sich bereits schuldig bekannt und eine Bewährungsstrafe gekriegt sowie eine Geldstrafe von zweihundert Dollar, und weil sie ja nicht unbedingt beide verurteilt werden müssen, hat Wilson ausgesagt, er habe allein gehandelt, Dave LaJoy habe absolut nichts gewusst von seinem Plan, unschuldige Tiere zu retten und den Planeten vor Leuten zu schützen, die lieber töten als erhalten wollen, und sein Freund sei an jenem Tag nur auf der Insel gewandert. Wie sie das Schild hätten übersehen können, wisse er nicht. Aber es sei windig gewesen, und der Wind habe ihnen Staub in die Augen geweht, weswegen sie die Kapuzen aufgesetzt hätten. Und dann habe es begonnen zu regnen.

Das ist der Stand der Dinge. Er braucht sich also keine Sorgen zu machen. Das sagt er sich jedenfalls, denn ihm könnten sechs Monate Knast und fünftausend Dollar Strafe für jedes der beiden Vergehen blühen, aber daran will er heute nicht denken. Er ist hier draußen, auf dem Meer, es ist ein Nachmittag wie aus dem Bilderbuch, und er tut, was er viel öfter tun sollte – er wird jetzt einfach den Schalter in seinem Kopf auf Aus stellen und die Welt in ihrer ganzen Herrlichkeit genießen.

Die Anacapa-Passage ist etwas unruhiger, als ihm lieb ist, aber das ist nichts, was sein Magen nicht aushält, in dem ohnehin nur eine trockene Scheibe Toast und zwei Tabletten gegen Seekrankheit sind, und die Kabbelung wird schwächer, als sie San Pedro Point umrunden und im Windschutz der aufragenden Klippen sind. Er hält ein wenig Abstand zur Insel und bleibt da, wo das Wasser fünf bis zehn Meter tief ist. Sie fahren an der Südküste entlang, vorbei an der Landspitze bei Albert's Anchorage, und laufen in die Bucht von Coches ein. Die sie, wie er befriedigt feststellt, ganz für sich allein haben. Hin und wieder, besonders an Wochenenden, kommt es vor, dass andere schneller gewesen sind als er – manchmal liegen dann zwei oder sogar drei Boote in der Bucht vor Anker –, aber heute, an einem Montag Anfang Juni, einem ganz normalen Schul- und Werktag, an dem der durchschnittliche Lohnsklave buckeln muss und von seinen zwei Wochen Urlaub im August nur träumen kann, liegt die Bucht verlassen da, so unberührt, als wäre er ihr Entdecker, als wäre er Juan Rodríguez Cabrillo, der vor vierhundertfünfzig Jahren spanischer Kapitän war. Er denkt darüber nach, wie es gewesen sein muss, als noch niemand wusste, was hier war, als die Welt ein Mysterium war und es auf den Landkarten von Seeungeheuern und den weißen Flächen der Terra incognita wimmelte – alles konnte passieren, jedes Wunder, jeder Schrecken, jede Insel war bizarrer als die vorige, ein Füllhorn bislang nur phantasierter Flora und Fauna, die in dem Moment konkret wurde, in dem ihr Bild sich auf der Netzhaut abzeichnete –, und dann nimmt er das Gas weg und lässt das Boot in die Bucht gleiten. Als sie etwa in der Mitte sind, wendet er, so dass das Heck zum Ufer zeigt und sie, wenn sie auf dem Deck sitzen, einen Blick auf den Strand und die Klippen haben, die ihn einrahmen.

Der Anker fällt. Das Boot treibt langsam noch ein Stück weiter, dann strafft sich die Leine. Zufrieden setzt er sich in den Liegestuhl, und Anise kommt barfuß aus der Kombüse und reicht ihm seine erste, die besinnliche erste Margarita, so kalt, dass das Glas einen Eisfilm hat. Anise hat einen Bikini an, zwei winzige schwarze Stoffstreifen, die kaum mehr als kleine Unterbrechungen in der weißen, blendenden Pracht ihres Körpers sind. Sie hat das Haar aufgesteckt, trägt einen breitkrempigen Strohhut und eine Retro-Sonnenbrille und sieht aus, als wäre sie soeben aus einem alten Schwarzweißfilm gestiegen. »Schön«, sagt sie und lässt sich in den Liegestuhl neben ihm sinken.

Die Margarita, zubereitet nach dem simpelsten und besten Rezept – frischer Limonensaft, Herradura Reposado und Triple Sec, geschüttelt und in einem Martiniglas mit Salzrand serviert –, ist die beste, die er je getrunken hat, findet er. Auf leeren Magen macht sich die Wirkung sofort bemerkbar, und als er das Glas hebt und Anise zuprostet, ist er so entspannt, als würde er schlafen. »Ja«, sagt er. »Schöner kann's nicht sein.«

Die Zeit verdichtet sich. Es gibt kein von Menschen erzeugtes Geräusch, nichts, nicht das Ticken einer Uhr oder das Murmeln eines Radios, keine digitalen Pieptöne, kein Summen und Brummen irgendwelcher Geräte. Er hört das Wasser am Rumpf plätschern, er hört das Knarzen der Knorpel in den Gelenken einer vorbeifliegenden Möwe. Der Strand schimmert, als würde er von unten beleuchtet. Die Klippen umschließen das alles.

»Willst du noch eine?« fragt sie. »Und vielleicht ein Sandwich? Ich hab was von dem Gruyère gekauft, den du so gern magst. Und Ciabatta. Wie wär's?«

Er hat das Sonnensegel aufgespannt, damit das Deck im Schatten liegt, denn sie sorgt sich um ihre Haut, die milchweiß ist, so weiß wie das Fleisch der Kälber, denen man Licht und Eisen vorenthält, damit sie all den Metzgern und Fleischfressern erstklassiges Kalbfleisch liefern, und als sie mit zwei Sandwiches und dem Shaker aus der Kombüse zurückkehrt – und hier ertönt das erste mechanische Geräusch, das leise Klicken der Eiswürfel, die irgendwo in den Tiefen des Bootes aus dem Eisbereiter fallen –, sieht er, dass sie das Bikinioberteil ausgezogen hat. Warum auch nicht? Sie erwarten ja keinen Besuch zum Mittagessen.

Ihr Anblick – leuchtende Haut, schwere, nicht ganz gleich große Brüste – erregt ihn, und wer würde es ihm verdenken? Um auf den Anblick der praktisch nackten Anise nicht zu reagieren, müsste er schon im Koma liegen. Und das Gute ist: Sie haben den ganzen Tag und die ganze Nacht und morgen noch einmal den ganzen Tag und die ganze Nacht. Kein Grund zur Eile. »Schön«, sagt er – es ist das Adjektiv des Tages –, als sie ihm den Teller reicht und sich über ihn beugt, um ihm nachzuschenken, und er denkt an die Frauenzeitschriften, die sie herumliegen lässt, auf dem Cover ein aufgebrezeltes Model in einem Strahlenkranz von Themen, so dass es aussieht, als wäre es die vielarmige Göttin Kali: *Die Liebesgeheimnisse der Stars; Wie Sie Ihren Partner erotisch befriedigen (mit Garantie!); 63 Tricks, wie Sie ihm Lust machen.* Als wäre das so schwer. Du brauchst dich nur auszuziehen, Baby, und wenn er nicht tot ist, kommt er in Schwung.

Es gibt also einen hübschen kleinen Kitzel. Er hat einen Ständer, während er sein Sandwich isst, an seiner zweiten Margarita nippt, die Wellen betrachtet und sich von ihrer angenehmen Stimme umhüllt fühlt, als würde sie singen, und vielleicht tut sie das ja auch. Bald, wenn ihm danach ist, wird er aufstehen, das Bikinihöschen über ihre Oberschenkel hinunterstreifen, ihre Beine an den Füßen anheben und ihr das Ding ausziehen. Jetzt aber genießt er nur den Augenblick. Wie alle Frauen kann sie tagelang brüten und über irgendeine eingebildete Kränkung schmollen, über Dinge, die derart unwichtig sind – über das, was jemand in der Arbeit zu ihr gesagt hat, oder die Farbe eines Kleids, von dem sie eigentlich wusste, dass sie es nicht hätte kaufen sollen –, dass er manchmal an ihrer geistigen Gesundheit zweifelt, aber so gut gelaunt wie jetzt hat er sie noch nie erlebt, so glücklich, hier zu sein, auf dem Deck eines vor ihrer Privatinsel ankernden Bootes, um halb eins an einem Werktag, wo alle anderen arbeiten müssen, dreiviertelnackt und so hingegeben an den Genuss des Augenblicks wie er selbst. Er hat sie noch nicht berührt, aber sie ist feucht, das weiß er, und er denkt, dass sie es vielleicht gleich hier tun sollten, an Deck ...

»Weißt du, woran mich das erinnert?« fragt sie, streckt die Beine ganz aus und drückt mit den Zehen gegen die Reling. Der Fuß ihres Glases balanciert auf dem Brustbein, zwischen ihren Brüsten. »Ich meine, ganz allein hier draußen zu sein – nichts als Wasser bis ... wohin? L. A.? Mexiko?«

»Ja?« sagt er. »An was erinnert dich das?«

»An die *Insel der blauen Delphine*. Hast du das mal gelesen?«

»Ich weiß nicht. Kommt mir irgendwie bekannt vor.«

»Es ist eigentlich ein Kinderbuch, glaube ich, oder vielmehr ein Jugendbuch. Meine Mutter hat's mir vorgelesen, als ich klein war, immer wieder – ungefähr ein Jahr lang war es mein Lieblingsbuch.«

»Wie alt warst du da?«

»Ich weiß nicht. Elf, zwölf vielleicht.«

Er denkt kurz darüber nach, versucht sie sich mit zwölf Jahren vorzustellen, die pubertierende Anise mit ihrem honigfarbenen Haar und den sich rundenden Gliedmaßen, mit den Brüsten, die gerade erst aufgehen, als würden sie aus einem Samen sprießen, was sie ja in gewisser Weise auch tun, denn in ihren Genen ist alles programmiert: ihr Lächeln, ihre Stimme, dieses sanfte, elegante, unwiderstehliche Fließen von Gliedmaßen und Haaren, diese Lippen, diese Augen, die ihn ansehen, in diesem Moment, auf diesem Deck, auf der Rückseite dieser vulkanischen Insel mit ihrem Saum aus weißer Gischt und ihren Klippen, die die Sonne aufsaugen, als wären sie gerade erst erstarrt. Natalie, seine erste Liebe, war vierzehn, als sie in Mr. Durings Geschichtsunterricht an der Santa Barbara Junior High wie eine Fata Morgana am Nachbartisch auftauchte. Sie stammte aus Plainfield, New Jersey, wo sie auf eine katholische Schule gegangen war und gelernt hatte, Larks und hin und wieder einen Joint zu rauchen, wenn die Nonnen gerade zu tun hatten, was Nonnen eben taten. Sie sah ganz anders aus als Anise – sie war klein, selbst als junge, gerade erst fertige Erwachsene, mit achtzehn, als er sie heiratete, und sie hatte den sizilianischen Teint ihrer Mutter und sah immer aus, als käme sie gerade aus dem Sonnenstudio. Mit ihrem schwarzen Haar und den grünen Augen und dem Ostküstenakzent war sie für ihn eine echte Exotin. Aber Exotik bringt einen nicht weit, und wenn man so jung heiratet – er selbst war erst neunzehn –, geht es selten gut. Und so war es auch bei ihnen. Ihre Ehe hielt zwei Jahre, in denen er einen Teilzeitjob hatte und das Gemeindecollege besuchte. Als er dann mit Hilfe seines Vaters ein Geschäft eröffnete, war sie bereits aus seinem Leben verschwunden. »Ich wette, du warst sexy«, sagt er.

»Wenn ich's war, wusste ich es nicht.«

»Jaja, erzähl das deiner Großmutter.«

»Ich wusste es nicht. Wirklich.« Sie dreht ihr Glas. Der Fuß hinterlässt einen rosigen, feuchten Kreis, der wie ein Kuss aussieht, die andere Hand liegt auf der Wölbung ihrer Brust. »Ich bin zu einsam aufgewachsen. Viel zu einsam.«

Er erwidert nichts, doch er spürt, wie der Tequila langsam in ihn hineinsickert und ihn aus sich herausführt, und gleich wird er aufstehen und mit der Hand über ihr Bein streichen.

»Jedenfalls, es ist ein Roman, aber er basiert auf einer wahren

Geschichte. Über die letzte Frau auf San Nicolas. Eine Indianerin. Eine Chumash. Die spanischen Padres haben um 1840 oder so alle Einwohner der Insel zum Festland gebracht, und sie war die einzige, die zurückgeblieben ist. Es ist eine tolle, eine wirklich tolle Geschichte. Wie Robinson Crusoe. Darüber, wie sie überlebt hat.«

»Hat sie sich versteckt, als die Padres kamen?« Er hebt sein Glas, hält es kurz ins Licht und schiebt dann die Zungenspitze vor, um die Salzkristalle auf der Innenseite des Randes abzulecken. »Das hätte ich getan.«

»Nein, sie hat sich nicht versteckt – sie wollte mitfahren.«

»Oder war es wie in einem dieser Märchen, wo das Kind den Eltern nicht gehorcht und sich davonschleicht, um heimlich eine zu rauchen oder so? Vielleicht hat sie an sich herumgespielt. Das war doch bestimmt verboten. Oder fanden die Indianer so was gut?«

»Nein, so war es nicht. Es war wegen ihrem kleinen Bruder. Als alle auf dem Schiff waren und man gerade die Segel setzen wollte, entdeckte sie, dass er fehlte. Er war erst drei oder vier und in dem Gedränge verlorengegangen. Oder vielleicht hat er sich versteckt – ich weiß es nicht mehr. Ich glaube, in der Geschichte wird es gar nicht erklärt. Jedenfalls, als sie merkte, dass er nicht da war, sprang sie über Bord und schwamm zurück zur Insel, um ihn zu retten. Und weil Wind aufgekommen war, konnte das Schiff nicht zurückkommen und sie holen.« Sie hält inne, nippt an ihrem Glas und sieht ihm in die Augen. »Das Traurige ist, dass er einen Monat später gestorben ist. Die wilden Hunde haben ihn erwischt.«

»Wilde Hunde? Auf San Miguel?«

»Verwilderte Hunde, die Jahre zuvor von Indianern zurückgelassen worden waren. Jetzt gibt es dort natürlich keine mehr, aber –«

»Ja, na klar. Wahrscheinlich hat Alma Boyd Takesue einen nach dem anderen umgebracht.«

»Sie hat zwei davon gezähmt, und sie hatte auch ein Pärchen zahme Raben. Und sonst keine Gesellschaft, bis sie achtzehn Jahre später gerettet wurde – man brachte sie nach Santa Barbara, und da ist sie krank geworden und innerhalb von sechs Wochen gestorben, weil sie so lange weit entfernt von allen anderen Menschen gewesen war und natürlich keine Abwehrkräfte mehr hatte. Habt ihr das nicht in der Schule gelernt?«

Er zuckt die Schultern. »Vielleicht. Ja, kann sein.«

»Ich erinnere mich an ihr Kleid«, murmelt sie, und ihre Augen sehen über den Rand des Glases ins Unbestimmte. Er betrachtet ihre Kehle, als sie schluckt, betrachtet ihre Brüste. »Es war aus Kormoranfedern, so dass es im Sonnenlicht schillerte.«

»Echt«, sagt er. »Federn?«

Sie nickt. »Das hat jetzt der Papst. Im Vatikan. Sie haben es dem Vatikan geschenkt.«

»Echt«, sagt er.

»Ja, echt.« Sie sieht ihn an, ein leises, langsames, einladendes Lächeln spielt um ihre Lippen.

»Ich frage mich«, sagt er und erhebt sich aus dem Liegestuhl, »wie sie das mit dem Sex gemacht hat.«

Zwei Tage und zwei Nächte und dann wieder zurück zum Festland, zum wirklichen Leben und all dem Ärger, der es begleitet, zu den beschissenen Verkaufszahlen der Filiale in Camarillo im Mai, deren Gründe niemand kennt, am allerwenigsten Harley Meachum, und zu dem Gerichtsverfahren, auf das er als Bürger der Vereinigten Staaten von Amerika, der aufgrund von Anschuldigungen, die kein geistig gesunder Polizeibeamter je erhoben hätte, auf bundeseigenem Land festgenommen worden ist, einen Anspruch hat. Er hatte auf ein Geschworenengericht gehofft, auf eine Gelegenheit, die der ganzen Sache zugrundeliegenden Fragen anzusprechen und möglichst viel Pressewirbel zu erzeugen, seine Motive darzulegen, den Leuten in die Augen zu sehen und ihnen zu sagen, wer die wahren Kriminellen sind, ohne jeden Zweifel, bis sein Anwalt Steve Sterling – den er sich auf Empfehlung von Phil Schwartz genommen hat, dem Zauberer, der sich um alles Juristische kümmert, das LaJoy's Home Entertainment Center betrifft: Verträge, Mietvereinbarungen, die gelegentlichen Klagen, die ihm von irgendwelchen hirnamputierten Kunden angehängt werden – ihn eines Besseren belehrt hat. Keine Geschworenen. Keine Versammlung von Mitbürgern aus allen Lebensbereichen und Bildungsschichten, die das Beweismaterial sichten und Für und Wider erwägen sollen, denn für das, was man ihm vorwirft, hat er keine ausreichend hohe Strafe zu erwarten, um ein solches Verfahren zu rechtfertigen – dazu müsste er schon ein Verbrechen begehen, und er kann nur spekulieren, was er tun müsste, um eines Verbrechens angeklagt zu werden. Etwas retten wahrscheinlich. Eine Ratte aufheben, sie striegeln und streicheln und wieder auf den Boden setzen.

Nein, es wird eine Verhandlung ohne Geschworene sein. Ein reisendes Bundesgericht wird für eine Woche im Gerichtsgebäude von Santa Barbara residieren und seinen sowie die anderen anstehenden Fälle verhandeln. Laut Sterling ist das ein echtes Entgegenkommen – sie hätten sonst nach L. A. fahren müssen –, und das erzählt er allen, die es hören wollen. Ein Entgegenkommen. Ein echtes Entgegenkommen. Er hat nichts weiter getan, als auf einer Insel zu wandern, die dem amerikanischen Volk gehört, und soll jetzt Hosianna rufen und niederknien, dankbar für das große, entscheidende Entgegenkommen: kein L. A. »Ist das nicht toll?« sagt er zu Marta, die ihm zwei beidseitig gebratene Spiegeleier serviert, und zu Justin, dem Barmann im Coast Village Grill, während er zur Stärkung einen Wodka Cranberry kippt. »Bin ich nicht ein Glückspilz?«

Aber trotz seines Sarkasmus ist er düsterer Stimmung, als er um Viertel vor acht die Stufen des Gerichtsgebäudes ersteigt, flankiert von Anise auf der einen und Sterling auf der anderen Seite. Er ist zwei Stunden vor dem Summen des Weckers aufgewacht, sein Magen ist in Aufruhr, und sein Kopf fühlt sich an wie ein leerer, windiger Ort. Das Frühstück hat er ausfallen lassen – zu angespannt – und auf dem Weg zum Wagen nur zwei Schlucke schwefligen Kaffee getrunken, bevor er den Becher in die Büsche geleert hat, und dann hat er sich mit Anise gestritten, weil er eine volle Viertelstunde lang vor ihrem Haus stehen und hupen musste, bis sie endlich geruhte zu kommen. Und als sie dann schließlich erschien und ohne Eile zum Wagen ging, blieb sie an der Beifahrertür kurz stehen, bückte sich, so dass ihr Gesicht vom Fenster eingerahmt war, und sah ihn mit einem Blick an, in dem keine Spur von Zerknirschung oder auch nur Rücksichtnahme lag. Für einen Augenblick dachte er, sie würde sich einfach umdrehen und weggehen.

»Tut mir leid«, sagte sie und setzte sich auf den Sitz neben ihm, unter dem einen Arm eine Pappschachtel, unter dem anderen eine Handtasche, so groß wie ein Bordcase. »Ich musste die Flyer noch ausdrucken.«

»Mir scheißegal, was du musstest!« Er brüllte, übergangslos, legte den Gang ein und gab Gas. »Und warum hast du das Scheißzeug nicht schon gestern abend ausgedruckt, wie ich es dir gesagt habe? Na? Warum?«

Sie erwiderte nichts. Die Flyer waren seine Idee. Er hatte sich für schweres Papier in Gelborange entschieden, weil es ins Auge fiel und man ein solches Stück Papier nicht einfach zerknüllte und wegwarf, ohne einen Blick darauf zu werfen und die Botschaft aufzunehmen, und das war ja der Sinn der Sache. Dann hatte er eine sehr saubere Nahaufnahme von einem schneeweißen Schwein heruntergeladen – er hätte schwören können, dass es grinste, seine Haut war so glatt und geschmeidig wie die eines Menschen, es hatte die Ohren aufmerksam aufgestellt und blickte in die Kamera – und das Foto mit einem roten Kreis umrahmt und mit einem schrägen, ebenfalls roten Verbotsbalken versehen. Darüber stand in Großbuchstaben: STOPPT DAS SCHLACHTEN! Die Ratten waren tot, die Ratten waren Geschichte. Die nächsten auf der Liste waren die Schweine.

»Weil ich derjenige bin, der in den Knast geht, nicht du! Und ich hoffe, du hast deinen Schönheitsschlaf gekriegt, denn ich war die ganze Nacht auf. Scheiße! Ich meine, kannst du vielleicht zur Abwechslung auch mal an mich denken? Nur für eine verdammte Minute? Bei dem, was auf dem Spiel steht – ich könnte in den Knast wandern, ist dir das eigentlich klar?«

Sie saß aufrecht neben ihm. Ihre Haltung war tadellos, ihre Augen waren hinter einer übergroßen Sonnenbrille mit limonengrünem Gestell verborgen. Sie sagte sehr deutlich und akzentuiert: »Du wanderst nicht in den Knast.«

Worauf er – es war absurd, und er wusste genau, dass er sich zum Idioten machte – brüllte: »Doch, verdammt, du wirst sehen!«

Jetzt befindet sich sein Magen im freien Fall, als er die große, geflieste Halle des Gerichtsgebäudes durchquert – sie ist so groß, dass man mit einem Lastwagen hindurchfahren könnte – und die reichverzierte Treppe hinaufgeht, mit ihren handbemalten Kacheln aus Tunesien (als würden die ihn beeindrucken), dann rechtsherum, wo die Halle sich zum rasenbewachsenen Innenhof öffnet, und schließlich durch einen weiteren Korridor zum Gerichtssaal 2. Die Tür ist riesig, ein gewaltiges Stück dunkles, gewachstes Holz, eingesetzt 1929, als dieses Gebäude errichtet wurde, und sie öffnet sich zu einem Gerichtssaal aus einer anderen Zeit: gewölbte Decke, Holztäfelung, Bänke mit hohen Lehnen, eine hinter der anderen, so dass sie aussehen wie Kirchenbänke. In der Kirche des Gesetzes. Er sieht die Gerichtsstenographin hinter ihrem Tisch an der Seite des Saals, die Empore in der Mitte der Stirnseite, wo der Richter, wie er annimmt, erscheinen wird, wann es ihm gefällt, und den Gerichtsdiener mit seinem Schmerbauch, dem stolzierenden Gang und einem Gesichtsausdruck, aus dem äußerste Gleichgültigkeit spricht: Niemand ist unschuldig, niemand.

»Hier entlang«, murmelt Sterling und nimmt seinen Arm. Anise bleibt einen Schritt hinter ihm, und er strafft die Schultern und geht durch den Mittelgang nach vorn, als schritte er bei der Premiere seines Films über den roten Teppich. Sollen sie doch alle glotzen – was kümmert es ihn? Die erste, die er sieht, ist Alma, Alma Boyd Takesue, in der Mitte der zweiten Reihe, und sie macht ein Gesicht wie ein Scharfrichter. Sie hebt den Kopf und wirft ihm einen kurzen bösen Blick zu, bevor sie sich an Sickafoose wendet, der wie eine Holzpuppe neben ihr sitzt, und wie gern er sich ihn mal vornehmen würde, nur für eine Minute hinter verschlossenen Türen oder in irgendeiner Gasse, Herrgott, ja, aber Sterling führt ihn zu einer Bank ganz vorn, wo er dem ganzen Mob den Rücken kehren wird, und für einen Augenblick will er sich abwenden, aber dann besinnt er sich und schiebt seinen Hintern über das abgewetzte, polierte Holz, und Anise streicht ihr Kleid glatt und setzt sich neben ihn. Und sie wenigstens sieht gut aus: Sie hat die Augen geschminkt und ein wenig Lippenstift aufgelegt, nicht zuviel, denn eigentlich braucht sie das gar nicht, ihr Kleid ist weiß – die Farbe der Reinheit, der Unschuld und des Respekts – und reicht bis zu den Schäften der kirschroten Cowboystiefel, und ihr Haar fällt ihr in Locken über die Schultern wie ein Dschungel. Er spürt Stolz in sich aufsteigen. Anise Reed. Die Schönheit, die Tierfreundin, die Sängerin – sie gehört ihm und nicht ihnen, nicht dem aufgeblasenen Gerichtsdiener oder Tim Sickafoose oder Ranger Rick oder dem Richter, der jetzt durch die Tür in der Stirnwand eintritt und aussieht wie der Diktator eines Landes der Dritten Welt, von dem keiner je gehört hat, und was ist er überhaupt, ein Mexikaner? Armenier?

Es gibt natürlich Präliminarien, wie bei einem Boxkampf. Andere Fälle, andere Leute. Aufstehen, hinsetzen, ja, nein. Aber dann wird der Fall »Vereinigte Staaten von Amerika gegen David Francis LaJoy« aufgerufen, und unwillkürlich macht sein Herz einen Satz. Man darf nie Schwäche zeigen, das weiß er und überprüft seine Muskeln, einen nach dem anderen, er strengt sich an, mit festem Blick und steinerner Miene dazusitzen. Der Staatsanwalt, ein dünnes, einfältig grinsendes Bürschchen, ein Schnösel mit Schnöselfrisur und einem karierten, eine halbe Nummer zu kleinen Anzug, der Tim Sickafooses Doppelgänger sein könnte, ruft Ranger Rick in den Zeugenstand, und dann muss das Gericht sich anhören, wie er langsam und methodisch erklärt, dass sein Verdacht durch den beratenden Ornithologen geweckt wurde und er schließlich das Boot des Angeklagten betreten und ihn festgenommen hat. Dann ist Sterling an der Reihe. Er erhebt sich von seinem Platz, knöpft sich Ranger Rick vor und geht noch mal alle Details mit ihm durch, bis dieser schließlich ganz kleinlaut wird und zugeben muss, dass er sich weder erinnert, was für Schuhe der Angeklagte am Tag des angeblichen Zwischenfalls getragen hat, noch sagen kann, ob sie sich irgendwie von denen unterschieden, die Wilson Robert Guttierez getragen hat, und anschließend darf Tim Sickafoose seine Pfeile verschießen, und so weiter, und so weiter.

Er hat jede Menge Zeit zum Nachdenken (zum Beispiel war ihm nie bewusst, was für ein Langweiler Sterling ist: Seine Stimme ist wie die eines Fernsehsprechers im Spätprogramm, wenn sie die Popcornmaschinen und japanischen Küchenmesser an den Mann bringen wollen, sein Gesicht ist so schwer wie Schlaf, seine Haltung so schlaff, als wären die Knochen geschmolzen, sein Anzug ist ebenso langweilig wie seine Krawatte, aber vielleicht offenbart sich hier sein Genie, vielleicht will er den Richter langweilen, bis der ins Koma fällt, denn zu welchem Urteil würde ein komatöser Mann kommen, wenn nicht Freispruch?). Die Zeit schleppt sich dahin. Hin und wieder nimmt Anise seine Hand und drückt sie, eine Geste, für die er dankbar sein sollte, doch am liebsten würde er sich auf sie stürzen und sie würgen, denn er braucht kein Mitleid, kein Mitgefühl, keine Zuneigung oder was auch immer. Mitgefühl ist was für Schwache, für Schuldige. Es dauert nicht lange – Sickafoose hat seine Aussage noch nicht beendet und Sterling noch nicht angefangen, sie auf seine langweilige Art in Zweifel zu ziehen –, da beginnt er, Mitleid mit sich selbst zu haben. Sich Sorgen zu machen. Er mustert das Gesicht des Richters, als wäre es ein Fahrplan im Bahnhof, kompliziert, nichtssagend, tausend Strekken zu tausend Zielen. Er wird in den Knast wandern, dessen ist er sicher.

Und warum? Weil er an etwas glaubt, an das einfachste und klarste moralische Gebot: Du sollst nicht töten. Es gab eine Zeit, da war er wie alle anderen, stopfte Burger in sich hinein, Hotdogs, Roastbeef, Salami, die Koteletts und Steaks und Hähnchenflügel, die sein Vater auf dem Grill briet und die seine Mutter mit Salat und Mais und frisch gebackenen Brötchen servierte, und wie alle anderen wusste er nicht, was dahintersteckte. Er ging zur Schule und aß in der Cafeteria die Spaghetti mit Fleischsauce, die Burritos und Tacos und das Carne asada, alles in Plastikschalen, verschlossen mit Alufolie. Auf dem Rasen des Gemeindecolleges saß er mit seinen Büchern, trank eine Cola, aß ein Sandwich mit Schinken und Avocado und verschwendete keinen Gedanken daran, dass der getrocknete, geräucherte, in Scheiben geschnittene Schinken einmal das Fleisch eines lebenden, empfindungsfähigen Wesens gewesen war. An Wochenenden schob er wie alle anderen seinen Einkaufswagen durch den Supermarkt, summte die Jingles und weichgespülten Beatles-Melodien mit, die aus den Lautsprechern sickerten, und das keimfreie Fleisch in der Kunststoffverpackung sah so harmlos aus, als wäre es von einem Baum gefallen, und die Hummer in ihrem Aquarium waren so wenig Gegenstand seines Mitleids oder auch nur seiner Neugier, als wären sie aus Holz geschnitzt. Irgendwo zog jemand eine Kuh auf, und irgendwo wurde sie geschlachtet und zerteilt, während irgendwo anders irgendein anderer Mensch in seinen Hummerfallen nachsah, ob sich irgendwelche dummen Tiere darin gefangen hatten. Die er dann verkaufte. Und in ein Aquarium warf. Und da blieben sie, mit gefesselten Scheren, und ihr Schicksal war besiegelt. Jemand legte Geld für sie hin, nahm sie mit nach Hause und kochte sie bei lebendigem Leib. So war das eben. Er dachte nicht weiter darüber nach.

Das Erwachen war vor etwa zwanzig Jahren gekommen, nicht so sehr als unvermittelte Offenbarung, sondern vielmehr als ein langsames Lüften des Schleiers, ein Einströmen von Licht und Klarheit, das sein Leben veränderte. Er war sechsundzwanzig, arbeitete sechzehn Stunden am Tag in seinem ersten Laden, dem großen, im Zentrum von Santa Barbara, der in einem Durchgangsviertel lag, drei Blocks von der State Street entfernt, in einem gesichtslosen Betonbau, der von einer Autowerkstatt bis zu einer Dentalklinik alles hätte beherbergen können. Drei Straßen weiter war das Leben – Touristen, Bars, Restaurants, Geschäfte –, doch in diesem Block gab es nur eine Taquería und einen winzigen Park, der ausschließlich von Pennern und dem einen oder anderen bekifften Schüler und seiner tätowierten Freundin frequentiert wurde. Der Bürgersteig war mit dunklen Flecken übersät, in den verdorrten Büschen entlang der Straße lagen leere Flaschen, im Portal des Vordereingangs roch es nach Urin und Schlimmerem, und die blassen verputzten Wände waren dicht mit schwarzen Graffiti verschmiert.

Es war ein trauriger Zustand, fand er, es machte ihn ganz verrückt. All seine Gedanken waren auf das Geschäft ausgerichtet, er wollte Kunden anziehen und sein Angebot erweitern, und selbstverständlich spielte die Wahrnehmung der Kunden eine äußerst wichtige Rolle. Wer, und sei er der hartgesottenste Audiofreak, wollte sein schwer verdientes Geld in einem Laden ausgeben, der zwar hip war, aber gegenüber von einem Pennertreffpunkt lag? Das machte ihm Sorgen, er ließ sich auf Brüllduelle mit diversen Säufern und Versagern ein, er schrieb Briefe an den Bürgermeister, den Stadtrat, die Zeitung – »Können wir diese Stadt nicht aufräumen?« –, alles ohne nennenswerten Erfolg. Doch er hatte mehr Glück als andere. Er arbeitete schwer. Bot hervorragende Produkte zu vernünftigen Preisen an. Und weil er selbst ebenfalls ein Elektronikfreak war und sich auskannte, und weil seine Kunden das zu schätzen wussten, kamen sie immer wieder, und das Geschäft begann zu florieren. Noch immer kümmerte er sich nicht besonders um irgend etwas anderes. Er war beschäftigt. Er hatte zu tun.

Dann gab ihm die Studentin, die er eingestellt hatte, damit sie den Laden hütete, wenn er unterwegs war, um Geräte zu installieren, eines Nachmittags eine dünne Broschüre mit einem erdgrünen Titelblatt, auf dem das alte Hippie-Friedenszeichen prangte. Er war gerade zur Hintertür hereingekommen, nachdem er der Reklamation einer Frau in mittleren Jahren mit sonnengegerbter Haut nachgegangen war, die ihn beschimpft hatte, weil die Fernsteuerung des neuen Audiosystems, das er vor knapp einer Woche geliefert hatte, nicht funktionierte (nachdem er eine volle Dreiviertelstunde lang alle möglichen Fehlerquellen geprüft hatte, stellte sich heraus, dass sie die Fernbedienung verkehrt gehalten hatte). Er musterte die Broschüre angewidert. »Was soll das sein?« fragte er das Mädchen und wendete das Heft hin und her. »Ich hoffe, du hast nicht vor, diesen Mist hier zu verteilen, denn sonst –«

»Das ist kein Mist«, sagte sie, und ihre Stimme war so leise, dass es fast ein Flüstern war. »Und ich verteile es nicht an die Kunden, keine Sorge.« Sie hieß Melody Appelbaum – das fällt ihm plötzlich wieder ein, während er in der Zwischenwelt des Gerichtssaals sitzt, wo Sterling mit monotoner Stimme über irgend etwas spricht und der Richter aussieht, als würde er gleich einschlafen – und studierte an der UCSB. Sie zuckte die Schultern. »Ich dachte, Sie könnten es vielleicht bedeutsam finden.«

Bedeutsam. Er könnte es bedeutsam finden. Nicht nützlich oder augenöffnend oder revolutionär, sondern bedeutsam. Ohne einen weiteren Gedanken daran zu verschwenden, steckte er die Broschüre in die hintere Tasche seiner Jeans, wo er sie, erst als er zu Bett ging, wieder entdeckte. Mäßig interessiert begann er zu lesen. Oben auf der ersten Seite stand, wegen des billigen Drucks etwas verschwommen, der Titel: *Die Rechte der Tiere.* Es folgte ein Zitat von Arthur Schopenhauer: »Die vermeinte Rechtlosigkeit der Tiere, der Wahn, dass unser Handeln gegen sie ohne moralische Bedeutung sei, oder, wie es in der Sprache jener Moral heißt, dass es gegen Tiere keine Pflichten gebe, ist geradezu eine empörende Roheit und Barbarei des Okzidents. Umfassendes Mitleid ist die wahre Grundlage der Moral.« Ein Autor war nicht genannt, und abgesehen von einem Copyright-Symbol am Fuß der Seite gab es kein Impressum.

Er blätterte um zu einer Collage von Fotos, die wie die Blütenblätter einer schwarz-weißen Blume um ein Zentrum angeordnet waren. Er brauchte einen Augenblick, um zu erkennen, was sie zeigten. Und als er es erkannte und begriff, durchfuhr ihn ein Gefühl des Ekels und der morbiden Faszination, wie damals, als er in der Junior High School gewesen war und in einer klaustrophobisch engen Lesekabine der Bibliothek Fotos von Überlebenden deutscher Konzentrationslager gesehen hatte. Doch diese Fotos hier zeigten keine Menschen, sondern die stummen, ausdruckslosen Gesichter von Rindern, Schweinen und Kälbern, von Hühnern, die vergeblich mit den Flügeln schlugen, während sie an einem Förderband hingen und dem Messer entgegenfuhren, das sie köpfen würde. Er betrachtete die Fotos genauer. Eines der Tiere, ein Schwein, das im Schlachthof an den Hinterbeinen aufgehängt war wie unzählige andere, sah ihn an, bei vollem Bewusstsein, und wurde auf den Schlachter zugeschoben, dessen dunkle Gestalt im Vordergrund zu sehen war.

Auf der nächsten Seite waren noch mehr Fotos: Truthähne, Lämmer, Hunde im Zwinger eines Tierheims, die auf die tödliche Spritze warteten. Und dann las er den Text, der das Schlachten bezifferte: acht Milliarden Hühner pro Jahr allein in den USA, hundert Millionen Schweine, vierzig Millionen Rinder (von denen fünfundzwanzig Prozent unsachgemäß oder unzureichend betäubt waren und somit im Grunde bei lebendigem Leib gehäutet wurden – es war nicht ungewöhnlich, dass sie zuckten, wenn man ihnen die Haut vom Kopf zog). Und die Bänder wurden nie angehalten, nicht einmal wenn ein Schwein zu sich kam, sich von den Fesseln befreite und panisch zappelnd in den Schacht fiel oder wenn eines, von Angst erfüllt, im Vereinzelungspferch stehenblieb und mit Schlägen und Elektroschocks angetrieben wurde. Er las von den Zuständen in den Mastbetrieben, wo Schweine in Koben lagen, die so klein waren, dass die Tiere sich nicht ein einziges Mal in ihrem Leben umdrehen konnten, von schnabelamputierten Hühnern, die zu Hunderttausenden in riesigen Lagerhallen gehalten wurden und nichts anderes kannten als Draht, Beton und den Geruch des Todes. Und dann waren da die Tierversuche: Man nähte jungen Katzen die Augen zu, um den Einfluss von Blindheit auf die Entwicklung zu erforschen; man unterzog Kaninchen dem Draize-Test, bei dem ihnen eine ätzende Flüssigkeit in die Augen geträufelt wurde, um die Verträglichkeit von Produkten der Kosmetikindustrie zu untersuchen; man injizierte Hunden Plutonium; man quälte und verstümmelte Affen auf jede nur denkbare Weise; man züchtete unzählige Ratten, nur um sie leiden und sterben zu lassen, transgenische Ratten, onkogenische Ratten, Ratten über Ratten.

In jener Nacht las er die Broschüre zweimal, und am nächsten Morgen nahm er sie mit ins Geschäft und legte sie wortlos neben der Kasse auf die Theke. Melody Appelbaum – neunzehn, mit Pausbacken und Kussmund – ahnte Schlimmes. Sie warf einen kurzen Blick auf das Heft und wandte den Kopf ab. »Woher hast du das?« wollte er wissen.

Sie zuckte die Schultern, als wollte sie sagen, es sei nichts, es sei so belanglos wie irgendein Werbezettel, und sie habe sich nichts Böses dabei gedacht und werde es wieder mitnehmen und nie mehr erwähnen. »Ich hab's in der Uni gekriegt«, sagte sie schließlich, »von einem PETA-Mitglied. Er ist mein Freund.«

Und er war so wenig auf dem laufenden, dass er fragen musste, was PETA überhaupt war.

»So eine Gruppe von Aktivisten. Tierschützer.«

Er dachte kurz darüber nach und sah ihr in die Augen. Es waren Tieraugen, im Grunde nicht anders als die Augen jenes Schweins, als die Augen von Hunden und Katzen, ja sogar Fischen und Insekten. Es waren Organe, die dem Sehen und Verstehen dienten, es waren Fenster zur Seele. »Kannst du noch mehr davon besorgen?«

Wieder ein Schulterzucken. »Ich glaube schon.«

»Hundert? Fünfhundert?«

»Ich glaube schon.«

»Gut«, sagte er. »Die sollen hier auf der Theke liegen, genau neben der Kasse. Und du drückst jedem Kunden eins in die Hand.«

Das war der Tag, an dem er aufhörte, Fleisch zu essen – ein kalter Entzug. Natürlich brauchte er noch immer Eiweiß, besonders seit er angefangen hatte, im Studio Gewichte zu stemmen, und dabei zählten ja nur die Resultate, und so aß er weiterhin Eier und Milchprodukte, obwohl er wusste, wie die Legehennen in den Fabriken behandelt wurden, obwohl er wusste, dass sie zur Mauser gezwungen wurden (indem man sie in regelmäßigen Abständen sechs bis zehn Tage lang fasten ließ und ihnen dann wieder Futter gab, um die Ovulation zu beschleunigen). Nach einem Jahr, wenn sie ausgelaugt waren, wurden sie dann geschlachtet. Wie sein Kardiologe liegt Anise ihm ständig in den Ohren, aber Eier sind sein einziges Zugeständnis an das System und die Grausamkeit. Er will es ändern. Er wird es ändern. Anise ist Veganerin, und das will er auch werden, aber es fällt ihm schwer, denn seit seiner Scheidung hat er sich praktisch von Eiern ernährt. Insbesondere von Omeletts. Als er Anise das erstemal zum Abendessen zu sich nach Hause einlud, gab es grünen Salat und ein Gemüseomelett – seine Spezialität. Er hielt das für eine gute Wahl, doch sie saß da, nippte am Wein, stocherte im Salat, bedachte ihn mit der ganzen Kälte ihres Gletscherblicks und sagte: »Fleisch ist Mord. Und Eier ebenfalls.«

Jetzt, vier Jahre später, sitzt er neben ihr im Gerichtssaal und taucht aus seinen Gedanken auf, als Sterling Sickafoose in die Zange nimmt und seine langweilige, staubtrockene Stimme mit einemmal zum Leben erwacht: »Sie sind sich also nicht sicher, welchen der beiden Männer Sie aus einer Entfernung von etwa tausend Metern werfende Bewegungen haben machen sehen?«

Und Sickafoose rutscht auf dem Stuhl hin und her, schlägt ein ums andere Mal die Beine übereinander und ist plötzlich ganz klein. Schließlich flüstert er: »Nein.«

»Wie bitte? Ich habe Sie nicht verstanden.«

»Nein. Ich bin mir nicht sicher.«

Anise fährt zu ihm herum, ihr großes, strahlendes Gesicht gleitet auf das seine zu wie ein Luftballon – eine Umarmung, ein Kuss. War's das? Haben sie endlich aufgegeben, diese Hurensöhne, diese Mörder, diese ... Und dann ist er plötzlich, unerklärlicherweise, wieder auf dem Boot, und vor ihm erhebt sich die paradiesische Insel aus dem Meer. »Weißt du, warum diese Bucht Coches Prietos heißt?« fragt sie ihn. Die postkoitale Margarita auf der Reling wiegt sich sanft hin und her.

»Muss irgendwas mit Wagen zu tun haben. Coches? Ich weiß nicht – dunkle Wagen?«

»Damals gab es hier keine Wagen.« Sie lächelt schelmisch, ein überlegenes Lächeln. Immerhin ist es ihre Insel. »Und jetzt auch nicht.«

»Ich weiß es nicht«, sagt er. »Keine Ahnung. Ich kapituliere.«

»Coches ist ein Slangwort für Schweine. Verstehst du? Die Schlucht der dunklen Schweine. *La Cañada de los Coches Prietos*. Die dunklen Schweine, das sind die, die im neunzehnten Jahrhundert verwildert sind. Sie sind groß und gefährlich und schnell. Jedenfalls die Keiler.«

»Genau«, sagt er. »Und darum müssen sie abgeknallt werden. Allesamt.«

»Ja«, sagt sie und greift nach dem beschlagenen Glas. Sie hat sich nicht wieder angezogen, ebensowenig wie er. »Aber das werden wir nicht zulassen.«

Eine Woche später ist er wieder vor Gericht. Wieder dreht sich ihm der Magen um, wieder ist seine Stimmung düster, doch diesmal hat er auf Jackett und Krawatte verzichtet. Statt dessen trägt er ein schwarzes T-Shirt, auf dessen Brust in leuchtendem Orange das neue FPA-Symbol – das Verbotsschild mit dem Schwein – prangt, während auf dem Rücken in derselben Farbe und in Fraktur steht: STOPPT DAS SCHLACHTEN! Warum auch nicht? Er ist hier, um das Urteil des Richters zu hören, und ob er diesen Saal nun als Gefangener oder als freier Mann verlassen wird – er wird es so tun, wie es ihm gefällt.

Die Dinge haben sich in der Zwischenzeit sehr erfreulich entwickelt, viel besser, als er gehofft hatte. Die Presse hat die Sache aufgegriffen und aus seiner Sicht geschildert, denn Zeitungen finden so etwas einfach unwiderstehlich. *Rattenaktivist vor Gericht; Rattenfreund: »Ich wollte Tiere retten«; Vorwürfe gegen National Park Service; LaJoy: »Stoppt das Schlachten!«* Und es sind nicht nur die Lokalblätter – auch einige Großstadtzeitungen zeigen Interesse. *AP* hat die Story gebracht, sogar *USA Today*. Er würde gern glauben, dass die Leute auf seiner Seite stehen und begreifen, dass auch noch das geringste Leben einen Wert hat, aber Anise hat ihn die ganze Woche ständig daran erinnert, dass es da auch einen Freakfaktor gibt. *Rattenfreund*. Das ist beinahe ein Widerspruch in sich, jedenfalls für die meisten. Er hat gehört, dass zwei Moderatoren des örtlichen Oldie-Senders im Frühstücksradio Witze darüber gerissen haben, Witze auf seine Kosten, aber trotzdem zieht die Sache weitere Kreise, als er es sich in seinen Träumen erhofft hat. Und das bedeutet Geld. Seit Beginn des Prozesses haben sich die Spenden an die FPA vervielfacht: Allein in der vergangenen Woche sind beinahe dreitausend Dollar eingegangen.

Sterling – fünfzig, kahlköpfig, mit Doughnutkrümeln auf dem Revers und einem stahlharten, ins Gesicht gravierten Lächeln – wirft sich neben ihm in die Brust, als der Richter eintritt und alle sich erheben. Im nächsten Augenblick setzen sie sich wieder. Man hustet, schneuzt sich, scharrt mit den Füßen. Es gibt eine Verzögerung von mindestens fünfzehn Minuten: Der Richter blättert in Akten, spielt mit seiner Lesebrille herum und bespricht sich mit diesem oder jenem Anwalt; das diskrete Murmeln ihrer Stimmen ist wie ein Hintergrundgeräusch, wie das Summen von Insekten oder das Wispern eines Ventilators. Während der Richter – Karagouzian, eindeutig Armenier, mit einem Akzent, einem Schnurrbart und einem Haus in Glendale – anderweitig beschäftigt ist, wendet Sterling sich zu Dave, in der Absicht, ihm etwas Aufmunterndes zuzuflüstern, das ihn heiter und gelassen machen wird, doch was er sagt, ist beängstigender als alles andere bisher.

»Der Richter wird Sie auf keinen Fall verurteilen«, sagt Sterling und schüttelt den Kopf, als wäre er ein Metronom. »Nicht, nachdem Sickafoose sich im Zeugenstand so blamiert hat.«

»Gut«, hört er sich sagen. »Prima. Aber Sie haben ja gesagt, ich bräuchte mir keine Sorgen zu machen – übertriebene Vorwürfe, keine Beweismittel, und so weiter.«

»Jaja, schon, aber Sie dürfen nicht vergessen, dass Karagouzian ein strammer Verfechter von Recht und Gesetz ist und in dem Ruf steht, zugunsten der Behörden zu entscheiden.«

»Aber nicht in diesem Fall.«

Und da kommt die Angst, und sie trifft ihn, wie immer, in den Magen und setzt sich in der Magenschleimhaut fest, wo die Verdauungssäfte, verstärkt durch den Kaffee, an ihm nagen, denn Sterling schüttelt noch energischer den Kopf und sagt: »Ich bin mir zu neunundneunzig Prozent sicher, aber Karagouzian hasst jede Art von Protest oder Presserummel – für den Sie ja weiß Gott nichts können. Berichterstattung ist natürlich legitim, absolut legitim. Ich wollte Sie nur warnen, für den Fall, dass wir ... Aber wie gesagt: Ich bin mir zu neunundneunzig Prozent sicher.«

Er wirft Anise einen Blick zu. Sie sitzt heute zu seiner Linken, damit er und Sterling nicht über sie hinwegsteigen müssen, wenn der Richter das Urteil verkündet. Sie sieht großartig aus, sie hat eine echte, eine gewaltige Präsenz mit ihrem großen, blassen Gesicht, den breiten Schultern und dem Haar, das sie ausgekämmt hat und offen trägt, so dass es sich über alles ergießt, über ihre Tasche, ihren Schoß, die Lehne der Bank und die linke Seite seines Körpers, als wollte es ihn festhalten. Irritierenderweise ist sie heute ganz in Schwarz: ein schwarzer, knöchellanger Rock, ein schwarzes, enganliegendes Oberteil und eine schwarze, bestickte Weste. »Warum schwarz?« fragte er verblüfft, als sie die Treppe zu ihrer Wohnung herunterkam und sich auf den Beifahrersitz des BMW

gleiten ließ. Sie nahm die Sonnenbrille ab und sah ihm in die Augen. »Ich will auf alles vorbereitet sein«, sagte sie, und obwohl er versuchte, sich zu beherrschen, war seine Stimme so bitter wie der Satz in seiner Kaffeetasse. »Was soll das denn heißen?«
Jetzt schenkt sie ihm ein schmales Lächeln. »Ich werde dir Plätzchen backen«, sagt sie.
»Sehr witzig.«
Rechts hinter ihm entsteht eine kleine Unruhe. Er blickt an Sterling vorbei und sieht Alma und Sickafoose, die sich auf die Plätze am äußersten Ende der ersten Zuschauerbank zwängen. Keiner von ihnen erwidert seinen Blick, aber sie wirken sehr selbstzufrieden, als wäre es ganz egal, was passiert, denn er ist da, wo sie ihn haben wollten: vor einem Bundesgericht mit einem Richter, der drakonische Strafen verhängt und jetzt noch blinzelnd ein paar Blicke in die Akten wirft, bevor er sich auf die Seite des Gesetzes schlägt, das die Schuldigen schützt und die Unschuldigen verurteilt. Was für eine Zicke sie war an jenem Abend im Restaurant, wie sie ihn einfach hat sitzenlassen – als wäre sie was Besseres als er, als würde er sich nicht mit Weinen auskennen –, und ist sie nicht überhaupt durch einen Eid verpflichtet, die natürlichen Ressourcen des Nationalparks zu schützen und zu bewahren, anstatt wahllos Tiere zu töten? Herrgott. Und sie sieht asiatisch aus, eindeutig asiatisch: ihr Haar, ihre Kinnlinie und ihre Haltung – als wäre sie eine kleine Geisha, als würde die bloße Berührung der Lehne sie zum Krüppel machen ...

Doch jetzt ruft der Gerichtsdiener seinen Namen, und Sterling springt auf. Er spürt die Muskeln in den Beinen arbeiten, als er sich erhebt, er wirft sich in die Brust und tritt vor den Richtertisch, während die Reporter – wie heißt noch die Frau vom *Press Citizen*? Toni? – ihre Stifte und Notizblöcke zücken und die Notebooks aufklappen. Es ist still im Saal. Durch die hohen Fenster fällt Sonnenlicht. Vorn fern hört man Straßenlärm.

Der Richter – noch so ein Wichser, mit dem er gern mal fünf Minuten allein wäre – blinzelt ihn über die Brille hinweg an. Er macht irgendwas mit den Lippen, bevor er beginnt zu sprechen, ein Lecken oder Schmatzen, und dann sieht er auf das Papier, das vor ihm liegt, und liest vor: »Obgleich der Angeklagte die ihm zur Last gelegten Vergehen mit hoher Wahrscheinlichkeit tatsächlich begangen hat, haben die zugelassenen und vorgelegten Aussagen und Beweismittel die verbleibenden Zweifel nicht ausräumen können. Da das Rattenbekämpfungsprojekt des National Park Service letztlich erfolgreich war, ist der Gegenstand des Verfahrens ohnehin hypothetisch geworden.«

Was ist das? Er merkt, dass die Stimmung sich verändert, dass der Saal wie mit einem kollektiven langen Ausatmen zum Leben erwacht. Er wendet den Kopf zu Sterling, der den Richter starr ansieht und sich bemüht, ein nüchternes Gesicht zu machen, obwohl das aufkommende Triumphgefühl bereits die Krähenfüße rechts und links der Augen vertieft und an den Mundwinkeln zupft. Alle sehen ihn an. Alle können ihn sehen. Sein T-Shirt. Seine Botschaft. Seine Absicht. Er spürt ein heißes Aufwallen von Freude, so intensiv wie ein Orgasmus: Freispruch!

»Daher«, verkündet der Richter im ständigen Kampf mit seinem Akzent, und er könnte jetzt hingehen und ihn küssen, »erkläre ich den Angeklagten für nicht schuldig.«

Später, als er, die Finger seiner rechten Hand mit denen von Anise verschränkt, mit Toni Walsh und der Frau vom örtlichen Fernsehsender im Korridor steht und die Kamera auf ihn gerichtet ist, hält er die kleine Rede, die er schon die ganze Woche im Kopf einstudiert hat. »Es ist doch ein Skandal, dass unsere eigene Bundesregierung das Füttern von wilden Tieren als Verbrechen bezeichnet, während sie es für in Ordnung und legitim hält, wahllos Gift über ihnen abzuwerfen.« Und was noch schöner ist: Er erhebt die Stimme und spricht so laut, dass man ihn bis zum Ende des gefliesten, schimmernden Korridors hören kann, und zwar genau in dem Augenblick, als Alma Boyd Takesue und Tim Sickafoose besiegt und niedergeschlagen aus dem Gerichtssaal schleichen, so dass es ihm vergönnt ist zu sehen, wie sie ihn anblickt und dann den Kopf abwendet, während er sich zu neuen rhetorischen Höhen aufschwingt: »Aber wenn diese Leute meinen, sie kommen damit durch, fünftausend wilde Schweine auf Santa Cruz abzuschlachten, sollten sie sich's lieber noch mal überlegen.«

Er tritt einen halben Schritt zurück, lässt Anise los und hebt die Hand, zwei Finger zum Victory-Zeichen gespreizt. »Denn daraus wird nichts«, sagt er und schüttelt den Kopf, so dass die Dreads in Bewegung kommen und es aussieht, als würden sie sich aufstellen. »Nicht solange es die FPA gibt.«

Teil II
SANTA CRUZ

SCORPION RANCH

Rita war seit kurzem von einem Mann getrennt, der sie so oft verletzt hatte, dass sie sich gar nicht mehr erinnern konnte, wie und warum sie je den Entschluss gefasst hatte, mit ihm zusammenzusein, ihr Wagen war in der Werkstatt, mit einem systemischen Defekt, den sie nicht annähernd verstehen, geschweige denn bezahlen konnte, ihre Arbeit entsprach weder ihrer Ausbildung noch ihren Erwartungen, und sie hatte eine zehnjährige Tochter, die sie zu ernähren, zu kleiden und zu erziehen hatte. Es war Mai 1979, und all die guten Gefühle – die *vibrations*, der *groove* – jener hellleuchtenden Zeit, die ihr über sämtliche Fehlschläge und Enttäuschungen hinweggeholfen hatten, waren versiegt, versickert und verblasst, bis sie nur noch wütend war, wütend auf Toby, weil er sie verlassen hatte, wütend auf ihre Tochter, auf ihren Chef und den Vermieter, der zweihundertfünfzig Dollar im Monat für eine trostlose, muschelgraue Wohnung über einem Pizzaservice an der Route 1 in Oxnard verlangte, wo Nebel über allem hing wie der Tod und die Lastwagen vor dem Fenster, durch das so wenig Luft hereinkam, dass es ebensogut hätte zugenagelt sein können, nie aufhörten, Dieselabgase auszuspucken. Als ihre beste Freundin und Arbeitskollegin Valerie Bruns also ein Stellenangebot erwähnte – eine Chance, das alles hier hinter sich zu lassen, einen Szenenwechsel vorzunehmen, als begänne jetzt der zweite Akt eines jener Stücke, in denen sie auf der High School mitgespielt hatte –, wurde sie hellhörig. Sehr hellhörig.

»Es ist auf einer Insel«, sagte Valerie.

»Einer Insel?« wiederholte sie. »Wie meinst du das, eine Insel?«

»Auf Santa Cruz.«

Rita hatte Valerie angerufen, weil es Freitag abend war und sie gedacht hatte, sie könnten gemeinsam ausgehen, etwas trinken, Musik hören, einfach ein bisschen herumhängen, aber Valerie war bei ihrer Mutter zum Abendessen eingeladen und wusste nicht, wie lange es dauern würde. Sie kamen auf die Arbeit zu sprechen – beide waren Studienberaterinnen an der Port Hueneme Junior High School – und redeten über die stellvertretende Direktorin, die eine verkniffene Zicke war, und Mrs. Paris, die den Förderunterricht gab, und sie waren sich einig, dass sie lieber heute als morgen kündigen würden, als Valerie sagte, sie habe von einem Stellenangebot gehört.

»Ich dachte, Santa Cruz ist eine Stadt – ich glaube, wir sind da mal aufgetreten. Da gibt's ein College, stimmt's?«

»Nein, ich meine die *Insel* Santa Cruz.«

»Wo ist die?«

Ein langer, müder Seufzer. »Du kennst doch das Henderson am Yachthafen? Wo wir mal Margaritas getrunken haben?«

»Ja, ich glaube schon. Warum?«

»Weißt du noch, dass wir auf der Terrasse gesessen haben und Anacapa sehen konnten? Ich hab's dir gezeigt, und du warst ganz begeistert.«

»Ja, kann sein.« In letzter Zeit trank sie zuviel, aus Wut und Trauer und Langeweile, und sie konnte sich nur dunkel an den Ort erinnern. Es war am Wasser gewesen, soviel wusste sie noch.

»Also, die Insel hinter Anacapa, die große Insel, viermal so groß wie Manhattan, das ist Santa Cruz. Meistens sieht man sie nur als braunen, verschwommenen Streifen. Du hast sie gesehen. Jeder hat sie schon mal gesehen. Ist dir wahrscheinlich bloß nicht aufgefallen.«

Sie trank Wodka ohne Eis aus einem Glas, das sie neben der Flasche im Tiefkühlteil des Kühlschranks aufbewahrte. Absolut – das war die einzige Extravaganz, die sie sich leistete, Absolut und Zigaretten. Er brannte auf den Lippen und umschmeichelte die Zunge. »Und um was geht's bei dem Job?«

»Es ist ein Freund von mir, Baxter Russell. Er braucht da draußen eine Köchin. Er hat ein Stück Land gepachtet, die Scorpion Ranch, wo er Schafe züchtet, und er sucht jemand, der für ihn und sechs, sieben andere kocht. Cowboys sozusagen...« Valerie lachte. »Oder vielmehr Schafboys. Wenn's das Wort überhaupt gibt.«

Zwar sagte sie als erstes: »Aber ich bin keine Köchin, ich bin Musikerin«, doch die Vorstellung – eine Insel voller Cowboys, und zwar mitten im Ozean – entwickelte bereits Bilder in ihrem Geist, eine ganze Abfolge von Bildern: das Ranchhaus mit den rankenden Glyzinien, der scharfe Geruch der Pferde, wenn sie von den Weiden kommen. *Wie wollt ihr eure Steaks, Jungs?* Ihre Schultern, ihre Augen, Halstücher und breitkrempige Hüte, hochgewachsene, sehnige, einsame Männer. *Wie es Ihnen am liebsten ist, Ma'am.*

»Aber ich will mit ihm reden«, sagte sie schnell, denn sie fürchtete, Valerie könnte das Thema wechseln oder »Bis dann« sagen und auflegen, um zum Hackbraten ihrer Mutter und den Erdbeer-Margaritas ihres Vaters zu eilen. »Unbedingt. Sag ihm, dass ich unbedingt mit ihm reden will.«

Also gab Valerie ihr seine Telefonnummer, und ihr gefiel seine Stimme: ein Bariton mit einer robusten Rauhheit an den Kanten, die Stimme eines Predigers oder Countrysängers. Sie verabredeten sich für den folgenden Tag auf ein Sandwich in einem Café an der West 4th Street, das nur fünf Blocks entfernt lag, so dass sie zu Fuß gehen konnte, und das war gut, denn ihr Wagen war so tot wie das Erz, das man ausgegraben hatte, um ihn herzustellen. Der Himmel war bedeckt, der Nebel stieg vom Meer auf wie Dampf von einer Teekanne, von einer Million Teekannen, und warum regnete es nie? Warum gab es nie ein Gewitter? Sie hätte gern mal ein schönes Ostküstengewitter erlebt, nur zur Abwechslung. Sie sah ihr Spiegelbild über die Schaufenster gleiten, verschwinden und wieder erscheinen, Lastwagen fuhren vorbei wie Mauern auf Rädern, Tauben und Stare stritten sich um die Überreste eines MacDonald's Happy Meals, das neben einem ebenfalls weggeworfenen traurigen Plastikpüppchen – Ronald mit seinem aufgemalten Grinsen – auf dem nassen Bürgersteig lag. Bevor sie sich bückte, um das Spielzeug aufzuheben und in die Tasche zu stecken, wedelte sie mit den Händen, um die Vögel zu verscheuchen, und sah sich um, ob jemand sie beobachtete. Sie dachte an ihre Tochter und die Babysitterin, die sie für eine Stunde engagiert hatte, nur eine Stunde, denn wie lange konnte ein Mittagessen schon dauern?

Er saß in einer Nische am Fenster und hatte eine Zeitung auf dem Tisch ausgebreitet. Anfangs erkannte sie ihn nicht. *Ich bin der mit dem Bart*, hatte er gesagt, aber er hatte auch gesagt, er sei fünfundfünfzig (kurze Berechnung: vierundzwanzig Jahre älter als sie), und darum hatte sie einen hageren alten Mann erwartet mit Schildkrötenhals, zusammengekniffenen Augen, weißem Haar, Overall und vielleicht einem Strohhut. Doch dieser Mann sah ganz anders aus. Seine Haare waren lang und stellenweise von der Sonne ausgebleicht, und als er sie ansah, war sein Blick alles andere als der eines alten Mannes. »Mr. Russell?« fragte sie langsam und unsicher, als sie noch drei Meter von seinem Tisch entfernt war, denn er konnte nicht Mr. Russell sein ... oder doch?

Er war es. Und er hatte ein Lächeln, das wie ein Radiergummi wirkte: keine Sorge, keine Angst. »Rita?« Er schob die Zeitung beiseite und richtete die Augen (ein ins Grau spielendes Blau mit kleinen goldenen Flecken) über den Rand der Lesebrille hinweg auf sie. »Sind Sie Rita?«

Sie trug Jeans, Flipflops und eine türkise Bluse mit kurzen Ärmeln und tiefem Ausschnitt und hatte sich, weil sie nicht wusste, worauf sie sich einstellen sollte, ein bisschen geschminkt. Das Haar hatte sie aufgesteckt, weil sie dachte, dass Köchinnen es so trugen. Sie war auf die Minute pünktlich und ging unterwegs zum Café noch einmal die wenigen Rezepte durch, die sie kannte – ein paar Currygerichte, die der Schlagzeuger ihr beigebracht hatte, Hähnchenbrust Cordon bleu, Muscheln in Weinsauce –, aber im Grunde glaubte sie nicht, dass etwas dabei herauskommen würde. Wenn er sie nach ihrer Berufserfahrung fragte, würde sie ihm sagen müssen, dass sie keine Profiköchin war und eigentlich immer nur für ihre Tochter und ihren Exmann und hin und wieder für Gäste gekocht hatte, aber wenn sie ehrlich war, aßen sie oft genug Sachen, die sie nicht zubereitet hatte: Hamburger, Pizza, Chicken Wings – sie hatte eine Leidenschaft für Chicken Wings. »Ja«, sagte sie und erwiderte das Lächeln, »das bin ich.«

»Setzen Sie sich«, sagte er, faltete die Zeitung zusammen und reichte ihr die Speisekarte. Er nahm sich einen Augenblick Zeit und richtete das Besteck auf dem Platzdeckchen aus Papier aus, das auf der Vorderseite mit dem Namen des Cafés und einem Bild des Besitzers, eines dicken Mannes mit Glatze, und auf der Rückseite mit Rätseln für Kinder bedruckt war. »Zwei Dinge«, sagte er schließlich. Seine Stimme klang wie ein fernes Donnergrollen, und er richtete seine krakelierten blauen Augen auf sie, als könnte sie jeden Augenblick aufspringen und wie ein Vogel davonfliegen. »Nennen Sie mich Bax. Und Sie sind eingeladen.« Eine weitere Pause. »Und ich muss sagen, ich habe nicht damit gerechnet, dass Sie eine so ... eine so ... Was will ich eigentlich sagen?«

Das war der Augenblick, in dem ihr unbehaglich zumute wurde. Hatte er was mit ihr vor, war es das? Ging es bei diesem Job um irgendwas Halbseidenes? Eine Insel? Mit Cowboys? Was hatte sie sich eigentlich gedacht? »Ich weiß nicht«, hörte sie sich sagen. Und jetzt war sie diejenige, die mit Messer, Gabel und Löffel herumspielte und Kaffeebecher und Platzdeckchen hin und her schob wie Schachfiguren. Sie sah von der Karte auf und versuchte, ihrer Stimme einen munteren Klang zu geben. »Was ist denn gut hier?«

Er schien den Faden verloren zu haben, doch er starrte sie noch immer an, musterte sie mit einem Blick, der kaum misszuverstehen war. Es dauerte einen Moment, doch dann sagte er: »Ich mag das Reuben-Sandwich. Sie sind doch nicht eine von denen, die dies nicht essen und jenes nicht essen, oder? Ich meine Fleisch und so.«

Sie schüttelte den Kopf.

»Und Sie können kochen?«

Sie zählte alle Gerichte auf, die ihr einfielen, von Makkaroni mit Käse bis zu Hummer Thermidor, doch er unterbrach sie.

»Sie verstehen nicht. Ich spreche von Lammfleisch – im Eintopf, als Frikassee, geschmort, gegrillt, dazu einen Topf Bohnen, rohe Zwiebeln, einen Stapel Tortillas. Zum Frühstück Pfannkuchen, Eier und noch mehr Lammfleisch. Wir sind zu siebt. Während der Schur doppelt so viele.«

»Wie in einer Cafeteria«, sagte sie, und er lachte.

Die Kellnerin kam, und sie bestellten zwei Reuben-Sandwiches und einen Eistee für Bax sowie eine Diät-Cola für Rita. Sie sahen der Kellnerin nach und blickten beide gleichzeitig auf, als ein älteres Paar hereinschlurfte, beide mit winzigen Schritten, als wären Betonblöcke an ihren Füßen befestigt, und sich schnaufend in die Nische gegenüber setzten. An der Längsseite des Raums stand eine lange Theke, an der ein halbes Dutzend traurige Männer saßen, die Ellbogen aufgestützt, den Blick ins Unbestimmte gerichtet, Lastwagenfahrer vielleicht oder ausgemusterte Marineleute, Langzeitarbeitslose, Menschen mit viel Zeit. Auf einer Tafel über der Softeismaschine stand »Spaghetti Spezial mit Salat und Knoblauchbrot«. Sie spürte den Sog der Trostlosigkeit.

»Drei Mahlzeiten am Tag«, sagte er. Sein Ton war jetzt geschäftsmäßig, es klang beinahe wie eine Warnung. »Aufstehen vor Sonnenaufgang, zu Bett gehen, wenn es dunkel wird. Ich hoffe, dass ich einen Generator auftreiben kann.« Er hielt inne und schlug die Augen nieder. »Wenn nicht diesmal, dann das nächstemal.«

Sie ließ sich nichts anmerken. Sie wollte ein Abenteuer, sie wollte raus, aber sie sah auch die Zutaten für eine lange, zermürbende Katastrophe. Was wusste sie von Schafen, von Cowboys, Ranches, Inseln, ja vom Kochen? »Und was ist mit dem Wasser? Sie haben doch fließendes Wasser, oder?«

Er zog den Kopf ein, hob dann das Kinn und fuhr sich mit den Fingern beider Hände durch das Haar, das ihm in dichten, pomadisierten Strähnen ins Gesicht fiel. »Wir arbeiten daran. Gehört alles zum Plan. Auch wenn's im Augenblick noch ein bisschen unzivilisiert ist – ich kann Ihnen nur sagen: Es lohnt sich. Ich meine, wenn Ihnen das Leben in der Natur gefällt – und das gefällt Ihnen doch, oder?« Er sah ihr kurz in die Augen, wartete aber nicht auf eine Antwort. »Und eine Köchin ... eine Köchin zu haben ist gut, weil dadurch ein zusätzlicher Mann frei wird, so dass wir alle Energie darauf verwenden können, das Haus und alles andere auf Vordermann zu bringen. Zu verbessern. Angenehm zu machen. Oder mehr als angenehm: gemütlich. Wir wollen es gemütlich haben.«

»O-kay«, sagte sie und zog die Silben in die Länge. »Aber wir haben noch nicht über Geld geredet.«

Er winkte ab, als gebe es nichts Leichteres und Angenehmeres als das. Sie sah zu, während er das Glas Eistee an den Mund hob und gemächlich einen großen Schluck trank. Plötzlich lachte er, und seine Augen lachten über einen Witz, den er für sich behielt. »Tja, im Augenblick kocht Francisco für uns. Er ist Schafhirte, und so riecht er auch, ganz gleich, wieviel Seife ich ihm mitbringe, von Old Spice ganz zu schweigen. Ich hab ihm die größte Flasche gekauft, die ich finden konnte, aber man hat keinen Unterschied gerochen – ich würde ihm zutrauen, dass er sie ausgetrunken hat. Der Mann kocht alles in viel Wasser: Kaffee, Bohnen, Fleisch. Und ich kann Ihnen sagen, es schmeckt alles gleich. Man könnte einem die Augen verbinden und ihn dann Franciscos Essen probieren lassen – ich werde es demnächst mal machen, nur um zu beweisen, dass ich recht habe –, und ich schwöre, er könnte nicht sagen, ob er ein Stück Lammfleisch, einen alten Brotkanten oder die abgesägte Ecke des Schneidbretts im Mund hat.«

»Klingt wie ein Alptraum«, sagte sie und lächelte jetzt. »Aber was zahlen Sie?«

»Spielt das wirklich eine Rolle?«

»Ja«, sagte sie, »es spielt eine Rolle.«

Wieder ein Abwinken. »Den Mindestlohn. Aber das gilt für acht Stunden, Überstunden gibt's nicht. Kost und Logis gratis. Die Gelegenheit, am schönsten Ort dieses Planeten zu leben und Sterne zu sehen, wie sie kein Mensch mehr sehen kann, bis hinein ins weiße, sahnige Herz der Milchstraße.« Er lächelte breiter. »Und soviel Lammfleisch, wie Sie essen können.«

»Ich habe eine Tochter.«

»Ich weiß.«

»Von Valerie?«

»Ja, von Valerie. Aber Sie können sie selbst unterrichten – in einer Atmosphäre, die, machen wir uns nichts vor, wesentlich gesünder ist als da, wo Sie jetzt leben mit all den Gangs und den Drogen und dem Teenagersex. Mit den Mexikanern. Der Kriminalität. Alles keine Sachen, denen Sie Ihre Tochter aussetzen wollen...«

»Haben Sie Kinder?«

»Zwei Töchter, Marty und Fredda. Beide inzwischen erwachsen.« Er stellte das Glas ab. Seine Hände waren rissig und schwielig, die Nägel sahen aus wie Hörner. »Ich bin geschieden. Ich hatte mal ein Alkoholproblem. Jetzt nicht mehr.« Im nächsten Augenblick lehnte er sich zurück und kramte etwas hervor. Es war seine Brieftasche, und sie dachte, er würde ihr Fotos seiner Töchter zeigen, doch er hatte etwas ganz anderes im Sinn. Langsam zog er drei Geldscheine heraus und legte sie auf den Tisch. Hunderter. Drei Hundert-Dollar-Scheine, so jungfräulich, als kämen sie geradewegs aus der Druckerei in Philadelphia. »Hier«, sagte er, und seine Stimme sank so tief, bis sie nicht mehr tiefer sinken konnte, »nehmen Sie ... Moment.« Wieder kramte er in der Tasche, dann legte er einen Schlüsselbund auf den Tisch. »Sie können doch einen Wagen mit Schaltgetriebe fahren, oder?«

Sie nickte. Die Geldscheine lagen zwischen ihnen wie ein idiotisch großzügiges Trinkgeld für die Kellnerin, die ihnen noch nicht mal die Sandwiches gebracht hatte.

»Sie kennen doch den Supermarkt ein Stück weiter die Straße rauf?« Er zeigte durch das Café auf einen Punkt jenseits der Theke, der schmutzigen Fenster und der feucht schimmernden Straße und hob fragend die Augenbrauen. »Ja? Dann nehmen Sie das und kaufen uns Lebensmittel.«

»Lebensmittel? Was meinen Sie damit?«

»Damit meine ich, dass Sie mich am Hafen absetzen müssen. Ich muss noch ungefähr sechstausend Sachen besorgen, bevor das Boot fährt. Ich meine, genug für eine Woche oder vielleicht eineinhalb Wochen, und danach kommen wir wieder her und denken über die lagerfähigen Sachen nach, Fünfzig-Pfund-Säcke Reis, Bohnen und so weiter. Sie kennen doch den Yachthafen, oder?«

»Na ja ... ich bin schon mal dort gewesen, aber –«

Die Kellnerin kam mit ihren Sandwiches, und beide waren kurz abgelenkt, als sie die Teller auf den Tisch stellte, eine Flasche Ketchup aus der Schürzentasche zog und fragte, ob sie noch etwas bringen solle. »Noch mal dasselbe«, sagte er und schüttelte das leere Glas, dass die Eiswürfel klingelten. »Was ist mit Ihnen, Reet? Noch eine Diät-Cola?«

Beide schwiegen, als sie sich ihren Sandwiches widmeten, und es kam ihr so vor, als wären sie bereits auf dem Boot, auf See, als schaukelten sie auf den Wellen. Mit einemmal war sie so hungrig, dass sie kaum denken konnte. Was geschah hier mit ihr? Hatte sie in irgendeinen Vertrag eingewilligt? Und wenn ja, wann? Plötzlich drang die Musik aus der Jukebox zu ihr durch, Neil Youngs »Helpless«, ein Stück, das sie immer geliebt und mit Toby in einer radikal verlangsamten Version gecovert hatte – ihre beiden Stimmen hatten sich zum Refrain vereinigt, und Toby hatte diese wuchtigen Akkorde in die Tasten des Klaviers gehämmert, als wäre es aus Beton. Es war Glück gewesen, das reine Glück. Sie nahm es als Omen.

»Also«, sagte er, »wenn wir fertig gegessen haben, setzen Sie mich am Yachthafen ab. Das Boot gehört einem Freund von mir und heißt *Side Pocket*. Fragen Sie sich einfach durch. Jeder kennt es.« Er wischte sich den Mund ab und kaute. »Verdammt gutes Sandwich.«

Sie schloss für einen Moment die Augen und versuchte sich vorzustellen, wie es weitergehen würde: Ihre Mutter würde auf Anise aufpassen müssen, das war mal sicher, wenigstens eine Zeitlang, bis die Sommerferien begannen, und sie würde sich krank melden müssen, vielleicht für länger ...

»Ach ja«, sagte er und fuchtelte mit dem Sandwich, das inzwischen ganz durchweicht war, so dass Rinnsale von Fett und Thousand-Island-Dressing über seine rechte Hand rannen, »ich wollte Sie nur daran erinnern –«

»Aber ich weiß ja noch nicht mal, was ich eigentlich einkaufen soll, und ich kann nicht, ich meine, ich muss noch –«

»Gemüse«, sagte er und wischte sich den Bart mit den verschmierten Überresten der Papierserviette ab. »Eine Fünf-Liter-Flasche Wein. Ein paar Kästen Bier, sagen wir fünf, die Marke spielt keine Rolle, was immer gerade im Sonderangebot ist. Gewürze. Sie wissen schon« – er hielt inne und sah sie ausdruckslos an –, »irgendwas, was zu Lammfleisch passt.« Und jetzt kam auch die andere Hand ins Spiel, die Fläche nach oben gekehrt, so dass die fettglänzenden Schwielen schimmerten und die tief eingeschnittene Lebenslinie sie ansprang wie eine Karte ihrer Zukunft. »Aber was ich sagen wollte, woran ich Sie erinnern wollte: Das Boot legt um fünf ab.« Er beugte sich über den Tisch und zwinkerte ihr zu. »Kommen Sie nicht zu spät.«

Und so kam es, dass sie etwa viereinhalb Jahre später im ersten Licht des Morgens in der von schmutzigen Fußspuren durchzogenen Küche eines aus Lehmziegeln erbauten Ranchhauses saß, die Ellbogen auf die fleckige, rissige Platte des langen Esstischs stützte und den Dampf von einem Becher Kaffee blies, so weit vom Festland, der Morgenzeitung und dem restlichen Leben dort entfernt, dass sie ebensogut eine Schiffbrüchige hätte sein können. Wo diese Jahre geblieben waren, wusste sie nicht, ebensowenig wie sie hätte sagen können, wo der Wind blieb, wenn er aufhörte, durch den Canyon hinter dem Haus zu fegen. Ihre Hände waren hart wie Zangen, ihr Haar war mangels Shampoo schlaff und strähnig, und sie konnte sich nicht erinnern, wann sie zuletzt ein Restaurant von innen gesehen hatte. Nicht dass sie sich beklagt hätte. Sie hatte Bax und Anise, ein halbes Dutzend Rancharbeiter und über viertausend Schafe als Gesellschaft, und sie war so sehr damit beschäftigt, alles in Schuss zu halten – und dabei kam es immer auf die Details, auf jede Kleinigkeit an –, dass der Rest der Welt zu einem Nichts zusammenzuschrumpfen schien, als hätte sie nur davon geträumt, als wäre Oxnard nichts weiter als eine Filmkulisse oder als hätte es in einem Flirren von Feenstaub Gestalt angenommen. Und die Nachrichten – was waren Nachrichten anderes als ein unablässiges hysterisches Geschrei über neue oder bevorstehende Katastrophen, das alle verdrießlich und misstrauisch machte und mit Hass auf ihre Mitmenschen erfüllte? Das brauchte sie nicht. Es fehlte ihr nicht. Die Nachrichten, die sie interessierten, kamen mit dem Wind, sie tropften aus dem Nebel und blökten aus den Kehlen der sechzehnhundert Schafe, die demnächst auf der vom Regen bewässerten unteren Weide ihre Lämmer zur Welt bringen würden, und diese Nachrichten konnte sie hören, riechen und schmecken, als sie sich erhob, um das Feuer im Herd zu schüren.

Es war kalt im Raum – wärmer als vor zwei Stunden, als sie aufgestanden war, um Frühstück zu machen, aber noch immer zu kalt für ihren Geschmack –, und die Hitze des Herdes fühlte sich gut auf ihrem Gesicht an. Sie stocherte in der Holzkohle, legte ein paar kleine Stücke Treibholz nach und obenauf ein paar Scheite Eukalyptusholz aus dem Hain, den der Vater oder Großvater des Besitzers irgendwann angelegt hatte. Die Bäume verloren ständig Äste und Borke, besonders im Winter, wenn es viel regnete und das weiche, poröse Holz Wasser aufsog, bis es krachend brach und man den dumpfen, schweren Aufprall noch zweihundert Meter entfernt durch die Sohlen der Stiefel spürte. Jetzt war es Winter – Januar –, und ein leichter Regen schlug gegen das Fenster, ein Teil der fünfzig Zentimeter pro Jahr, die hier niedergingen, sofern Strömungen, Wind und Barometer kooperierten. In den letzten beiden Jahren hatte es mehr geregnet. Es waren El-Niño-Jahre gewesen, und das ausgetrocknete Bachbett vor dem Haus hatte sich in eine schäumende braune, über die Ufer tretende Flut verwandelt, die in die falsche Richtung floss, nämlich ins Meer, und sie hatten das Klohäuschen, den Hühnerstall, den Pferch und alles, was nicht festgemacht war, verloren, darunter auch die zwölf Klafter Holz, die sie während des langen, staubigen, erbarmungslosen Sommers, der von April bis Ende November dauerte, geduldig gesammelt, zersägt, gespalten und aufgeschichtet hatte. Und dann der Schlamm: Fünfzig Zentimeter hoch hatte er im Haus gestanden, an den Wänden war noch immer die Marke zu sehen, wie ein Kaffeerand in einem Becher. Schlamm, auf den sie in diesem Jahr gut verzichten konnte. Ein sanfter Regen sollte fallen, nur so viel, dass das Bachbett ihn aufnehmen konnte.

Es war gerade hell genug, um die Farben der Dinge vor dem Fenster erkennen zu können – ein Paar khakifarbene Gummistiefel, die an einem Haken unter dem Dachvorsprung hingen, eine einst rote Schubkarre, die umgedreht auf dem Komposthaufen lag, die verschrammte weiße Kühlerhaube von Bax' arg mitgenommenem Jeep mit den gebrochenen Federn –, als Francisco zur Hintertür hereinkam, um ihr mit dem Abwasch nach dem Frühstück zu helfen und den pockennarbigen Betonboden aufzuwischen. Francisco war, je nach Stimmung und Gesellschaft, Baske mit mexikanischem oder Mexikaner mit baskischem Blut. Er war hier seit der ersten, bankrott gegangenen Schafzucht und hatte dann als eine Art Hausmeister die langen, einsamen Jahre überstanden, in denen das Ranchhaus mangels Geld und Pflege verfallen war und die Schafe sich, befreit von Scherern, Hunden und Zäunen, über die Schründe und Klüfte von El Montañon verteilt hatten, dem Bergzug, der diese östlichen zehn Prozent der Insel vom Westen trennte. Jetzt arbeitete er für Bax. Er war zwischen fünfzig und achtzig (keiner wusste es genau, und er war in dieser Hinsicht nicht sehr mitteilsam und sprach, wenn überhaupt, nicht von Jahren, sondern von Zeiten, *el otoño de los vientos*, die Zeit der Knochensammler von der Universität, die Zeit des Erdbebens oder die Zeit der Dürre, als er als Kind im San Joaquin Valley Vieh gehütet hatte und der *patrón* eine *chisera* holen ließ, damit sie Regen machte, und sie verlangte ein halbes Kalb, und als es dann zwei Wochen lang regnete, als stünde eine neue Sintflut bevor, wollte sie noch zwei Kälber, um es wieder aufhören zu lassen). Er trug ein verwaschenes blaues Arbeitshemd, ein fadenscheiniges Halstuch, frisch geölte Stiefel und Jeans, die so durchtränkt waren mit Blut, Wollfett und Schmutz, dass man notfalls einen Balken des Hauses damit hätte abstützen können. An seinem Oberschenkel war die Scheide des Schäfermessers festgeschnallt. Wie er Bax sein Wissen vermittelt hatte, war ein Rätsel, denn er war stumm wie ein Stein (es sei denn, er war betrunken – dann musste man ihn praktisch knebeln, damit er den Mund hielt), aber er war so vielseitig und tüchtig wie die Roboter, die die Zukunft verhieß. Jetzt sagte er: »Ich bring dem Mister *su café*, Missus?«

Der Mister – Bax also, der Mann, dessen letzte große Herausforderung darin bestand, diese fast siebentausend Morgen auf der Basis einer ungleichen Gewinnbeteiligung für die Besitzer zu verwalten, und in dessen Bett sie zwei Wochen nach ihrer Anstellung als Köchin eingezogen war –, der Mister war krank. Er hatte, um die Zufahrt zu ihrer provisorischen Start- und Landebahn freizuhalten, Gesteinsbrocken von der mit Schlaglöchern übersäten Straße geräumt, die jenseits des Bachbetts an steilen Abhängen entlang aus dem Tal führte, und dabei war der Jeep, der ohnehin nur noch ein Haufen Schrott war, umgestürzt. Bax wurde herausgeschleudert, doch der Jeep rollte immer weiter: Die Windschutzscheibe wurde plattgedrückt, das Lenkrad abrasiert, Vorderräder, Kotflügel und Motorhaube wurden umgestaltet, bis ein Felsbrocken den Wagen auf halber Höhe des Abhangs stoppte. Niemand ahnte etwas, bis die Dämmerung hereinbrach und Anise von ihren Hausaufgaben aufsah und sagte: »Wo ist eigentlich Bax?«

Er hatte Glück – so sah er es jedenfalls. Die Gehirnerschütterung war so leicht, dass er mit dem Arm winken und die Raben verscheuchen konnte, wenn sie ihm zu nahe kamen, es war sein schlechtes Bein – das linke –, das gebrochen war, und er hatte sich nur drei der zwölf Rippen gebrochen, mit denen der Mensch ausgestattet ist. »Vergiss den Quatsch von wegen Adams Rippe«, sagte er am ersten Abend im Krankenhaus von Ventura zu Anise, die mit langem, sorgenvollem Gesicht an seinem Bett saß. »Männer und Frauen haben genau gleich viele Rippen. Und es ist bloß ein verbreiteter Irrtum, dass Männer eine Rippe weniger haben. Ein Vorurteil. Ein Altweibermärchen.«

Aber jetzt lag er im Bett, hatte Schmerzen, war verärgert und wütend. Vor einer Woche war er sechzig geworden, und man sah ihm sein Alter an. Und morgens war er ohnehin immer schlechtgelaunt. Also nahm sie die Kanne vom Herd, schenkte einen Becher ein, gab viel Zucker und Sahne dazu und reichte sie Francisco. »Ja«, sagte sie, »das wäre gut. Bring du ihm den Kaffee. Und sag ihm nichts. Oder nein: Sag ihm, ich werde draußen bei den Mutterschafen sein, bis jedes einzelne sein Lamm gekriegt hat. Den ganzen Tag, die ganze Woche und auch die nächste, wenn es sein muss.«

Francisco nickte. Sein Gesicht war bemerkenswert glatt für einen Mann, der sein ganzes Leben unter freiem Himmel zugebracht hatte, was auch ein Grund war, warum sein Alter so schwer zu schätzen war, das und die Tatsache, dass er sich wie ein weit jüngerer Mann hielt, mit geradem Rücken und großen, energischen Schritten. Er sagte nur: »*Suerte*«, nahm den Becher und ging durch die Tür und die Treppe hinauf zu dem Zimmer, wo Bax flach auf dem Rücken lag und sich durch den Stapel alter Ausgaben von

Life las, den Rita das letztemal, als sie auf dem Festland gewesen waren, auf einem Flohmarkt gekauft hatte. Der Nachttopf würde geleert werden müssen. Und sehr bald, nachdem er die zwei ersten Becher Kaffee getrunken hatte, würde er Frühstück haben wollen. Vorher aber musste noch der Eintopf aufgesetzt werden, damit er den ganzen Tag über leise köchelte – Mittag- und Abendessen zugleich. Und dann waren da noch die sechs Backformen mit dem aufgehenden Brot, die hinter ihr auf der Theke standen und in den Ofen mussten, sobald das Feuer, das sie darin entzündet hatte, bis auf die Glut heruntergebrannt war.

Sie zog den Schleifstein aus der Schublade und wetzte das Schlachtermesser, und dabei achtete sie auf die Geräusche, die das Haus machte, auf das ferne Blöken der Mutterschafe und die rauhen Vogelflüche der zahllosen Raben, die sich zu dem Festmahl eingefunden hatten, das sie ihnen verwehren wollte. Woher sie kamen, wusste sie nicht – es war ein Rätsel. Es gab eine Inselpopulation, die sich immer in der Nähe des Schlachtschuppens oder der Abfallgrube hinter dem Haus aufhielt, aber sobald das Lammen begann, verfünffachte sich ihre Zahl. Vermutlich kamen sie von den anderen Inseln oder sogar vom Festland. Francisco sagte, es seien die Geister der Indianer, *las almas de los indios*, die aus dem Totenreich zurückkehrten, um die Weißen, die sie vertrieben hatten, zu plagen, und vielleicht hatte er recht. Auf jeden Fall waren die Vögel schlau wie Indianer oder sonstwer. Wenn man sich mit einem Gewehr zeigte, verschwanden sie und tauchten knapp außer Schussweite wieder auf. Hatte man nur einen eigens schwarz angemalten Stock in der Hand, ignorierten sie einen. Sie hatte gesehen, wie sie zu zweit zu Werk gingen: Ein Rabe lenkte das Mutterschaf ab, und der andere griff das Lamm an. Und obwohl Wissenschaftler behaupteten, Affen seien, abgesehen vom *Homo sapiens*, die einzigen Tiere, die Werkzeuge benutzten, hatte sie gesehen, dass Raben Muscheln auf Felsen fallen ließen, damit sie aufbrachen, oder bei starkem Wind Steine mit den Krallen packten, weil sie mit diesem Ballast besser fliegen konnten. Aber ob sie nun Geister der Indianer oder Teufel oder sonstwas waren – dieses Jahr sollten sie ihre Lämmer nicht kriegen, dieses Jahr nicht.

Auf dem Hackklotz aber lag Lammfleisch von einem einjährigen, am Vorabend geschlachteten Hammel, und wenn ihr jemand auf die Schulter getippt und sie gefragt hätte, ob darin nicht eine gewisse Ironie liege, hätte sie gesagt, nein, das sei einfach nur praktisch: Sie verdienten Geld damit, Wolle und Lämmer auf das Festland zu verkaufen, und lebten von dem, was sie hatten, und das war Lammfleisch und nochmals Lammfleisch, ganz wie Bax es ihr an jenem trüben grauen Tag in Oxnard gesagt hatte, als sie sich im Café kennengelernt hatten. Schäfer aßen Lamm- und Hammelfleisch, weil es da war und sie nicht mal eben einen Burger kaufen oder die Avenue hinauf- und hinunterschlendern konnten, um ein Bier zu trinken und einen Hot-dog zu essen. Da sich dieser Speisezettel den Vorwurf der Monotonie gefallen lassen musste, hatte sie gelernt, ihn mit Fleisch von den Schweinen, die die Hirten hin und wieder schossen, oder mit Hummer und Muscheln zu ergänzen, die sie und Anise, ausgerüstet mit Taucherbrille, Schnorchel und zwei Paar Schwimmflossen aus rissigem blauem Gummi, aus dem Meer holten. Die Hummer waren Leckerbissen; sie kochte zwanzig oder mehr in Salzwasser mit Pfefferkörnern, Apfelessig und Lorbeerblättern, aber die Hirten – Mexikaner, die meisten in den Vierzigern und Fünfzigern – waren allen Neuerungen gegenüber misstrauisch. Sie ließen die geschmolzene Butter und die Zitronen, die sie seit dem letzten Einkauf in der Vorratskammer hatte, liegen und wickelten die biegsamen weißen Hummerschwänze lieber mit einem Löffel Bohnen und scharfer Sauce in ihre Tortillas.

Mit dem Hackbeil und dem Schlachtermesser schnitt sie Koteletts und löste erst den Sattel aus, den sie später braten wollte, und dann den Rest des Fleisches, das sie in handliche Stücke zerteilte. Sie wunderte sich selbst, zu welcher Meisterschaft sie es auch in diesen Details gebracht hatte. In Oxnard, als Toby sie verlassen hatte, war sie kaum imstande gewesen, eine Zwiebel zu schneiden, weil ihre Messer so stumpf gewesen waren – und davor, auf ihrer Tournee, hatten Kellnerinnen ihnen Messer mit Wellenschliff gebracht, damit sie ihre Steaks oder Koteletts oder Rippchen damit schneiden konnten, und sie hatte nie einen Gedanken daran verschwendet, woher die Messer stammten oder wer sie geschliffen hatte. Jetzt war das anders. Jetzt war sie mit Messern, mit ihren Messern, intim vertraut und hatte eins für jeden Zweck: eins zum Schlachten, eins zum Aufbrechen, eins zum Häuten, eins zum Ausbeinen. Und sie sorgte dafür, dass sie so scharf blieben, wie sie es gewesen waren, als man sie gekauft hatte, damals, als in diesem Land noch hochwertiger Kohlenstoffstahl produziert worden war.

Sie wälzte die Fleischstücke in Mehl, briet sie in Lammfett an, während sie im Ofen grüne Paprika und Chilischoten röstete und mit raschen, präzisen Bewegungen Tomaten, Kohlrüben, Sellerie und Zwiebeln hackte, und bemerkte kaum, dass Francisco wieder hereinkam, um die Frühstücksteller abzuräumen und in die Spüle zu stellen. Sie gab das Gemüse zum Fleisch und zog die Paprika und Chili zum Abkühlen aus dem Ofen. Dann goss sie zwei Liter Carlo Rossi in den Topf und füllte ihn mit Wasser aus der Leitung auf (ja, sie hatten jetzt fließendes Wasser, auch wenn es ein Jahr oder länger gedauert hatte: Eine Dieselpumpe beförderte es aus dem Brunnen in einen Tank auf dem Hang hinter dem Haus, von wo es durch die Schwerkraft durch die Leitungen floss, die Bax auf Ritas Drängen installiert hatte, zusammen mit einem Badeofen, so dass man in den zivilisierenden Genuss einer warmen Dusche kommen konnte). Sie rührte alles mit dem Kochlöffel durch und schlug damit kräftig auf den Rand des Topfes, und dann senkte sich geliebte, ersehnte Stille über den Raum.

Sie stellte das Radio absichtlich nicht an, denn sie wollte sich nicht von dem Geschehen auf der Wiese ablenken lassen, wo Anise seit Tagesanbruch unter einer von vier in den Boden gesteckten Eukalyptusstöcken gehaltenen Plane saß, Bumper, den kleinen schwarz-weißen Hütehund, zu ihren Füßen und auf dem Schoß ihr Lesebuch. Wenn der Eintopf kochte, würde Rita die Hitze reduzieren, einen zweiten Pullover und die Regenjacke anziehen und sich zu ihrer Tochter setzen. Und darum war es still in der Küche. Die einzigen Geräusche waren das Zischen und Knistern des Herds, das feuchte Reiben von Franciscos Küchentuch, das unregelmäßige Klopfen des Regens am Fenster und das entfernte dünne Blöken der Lämmer.

Die Männer aßen gern scharf, und sie war ebenfalls auf diesen Geschmack gekommen – sofern genug Rotwein zum Hinunterspülen da war und Brot oder Tortillas, um die Schärfe zu mildern –, und so drehte sie die Kurbel der Pfeffermühle so lange über dem Topf, bis sie langsam bis fünfzig gezählt hatte, bevor sie sich den gerösteten Schoten zuwandte. Sie schnitt die Chili in der Mitte durch und gab sie zum Fleisch, zog den Paprika die Haut ab, schnitt sie in Streifen und fügte diese ebenfalls hinzu. Dann kamen Salbei aus dem Kräutergarten, Paprika, Petersilie, eine Handvoll Lorbeerblätter in den leise köchelnden Eintopf und schließlich fünf gewürfelte Fenchelknollen – das Zeug war so hartnäckig wie Unkraut, wuchs überall, wo die Schafe nicht hinkamen, und verlieh dem Ganzen einen zarten Hauch von Lakritz. Als sie fertig war, nahm sie die verbeulte Aluminiumschüssel mit den ausgelösten Knochen und den Resten des Frühstücks und ging hinaus in den regenverwaschenen Morgen, um die Abfälle auf den Komposthaufen zu werfen.

Eigenartigerweise schien es draußen wärmer zu sein als im Haus. Die Wolken tauchten wie dunkle Fäuste über den Bergen im Süden auf, vollgesogen mit tropischer Feuchtigkeit. Unter ihren Füßen wuchs neues, nass schimmerndes Gras. Die Erde war lange kahl und verbrannt gewesen und stieß jetzt flache, dichte, farblose Dampfwolken aus, so dass es aussah, als hätte sie bis eben die Luft angehalten. Sie spürte den Regen als kalte Nadelstiche auf dem Gesicht, der Kopfhaut und ihrer rechten Hand, die aus dem umgekrempelten Ärmel des Wollpullovers ragte und die Abfallschüssel hielt, und wenn diese Hand ihr seltsam und wie die einer anderen erschien, hart und rauh und zuwenig an den Hals einer Gitarre gewöhnt, dann war es eben so und würde auch so bleiben, denn sie war jetzt die Frau von der Schaffarm, und sie war stolz darauf.

Es hatte eine Zeit gegeben, da hatte sie bis zwei, drei Uhr nachmittags geschlafen und sich dann die ganze Nacht um die Ohren geschlagen und Musik gemacht, und ihre Hände hatte sie herumgetragen, als wären sie in Zellophan eingehüllt. Dann erschien ihr erstes Album, und alle in der Band dachten, jetzt würde sich die Welt für sie öffnen wie ein großes, hübsch verpacktes Weihnachtsgeschenk, und dann kam Anise, und sie machten das zweite Album, eine glatte Bruchlandung, und dann zogen sie und Toby und Anise an die Westküste, wo die Post abging, *wirklich* abging, wie Toby behauptete, aber die Post ging nicht ab, und sie musste wie alle anderen Lohnsklaven früh aufstehen und hatte einen Scheißjob nach dem anderen.

Das war lange her, und was sie damals an Ehrgeiz besessen hatte, an Sehnsucht, die Grenzen ihrer Welt zu überschreiten, hatte sich tief in ihr zur Ruhe gelegt, war nach innen gegangen, wo es glomm wie die letzte unauslöschliche Glut im Herd. Was liebte sie? Ihre Leute: Anise, Bax, Francisco. Diesen Ort, wo einem die Natur unmittelbar, roh und ungemildert entgegentrat und man im Augenblick lebte. Die Herde. Bumper. Und Musik. Noch immer Musik. Für immer Musik. Aber wenn sie jetzt spielte, dann für ihre Tochter und ihren Geliebten und die harten, wettergegerbten Männer mit den schlechten Zähnen und dem süßen Weinatem.

Hinter ihr rann das Regenwasser an den Wänden des Hauses herab, dunkle Adern in der blassen Haut aus Putz, und das Licht, das durch das Küchenfenster fiel, schnitt säuberlich ein Rechteck aus der Wand, genau unter dem kleineren Rechteck im ersten Stock, wo Bax die Leselampe eingeschaltet hatte. Er lag dort oben unter seinen Decken und dem dicken Federbett, und sie war hier draußen. Im Regen. Vor sich einen ganzen Tag voller Sorgen. Aber das machte nichts, sagte sie sich, solange es ihm nur bald besserging. Und irgendwie, so schrecklich es klang, war sein Unglück für sie ja auch eine auf dem Silbertablett präsentierte Gelegenheit, sich zu beweisen und das Lammen zu überwachen, während die anderen in den Hügeln waren, Zäune flickten und die Wege freihielten für den Auftrieb Ende Februar, wenn die Lämmer und ein paar Schafe, die man im letzten Jahr übersehen hatte, kastriert und ihre Schwänze kupiert wurden. Es war ja nicht nötig, dass sie hier aufpassten, wenn dort oben so viel Arbeit auf sie wartete. Und beim Lammen gab es auch eigentlich nicht viel zu tun – die Mutterschafe brauchten keine Hilfe. Man musste nur in den ersten kritischen Stunden achtgeben, dass die Herde nicht aufgeschreckt wurde, denn dann würden die Muttertiere in Panik davonrennen und die neugeborenen Lämmer allein lassen – nur für ein paar Minuten vielleicht, aber die genügten den Raben.

Dieses Jahr hatten sie und Anise am Strand von Scorpion Harbor und Smugglers' Cove, der nächsten Bucht jenseits der Hügel im Südosten, große Schilder mit der Aufschrift *Kein Zutritt* aufgestellt und die Farm für die Zeit des Lammens für alle Besucher geschlossen, so dass es keine absichtlichen oder unabsichtlichen Störungen geben konnte – im Gegensatz zum vergangenen Jahr, als zwei Idioten mit einem dröhnenden Motorboot in die Bucht gefahren waren und auf alles geschossen hatten, was sich bewegte. Das Echo der Schüsse hatte im Canyon donnernd widergehallt, bis die Herde sich in alle Himmelsrichtungen zerstreut hatte. Es war eine Katastrophe gewesen. Innerhalb einer halben Stunde hatten sie an die fünfzig Lämmer verloren, fünfzig Lämmer, die nicht wachsen und gedeihen und verkauft werden konnten, und der finanzielle Verlust war äußerst schmerzhaft gewesen. Noch wochenlang hatte sie Rachephantasien gehabt und sich vorgestellt, wie sie diese grinsenden Dummköpfe an die Wand des Farmhauses stellen und mit ihren eigenen Gewehren erschießen würde – mal sehen, wie ihnen das gefiel. Es war wie etwas aus einem Western von John Ford, aber selbst in ihrer größten Wut hatte sie gewusst, dass es nichts weiter als eine Phantasie war. Die einzige Waffe, die sie je in der Hand gehalten hatte, war das Kleinkalibergewehr, das hinter der Haustür stand und mit dem Bax die Raben und die Steinadler verscheuchte, die junge Lämmer davontrugen und ihren Balg, wenn sie damit fertig waren, aus dem Horst warfen. Sie hatte nie damit geschossen und war sich nicht mal sicher, ob sie es überhaupt könnte.

Sie hielt einen Augenblick inne und sah zum Himmel. Die Wolken waren dicht und dunkel, die Regentropfen tanzten auf ihrer Haut. Heute würden keine Tagesausflügler vom Festland kommen, nicht bei diesem Wetter. Sie leerte die Schüssel mit den Abfällen auf den Komposthaufen und grub sie mit einer Mistgabel gründlich unter, zum einen, weil das ohnehin nötig war, zum anderen, weil die Raben nicht einmal die Abfälle kriegen sollten. Der Regen wisperte, von der Wärme im Inneren des Haufens stiegen eine Dampfwolke und der schwere feuchte Geruch der Verwesung auf, und aus dem Augenwinkel nahm sie eine Bewegung wahr. Als sie den Kopf wandte, sah sie im Windschatten des Jeeps den Fuchs, der, die Vorderpfote erhoben, mitten im Lauf erstarrt war.

Das war ein Tier, das ihre Sympathien hatte: zu klein, um eine Bedrohung für die Schafe zu sein, und immer auf Jagd nach den Mäusen, die sich im Haus tummelten und überall ihren Kot hinterließen, dunkle kleine Päckchen voller Schmutz und Keime. Sie schnalzte leise mit der Zunge und sah, dass der Fuchs die Ohren aufstellte. Ganz langsam beugte sie sich zum Komposthaufen und suchte nach einem Stück Fleischabfall, bis sie einen Knochen mit einem Knorpel daran fand. Sie warf ihn dem Fuchs zu, und er landete mit einem leisen Plumps auf der feuchten Erde. Der Fuchs beschnüffelte ihn und nahm ihn vorsichtig ins Maul, wie es ein Hund getan hätte, ganz ohne Misstrauen oder Furcht – Menschen stellten für ihn keine Bedrohung dar. Er war schon länger hier als sie, er fraß seine Mäuse und Insekten und gelegentlich einen Vogel, und wenn die Menschen etwas Essbares herumliegen ließen (oder auch Franciscos Tabakspfeife, die eines Abends von der Veranda verschwunden war, eine halb heruntergebrannte Kerze oder verschwitzte Strümpfe, die zum Trocknen über dem Geländer der Veranda hingen und in denen sich die im Schweiß enthaltenen Salze konzentrierten), so tat er ihnen den Gefallen und erweiterte seinen Speiseplan. Sie sah zu, wie er sich an dem Knochen zu schaffen machte, ihn mit den Vorderpfoten festhielt und daran nagte. Sein Fell war glatt vor Nässe, und seine Augen blickten durch sie hindurch, als wäre sie vollkommen belanglos. Dann drehte sie sich um und ging zurück zum Haus, um nach dem Eintopf zu sehen und die Brote in den Ofen zu schieben.

Francisco hatte das Geschirr zum Trocknen gestapelt und wischte den Betonboden mit einem Mop, oder vielmehr, er schob den Schmutz in langen, gelblichen Streifen von einer Ecke in die andere. Der Boden war schmutzig, immer schmutzig, mit graduellen Unterschieden, und bevor sie Bax schließlich dazu gebracht hatte, sich vom Versorgungsboot hundert Zentnersäcke Zement liefern zu lassen, sie in Partien von zehn Säcken mit dem Jeep zum Haus zu fahren, Beton anzumischen und ihn zu gießen und glattzustreichen, war der Boden tatsächlich aus Lehm gewesen, gestampft von den Stiefeln unzähliger Schafhirten. Das andere feste Gebäude war die Baracke mit acht Zimmern, in der die Männer schliefen. Sie war aus Holz gebaut und hatte, soweit sie wusste, schon immer einen Holzboden gehabt, der womöglich noch schmutziger war als der alte Lehmboden im Haupthaus, aber das war ihr gleichgültig. Die Männer kehrten die Baracke abwechselnd aus und nahmen irgendwann nach einer langen Folge von Wochen auch mal den Mop zur Hand. Sie hatten ihren eigenen Gemeinschaftsraum, ein paar roh gezimmerte Stühle, einen Tisch und einen Kanonenofen, doch im Haupthaus kamen sie zusammen, um zu essen, und dort fühlten sie sich – jedenfalls, wenn sie da war –, als wären sie heimgekehrt, und sprachen von längst gestorbenen Müttern und längst nicht mehr existierenden Haziendas in den verschwommen erinnerten Tälern von Arizona, New Mexico und dem Mexiko südlich der Grenze.

Als sie in die Küche trat, umfing sie der gute warme Geruch des Eintopfs. Die Fenster waren beschlagen, der große offene Raum, der als Küche, Esszimmer und Gemeinschaftsraum diente, war mit einemmal erfüllt von den freigesetzten und sich miteinander verbindenden Molekülen des Fleisches, das sie geschnitten, und der Kräuter, die sie zwischen ihren Händen zerrieben hatte, und der Duft stieg auf und breitete sich aus, so dass ihn auch Bax, der in dem weißgestrichenen Schlafzimmer die Stirn über der Lesebrille runzelte, bemerkt haben musste. Sie schob den großen Topf auf dem Herd beiseite, stellte eine Bratpfanne hin, gab Öl hinein und schlug ein halbes Dutzend Eier in eine Schüssel. Sie fügte etwas Kondensmilch und eine Handvoll geriebenen Käse hinzu, schlug die Mischung schaumig und buk daraus zwei dünne Omeletts, die sie nur mit Pfeffer und Salz würzte. Dann schnitt sie vier Scheiben Brot ab, strich auf zwei davon ihre selbstgemachte scharfe Sauce, belegte sie mit dem ersten Omelett, klappte sie zusammen und schenkte einen Becher Kaffee ein. »Francisco, wenn du kurz Zeit hast«, sagte sie, und auch darin lag keinerlei Ironie, denn hier auf der Farm ging alles ohne Eile ab, »könntest du das Bax bringen.«

Er nickte und grinste. »Ja«, sagte er, »klar, *no hay problema.*« Beide kannten die unausgesprochene Botschaft: Sie benutzte Francisco als Boten, weil sie sich, wenn sie den Teller selbst hinaufgebracht hätte, Bax' gesammelte Ratschläge, Beschwerden und Rügen hätte anhören müssen, ganz zu schweigen von der Liste zu erledigender Arbeiten, hartnäckiger Sorgen und äußerst dringlicher Angelegenheiten, die er zusammenstellte, seit er ans Bett gefesselt war.

Für das zweite Sandwich nahm sie Ketchup (von frühester Kindheit an liebte Anise Ketchup und strich ihn auf alles – Salzcracker, Brezeln, Bananen, Gurkenstücke, ja einmal hatte sie sogar einen Schokoriegel mit Ketchup gegessen), wickelte es in Alufolie und füllte die Thermoskanne mit heißer Schokolade. Dann zog sie die Regenjacke an, setzte den Sombrero auf, den ihr Franciscos Cousin Manuel im vergangenen Jahr nach der Schur von einer ausschweifenden Woche in Tijuana mitgebracht hatte, und trat wieder hinaus in den Regen. Sie umging das Bachbett, in dem jetzt der zum Leben erwachte Scorpion River floss, und marschierte durch den Eukalyptushain zur Wiese, wo die Schafe grau und nass dastanden, so weit ihr Auge reichte, und auf dem frischen, jungen Gras aussahen wie Haufen schmutziger Lumpen. Es war wie eine Szene aus einer unvordenklichen Vergangenheit, und unwillkürlich stellte sie sich die ersten nackten Urmenschen vor, die gerade den ersten Schafbock erlegt, gekocht und gegessen hatten und nun mit dicken Bäuchen um das Feuer saßen und dachten, wie schön es doch wäre, ein solches Tier zu haben, festgebunden am nächsten Baum, so dass man Fleisch, Innereien und einen guten, wärmenden Pelz haben könnte, wann immer man wollte. Das war das erste Unternehmen, so alt wie die Stämme selbst. Und Kain erschlug Abel, weil Abel den Herden folgte, während Kain Samen in die Erde legte, und was für ein Opfer für den gierigen Gott im Himmel waren schon Kürbisse und Bohnen im Vergleich zu der Keule eines frisch geschlachteten Lamms?

Anises Plane – feuerwehrrot oder vielmehr rotorange, eine Farbe, die es in der Natur nicht gab, jedenfalls nicht an der amerikanischen Westküste – leuchtete feucht glänzend am anderen Ende der Wiese. Rita sah die ausgestreckten Beine ihrer Tochter, die hochgezogenen Schultern, den schwarz-weißen Hund, der den Kopf auf ihren Schoß gelegt hatte, und das aufgeschlagene, gegen den Rücken des Hundes gelehnte Buch. Ihre Tochter tat, was sie immer tat, freiwillig und aus eigenem Antrieb, sie musste nicht ermahnt oder erinnert werden. Sie las, sie lernte, sie machte sich zu einem besseren Menschen. Anises Kenntnisse waren bereits so weit fortgeschritten, dass sie oder Bax ihr, abgesehen vom Gitarrespielen, nicht mehr helfen konnten, und nicht einmal der Fernunterricht mit dem monatlichen Arbeitsplan und den wöchentlichen Prüfungen konnte mit ihr Schritt halten. Sie war noch keine fünfzehn und bewältigte bereits Aufgaben, die man einem Collegestudenten im ersten Jahr hätte vorlegen können, und zwar ganz allein. Rita war jedesmal wieder erstaunt, wenn sie sah, wie ihre Tochter sich an die Arbeit machte: Die Disziplin und Entschlossenheit, die sie dabei zeigte, hatte sie selbst nie besessen, jedenfalls nicht im Zusammenhang mit Schulfächern. Sie war zu nervös gewesen, zu sehr darauf versessen, alles hinzuschmeißen, sich ins Village zu schleichen und durch die Cafés und Clubs zu ziehen, und was war dabei herausgekommen? Nichts. Ein falsches Leben und falsche Hoffnungen. Anise war anders. Anise hatte eine Zukunft. Und je länger sie sich von den Fährnissen der Welt fernhielt, desto besser.

»Hallo, meine Butterblume«, hörte sie sich rufen. Der Regen prasselte wie der Trommelwirbel eines Spastikers, die Mutterschafe leckten ihre neugeborenen Lämmer ab, Bumper rannte durch das hohe Gras auf sie zu, und ihre Tochter hob den Kopf und sah ihr mit abwesendem Blick entgegen.

Im nächsten Augenblick setzte Rita sich neben sie unter die Plane und hielt Anise das Sandwich hin, das diese zunächst ignorierte. Sie legte das Buch beiseite und griff nach der Thermosflasche mit der heißen Schokolade. Mit triefendem Schwanz und nassen Pfoten drängte der Hund sich neben sie und schnupperte an der Folie. »Das solltest du essen, solange es warm ist«, sagte sie.

»Was ist da drauf? Doch kein Lammfleisch?«

»Ein Omelett. Und Tonnen von Ketchup.«

Sie sah zu, wie ihre Tochter die Thermosflasche aufschraubte und sich einen Becher Schokolade einschenkte, ohne einen einzigen Tropfen zu verschütten, als wäre es ein seltener Wein. Noch einmal bot sie ihr das Sandwich an, und diesmal nahm Anise es und legte es auf den Schoß, wo es zwischen der feuchten Nase des Hundes und den Falten des feuchten Schlafsacks balancierte, auf dem sie saßen. Wie Toby war Anise groß – schon jetzt eins siebzig –, und als sie sich jetzt anders hinsetzte und die Beine kreuzte, lange Beine, die dem Rest ihres Körpers noch voraus waren, rettete sie im allerletzten Moment und wie in einem nachträglichen Einfall das abrutschende Sandwich. Sie nippte an der Schokolade, sah auf den glänzenden Einband ihres Buchs (*Die amerikanische Kurzgeschichte von Hawthorne bis Hemingway*, 25,95 Dollar, ein Betrag, den sie hatten zusammenkratzen müssen) und murmelte: »Die eine Geschichte gefällt mir richtig gut. ›Bartleby, der Schreiber‹. Kennst du die?«

Der Titel klang vertraut, aber wenn Rita sie je gelesen hatte, dann auf der High School. »Vielleicht«, sagte sie. »Aber das muss vor langer Zeit gewesen sein, in einer sehr weit entfernten Galaxie. Es kommen keine Schafe darin vor, oder?«

»*Bitte.*« Anise erstarrte, mit einemmal gereizt, und bedachte sie mit einem strengen Blick. Sie sah, dass ihre Tochter schlechtgelaunt war, drauf und dran, ihr zu sagen, wie sehr sie sich langweilte, wie sehr sie Schafe und Schaffarmen und Inseln und im Grunde das ganze Leben hasste. Sie sah, wie all diese komplizierten Empfindungen sich zu einem kalten, vorwurfsvollen Aufblitzen in ihren Augen verdichteten, doch dann zuckte Anise bloß die Schultern und ließ es dabei bewenden. »Ich meine, ich weiß nicht, ob's dich interessiert, aber es geht um ein Büro und einen Schreiber – er schreibt alles mit der Hand, wahrscheinlich weil sie damals noch keine Fotokopierer und so hatten. Und immer wenn sein Boss ihm irgendwas aufträgt, sagt er: ›Ich möchte lieber nicht.‹«

»Oh. Zielt das jetzt vielleicht irgendwie auf mich ab?«

Anise lächelte bitter, doch in ihren Augen leuchtete etwas wie Vergnügen über diese Unterhaltung. Sie musste reden, sie musste sich über das, was sie fühlte, dachte und las, mit einem Menschen aus Fleisch und Blut austauschen, nicht mit dem gesichtslosen Lehrer, dessen strenge, steife Urteile unter ihren Arbeiten standen, in einer so winzigen Schrift, als wäre es der Warnhinweis auf einer Medikamentenschachtel.

Sei nicht streng, sagte Rita sich. Halt den Ton leicht.

»Denn wenn ich dich fragen würde, ob du ein paar Minuten allein hier im Regen sitzen möchtest, während ich zum Haus gehe und die Brote aus dem Ofen ziehe, würdest du sagen – wie lautet der Satz noch mal?«

»›Ich möchte lieber nicht.‹«

Sie wollte Anise die Last erleichtern und bemühte sich nach Kräften, ihren Einwänden zuvorzukommen, sie zu überreden und die Dinge voranzutreiben, aber ihre Tage waren bis auf die letzte Minute angefüllt, und im Augenblick brauchten die Lämmer sie nötiger als ihre Tochter. Und das Brot war im Ofen, der Eintopf stand auf dem Herd, und Bax lag fluchend im Bett und war wie ein Hornissennest, in dem jemand mit einem Stock gebohrt hatte. Sie wollte sich nicht streiten. Sie wollte nicht nörgeln. Aber sie konnte nicht anders. »Wie wär's, wenn du das Sandwich isst, solange es noch warm ist?«

»Ich möchte lieber ... ach, Scheiße. Ich möchte lieber in ein Einkaufszentrum gehen, andere Leute sehen, irgendwelche Leute, nicht bloß dich und Bax und einen Haufen blöder Schafe. Ich meine, mein ganzes Leben, jeden Tag. Wie im Gefängnis.«

Da war die Schuld. Sie fühlte sich an wie etwas Schweres, das ihr auf die Schultern gelegt wurde, denn sie war schuld an allem, was Anise ihr vorwerfen konnte, und noch mehr. Sie schloss die Augen, um diesen Gedanken auszuschließen, doch das funktionierte nicht. Sie sah Anise als kleines Mädchen, sie sah den Ausdruck auf ihrem Gesicht, als sie sie drei Wochen vor den Sommerferien aus der Schule genommen hatte und mit ihr auf eine Insel gezogen war, von der noch nie jemand gehört hatte. In der fünften Klasse. Drei Wochen vor dem Ende des Schuljahrs. *Und was ist mit meinen Freundinnen? Was ist mit den Sommerferien?* Wir machen Ferien auf der Insel, hatte sie gesagt. Es wird dir gefallen. Es gibt dort Strände – du hast deinen eigenen Privatstrand, direkt unterhalb der Scorpion Ranch. *Ich komme nicht mit.* Sie hatte es wiederholt – *Es wird dir gefallen* –, so oft, dass es zu einer Litanei geworden war, und die störrische, unnachgiebige, überhaupt nicht überzeugte Anise hatte entgegnet: *Es wird mir nicht gefallen, ich werde es grässlich finden, und überhaupt will ich nicht irgendwohin, wo es Skorpione gibt. Ich hasse Skorpione. Du vielleicht nicht?* Das hatte sie sich selbst auch schon gefragt, aber wie sich herausstellte, gab es hier keine Skorpione oder höchstens winzig kleine braune Exemplare, die manchmal an der Unterseite eines Scheites aus dem Holzstoß saßen, und sie hatte Anise das Versprechen gegeben – und es selbst geglaubt –, dass sie nur den Sommer über auf der Insel bleiben würden. Ja, und jetzt würde Anise sich in ihrer alten Schule – oder irgendeiner anderen – nicht zurechtfinden, selbst wenn sie vor ihr auf dieser Wiese stünde.

»Hat es heute morgen irgendwelche Probleme gegeben?« fragte Rita und gab sich Mühe, keine besondere Betonung in die Frage zu legen. Sie blickte über die Wiese: Überall waren Lämmer, weiß wie Watte, und Mutterschafe leckten und leckten.

»Nein.« Und dann, widerwillig, weil die Auseinandersetzung vertagt worden war: »Die da drüben hat Zwillinge gekriegt. Bei dem rötlichen Felsen. Siehst du?«

»Hat sie –?«

»Ja, sie hat beide abgeleckt.«

»Und hast du –?« Es war immer gut, Zwillinge zusammenzubinden, damit das stärkere Lamm das schwächere zu den Zitzen der Mutter zog.

»Ich lese, okay? Ich muss einen Aufsatz darüber schreiben. Aber das interessiert dich natürlich nicht.«

»Okay, Schatz, okay«, sagte Rita. »Wir haben genug Zeit. Wir wollen ja nur nicht, dass sie getrennt werden.«

Wie auf ein Stichwort schrie jenseits der Bäume hinter ihnen ein Rabe, und ein zweiter antwortete. Ein paar andere schwebten wie dunkles Gekritzel unter den Wolken, und etwa hundert Meter entfernt waren schwarze Flecken auf dem Boden, wo zwei der Vögel erfolglos versuchten, ein Mutterschaf von seinem Lamm wegzulocken. »Behalt die da drüben im Auge«, sagte sie und setzte sich auf. »Und sorg dafür, dass Bumper hierbleibt – er soll heute keine Herde zusammenhalten. Ich bin in« – sie drehte das Handgelenk und sah auf die Uhr – »ungefähr zwanzig Minuten wieder da. Und dann werde ich bis zum Abend hier herumgehen und auf die Lämmer aufpassen, und du kannst in dein Zimmer gehen und lesen oder machen, was du willst. Okay?«

Die Augen ihrer Tochter reflektierten das Schimmern des Regens und waren so wandelbar wie Wasser in einem Brunnen: ein blasses, feines, durchscheinendes Grau, das ins Blau spielte, ganz anders als Tobys Augen oder ihre eigenen. Sie versuchte, sich die Augen ihrer Mutter vorzustellen, doch sosehr sie sich auch mühte, es gelang ihr nicht, Anises Gesicht mit jenem anderen zu überlagern. Sie schlang die Arme um die Knie, beugte sich vor und sah zu, wie ihre Tochter das Sandwich auspackte und prüfend daran roch. »Okay?« wiederholte sie.

»Ja, *okay*, natürlich okay! Was soll ich denn *noch* sagen? Denkst du, ich bin ein dreijähriges Kind? Ich bin hier, okay? Und wenn einer von diesen verfluchten Vögeln auch nur in die Nähe kommt, mach ich Hackfleisch aus ihm.«

Verfluchte Vögel. Hackfleisch aus ihm machen. Sie hörte Bax in diesen Worten und vielleicht auch Arturo, den jüngsten der Hirten, der erst einunddreißig war und sich mit einem rechten Bein, das aussah, als wäre es durch die Wäschemangel gedreht worden, vom Rodeo zurückgezogen hatte. Sie hörte es, und wieder fühlte sie sich schuldig, als hätte man in ihr einen Schalter umgelegt: Anise brauchte andere Jugendliche, Gleichaltrige, mit denen sie ins Kino gehen oder im Einkaufszentrum herumhängen konnte. Freundinnen. Vielleicht sogar einen Freund. Auf jeden Fall jemanden, von dem sie schwärmen konnte. Sie stand auf und duckte sich unter dem Rand der Plane hindurch hinaus in den Regen, der anscheinend etwas nachgelassen hatte. Oder bildete sie sich das nur ein?

»Das ist gut, Schatz«, sagte sie und dachte, während sie das sagte, an den Schmerz, der in ihr aufbrechen würde, wenn Anise aufs Festland zurückkehrte, zu Toby oder zu Tobys Mutter in New York, die sie jeden Sommer für ein paar Wochen besuchte, sofern Toby daran dachte, ein Flugticket zu besorgen. Sie hatte sich bereits zum Haus gewandt, als sie sich noch einmal umdrehte. Der Hund sah erwartungsvoll zu ihr auf, Anise kaute ihr Sandwich und musterte sie argwöhnisch. »Und wenn du Hackfleisch aus ihnen machst«, sagte sie, während der Regen von der breiten Krempe des Sombreros tropfte, »dann tu mir den Gefallen und rupf ihnen vorher alle Federn aus.«

An der Tür kam ihr Francisco entgegen. Er trug einen schweren Lederponcho über dem dicken Arbeitshemd und hatte eine ausgebleichte Baseballmütze aufgesetzt, auf der in einst gelben Buchstaben *Trojan* stand, ein Wort, bei dessen Anblick sie jedesmal an die Kondome dachte, die sie und Toby immer benutzt hatten, selbst wenn sie beide geglaubt hatten, sie müssten vor Verlangen schier platzen, die sie aber nicht davor bewahrt hatten, zum ungünstigsten Zeitpunkt schwanger zu werden. Zweimal. Das erstemal, als die Band (die Tobrita hieß – das war ihr Einfall: ihre beiden Namen auf immer miteinander verbunden, als könnte es ein Immer geben) gerade richtig in Gang kam, und das zweitemal, als die Plattenfirma sie auf Tournee schickte. Beim erstenmal hatte Toby sie zu einer Abtreibung überredet, beim zweitenmal hatte sie sich geweigert. Das war dann Anise gewesen. Konnte sie sich ein Leben ohne Anise überhaupt vorstellen? »Ich halte jetzt Wache«, sagte Francisco. »*Todo bien?*«

Sie stand an den Türrahmen gelehnt da und war im Begriff, die schmutzigen Stiefel abzuklopfen. Hinter ihr roch es nach Regen, während ihr durch die offene Tür der dichte, komplexe Geruch des Essens entgegentrieb. »Ich weiß nicht«, sagte sie, und ihre Stimme klang hart in ihren Ohren. »Herrgott, manchmal möchte ich einfach alles hinschmeißen und mich in irgendeinem Motel einquartieren und Sozialhilfe kassieren wie alle anderen auch, verstehst du?« Er verstand nicht. Er verstand nur etwas von Schafen. Es gab ein seufzendes Geräusch, als sie erst den einen und dann den anderen Fuß aus den Stiefeln zog. Sie stützte sich an der Wand ab. »Aber vielleicht drehst du mal eine Runde und siehst nach dem Rechten, besonders gegenüber von da, wo Anise ist.« Sie lächelte entschuldigend. »Du kennst mich ja: immer besorgt.«

Er hätte ihr Lächeln erwidern können, doch Francisco lächelte nur, wenn er betrunken war. Er hätte ja sagen oder nicken können, doch er sah sie nur ausdruckslos an. Die Mütze war bereits durchgeweicht.

Sie stellte die Stiefel beiseite, nahm den Sombrero ab und schlug ihn zweimal ans Bein, dass die Tropfen flogen. »Na, dann geh mal und steh nicht herum«, sagte sie. Sie roch das Brot, zog es aus dem Ofen und stellte es zum Abkühlen auf einen Rost, sie rührte mit dem Kochlöffel in den Tiefen des Topfes und war mucksmäuschenstill, als Bax von oben rief: »Rita? Rita, bist du das?«

Zehn Minuten später war sie wieder draußen, ging durch das Gras zu Anise und suchte die Wiese nach Francisco ab. Wind war aufgekommen, der den Regen zu Schwaden zusammenschob, und zunächst konnte sie Francisco nirgends entdecken. Erst als sie Anise beinahe erreicht hatte, sah sie ihn am anderen Ende der Wiese. Er schritt zügig aus und hielt seinen selbstverfertigten Hirtenstab aus einem Stück Kunststoffrohr, an dem eine eckige Krücke befestigt war, vor sich wie eine ausgebleichte Antenne. Auf einem Pferderücken hätte er sich wohler gefühlt – bei der täglichen Arbeit benutzten sie Pferde, um die Schafe zusammenzutreiben oder um in die Hügel und wieder zurück zum Haus zu kommen –, aber heute standen Diablo, Moreno und Jonesy im Corral, rieben sich am Zaun und hoben die Nüstern in den Regen, denn sie fand, beim Lammen sei es besser, nicht einmal die kleinste Beunruhigung, und sei es durch den vertrauten Anblick der Pferde, zu riskieren. Und darum war Francisco zu Fuß unterwegs. Und sie ebenfalls.

Alles war unverändert. Die Schafe waren auf der Wiese, die Raben auf den Bäumen, Anise und der Hund waren an ihrem Platz, und es regnete stetig. Sie war im Begriff, ihrer Tochter etwas zuzurufen, irgend etwas Gutgelauntes, Albernes wie: »Zweite Schicht meldet sich zum Dienst« oder »Ich möchte lieber nicht, dass du noch eine Minute länger hier draußen im Regen sitzt«, als die Stille von einem Gewehrschuss zerrissen wurde. Es war ein einzelner scharfer Knall, als hätte jemand einen Stock zerbrochen, aber laut, unglaublich laut, und das Geräusch jagte sich selbst über die Wiese, durch die Hügel und wieder zurück. Für einen atemlosen Augenblick stand alles still, und dann knallte der zweite Schuss, und die ganze Herde stob davon. Rita lief los und sah einen dunklen Schemen durch das hohe Gras rasen. Die Schafe waren in Panik geraten und rannten in wilder Flucht zu den Hügeln, und was war das, was war hier los? Dann erkannte sie es: Es war ein Schwein, ein Wildschwein – der Kopf mit den angelegten Ohren und den dicken Nackenmuskeln war gestreckt, die Beine bewegten sich so schnell, dass sie verschwammen –, und bevor sie einen Gedanken fassen konnte, waren die drei Männer mit den Gewehren und den Maschinen da.

»He!« schrie sie. Sie keuchte, der Sombrero war ihr vom Kopf gerutscht und lag durchweicht auf dem Boden. Sie rannte, so schnell sie konnte, pumpte mit den Armen und zog die Knie hoch. Da waren sie, die Eindringlinge, und sie hätte nicht entgeisterter sein können, wenn ein Raumschiff vom Mars auf der Wiese gelandet wäre: Die Männer saßen auf Gefährten, auf Geländemaschinen mit drei Rädern, die sich in die nasse Erde gruben und sie in dunklen Schlammschnüren nach hinten schleuderten, und sie hatten offenbar nicht vor, für irgend etwas anzuhalten. Das Wildschwein war bereits im Unterholz am Bach verschwunden. Und bevor sie etwas tun konnte, bevor sie sie zur Rede stellen, eine Erklärung verlangen, sie ein für allemal verjagen konnte, waren die Männer ebenfalls verschwunden, und das Knattern und Röhren ihrer Maschinen verklang in der Ferne. Sie sah Anise mit einem allen Ausdrucks beraubten Gesicht auf sich zurennen, sie sah Francisco erregt den Stock schwenken, sie sah Bumper, der einem erschreckten Schaf nachjagte. Und dann sah sie die Raben.

Rechts von ihr, in etwa hundert Meter Entfernung – und sie rannte, sie schrie und ruderte mit den Armen –, stieß der erste auf ein Lamm herab und hackte mit dem Schnabel nach dem Kopf, immer nach dem Kopf. Verwirrt, verlassen stand es auf unsicheren, wackligen Beinen und fiel wie von einem Keulenschlag getroffen. Der Vogel landete, das breite Kreuz der Schwingen weit ausgestreckt, und pickte dem Lamm die Augen aus, während ein zweiter ihm bereits die Brust aufriss, wo die dünne Haut so weich und nachgiebig war wie Schlagrahm. Sie bückte sich und hob Steine auf, sie rannte, außer Atem und brennend vor Wut, Hass und Panik. Ein zweites Lamm ging zu Boden und dann ein weiteres, die Raben stürzten sich auf sie und hüpften vom einen zum anderen wie Damesteine, die über sämtliche Felder der Wiese sprangen. Sie schleuderte die Steine nach ihnen. Sie hob noch mehr Steine auf. Sie rannte wie eine Verrückte, wie eine Geistesgestörte, sie rannte, weil sie nichts anderes tun konnte als rennen.

Jedesmal wenn sie ein paar der Vögel verscheuchte, flogen sie weiter zum nächsten toten Lamm, und ihr blieben nur die toten und sterbenden Tiere, die wie Fleischabfälle zu ihren Füßen lagen: Die dünnen Beinchen zuckten noch, die Augenhöhlen waren blutig und leer, aus den Bäuchen hingen die bläulichen Eingeweide. Die Raben hatten es eilig. Sie wollten das Herz, das warme, noch schlagende Herz, sie wollten die Leber und die Nieren – den Rest konnten sie sich später noch holen. Sekunden später war sie beim nächsten Lamm – es lag keine fünfzehn Meter entfernt – und trat nach den schwarz schimmernden Flügeln und den blutig glänzenden, reptilienartig hackenden Schnäbeln, doch es war zu spät: Die Vögel wichen ihr mit kurzen, geringschätzigen Sprüngen aus, breiteten die Flügel aus und glitten davon, und das Lamm blieb liegen und starb. Sie sah, wie ein Schauer es überlief, wie es versuchte, den Kopf zu heben, wie es strampelte und sich hochrappeln wollte, aber es hatte keine Augen mehr, und die weiße, wie ein Trommelfell gespannte Haut des Bauches war voller Blut. Das Geräusch, das es machte – kein Blöken, sondern ein Flüstern, ein erstricktes Gurgeln tief in der Kehle –, ließ sie für einen Augenblick erstarren. Dann rannte sie weiter zum nächsten, während ringsum die Raben schreiend niederstießen.

Da war eins, links vor ihr, das unverletzt war. Es stand schwankend da, als würde es von einem heftigen Wind geschüttelt, und blökte schwach und verwirrt. Sie hob es auf und klemmte es sich unter den Arm, und dann hatte sie noch eins, an dem die Nabelschnur baumelte und dessen Kopf und Ohren vom Fruchtwasser nass waren – und wo war Anise? Wo war Francisco? Und Bumper? Sie drehte sich zweimal um sich selbst und rief den Namen ihrer Tochter. Wenn sie hier, bei ihr, wäre, könnten sie so viele wie möglich retten und beschützen ... Sie hörte das Gebell des Hundes, doch er war so gut wie nutzlos und trieb die Mutterschafe, in dem vergeblichen Bemühen, die Herde zu wenden, immer weiter in die Hügel. »Anise!« brüllte sie, dass die Sehnen an ihrem Hals hervortraten. »Anise, verdammt, wo bist du?«

Nichts, nur die Kakophonie der Raben, bis mit einemmal die Stimme ihrer Tochter an ihr Ohr drang – »Hier, Mom! Schnell!« – und sie, als sie herumfuhr, Anise durch das regennasse Gras auf sich zustolpern sah, in den Armen ein Lamm. Sie weinte, die Lippen waren angespannt, der Mund war ein gähnendes Loch in ihrem Gesicht, das nasse Haar hing ihr ins Gesicht, und Tränen strömten über die Wangen. »Ich kann nicht mehr«, schluchzte sie mit brechender Stimme, »ich kann nicht mehr«, und Rita sah, dass das Lamm in ihren Armen voller Blut war.

Sie hätte sie trösten können, sie hätte sie trösten müssen, doch sie war zu sehr gefangen in der Wut des Augenblicks. »Leg das Scheißvieh hin, verdammt! Siehst du denn nicht, dass es tot ist?«

»Ist es nicht, Mom. Ist es nicht. Es atmet noch.« Anise kam auf sie zu, auf wackligen, dünnen Beinen, ein Kind noch, und das Haus und Bax und das Leuchten seines Fensters waren so weit entfernt, dass sie ebensogut in einem anderen Land hätten sein können.

Genau vor ihr war das Gras blutverschmiert, und dieser Anblick, diese Tatsache, war wie ein Peitschenhieb. Eigentlich wollte sie die beiden Lämmer behutsam auf den Boden setzen, doch die Wut packte sie, und so ließ sie sie einfach auf die nasse Erde und das zertrampelte Gras fallen und stürzte sich auf ihre Tochter. »Was ist denn los mit dir?« fuhr sie sie an, riss ihr das Ding aus den Armen und warf es weg wie Abfall, denn nichts anderes war es ja. Sie hätte sie ohrfeigen können. Sie anschreien können. Sah sie denn nicht, was hier los war? Verstand sie denn nicht?

»Du bleibst hier stehen und rührst dich nicht vom Fleck. Ich bringe so viele wie möglich her, genau hierhin.« Ihre Stimme hob sich, ein heißer Adrenalinblitz durchfuhr sie.

Anise starrte sie nur an.

»Halt ihnen die verdammten Vögel vom Hals. Hast du verstanden? Mehr will ich nicht.«

Das Gesicht ihrer Tochter war bleich und klein, so fern, als stünde sie noch immer am anderen Ende der Wiese. Sie war fünfzehn. Sie liebte Tiere, sie liebte ihren Hund, sie liebte die Lämmer, aber das hier hatte nichts mit Liebe zu tun.

»Wach auf!« schrie Rita. Sie spuckte die Worte aus, das Blut rauschte in ihren Ohren, und sie wandte sich bereits ab und blickte sich nach anderen Lämmern um, die bisher verschont geblieben waren, nach dünnen Beinchen und flauschigen, regennassen, blutnassen Fellen, doch sie sah nur Raben, Dutzende von Raben, die sich flatternd über die Kadaver breiteten wie schwarze Decken.

OVIS ARIES

Niemand weiß genau, wann Schafe nach Santa Cruz eingeführt wurden, aber die ersten Herden, die diesen Namen verdienten, erschienen in den fünfziger Jahren des neunzehnten Jahrhunderts auf Veranlassung von Andrés Castillero, dem ersten Privatbesitzer der Insel, oder vielmehr seinem Agenten James Brown Shaw, einem Mann aus Santa Barbara, den er als Verwalter angestellt hatte. 1836 hatte sich Alta California für kurze Zeit von Mexiko abgespalten, und bei den anschließenden Verhandlungen über die Wiedereingliederung hatte Castillero eine bedeutsame Rolle gespielt. Zum Dank hatte ihn der mexikanische Innenminister auf Anordnung des Präsidenten zum alleinigen Besitzer der ganzen Insel Santa Cruz gemacht. Aus Sicht der mexikanischen Regierung war dies zweifellos ein Geschenk von minderem Wert, denn man fand, die Inseln seien wegen ihrer Trockenheit, Unzugänglichkeit und Entfernung vom Festland nicht von Interesse. Shaw errichtete im Haupttal, etwa fünf Kilometer von Prisoners' Harbor an der Nordküste entfernt, ein Haus und mehrere Nebengebäude und brachte Rinder, Pferde und Schafe auf die Insel. Wenige Jahre später fielen ganz Kalifornien sowie Texas, New Mexico, Nevada, Utah und Arizona im Vertrag von Guadelupe Hidalgo an die USA, und Castillero, der sich seiner Besitzrechte begreiflicherweise nicht mehr sicher war, gab am 25. Mai 1858 folgende Anzeige im *Daily Alta California* auf:

ZU VERKAUFEN: Eine Insel mit etwa 60000 Morgen Land, gut bewässert, mit zahlreichen kleinen Tälern, die ausgezeichnete Schafweiden aufweisen. Es gibt keine wilden Tiere, welche die Herden gefährden könnten. Ein guter Hafen sowie geschützte Ankerplätze sind vorhanden.

Ein Jahr darauf erwarb ein von Eustace Barron, dem englischen Konsul in Tepíc, Mexiko, angeführtes Konsortium die Insel. Shaw blieb Verwalter. Die neuen Besitzer wollten Schafzucht in großem Stil betreiben und erwarben jenseits des Atlantiks erstklassige Zuchttiere – Merinoschafe aus Spanien und langhaarige Leicesterschafe aus England, Rassen, die nicht nur für ihre hervorragende Wollqualität, sondern auch für ihre Robustheit und Anpassungsfähigkeit bekannt waren. Unberührtes Weideland und das Fehlen jeglicher Raubtiere (damals brüteten auf den Santa-Barbara-Inseln noch keine Steinadler) ließen die Herden gedeihen. Zehn Jahre später gab es fünfzigtausend Schafe auf der Insel. Das ehemals schaflose Santa Cruz wimmelte plötzlich von Schafen. So konnte Barron seine Anteile mit Gewinn an eine Handelsgesellschaft in San Francisco verkaufen. Die neuen Besitzer gründeten die Santa Cruz Island Company und setzten als Direktor Justinian Caire ein, einen weitblickenden französischen Eisenwarenhändler, der in den Westen gekommen war, um beim großen Goldrausch einträgliche Geschäfte zu machen, stellten jedoch bald fest, dass die Menge der Schafe zu groß war. Quellen waren ausgetrocknet. Die Insel war überweidet. Es musste sich etwas ändern.

Wenn die Einführung von Ratten in ein geschlossenes Ökosystem die katastrophalsten Folgen hat, so belegen Schafe und Ziegen mit ihrer Fähigkeit, noch die kleinsten Nischen zu besetzen und praktisch alles bis auf die nackte Erde abzufressen und zu verdauen, einen knappen zweiten Platz. Das Hauptproblem ist natürlich die Überweidung. Barrons Schafe fraßen sich wie ein Buschfeuer durch die Vegetation der Insel und verschmähten, als die von ihnen bevorzugten Gräser und Kräuter abgeweidet waren, weder die heimischen Sukkulenten noch Büsche oder junge Bäume. Die Trockenzeiten wurden immer länger. Die Winde wehten. Und als mit den Monsunstürmen der Regen kam, wurde die von den Wurzeln der vernichteten Pflanzen nicht mehr festgehaltene Erde abgetragen, so dass die Hänge aussahen wie ein stümperhaft gehäuteter Kadaver. Das Meer färbte sich dunkel vom Schlamm. Die ihres Schutzes und der Ressourcen beraubten heimischen Pflanzen starben ab, und die Kiefernwälder in den höheren Lagen wurden durch die permanente Beweidung ausgedünnt, so dass es weniger Zweige gab, an denen sich der Nebel niederschlagen konnte, und die Insel noch trockener wurde. Also brachte Monsieur Caire seine Lämmer auf den Markt, schor die Herde in der *transquila* am Hauptgebäude, verkaufte die Vliese nach Gewicht, ging in die Hügel und schoss die Tiere, für die er keine Verwendung hatte. Etwa vierundzwanzigtausend Schafe wurden getötet, und immer noch wurden Hornklee, Mädchenaugen und Fetthennen, Malven und Stachelbeeren, Manzanita und Gauklerblumen, Glanzmispeln und Bergmahagoni abgefressen, bevor sie blühen und Samen tragen konnten. Und mit ihnen ging auch die Zahl der Dickkopffalter und Schnaken, der Laubheuschrecken und Wurmsalamander beständig zurück.

Für Caire war das Problem der Überweidung durch Diversifizierung zu lösen. Er fand seine Partner ab und ließ sich auf der Insel nieder. Man legte Äcker für Feldfrüchte und Futterpflanzen an. Man pflanzte Weinstöcke und baute einen Weinkeller. Man brachte Rinder auf die Insel und errichtete Außenposten bei Christy Beach im äußersten Westen und bei Smugglers' Cove und Scorpion Anchorage im Osten. Die Rinder ließ man, wie die Schafe, auf die Weide, begrenzte ihre Zahl jedoch durch rigorose Auslese. Einige Schafe verwilderten und wurden zum Vergnügen gejagt, ebenso wie die Schweine, die wie Ungeziefer ihr Unwesen trieben, Zäune niederrissen, Äcker verwüsteten und im Schutz der Dunkelheit in die Weinberge eindrangen und nichts als Scheiße und zerstörte Pflanzen hinterließen. Trotz der Empfindlichkeit des ökologischen Gleichgewichts machte die Santa Cruz Island Company gute Geschäfte, indem sie Lamm- und Rindfleisch, Wolle, Häute, Talg und Wein auf das Festland lieferte, doch vor allem der Wein war es, der die Kassen klingeln ließ.

Caire hatte ein Vermögen damit verdient, den Goldgräbern Spitzhacken, Schaufeln und dergleichen zu verkaufen, wenn sie mit verzerrten Gesichtern von den Schiffen gerannt kamen, in den verschwitzten Händen mit Bleistift gezeichnete Karten von Feather Ridge, Coloma und Dutch Flat, und ihnen französisches Porzellan und Silberbesteck aus Sheffield anzubieten, wenn sie mit

Taschen voller Gold zurückkehrten, und das war schön und gut. Doch er fühlte sich zu Höherem berufen und sah sich als *propriétaire* mit einem Château und einem riesigen Weinkeller wie man sie in Bordeaux und der Languedoc sah. Er hatte das *terroir*, nun brauchte er noch *les vignes*. (Nicht zu vergessen natürlich eine Frau, eine Châtelaine, mit der er die Dynastie begründen konnte, die er sich jede Nacht vor dem Einschlafen erträumte.) Er fuhr nach Europa, um diese Frau zu finden – es war Maria Cristina Sara Candida Molfino aus Rapallo, einem Bezirk, wo die Reihen der Weinstöcke seit unvordenklichen Zeiten wie ein Gewebe auf den terrassierten Hügeln lagen, wo sich die Menschen mit Trauben und Wein auskannten, wo ihnen der Wein im Blut lag und keine Mahlzeit, auch nicht das Frühstück, seiner heilsamen Wirkung entraten musste –, und kehrte mit den besten französischen Rebstöcken, die er hatte finden können, nach Amerika zurück.

Er hatte eine gute Wahl getroffen, sowohl in Hinblick auf seine Frau, die ihm neun Kinder schenkte, von denen sechs das Erwachsenenalter erreichten, als auch was die zum *terroir* passenden Rebstöcke betraf. Das Haupttal mit seiner mineralstoffreichen Erde, den warmen Tagen und kühlen, nebligen Nächten bot ideale Bedingungen für eine Reihe von Rebsorten, und Anfang der neunziger Jahre des neunzehnten Jahrhunderts lieferte die Kellerei Santa Cruz Island hervorragenden Zinfandel, Pinot Noir, Burgunder, Muscat de Frontignan, Chablis und Riesling nach San Francisco. Und als die Reblaus die Weingärten der Alten Welt und auch siebzigtausend Morgen in Kalifornien vernichtete, blieben Monsieur Caires sechshundert Morgen verschont: Weder die Reblausfliegen noch die eigentlichen Rebläuse vermochten den Santa-Barbara-Kanal zu überwinden. Wein war knapp. Die Preise stiegen. Selbst nach dem Tod des Besitzers im Jahr 1897 warf die Kellerei in den Händen seiner beiden Söhne Arthur und Frédéric guten Gewinn ab, bis die menschengemachte Katastrophe der Prohibition sie zweiundzwanzig Jahre später in die Knie zwang. Unberührt von solchen Wechselfällen des Schicksals setzten die Schweine ihre Überfälle fort und grasten die Schafe, wo sie wollten, bis die Söhne schließlich die Rebstöcke ausrissen, auf einen großen Haufen warfen und verbrannten, so dass nur die tiefen horizontalen Furchen auf den Hügelflanken blieben, die aussahen wie die Narben uralter Wunden.

Monsieur Caire hatte die Insel in seinem Testament in sieben Parzellen aufgeteilt, eine für jedes seiner Kinder und eine – Parzelle 5, die bei weitem größte, auf der auch das Hauptgebäude der Ranch und die Kellerei standen – für ihre Mutter Maria Cristina Sara Candida Molfino Caire oder Albina, wie man sie barmherzigerweise nannte. Die Aufteilung war umstritten. Jedes der Kinder fühlte sich betrogen. So hatte Arthur, der älteste Sohn, die Christy Ranch im Westen erhalten, doch es gab dort keinen Hafen zum Verschiffen, während Edmund Rossi, der Sohn seiner verstorbenen Schwester Amélie, die weit begehrenswertere Parzelle 7 am Ostende der Insel und Arthurs Schwester Aglae die Parzelle 6 bekommen hatte, zu der die Scorpion Ranch und deren exzellenter, geschützter Ankerplatz gehörten. Man zog vor Gericht. Nach und nach starben die ursprünglichen Erben, doch deren Erben führten den Kampf weiter. Die Bedingungen verschlechterten sich, die Weltwirtschaftskrise setzte ein, die Schafe grasten.

1937 schließlich wurden die Hauptranch sowie die vier westlichen Parzellen, die an sie grenzten, in einem Paket an Edwin Stanton verkauft, einen Ölbaron aus Los Angeles, der die Schafzucht wiederbeleben wollte und eine heimische Rasse auf die Insel brachte, um sie mit den Resten der ursprünglichen Herde zu kreuzen und die verwilderten Tiere anzulocken. Dieses Unternehmen gab er bald auf, denn die Schafe, ob zahm oder verwildert, zerstreuten sich bis in alle Ecken und Winkel der Insel, so dass es zu aufwendig gewesen wäre, sie jedes Jahr zusammenzutreiben, um sie zu scheren, zu kastrieren und mit Brandzeichen zu versehen. Er ließ dreißigtausend Tiere schlachten und verlegte sich auf Rinder, mit wechselndem Erfolg. Nach seinem Tod im Jahr 1963 übernahm sein Sohn Carey die Mehrheit der Anteile und führte die Viehzucht weiter, bis er selbst 1987 starb. Er vermachte den gesamten Besitz der gemeinnützigen Naturschutzorganisation Nature Conservancy. Berufsjäger wurden eingestellt, die die verbleibenden Schafe töteten und somit der Haustierpopulation des größten Teils von Santa Cruz den Garaus machten.

Doch auf den beiden östlichen Parzellen, die im Besitz von Monsieur Caires Nachkommen geblieben waren, grasten weiterhin Schafe. Sie nagten die Rinde von den endemischen Eichen, Schaumspieren und Kirschbäumen, zermalmten die Samen der Bischofskiefern zwischen den Zähnen und verdauten in ihren vier ineinander übergehenden Mägen jedes Blatt und jeden Stiel, den die Erde hervorbrachte, bis es war, als würde diesen Hügeln der Gürtel immer enger und enger geschnallt.

Als Bax 1979 den Posten des Verwalters übernahm, war die Ranch dabei zu verfallen, und die Schafzucht spielte kaum mehr eine Rolle. Die Besitzer – Pier und Francis Gherini, Urenkel des *propiétaire* – hatten den Plan, ihren Teil der Insel in einen Urlaubspark mit Yachthafen, Golfplatz, Ferienhäusern und Restaurants zu verwandeln, doch als die Behörden von Santa Barbara ihnen auf Drängen des National Park Service die Genehmigung verweigerten, ließ ihr Interesse nach, und was immer die Scorpion Ranch einst gewesen war – jetzt war sie es nicht mehr. Bax erweckte sie zu neuem Leben. Die beiden stellten ihn ein, um wenigstens ein bisschen Profit aus dem Land herauszuholen, und er strengte sich an, stellte Männer ein, reparierte Zäune, trieb so viele verwilderte Schafe zusammen wie möglich und brachte siebzig gekörte Rambouillet-Böcke auf die Insel, um die Zucht aufzuwerten. Und Rita strengte sich ebenfalls an. Und Francisco. Und Anise. Alle strengten sich an. Aber wie konnte man hoffen, irgend etwas zusammenzuhalten, wenn die Welt so leicht zerbrechen konnte wie Bax' Rippen und der lange weiße Knochen, der auf den glänzenden schwarzen Röntgenbildern des linken Beins wie ein Geisterknochen aussah? Bax war bettlägerig, das war die Tatsache, und irgendwelche Männer waren unbefugt eingedrungen, hatten mit Gewehren herumgeballert und die Mutterschafe von ihren Lämmern vertrieben.

Anise war untröstlich. Als es vorbei war – und es war erst vorbei, als die Raben es beschlossen, als sie sich wie große geflügelte

Schnecken von dem Festmahl erhoben und davonflogen –, ging Rita zu ihr. Sie fand sie inmitten der Lämmer zusammengekauert auf dem niedergedrückten Gras, das tropfnasse Haar hing ihr ins Gesicht, die Schultern zuckten, und die Kleider waren nass von Regen und Blut. Einige der Lämmer waren so schwach, dass sie nicht stehen konnten, ihre übergroßen Ohren lagen flach auf dem Gras, und ihr Blöken klang wie ein disharmonischer Klagegesang. Sie brauchten den Schutz, die Wärme, die Milch ihrer Mütter, und wenn sie die nicht bald bekamen, würden die Verluste weit größer sein als die dreiundsiebzig toten Lämmer, die Rita bereits gezählt hatte.

»Komm, Schatz«, sagte sie und mühte sich, ihre Stimme unter Kontrolle zu halten, »komm, wir gehen ins Haus, dann kannst du dir was Trockenes anziehen, und ich mache Tee. Oder Schokolade. Wie wär's mit heißer Schokolade?«

Anise gab keine Antwort. Sie hockte da, die Arme um die Knie geschlungen, und wiegte sich vor und zurück. Ihre zusammengepressten Lippen waren blutleer und zuckten wie eine Wünschelrute. Sie sah nicht einmal auf.

Rita stand im Regen und versuchte, ihrer Tochter zuliebe sanft und vernünftig, tröstend und mütterlich zu sein, doch in Wirklichkeit war sie nichts dergleichen. In diesem Augenblick sah Anise aus wie Toby, wenn er deprimiert war, wenn sie auftraten und praktisch niemand gekommen war, wenn der Typ von der Plattengesellschaft ihnen sagte, er habe Vorbehalte gegen einige der Songs auf ihrem zweiten Album, denn sie seien schwach, nein, mehr als schwach, sie seien Scheiße, reine, unverfälschte Scheiße, und Toby war das letzte, an was sie jetzt denken wollte. Toby mit seinen Wutanfällen, seinen Affären, seinem Koks. *Cocaína*, nannte er es. *Lass uns ein Näschen Cocaína ziehen.* Super. Tolle Idee. Wo sie noch nicht mal die Miete bezahlen konnten.

Sie riss sich zusammen. »Wir können nichts tun«, sagte sie. Der Geruch des Regens verstärkte den Gestank des Todes, der über der Wiese lag, und schließlich wollte sie sich nur noch auf die nasse Erde sinken lassen – genau hier, vor den Augen ihrer Tochter – und weinen, bis sie keine Tränen mehr hatte. Wozu das alles? Wozu die

Sorgen, die Entbehrungen, wozu jeden Cent in die Herde stecken, ohne etwas davon zu haben, außer dass sie nur immer größer wurde? »Was geschehen ist, ist geschehen, wir können jetzt nur die Mütter zu ihren Kleinen zurückkehren lassen. Siehst du?« sagte sie und wies über die Wiese zu den Hügeln, wo Francisco und Bumper die Herde zusammentrieben. »Sie kommen schon. Sie sind genauso besorgt wie wir.«

Anises Stimme war leise und bitter. »Und was ist mit denen, die keins mehr haben, um das sie besorgt sein können? Was sollen die tun?«

»Ich weiß«, sagte sie. »Ich weiß, wie weh das tut.«

Sie dachte daran, wie im vergangenen Jahr ein Lamm gestorben war, weil es ein verkümmertes Bein gehabt hatte, und die Mutter immer wieder an den Überresten – den Hufen, dem Schädel, dem Fell – geschnuppert hatte, auch als das Fleisch schon längst verwest gewesen war. Es war eine Art von Schmerz, die den Sprung von einer Spezies zur anderen schaffte, von *Ovis aries* zu *Homo sapiens*, auch jetzt, da dreiundsiebzig Mutterschafe vergeblich nach Lämmern riefen, die nicht mehr antworten konnten, und die Raben in den Bäumen saßen und lachten.

»Wir müssen die Polizei rufen«, sagte Anise mit leiser, fester Stimme, und jetzt blickte sie auf und sah sie starr und streng an. »Sie sollen dafür bezahlen, diese Schweine, diese *Jäger*. Für jedes einzelne.«

»Ja, Schatz, das tun wir.« Sie spürte, dass Wut und Hass und Verzweiflung sie aufs neue überkamen. »Ich werde gleich ans Funkgerät gehen und den Sheriff rufen, denn das ist unbefugtes Betreten und, ich weiß nicht, Sachbeschädigung oder –«

»Mord.«

Eine Meeresbrise kam auf – das scharfe Jodaroma stieg ihr in die Nase, der salzige Geruch von Schuppen, Federn und Flossen. Der Regen löste sich auf, bis es nur noch tröpfelte. »Das stimmt«, sagte sie. »Darauf läuft es hinaus.« Ungeduldig streckte sie die Hand aus. »Aber komm jetzt, Schatz, steh auf, *beweg dich*. Wir müssen ans Funkgerät, solange es noch die Möglichkeit gibt, sie zu schnappen.«

Anise erhob sich und strich die nasse Jeans glatt. Die Lämmer lagen einfach da und blickten in den Wind, aber die Mutterschafe trotteten bereits herbei, und jedes erkannte sein Junges an Geruch und Stimme. »Aber was soll der Sheriff schon tun? Wenn er überhaupt kommt, dann erst in ein paar Tagen, und dann sind diese Kerle längst weg.«

»Ich weiß nicht«, sagte Rita und wandte sich zum Haus, »vielleicht können wir die Küstenwache alarmieren.« Einer der Männer, der Anführer, war ein großer Blonder mit kantigem Kinn, der aussah wie einer dieser blöden Catcher, die sich ihr Vater immer gern im Fernsehen angeschaut hatte, wenn sie ihn als Kind in New York besucht hatte. Er hatte sie nicht mal eines Blickes gewürdigt. Und er hatte kein Gewehr getragen wie die anderen beiden – sie waren vorbeigedonnert, die Gewehre über die Schultern gehängt, während sie an den Griffen ihrer Maschinen gedreht und nach Schlaglöchern, Hindernissen und einem dunklen Keiler Ausschau gehalten hatten. Wahrscheinlich hielt er sich für den wahren Könner, denn er hatte sich einen Bogen und einen Köcher voller Pfeile umgehängt. Der große starke Mann. Der große Held. »Denn sie müssen ja irgendwo ein Boot haben...«

Anise ging neben ihr her, groß, schlaksig, die Schultern gebeugt unter der Last all dessen, was falsch war, und das Buch in seinem Plastikeinband an die Brust gepresst. Das Haus lag vor ihnen, aus dem Schornstein stieg Rauch, Bax' Licht brannte, und alles war, als wäre gar nichts geschehen, als wären die Uhren und die Sonne stehengeblieben. »Was glaubst du, wo die sind? Smugglers' Cove? Da haben wir doch Schilder aufgestellt – also können sie nicht sagen, sie hätten nichts gewusst...«

»Keine Sorge, mein Schatz«, sagte Rita und ging, so schnell ihre Beine sie trugen. Das war aus irgendeinem Song, oder nicht? Sie hatte Texte im Kopf von all den Songs, die sie gehört und gesungen hatte und noch singen würde, wenn das hier vorbei war, und gerade jetzt stellte sie sich einen neuen vor, im Bluesrhythmus. Er würde von tödlicher, gnadenloser Rache handeln. »Keine Sorge«, wiederholte sie, und die Worte fühlten sich in ihrem Mund wie kleine kalte Steine an, »das werden diese Scheißkerle noch bereuen, das verspreche ich dir.«

Aber sie bereuten es nicht. Sie würden es nie bereuen. Denn es hatten sich Räder in Bewegung gesetzt, von denen Rita nichts ahnte, und als sie die Treppe hinauf zum Schlafzimmer ging, stellte sie zu ihrer Überraschung fest, dass Bax aufgestanden war und sich seine Flanellhemden – er trug, je nach Temperatur, drei oder vier übereinander – und seine Jeans mit dem wegen des Gipsverbands abgeschnittenen Bein angezogen hatte. Er saß auf der Stuhlkante und versuchte, die Socken überzustreifen, doch jedesmal, wenn er die Arme nach seinem gesunden Fuß ausstreckte, ließ der Schmerz in den Rippen ihn zurückfahren, als wäre er an einem Gummiseil befestigt. Er verzog das Gesicht. Stieß einen Fluch aus. »Verdammt!« knurrte er, als sie zur Tür hereinkam. »Kannst du mir mal helfen? Und meine Stiefel. Wo sind meine Scheißstiefel?«

Sie streifte die Socken über seine kalten weißen Füße mit den dicken gelben Nägeln und den breiten Zehen, bevor sie etwas sagte, und als sie es sagte, war sie schon wieder an der Tür. »Du meinst deinen Stiefel. Denn der linke passt nicht über den Gips, nicht mal, wenn ich ihn aufschneide. Und ich weiß nicht, ob du überhaupt aufstehen solltest.«

»Ich hab zwei Schüsse gehört«, sagte er und fuhr zu ihr herum, wobei das linke Bein in seiner schmutzigweißen Gipshülle herumschwang wie ein Pendel. »Wer war das? Ausflügler? Jäger?«

Es waren die Ausflügler, die jedesmal, wenn sie auftauchten, ob bei Tag oder Nacht, ihre Illusion von friedlicher Harmonie zerplatzen ließen, ob es sich nun um einen Taucher handelte, der während der Schonzeit Abalone gesammelt hatte und in Sichtweite des Strandes ertrunken war, so dass ausgerechnet Anise ihn bei Ebbe gefunden hatte – das Gesicht war weggefressen gewesen, und der eine Arm hatte steif und gekrümmt vom Körper abgestanden, als wollte er sie zum Tanz auffordern –, ob es Spinner waren, die riesige Feuer entzündeten, gestrandete Sportangler oder ein paar Teenager im Kajütboot ihres Daddys, die aus Santa Barbara herübergefahren waren und bei Scorpion Rock auf eine Schule Grauwale geschossen hatten. Man musste auf alles gefasst sein, besonders im Sommer, wenn irgend jemand, den man noch nie gesehen hatte, seelenruhig in die Küche spaziert kam, als wäre die ganze

Ranch nichts weiter als eine Kuriosität in einem Freiluftmuseum. Aber das hier waren keine Ausflügler. Das hier war schlimmer.

»Jäger«, sagte sie.

Er blieb knapp vor ihr stehen und stützte sich schwankend auf die Krücken. Er war riesig, das Haar auf dem großen Kopf war im Verlauf des vergangenen Jahres weiß geworden, und der gleichfalls weißgesprenkelte Bart verdeckte den Kragen und stand nach beiden Seiten ab, als würde ihm ein starker Wind ins Gesicht wehen.

»Wo? Doch nicht auf unserem Grund?«

Sie bemühte sich, nicht laut zu werden. »Genau auf der Scorpion-Wiese. Mitten auf der Wiese.«

»Scheiße! Diese Scheißidioten! Haben wir welche verloren?«

Sie nickte nur. »Anise ist unten am Funkgerät und versucht, die Küstenwache zu alarmieren. Diesmal müssen sie dafür bezahlen.«

»Wie haben sie ausgesehen?«

Und jetzt musste sie sich noch einmal den Bildern aussetzen: wie sie gekommen waren, rücksichtslos, ahnungslos, wie die Mutterschafe gerannt waren. »Ich weiß nicht. Wie irgendwelche Idioten eben. Einer hatte Pfeil und Bogen und trug einen Tarnanzug, als wären wir hier in Vietnam oder so.«

Bax schob sich durch die Tür. Sie folgte ihm zum Kopf der Treppe. Unter ihnen lag die Küche: Da stand der lange Tisch, da hing der Schweinekopf, den Bax hatte ausstopfen lassen und der auf den Raum herabsah mit seinen Hauern und seinem schiefen Grinsen, als wäre der Tod bloß ein guter Witz. »Er war« – Bax gab ihr die Krücken, damit er sich am Geländer festhalten und eine Stufe nach der anderen hinunterhumpeln konnte – »nicht zufällig blond?«

»Doch, ja, das war er«, sagte sie und schob die Schulter unter seinen Arm, um ihn zu stützen.

»Groß? In den Vierzigern?«

»Ja, ich glaube schon. Warum? Kennst du ihn etwa?«

»Scheiße, ja. Das ist Thatch.« Noch eine Stufe und noch eine, der Raum unter ihnen weitete sich: Da waren der Herd, der Ofen, der stumpfe Glanz der verbeulten Töpfe und Pfannen, ihr Arbeitsplatz und der Hort der Häuslichkeit. Sie hörte Anises Stimme –

»Mayday! Mayday! Mayday!« – und das statische Rauschen, wenn sie die Sendetaste losließ. *Wer ist Thatch?* war die Frage, die sie stellen wollte, aber er beantwortete sie bereits. »Kennt er die Regeln nicht? Die haben mir gesagt, dass er sich auf jeden Fall von der Ranch fernhalten und nur in den Hügeln jagen wird.«

»Wer hat dir das gesagt?«

Er atmete schwer, er schwitzte, obwohl es im Haus kaum wärmer als zwölf Grad war, und am unteren Ende der Treppe zuckte er zusammen, als sie ihn nicht mehr stützte und ihm die Krücken reichte. Sein Blick wich dem ihren aus. »Die Besitzer«, sagte er.

»Was meinst du damit? Sie haben doch nicht etwa –«

»Doch«, sagte er, und seine Stimme war jetzt ganz tief – es war mehr ein Schnauben oder Knurren als ein artikuliertes Wort. »Ich wollte es dir schon seit Wochen sagen, aber dann war der Unfall und so weiter, und ich habe –«

Sie war fuchsteufelswild, sie kochte. »Und du hast was? Mich belogen? Mich im dunkeln gelassen? Mich behandelt wie eine Aushilfe, eine Köchin anstatt wie das, was ich bin oder für was ich mich jedenfalls gehalten habe? Du Scheißkerl. Du bist noch schlimmer als die!«

Er schleppte sich durch den Raum bis zur Tür, bevor er antwortete, und als er den Mund öffnete, griff er bereits nach dem Kleinkalibergewehr, als könnte er damit etwas ausrichten gegen eine Bande von Schweinemördern mit Präzisionsgewehren und einem Fünfzig-Pfund-Bogen. »Sie haben denen die Erlaubnis gegeben, hier zu jagen. Und ich wollte nicht, dass du dich aufregst und wütend wirst, denn wenn die Besitzer das so haben wollen, können wir sowieso nichts dagegen tun – nur dass ausgemacht war, dass sie unseren Grund nicht betreten, sondern in den Hügeln bleiben, und jetzt haben sie den Vertrag gebrochen.« Er wandte wütend den Kopf zum anderen Ende des Raums, wo Anise an dem großen Stahlblechtisch saß, an dem sie ihren Papierkram erledigten, und »Mayday!« in das Mikrofon des Funkgeräts rief. »Schalt das verdammte Ding ab! Anise! Schalt das Ding ab!«

Rita legte die Hand auf seinen Arm. Er verzog das Gesicht, schwankte und versuchte, mit zwei Händen und zwei schimmernden, lackierten Krücken das Gleichgewicht zu bewahren, das Gewehr zu halten und zugleich die Tür zu öffnen. »Was hast du vor? Willst du sie erschießen? Du kannst ja kaum stehen.«

Er war draußen auf dem Treppenabsatz, und dann stieg er vorsichtig die Stufen hinunter. Die Gummikappen der Krücken sanken tief in den Matsch ein und waren dunkel verschmiert. Seit es den Jeep nicht mehr gab, war ihr einziges Transportmittel der altersschwache Ford Pick-up, den einer ihrer Vorgänger hinterlassen hatte. Bax und Francisco hatten ihn wiederbelebt, doch er war extrem launisch, und sie steckten so viel Zeit hinein wie eine Boxencrew vor einem Autorennen. Bax' Schultern über den Krücken waren hochgezogen, er nickte bei jedem mühsamen Schritt, und das Gipsbein schwang wild vor und zurück, als er auf den Wagen zuging. Sie war direkt hinter ihm, ebenso wütend über diese Absprache, die er ihr wochenlang verschwiegen hatte, wie über das Abschlachten der Lämmer. Er zerrte vergeblich an der Beifahrertür, schlug mit der flachen Hand auf das verrostete Blech, fuhr herum und funkelte sie an. »Mach die verdammte Tür auf. Und dann setz dich ans Steuer.«

Sie öffnete die Tür, und er kletterte mühsam und fluchend hinein. Das Gipsbein war wie ein Stück Holz, das er irgendwie unterbringen musste, das Gewehr rutschte klappernd über den Boden, die Krücken verhedderten sich, Holz stieß polternd gegen Metall. Als sie ihm helfen wollte, schüttelte er sie ab und zerrte an den Krücken, als wollte er sie zerbrechen, und so gab sie es auf, ging zur Fahrerseite und setzte sich ans Steuer. Sie sah zu, wie er sich mit den sperrigen Holzkrücken abmühte, und wollte etwas sagen, verkniff es sich aber, denn er würde tun, was er sich in den Kopf gesetzt hatte, und weder Ratschläge noch Sympathie oder Appelle an die Vernunft würden daran etwas ändern, und so schob sie den Schalthebel auf Leerlauf, trat auf Kupplungs- und Gaspedal, drehte den Zündschlüssel und hörte, wie der Anlasser drehte und der Motor mit einem von keinem Auspuff gedämpften Dröhnen ansprang. Bax saß jetzt im Wagen, er hatte die Krücken auf die Ladefläche geworfen und die Tür zugeknallt. Sie gab Gas und legte den Gang ein, und der Pick-up setzte sich in Bewegung und holperte durch die Schlaglöcher. »Wohin?« fragte sie mit leiser, scharfer Stimme, und am liebsten hätte sie ihn wissen lassen, was sie von ihm hielt, doch er kam ihr zuvor.

»Smugglers'«, sagte er.

Vor ihrem geistigen Auge sah sie das Ranchhaus dort, heruntergekommen, unbewohnbar, eine Art Geisterhaus, in das sie manchmal ging, um Schutz vor Regen zu suchen oder den Phantomschritten der Schäfer zu lauschen, die einst auf den Dielenbrettern herumgestampft waren. Dort würden die Männer sein, das wusste sie. Aber was sie nicht gewusst hatte – was er ihr nicht gesagt hatte –, war, dass sie den Segen der Besitzer hatten. Dass die Besitzer beschlossen hatten, zu diversifizieren, weil die Schafzucht so gut wie nichts einbrachte und sie wie jeder Investor eine Rendite wollten. Sie lebten an der Küste, in schönen, warmen Häusern, sie aßen in Restaurants und gingen ins Kino, in den Yachtclub, ins Konzert oder wohin auch immer und hatten keine Ahnung, wieviel Arbeit und Engagement Bax und sie in die Ranch gesteckt hatten. Nicht die leiseste Ahnung. Nicht den Hauch einer Ahnung.

Plötzlich hatte sie Angst. Vor drei Stunden noch hatte sie sich sicher gefühlt, sie war heiter gewesen, gelassen, ihre Gedanken waren auf das Lammen gerichtet gewesen, auf das Leben, auf Geben und Zuwachs, und jetzt war sie in einem brennenden Haus mit vernagelten Fenstern gefangen. Sie riss am Lenkrad, trat auf die Bremse und dann aufs Gas. Es gab einen Augenblick der Schwerelosigkeit, gefolgt von einem rumpelnden Schleifen und dem Aufspritzen pissgelben Wassers, als sie in den Scorpion River eintauchten und sich die gegenüberliegende Böschung hinaufkämpften. Der Schalthebel vibrierte unter ihrer Hand, der Motor hustete und keuchte. Sie schaltete in den ersten Gang und fuhr die Straße zum Hügelkamm hinauf, immer weiter, vorbei an der Stelle, wo Bax mit dem Jeep abgestürzt war, und in Serpentinen immer höher hinauf, bis Scorpion Bay unter ihnen lag: Die Ranch war das Zentrum eines Spinnennetzes aus Straßen und Wegen, die sich von ihr in alle Richtungen erstreckten, als wäre sie der Mittelpunkt der Welt. Die Bäume webten ihren grünen Saum, und die Mutterschafe waren nur noch kleine farblose Flecken, die ihre Lämmer leckten. Das Gewehr lag zu ihren Füßen auf dem Wagenboden und rutschte hin und her, während sie durch Schlaglöcher und Kurven fuhr. »Was hast du vor?« fragte sie ihn mit zusammengebissenen Zähnen. Ihre Schultern zuckten, der Sitz unter ihr bockte, und Bax klammerte sich an den Türgriff.

Er sah sie gequält an. Die Schmerzen in den Rippen machten ihm zu schaffen, das war deutlich, aber im Augenblick empfand sie keinerlei Sympathie für ihn, nicht das allerkleinste bisschen. »Ich weiß nicht«, sagte er, und das Gewehr rutschte mit dem Lauf voran durch das Fahrerhaus, so dass sie es mit dem Fuß vom Gaspedal schieben musste. »Ich glaube, ich werde mal mit ihnen reden müssen.«

Als sie den Hügelkamm erreichten, begann der Himmel aufzuklaren. Die dunklen Wolken zogen ab und verdeckten die Küste des Festlands im Norden, und alle hatten einen silbernen Saum. Hier kamen sie besser voran, denn das Terrain auf der Mesa zwischen den beiden Ranches war völlig eben, aber die Straße war schlammig, und hinter jeder Kurve lauerten herabgerollte Felsbrocken oder mehr oder weniger große Erdrutsche. Ein halbes Dutzend Mal musste sie aussteigen und Felsen beiseite wälzen oder die Schaufel schwingen, die für ebensolche Gelegenheiten auf der Ladefläche lag, und die ganze Zeit saß Bax da und kochte innerlich. Selbst zur besten Jahreszeit war die Straße nicht gut befahrbar – jedes Frühjahr nach der Regenzeit mühten sich Bax und Francisco abwechselnd, den alten John-Deere-Bulldozer zum Leben zu erwecken, um Felsen und Gebüsch aus dem Weg zu räumen und die ausgewaschenen Schründe zu schließen –, doch jetzt, da der Jeep mit seinem Allradantrieb Schrott war und nur noch der Pick-up zur Verfügung stand, war sie besonders schlimm. Während sie schleudernd die Mesa durchquerten, dachte Rita mit Grauen an die Serpentinen, die sie gleich würde hinunterfahren müssen. *Das* würde schlimm werden – wenn die nasse Erde nachgab, wenn die Räder sich auf die Böschung zubewegten, die keine Böschung mehr war, sondern die Kante eines Abhangs, einer Schlucht.

Als sie den nächsten Hügelkamm erreicht hatten und die Straße abzufallen begann, konnten sie Smugglers' Ranch und den inzwischen verwilderten Olivenhain erkennen, den jemand angelegt hatte, als die Ranch noch bewirtschaftet gewesen war, als es Heuwiesen für das Vieh gegeben und man Trauben gepflückt und Olivenöl gepresst hatte. Alles sah aus wie immer, jedenfalls von hier oben, aber sie wagte es nicht, die Augen für mehr als einen kurzen Blick von der Straße zu wenden, während sie durch ausgewaschene Rinnen fuhr, so weit rechts, dass das bisschen Lack, das noch auf den Kotflügeln und der verbeulten Tür sein mochte – das einzige, was zwischen Bax und der Felswand war –, einfach abgeschliffen wurde. »Herrgott«, sagte er – zweimal –, aber davon abgesehen sprach er kein Wort.

Das Lenkrad zuckte hin und her wie eine Handvoll Schlangen, die Räder drehten durch, griffen und drehten abermals durch. Sie warf einen raschen Blick durchs Seitenfenster, und soweit sie erkennen konnte, waren keine Boote da, weder vor Anker in der Bucht noch an Land gezogen, doch als der Weg weniger holprig wurde und sie länger hinsehen konnte, bemerkte sie die Spuren der Trikes vor dem verlassenen Haus. Sie verliefen in engen, eleganten Bogen, die einander überkreuzten und schnitten, und ihre Botschaft war nur allzu klar.

Sie hielt vor dem Haus an, stellte den Motor ab und zog mit einer ruckartigen Armbewegung die Handbremse an. Das Haus war ein zweistöckiger Bau aus Lehmziegeln, genau wie das Ranchhaus in Scorpion, aber hier waren die Fenster zerbrochen, längst eingeworfen oder zerschossen von Tagesausflüglern, die ihre Zielsicherheit mit Steinen oder Kugeln unter Beweis hatten stellen wollen, und die drei Türen – eine an jedem Ende und eine mitten in der Längsseite, als wäre das Haus von Kindergartenkindern auf Millimeterpapier entworfen worden – hingen schief in den Angeln und standen wie immer weit offen. Überhaupt sah alles aus wie immer: unbewohnt, verlassen, allen Lebens beraubt. Mit klopfendem Herzen stieg sie aus, knallte die Tür des Pick-ups zu und ging zur mittleren Tür, die zum Hauptraum führte. Falls sie sah, wie Bax an dem schweren Gips zerrte und mit den sperrigen Krücken kämpfte, so drang es gar nicht zu ihr durch, denn ihr Sinn war nicht auf Höflichkeit oder Mitgefühl oder gar Liebe gerichtet. Was sie antrieb, war kalte Wut. Er rief ihr etwas nach, doch sie war bereits hineingegangen.

Das Licht verblasste zu Grau. Schatten reckten sich an den Wänden. Auf dem Boden vor ihr konnte sie etwas Unregelmäßiges ausmachen, etwas, das nicht dorthin gehörte, und es dauerte einen Augenblick, bis sie im trüben Licht erkannte, was es war: ein blauer Rucksack mit geöffneter Deckelklappe, darin eine Schachtel Trockennahrung in silbrig glänzenden Tüten. Dahinter lagen Kleidungsstücke und Gerätschaften verstreut, Zeug, das in Fabriken hergestellt worden war, aufgerissene Plastikverpackungen, zerdrückte Dosen, drei übereinandergestapelte Doppel-Sixpacks Tecate mit feuerrotem Aufdruck. Auch der Geruch, an den sie sich erinnerte – sanft und botanisch, der Geruch von Trockenfäule, Schimmel und dürren Gräsern, deren Samen durch die zerbrochenen Fenster geflogen waren und sich in den Ritzen der Dielen festgesetzt hatten –, war jetzt anders, kupfern und hart, mit einer Grundnote von Öl, von Waffenöl, und da waren sie, die Gewehre, zwei, drei, vier, an die Rückwand des Raums gelehnt wie Ausstellungsstücke.

Die Schlafsäcke lagen auf dem Boden des Hauptraums, daneben ein paar Kerosinlampen, etliche Jagdzeitschriften mit Themen wie *Oregons Maultierhirschparadies* oder *Bären in den Ozarks* – und eine meterlange Kühlkiste aus weißem und orangerotem Plastik, die wie eine Bank unter einem der kaputten Fenster stand. Sie hörte Bax ihren Namen rufen, gab aber keine Antwort. In der Kiste lagen, auf sulzig zerschmolzenes Eis gebettet, zwei in Folie verpackte Fleischstücke. Bei dem einen schien es sich um eine Leber zu handeln, bei dem anderen um vier oder fünf unbeholfen geschnittene Filets. Hinter ihr, an der Tür, hörte sie schwere Schritte und das Pochen und Schleifen der Krücken. Bax' Stimme hallte durch die Leere: »Rita, verdammt, wo bist du?«

Noch immer gab sie keine Antwort. Sie war zu wütend, und jede zerknautschte Zigarettenschachtel, jede zusammengeknüllte Unterhose, jeder fettige Lappen befeuerte ihre Wut aufs neue. Wofür hielten die das hier? Für ein Hotel? Eine Absteige? Leise fluchend ging sie die Treppe hinauf, zwei Stufen auf einmal. Am oberen Ende war eine Tür, und das war seltsam, denn sie erinnerte sich nicht, dort je eine Tür gesehen zu haben. Sie war sich nicht sicher, aber es sah so aus, als wären die Angeln neu oder jedenfalls geölt und von Rost befreit. Sie hob den Riegel an und stieß die Tür auf, und wieder war sie überrascht – oder nein: schockiert und empört.

Der Raum war wie verwandelt. Die Dielen glänzten, als wären sie lackiert, oder wenn nicht lackiert, so doch gründlich gefegt und gewischt. Und die Fenster – es gab zwei, eins in der Seitenwand und eins am rückwärtigen Ende – waren mit Plastikplanen verschlossen, die mittels Klebeband sorgfältig an den Fensterrahmen befestigt waren. An der Rückwand stand ein Feldbett mit Laken, Decken, Kissen und Kissenbezug. An Nägeln, die in die Wand darüber geschlagen worden waren, hingen Jacken und Hemden, ein weiterer Rucksack – dieser in einfachem, stumpfem Khaki, als wäre er militärischer Herkunft – stand auf einem Stück Treibholz neben dem Bett, und an der Wand gegenüber hatte jemand aus Holzkisten eine Art Schreibtisch und einen Hocker gebaut. Das Schlimmste aber war, dass vor dem Bett ein Schaffell, ein gegerbtes Schaffell ausgebreitet war, damit der Schafmörder nicht an den Füßen fror, wenn er die Stiefel auszog, den Bogen spannte und die Stahlspitzen seiner Pfeile schärfte.

»Rita?«

Sie war erstarrt vor Hass. »Hier oben«, rief sie. »Ich bin oben.« Sie hörte Bax unten herumschlurfen und vor sich hin murmeln. Und dann, als brauchte sie noch eine weitere Provokation, Essig in ihre Wunden, einen Stoß mit einem spitzen Stock, sah sie, was auf dem Tisch lag. Neben einer Kerosinlampe und einem halben Dutzend Taschenbücher war eine Jagdzeitschrift bei einer ganzseitigen Anzeige aufgeschlagen. Von weitem sah es aus, als würde sie durch ein riesiges Fernglas angestarrt, doch als sie das Magazin in die Hand nahm, stellte sie fest, dass es sich um zwei runde Fotos handelte. Das eine zeigte einen Keiler mit gewaltigen Hauern, das andere einen Rambouillet-Bock auf einem Felsen. Darüber stand: *Eldon Thatchs Insel-Jagdclub.* Des weiteren eine Telefonnummer und eine Adresse in Ventura sowie eine Preisliste: siebenhundertfünfzig Dollar für einen Keiler, tausend für einen trophäenstarken Bock und zwei Fleischschafe. *Fleischschafe.* Was ihr in diesem Augenblick durch den Kopf ging, war nicht so sehr ein gedanklicher Prozess als vielmehr eine anschwellende Flut von Bildern, jedes bitterer und ironischer als das andere. Ihre Schafe, ihre Böcke, die Tiere, für die sie bezahlt hatten, für die sie sich abgemüht hatten, die sie versorgt, kastriert, geschoren hatten, sollten gejagt werden – *wurden* gejagt –, und zwar für das Zwanzigfache dessen, was sie selbst dafür bekommen konnten. Von Fremden. Von Eindringlingen. Von Arschlöchern.

Im nächsten Augenblick warf sie alles – Bettzeug, Taschenbücher, die Lampe, ja sogar die Plastikfolie, die sie von den Fenstern riss, als würde sie diese Scheißkerle häuten – in eine der Kisten, und gleich darauf, ihr Atem ging so schnell, dass sie beinahe ins Hyperventilieren gekommen wäre wie damals, wenn sie die Kokslines gezogen hatte, die Toby ihr zu jeder Tages- oder Nachtzeit gehackt und gelegt hatte, ob sie nun wollte oder nicht – aber sie wollte, sie wollte immer –, zog sie das Ding hinter sich her die Treppe hinunter und schrie Bax, der am Fuß der Treppe stand und zu ihr heraufgaffte, an, er solle aus dem Weg gehen. »Was, verdammt noch mal!« rief er. »Das darfst du nicht anrühren, das gehört jemand, das –«

Sie sagte nichts. Jetzt war nicht die Zeit für Debatten: Etwas hatte sich ihrer bemächtigt und würde das hier durchziehen, ob es ihm oder Eldon Thatch oder Pier und Francis Gherini oder dem Kommandanten der Küstenwache gefiel oder nicht. Die Treppe hinunter, durch den Raum und hinaus vor das Haus, und Bax humpelte hinter ihr her. Sie drehte die Kiste um und leerte sie in den Matsch. Dann schob sie sich an Bax vorbei, der streng auf sie einredete, in einer Sprache, die Englisch war, jedoch so wenig bewirkte, dass es ebensogut Mandarin hätte sein können, ging zurück ins Haus und stopfte die Schlafsäcke, den Rucksack mit der Trockennahrung, die Zeitschriften, das Bier, ja sogar die Klopapierrollen in die Kiste. Erneut zerrte sie diese dann hinaus und leerte sie auf den bereits aufgeworfenen Haufen, und falls sie das Knattern der Trikes auf dem Hügel hinter dem Haus hörte oder das harte Maschinengewehrhämmern des Hubschrauberrotors, das nur bedeuten konnte, dass die Besitzer bereits unterwegs waren, um ihr Gift persönlich zu verabreichen, so spielte das nicht die geringste Rolle. Denn sie straffte die Schultern und holte den Reservekanister, den Bax hinter dem Beifahrersitz verwahrte, war im nächsten Augenblick eingehüllt in den süßlichen Geruch des Benzins, das sie über den Haufen goss, und suchte tief in den Taschen ihrer Jeans nach einem Streichholz.

Und so ging alles in Flammen auf, bevor Bax oder sonst jemand sie aufhalten konnte. Und Bax versuchte sie aufzuhalten, denn er war der Friedensstifter, der Feigling, der Hund, der sich auf den Rücken warf, damit die Besitzer ihm den Bauch kraulen und die Konzession ohne langes Fragen an einen anderen verkaufen konnten. Sie sah den hell auflodernden Flammen zu, die Lampen zerbrachen, als sich das Kerosin entzündete, die Tüten mit Trockennahrung explodierten wie Knallfrösche, Baumwolle und Leder und Goretex schrumpelten zu nichts zusammen, während von den Isomatten unter den Schlafsäcken eine ölige, schwarze, unheilverkündende Rauchsäule aufstieg, die sich am Himmel verzweigte und über ihnen hing wie ein zerrissener Schirm. Als Bax endlich bei ihr war – *schlurr, dunk, schlurr, dunk* –, fuhr sie wütend zu ihm herum. »Weißt du eigentlich, was die hier machen? Weißt du das?«

»Es ist mir egal, was sie hier machen. Man geht nicht in das Haus von anderen Leuten und –«

»Das Haus von anderen Leuten? Das Haus gehört niemand. Es gehört *uns*. Es gehört zu unserer Ranch, und wir schuften, um dafür Pacht zu bezahlen.«

»– zerstört ihre Sachen. Das geht nicht. Das ist verrückt. *Du* benimmst dich wie eine Verrückte, ist dir das eigentlich klar?«

»Ach ja? Und wie benimmst du dich? Sie verhökern unsere Schafe, Bax, unsere Böcke, die wir ... An jeden Idioten, der ein Gewehr halten kann, und der darf dann ...« Sie spürte, wie etwas in ihr nachgab, wie sich alle Schocks und Frustrationen dieses Tages losrissen, und mit einemmal waren ihre Augen nass. »Für tausend Dollar, Bax, sie jagen unsere Schafe, tausend Dollar für einen Bock und zwei Fleischschafe. *Fleischschafe.* Scheiße!«

Sie sah, wie er diese Information verarbeitete. Seine Augen weiteten sich, und er biss die Zähne zusammen. Er hatte Schmerzen – schon das Stehen war eine Qual –, und dies war, als hätte sich jemand auf seine Schultern gesetzt und die Krücken weggestoßen. Jetzt tat er ihr leid: Er hatte es nicht gewusst, hatte jedenfalls das Ausmaß nicht geahnt. »Wovon redest du da?« sagte er. Sein Gesicht war unheimlich beleuchtet von ungesunden, chemischen Flammen, und die Bierdosen platzten mit einem langgezogenen feuchten Zischen, einem Geräusch von Niederlage und Kapitulation.

»Oben. Im Schlafzimmer. In *seinem* Schlafzimmer. Er hat eine ganzseitige Anzeige in *Field and Stream*, verdammt. ›Eldon Thatchs Insel-Jagdclub‹. Mit Preisliste und allem Drum und Dran.«

In diesem Augenblick kam das Geräusch, das sie von fern gehört hatte, näher und wurde lauter, und es war nicht das Dröhnen des Hubschraubers, der wie ein großes brummendes Insekt über ihnen aufgetaucht und in Richtung Scorpion Ranch verschwunden war, sondern das wütende mechanische Heulen der heimkehrenden Geländemaschinen. Sie sah auf, und da kamen die drei hintereinander auf der Straße von der Mesa herunter. Auch Bax hatte sie bemerkt. Er war bereits in Bewegung, schneller als sie es für möglich gehalten hätte, und als die drei vorfuhren, stand er gegen den Pick-up gelehnt da und hatte das Gewehr in der Hand.

Sie kannte sich mit Waffen nicht aus, sie wollte sich gar nicht damit auskennen. Sie war wie entrückt, Hass und Angst brannten in ihr zu gleichen Teilen, und wo waren der Frieden und die Liebe, die sie in all den Jahren, in denen Musik das Mittel und Brüderlichkeit der Zweck gewesen waren, mit ihrer Stimme beschworen hatte? Sie hatte das Feuer entzündet. Sie hatte das hier heraufbeschworen. Ihre Kehle krampfte sich zusammen. Jemand würde verletzt werden. Jemand würde sterben.

Sie sah, wie die drei die Motoren abstellten und von ihren Fahrzeugen stiegen. Ihre Bewegungen waren ausholend und übertrieben, als wollten sie vorführen, wie absolut cool und unbesorgt sie waren – nichts Außergewöhnliches, nur ein riesiges Feuer vor dem

Haus und ein auf sie gerichtetes Kleinkalibergewehr. Thatch setzte die Khakimütze ab und schüttelte das Haar aus – er hatte einen Stufenschnitt wie diese Idioten in den Hairbands, die damit von der Tatsache ablenken wollten, dass sie ihre Instrumente nicht beherrschten, und das sagte eigentlich schon alles –, und dann schlenderte er, gefolgt von den beiden anderen, auf sie zu. »Halli-hallo«, rief er und versuchte ein Lächeln, das aussah wie das eines Mannes, der auf den Hof eines Gebrauchtwagenhändlers tritt: hoffnungsvoll, aber auf das Schlimmste gefasst. »Für einen Augenblick«, sagte er und bemühte sich, freundlich zu sein und den Ball flachzuhalten, als wären widerrechtliches Betreten, das Töten ihrer Schafe und die Vernichtung ihrer Existenz nichts als ein kleiner Fauxpas, »für einen Augenblick dachte ich, das Haus brennt.« Doch dann warf er einen Blick auf den Scheiterhaufen und sah, was da brannte. Sein Gesicht wurde hart.

»Sie töten unsere Tiere«, sagte Bax. »Es sind unsere Herden. Sie und diese beiden Clowns« – das Gewehr ruhte auf der Kühlerhaube des Pick-ups, der zwischen ihm und ihnen stand, und Bax wies mit dem Kinn auf die beiden Jäger, Männer in den Dreißigern, Vierzigern mit feisten Gesichtern – »schießen unsere Schafe. Die wir aus unserer Tasche bezahlt haben. Und das hört sofort auf.«

Sie hatte sich neben ihn gestellt, als die drei Männer von ihren Maschinen gestiegen waren und in das Licht des weiten Himmels geblinzelt hatten. Der Schlamm zog an ihren Stiefeln. Ein kalter Schauer überlief sie. »Und die Lämmer«, hörte sie sich sagen, »was ist mit den toten Lämmern? Es waren dreiundsiebzig.«

Der große Mann – das war Thatch, und er musste früher mal eine Art Bodybuilder gewesen sein – zuckte nur die Schultern. »Redet doch mit den Gherinis«, sagte er. »Ich schulde euch gar nichts. *Ihr* schuldet *mir* was. Ihr habt kein Recht, den persönlichen Besitz anderer Leute zu zerstören, und ihr werdet das bis auf den letzten Cent bezahlen, sonst –«

»Sonst was?« Bax hob das Gewehr. Es war lächerlich und mickrig im Vergleich zu denen, die die beiden dicken Männer über den Schultern trugen.

Thatch hatte sich nicht gerührt. Er war sechs Meter entfernt. Der Bogen ragte über dem Kopf auf, als wäre er an ihm befestigt, ein überzähliges Glied, das zwischen seinen Schulterblättern entsprang. »Ich bring euch vor Gericht, ihr kriegt eine Zwangsräumung. Legt euch nicht mit mir an. Ich bin kurz davor, dir in deinen verkrüppelten Arsch zu treten – Krücken hin oder her.« Er sah Rita an. »Und dir ebenfalls, du Schlampe.«

Die Heftigkeit, der Hass, die explosive Gewalt des Augenblicks – *Leben und Tod*, dachte sie, *Leben und Tod* – machten sie fassungslos. Ängstlich. Was hatte sie getan?

Keiner bewegte sich. Keiner sagte ein Wort. Filmbilder schossen ihr durch den Kopf, High Noon, Showdown, erfundene Geschichten in Technicolor, und wer waren diese Leute, die im Kunstblut auf der Erde lagen? Statisten, Stuntmänner, böse Männer. Nicht Bax, nicht sie. Aber wo war die Wirklichkeit, wo war das Verbot? Wo war das Gesetz? Oder auch nur die Normalität?

Letztlich – und es geschah, bevor sie den nächsten Atemzug tun konnte – fiel nur ein einziger Schuss, und es war Bax, der ihn abfeuerte, ein unvermittelter scharfer Knall wie von einer Peitsche, der Staub am anderen Ende des Hauses aufstieben ließ. Bax hatte nicht gezielt, hatte vielleicht nicht mal den Abzug betätigen wollen, aber der Schuss zeigte Wirkung. Die beiden mit den feisten Gesichtern fuhren zurück, als würden ihre Knie nachgeben, und Thatch wurde blass.

Sie konnte Bax nicht einschätzen, konnte nicht sagen, ob der eiskalte Blick seiner Augen von den Schmerzen in den Rippen oder einem Aufwallen von Wut rührte oder ob er einfach überrascht war darüber, was er getan hatte, wozu es gekommen war. Er senkte seine Stimme zu einem wütenden Flüstern: »Du aufgeblasener Scheißkerl – was glaubst du eigentlich, wer du bist?«

Thatch war noch immer bleich, so weiß wie Mehl. Das Blut war aus seinem Gesicht gewichen, als hätte jemand ein Ventil geöffnet. Er versuchte seine Stimme zu beherrschen. »Glaubst du vielleicht, du kannst mich einschüchtern?«

Und Bax erwiderte: »Und ob.« Schach und Schachmatt.

Sie sah, dass es schwierig werden würde, wieder in den Pick-up zu steigen – Bax würde mit den Krücken hantieren und für den entscheidenden langen Augenblick ungeschützt sein, während sie den Zündschlüssel drehte und Thatch und seine Schafkiller taten, was sie glaubten tun zu müssen, um ihr Zeug zurückzubekommen –, und so ging sie zur Fahrertür des Wagens und sagte so laut, dass alle es hören konnten: »Ach, scheiß drauf. Los, wir fahren. Lass uns hier verschwinden.«

Thatch machte keine Anstalten, sie aufzuhalten, doch der Blick, mit dem er sie ansah, war finster wie der Tod. Sie ließ den Wagen an, dass der Auspuff röhrte, und der Lärm, ihre Bewegungen und die Behendigkeit, mit der sie sich auf den Fahrersitz setzte, die Schultern straffte und am Ganghebel riss, lenkten die drei so lange von Bax ab, dass er mitsamt Krücken und Gewehr einsteigen konnte. Sie sah Thatch nicht an, als sie das Gaspedal durchtrat und auf dem Weg davonholperte, bis die Ranch, das Feuer und die drei kleinen Gestalten nur noch ein Fleck im Rückspiegel waren.

Noch nie im Leben hatte sie sich so am Boden zerstört gefühlt. Ihre Hände zitterten, ihre Füße fühlten sich an wie tot, und sie spürte den Boden ihres Magens, als wäre er mit einem Reißnagel befestigt. Den ganzen gewundenen Weg zur Mesa hinauf brüllte Bax seine Wut heraus, und sie brüllte zurück. Sie fassten alle möglichen Beschlüsse: was sie tun würden, was Bax zu den Besitzern und der Polizei und der Küstenwache und allen, die es hören wollten, sagen würde, doch all das brachte ihnen gar nichts, denn als sie auf der anderen Seite der Mesa hinabfuhren und die Scorpion Ranch in Sicht kam und größer und größer wurde, bis sie die ganze Windschutzscheibe ausfüllte, sahen sie den Hubschrauber reglos vor dem Haus. Daneben standen der Pilot, ein Mann in Anzug und Krawatte – der Agent oder Anwalt oder was auch immer der Gherinis – und, mit grimmigen Gesichtern, Anise und Francisco.

Ja. Genau. Einfach den Stöpsel rausziehen und alles den Bach runtergehen lassen, die Mühsal und die Plagen, die Schafe und die Zuchtböcke, die Wasserpumpe und die Pferde und alles andere, den Geschmack des Staubs zwischen den Zähnen, wenn die letzten Sonnenstrahlen über die Hügel einfielen, und die tiefe erfüllte

Liebe zu einem Ort, die wie die innige Liebe zu Gott war – nur weg damit. Denn Mr. Gherinis Agent, der in seinen Stadtschuhen durch den Matsch trippelte, sagte: »Es tut mir sehr leid, Ihnen das sagen zu müssen, Mr. Russell, aber ich habe Anweisung, Sie davon in Kenntnis zu setzen, dass Sie die Ranch innerhalb von zwei Wochen räumen müssen.«

»Wovon reden Sie überhaupt?« fuhr Bax ihn an.

Der Agent – hoch aufgerichtet und Herr der Lage, auch wenn er kaum größer als eins fünfundsechzig war und ihm der Abscheu ins Gesicht geschrieben stand – hielt ihnen einen kleinen Vortrag, gespickt mit Zahlen, die er von einem Notizzettel ablas: vierzigtausend Dollar Gewinn für die Gherinis im soeben abgelaufenen Geschäftsjahr, im Gegensatz zu den erwarteten hundertfünfzigtausend allein aus Jagdeinnahmen, und dazu noch der National Park Service, der ihnen im Genick saß und drohte, das seit den Lebzeiten des Großvaters seiner Mandanten in Familienbesitz befindliche Land zu enteignen und in öffentlichen Besitz umzuwandeln, gegen eine Entschädigung, zu mickrig, um sie auch nur zu erwähnen. »Machen wir uns nichts vor, Mr. Russell«, sagte er, hob einen Fuß aus dem Schlamm, besann sich eines Besseren und stellte ihn wieder ab, »die Welt dreht sich weiter. Schafzucht ist was aus dem Wilden Westen, und den Wilden Westen gibt's nicht mehr.«

Bax beherrschte sich mühsam, versuchte zu gestikulieren und dabei nicht die Krücken zu verlieren, versuchte zu argumentieren, doch der Mann schüttelte den Kopf und unterbrach ihn. »Zwei Wochen«, sagte er. »Es tut mir sehr leid. Meinen Klienten tut es ebenfalls sehr leid. Allen tut es leid.« Er trat einen Schritt vor, sehr vorsichtig, wie ein Mann, der durch Kuchenteig watet, zog einen Umschlag aus der Brusttasche und drückte ihn Bax in die Hand. »Zwei Wochen. Hiermit sind Sie ordnungsgemäß in Kenntnis gesetzt worden.«

Es war wie ein Schlag, der ihr die Luft nahm. Sie fühlte sich wie die Überlebende eines Schiffbruchs, die sich an einen von Wellen umtosten Felsen klammerte. Sie war an Land, und doch ertrank sie. »Was ist mit den Lämmern?« fragte sie und streckte flehend die Hände aus. »Wir können sie doch nicht einfach –«

Er sah sie zum erstenmal an. Seine Augen waren schwarz, das Haar war kurzgeschnitten. Er war ein sehr kleiner Mann in einem sehr teuren Anzug und einem Paar ruinierter Schuhe, der mit einer dringlichen Botschaft aus einer anderen Welt gekommen war, und diese Botschaft war übermittelt worden. »Lassen Sie sie hier.«

»Für wen? Für diese ... diese ...« – sie fand das richtige Wort nicht – »*Leute*, die sie abschießen wollen?«

»Ich bin nicht hier, um zu diskutieren«, sagte er.

Francisco starrte auf die rissigen, aufgebogenen Spitzen seiner Stiefel. Anise schlug die Hand vor den Mund. Aus der Ferne war das dünne Blöken der Lämmer zu hören.

»Aber davon leben wir«, sagte sie. »Das ist unser Zuwachs.«

Und als wäre es nicht schon schlimm genug, wandte sich Bax an sie. »Du hältst dich da raus«, sagte er.

Der Mann sah durch sie hindurch, als wäre sie nicht vorhanden, und richtete den Blick auf Bax.

»Was ist mit unserem Vertrag?« sagte Bax. »Den können Sie nicht einfach brechen. Wir könnten Sie verklagen. Ganz leicht.«

»Kein Besuch«, sagte der Mann.

»Was? Wovon reden Sie?«

»Von Ihrem Vertrag. Darin steht unmissverständlich, dass Sie ohne ausdrückliche Genehmigung der Besitzer keinen Besuch haben dürfen.«

Bax machte ein paar trippelnde Tanzschritte im Käfig seiner Krücken. Alle Hoffnung, die er je gehabt hatte, starb im Matsch zu seinen Füßen. »Besuch? Wir haben hier nie irgendeinen Besuch gehabt.«

Der Agent hatte sich bereits umgedreht und stapfte zurück zum Hubschrauber, wo der Pilot – ein Paar Arme und Beine, zwei Augen und ein Gesicht, so nichtssagend wie das Telefonbuch von Los Angeles – stand und aussah, als wäre er bereits wieder fort und entschwebte in seiner Donnermaschine über ihren Köpfen. Wiedersehen, bis dann – ich hab mit dem ganzen Kram überhaupt nichts zu tun.

»Mr. Hazeltine?« Bax stapfte ihm nach, und in seiner Stimme war ein bittender, demütiger Ton, den sie ihm nie zugetraut hätte, etwas Flehendes, Beschwörendes. Was tat er denn? Wozu dieses Betteln? Er hätte brüllen sollen, er hätte die Krücken von sich schleudern und diesen kleinen Paragraphenscheißer packen sollen wie einen Putzlumpen. »Mr. Hazeltine, wir haben nie –«

Doch der Agent war gedeckt durch Anwälte und Papiere, unerreichbar für Vertragsbrüchige, und er drehte sich einfach zu ihnen um und wies mit einer langsamen, ausholenden Geste auf Anise. Rita fand keine Worte in ihrem Kopf – sie waren einfach davongespült worden, und Bax ging es nicht anders –, und so dauerte es einen Augenblick, bis sie etwas sagen oder vielmehr blöken konnte, denn das tat sie, sie blökte: »Aber das ist meine Tochter.«

Der Mann stand an der Tür des Hubschraubers, der Pilot saß schon auf seinem Sitz. »Genau«, sagte er und sah über die Schulter zurück. »*Quod erat demonstrandum.* Fall abgeschlossen.« Er setzte sich auf den anderen Sitz in der gläsernen Kuppel, wobei er die Beine sorgsam zur Tür hinausstreckte, die Schuhe – Pferdeleder, rotbraun, mit schwarzen Gummiabsätzen – auszog und unbeholfen an die Karosserie schlug. Sie standen da und sahen ihm schweigend zu, als vollzöge er ein heiliges Ritual: ein kleiner Mann, der an einem grauen Tag auf einer Insel mitten im Meer den Matsch von seinen Schuhen klopfte. Die großen Rotorblätter begannen sich zu drehen, und sie wichen vor dem Aufbrausen des Luftzugs und dem plötzlichen Lärm zurück. »Zwei Wochen«, rief der Mann in das Donnern, und dann schloss er die Tür, und alles, was sie kannten und wollten und sich erhofften, entschwebte gen Himmel.

SUS SCROFA

Aus Träumen voller Erschöpfung – ihr Traum-Ich ist so erledigt, dass es gar nicht mehr denken kann, die Beine sind wie aus Stein, die Arme bleischwer, die Hände so schwach, dass es kaum die Decke zurückschlagen und ins Bett kriechen kann – erwacht Alma im ersten zaghaften Schimmern des Morgenlichts. Es liegt bebend auf der Zimmerdecke über ihr, noch nicht ganz bereit, sich zu verdichten, und die Bäume vor dem offenen Fenster sind noch dunkel, hager und steifbeinig. Vom Meer ertönt das sanfte, unaufhörliche Rauschen der Brandung, das nicht zu unterscheiden ist vom Rauschen der Schnellstraße jenseits der Schlafzimmerwand und nur vom fernen, einsamen Schrei eines über den Wellen schwebenden Vogels unterbrochen wird. Sie liegt da und findet sich langsam zurecht, begleitet von einem beharrlichen Gefühl, dass etwas nicht in Ordnung ist, bis sie sich ganz allmählich des starken, durchdringenden Aromas bewusst wird, das sich durch den Flur ausgebreitet hat und nun die Treppe hinauf und durch die Ritze unter der Tür kriecht, um sie zurück in ihre Kindheit zu zerren: Speck brät in der Pfanne und gibt seine Salze und Nitrate und die schwere Last tierischen Fetts frei.

Sie braucht einen Augenblick, um zu begreifen: Dies *ist* ihre Kindheit. So unwahrscheinlich es auch sein mag, zumal in einem vegetarischen Haushalt, macht sich um – sie blinzelt in Richtung Digitalwecker – halb sieben Uhr morgens in der Küche eine mütterliche Gestalt zu schaffen, prüft Töpfe und Pfannen, schaltet die Kaffeemaschine und den Toaster ein und legt dünne Streifen gepökelten Schweinefleischs kreuzweise übereinander in die Edelstahlpfanne, ohne Deckel. Überall werden Fettspritzer sein, auf dem Herd, dem Boden, der Teekanne, und der Geruch nach versengtem Fleisch wird wie Zigarettenrauch in einem Nichtraucherhaus in die Ecken, die Teppiche und Vorhänge ziehen und wochen-, ja vielleicht monatelang nicht verschwinden. Sie hat noch nicht mal die Decke zurückgeworfen und sich aufgesetzt, da ist sie schon beunruhigt – oder nein, nicht beunruhigt, denn es ist ihre Mutter, die mit ihrem Stiefvater gestern abend zur Essenszeit unangekündigt gekommen ist, aber immerhin aus dem Rhythmus gebracht. Sie ist verärgert. Genervt. Aber was soll's? Tatsache ist: Tim ist auf der Insel, ihre Mutter ist in der Küche, und sie selbst hat um Viertel vor acht ein Frühstücksmeeting.

Katherine »Kat« Boyd – den Namen Takesue hat sie nach dem Tod ihres Mannes abgelegt, und bei der zweiten Eheschließung hat sie ihren Mädchennamen behalten, denn das ist es, was sie immer war, das ist der Name, mit dem sie sich wohl fühlt – ist neunundfünfzig, klein, stämmig und leidet an einsetzender Diabetes und einer schleichenden Sucht nach Wodka und Diät-Tonic. Sie trägt das pfirsichfarbene Haar in einem Pagenschnitt, der sie jünger wirken lässt, als sie ist – jedenfalls hält man sie gewöhnlich für fünfzig oder fünfundfünfzig –, und sie trägt am liebsten Jeans und T-Shirt, die Uniform ihrer Generation. Zweiundzwanzig Jahre lang hat sie die dritte Klasse der Cœur-D'Alene-Grundschule in Venice unterrichtet, bevor sie sich in Scottsdale zur Ruhe gesetzt hat. Sie hat eine Antipathie gegen das Meer, eine Angst und Abneigung, die an Hass grenzt, und findet, dass sie genug Nebel für den Rest ihres Lebens gesehen hat. Im Augenblick hat sie so viel aufgestaute Energie, dass sie nicht weiß, wohin damit, also kocht sie. Alma wird den Speck nicht anrühren. Seit sie in der siebten Klasse Vegetarierin geworden ist, unter dem Einfluss ihrer besten Freundin, die aus Indien stammte, deren Eltern Ärzte waren und die bis zum Ende der Junior High School darauf bestand, das rote Kastenzeichen auf der Stirn zu tragen, hat sie kein Fleisch mehr gegessen. Aber Ed wird sich über den Speck hermachen. Und vielleicht wird Kat auch etwas davon essen.

Sie ist sich dessen nicht voll bewusst, aber in gewisser Weise steckt sie hier ihr Territorium ab, denn warum sollte sie sich in der Küche ihrer eigenen Tochter wie eine Fremde fühlen? Sie hat die

Becher so an die Haken unter dem Oberschrank gehängt, dass die Öffnung nicht zur Wand, sondern zum Raum zeigt, sie hat das Geschirr in die Spülmaschine geräumt und den gekachelten Boden gewischt, erst einmal und dann noch einmal, um die Streifen zu beseitigen, und schließlich hat sie einen Radiosender eingestellt, bei dem sie mitsummen kann. Jetzt gerade singt Cat Stevens, der Verteidiger des Islams, »Peace Train«, und davor waren die Carpenters dran und davor die Gruppe, die »Up Up and Away in My Beautiful Balloon« gemacht hat. Die Speckstreifen brutzeln – ein erfreuliches Geräusch. Sie sticht mit einer Gabel hinein und legt einen nach dem anderen auf ein Stück Küchenpapier. Dann verringert sie die Hitze und gibt Tomaten, Paprika und Zwiebeln für *huevos rancheros* in die Pfanne. Später, wenn die Eier stocken, wird sie noch eine großzügige Dosis Tabascosauce darüber spritzen. Und wenn Alma zur Arbeit gegangen ist und Ed mit seinen Eiern und Speck und der morgendlichen Bloody Mary vor dem Fernseher sitzt, wird sie den Ofen vorheizen und Eigelb und Eiweiß für den Kuchenteig trennen.

Oben im Badezimmer schlüpft Alma aus dem Morgenmantel und geht unter die Dusche. Für kurze Zeit steigt Dampf auf, aber das Duschwasser ist nie warm genug, irgendwas ist mit dem Durchlauferhitzer, und jetzt ist das Wasser auf einmal ganz kalt. Sie fährt zurück, weicht dem eiskalten Guss aus, der Schock durchzuckt sie wie ein Stromschlag. Sofort bekommt sie eine Gänsehaut. Ihr Ellbogen rammt schmerzhaft den Aluminiumgriff der Kabinentür, und sie stößt einen kurzen, widerhallenden Fluch aus. Wahrscheinlich lässt ihre Mutter das warme Wasser laufen, füllt die Teekanne oder hat womöglich die Geschirrspülmaschine eingeschaltet, was bedeuten würde, dass der ganze Rest der Dusche eine Übung in Masochismus wäre; ihre Füße auf den Kacheln sind kalt, und kaltes Wasser spritzt an die Knöchel … Sie ist kurz davor, mit der Faust an die Wand zu schlagen und loszubrüllen, als plötzlich wieder warmes Wasser kommt; sie hält den Kopf unter den Strahl und macht eine schnelle Pirouette, um die Wärme zu verteilen. Obwohl ihr unter der Dusche die besten Gedanken kommen – das muss irgendwas mit der beruhigenden Wirkung rinnenden Wassers und dem Öffnen der Poren zu tun haben –, beschränkt sie sich strikt auf fünf Minuten, gemessen mit der Taucheruhr, die Tim ihr letztes Jahr zum Geburtstag geschenkt hat. Das reicht kaum, um das Haar zu waschen, auszuspülen, den Conditioner aufzutragen, wieder auszuspülen, den Detangler aufzusprühen und anschließend durchzukämmen – besonders, wenn das Wasser fünfzehn Sekunden lang eiskalt ist –, aber sie ist entschlossen, kein Wasser zu verschwenden, nicht während der anhaltenden, ewigen Dürre, erzeugt durch Abholzung, globale Erwärmung und einen Bedarf, der täglich exponentiell steigt, denn die Bauunternehmer wollen Profite machen und stampfen eine Wohnsiedlung nach der anderen aus dem Boden. Schuld – das ist es, was Almas Ressourcenverbrauch definiert. Schuld, weil sie lebt, weil sie Dinge braucht, Dinge verbraucht, weil sie den Wasserhahn aufdreht oder die Flamme des Gasbrenners entzündet.

Der Minutenzeiger kriecht, die Sekunden ticken dahin, und sie spült ihr Haar zum zweitenmal aus und dreht neun Sekunden vor der Zeit beide Hähne zu. Zitternd trocknet sie sich rasch ab, bevor sie mit Tims Elektrorasierer über ihre Beine fährt und ein trockenes Handtuch um den Kopf wickelt. Trotz des Dampfs und des hartnäckigen Geruchs der diversen Duftstoffe, die die Hersteller irgendwie in ihre angeblich geruchsneutralen Kosmetikprodukte schmuggeln, riecht sie die ganze Zeit verbranntes Fleisch. Womit behandeln die den Speck eigentlich? Mit Salz und Karzinogenen, womit sonst? Durch die beschlagene Badezimmertür kann sie hören, dass ihre Mutter in der Küche die leichte Unterhaltungsmusik aus dem Radio mitsingt.

Gestern abend, gerade als sie sich zum Essen setzen und den Film ansehen wollte, den sie auf dem Heimweg von der Arbeit in der Videothek ausgeliehen hatte (einfache Kost: brauner Reis und Wokgemüse, dazu *Madame Bovary*, in der ersten Verfilmung von Jean Renoir), läutete es. Sie drückte die Stopptaste, als die vollbusige Emma mit den gestrafften Schultern, dem Kussmündchen und den messerdünnen Augenbrauen der dreißiger Jahre auf einem bukolischen Bauernhof mit muhenden Kühen und saugenden Ferkeln zum erstenmal dem Landarzt gegenübertrat, und dachte, es sei vielleicht irgendein Vertreter, doch vor der Tür standen ihre Mutter und ihr hagerer Stiefvater, der Alkoholiker, mit Einkaufstüten in den Händen. Ihre Mutter bestand darauf zu kochen – »Wir haben einen Riesenhunger, und du weißt ja, wie ich diese Raststätten hasse« –, und zehn Minuten später standen sie alle drei in der winzigen Küche, sie selbst mit Sake on the rocks und ihre Mutter und Ed mit großen Gläsern voller Wodka, versehen mit einem Schuss Diät-Tonic und einem papierdünnen Streifen Zitronenschale, und ihre Mutter rührte rasch eine Tomatensauce zusammen. »Natürlich vegetarisch, Schätzchen, mit Auberginen, Paprika und Pilzen und ein bisschen Putenwurst für deinen Vater. Ed, meine ich.«

Erst als sie an dem kleinen Arbeits- und Esstisch in der Küche saßen und die Drinks zum zweitenmal nachgeschenkt worden waren, als Reis und Wokgemüse zum späteren Verbrauch in einer Tupperwaredose ganz hinten im Kühlschrank verstaut waren und die Nudeln auf den Tellern dampften, fragte ihre Mutter, wo Tim eigentlich sei. »Macht er Überstunden oder so?« Sie beugte sich über ihre Spaghetti und schwenkte ihr Glas, so dass die Eiswürfel leise klirrten. »Alles in Ordnung zwischen euch?«

»Ja«, sagte Alma und hatte dabei das Gefühl, der Wahrheit oder jedenfalls ihrem Kern auszuweichen, obwohl das überhaupt nicht der Fall war und sie und Tim sich so nahe waren wie noch nie zuvor. »Prima. Er ist diese Woche auf der Insel.«

Ihr Stiefvater – er hatte weiße Haare und ein Hüftleiden und war sechs Jahre älter als ihre Mutter, sah aber so aus, als wäre der Altersunterschied zwischen ihnen doppelt so groß – wickelte ein paar Spaghetti um seine Gabel, legte diese dann hin und sagte: »Wie läuft's denn dort so? Gut?«

Sie war sich bewusst, dass der Blick ihrer Mutter auf sie gerichtet war, und antwortete automatisch: »Ja, gut, sehr gut.«

»Hast du den Artikel gekriegt, den ich dir geschickt hab? Aus der *Sun*?« Ihre Mutter beugte sich vertraulich vor. Sie hatte ihr Essen noch nicht angerührt – das war ihr Muster: reden, trinken, noch ein bisschen mehr reden und das Essen kalt werden lassen. Die Wurst, die sie an die innere Rundung des Tellers gelegt hatte, war säuberlich in sechs oder sieben Stücke geschnitten, doch keins davon war in ihren Mund gewandert.

Mit einemmal war ihr Kopf leer. Artikel? Was für ein Artikel?

»Den über die Proteste? Auf dem Foto war euer Gebäude zu sehen, auch das Fenster von deinem Büro im ersten Stock, und im Vordergrund waren ... na ja, Demonstranten eben, mit Schildern und so.« Ihre Mutter sah kurz zu Ed und dann wieder zu ihr. »Dein Name wurde drei- oder viermal erwähnt. War es viermal, Ed?«

Ed nickte unbestimmt. Er war mit den Gedanken ganz woanders, und seine Frage *Wie läuft's denn dort so?* war nichts als der Versuch gewesen, höflich zu sein. Er hatte an der Schule ihrer Mutter Sport unterrichtet, und die beiden hatten erst geheiratet, als Alma bereits Doktorandin gewesen war. Er kannte sie kaum, und Tim kannte er noch weniger – die beiden waren einander ein- oder zweimal begegnet, als Ed in Gesellschaft ihrer Mutter eine seiner seltenen Reisen an die Küste gemacht hatte. Er mochte Sport. Redete gern über diese oder jene Mannschaft und zitierte Sportstatistiken. Von Vogelpopulationen, Ökologie, der Zerstörung der Inseln und den Inseln selbst wusste er so gut wie nichts, und das wenige, was er wusste, war unbestimmt und berührte ihn ebensowenig wie die Vorgänge im ehemaligen Jugoslawien oder bei den Dayaks in Borneo. Sie warf ihm das nicht vor. Er war wie alle, er lebte in der Welt der Gesellschaft, der Wirtschaft, des Fernsehens und des Vergessens.

Der Ton ihrer Mutter war vorwurfsvoll. »Ich hab deinen Namen mit dem Stift eingekreist. In Blau. Mit dem blauen Stift, den ich immer für die Kreuzworträtsel nehme, das weiß ich noch genau. Und sag nicht, ich hätte ihn nicht abgeschickt – so vertrottelt bin ich noch nicht.«

»Nein, du hast ihn abgeschickt, Mom, vielen Dank. Er liegt irgendwo herum, wahrscheinlich im Büro – ich versuche, für jedes Projekt eine Akte anzulegen mit Reaktionen der Öffentlichkeit und so weiter, damit man später darauf zurückgreifen kann. Nicht dass sich irgend jemand wirklich dafür interessieren würde.«

In diesem Moment überkam sie ein vertrautes Gefühl der Angst, das Gefühl, dass die Dinge außer Kontrolle geraten waren und dass es eine bestimmte Aufgabe gab, die abgeschlossen werden musste, damit alles wieder in Ordnung war, nur dass sie nicht genau sagen konnte, nicht mehr genau wusste, worin diese Aufgabe eigentlich bestand. Tatsache war, dass AP die Story über die Proteste vor dem Gebäude des National Park Service aufgegriffen und jede Tierschutzgruppe im Land sich begierig darauf gestürzt hatte. Dave LaJoy – sein Freispruch lag inzwischen zwei Jahre zurück, und noch immer trug er den Triumph vor sich her wie eine Brust voller Orden – führte die Demonstration aus dreißig oder vierzig Teilnehmern an; es waren hauptsächlich Studenten vom City College und der UCSB, die in einem großen Kreis marschierten und Parolen skandierten. Seit einem Monat ging das nun schon so, und sie parkte ihren Wagen inzwischen am anderen Ende des Hafens, wo die Restaurants und Souvenirläden waren, um dem Geschrei zu entgehen, das sie veranstalteten, wenn sie in Tims Prius auf den Parkplatz vor dem Büro fuhr.

Morgen, zum Frühstück, würde sie sich in einem dieser Restaurants – dem Docksider – mit Frazier Carter von den Island Healers, Annabelle Yuell, die bei Nature Conservancy die Öffentlichkeitsarbeit machte, und Freeman treffen, und zwar um den Demonstranten aus dem Weg zu gehen und ungestört die Fortführung von Phase III des Wildschweinprojekts diskutieren zu können. Bei Omeletts. Und Caffè Latte. Und sehr süßem thailändischem Gewürztee. Mit einem Blick, der über die Masten der Boote hinausging, dorthin, wo der Ozean sich weitete und die Wellen dahinrollten bis nach Santa Cruz, wo Tim keine Alken beringte oder Nestlinge zählte, sondern Adler fing, Steinadler, die zurück aufs Festland gebracht werden sollten.

Ihre Mutter sagte etwas, und es war, als wäre sie gerade erst aufgewacht. »Tut mir leid, Mom. Danke. Das meine ich wirklich. Danke, dass du an mich denkst. Es ist nur so, dass diese ganze Sache, dieses Projekt … kompliziert ist. Und ich habe nicht … ich weiß, ich sollte öfter anrufen, aber –«

Ihre Mutter senkte den Blick und die Gabel auf den Teller. Sie wickelte die langen Nudeln mit Hilfe eines Suppenlöffels ordentlich um die Zinken und legte die Gabel wieder ab. »Das meine ich nicht«, sagte sie. »Ich will nur, dass du weißt, dass ich an dich denke.« Sie sah Ed an. »Wir haben jede Menge zu tun, musst du wissen – als wir noch unterrichtet haben, war unser Leben in mancherlei Hinsicht weniger hektisch als jetzt. Komitees, Bridge-Partien, Partys. Und Golf. Habe ich dir erzählt, dass Ed mir Golf beibringt?«

»Ja«, sagte Ed und erwachte zum erstenmal, seit sie sich gesetzt hatten, zum Leben, »nicht mehr lange, und sie kann beim PGA-Turnier der Frauen mitmachen. Deine Mutter ist ein echtes Naturtalent, wusstest du das?«

Ihre Mutter lächelte, ihre Augen blickten warm, sie hatte Grübchen. Der Wodka in ihrem Glas schimmerte silbrig, wie ein geläutertes seltenes Metall. Sie sah ihren Mann mit einem langen, schmachtenden Blick an – die beiden waren sich einig.

»Nein«, sagte Alma und schüttelte mit übertriebener Geste den Kopf. Sie lächelte jetzt ebenfalls, die Last war von ihr genommen oder wenigstens leichter geworden, wenigstens für den Augenblick. »Ich hatte keine Ahnung.«

Jetzt, im Badezimmer, wischt sie den beschlagenen Spiegel ab, um ihr Make-up aufzulegen, und die Stimme ihrer Mutter – eine angenehme, bebende Altstimme, trainiert in all den Jahren, in denen sie mit ihren Drittklässlern »Lean On Me«, »The Man in the Mirror« und »The Lion Sleeps Tonight« gesungen hat – ist eigenartig beruhigend. Sie ertappt sich dabei, dass sie beim Anziehen mitsummt. Wie alle Meetings, die sie arrangiert, ist auch dieses informell, und so zieht sie nichts anderes an als sonst: eine lohfarbene Vliesweste von Patagonia über einem Micah-Stroud-T-Shirt, rehbraune Kordshorts und Wanderstiefel aus Velourslder. Es ist Ende Oktober, die Sonne ist aufgegangen, es gibt keinen Nebel, aber am Meer ist es immer kühl, und darum trägt sie die Weste (oder vielmehr die Westen, denn sie hat drei davon, in Braun, Dunkelrot und Rostrot) jahrein, jahraus – mit einem T-Shirt im Sommer und einem langärmligen Hemd oder Pullover im Winter. Diese Westen sind äußerst praktisch. Obwohl sie weder heute noch an irgendeinem anderen Tag der Woche zur Insel hinausfahren wird, könnte sie jederzeit aufbrechen, denn die diversen Taschen sind ideal für Sunblocker, Lippenbalsam, Leatherman, Kompass, Landkarten, Wasserflasche und dergleichen. Schließlich wickelt sie das Handtuch vom Kopf, kämmt das Haar und geht hinunter, wo es nach Speck riecht, wo Ed und ihre Mutter sind und die Küche ein einziges Durcheinander ist.

Ihre Mutter, erstaunlich munter angesichts der Wodkamengen, die sie gestern abend in sich hineingeschüttet hat, trällert ein fröhliches: »Guten Morgen, Schatz! Kaffee?« Sie schwenkt einladend die Glaskanne.

»Ja, okay«, hört Alma sich sagen. »Aber ich muss ihn mitnehmen, bin sowieso schon spät dran, also tu ihn ...« Sie greift nach ihrem Becher, dem mit dem zähnefletschenden Wildschwein, den Freeman ihr im Scherz geschenkt hat, aber er ist nicht da. Ihre Mutter hat aus unerfindlichen Gründen alles umgeräumt, nicht nur die Becher, sondern auch den Toaster, die Kaffeemaschine, die Mikrowelle und das Radio. Der Abfalleimer ist verschwunden. Die Fotos auf dem Kühlschrank sind willkürlich umarrangiert. Und wo ist der Kalender?

Aber da ist der Kaffee, ihre Mutter schenkt ihn ein und fragt sie, ob sie nicht Zeit hat, wenigstens einen Happen zu essen, und sie sagt: »Nein, Mom, ich muss los«, gerade als Ed – auch er munter und noch immer athletisch gebaut, trotz der Hüfte – mit seiner morgendlichen Bloody Mary hereinkommt und sich an den Tisch setzt, wo ihn ein Teller mit gebratenem Speck und Rührei *à la mexicaine* erwartet. »Morgen«, sagt er.

»Morgen, Ed.« Sie versucht ein Lächeln, er ebenfalls.

Hat sie alles? Sie stellt den Becher hin, klopft ihre Taschen ab, geht ins Wohnzimmer, um Laptop, Sonnenbrille und Ringbuch zu holen, und ergreift dann unter einem Schwall von Entschuldigungen die Flucht. »Ich wollte, ich könnte bleiben und den Vormittag mit euch verbringen«, sagt sie, als sie durch die Tür geht, »aber wir sehen uns ja heute abend. Und denk dran, Mom: Du brauchst nicht zu kochen – ich will euch doch in dieses Fischrestaurant einladen, okay?«

Sie ist angeschnallt, Laptop und Ringbuch liegen auf dem Beifahrersitz, der Becher steht im Halter, der Wagen summt leise. Dann verlässt sie die Einfahrt, um sich in den Verkehr einzufädeln, der sich von der Schnellstraße herabwindet und sich bereits am Stoppschild am Ende des Blocks staut. Um nach Süden zu kommen, muss sie an der Kreuzung links abbiegen, zwischen einem Einerlei aus Wohnblocks hindurch zwei Blocks nach Norden, dann abermals nach links über die Brücke und schließlich nach rechts im großen Bogen auf die Schnellstraße in Richtung Süden fahren. Als sie vor einem gelben, zu schnellen Cabrio aus der Einfahrt auf die Straße einbiegt, jagt etwas vor ihr über die Fahrbahn, ein verschwommener Schatten, und sie tritt auf die Bremse – ein wütendes Hupen des Cabriofahrers – und spürt den dumpfen Schlag von etwas Sterblichem unter dem linken Hinterrad. Im nächsten Augenblick hält sie mit klopfendem Herzen am rechten Fahrbahnrand, das Cabrio saust vorbei, und sie späht ängstlich in den Rückspiegel, um zu sehen, was sie da überfahren hat, das Tier, das Lebewesen – ein Eichhörnchen, ist es ein Eichhörnchen? –, das sich am Straßenrand windet.

Drei, vier andere Wagen fahren vorbei, als sie mit fliegenden Händen die Warnblinkanlage einschaltet und aussteigt. Gegenüber steht, ganz ungewöhnlich in dieser Gegend voller Wohnblocks, eine weiße Villa im Kolonialstil mit dunklen Türen und Fensterläden, einem großzügig bemessenen Garten und einer Reihe von Bäumen, die es von der Schnellstraße weiter unten abschirmen. Eichen, denkt sie, dahinten müssen ein paar Eichen stehen, oder warum sonst ein Eichhörnchen? Die sind hier eher selten, denn die einheimische Vegetation ist durch Ziersträucher und Zitrusbäume verdrängt und die ökologische Nische der Baumnager von Dachratten besetzt worden, die sich von den Avocados, Orangen und Loquats ernähren, die die Baufirmen haben pflanzen lassen. Aber – sie geht darauf zu, sie sieht seine Augen, dunkelbraun und weit aufgerissen – es ist eindeutig ein Eichhörnchen, ein Westliches Graues Eichhörnchen, *Sciurus grisens*, zur falschen Zeit am falschen Ort.

Das Gewicht des Wagens hat Hinterbeine und Schwanz zerquetscht und als klebrige Masse aus Fell, Knorpel, Knochen und

Blut auf den Asphalt gedrückt. Hals und Kopf sind gereckt, und die Vorderbeine, die winzigen Pfoten mit den wie Bleistiftspitzen schimmernden Krallen kratzen wie wild am harten Teer. Sie versucht, sich zu distanzieren: Sie wird zu spät zu einem Meeting kommen, bei dem es um das Schicksal zahlreicher Spezies in einem geschlossenen Ökosystem geht, während dieses Tier, dieses unglückselige Tier vor ihr, in seinem Lebensraum weit verbreitet ist. Aber als sie vor ihm steht und es sie aus bebenden, glänzenden, unergründlichen Augen anstarrt und sie die feinen grauen Haare mit den schwarzen Spitzen und die makellos cremeweiße Rundung der Brust sieht, wallen Gefühle in ihr auf. Dieses vollkommene Lebewesen, und sie hat es getötet. Oder verkrüppelt. So verkrüppelt, dass es keine Hoffnung mehr gibt. Aber was soll sie jetzt tun? Es mit der Schuhspitze in den Rinnstein schieben? Es in etwas einwickeln – eine Zeitung, die alte Shorts, die im Kofferraum liegt, weil Tim sie immer unter dem Neoprenanzug trägt – und es zum Tierarzt bringen? Zur Tierklinik? Oder soll sie es einfach von seinem Leiden erlösen?

Die Entscheidung wird ihr abgenommen, denn in diesem Moment kommt ein Junge, den sie ein paarmal gesehen hat – zwölf, dreizehn Jahre alt, er wohnt in einer der teuren Wohnanlagen gegenüber dem Hotel, mit Blick aufs Meer –, auf seinem Skateboard angeschossen und stößt einen leisen Pfiff aus. »O Mann«, sagt er und sieht von ihr zu dem sich windenden Eichhörnchen, »krass. Haben Sie das überfahren?«

»Ja«, sagt sie. Warum ist ihre Stimme ein Flüstern? Warum ist sie mit einemmal kurz davor, in Tränen auszubrechen?

Bevor sie noch irgend etwas sagen oder denken kann, ergreift der Junge die Initiative, tritt einen Schritt vor und stampft mit dem Absatz auf den Kopf des Tiers, so dass die rosige, graue Gehirnmasse hervorquillt und aussieht wie Spaghetti.

Sie hat sich für das Docksider entschieden, weil es nah am Büro liegt und weil der Blick unschlagbar und die Qualität gehoben ist. Frazier stammt aus Neuseeland, wo die invasiven Spezies die einheimischen zu verdrängen drohen, und hat dort Island Healers gegründet. Er ist ein Mann, der stolz darauf ist, mit allem zurechtzukommen, mit jedem Terrain, jeder Tierart. Ihm wäre irgendein Café ohne einen Hauch von Ambitionen sicher lieber gewesen, aber sie findet, eine etwas gehobenere Atmosphäre kann nicht schaden. Außerdem hat sie festgestellt, dass er sich zwar gern rauh gibt, so rauh wie das Fell, in das sich der Buschmann zum Schutz gegen die nächtliche Kälte hüllt, jedoch gegen guten Wein, Nouvelle cuisine und einen Schwenker mit Armagnac ebensowenig einzuwenden hat wie sonst irgend jemand, den sie in den Konferenzräumen von Sacramento oder Washington, D.C., kennengelernt hat. Und was Freeman und Annabelle betrifft, so werden sie sich einfach freuen, mal aus dem Büro herauszukommen und anstelle eines zerkratzten Tischs mit einer Kanne Kaffee und einem Korb altbackener Bagels ein Tischtuch vor sich zu haben.

Natürlich ist anfangs alles ein bisschen aus dem Lot, denn als sie schließlich einen Parkplatz gefunden hat und über die Außentreppe zum Restaurant hinaufgestiegen ist, hat sie dreizehn Minuten Verspätung, und man wartet auf sie. Alle sind schon beim zweiten oder dritten Kaffee und reden ununterbrochen. Sie geht, Laptop und Ringbuch unter den Arm geklemmt, so eilig durch den Raum, dass ihr Haar wie ein Fallschirm hinter ihr her weht, sieht ihre erwartungsvollen Gesichter und erwägt, ihnen die Verspätung zu erklären, ihnen von dem Zwischenfall mit dem Eichhörnchen zu erzählen, von dem Stau auf der Schnellstraße und den Ampeln, die jedesmal direkt vor ihr auf Rot geschaltet haben, als hätte irgendein bösartiger Bürokrat in der Verkehrsleitzentrale ihren Prius auf den Bildschirmen verfolgt, aber Erklärungen sind was für Kinder wie diesen Jungen mit dem Skateboard und dem verschmierten Schuh, der seiner Mutter die Blutspur auf dem Teppich wird erklären müssen, und so setzt sie sich einfach neben Annabelle und flüstert: »Tut mir leid.«

Aber alle sind entspannt, alle ziehen am selben Strang, alle arbeiten auf dasselbe Ziel hin, ohne Animosität, Zickigkeit oder Futterneid. Was macht es schon, dass Annabelles Arbeitgeber neunmal soviel Land verwaltet wie der National Park Service? Was macht es schon, dass die Hauptranch, das Juwel der Insel, mitten auf dem Land liegt, das Nature Conservancy gehört, und dass Alma Gott weiß was dafür geben würde, sich ein Büro in dem alten Stanton-Haus einrichten zu dürfen, sich aber mit der Scorpion Ranch zufriedengeben muss? Was macht es schon, dass Carey Stanton, den die Funktionäre des National Park Service vor zwanzig Jahren so intensiv bearbeitet haben, seinen Besitz nicht Freeman und dem Volk der Vereinigten Staaten, sondern lieber Nature Conservancy vermacht hat? Was macht es schon, dass Annabelle so sehr darauf gedrungen hat, nicht Island Healers, sondern eine Firma aus Wet Bone, Idaho, zu beauftragen, dass Freeman zweimal hinausgestürmt ist? Was macht das alles schon? Sie alle sind an dieser Sache beteiligt, sie sind Freunde – alte Freunde inzwischen –, und sie sind an einem Ort zusammengekommen, der so gestaltet ist, dass man sich dort wohl fühlt, um gemeinsam zu frühstücken und zu hören, was die anderen über den Fortgang des Projekts von den Phasen I und II zum Höhepunkt, zur Phase III, zu berichten haben: über den massiven Einsatz der Jäger, ganz zu schweigen von dem ihrer Hunde, Geländefahrzeuge, Hubschrauber und ihrer bleifreien Munition, der nun schon in den vierten Monat geht.

Freeman achtet auf seine Figur. Er bestellt sich Grapefruit, Hüttenkäse und Kaffee. »Schwarz, ohne Milch.« Er hat, soweit sie feststellen kann, kein Übergewicht, aber er ist einer jener Männer, die einfach überall groß sind, breit in den Schultern, Armen, Handgelenken, Fingern bis hin zu den Fingernägeln. Sein Kopf ist massig, sein Nacken so dick wie einer der Pfosten unter der Pier. Das einzige, was nicht dazu passt, sind die Füße, die viel zu klein sind, so dass er immer über ihnen zu schweben scheint, als wäre er vollgepumpt mit Helium.

Frazier – sechsundvierzig und ebenfalls nicht klein – trägt Khakishorts und ein dazu passendes kurzärmliges Buschhemd mit vielen Taschen, sein silbrigmeliertes Haar ist militärisch kurzgeschnitten, und er streckt die Beine lässig aus. Er bestellt das Captain's Breakfast: mit Krabbenfleisch gefüllte Crêpes, frischer Obstsalat, Eier Benedict und in Butter gebratener Sauerteigtoast, dazu Pommes frites und hausgemachter Coleslaw. Er löffelt Zukker in seinen Kaffee und gießt Kondensmilch hinein, bis der Becher randvoll ist. Dann lächelt er in die Runde. »Harte Arbeit, diese Schweine durch die Canyons zu jagen«, sagt er. »Da verheizt man ganz schön Kalorien. Ganz zu schweigen von dem einen oder anderen Bier und vielleicht einem kleinen Schluck aus der Flasche, nach Feierabend, versteht sich.«

»Kleinen Schluck?« wiederholt Alma und grinst ihn an, während die Kellnerin auf die Bestellung wartet – ist ja nicht böse gemeint. Ein »kleiner Schluck« ist bei Frazier ein Viertelliter, also die Menge, die in seinen gravierten Silberflachmann passt. Sie hat ihn immer wieder einen tüchtigen Schluck daraus nehmen sehen, als sie gemeinsam die Zäune kontrolliert und nach Anzeichen von Schweinen gesucht haben, und als sie in Christy Beach am anderen Ende der Insel vor dem Ranchhaus am Picknicktisch saßen, hat er ganz allein ein Sixpack getrunken, und nie, auch nicht für eine Sekunde, hat sie dabei eine Veränderung an ihm festgestellt. Ein Viertelliter mexikanischer Brandy und ein Sixpack Bier in einem verschwitzten Körper, und keine unbeholfenen Bewegungen, kein Lallen, nur ein beständiger Strom von Kiwi-Englisch über Gott und die Welt. Sie sieht die Kellnerin an und nickt Annabelle zu, um zu hören, wofür die sich entschieden hat. Sie selbst hätte am liebsten Erdbeer-Crêpes mit Crème fraîche.

Annabelle ist genauso alt wie Alma, weißblond, mit durchsichtigen Augenbrauen und unsichtbaren Wimpern, und heute fürs Büro gekleidet, denn sie trägt einen Hosenanzug aus blauer Seide und dazu passende Pumps in einem Farbton, der geradezu unheimlich genau dem ihrer Augen entspricht. Wie viele Geschäfte hat sie abgeklappert, um dieses Ensemble zu finden? fragt sich Alma und stellt sich ganze Regimenter zur Beratung aufmarschierter Verkäuferinnen vor, vielfältiges Licht unterschiedlicher Wellenlänge, das auf das schimmernde Material und die prüfend blickenden Augen fällt. Woher hat sie so viel Zeit? Ganz zu schweigen vom Geld? Wie Alma ist sie unverheiratet, im Gegensatz zu Alma allerdings zur Zeit Single, und eine Tätigkeit für eine gemeinnützige Umweltschutzorganisation ist nichts, womit man reich wird. Sie muss einen Riecher für Schnäppchen haben. Entweder das, oder ihre Familie hat Geld. Sie schiebt die Speisekarte mit einer lässigen Bewegung aus dem Handgelenk beiseite und hebt den Blick zur Kellnerin. »Ich glaube, ich nehme das Omelett mit Spinat und Schafskäse und dazu einen Salat, den Endiviensalat. Der ist doch mit Balsamico-Dressing, oder? Keine Crème fraîche?«

Die Kellnerin – ganze neunzehn oder zwanzig, mit einem Pferdeschwanz bis zur Taille und einem so kurzen Rock, als käme sie gerade vom Morgentraining der Cheerleaders – bestätigt das und wendet sich an Alma. »Haben Sie schon etwas gewählt, Ma'am?«

»Ja«, sagt sie, gibt ihr die Speisekarte zurück und wirft einen raschen Blick in die Runde, »für mich nur die Bio-Haferflocken. Mit fettarmer Milch.«

In Phase I des Projekts – Administration, Infrastruktur und Beschaffung – ging es darum, bei den Bossen in Washington und, in Annabelles Fall, bei Nature Conservancy die nötigen Mittel lockerzumachen, Mitarbeiter zur Begleitung des Projekts einzustellen, Ausrüstung und Vorräte anzuschaffen und Angebote von Zaunbauern und professionellen Jägern einzuholen. Nicht zu vergessen den Umgang mit der empörten Presse (*7 Millionen Dollar für ausländische Jäger – Abschlachten der Schweine auf Santa Cruz wird teuer*, lautete eine Überschrift im *Press Citizen*) und das fortgesetzte Störfeuer von Dave LaJoy und Anise Reed, sowohl vor Gericht als auch auf dem Parkplatz vor ihrem Büro in Ventura. Phase II, die Unterteilung der Insel in fünf Zonen und die Errichtung von siebzig Kilometern schweinesicherer Zäune, damit jede Zone so lange bejagt werden kann, bis sie schweinefrei ist, wurde im Frühjahr abgeschlossen, was bedeutet, dass Phase III begonnen hat. Danach, und man schätzt, dass eine inselweite Ausrottung bis zu sechs Jahre dauern wird, kommt Phase IV, in der die Zäune weitere zwei Jahre lang überwacht werden, um sicher zu sein, dass wirklich keine Schweine mehr auf der Insel leben, und dann wird man die Zäune entfernen, und Santa Cruz wird wieder zu dem Zustand zurückkehren, in dem es war, bevor Menschen ihn verändert haben. Das ist jedenfalls der Plan. Das hoffen sie. Das hoffen sie alle inständig.

»Also«, sagt Freeman und schwenkt den Kaffeebecher in einem

Rhythmus, den nur er hört, »wir haben Schilder aufgestellt und Pressemitteilungen herausgegeben, dass die gesamte Insel, nicht nur der Teil, der Nature Conservancy gehört, für die Dauer der Jagd gesperrt ist. Wir erklären das als Maßnahme zum Schutz der Öffentlichkeit, verbunden mit dem Versprechen, dass der Zeltplatz in Scorpion wieder geöffnet wird, sobald Zone 1 erledigt ist.«

»So bald wie möglich«, wirft Alma ein und blickt in die Runde. »Wir wollen den Leuten nicht noch mehr Grund zum Meckern geben.«

»Ach?« Frazier sieht sie mit seinem sardonischen Grinsen an. »Die Leute meckern? Hatte ich noch gar nicht mitgekriegt.«

»Ich kann's ihnen nicht verdenken«, sagt Annabelle, zu ihm gewandt.

»Ich schon«, erwidert Alma.

»Weil sie nicht gern mit Gewalt konfrontiert sind – genau wie ich, genau wie wir. Leben ist heilig, das glaube ich auch. Und trotzdem –«

»Und trotzdem kapieren sie's nicht, ganz gleich, wie oft man es ihnen erklärt« – Almas Stimme wird heller –, »und zwar weil sie es nicht kapieren *wollen*. Logik bedeutet diesen Menschen gar nichts. Langfristige Zielsetzungen. Die Meinung von Experten.« Sie spürt das Koffein, das sie beinahe zittern, zuviel reden und andere Leute unterbrechen lässt – sie braucht etwas im Magen, sie braucht ihre Haferflocken mit fettarmer Milch. »Aber das haben wir ja alles schon besprochen, und es wird uns wohl nichts anderes übrigbleiben, als es mit lächelndem Gesicht zu ertragen. Zum Wohl des Ganzen. Zum Wohl der Füchse.«

»Oder es mit erträglichem Gesicht zu belächeln«, sagt Freeman lahm.

»Wenigstens sind die Gerichte auf unserer Seite.« Alma spürt, wie ihr Lächeln aufblüht und wieder erstirbt. Sie greift nach dem Kaffeebecher, besinnt sich und legt die Hände in den Schoß.

»Im Augenblick«, sagt Annabelle. »Aber darauf ist kein Verlass. Jedesmal wenn einer dieser Verrückten eine gerichtliche Verfügung beantragt, zittere ich bei dem Gedanken, wir könnten an einen Richter geraten, der es ebenfalls nicht kapiert.«

»Amen«, sagt Alma. »Ich auch. Ich kann manchmal nicht einschlafen, wenn ich daran denke, was passieren würde, wenn sie uns jetzt stoppen, wo wir die Mittel investiert haben und es für die Füchse vielleicht bloß auf ein paar Wochen oder auch nur Tage ankommt. Ich meine« – wieder sieht sie in die Runde, ganz im Griff ihrer Emotionen, so angespannt, dass sie den Aus-Schalter nicht findet –, »die haben Geld im Rücken. Habt ihr euch mal die Website angesehen? Den Ticker, der zeigt, wieviel die Leute spenden? Und die örtlichen Zeitungen? Die Kommentare? Sie manipulieren die Öffentlichkeit. Es ist zynisch. Es ist dumm. Aber es funktioniert. Ich meine, dieses Schwein in der Zielscheibe?«

Schweigen, als wäre das alles nicht zu ertragen, besonders nicht um halb neun an einem herrlichen Morgen, da die Sonne das Meer bescheint und die Braunpelikane – kurz vor dem Aussterben gerettet, weil die Menschen endlich gemerkt haben, dass DDT nicht gerade ein Vitamin ist – tief über dem Wasser herangleiten, um über den Zustand der örtlichen Anchovisbestände zu berichten. Dies ist kein Morgen für Ängste oder Zweifel – es ist ein Morgen zum Feiern, ein Morgen für Eier Benedict und Kuchen, für Entschlossenheit und konzertierte Aktion.

»Dieser LaJoy«, sagt Frazier schließlich und sieht von dem Nest seiner gefalteten Hände auf, »muss der eigentlich auch mal arbeiten oder so? Der Mann scheint eine Menge Zeit zu haben. Herrgott, ich hab das Gefühl, jedesmal, wenn ich hierherkomme, marschiert er mit seinem blöden Schild da auf dem Parkplatz herum. Und ich kann euch sagen, diese bescheuerten Sprechchöre – ›Nazi‹ und ›Tiermörder‹ und so weiter – gehen mir richtig auf die Nerven.« Er hält inne, klopft sich die Brusttaschen ab und zieht tatsächlich eine Schachtel Zigaretten – Camel – hervor, besinnt sich aber. »Hätte ich fast vergessen: Rauchverbot an öffentlichen Orten in diesem wunderschönen Staat. Ich wollte nur sagen, vielleicht hätte zu Phase I gehören sollen ›Dave LaJoy ausschalten‹.« Er hebt den linken Arm, kneift ein Auge zu und betätigt mit der rechten Hand einen imaginären Abzug. »Peng!«

»Die Munition würde ich bezahlen«, sagt Freeman.

»Nicht dass ich gewalttätig veranlagt wäre oder so, aber manchmal müssen gewisse Spezies – oder einzelne Exemplare dieser Spezies – zum Wohl des Ganzen eliminiert werden, stimmt's, Alma? Euthanasie. Das ist ein Wort, das mir gefällt. Hauptsache, es kommt ein Kaliber .223 zum Einsatz.«

Ach ja. Allgemeines Gelächter, ein Gefühl von Gemeinschaft, von Kameraderie, und dann kommt das Essen, Teller um Teller voller Essen, und die Sonne lässt jeden einzelnen Mast im Hafen hervortreten und setzt die Wanten und Stage in Brand, während draußen, am Horizont, die Inseln schweben. Alles gut und schön. Aber Alma ist diejenige, die das, was LaJoy sich ausdenkt, am meisten zu spüren bekommt, sie ist diejenige, die sich bei öffentlichen Versammlungen hinstellen und so geduldig wie möglich die Gründe für das Töten erklären muss, sie ist diejenige, der ihr Name aus der Morgenzeitung entgegenspringt wie ein Schlag ins Gesicht, und es zehrt an ihr.

Ein Ökosystem wiederherzustellen ist nie leicht – vielleicht ist es sogar unmöglich. Sie denkt an Guam, wo die Lage aussichtslos ist. Oder an Hawaii. An Florida. An Orte, wo so viele Spezies eingeführt worden sind, dass man kaum noch sagen kann, welche ursprünglich dort heimisch war und welche nicht. Gestern abend hat sie versucht, es ihrer Mutter zu erklären, denn die wollte es verstehen, wirklich, und Alma wollte, dass sie die Arbeit ihrer Tochter zu schätzen wusste oder wenigstens begriff, was sie durchmachte. Sie wartete auf eine kurze Unterbrechung – Ed stand auf, um nachzuschenken, der Eisbereiter klapperte gleichmütig, im Tonic Water zischte das freigesetzte Gas – und sagte: »Zum Beispiel Tim.«

»Ja«, sagte ihre Mutter, »zum Beispiel Tim. Du meinst also, er wird nicht mal an deinem Geburtstag hier sein? Also, ich weiß ja nicht, was du so vorhast, aber *ich* werde dir gleich am Morgen einen Kuchen backen: Devil's Cake mit Mokkaglasur. Und wie heißt noch mal das Eis, das du so gern magst? Vanilla Swiss Almond? Ed wird eine Packung davon besorgen. Oder vielleicht zwei. Was meinst du, Ed?«

»Ich hab dir doch erzählt, Mom: Er muss die Steinadler fangen. Das muss sein, weil wir rausgefunden haben, dass die Steinadler die Füchse töten. Was die meisten nicht wissen, ist ...«

Und dann begann sie zu dozieren und erzählte eine Parabel über Ursache und Wirkung, die, wäre es darin nicht um eine Katastrophe gegangen, wie ein perverser kosmischer Witz gewirkt hätte. Das Ganze begann damit, dass Montrose Chemical während des Krieges DDT im Meer verklappt hatte, welches sich dann über die Nahrungskette in den heimischen Weißkopfseeadlern angereichert und verhindert hatte, dass die Schale ihrer Eier die nötige Stärke hatte. Die Eier zerbrachen, und die Zahl der Weißkopfseeadler, einer aggressiven, sich hauptsächlich von Fischen ernährenden Art, deren Angehörige ihr Territorium entschlossen verteidigen, ging zurück. Steinadler, die sich ausschließlich von Landtieren ernähren, kamen vom Festland herüber und kolonisierten die Inseln, angelockt von dem reichen Nahrungsangebot in Form von Wildschweinen, die auf diesen Inseln überhaupt nichts zu suchen hatten. Aber man weiß eben nie – und hier machte sie eine kleine Pause, um der Lektion den nötigen Nachdruck zu verleihen –, wie ein geschlossenes Ökosystem auf die Einführung neuer Elemente oder aber ihre Beseitigung reagiert. Die Schafe hatten die Landschaft überweidet und die invasiven Fenchelstauden kleingehalten, doch als man die Schafe entfernte, bildeten diese Stauden praktisch undurchdringliche und bis zu drei Meter hohe Dickichte, die den Schweinen ideale Deckung boten. »Und so«, sagte sie, während der zunächst noch wache Blick ihrer Mutter sich langsam trübte, »gab es keine Weißkopfseeadler, die die Steinadler vertrieben hätten, dafür aber brütende, hungrige Steinadler, die immer weniger Schweine erwischten. Und was, glaubst du, haben die also statt der Schweine gejagt?«

Ed, der sich inzwischen auf das Sofa gesetzt hatte, wo er, bei abgestelltem Ton, zwei Baseballspiele zugleich zu verfolgen schien, sah auf und sagte: »Füchse. Süße kleine Zwergfüchse.«

Erst als einer der Biologen feststellte, dass die Zahl der Füchse abnahm, begann man, die Tiere einzufangen und mit Halsbandsendern zu versehen. Mitte der achtziger Jahre war der Bestand robust und umfasste etwa dreißigtausend Exemplare. Ende der neunziger Jahre waren es nur noch ein Zehntel davon, und niemand konnte sagen, worauf dieser Rückgang zurückzuführen war.

»Es bestand die Gefahr, dass die Füchse vor unseren Augen aussterben würden«, sagte sie. »Seht ihr?« Sie holte ihren Laptop, stellte ihn auf den Küchentisch, drehte ihn so, dass auch Ed ihn sehen konnte, und rief das Foto eines jungen Steinadlers auf, der stolz in seinem Horst saß. Darunter lagen die Überreste von zwanzig Zwergfüchsen; einige der Kadaver trugen noch die Halsbänder. »Das war unser Beweis. Wir sind den Signalen gefolgt, und das haben wir gefunden.«

Also mussten die Adler gefangen und entfernt werden. Keine leichte Aufgabe. Anfangs versuchten sie, Netze aus Hubschraubern auf fliegende Adler zu werfen, aber das war, als wollte man auf einer Achterbahn Schmetterlinge fangen, und außerdem stellte sich, selbst wenn sie erfolgreich waren, das Problem, wie die Adler den Sturz überleben sollten. Tim hatte die Idee, die Tiere mit Aas anzulocken und Fallen zu stellen, die ein Netz auswarfen, und das funktionierte bis zu einem gewissen Grad. In der Zwischenzeit fingen die Biologen so viele Füchse wie möglich und starteten ein Zuchtprogramm, aus dem bislang fünfundachtzig Jungfüchse hervorgegangen waren. Diese würden ausgesetzt werden, sobald die Steinadler verschwunden und Weißkopfseeadler in einer für eine Brutkolonie ausreichenden Anzahl aus Alaska herbeigebracht worden waren. Man hoffte, dass die Seeadler die Steinadler in Schach halten würden und diese keinen Anreiz mehr hätten, auf der Insel zu brüten, wenn die Schweine erst ausgerottet wären.

Die Frage, die an dieser Stelle jeder stellte, die Frage, die Dave LaJoy unablässig und bei jeder Gelegenheit stellte, in der Presse oder auf dem Parkplatz, die Frage, die auch ihre Mutter bewegte, lautete: »Warum könnt ihr die Schweine nicht lebend fangen? Und sie dann, ich weiß nicht, an irgendwelche Bauern verschenken? Oder schlachten? Denk doch mal an all die hungrigen Menschen auf der Welt.«

»Glaub mir«, sagte sie, »das würden wir, wenn wir könnten. Aber es gibt keine Bundesbehörde, die das zulassen würde. Es wäre einfach zu gefährlich.«

Tatsache war, dass es sich bei diesen Schweinen – den Inselschweinen von Santa Cruz – um eine diskrete Population handelte, die hundertfünfzig Jahre lang keinerlei Kontakt mit anderen Populationen gehabt hatte und daher als Überträger von Leptospirose, Maul- und Klauenseuche sowie Mutationen gewöhnlicher Bakterien und Viren in Frage kam, die die amerikanische Schweineindustrie verseuchen würden, bis sie zuckend im Matsch lag. Es blieb also gar nichts anderes übrig, als sie zu töten. Mit zwei Kugeln, die erste ins Herz, die zweite in den Kopf, nach den Richtlinien des amerikanischen Tierärzteverbandes. Ein schneller, sauberer Tod. So rasch und endgültig wie das Schicksal. Und die Kadaver? All das Fleisch verwilderter Schweine? Die Kadaver würde man liegenlassen, für die Raben und zur Anreicherung des Bodens.

»Die Sache ist«, sagt Frazier und wischt sich ein Stück Ei mit Sauce hollandaise aus dem Mundwinkel, »bei der Schweinejagd erwischt man gleich beim erstenmal neunzig Prozent, aber die restlichen zehn Prozent machen einem echte Probleme. Und man kann nicht riskieren, auch nur ein einziges Exemplar übrigzulassen, denn das könnte eine trächtige Bache sein, und dann geht alles wieder von vorn los.«

Die Haferflocken liegen ihr wie ein Stein im Magen. Sie hat sich das Falsche bestellt, eindeutig das Falsche. Plötzlich steht ihre Speiseröhre in Flammen – zuviel Kaffee, zuviel Anspannung, ihre Mutter, das Eichhörnchen, der Verkehr auf dem Weg hierher –, und sie muss sich aufrichten und starr und kerzengerade dasitzen, bis das Brennen vorübergeht. Bekommt sie jetzt ein Magengeschwür?

»Die Hubschrauberaktion startet... nächste Woche? Ist das der angepeilte Termin?« fragt Freeman und beugt sich vor, die Grapefruitschale neben dem einen, den Kaffeebecher neben dem anderen Ellbogen. Der Stift in seiner Brusttasche hat das hellblaue Hemd mit einem dunkelblauen Rohrschachfleck versehen, und die silbernen Spitzen seines Bolo Tie sind angelaufen oder ebenfalls mit Tinte verschmiert. Er hängt der Meinung an, der Parkdirektor müsse ein Mann der Tat sein, wie der legendäre Bill Ehorn, der damals nach San Miguel geflogen ist, um persönlich die letzte trächtige Eselin zu erschießen und somit der eingeschleppten Eselspopulation ein Ende zu machen, und Alma weiß, dass er auf eine Einladung spekuliert.

Frazier nickt freundlich. »Soweit wir es sagen können. In ebenem Gelände haben wir bereits große Fortschritte gemacht, aber wir müssen auf die Hügel und uns von oben hinunterarbeiten. Und dazu muss man sagen: Man schießt nur, wenn man sicher ist, dass man die ganze Rotte erwischt. Wenn die Möglichkeit besteht, dass nur ein einziges Tier davonkommt, lässt man's lieber bleiben. Denn die sind sehr schlau – man sagt, sie sind schlauer als Hunde, so schlau wie ein dreijähriges Kind, wobei meiner Meinung nach sogar der dämlichste Hund schlauer ist als ein Kind –, aber egal, jedenfalls warnen die dann die anderen Rotten, so dass die sich verstecken. Und das ist dann ein Alptraum.«

Alma fängt einen Blick der Kellnerin vom anderen Ende des Raums auf. Sie möchte diese Sache beschleunigen und die Rechnung bezahlen, doch die Frau missversteht ihren Wink und bringt statt dessen die Kaffeekanne. Frazier, der jetzt heftig gestikuliert, hält ihr seinen Becher zum Nachfüllen hin und zwinkert ihr zu, während er ausführt, dass die Hubschrauber zwar unerlässlich sind, die eigentliche Jagd aber jetzt, da die Hunde – seine eigenen, aus Neuseeland – endlich nicht mehr in Quarantäne sind, auf der Erde stattfindet. Freeman und Annabelle schieben ihre Becher vor, um nachschenken zu lassen, wogegen Alma die Hand über ihren hält und flüstert: »Die Rechnung, bitte.« Und dann erwähnt Frazier seine Judasschweine – eine Methode, deren Heimtücke sie jedesmal aufs neue fasziniert.

Annabelle, die mit den Einzelheiten der Jagd bis zu diesem Zeitpunkt nicht so befasst war wie sie selbst, lächelt verwirrt und senkt die Stimme. »Judasschweine?« wiederholt sie. Ihr Blick sagt: *Erzähl mir was Lustiges.*

Und Frazier hält inne, nimmt diesen Blick auf und lässt den seinen durch das Restaurant, über die sich entfernende Kellnerin und die Aussicht auf Hafen und Meer schweifen, bevor er sich wieder ihr zuwendet. »Ja«, sagt er, »bei einer solchen Operation ist das sehr effektiv. Verstehst du« – er beugt sich vor und sieht sie fest an –, »wir setzen ihren Sextrieb gegen sie ein, und wenn du jetzt denkst, das ist unfair, Schätzchen, dann hast du wahrscheinlich recht. Aber das hier ist kein Spiel. Es ist ein Krieg. Ein totaler Krieg. Winke, winke, kleine Schweinchen.«

»Okay«, sagt Annabelle und lächelt, »darüber sind wir uns einig. Aber wie funktioniert das?«

»Wir fangen so viele wie möglich und hoffen, dass ein paar rauschige Bachen dabei sind – in diesem Klima vermehren die sich das ganze Jahr über, also ist das nicht so schwierig, wie es sich anhört, besonders wenn man sie ein paar Tage lang mit einem Keiler zusammensperrt. Dann hängen wir ihnen Halsbandsender um und lassen sie laufen.« Er beugt sich so weit über den Tisch, dass er praktisch auf ihrem Schoß sitzt, und Alma, die sich steif aufgerichtet hat und gegen das Sodbrennen ankämpft, muss sich in Erinnerung rufen, dass es ihr eigentlich egal sein kann, wenn er ein bisschen weibliche Nähe sucht, wann immer sich die Gelegenheit dazu bietet. »Und du wärst überrascht«, sagt er, »oder vielleicht auch nicht, vielleicht kannst du dir ja denken, was dann passiert. Jedenfalls marschiert um jede dieser Bachen eine ganze Parade von Keilern auf, die an ihr herumschnüffeln und miteinander kämpfen – selbst der schlaueste alte narbenbedeckte paranoide Keiler kommt aus seinem Versteck, um mitzumachen –, und meistens ist der ganze Rest, die Jungschweine und die anderen Bachen, ob rauschig oder nicht, ebenfalls dabei, einfach nur um zuzusehen. Wie in einer Schweine-Disco.«

»Und dann?«

»Dann folgen wir dem Funksignal und kreisen sie ein.«

Er trinkt einen Schluck Kaffee, während die anderen sich das Szenario ausmalen: borstige Haut, bewegliche Rüssel, animalischer Sex. »Und glaub mir«, sagt er, »da kommt kein Schwein lebend raus.«

Danach, als sie die Rechnung mit ihrer Kreditkarte bezahlt und sich von allen verabschiedet hat, steht sie in der leeren Damentoilette, durch deren hohes Fenster aus Glasbausteinen das Zehn-Uhr-morgens-Licht fällt. Sie sollte arbeiten. Und das wird sie auch gleich, das verspricht sie sich: Sie wird den Wagen stehenlassen und zu Fuß gehen, damit sie ein bisschen von der Sonne abbekommt und sich an den Demonstranten vorbeistehlen kann, indem sie sich unter die Touristen mischt und durch den Seiteneingang ins Haus geht, bevor die sie bemerken. Aber im Augenblick muss sie ihren Kopf klar kriegen. Und atmen, so tief wie möglich. Der Schmerz in ihrem Bauch ist nicht verschwunden – er ist sogar schlimmer geworden, als hätte sie irgendeine Säure verschluckt, einen Abflussreiniger, Emma Bovarys Strychnin, Brodifacoum. Das Bild einer Ratte schießt ihr durch den Kopf, kratzende Pfoten, starre Augen. Es muss der Kaffee gewesen sein. Und die Haferflocken. Wie ist sie nur auf den Gedanken gekommen, sich Haferflocken zu bestellen? Sie hätte Toast nehmen sollen, trockenen Toast, doch bei dem bloßen Gedanken daran – rauh, spröde, zerkaut, mit Speichel getränkt, im Schlund klebend – stürzt sie in eine der Kabinen, und plötzlich kommt alles hoch: der Kaffee, die Haferflocken, ein paar der Nudeln, die ihre Mutter gekocht hat, und sogar die letzten Reste des Onikoroshi-Sake, zuviel Sake und ursprünglich on the rocks.

Sogleich fühlt sie sich besser. Sie spült zweimal und sieht zu, wie das Wasser in der Schüssel wirbelnd abfließt, doch der Geruch hängt weiterhin in der Luft. Quietschend öffnet sich die äußere Tür, Schritte nähern sich mit scharfem, hochhackigem Klappern. Ihr erster Gedanke ist: Annabelle, doch das kann nicht sein, denn sie hat sie vor zehn Minuten angeregt mit Frazier plaudernd die Treppe hinuntergehen sehen. Vor mindestens zehn Minuten. Das Klappern kommt näher, und sie erstarrt, als der Türgriff gedrückt und dann losgelassen wird und die andere, wer immer es ist, die Tür der benachbarten Kabine schließt und sich mit einem Seufzer setzt. Gleich darauf ertönt das scharfe Zischen von Urin. Sie verlässt ihre Kabine, geht zum Waschbecken, fängt mit hohlen Händen etwas Wasser auf und spült ihren Mund aus. Sie wollte, sie hätte eine Zahnbürste oder wenigstens Pfefferminzpastillen, und nimmt sich vor, auf dem Weg zum Büro in einem der Geschäfte dort unten welche zu kaufen, und sie hätte gern kurz ihre Haare geordnet und etwas Lippenstift aufgelegt, wagt es aber nicht, denn die andere Frau reißt bereits geräuschvoll Toilettenpapier ab, und sie will nicht gesehen werden. Nicht jetzt. Nicht nachdem sie sich gerade übergeben hat. Und so geht sie hinaus und die Außentreppe hinunter. Sie wird sich auf der Toilette im Büro frisch machen und sich unterwegs eine Cola und vielleicht eine Tüte Cracker kaufen, um ihren Magen zu beruhigen. Und Pfefferminzpastillen, auf jeden Fall Pfefferminzpastillen.

Unterhalb des Restaurants, auf der Promenade, die am Yachthafen entlangführt, ist ein Laden für Touristen, in dem es alles mögliche gibt, von Tabletten gegen Seekrankheit, Sonnencreme und billigen Strohhüten für die Whalewatcher über Postkarten, T-Shirts und kitschige Puppen für die Landratten bis hin zu Softdrinks, Kaffee, fix und fertig verpackten Sandwiches, Cracker, scheibenweise eingeschweißtem Käse, Pfefferminzbonbons, Süßigkeiten, Zeitungen und dem ganzen Kram, den jeder täglich braucht. Sie will gerade hineingehen – ein Rudel metallisch glänzender Ballons, in papiernem Rot aus einer Styroporkugel sprießende künstliche Mohnblumen, Bügel mit wie zum Trocknen aufgehängten T-Shirts –, als sie innehält. An einem der weißen Plastiktische vor dem Laden sitzt, mit dem Rücken zu Alma, eine junge Frau, und das gleichmäßig kupferrot gefärbte Haar hängt ihr in Dauerwellen über Schultern und Rücken. Ist das nicht Alicia? Was macht sie hier? Mittagspause? Alma sieht auf die Uhr. Um halb elf?

Noch während sie überlegt, was sie tun soll – Ist es wirklich Alicia? Will sie sie wirklich zur Rede stellen, sie zusammenstauchen und fragen, warum sie während der Abwesenheit ihrer Chefin nicht im Büro ist, die Post öffnet und Anrufe entgegennimmt, Herrgott noch mal? –, verändert sich das Licht, als hätte jemand die Hand über die Linse einer Kamera gehalten, und ein Mann tritt rückwärts durch die Tür ins Freie, in den Händen ein Papptablett mit zwei Bechern Kaffee und einer Schachtel Doughnuts mit Puderzucker. Den kennt sie doch, oder? Der Ohrring, der Spitzbart, die Überraschung beim Anblick dieser blauen Augen im Gesicht eines Latinos – jedenfalls teilweise Latino oder Chicano oder Mestize oder wie immer man es nennen soll –, aber wer ... ?

Und dann fällt es ihr wie Schuppen von den Augen. Denn in

diesem Moment erkennt er sie, und im selben Moment weiß sie, wer er ist, die Erinnerung kommt wie ein Blitz, und Alicia sieht sich über ihre Schulter nach ihm um. Alicia, deren Miene erstarrt, deren Blick sich zurückzieht. Alicia, die in sich zusammensinkt. Die entlarvte Alicia. Während er – Wilson, so heißt er, *Wilson* – ganz ungerührt ist. Er schlendert zum Tisch, stellt das Tablett ab und blickt zurück zu Alma, die wie angewurzelt an der Tür des Ladens steht, in dem sie Cola, Cracker und Pfefferminzpastillen erwarten. Dann lächelt er sie an, so lässig, als würde er für ein Foto posieren – es ist ein schönes, vollmundiges, fröhliches Lächeln, als wären sie die besten Freunde der Welt –, rückt seinen Stuhl langsam neben den von Alicia, legt den Arm um sie und zieht sie an sich.

PRISONERS' HARBOR

Er ist zu Hause, in seinem Sonnenzimmer, wie er es gern nennt, blickt von der Morgenzeitung auf und sieht den Männern zu, die auf den vertrockneten Überresten seines Rasens neue, dicke Soden verlegen. Er ist bei der ganzen Sache mit sich im Konflikt: Rasenflächen sind schlecht für die Umwelt, ja, aber er muss auch an den Werterhalt des Hauses, seines Hauses, denken und hat zwei Angebote von Betrieben abgelehnt, die die Sache mit der Herbizidkeule erledigen wollten, und statt dessen diese Leute angeheuert, Amigos von Wilson, die erst mal alles umgegraben und dann Plastikfolien verlegt haben, um das Unkraut kleinzuhalten. Jedenfalls sah der alte Rasen, den er 1993 zusammen mit dem Haus gekauft hat, schon ziemlich zerfressen aus. Jetzt, mit den neuen Soden – sie haben schon zwei lange Bahnen ausgerollt wie Teppiche –, wird er einen perfekten, sattblaugrünen Kentucky-Rasen aus einem von diesen Hochglanz-Magazinen haben und braucht nicht mal zu warten, bis er eingewachsen ist. Und es ist keine Frage der Eitelkeit oder der Konkurrenz mit den Nachbarn oder so, es geht vielmehr um den Schutz seiner Investition, denn sein Haus ist die beste Investition, die er je getätigt hat: ein Schmuckstück im Missionsstil, auf einem Hügel gelegen, zweistöckig, mit geschnitzten Balken in den Wohnräumen und feinsten schmiedeeisernen Gittern, wohin man auch blickt, fast vierhundertfünfzig Quadratmeter Wohnfläche auf sechstausend Quadratmetern Grund und jetzt, zwölf Jahre nachdem er es gekauft hat, viermal soviel wert wie damals. Er hätte es nicht besser machen können, wenn er in eine Goldmine investiert hätte.

Das Sonnenzimmer ist im ersten Stock und liegt nach Süden, und sein Blick geht über die gebeugten Rücken der drei Mexikaner – zwei haben weder Hut noch Mütze, der dritte trägt eine nicht mehr ganz weiße Baseballkappe, auf die er mit schwarzem Filzstift *El Jefe* geschrieben hat –, über die verputzte Mauer an der Straße und das Dach des Hauses gegenüber auf das fünf Blocks entfernte Meer. Heute – es ist Ende Oktober, und die Luft ist klar und frisch – kann er bis nach Santa Cruz sehen, der unter ihm ausgebreitete Santa-Barbara-Kanal ist wie ein friedlicher kleiner Teich, und die Ölplattformen entlang der Küste sehen aus wie Trittsteine. Um diese Jahreszeit kann der Wind da draußen natürlich jederzeit auffrischen, so dass das Meer im Handumdrehen gefährlich wird, das weiß jeder, und wenn Anise nicht bald auftaucht, wird er sie anrufen und daran erinnern müssen. Aber der Wetterbericht hat leichten bis mäßigen Wind vorausgesagt, und er versucht, sein Verhalten zu ändern, nicht mehr alles kontrollieren zu wollen, nicht mehr so schnell zu explodieren. Sie wird schon noch kommen, denkt er, schiebt sich einen Löffel Müsli in den Mund und sieht, wie das leise Gerücht einer Brise durch die Blätter der Bäume an der Straße streicht.

Ihre Mutter Rita ist in der Stadt, hergeflogen von Port Townsend, Washington. Ihm ist das zwar ziemlich egal, aber Anise nicht, ganz und gar nicht, und wenn sie kommen, *falls* sie kommen, falls sie alles geregelt kriegen und begreifen, dass die Winde den Kanal regieren und die Sonne zu dieser Jahreszeit früh untergeht, wird er mit ihnen in seinem BMW hinunter zum Yachthafen fahren, an Bord der *Paladin* gehen und einen Tagesausflug zur Insel machen. Zum Vergnügen. Um mal einen Tag nicht vor dem Büro des Park Service herumzulaufen und – ein durchaus willkommener Nebeneffekt – um die Grenzen der Autorität des Park Service auszuloten: Die Insel ist offiziell für alle Besucher gesperrt, denn das große Schlachten soll im geheimen erfolgen.

Aber schon der Gedanke daran bringt ihn in Rage. Er wirft den Löffel in die Schüssel, schiebt die Zeitung weg, Milch spritzt, der Rattantisch erzittert, und dann ist er auf den Beinen, geht auf dem Terrakottaboden auf und ab, denn er kann nicht sitzen, essen, lesen. Die Hunde spüren seinen Ärger, springen von ihrem Lager in der Ecke auf und kommen zu ihm, ihre Schwänze schlagen an die knochigen Beine, doch er lässt sich nicht beschwichtigen. Es ist, als hätte tief in ihm ein Hammer zugeschlagen: Mit einemmal lodern Hass, Wut und Frustration aus seinem Bauch empor bis zu den Haarwurzeln, so dass sie schmerzen, ja, tatsächlich schmerzen. Jede Klage, die er eingereicht hat, ist abgelehnt worden, weil die Richter für das System arbeiten, und das System ist der National Park Service. Und jetzt haben sie mit ihrer typischen Anmaßung die Insel gesperrt, ganz gleich, was das Volk will, ganz gleich, wie viele Petitionen sie bekommen und wie viele Demonstranten vor dem Gebäude stehen, denn sie glauben, dass niemand über den Kanal fahren wird, wenn die See rauh ist. In den Zeiten der Bürgerrechtsbewegung konnte man sich in einen Bus setzen und nach Mississippi fahren, in den Zeiten des Vietnamkriegs konnte man die Leute in Wagen, Bussen, Zügen und Flugzeugen nach Washington bringen. Hier nicht. Und das wissen die genau. Diese Mistkerle.

In diesem Augenblick – die Arbeiter rollen den Rasen aus, der Wind streicht durch die Bäume, und seine Gedanken stehen in Flammen – sieht er Anises Wagen und ihren hübschen, weißen, nackten Arm, den sie ausstreckt, um den Code einzugeben, damit das Tor beiseite rollt und sie mit ihrer Mutter vorfahren und der Tag beginnen kann.

Auf dem Wasser ist es kaum wärmer als zehn Grad, und die gefühlte Temperatur ist noch viel niedriger, aber Anises Mutter besteht darauf, während der ganzen Überfahrt auf dem Deck zu sitzen. Noch bevor die beiden überhaupt ausgestiegen waren, hat er versucht, ihr zu sagen, dass es recht kühl werden würde, aber sie hat das beiseite gewischt. »Glaubst du, ich kenne diese Inseln nicht?« hat sie gesagt und die Augenbrauen hochgezogen, bis sie in den Furchen schwebten, die in ihrem Haaransatz verschwanden. Ihr Gesicht war wie die Vorlage für das von Anise, es war geradezu unheimlich, exakt bis ins Detail, als wäre ihre Tochter nicht auf die übliche Weise entstanden, sondern geklont: dieselbe breite Stirn, das runde Gesicht, das starke Kinn, die Augen, die einen aus drei Metern Entfernung ansprangen, die vollkommen geformten

Ohrmuscheln und die enorm attraktive leichte Wölbung der Oberlippe, das Ganze eingerahmt von einem Wirbelsturm aus schmutzigblondem, in langen Strähnen ergrauendem Haar. Sie war groß, mit straffen Schultern, und schlanker als Anise, aber kräftig, noch immer kräftig, obwohl sie Mitte Fünfzig sein musste. Mindestens. Sie hatte Jeans und Cowboystiefel an, eine kurzärmlige Bluse und ein Halstuch. Die abgewetzte Lederjacke mit dem Vliesfutter, ihr einziges Zugeständnis an das Wetter, hatte sie um die Taille gebunden. Sie trug weder Schmuck noch Make-up.

Nach dieser rhetorischen Frage legte sie einen Arm um Anise und sagte: »Jetzt, wo Bax tot ist und Francisco vermutlich ebenfalls, gibt's wohl keinen, der die Inseln – oder jedenfalls die, zu der wir heute fahren – besser kennt als ich.« Sie lächelte und wandte sich zu Anise, als wollte sie ihr einen Kuss geben – und das tat sie auch wirklich, auf die Nasenspitze, ein kurzes Picken, das ihm auf eine Art, die er nicht benennen konnte, unbehaglich war. »Stimmt's, Schatz?«

Aber das ist in Ordnung. Alles ist in Ordnung. Das Meer ist wie eine Wolke, auf der er jetzt dahintreibt, er lebt im Augenblick, kommt mal raus aus allem und spürt, wie sich seine Stimmung mit jeder Minute bessert. Es gibt eine leichte Dünung. Die Sonne scheint, keine Spur von einer Wolke oder einem Nebelschwaden. Delphine begleiten sie. Der Motor läuft rund. Und wenn er Vollgas gibt, dann nur, weil er so begierig ist, zur Insel zu gelangen, und sei es bloß, um zu kundschaften, doch er hofft – sie alle hoffen –, in Scorpion Bay an Land gehen zu können, und wenn nicht dort, dann in Smugglers' Cove, damit Rita zum erstenmal nach all den Jahren sehen kann, was davon noch übrig ist. Damit sie sich erinnern kann, damit sie Geschichten erzählen kann, von Schafen und Raben und wie es damals war, wenn sie an Sommerabenden am Feuer saß und Gitarre spielte und ihre Stimme mit der ihrer hochaufgeschossenen pubertierenden Tochter verschmolz, während über dem Kanal der fette Mond aufging und alle Zwergfüchse und Skunks die Ohren anlegten und heulten. Oder bellten. Oder die Geräusche machten, die sie eben machten. Die meiste Zeit ist Anise auf Deck bei ihrer Mutter, die beiden plaudern, und Rita ist so entspannt, als hätte sie seine ganze Packung Xanax intus, und auch das ist in Ordnung. Es ist ihm ein Vergnügen – eine Ehre –, sie zu begleiten, und wenn dazugehört, die alten Geschichten noch einmal zu hören, dann hat er nichts dagegen. Wenn es Rita glücklich macht – er wirft einen verstohlenen Blick über die Schulter und sieht die beiden in den Liegestühlen sitzen, wo sie die Köpfe zusammenstecken und der Wind mit ihrem Haar spielt –, macht es Anise ebenfalls glücklich. Und Anises Glück ist sein ganzes Streben. Das sagt er sich jedenfalls, während er den Gashebel bis zum Anschlag nach vorn schiebt und Scorpion Bay in Sicht kommt.

Er weiß, dass er nicht vor Anker gehen sollte, ohne zuvor mit dem Fernglas die Pier, den Strand und den ausgetretenen Pfad abgesucht zu haben, der sich um die Felswand rechts der Bucht herumwindet, denn dort ist das Haus, wo die Ranger sind, wenn überhaupt welche da sind. Rita beugt sich zerzaust und mit gerötetem Gesicht über die Reling, als er beidreht. Sie hat ihr eigenes Fernglas, ein kleines Ding zur Vogelbeobachtung, das sie aus der Tasche gezogen hat. »Da«, ruft sie, und ihre Stimme ist hell vor Aufregung, »ist das nicht der Jeep? Bax' Jeep?«

Und jetzt ist Anise neben ihr und schirmt mit der Hand die Augen ab, bis Rita ihr das Fernglas gibt. Sie braucht einen Augenblick, um es einzustellen, und geht ein wenig in die Knie, um das Schaukeln auszugleichen. »Ich weiß nicht«, sagt sie, »ob da ein gelber Fleck ist oder ob ich mir das einbilde.«

Von da, wo er sitzt, kann er nur einen Haufen verrosteter Farmgerätschaften sehen, die der Park Service vom Haus heruntergeschleppt und im hohen Gras oberhalb der Flutlinie hat liegenlassen. Wahrscheinlich wollten sie das Zeug ganz wegschaffen und die Bucht ordentlich aufräumen, aber dann hätten sie einen Kran holen und alles auf einen Lastkahn verladen und zum Festland bringen müssen, und so hat irgendein Genie vom Park Service beschlossen, den ganzen Schrott einfach zu einer Kuriosität zu erklären, zu einem historischen Artefakt, einer Erinnerung an die Zeiten, als Leute wie Anises Mutter hier Schafe gezüchtet haben. Vielleicht könnte er in dem Haufen etwas entdecken, das einst ein

Jeep gewesen sein könnte, doch er müsste seine Phantasie bemühen, um aus den verbogenen Metallteilen eine Karosserie zu formen, und ist zu sehr damit beschäftigt, das Fernglas auf diesen oder jenen Punkt zu richten und Ausschau nach Amtspersonen, Jägern, Gewehren, Hunden, Hubschraubern zu halten, um der Sache mehr als nur flüchtige Aufmerksamkeit zu schenken.

Er beschließt zu ankern und das Beiboot zu Wasser zu lassen. Was können sie schon tun – ihn erschießen? Er sieht niemanden, nichts, keine Bewegungen außer denen der Ufervögel, die tun, was sie immer tun, und als Farbflecken auf flinken Füßen umherrennen. Der Außenbordmotor springt beim ersten Versuch an, und im nächsten Augenblick reiten sie auf einer langen, glatten Welle in Richtung Pier. Anise und ihre Mutter sitzen wie festgeklebt am Bug, die Gesichter angespannt vor Erwartung, und für einen Augenblick sieht er sie beide als Kinder, als Pfadfinderinnen vielleicht, und das hier ist ihr Ausflug mit Lagerfeuer und Rückkehr zur Natur. Natürlich ist da ein Schild an der Pier, genau da, wo die Touristenboote anlegen, um die Leute aussteigen zu lassen, und es verkündet, was sie ohnehin schon wissen. AUF VERFÜGUNG DER REGIERUNG DER VEREINIGTEN STAATEN: INSEL FÜR ALLE BESUCHER GESPERRT / JEDES ANLANDGEHEN BIS AUF WEITERES UNTERSAGT.

Aber sie sind jetzt da, keine zehn Meter entfernt. Anise hat Einwände – »Vielleicht sollten wir lieber doch nicht ...« –, aber ihre Mutter sagt mit sanfter, überredender Stimme: »Was ist schon dabei? Ich meine, hörst du irgendwelche Schüsse? Siehst du irgend jemand? Wir könnten doch einfach ... Ich will bloß die Erde unter meinen Füßen spüren. Fünf Minuten. Mehr nicht.«

Und er denkt: *Diese Scheißkerle.* Und schiebt die Pinne von sich weg, so dass der Bug abrupt herumschwenkt und auf den Strand zielt. Er hebt die Stimme, um das Röhren des Motors zu übertönen, und ruft: »Wenn wir am Strand landen, können wir sagen, wir hätten das Schild nicht gesehen.« Gischt stiebt auf. Er nimmt das Gas weg und klappt den Propeller hoch, der flache Kamm einer Welle trägt sie an den Strand, sie spüren ein langgezogenes Beben und hören das Knirschen des Sandes unter dem Boot, und alles glänzt nass: Muscheln, Steine und die winzigen Krabbeltiere, die in der Brandungszone leben.

Agil und gelenkig ist Rita bereits hinausgesprungen und zerrt an dem geflochtenen gelben Nylonseil, um das Boot weiter auf den Strand zu ziehen. Anise folgt ihr, und dann ist auch er auf dem Strand, und zu dritt schieben sie das Schlauchboot über den Sand.

»Mensch«, sagt Rita, die Hände in die Hüften gestemmt und nicht mal außer Atem, »seht euch das an!« Was sie sieht, liegt zwanzig Jahre und mehr zurück, doch was er sieht, ist das beinahe zwei Meter breite Schild am Strand, ein Zwilling des Schildes an der Pier, aus demselben Metall wie ein Straßenschild, und noch bevor er das nächste und dann das übernächste Schild bemerkt, fragt er sich, ob die wohl von Sträflingen in Soledad oder so hergestellt worden sind. Wenn ja, dann ist es eine seltsame Verknüpfung, dass diese Schilder hinter Gittern gemacht werden, um den Zutritt zu einem Ort zu verbieten, an dem es keinerlei Gitter gibt.

Rita ruft etwas, Anise folgt ihr den Hang hinauf zum Haus, das von hier aus gerade eben zu sehen ist, etwa fünfhundert Meter entfernt, weiße Lehmziegelwände, grüne Dachziegel, und die Sonne wirft ihre Speere – und in diesem Augenblick kommen die beiden Volltrottel in Park-Service-Uniformen aus dem Haus gerannt. Er ist überrascht, trotz allem – immerhin hat er doch genau damit gerechnet, oder? Seine Stimme ist hart, barsch, knapp wie das Bellen eines Hundes. »Anise! Los, schaff deinen Arsch ins Boot!«

Sie ist fünfzehn Meter vor ihm, und weitere fünfzehn Meter davor ist ihre Mutter.

»Rita!« ruft er, und als sie sich umdreht, zeigt er auf die beiden Männer und schwenkt den anderen Arm über dem Kopf wie ein Baseballtrainer, der seine Leute aus dem Außenfeld heranwinkt. Ein Moment der Unentschlossenheit, er sieht Anises breites, fragendes Gesicht und dahinter das Duplikat, und dann rennen die beiden, und er rennt ebenfalls, zum Boot, zur Leine, um das Ding ins Wasser zu schieben und abzuhauen, bevor er sich eine weitere Standpauke anhören oder, schlimmer noch, die ganze kranke Schmierenkomödie einer Verhaftung über sich ergehen lassen muss.

Worum geht es also – um Sekunden? Die Ranger, einer mit Schnurrbart, der andere ohne, halten es nicht für nötig zu rennen, denn das könnte ja irgendwie ihre Würde verletzen, das jedenfalls ist sein Eindruck, aber sie beeilen sich. Was Anise betrifft: Sie fliegt geradezu. Sie hält sich im Studio in Form, denn fit zu sein und gut auszusehen ist Teil von dem, was sie ist und was sie tut. Sie ist neben ihm, knöcheltief im Wasser, das Boot schwimmt, die Ranger kommen näher, die Sonne wirft noch immer Speere. Die große Überraschung – und wie schafft er es, das so ruhig analysieren? – ist Rita. Einen Herzschlag lang dachte er, sie würde stehenbleiben, sich ihnen entgegenstellen, ihnen die Leviten lesen und sie bis ins kleinste Detail wissen lassen, wer sie ist und was ihre Rechte sind und warum dies ihre Insel ist, nicht die des Park Service, und wenn sie auch nur einen Finger gegen sie erheben, wird der Himmel sich auftun und das Meer sie verschlingen, aber irgendwie hat er es geschafft, ihren Fluchtimpuls auszulösen, und so fährt auch sie herum und rennt zum Strand.

Der Motor springt mit einem anschwellenden Grollen und einem kurzen wütenden Knall des Auspuffs an. Anise winkt wie eine Schiffbrüchige. Die Park-Service-Typen kommen steifbeinig näher – o nein, sie werden nicht rennen, das können sie gar nicht, denn sie sind hier Amtspersonen, Polizisten, Obrigkeit –, doch Rita lässt ihnen keine Chance. Sie *kann* rennen. Sie ist eine alte Frau oder eine Frau in vorgerücktem Alter oder was auch immer, aber sie bewegt sich wie eine gutgeölte Maschine. Die Cowboystiefel, verziert mit einem Muster aus zwei Schlangen, rot und blau, die einander auf dem Spann umschlingen, stampfen über den Sand und dann durch die flachen Wellen, das Wasser reicht ihr bis zu den Knien, und dann ist sie an Bord, und Sekunden später sind sie fünfundzwanzig Meter vom Ufer entfernt. Er gibt etwas Gas, damit das Boot gleitet. Sein Atem geht heftig, die Aufregung pulsiert in ihm wie Freude, wie reine, unverfälschte Freude, doch mit ihr kommt auch ein Übermaß von Wut, und er legt die Pinne um, so dass das Boot eine enge Kurve fährt, gerade als die Ranger den Strand erreicht haben und er ihre Gesichter erkennen und sehen kann, dass sie etwas rufen, eine amtliche Drohung oder Verwünschung.

Sollen sie doch. Sollen sie rufen, soviel sie wollen. Ganz langsam, mit größtem Bedacht, hebt er die rechte Hand, den Mittelfinger ausgestreckt, damit sie wissen, wie er sich fühlt.

Dave LaJoy ist nicht der Typ, der schnell aufgibt. Oder mit Anstand aufgibt. Oder überhaupt aufgibt. Anises Mutter will an Land, sie will auf ihrer alten Farm herumspazieren, darum geht es hier. Er denkt nicht, wie schade es ist, dass sie nicht vor ein paar Monaten mit dem Touristenboot hinausgefahren sind, als jeder auf Gottes weiter Erde willkommen war und sogar auf dem Zeltplatz übernachten durfte – vorausgesetzt, er hatte ein Zelt und eine Genehmigung –, oder dass sie im nächsten April oder Mai oder wann auch immer herkommen können, nur eben nicht jetzt, denn *jetzt* schaukelt die *Paladin* vor der Insel auf den Wellen, und er will *jetzt* an Land gehen. Nachdem sie Scorpion Beach verlassen und das Beiboot an Bord gehievt und festgezurrt haben, fährt er nach Osten, in Richtung San Pedro Point und der anderen Ranch, die dahinter liegt, bei Smugglers' Cove.

Anise und ihre Mutter sitzen neben ihm im Cockpit, ihre Hände flattern, und sie reden und reden – »Was für ein Kick!« sagt Rita immer wieder, und dann brechen beide in Gelächter aus –, denn sie genießen das Hochgefühl, den Fettärschen vom Park Service eins ausgewischt, sie *an der Nase herumgeführt* zu haben. Gut, nicht? Er sieht nicht zurück, aber er kann sich die beiden Gestalten vorstellen, die am Strand zurückbleiben und vielleicht die Hände ringen und einander vorjammern, wie ungerecht die Welt ist. Was machen sie jetzt mit ihrem kleinen Buch und den nagelneuen, blitzenden, vom Steuerzahler bezahlten Handschellen? Er hat Mitleid mit ihnen, wirklich. Aber er beobachtet auch den Horizont und hält Ausschau nach anderen Booten – insbesondere nach dem Kutter der Küstenwache –, denn diese Leute haben immerhin Funkgeräte. Der Motor summt. Das Wetter bleibt schön. Es ist halb zwölf, und alles ist gut, die Klippen schirmen ihn nach rechts ab, und vor ihnen liegt der Ozean in seiner knallblauen leeren wogenden Weite. »Wir versuchen's in Smugglers'«, sagt er, und Anise sieht ihn an.

Sie packt gerade ein Sandwich aus, das sie ihrer Mutter reicht – geröstete Paprikaschoten mit Hummus auf Hafer-Haselnuss-Brot, kein Fleisch, obwohl Rita eine unverbesserliche Fleischfresserin ist –, und fragt sich laut, ob das eine gute Idee ist. »Sollten wir die Sache nicht lieber abbrechen, solange wir einen Vorsprung haben?«

»Scheiße, nein.« Er ist nicht wütend oder enttäuscht, er versucht nicht, sich zu rechtfertigen. Er wird tun, was er tun muss, und niemand wird ihn davon abhalten. »Willst du nicht wenigstens sehen, was die vorhaben? Ich meine, die Situation *erfassen*? Wenn wir schlau gewesen wären, hätten wir Toni Walsh mitgenommen.« Er hört das beruhigende Summen des Motors, das Rauschen des Wassers, das der Rumpf teilt. »Was meinst du, Rita?«

»Ich?« Sie sieht zu ihm auf, in ihren Augen funkelt noch immer Amüsement. »Ich bin dabei, denn das hier ist einfach ... ich weiß nicht, wie ich's sagen soll ... erstaunlich. Wirklich erstaunlich.« Sie wendet den Blick ab, beugt sich vor und holt eine Dose Bier aus der Kühltasche unter der Bank. Dann setzt sie sich auf, streckt den Rücken, als wollte sie sich von der Anspannung der Verfolgungsjagd erholen, und öffnet die Dose mit einem triumphalen Knakken. »Ich würde zu gern das Haus sehen«, sagt sie, und ein verführerischer Unterton schleicht sich in ihre Stimme. »Ihr wisst ja, zu unserer Zeit stand es leer – jedenfalls bis diese Jäger sich dort breitgemacht haben. Hat Anise dir je davon erzählt?«

Hat sie, ja. Sie hat ihm von dem Trauma erzählt, das diese Ereignisse hinterlassen haben. Ritas Freund war zu jener Zeit ein halber Krüppel und konnte nichts tun, und die Besitzer übten Druck auf die Kapitäne der Frachtschiffe aus, damit sie Ritas Auftrag, die Schafe aufs Festland zu bringen, ablehnten, denn sie wollten, dass die Schafe auf der Insel blieben, wo Sportsmänner sehr teure Löcher in sie schießen konnten. Das Schlachten war bereits im Gange, wenn auch unter einer anderen Bezeichnung. Und dann fanden die drei sich auf einmal in einer winzigen Wohnung in Oxnard wieder, genau da, wo sie begonnen hatten, und anstatt sechstausend Morgen Land hatten sie einen Garten, so groß wie ein Schweinekoben, und anstatt keine Altersgenossen und keine Ahnung von Style oder Top-Forty-Music oder von Anspielungen auf Fernsehserien zu haben, die zu kapieren sie ein Jahr brauchte, war Anise plötzlich in einem Klassenzimmer. In verschiedenen Klassenzimmern. Mit verschiedenen Lehrern und umgeben von den unzähligen spöttisch grinsenden Gesichtern ihrer Altersgenossen, und wenn sie keine echte Schönheit gewesen wäre, die Verkörperung der feuchten Träume eines jeden halbwüchsigen Jungen (hier extrapoliert er ein wenig), hätte sie das nicht überlebt. Rita arbeitete als Kellnerin. Ihr Freund – er war inzwischen ein alter Mann – wurde wieder gesund. Beinahe jedenfalls. Aber er fand keine Arbeit, denn in Oxnard gab es keine Schaffarmen, und sein Bein machte ihm noch immer zu schaffen und tat höllisch weh, wenn er länger als zehn Minuten stehen musste, und in seinem Alter wollte er natürlich nicht irgendeinen Mindestlohnjob in einem Haushaltswarengeschäft oder so annehmen, und so fing er wieder an zu trinken. Und Rita ebenfalls. Die beiden hielten es ein halbes Jahr lang aus, und dann war er eines Tages verschwunden, und Anise wurde – ganz langsam und vorsichtig, durch Nachahmung und indem sie ihre angeborene Intelligenz, die Narben der Isolation, ihre Stimme und ihre Gitarre für sich nutzte – zu Anise.

»Nein«, sagt er. »Nein, das hat sie mir nicht erzählt.«

Anise streckt spielerisch die Hand aus und drückt seine Wade. »Du weißt, dass ich es dir erzählt habe«, sagt sie. »Ungefähr sechstausendmal.«

»Ja«, sagt er, »okay. Aber ich will es aus erster Hand wissen.«

Er hat ein Sandwich in der Hand und – ein Blick auf die Uhr, um sich zu überzeugen, dass es nach zwölf ist – auch ein Bier. Warum nicht? Warum sich nicht amüsieren, eine Party feiern, wenn ihm danach ist? Auf dem Meer herrscht noch Freiheit, auch wenn die Insel abgesperrt ist wie eine Gefängniszelle, nur dass die Gefangenen draußen sind.

Ritas Stimme klingt heiser und abgenutzt, doch sie erzählt die Geschichte mit einer gezwungenen Heiterkeit, als spielte nichts davon mehr eine Rolle, als wäre sie über den Schmerz der Zwangsräumung und der Trennung von ihrem Freund und schließlich auch von ihrer Tochter längst hinweg, als wäre ihr Leben voller

Untätigkeit und Kneipengespräche in einem Nest wie Port Townsend genau das, was sie sich immer erhofft hat. Er hört zu wie ein Historiker, die eine Hand hält das Steuer, die andere hebt abwechselnd Sandwich und Bierdose an den Mund, und dann liegt Smugglers' Cove vor ihnen, und in demselben Augenblick biegt der Kutter der Küstenwache mit blinkenden Lichtern und irgendeinem Idioten an Deck um die gegenüberliegende Landzunge und fährt in die Bucht ein. Er kann es nicht fassen. Aber er schiebt Sandwich und Bierdose beiseite und steuert hart backbord, als wäre das in seinen Genen verankert, und schon fahren sie wieder in die Richtung, aus der sie gekommen sind, harmlose Ausflügler, die um die Insel herumschippern, Bootsbegeisterte, die einen der letzten herrlichen Herbsttage nutzen.

Klopft sein Herz? Allerdings. »Haben wir nicht vorhin erst von hohem Blutdruck gesprochen?« sagt er und versucht ein Lachen. Die Frauen sehen über die Schultern zurück, ihre Begeisterung ist wie weggeblasen. »Folgen sie uns?« fragt er mit unbewegter Stimme.

Er wird sich nicht umdrehen, so wie er auch nicht in den Rückspiegel sieht, wenn ihm auf der Schnellstraße ein Polizeiwagen folgt, denn seine Theorie besagt: Wenn du zu aufgeregt bist, nageln sie dich. Sei respektvoll, lass sie merken, dass du sie bemerkt hast, und fahr immer schön hundert, ohne Eile, ohne Angst.

»Nein«, sagt Anise, »nein, ich glaube nicht.«

Raus aufs Meer, mit halber Kraft, der schrundige, abfallende Rücken von San Pedro Point liegt scharf umrissen vor ihnen. Er sagt nichts mehr. Sieht nur, wie das Kap näher kommt, und ändert den Kurs ein wenig nach Nordosten, als wollten sie zum Festland zurückkehren, und das ist es, was auch Anise und ihre Mutter denken: dass der Tag gelaufen ist, dass sie unterlegen sind, dass sie besiegt nach Hause fahren. Und dann verschwindet die Bucht und mit ihr die Küstenwache – die Spitzel in Scorpion Bay haben sie wohl doch nicht per Funk verständigt –, und als das Kap hinter ihnen zurückbleibt, ändert er wieder den Kurs und fährt nach Westen, praktisch denselben Weg, der sie von Scorpion hierhergebracht hat.

Anise und ihre Mutter sind in ein Gespräch vertieft. Jeder Hügel, jeder Felsen, jede guanobespritzte Steilwand bringt eine Flut von Erinnerungen, und so haben sie den Kurswechsel nicht bemerkt oder jedenfalls nicht kommentiert. Doch jetzt, da seine Absicht unverkennbar ist, hebt Rita den Kopf und sagt: »Wo fährst du hin? Zur anderen Seite?«

Er nickt und ist sich bewusst, dass Anise ihn ansieht. »Ich dachte, wir fahren mal rüber und sehen uns Prisoners' an. Das gehört TNC. Die können ja nicht überall sein, oder?«

Prisoners' Harbor, der Haupthafen von Santa Cruz, liegt an der Nordküste, jenseits der schmalen Landzunge im Osten, die der Insel aus der Luft ein so apartes Aussehen verleiht: als wäre sie ein großer brauner Plesiosaurier, der den kantigen Kopf reckt und ein flinkflossiges Wesen aus den Tiefen des Meeres verfolgt. Zu Füßen eines Gewirrs von Hügeln liegt ein langer Strand, der Endpunkt des Tals, das sich fünf Kilometer weit bis zur Hauptranch erstreckt, wo die ehemalige Weinkellerei noch immer steht und wo das alte Ranchhaus mit seinem Pool, den Gärten und Nebengebäuden den Conservancy-Leuten als paradiesische Operationsbasis dient. Zweimal ist er dort gewesen, in glücklicheren Tagen, bevor das große Schlachten begann, und die Lage des Ranchhauses, die so gewählt ist, dass sie alle möglichen Ausblicke über dieses eigene schöne Tal erlaubt – einen Ort, an dem das Treiben der Welt vorübergegangen ist –, hat etwas in ihm berührt. Er hat den scharfen Stich der Begehrlichkeit gespürt, als hätte er den ganzen Globus abgesucht, nur um hier sein wahres Heim zu finden und festzustellen, dass es einem anderen gehörte. Er wollte es haben. Er wollte das gerade erst gekaufte Haus verkaufen, alle möglichen Kredite aufnehmen und diesen Ort kaufen, wo er die Tür schließen und der Welt sagen konnte: »Leck mich!« Ja. Alles runterfahren. Leben wie Adam. Oder wie der wilde Mann, der um die Jahrhundertwende herum mit nichts als einer Kiste Äpfel, einer Schleuder und ein paar Angelhaken vom Festland herübergerudert ist und sich auf dem kahlen, vollgeschissenen Felsen von Gull Rock häuslich eingerichtet und von Möweneiern und dem ernährt hat, was er mit der Steinschleuder erlegen konnte. Er hat im Sommer wie im Winter bloß einen zerfetzten Lendenschurz getragen. Hat sich Bart und Haare wachsen lassen. Den Himmel beobachtet.

Aber das ist natürlich ein Traum, ein Jungentraum. Alles, jeder Quadratmeter Land, gehört jemandem, und heutzutage würde man einen wilden Mann – oder einen Unterhaltungselektronikmagnaten, der auch nur mit dem Gedanken spielt, ein wilder Mann zu werden – jagen, einfangen und in einer Zwangsjacke in die nächste Irrenanstalt bringen. Darüber denkt er nach, über Wildheit, über Frieden und Ewigkeit und den Naturzustand des Menschen, als sie Coche Point umrunden und dicht unter Land den schimmernden Bogen der Bucht von China Beach nachfahren, so dass das Kap hinter ihnen sie abschirmt, sollte die Küstenwache doch noch benachrichtigt worden sein und nach ihnen suchen, und während er sein Sandwich isst, wendet er sich an Rita, um zu hören, was sie zu erzählen hat. »Kennst du die Geschichten über den wilden Mann, der früher hier gelebt hat?« Er kaut, schluckt und stellt sich vor, wie er mit einem Lendenschurz aussehen würde, über dem Kopf einen Speer schwenkend. »Vor vielen Jahren, meine ich. So um die Jahrhundertwende.«

Sie denkt einen Augenblick nach, ihr Blick geht ins Ungefähre, bevor die Erinnerung ihn wieder schärft. »Francisco hat von ihm gesprochen«, sagt sie. Sie sitzt vorgebeugt da, in der einen Hand eine Bierdose, in der anderen ein halbgegessenes Sandwich. Ihr Kopf schwankt im Rhythmus des Bootes hin und her. »Es war eine Legende oder so, nur dass sie stimmte. Das war in den frühen Jahren, vor der Prohibition, als es die Weinkellerei und den ganzen Rest noch gab. Sein Vater – Franciscos Vater – hatte ihm gesagt, der Typ wäre ein Dieb gewesen, er hätte Schafe gestohlen und halb aufgegessen und den Rest für die Raben liegengelassen.«

»Das heißt, er war verrückt? Ich meine, Möweneier und draußen schlafen und Lendenschurz und so weiter –«

»Er war ein Däne, aber der kleinste Däne, den man je gesehen hatte – nur eins fünfzig groß. Sagen sie jedenfalls. Und er hat nicht nur Schafe geklaut, sondern auch Füchse, Skunks und Inselhäher getötet, eigentlich alles, was er kriegen konnte, und das hat er dann über einem Treibholzfeuer gebraten und gegessen.«

»Schweinebraten«, sagt er automatisch, und das soll witzig sein oder wenigstens ironisch, doch er bringt es nicht über sich zu grinsen oder auch nur zu lächeln, denn dieser Gedanke bringt ihn schon wieder in Fahrt. *Die sind jetzt irgendwo da draußen*, denkt er, *und knallen Tiere ab. Und wir machen Witze darüber.* In der Ferne erkennt er die Pier von Prisoners' Harbor: ein Streifen Nichts im gleißenden Licht der Sonne. Immerhin keine Boote. Und keine Hubschrauber.

»Dann war er also ein Fleischfresser«, wirft Anise mit einem säuerlichen Grinsen ein, um ihre Mutter zu ärgern. »Genau wie du, Mom.«

Rita grinst ebenfalls, zieht aus der Brusttasche eine Sonnenbrille mit undurchsichtigen, bläulich schimmernden Gläsern hervor und setzt sie auf, als wollte sie sich dahinter verbergen. »Stimmt«, sagt sie, »denn so sind wir nun mal erschaffen.« Sie hält inne und nippt an ihrem Bier. »Und ich liebe Lammfleisch.«

»Ja«, sagt Anise, deren Grinsen verschwunden ist, »aber Fleisch ist Mord.«

»Ja, ich glaube, das habe ich schon mal gehört.«

»Aber es stimmt ja auch.«

»Damals, auf der Ranch, hast du das nicht so gesehen.«

»Ach, da war ich ja noch ein Kind und wusste es nicht besser.« Sie starrt ihre Mutter an, eine Zwillingsfalte der Verärgerung steht zwischen ihren Augen. »Aber du solltest es besser wissen. Nach dem, was wir da draußen gesehen haben, nur an diesem einen Tag mit den Raben und den Jägern. Du weißt es vielleicht nicht, aber das war das größte Trauma meines Lebens –«

»Das und die Oxnard Junior High School.«

»Das ist kein Witz. Ich sage dir: Tiere haben ein Bewusstsein. Sie spüren Schmerz. Sie haben genausoviel Recht zu leben wie du oder ich.«

»Ich weiß noch«, sagt Rita, überhört den eindringlichen Appell, hebt einen tropfnassen Stiefel und legt den Knöchel auf ihr Knie, bevor sie sich seufzend zurücklehnt, »einmal, nach der Schur, als die Vaqueros gefeiert haben, weil die Plackerei vorbei war, da haben sie ein Lamm geschlachtet, weißt du noch? Und den Schädel, den Schädel haben sie in die Glut gelegt und dann aufgebrochen, um an das Hirn heranzukommen –«

»Ich will das nicht hören.«

»Und dann das gute cremige blasse Fett, das du dir immer auf das ofenfrische Brot gestrichen hast, als wäre es Butter. Wusstest du das, Dave? Anise hat sich praktisch von Lammfleisch ernährt.«

»Tja, ich ebenfalls«, sagt er und versucht, den Friedensstifter zu spielen. »Bis ich gesehen habe, wie falsch das ist. Aber wie auch immer, du weißt, dass wir diese Schweinejagd stoppen müssen. Ich meine, das ist doch verrückt. Niemand, nicht mal ein Schlachthofbesitzer, kann wollen, dass Tiere einfach so getötet werden, für nichts. Du doch auch nicht, oder?«

Er will wissen, ob sie auf ihrer Seite steht oder nicht, aber Anise antwortet für sie: »Nein, auf keinen Fall. Sie ist genauso dagegen wie wir. Wie jeder.«

Beide sehen Rita an. Der Hafen kommt näher, am Strand brechen sich weiß die Wellen, und die Büsche auf den Hügeln sind verdorrt und lückenhaft und warten auf den Regen. Sie stellt die Bierdose in den Getränkehalter vor ihr, hebt den Kopf und sieht erst Dave und dann ihre Tochter mit einem wilden, unverwandten Blick an. »Natürlich bin ich dagegen«, sagt sie und spuckt die Worte regelrecht aus. »Wäre doch schade um das schöne Fleisch.«

Nachdem er die beiden in einem schicken neuen französischen Restaurant, das Anise empfohlen worden war, zu einem sehr teuren Dinner eingeladen hat, in dessen Verlauf es zu einer bedauerlichen Diskussion mit dem Ober über die Zubereitung seiner Seezunge meunière kam und er gezwungen war, sie zweimal zurückzuschicken – Anise schnalzte tadelnd mit der Zunge und beklagte das Schicksal des armen Fisches (»Wenn man Vegetarier wird, dann ganz, Dave, alles andere ist bloß feige«), während Rita sich mit säuerlichem Lächeln winzige Häppchen ihres praktisch rohen Filet mignon in den Mund schob –, setzt er sie ohne weiteren Kommentar vor Anises Wohnung ab und fährt nach Hause, um den neuen Rasen zu inspizieren. Und wenn er zu schnell fährt und ein Polizist, der ihm entfernt bekannt vorkommt, ihn anhält und fragt, wieviel er getrunken hat und ob er weiß, dass die Geschwindigkeitsbegrenzung in geschlossenen Ortschaften bei fünfundfünfzig Stundenkilometern liegt, und ihn mit einer Verwarnung davonkommen lässt, dann nur, weil der ganze Tag irgendwie ... kompliziert war. Er folgt in Gedanken noch einmal der Kette der Ereignisse, die seine Stimmung gründlich verdorben haben – der Ärger in Prisoners' Harbor, als auf einmal aus dem Nichts der Hubschrauber da war und sich vor das Boot setzte, bis die *Paladin* den Kurs änderte und aufs Meer hinausfuhr, wobei die blecherne Stimme von oben verkündete: »DIE INSEL IST FÜR ALLE BESUCHER GESPERRT, ICH WIEDERHOLE: DIE INSEL IST FÜR ALLE BESUCHER GESPERRT!«, Anise, die so lange brauchte, um sich umzuziehen, dass sie ihre Reservierung um eine Dreiviertelstunde verpassten und sich vor dem aufgeblasenen Oberkellner – natürlich ein Franzmann – erniedrigen mussten, um einen Tisch zu bekommen, und dann der Ober, der Fisch und die Art, wie Rita an ihrem Filet mignon saugte, als wollte sie sich keinen einzigen Blutstropfen entgehen lassen –, als das Tor beiseite rollt und er in die Einfahrt gleitet, willkommen geheißen von den mit Bewegungssensoren ausgestatteten Scheinwerfern über dem Garagentor.

Es ist nach Mitternacht. Er ist müde. Er ärgert sich. Seine Gedanken gehen nicht in die Tiefe. Die Wagentür öffnet sich, das Radio erstirbt mitten in einer Coverversion eines Stücks von einer Band, das er schon mindestens zehntausendmal gehört hat, und warum, Herrgott, können diese Heinis nicht mal was anderes spielen, irgendwas Entlegenes, Neues, Ungewöhnliches, die B-Seiten, nichts als B-Seiten, damit die Leute mal was anderes zu hören kriegen, bevor sie hingehen und sich erschießen? Er steht auf dem festen, harten Kopfsteinpflaster der Einfahrt und hat das vertraute Seefahrergefühl, als würde sich der Boden unter ihm bewegen. Einen Augenblick steht er einfach nur da und nimmt die nächtliche Kühle, das Funkeln der Sterne, die Stille und das gedämpfte Rauschen der Schnellstraße in sich auf. Und gerade als er die Taschenlampe aus dem Kofferraum holen und über den üppigen weichen Teppich des neuen Rasens schlendern will, um ihn zu bewundern und sich zu gratulieren, dass er fix und fertige Grassoden gekauft hat, anstatt den Rasen auszusäen und sich dann mit Unkraut, Vögeln und kahlen Stellen herumzuärgern, bemerkt er am Rand des Gartens eine Bewegung.

Sein erster Gedanke – und er wappnet sich, ist drauf und dran, eine Warnung oder, besser noch, eine Drohung zu rufen – gilt Eindringlingen, Einbrechern, Dieben, doch dann sieht er die Schatten, es sind zwei, und sie ducken sich auf den Boden. Er denkt an die Hunde, aber die sind im Haus, wo er sie zurückgelassen hat. Es dauert einen Augenblick, bis er begreift, dass er es hier mit der ungezähmten Natur zu tun hat, mit Tieren aus freier Wildbahn, die gekommen sind, sich an dem gütlich zu tun, was er ihnen bereitet hat. Ganz langsam und übertrieben vorsichtig schiebt er sich am Wagen entlang und öffnet leise und mit zwei Händen – die eine dreht den Schlüssel, die andere verhindert, dass der Deckel aufspringt – den Kofferraum. Ein schwaches Blinzeln der Innenbeleuchtung, und dann hat er die Taschenlampe in der Hand und denkt: *Coyote? Oder bloß ein Nachbarshund?* Er schließt den Kofferraum und erstickt das Klicken des Schlosses mit der Hand.

Er zwingt sich, ganz still zu stehen und zu lauschen, bis kleinste Geräusche aus den Schatten an sein Ohr dringen. Was hört er? Ein weiches, feuchtes Wischen, ein ganz leises Schnaufen oder Schmatzen, ein Rascheln, ein Saugen, dann nichts. Er hat beinahe Angst, die Füße zu heben, und so schlurft er voran, Stückchen für Stückchen, wobei er die Taschenlampe ausgestreckt vor sich hält wie ein Peilgerät: Er will näher herankommen, bevor er sie einschaltet, so nahe wie möglich, bevor das Licht aufflammt und die Tiere fliehen. Er spürt die Erregung, die sich in ihm aufbaut, das Locken der fremden, dunklen, verborgenen Welt, die in finsterer Nacht lebendig wird. Ein Schritt und noch ein Schritt. Und dann, am Rand des Rasens, wo Schatten in Schatten gehüllt sind, als hätte die Nacht unendliche Tiefen, als wäre die Nacht ein Ozean, als wäre er selbst unter Wasser, in einer Höhle, wo er nach blinden Höhlenfischen tastet, schaltet er die Lampe an.

Zwei Waschbären starren ihm ins Gesicht, und ihre Augen glühen, als wären sie und nicht die Taschenlampe die Quelle dieses Lichts. Ihre graubehandschuhten Pfoten halten für einen Augenblick inne, und dann wenden die Tiere sich ab, als wäre er gar nicht vorhanden, und widmen sich ihrer Tätigkeit. Die, wie er sieht, darin besteht, zu graben. Sie beugen sich vor, wühlen mit den Pfoten im Rasen, setzen sich auf den Hintern und stopfen sich etwas in die im Dunkeln unsichtbaren Mäuler. Jeder Grashalm klammert sich an seinen Schatten, als Dave den Lichtkegel über den Rasen gleiten lässt und sieht, dass der neue Rasen bereits zahlreiche Löcher aufweist, regelrechte Krater, als hätten blutige Anfänger Golfschläge darauf geübt. Es dauert eine Sekunde – dies ist die Natur, dies sind wilde Tiere, er ist hier der Eindringling, und sie sind die angestammten Bewohner dieser Hügel, die ganze Küste hinauf bis nach Alaska, und zwar seit der Zeit, als die Gletscher sich zurückgezogen haben –, bis er schreit. »Verschwindet! Haut ab!« schreit er und versucht, sie mit dem Strahl der Taschenlampe festzunageln und zugleich in die Hände zu klatschen. Er rennt jetzt und sieht, wie die beiden schwankenden goldbraunen Gestalten sich widerwillig zurückziehen, über den ruinierten Rasen zur Mauer zockeln und diese mühelos überklettern.

Nach einer genaueren Inspektion der Schäden ruft er am nächsten Morgen Bruce Diaz an, Wilsons Freund, dessen Leute den Rasen verlegt haben. Er lässt es achtmal läuten, legt auf – Geduld war noch nie seine Stärke – und wählt die Nummer erneut. Beim fünften Läuten meldet sich eine Frau auf spanisch – »¿*Bueno?*« –, und sein Kopf ist auf einmal ganz leer, doch dann fällt es ihm ein: »¿*Quiero hablar con Bruce? ¿Por favor?*«

Er hört ein Rascheln und Schnaufen, einander überlagernde und sich trennende Stimmen, das gedämpfte Bellen eines Hundes. Und dann Bruce, viel zu laut: »Ja?«

»Bruce?«

»Ja.«

»Hier ist Dave LaJoy.«

Schweigen.

»Ihr habt gestern bei mir einen neuen Rasen verlegt.«

»Ja, klar. Dave. Okay. Klar.«

»Also, der ist voller Löcher. Ich meine, ich bin um Mitternacht nach Hause gekommen, ich hatte nicht mal Gelegenheit, mir das Ding bei Tageslicht anzusehen. Ich schalte die Taschenlampe an und sehe nichts als Löcher, aufgewühlte Erde und vertrocknetes Gras.«

Abermals Schweigen.

»Sind Sie noch dran?«

»Waschbären«, sagt Bruce schließlich, als ginge ihm der Name der Schuldigen nur schwer über die Lippen. »Die sind hinter den Würmern her, den Regenwürmern. Die gehören zum Produkt, die sind unerlässlich, verstehen Sie? Zum Düngen und Durchlüften. Wenn Sie die Waschbären loswerden, sind die Löcher in einer Woche zugewachsen – Sie werden nicht mehr sehen können, wo sie waren.«

Aber jetzt kommt es, es wallt in ihm auf, und er kann es nicht stoppen. »Soll das heißen, Sie wollen nicht mal Ihren Hintern herschaffen und sich das ansehen? Wir sprechen hier von einem neuen Rasen. Neu. Ich bezahle doch nicht für ein Stück aufgerissene, löchrige, zweitklassige *Scheiße*!« Auf dem letzten Wort liegt bedauerlicherweise eine starke Betonung, denn der Druck steigt, es tickt in ihm, als würden tausend graubehandschuhte kleine Pfoten an seinem Innersten kratzen. »Der Scheck ist schneller gesperrt, als Sie ausspucken können!«

Die Stimme, die an sein Ohr dringt, ist so leise, dass er sie kaum verstehen kann. »Halb elf«, sagt Diaz. »Aber ich sage Ihnen: Das waren Waschbären. Ich könnte morgen einen neuen Rasen verlegen, und es wäre genau dasselbe.«

Diaz – ein hochgewachsener Mann mit der Figur eines aus dem Leim gegangenen Schwergewichtlers – erscheint eine halbe Stunde später, steht neben ihm im Garten und betrachtet mit trauriger Miene die herausgerissenen Rasenstücke. Das Ganze sieht aus wie ein großes grünes Tuch mit Mottenlöchern. Er verspricht, die beiden am schlimmsten betroffenen Streifen gratis zu ersetzen, hebt dann aber den Kopf und sieht ihm in die Augen. »Aber nur, wenn Sie vorher die Waschbären loswerden.«

»Und wie soll ich das tun?«

»Rufen Sie mal Animal Control an«, sagt Diaz und schlurft zu seinem Pick-up. Wie durch Zauberhand öffnet sich das Tor, und dann ist er fort.

Animal Control. Zu seiner Überraschung wird nach dem ersten Läuten abgenommen. Irgendein aufgeblasener Clown mit einer Stimme wie Schleifpapier, der sich offenbar so cool vorkommt wie ein Mann von einem privaten Sicherheitsdienst, teilt ihm mit, dass die Mitarbeiter von Animal Control keine Waschbären fangen. Daves Laune ist im Keller. Zwischen Bruce Diaz' Abgang und diesem Telefongespräch hat Anise angerufen, um zu fragen, was er denn so mache, und vielleicht irre sie sich ja auch, aber hätten sie nicht verabredet, dass er sie und ihre Mutter abholen und mit ihnen über die Berge ins Santa-Ynez-Tal fahren würde, um Wein zu probieren, und vielleicht ist er ein bisschen schroff gewesen. Doch jetzt, bevor er antworten kann: *Und wofür bezahlen wir euch dann, verdammt?*, sagt der Mann am anderen Ende, der Animal-Control-Typ: »Aber wir haben Fallen, und Sie können gern kommen und welche mieten. Für eine Nacht oder auch längerfristig.«

Das nimmt ihm den Wind aus den Segeln. »Was meinen Sie mit Fallen? Doch nicht ... doch nicht etwa welche, bei denen die Tiere verletzt werden, oder?«

»Nein, nein, nein, das sind Kastenfallen, wie man sie auch gegen Ratten oder Mäuse einsetzt, nur größer.«

»Viel größer, hoffe ich.«

Vom anderen Ende ertönt ein seltsames Hauchen, als würde der Mann ein Gähnen unterdrücken. Oder ein Lachen. Vielleicht findet er dieses Gespräch komisch. Vielleicht arbeitet er bei Animal Control, weil er sich da großartig amüsiert und viel zu lachen hat. »Sie werden jedenfalls einen Pick-up oder einen Geländewagen brauchen«, sagt er schließlich.

Es dauert eine Sekunde, bis er es sich vorstellen kann. Und dann, als er, das Telefon ans Ohr gepresst, hinausgeht, um den Yukon aus der Garage zu fahren, fällt ihm noch etwas ein: »Und was nehme ich als Köder?«

»Erdnussbutter. Mit Erdnussbutter fangen Sie alles. Die lieben das Zeug, das kann ich Ihnen sagen. Wenn Sie noch einen drauflegen wollen, machen Sie zusätzlich eine Dose Sardinen auf, dann kämpfen sämtliche Waschbären in Ihrer Gegend darum, wer als erster in die Falle darf. Und die Hälfte der Katzen und Opossums natürlich auch.«

Wieder hält er inne und hört das statische Rauschen in der Leitung. Eine Frage ist noch unbeantwortet, und die steigt jetzt auf wie ein Baumstamm, der lange unter Wasser gelegen hat und nun vom Sumpfgas an die Oberfläche getragen wird. »Okay, gut, aber wenn ich sie gefangen habe – was mache ich dann mit ihnen?«

Weinprobe. Für ihn ist das nichts als ein Euphemismus für ein Besäufnis am hellen Nachmittag, die Art von Aktivität, in die sich Touristen und Busladungen von Rentnern mit Inbrunst stürzen, aber wie sich herausstellte, war es dann doch ganz gut. Es erlöste ihn für ein paar Stunden von sich selbst, und nach dem zweiten Stopp – an einer Weinkellerei, die ihm überaus gefiel, wo die Keller kühl und feucht waren und die großen Eichenfässer in Reih und Glied standen wie Denkmäler für alle zirrhotischen Lebern – konnte er sich zum erstenmal seit Wochen, wie ihm schien, entspannen. Nicht dass er am Morgen zuvor, als sie aus dem Yachthafen ausgelaufen waren, nicht ein Nachlassen der Anspannung bemerkt hätte, doch als sie die Insel erreicht hatten, war er innerlich schon wieder ganz verknotet gewesen. Nein, diese Weinprobe war eine hübsche Abwechslung. Und Rita gefiel ihm: Sie schien ihn zu mögen, ja zu respektieren, nicht wie die Mutter seiner Exfrau, die ihn aus ihren schwarzen sizilianischen Augen angesehen hatte, als wäre er der Antichrist, und immer, wenn er den Raum betreten hatte, von ihrem Sessel aufgesprungen war und gerufen hatte: »O Gott, ist das *seiner*?«

Auf der Terrasse eines kleinen Cafés in der bemüht auf putzig getrimmten Stadt Santa Ynez aßen sie ein sehr verspätetes Mittagessen – eigentlich war es ein Abendessen – und fuhren dann im dekantierten Sonnenschein des vergehenden Nachmittags auf die 154, über den San-Marcos-Pass und in großen Schleifen hinunter nach Santa Barbara. Santa Cruz, Santa Rosa und San Miguel lagen wie auf einem Tablett vor ihnen, die Perspektive veränderte sich immer wieder, während sie sich auf Serpentinen dem Talgrund näherten und sahen, wie die Nacht sich in der anschwellenden Düsternis vor ihnen verdichtete, wogegen die Inseln im Westen sich in roten Lichtschlieren verloren. Rita machte eine Bemerkung darüber, wie schön das sei, und Anise stimmte ihr zu. »Vielleicht sollte ich einen Song darüber schreiben«, flüsterte sie verschwörerisch. »Du könntest ihn ›Floating Islands‹ nennen«, sagte ihre Mutter, und obwohl er ganz ruhig war, obwohl er selbst dahinglitt wie eine schwebende Insel, konnte er sich die bissige Spitze nicht verkneifen: »Wie wär's mit ›Killing Floor‹? Ach nein, das gibt's ja schon.«

Zu Hause stellte er, noch immer ein bisschen beduselt, den BMW neben den Yukon in die Garage – »Lass uns zu dir fahren und dann vielleicht zu Fuß zu einem der Restaurants im Dorf gehen«, hatte Anise gesagt, und er hatte geantwortet, das sei eine hervorragende Idee, und keinerlei Schmerz gespürt. Dann dachte er an die Fallen, und er führte die Frauen im schwindenden Licht in den Garten, damit sie die von den Waschbären angerichteten Verwüstungen begutachten konnten. Die Fallen aufzustellen, das Ködertablett mit Erdnussbutter zu beschmieren und die Auslöser zu spannen, entwickelte sich zu einer Art Spiel. Irgendwann ging Anise ins Haus, um eine Flasche Wein zu holen, und er rief ihr nach, sie solle doch mal in der Speisekammer nachsehen, ob Sardinen da seien – es waren welche da –, und als sie zurückkam, legten sie in jeder Falle drei Sardinen auf die Erdnussbutter. Dann traten sie zufrieden zurück und nippten an ihrem Wein, während die Nacht sich herabsenkte.

Und jetzt, bei Tagesanbruch, erwacht er mit einem Ruck, denn irgendwas stimmt nicht, irgendwas ist ganz eindeutig nicht in Ordnung, aber was? Er hat geträumt… Wovon? Von Verfolgung, von Angst, von Gesichtern aus der Vergangenheit, in unmöglicher Gleichzeitigkeit erschienen, um seine Fehler und Unzulänglichkeiten zu tadeln. Von schwindelnder Höhe. Von einem tiefen Fall. Von Lachen, so hart und rauh wie Hass. Er setzt sich auf, schiebt sich die Dreadlocks aus dem Gesicht. Seine Kopfhaut juckt. Sein

Magen rebelliert. Er hat leichte Kopfschmerzen, eine Tatsache, die gerade schleichend und leise zu ihm durchdringt. Er steht im Badezimmer am Waschbecken, starrt stumpf sein Spiegelbild an und stürzt zwei Gläser Leitungswasser hinunter, als er sich an die Fallen erinnert.

Zielstrebig geht er zurück ins Schlafzimmer, zieht Shorts und Sweatshirt an und schlüpft in die Sandalen – nicht aus Leder, sondern aus synthetischen Materialien, denn Leder vergrößert nur noch den Profit der Mörder –, und dann ist er draußen, in der morgendlichen Kühle. Die Hunde lässt er im Haus, damit sie nicht vorausrennen und sich über die Fallen hermachen. Er rechnet eigentlich nicht damit, schon etwas gefangen zu haben, nicht in der ersten Nacht, stellt aber fest, dass er seine Schritte beschleunigt. Gestern hat er die Fallen abgeholt, und der Animal-Control-Mann mit der zu lauten und viel zu sehr von sich eingenommenen Schleifpapierstimme hat ihm die am Telefon gestellte Frage beantwortet. »Was Sie dann damit machen?« Er war spindeldürr und hatte eng zusammenstehende Augen, und sein braunes Haar lag so glatt an seinem Schädel wie der Pelz eines Seeotters. »Das liegt ganz bei Ihnen. Wir können sie jedenfalls nicht nehmen. Der Besitz von wilden Tieren ist nicht erlaubt.«

»Also was mache ich dann – sie irgendwo freilassen? In den Bergen?« Er zeigte aus dem Fenster hinter ihm, wo die Santa-Ynez-Berge steil aufragten.

»Tja, das denken alle«, sagte der Mann, »aber wenn man Tiere so aussetzt, macht man's ihnen richtig schwer. Sie kennen die Gegend nicht und finden sich nicht zurecht. Außerdem ist das Territorium zu neunundneunzig Prozent schon besetzt.«

»Und was wollen Sie damit sagen?«

Der Mann schüttelte langsam den Kopf. »Ich will gar nichts sagen. Aber das sind Problemtiere, stimmt's?« Auf dem unteren Teil seines Gesichts breitete sich ein sardonisches Lächeln aus. Sein Blick kehrte sich nach innen, als wäre er überfordert von der Anstrengung, ihn zu konzentrieren. »Sie haben sie gemeldet. Sie zerstören Ihr Eigentum, Ihren Rasen.« Er hielt inne, breitete abwehrend die Hände aus, hob die Schultern und ließ sie mit einer barocken Geste fallen. »Wir sind der Meinung, dass es ganz bei Ihnen liegt, wie Sie sie entsorgen.«

Und so schleicht er über den Rasen, der noch nass von Tau ist. Heute morgen ist es neblig, dünne Schwaden hängen in den unteren Zweigen der Bäume und steigen auf, um den Himmel herunterzuholen. Er hat nicht eine, sondern zwei Fallen genommen, denn es waren ja schließlich zwei Tiere, und jedes würde wahrscheinlich seine eigene Falle haben wollen, aber er ist kein Verhaltensforscher oder Pelztierjäger und kann eigentlich nur das Beste hoffen.

Die erste Falle, die er mitten auf dem Rasen aufgestellt hat, ist so leer wie der Nebel selbst – so sieht es jedenfalls aus, bis er direkt davor steht und das gegen das Gitter gepresste Stück Fell sieht. Doch die Farbe stimmt nicht: weiß, nicht braun oder goldgelb oder grau. Plötzlich denkt er an Gefahr, an winzige Bisswunden, schwärende Kratzer und Tollwut, und so beugt er sich sehr vorsichtig hinunter, späht in den Kasten und erkennt die fette Angorakatze aus der Nachbarschaft, die er schon mehrmals aus seinem Garten hat verjagen müssen, weil sie die Kardinalsünde begangen hat, Vögeln nachzustellen. Ihre Augen sind sanft flehende Teiche. Sie beginnt zu schnurren.

Eine Sekunde lang überlegt er, ob er das Tier mitsamt der Falle zu seinen Besitzern bringen soll, einem älteren Ehepaar, das immer soviel Lebensmittel auslädt, als stünde eine Belagerung bevor, doch dann besinnt er sich, tastet nach dem Federmechanismus und klappt die Tür auf. Sogleich schießt, wie von Druckluft getrieben, die Katze heraus. Nach ein paar Sätzen bleibt sie stehen, leckt sich das Fell und sieht ihn mit einem langen Blick an, bevor sie mit hocherhobenem Schwanz davontrabt. Die Erdnussbutter hat sie nicht angerührt, doch die Sardinen sind verschwunden. Gerade denkt er, dass er die Falle mit einem neuen Köder bestücken muss – und fragt sich, wie er es vermeiden soll, Nacht für Nacht dieselbe Katze zu fangen –, als sein Auge auf den zweiten Kasten fällt, den er ganz hinten aufgestellt hat, an der Begrenzungsmauer, über die die Waschbären so mühelos geklettert sind. Auf diese Entfernung ist er sich nicht sicher, aber in dem dunklen Inneren scheint etwas zu sein, ein dunklerer Schatten, und er sieht schon jetzt, dass das keine Katze ist.

Vorsichtig – was immer es ist, er will es nicht erschrecken – nähert er sich der Falle von der Rückseite, wo das Metall der Klapptür ihn verbirgt. In diesem Augenblick wird ihm der Gesang der Vögel bewusst, als hätte eine unsichtbare Hand soeben den Soundtrack des Morgens eingeschaltet. Er riecht den kühlen, reinen Geruch des Meers. Nichts regt sich. Als er direkt hinter der Falle ist, beugt er sich nach rechts, so dass er in den Kasten sehen kann. Die Schatten – ja, es sind zwei – trennen und vereinigen sich. Es sind die beiden Waschbären, ihre Augen starren ihn an, ihre Pfoten umklammern das Gitter, als wären sie Sträflinge in einem Gefängnis. Bald erkennt er, dass das größere Tier, das sich jetzt aufsetzt, so dass er den fast unbehaarten Unterbauch sehen kann, die Mutter und das kleinere ihr Junges ist, ihr Welpe oder wie immer die heißen. Er geht in die Knie, um sie besser sehen zu können. Die Tiere drängen sich noch enger aneinander, und das größere, die Mutter, fletscht die Zähne.

Was empfindet er? Er staunt, ja – hier sind die mysteriösen Kreaturen der Nacht, sie haben Form und Gestalt, sie sind gefangen, in seine Hand gegeben, ihre Existenz ist so greifbar wie seine eigene. Er ist befriedigt. Er hat recht gehabt. Aber er empfindet auch eine seltsame Macht, die Überlegenheit seiner Spezies: Diese beiden haben ihn angegriffen, wenn auch unwissentlich und ihren natürlichen Instinkten gehorchend, und nun hat er sie und kann mit ihnen machen, was er will. Er kniet neben dem Kasten und sieht sie lange an – und sie sehen ihn an und wissen so gut wie er, dass sie jetzt ihm gehören, dass sie von einem größeren, fähigeren Raubtier gefangen worden sind und dass ihre Aussichten, zu fliehen oder auch nur zu überleben, gleich Null sind. Nach einer Weile beginnen seine Knie zu schmerzen, und er setzt sich auf den Rand des Rasens, nimmt die Lotosposition ein, wie er es stets tut, wo er auch sein mag – in einem seiner Geschäfte, auf dem Teppich vor dem großen Fernseher, auf der Terrasse, im Garten –, wenn er sich für einen Augenblick in sich versenken muss, tief in sich hinein, um sich zu konzentrieren und zu sehen, wirklich zu sehen.

Was er sieht, ist Blut: Es klebt an den graubehandschuhten Pfoten der Tiere, es schimmert feucht, wo die Haut abgeschürft ist, und in den Winkeln des Mauls der Mutter sind tiefe Risse. Die Tragweite dieser Feststellung trifft ihn wie ein Keulenschlag: Die beiden haben an den Gittern gekratzt, seit die Tür zugeklappt ist, die ganze Nacht bis in den Morgen, ohne Rücksicht auf ihren Körper, sie leiden Schmerzen, sie bluten.

Mit einemmal ist er auf den Beinen, bebend vor Dringlichkeit. Er muss sie unbedingt freilassen, aber wo? Wieder blickt er auf die Berge, die aus dem Nebel aufragen. Er stellt sich vor, wie er den Kasten an dem oben befestigten Griff packt, zur Garage trägt – oder wohl eher schleift, denn er ist vermutlich schwer –, ihn unter dem verängstigten Zischen und Scharren der Tiere in den Kofferraum des Yukon stellt und dann die Straße nimmt, die in die Berge führt, so hoch es nur geht, um sie am Ende eines Waldwegs freizulassen. Anfangs wird es sein wie in den Naturfilmen: Sie werden zögern, aber schließlich werden sie zum Vorschein kommen, zunächst noch verwirrt von dieser radikalen Wendung des Schicksals, und dann, mit gesenktem Kopf und beinahe komisch anzusehen, im Unterholz verschwinden. Ja. Nur um zu verhungern oder bei Kämpfen mit der angestammten Waschbärpopulation umzukommen, bei Begegnungen mit Coyoten, Pumas und dem, was sonst noch dort unterwegs ist: Mountainbiker, Brandstifter, Jäger. Oder um sofort zurückzukehren und abermals seinen Rasen umzugraben.

Es ist wie eine Rätselaufgabe. Er hat das Gefühl, als würde er noch schlafen, noch träumen – die Tiere schlüpfen nach Belieben aus dem Käfig heraus und wieder hinein, an ihren Schnauzen schimmert das Sardinenöl, der Rasen ist wiederhergestellt, und die Würmer sind tief im Boden verborgen. Wie lange er dort steht, kann er nicht sagen, aber das Handy in seiner Tasche vibriert schon seit einiger Zeit immer wieder, und er muss sich in Bewegung setzen, wenn er noch nach Ventura fahren und den anderen helfen will, immerhin hat er sie ja gestern schon im Stich gelassen. Weinprobe – wie frivol ihm das jetzt erscheint. Wie idiotisch. Unverantwortlich. Und dann spürt er, dass die Sonne durchbricht und den

Nebel auflöst, er spürt ihre Wärme auf Schultern und Nacken, und irgend etwas bringt ihn dazu, den Blick von dem Käfig zu heben und über die Mauer, das Tor und das rotgedeckte Dach des Nachbarhauses zum Meer zu sehen, wo die langgestreckte, zerklüftete Insel Santa Cruz plötzlich den Horizont ausfüllt und ihre Klippen im satten Schein der frühen Morgensonne aufleuchten.

Und da weiß er, dass er spät, sehr spät, zu den anderen stoßen wird und dass er Anise und Wilson anrufen muss, um es ihnen zu sagen. Ein Dutzend Dinge schießen ihm durch den Kopf. Er sieht sich eine Decke oder vielleicht eine Malerplane über den Käfig breiten, damit die Tiere sich nicht noch mehr ängstigen, sieht sich anhalten und einen Bagel und einen Becher Kaffee kaufen, um etwas im Magen zu haben. Aber nein, dafür ist keine Zeit, für nichts ist Zeit. Wenn er überhaupt anruft – und das muss er, er nimmt es sich vor –, dann von Bord des Boots aus.

DIE *BLACK GOLD*

An diesem Abend macht sie Überstunden und sitzt noch an ihrem Schreibtisch, als die anderen schon längst gegangen sind. Nicht dass irgend jemand sie je nach ihrer Stundenzahl fragen oder sie selbst zwanghaft auf die Zeit achten würde wie ein Fabrikarbeiter, denn schließlich ist sie ihr eigener Boss, und ihr Zeitplan ist flexibel –, aber sie ist eben gewissenhaft, und wenn es halb fünf ist, sieht sie nicht mal auf. Das Frühstücksmeeting war Arbeit, keine Frage, aber es hat einen Teil ihres Arbeitstages in Anspruch genommen, und es gibt Dinge, die sie erledigen muss. Wichtige Dinge. Bestellungen. E-Mails. Die neuesten Zahlungen an Island Healers, die ihr Geld monatlich bekommen. Und nicht zuletzt muss sie sich Alicias Computer ansehen.

Sie hat nichts gesagt, als Alicia schließlich kam, fünfzehn Minuten nach ihr, die schüchterne, errötende Alicia, deren Blick dem ihren auswich – ein klares Schuldbekenntnis –, und nur murmelte, es tue ihr leid, dass sie so früh eine Kaffeepause gemacht habe, aber sie habe verschlafen und sei ohne Frühstück aus dem Haus gestürzt, und da im Büro ohnehin nichts los gewesen sei, habe sie gedacht, das sei nicht so schlimm. Alma, noch immer erschüttert, starrte sie nur so kalt wie möglich an. Dann kam die Mittagszeit, und Alicia blieb an ihrem Platz. Direkt auffällig. Stand nur auf, um sich am Automaten eine Diät-Pepsi zu holen, und noch einmal, eine halbe Stunde später, um zur Toilette zu gehen, nahm mit ihrer rauchigen, nuancierten Stimme Anrufe entgegen, gab mit rasch über die leise klickende Tastatur tanzenden Fingern Daten ein, während Menschen kamen und gingen, Telefone läuteten und Neonröhren summten.

Die Schatten wurden länger, der Nachmittag schritt voran und versank schließlich im Meer. Um halb sechs war Feierabend. Alicia stand auf, kramte kurz in Portemonnaie und Rucksack, murmelte: »Bis morgen dann« und schloss im Hinausgehen die Tür. Alma war ganz versunken in ihre Arbeit. Eine volle Stunde ging dahin, bis sie sich an Alicias Computer setzte, und eine weitere halbe Stunde, bis sie ihn wieder ausschaltete. Sie suchte nach Unregelmäßigkeiten, Kontakten, E-Mails, die ihren Verdacht bestätigen würden, fand aber nur die übliche Geschäftskorrespondenz. Und doch war Alicia mit Wilson Gutierrez zusammen – es sah ziemlich intim aus, wie er den Arm um sie legte und das Tablett mit Kaffee und Kuchen vor sie hinstellte, als wäre er es gewohnt, sie zu umwerben, zu bedienen –, und das war auf allen Ebenen, die ihr einfielen, eine Grenzüberschreitung. Aber konnte sie ihr deswegen kündigen? Stand in dem Arbeitsvertrag zwischen dem Park Service und seinen Angestellten irgendeine Klausel, die eine Kollaboration mit dem Feind verbot? Während der Arbeitszeit! Oder fiel das unter Meinungsfreiheit?

Als sie das Büro schließlich verlässt, ist es jedenfalls nach sechs, und aus dem Himmel ist alles Licht gewichen. Die Yachten warten geduldig an ihren Liegeplätzen, aus der einen oder anderen Kajüte fällt gedämpftes bernsteinfarbenes Licht, das Wasser ist so unbewegt wie die Promenade, die daran entlangführt. Ein kurz widerhallendes dumpfes Pochen, so leise, dass es verschlossen und zweimal zusammengefaltet ist, bis es an ihr Ohr dringt, und sie blickt auf und sieht ein Arbeitsboot – Seeigelfischer – mit langsam pulsierenden Lichtern auf dem Weg zu seinem Liegeplatz an den Reihen gespenstisch aufragender Masten vorübergleiten. Es ist ein dem Tag gestohlener Augenblick, ein Augenblick der Ruhe und des Innehaltens, doch sie hält nicht inne. Sie geht immer zügig, sie ist immer in Eile, und auch jetzt bewegt sie sich schnell und weicht Kindern, exilierten Rauchern und schlendernden Paaren aus. Als sie am Docksider vorbeikommt, hört sie von oben Musik, eine Coverband, die lieblos einen Song aus den Zeiten ihrer Mutter herunterschrammelt – und in diesem Augenblick bleibt sie so abrupt stehen, dass der Jogger hinter ihr ausweichen muss und dabei um ein Haar mit zwei Frauen zusammenstößt, die ihm entgegenkommen. Sie sieht das Erschrecken und die Verärgerung in den Gesichtern der Frauen unter den schlaffen Krempen ihrer Whalewatcherhüte, der Mann murmelt eine Entschuldigung, umtänzelt die beiden – seine Beine leuchten wie Neonröhren –, und dann läuft er weiter. Eine der Frauen ruft etwas, doch sie hört nicht hin. Sie steht wie angenagelt da.

Ihre Mutter. In dem Durcheinander dieses Tages hat sie ihre Mutter ganz vergessen. Ihre Mutter backt ihr einen Geburtstagskuchen. Sie erwartet, wie versprochen zum Essen ausgeführt zu werden. In diesem Augenblick sitzt sie zweifellos im Schaukelstuhl im Wohnzimmer, zusammen mit Ed, und trinkt Wodka, während die Bilder von Chaos und Zerstörung auf CNN vorbeiziehen wie Wolken an einem zweidimensionalen Himmel. Schuldbewusst holt Alma ihr Handy hervor und wählt ihre eigene Festnetznummer.

Ihre Mutter nimmt nach dem ersten Läuten ab.

»Ich bin's, Mom. Ich wollte nur sagen, ich musste ein paar Überstunden machen und –«

»An deinem *Geburtstag*?«

»Na ja, es hat ein paar neue Entwicklungen gegeben.« Sie hört die Unaufrichtigkeit in ihrer Stimme, die amateurhafte Theatralik. Warum kommt es ihr immer so vor, als würde sie etwas verbergen, wenn sie mit ihrer Mutter spricht? Wo sie doch in Wirklichkeit gar nichts verbirgt? Denn es hat ja tatsächlich neue Entwicklungen gegeben, und eine davon – Alicias Verrat – ist das Verwirrendste und Verstörendste, was sie seit langem erlebt hat. Abgesehen von den Demonstranten natürlich. Doch die geben normalerweise Ruhe, wenn die Sonne untergegangen ist. »Aber ich komme jetzt – in spätestens einer halben Stunde bin ich da.«

»Ich koche.«

»Aber ich wollte euch doch einladen –«

»Ich hab zu Ed gesagt: ›Sie ist überarbeitet, Ed, und ich möchte es ihr schön machen, vor allem heute, also keinen Stress, du weißt schon, was ich meine‹ – genau wie damals, als du noch ein kleines Mädchen warst, und Ed hat mir recht gegeben.« Eine Pause. »Wenn du unbedingt willst, können wir ja morgen in ein Restaurant gehen, aber dann laden *wir* dich ein.« Sie legt die Hand auf die Sprechmuschel und lässt sich das von Ed bestätigen. »Stimmt's, Ed?«

»Aber morgen ist doch das Konzert. Weißt du nicht mehr? Tim hat mir die Tickets geschenkt.«

Keine Antwort.

»Du hast gesagt, du würdest mit mir hingehen, weil Tim auf der Insel bleiben muss.«

»Wer war das noch mal?«

»Micah Stroud. Ich hab dir von ihm erzählt, er wird dir gefallen. Er ist« – sie will sagen: *Er ist genau das, was du dir heute morgen angehört hast, nur nicht so weichgespült und poppig, denn er singt mit Feuer, mit echtem Feuer und Überzeugung*, doch sie beherrscht sich – »ich weiß nicht. Aber glaub mir, er wird dir gefallen.«

»Na gut. Aber vergiss das mit dem Restaurant. Die Lasagne sind schon im Ofen – ohne Fleisch. Selbstgemacht. Und Ed und mir ist ein ruhiger Abend zu Hause ganz recht. Okay?«

Sie will gerade »Okay« seufzen, denn es war ein langer Tag, und die Vorstellung, sich etwas verwöhnen zu lassen, gewinnt an Attraktivität, denn wozu hat man seine Mutter im Gästezimmer, wenn man sich nicht mal ein bisschen entspannen kann? Doch dann steht sie vor ihrem Wagen und bringt plötzlich keinen zusammenhängenden Satz, ja kein Wort mehr heraus. Denn ihr Wagen, der im Schatten an der künstlichen Lagune mit ihren vertäuten Booten und schlendernden Touristen parkt, ist wieder einmal beschmiert worden. Diese Tatsache, die Entdeckung dieser Tatsache, nach Alicia und Wilson Gutierrez und den gedämpften Sprechchören der Demonstranten, die durch die Pianissimo-Passagen der Streichquartette auf dem Klassik-Kanal gedrungen und zu einer Art statischem Rauschen geworden sind, ist ebenso erschreckend wie eine Beule, die vorher nicht da war, oder das wilde, wütende Gebell des Hundes in dem Wagen neben ihrem. Sie hat die Hand sinken lassen, und aus dem Telefon dringt dünn und unbeachtet die quengelnde Stimme ihrer Mutter: »Alma? Bist du noch da?«

Diesmal ist die Farbe rot, jedenfalls sieht sie im gelblichen Licht der Bogenlampen entlang der Promenade rot aus, und die Message, wenn auch mehr oder weniger dieselbe wie zuvor, zielt jetzt in eine allgemeinere Richtung. Die bauchigen, in einem Zug gesprayten Buchstaben, die sich über Motorhaube und Windschutzscheibe winden, verkünden: *Schweinemörderin*. Sonst nichts. Attribut und Anklage in einem einzigen Kompositum, das, wie sie zugeben muss, in ihrem Fall zutrifft.

Lange Sekunden steht sie da und spürt den Stich. Sie ist ja wirklich eine Mörderin: Sie mordet Schweine, Ratten, Fenchel und Flockenblumen, sie mordet die auf die Inseln eingeführten Truthühner, die auch noch drankommen werden, sie mordet im Dienst einer höheren Sache, für Wiederherstellung, Wiedergutmachung, Erlösung, aber sie mordet. Traurigkeit mitsamt ihren fauligen Rändern erfüllt sie – und Müdigkeit, auch Müdigkeit, eine Erschöpfung kommt über sie, die sie schwächt wie die erste heftige Attacke einer Wintererkältung –, als sie sich vorbeugt und mit der Kante ihres Handys die dunkelrote Farbe vom Glas kratzt.

Das Konzert ist im Lobero, dem restaurierten Theater in der Stadtmitte, das im verlangsamten Rhythmus des Lebens vor einem Dreivierteljahrhundert vor sich hin tickt und ächzt, als die Welt größer war und weniger Menschen auf ihr lebten. Alma steht mit ihrer Mutter auf den spanischen Fliesen vor den hohen Türen und denkt unwillkürlich darüber nach: über eine Welt, in der die Bevölkerungszahl ein Drittel der heutigen betrug. Sie stellt sich vor, all die anderen wären nicht da, fortgeweht wie Pollen, so dass die Flüsse, die Wälder, die Tierwelt sich erholen könnten. *1924* steht auf dem Messingschild am Portal. Sie versucht es sich auszumalen. Nicht die Flapper Girls, die Gangster und so weiter, sondern vielmehr die Verhältnisse: Nach dem Krieg und der Grippewelle, die dieser ausgebrütet und in die Welt gespien hatte, war man auf das Nötigste reduziert, geographische Gegebenheiten und die Nahrungsproduktion begrenzten den Bevölkerungszuwachs, Dschungel waren groß und undurchdringlich und Berggipfel unbezwungen, in den Meeren wimmelte es von Fischen, Säugetieren und

Wirbellosen – so war es, als dies Theater errichtet wurde, an derselben Stelle wie das alte, das aus dem Jahr 1873 gestammt hatte, als die Welt sogar noch größer gewesen war.

»Willst du noch ein Glas Wein?« fragt ihre Mutter. Sie trägt zur Feier des Tages einen hellblauen Hosenanzug, ihre Augen sind geschminkt, und sie hat sich ein Paar große, hängende Ohrringe aus Almas Schmuckschatulle im Schlafzimmer ausgeliehen. Sie hat Schuhe mit Absätzen angezogen, sich das Haar toupiert und es mit Spray in Form gezwungen. Sie sieht gut aus. Und sie strahlt vor Freude darüber, dass sie gemeinsam ausgehen. Und das ist ebenfalls gut.

»Nein, ich glaube nicht«, sagt Alma und schüttelt nachdrücklich den Kopf. Sie haben zu Hause ein Glas getrunken, um in Stimmung zu kommen, und ein zweites – oder vielmehr einen Plastikbecher, denn darin wird an dem Stand vor dem Theater der Wein ausgeschenkt –, als sie hier angekommen sind. Alma ist gern pünktlich, ja eigentlich kommt sie gern ein bisschen zu früh, und zwar auf eine Art, die, wie sie selbst unumwunden zugeben würde, einen Hauch neurotisch ist – am Flughafen ist sie unruhig, wenn sie nicht mit ihrer Zeitung am Gate sitzt, bevor ihr Flug überhaupt auf der Anzeige erscheint –, und so sind sie und ihre Mutter die ersten in der Schlange. Das soll aber nicht heißen, dass sie sich nicht entspannen kann, dass sie nicht das leichte Gefühl der Schwerelosigkeit nach dem zweiten Glas Wein genießen kann, während die Kühle des Abends sie umfächelt. Sie unterhält sich sehr angeregt mit den Leuten hinter ihr, zwei Collegestudentinnen, die als glühende Micah-Stroud-Fans mit dem Zug aus L. A. gekommen sind, aber sie denkt auch an das Konzert und den Druck, den sie nach fünf, sechs Stücken auf der Blase haben wird. Also fürs erste keinen Wein mehr. »Vielleicht später«, sagt sie, während ihre Mutter mit einem verkniffenen kleinen Lächeln zu dem Stand geht, um sich noch ein Glas zu holen, nicht ohne zuvor (unnötigerweise, denn die Plätze sind numeriert) zu flüstern: »Halt mir einen Platz frei.«

Um Viertel vor acht gehen die Türen auf, und sie nimmt ihre Mutter am Arm und führt sie durch das mit Teppichboden ausgelegte Foyer. Es gibt noch ein kleines Problem mit dem Wein – ein Ordner teilt ihnen mit, dass man keine Getränke mit hineinnehmen darf, worauf ihre Mutter den Plastikbecher in einem Zug austrinkt und ihm in die Hand drückt –, und dann sind sie im Zuschauerraum. Ihre Mutter ist begeistert, wie elegant das Theater ist, als hätte sie eine kahle Ravehalle oder eine heruntergekommene Kaschemme erwartet. Sie bleiben für einen Augenblick dort hinten stehen und betrachten stumm die noch dunkle Bühne und die ansteigenden Reihen der mit weinrotem Plüsch bezogenen Sitze, und dann entschuldigt sich ihre Mutter und geht in Richtung Damentoilette. Alma findet ihre Plätze – gute Plätze, fünfzehnte Reihe Mitte – und vertieft sich in das Programmheft.

Sie spürt, wie sie sich entspannt, wie sie den Augenblick genießt. Die Wandlampen leuchten sanft, die Stimmen murmeln erwartungsvoll. Sie hat Micah Stroud mittlerweile sechsmal gesehen, zweimal in San Francisco, dreimal in L. A. und einmal in Phoenix. Für die Studentinnen, die hinter ihr in der Schlange gestanden haben, ist das heutige Konzert das erste, und sie beneidet die beiden darum, um dieses rauschhafte Erlebnis, wenn die Saalbeleuchtung langsam erstirbt und die Bandmitglieder sich in den Schatten bewegen und Gestalt annehmen und der Scheinwerfer das leere Mikrofon beleuchtet und der Drummer mit den Besen über das Hi-Hat wischt und mit einemmal Micah da ist und seine Stimme über dem Anker seiner Gitarrenakkorde aufsteigt und das Gebäude und die Menschen darin restlos durchdringt. So war es jedesmal. Jetzt beugt sie sich gespannt vor und beobachtet die Bühne. Wippt mit dem Fuß. Will sich nicht sorgen, wo ihre Mutter bleibt.

Bald haben sich die leeren Plätze ringsum gefüllt, das Licht wird schwächer, und sie will sich gerade nach ihrer Mutter umsehen, als die sich, in der einen Hand die Tasche, in der anderen ein zerknittertes Programmheft, durch die Reihe schiebt. »Vor dem Klo war eine ziemlich lange Schlange«, sagt sie als Erklärung und setzt sich. Das Publikum kommt zur Ruhe. Ein paar Nachzügler zwängen sich an Handtaschen und beiseite gedrehten Knien vorbei. Der Mann vor Alma und ihrer Mutter stößt ein nervöses, bellendes Husten aus. Und dann brandet Applaus auf – Affen, die ihre glatten Handflächen und schwieligen Finger zusammenschlagen, nicht anders als vor drei Millionen Jahren in der afrikanischen Savanne, und sie ist eine von ihnen und klatscht ebenfalls Beifall –, und dann geht der Ansager mit raschen Schritten zur Bühnenmitte, nimmt das Mikrofon und sieht nachdenklich ins Publikum, bis das Klatschen erstirbt.

Er ist ein kleiner dicklicher Mann in den Vierzigern mit glattem Haar, das ihm in die Augen hängt und die Ohren verdeckt, und er ergreift die Gelegenheit, um ein paar Worte über diese Konzertserie zu sagen, durch die alle zwei Monate national – und *international* – bekannte Künstler wie Micah Stroud (abermals Applaus) in das historische Theater unserer kleinen Stadt Santa Barbara kommen, und dass man sich eine Broschüre mitnehmen und die Konzerte abonnieren kann, womit man nicht nur die Bands unterstützt, die man mag, sondern auch noch ein richtiges Geschäft macht, denn auf diese Weise kann man bis zu hundertzwanzig Dollar pro Saison sparen. Er weiß, dass er sich kurz fassen muss, aber dennoch gibt es Buhrufe aus den vorderen Reihen, und irgendwo hinter Alma ruft einer *Micah, Micah, Micah*, bis die Menge den Ruf aufnimmt und der Mann am Mikrofon verstummt. Ein paar Sekunden steht er einfach da und sieht spitzbübisch in den Saal, dann breitet er die Arme aus, bis das Publikum sich beruhigt.

»Und jetzt«, ruft er mit ganz veränderter Stimme – sie ist volltönend und sonor, die Stimme eines Anreißers, eines Conférenciers –, »der Augenblick, auf den Sie gewartet haben... Meine Damen und Herren, liebe Zwerge und kleine Fische, begrüßen Sie nun das Wunder aus den Sümpfen von Louisiana, den Löwen der Bayous, den Mann mit der größten Stimme und dem größten Herzen im ganzen Musikgeschäft: MICAH ... STROUD!«

Obwohl sie nicht zu den Menschen gehört, die stets auf der Hut sind, die stets genau wissen, was um sie herum geschieht, und mit allen fünf Sinnen wahrnehmen, was die Welt ihnen bringt, rührt sie sich nicht, sieht sie sich nicht um, tut sie während der ersten drei Stücke nichts, als im Rhythmus zu nicken und mit dem Fuß zu wippen. Er steht allein auf der Bühne, mit der akustischen Gitarre, die Band wartet in den Kulissen, denn im Augenblick gibt es, in Umkehrung der üblichen Reihenfolge, nur Micahs Stimme und seine Gitarre. Ihre Mutter sitzt neben ihr, doch Alma ist sich dessen gar nicht bewusst; die Songs, die für sie etwas so Persönliches sind, als wären sie für sie allein geschrieben, packen sie und tragen sie an einen ganz anderen Ort. Und so sollte es ja auch sein. Deswegen ist sie gekommen. Deswegen konzentriert sie sich ganz und gar auf Micah, der sich über die Gitarre beugt, bis die steife, glänzende, sorgfältig frisierte Tolle sich löst und glitzernde Schweißtropfen in das Spitzbärtchen rinnen.

Er beginnt mit »Loggerhead Blues«, einem langsamen, trottenden Blues, der in den synkopierten lebhaften Rhythmus von »Dip and Rise« übergeht und schließlich in die tragische Klage »Minamata« mündet, mit ihren Bildern von missgestalteten Kindern, die in das Fruchtwassermeer zurückkehren, aus dem sie gekommen sind, bis das Methylquecksilber aus der Umwelt verschwunden ist, aus den Eiern ihrer Mütter und den Samen ihrer Väter, und sie wieder erscheinen können, heil und unversehrt, um in reiner Freude mit winzigen Fingern und Zehen zu winken. Sie wiegt sich hin und her. Sie denkt nicht, sie empfindet nur, denn hier ist ein Mann, der versteht, der für die Umwelt kämpft, der, wenn er nur Bescheid wüsste, aufstehen und all seine Kraft und seinen Einfluss einsetzen würde, um sie und Tim und alles, was sie erreichen wollen, zu unterstützen.

Und dann, als die anderen Mitglieder der Band aus den Kulissen treten und Micah sich die Elektrogitarre umhängt und der Drummer mit seinen zwei helleuchtenden Stöcken den Takt schlägt, denkt sie doch und fragt sich, ob er je auf den Inseln war, ob er sich des Ernstes der Lage bewusst ist und weiß, was auf dem Spiel steht. Sie sieht zu ihrer Mutter, der das Konzert zu gefallen scheint, und dann wieder auf die Bühne, wo die ersten Akkorde von »Swamp Saviour« mit der Wucht eines atmosphärischen Phänomens erklingen, doch sie ist jetzt gar nicht mehr in diesem Saal – nein, sie ist auf der Insel, Micah Stroud ist bei ihr, und gemeinsam nehmen sie die Schäden in Augenschein, die die Schweine angerichtet haben, beugen sich tief hinunter und betrachten die gefangenen Füchse in der Ruhe und Sicherheit ihrer Käfige. Sie fragt ihn, ob er nicht einen Song für dieses Projekt schreiben könnte, eine Hymne über die Rettung und Erlösung der Natur, und er neigt sich zu ihr, und das Sonnenlicht blitzt in seinen Augen, als er sagt: *Na klar, mach ich, und dazu spende ich alle Einnahmen aus diesem Song für die gute Sache. Na, was sagst du dazu? Ist das gut genug? Nein? Okay, dann leg ich noch einen Scheck drauf ... aber nur, wenn's da eine kleine Gegenleistung gibt, denn weißt du eigentlich, wie unwiderstehlich du bist? Machst du auch mal Urlaub? Ich meine, hättest du Lust, mit auf Europatournee zu gehen? Stockholm? Warst du schon mal in Stockholm ...?*

Vier Stücke zusammen mit der Band, dann wird die Bühne dunkel, beleuchtet nur noch von einem einzigen Scheinwerfer. Er dreht sich einen Moment um, verschwindet im Schatten, um die Gitarre zu wechseln – jetzt ist wieder die akustische dran –, und tritt dann an das altmodische Standmikrofon, das zu seinem Markenzeichen geworden ist, um sich zu erkundigen, ob es allen gutgeht. O ja. Allen geht's gut. Sogar Almas Mutter, die, als das Publikum bestätigend brüllt, einen Kriegsschrei aus den sechziger Jahren ausstößt. »Heiße Stadt«, murmelt Micah und wischt sich mit einem schlaffen Handtuch den Schweiß vom Gesicht. »Kann ich hier ganz gut gebrauchen, an diesem kühlen Abend an der kalifornischen Küste, wo ein armer Kerl aus den Bayous sich an dem wärmen kann, was ihr guten Leute ausstrahlt« – Pfiffe, Beifall –, »und dafür danke ich euch aus tiefstem Herzen.«

Er verbeugt sich und nimmt den Applaus entgegen, sein verschwitztes Haar fällt ihm in die Stirn, und als er sich aufrichtet und das Scheinwerferlicht sein Gesicht trifft, sieht sie, dass er grinst. »Aber heute abend haben wir was Besonderes für euch, und zwar hier aus Kalifornien« – er hebt die Hand, beschattet die Augen und späht ins Publikum –, »eine unglaublich talentierte Singer-Songwriterin, die mich bei meinem nächsten Stück begleiten wird. Anise? Wo bist du, Schätzchen?«

Das ist der Augenblick, in dem alles zu rauschen und zu wirbeln scheint, als wäre sie in einem Strudel gefangen, als würden sie und der ganze Block, in dem sie sitzt, in einem Abfluss versinken, ihre Mutter ist nur ein Trugbild, der hustende Mann ist fort, die Hipster mit ihren langen Jacken und Halstüchern und phototropen Brillengläsern verschwinden gurgelnd, und dann erhebt sich Anise von ihrem Platz in der ersten Reihe – wie hat sie sie nur übersehen können? –, gekrönt von einer pilzförmigen Wolke aus lockigem Haar. Und das ist noch nicht alles. Denn Dave LaJoy ist ebenfalls anwesend, er sitzt auf dem Platz neben Anise und klatscht Beifall, in den das Publikum sogleich einfällt. Wilson Gutierrez, sein Sitznachbar auf der anderen Seite, pfeift und stampft mit den Füßen, während Alicia ihr blasses, ausdrucksloses Gesicht zum Licht hebt, das von der Bühne strömt, und die Frau neben ihr mit dem ergrauenden Lockenschopf voller ... Mutterstolz strahlt. Anises Mutter. Anise Reeds Mutter. Und bevor Alma das alles auch nur ansatzweise verarbeiten kann, steigt die *unglaublich talentierte Singer-Songwriterin* auf die Bühne, ihre nackten Füße beben, die Zehennägel schimmern, und aus den Kulissen eilt ein Helfer herbei und reicht ihr auf ausgestreckten Händen ihre Gitarre, als wäre diese eine Opfergabe.

Beinahe sechzig Jahre zuvor, als die Plätze des Lobero sich nach den mageren Kriegsjahren langsam wieder zu füllen begannen, brachte Almas Großmutter im St. John's Hospital in Santa Monica ihr Kind zur Welt, ein gesundes Mädchen von sechseinhalb Pfund, das durch die Strapazen, denen seine Mutter auf Anacapa ausgesetzt gewesen war, keinen Schaden genommen zu haben schien. Beverly lebte bei ihrer Mutter, denn am Ende dieses ersten katastrophalen Monats, in dem sie Till in jeder Minute eines jeden Tages so sehr vermisst hatte, als wäre er wieder in den Krieg gezogen, konnte sie die Miete für die gemeinsame Wohnung nicht mehr bezahlen. So gab es nun zwei Witwen in dem Haus, in dem sie aufgewachsen war. Ihr Vater war seit zehn Jahren tot, ihre Mutter war den ganzen Tag auf den Beinen und stand in einem Lebensmittelgeschäft am Lincoln Boulevard an der Kasse, obwohl sie Krampfadern hatte und ihre Knöchel anschwollen, bis sie aussahen wie eine aus der Form geratene Schichttorte.

Als Beverly im Krankenhaus erwachte und die Schwester ihr das Baby brachte, glaubte sie zunächst an eine Verwechslung, so überzeugt war sie, ihr Kind müsse ein Junge sein: Tills Sohn, das Abbild seines Vaters, vom Himmel herabgekommen, um ihn zu vertreten, Till junior, der zu einem Mann mit zwei gesunden Armen heranwachsen würde. Sie hatte sich keinen Namen für ein Mädchen ausgedacht, doch als ihre Mutter, noch in Uniform, direkt von der Arbeit ins Krankenhaus kam und das Kind überglücklich in den Armen hielt, schoss ihr ein Name durch den Kopf: Matilda, sie würde ihre Tochter Matilda nennen, kurz Tillie. Sie sagte ihn laut in diesem hallenden Raum, sprach ihn für ihre Mutter aus, während ihre Zimmergenossin mit den beiden Zwillingssöhnen ruhig lächelnd zusah. »Tillie – was hältst du von Tillie?«

Ihre Mutter starrte dem Baby ins Gesicht, als stünde dort eine Botschaft aus einem unerforschlichen Reich, und schnalzte mit der Zunge. »Willst du wirklich für den Rest deines Lebens damit leben?« sagte sie, ohne aufzusehen.

»Womit leben?«

»Wenn du es nicht weißt, kann ich's dir nicht erklären. Aber denk darüber nach. Denk einfach nach.«

Während der erste Tag gedämpft dahinging, während sie das Baby fütterte und ihm die Windeln wechselte und sie sich am nächsten Tag von einem Taxi nach Hause fahren ließ, wehrte sie sich störrisch gegen diesen Gedanken: Sie sah Till vor sich, wie er vor dem Krieg gewesen war, Till in Uniform, Till ohne Uniform, im Bett, wo er seinen Körper leidenschaftlich an ihren gepresst hatte. In den ersten beiden Wochen, ja bis zum Vorabend der Taufe, war das Baby nur *das Baby*, doch schließlich, als sie im Schaukelstuhl am Fenster des einzigen Hauses saß, das sie gekannt hatte, bis ihr Mann sie hinaus ins Leben geführt hatte, als ihre Tochter zufrieden den Sauger der soeben gewärmten Flasche im Mund hatte und ihre Mutter auf müden Füßen hereingeschlurft kam, um ihr eine Tasse Tee zu bringen, kam sie zur Besinnung: Sie hatte keinen Sohn, sondern eine Tochter, und Till war jetzt ein Geist. In diesem Augenblick bekam das Baby seinen Namen: Sie würde es Katherine nennen, nach der sanftmütigen Frau mit dem leidenden

Gesicht und dem freundlichen schmalen Lächeln, die Tasse und Untertasse balancierte, als wäre sie im Begriff, beides mit einem Taschenspielertrick verschwinden zu lassen, und dabei keinen Augenblick den Blick von ihr wendete.

Männer kamen zu Besuch, Männer, die aus demselben Holz geschnitzt waren wie Warren, doch Beverly ermunterte sie kein bisschen, und nach einer Weile hörten sie auf zu kommen. Beverly hatte nicht vor, ein zweites Mal zu heiraten, nicht einmal ihrer Tochter wegen, denn sie war eine Frau, die nur einem einzigen Mann gehörte, für immer und ewig, und sie würde ihr Leben allein beschließen, um dann im Himmel mit Till und niemandem sonst wiedervereinigt zu sein. Wenn Katherine (oder Kat, wie sie bald genannt wurde, weil sie sich nie von ihrer Plüschkatze trennte – höchstens in der Badewanne und auch dann nur widerwillig) ohne Vater aufwuchs, so war sie, angesichts der Scheidungsrate und der Verluste durch den Krieg, nicht die einzige, und es schien ihr nie etwas auszumachen, jedenfalls nicht, solange sie zur Schule ging. Beverly blieb natürlich nichts anderes übrig, als innerhalb eines Monats nach der Geburt ihrer Tochter wieder arbeiten zu gehen. Sie tauschte die Rollen mit ihrer Mutter, die im Lebensmittelgeschäft kündigte und zu Hause blieb.

Verwöhnte ihre Mutter das Kind? O ja. Die beiden verbrachten, ausgerüstet mit einer Schaufel und einem roten Plastikeimer, endlose Nachmittage am Strand und sammelten Muscheln und Seesterne, sie unternahmen Ausflüge zu den Kanälen, wo sie die Enten fütterten, und aßen Eis und Kuchen im Eissalon. Kat besaß zahllose Spielzeuge, Kleider und Schuhe. Kinder mussten verwöhnt werden – das fand jedenfalls Beverlys Mutter. Und wenn Kat beim Essen eine Geschichte hören wollte, dann bekam sie eben ihre Geschichte. Und beim Zubettgehen und zum Frühstück ebenfalls. Anfangs gab es die Kinderreime, die Beverly selbst als Kind von ihrer Mutter gehört hatte: »Goosey, Goosey Gander«, »Little Jack Horner« und »Mary Had a Little Lamb«, vorgelesen aus ebenjenen abgegriffenen Büchern, die Beverly auf einem besonderen Regalbrett aufbewahrt hatte, bis sie ihr peinlich geworden waren und sie sie in die Garage verbannt hatte. Dann wurden die Geschichten länger, und die drei kleinen Schweinchen und die drei Bärchen waren am Esstisch dabei, und nach dem Abendessen, bevor Beverly das Radio – und in späteren Jahren den Fernseher – einschaltete, lasen sie und ihre Mutter ein Buch nach dem anderen vor, und immer noch wollte Kat mehr und mehr hören. Nach den Kinderreimen kamen *Dick und Jane* und *Pu der Bär* und andere, und als Kat in die Vorschule kam, begann sie bereits, selbst zu lesen.

Die Schule begeisterte sie. Sie war eine eifrige Schülerin, die sich in jede Arbeit versenkte, ganz gleich, wie langweilig oder frustrierend diese ihren Klassenkameraden erschien. Ihre Noten waren hervorragend. Als in der sechsten und dann in der siebten Klasse die Leistungsprüfungen abgehalten wurden, war sie stets unter den Besten. Sie war ein glückliches Kind. Sie blühte und gedieh. Und dann kam die Pubertät und traf sie mit der unvermittelten Gewalt eines Meteors. Eben noch war Kat ein kleines Mädchen mit einem Minnie-Maus-Barett gewesen, und mit einemmal hatte sie eine Figur, und nach Schulschluss hingen Jungen vor dem Haus herum, jüngere Versionen der Männer, die für Beverly geschwärmt hatten, doch Kat schien sich nie für einen von ihnen zu erwärmen und vernachlässigte nie, nicht einmal am Tag des Abschlussballs, ihre Hausaufgaben. Beverly hoffte, dass Kat ein College würde besuchen können, vielleicht sogar mit einem Stipendium, denn sie war überzeugt, dass es nichts gab, wozu ihre Tochter nicht imstande war.

Darum legte sie jede Woche etwas von ihrem Lohn beiseite. Sie selbst hatte nicht aufs College gehen können. Ihren High-School-Abschluss hatte sie mitten in der Weltwirtschaftskrise gem und danach, im Krieg, hatte sie in einer Rüstungsfabrik gearbeit aber sie hatte einen Kurs für Sekretärinnen besucht, und das ha sich ausgezahlt. Als Kat in die erste Klasse kam, arbeitete Beve als Sekretärin in der Schulverwaltung des Distrikts Santa Moni Malibu. Es war eine feste, krisensichere Anstellung, und da si ei ihrer Mutter wohnte und dieser das Haus gehörte, ging da d, mit dem sie sonst die Miete bezahlt hätte, auf ein Sparkon nd das war kein Sparschwein, in das man jede Woche eine llar steckte, sondern ein echtes College-Konto. Für Kat. Kat war ihre Hoffnung. Kat, deren Mutter Sekretärin und deren Vater tot war, ertrunken im tosenden Wasser der Anacapa-Passage, würde die erste in ihrer Familie sein, die ein College besuchen und somit Zugang zu allen Berufssparten haben würde, für die man einen Collegeabschluss brauchte: Jura, Medizin, Pädagogik, Naturwissenschaften.

Als sie ein staatliches Stipendium für die UCLA bekam, das nicht nur die Studiengebühren, sondern auch die Lebenshaltungskosten deckte, feierten sie – alle drei, obwohl Beverlys Mutter inzwischen kaum noch laufen konnte und das Haus seit Monaten nicht mehr verlassen hatte – mit einem Hummeressen in einem Hotel am Ocean Boulevard mit Blick aufs Meer. Im ersten Studienjahr wohnte Kat noch zu Hause, doch dann zog sie in ein Studentinnenheim, so dass ihre Mutter und Großmutter sie nur noch an den Wochenenden sahen. Nach einer Weile ließ sie den einen oder anderen Wochenendbesuch aus, dann auch mal zwei hintereinander, immer mit der Begründung, sie müsse so viel lernen. Manchmal verging ein ganzer Monat, bis sie heimkam, und dann brachte sie eine große Tasche voller schmutziger Wäsche mit, die Beverly nur zu gern wusch, zusammenlegte und stapelte, die ganze Zeit bemüht, sich keine Sorgen zu machen und nicht zu nörgeln. Denn Kat war zu dünn, ihr Haar war lang und in der Mitte gescheitelt wie das der Hippies, die Beverly in der Zeitung und in den Fernsehnachrichten gesehen hatte, und wie die Hippies trug sie tief auf der Hüfte sitzende Jeans mit ausgestellten Beinen, bestickt mit Sternen und Blumen, und Blusen, die ihren Bauch freiließen, was wohl jeder – nicht nur ihre Mutter – provozierend finden musste. Und was war mit Drogen? Marihuana? Rauchte sie Marihuana?

Kat verlor nie ein Wort darüber. Sie sprach auch nie über ihre Noten, und als am Semesterende die Zeugnisse eintrafen, wusste Beverly, die nicht im Traum die Post ihrer Tochter geöffnet hätte, sich nicht anders zu helfen, als sie danach zu fragen. War alles in Ordnung? *Ja*, versicherte Kat ihr, *alles in Ordnung*. Und fügte in einem Ton, der Beverly nicht gefiel, hinzu: *Hör auf, mich zu ner-*

ven. Im dritten Studienjahr verliebte sich Kat. Das erzählte sie ihrer Mutter am Telefon und bei ihren selten gewordenen Wochenendbesuchen, aber wer war der Junge? Wie hieß er? Aus was für einer Familie stammte er? Welches Fach studierte er? Er *war* doch Student, oder? Und er rauchte doch nicht etwa Marihuana? Was machte sein Vater? Und woher kam seine Familie? So ging es das ganze Wochenende, vom Abendessen am Freitag bis zum Frühstück am Sonntag. Auf der mit Fliegengitter versehenen Veranda rumpelte die Waschmaschine, und das Licht der blassen, müden Sonne lag wie ein Fettfilm über allem in der Küche. »Willst du mir nicht mal seinen Namen verraten?« sagte Beverly, als sie ihr einen Teller mit Waffeln und zwei pochierten Eiern vorsetzte. »Deiner eigenen Mutter? Ich meine, wozu die Geheimniskrämerei? Ist er ein Zwerg oder so« – sie lachte kurz auf – »oder ein Kommunist? Oder hat es was mit uns zu tun? Mit deiner Oma und mir? Schämst du dich für uns?«

»Greg«, sagte Kat schließlich mit unvermittelt wutverzerrtem Gesicht. »Er heißt Greg? Zufrieden?«

Ihre Mutter, die ihr zugesetzt hatte, seit sie am Freitag abend durch die Tür getreten war, sah aus, als hätte man ihr ins Gesicht geschlagen, und trotz ihrer Verärgerung bedauerte Kat sogleich, was sie gesagt hatte. »Es tut mir leid, Mom«, sagte sie. »Ich hab einfach ziemlich viel um die Ohren. In der Uni. Ich brauche ein bisschen Platz für mich, okay?«

Mit knotigen Fingern und gesenktem Kopf saß ihre Oma am Tisch und pulte Krabben, als hätte sie nie etwas anderes getan. Die grauen, nackten Krabben landeten in einer Glasschüssel, während die durchsichtigen Panzer sich auf einer Seite der *Times* häuften. Obgleich eine Revolution in der Luft lag, sah sie nicht auf.

Beverly sah ihre Tochter gekränkt an. Sie hielt einen Streifen grüne Paprika zwischen den Lippen, den sie hin und her schob wie einen Zahnstocher. »Ich will ja nicht neugierig sein, aber –«

»Dann lass mich einfach in Ruhe.«

Als sie das nächstemal kam, in den Weihnachtsferien, trat ihre Mutter in dem Augenblick aus der Küche, in dem der Schlüssel sich im Schloss drehte. Sie wischte sich die Hände an einem Geschirrtuch ab, und ihr Begrüßungslächeln erstrahlte und verblasste, als sie auf Kat zuging und ihr einen Kuss auf die Wange drückte. Dann nahm sie einen Umschlag von dem Tischchen im Flur und reichte ihn ihr. »Das ist gestern für dich gekommen«, sagte sie und beobachtete die Reaktion ihrer Tochter.

Der Brief war von Greg, das sah Kat auf den ersten Blick. Sie hatte noch eine Prüfung in Entwicklungspsychologie ablegen müssen, doch er war schon ein paar Tage früher nach Santa Barbara gefahren, um die Feiertage bei seinen Eltern zu verbringen. Am Tag nach Weihnachten wollte er kommen und sie zu einem Campingtrip nach Ensenada abholen, den sie schon seit einem Monat planten: sechs Tage allein, tagsüber am Strand und nachts im Zelt, im selben Schlafsack, wie (das war Gregs Witz) Robert Jordan und sein »Häschen«. Möglicherweise errötete sie, als sie den Brief nahm, ihn einmal faltete und in eine der hinteren Taschen ihrer Jeans steckte. Sie sagte nichts, doch ihre Mutter fixierte sie, als wollte sie sie, wie in dieser Szene in *Goldfinger*, mit einem Laser zerschneiden.

»Take-sue«, sagte sie und sprach den Namen falsch aus. »Ist das Ungarisch oder Polackisch oder was? Deine Oma und ich konnten uns keinen Reim darauf machen.«

Sie wollte erwidern: *Müsst ihr ja auch nicht*, doch statt dessen sagte sie, nur um zu sehen, wie ihrer Mutter die Erkenntnis dämmerte: »Takesue. Drei Silben. Und die letzte wird ›sui‹ ausgesprochen, wie in ›Chop Suey‹.«

»Chop Suey?« wiederholte ihre Mutter und sah verwirrt aus. Von der Straße und durch das Glas des Wohnzimmerfensters drangen Stimmen – Betrunkene, die aus den Bars an der Promenade kamen. Sie stieß ein nervöses Lachen aus. »Soll das heißen …? Er ist doch nicht etwa Chinese?«

Das war der Augenblick, den sie hatte vermeiden wollen, seit Greg mit seinem langen, vollen, schimmernden Haar – länger als das von George Harrison, länger als das von irgendeinem in irgendeiner Band, die sie je gesehen hatte – in der Mensa an den Tisch getreten war, an dem sie und ihre Freundin Patty gesessen hatten, und gesagt hatte: »Warst du nicht letztes Semester in Bielers Seminar?«

»Nein, Mom«, sagte sie. Sie stand, die Tasche am Riemen über ihrer Schulter, noch immer im Flur, der Brief war sicher verstaut, der Mantel hing bis zu ihren Knien. »Nein, er ist kein Chinese.« Sie hielt kurz inne, stellte die Tasche ab und sah ihrer Mutter ins Gesicht. »Takesue ist kein chinesischer Name, sondern ein japanischer.«

Und dann, bevor ihre Mutter die Luft anhalten oder schnauben oder schreien oder den Kopf schütteln und sich empören konnte: *Japanisch? Dein Freund ist ein Japs? Nach all dem, was die deinem Vater angetan haben?*, ging sie durch den Flur in ihr Zimmer und schloss hinter sich die Tür.

Als Greg am Tag nach Weihnachten beladen mit in Geschenkpapier verpackten Päckchen die Stufen zum Eingang heraufkam – der rotbraune Dodge Charger seines Vaters stand an der Bordsteinkante wie eine geparkte Rakete –, bot sich Beverly ein Bild reiner Schönheit, nur dass sie es nicht so sah. »Greg!« rief Kat und lief zu ihm, während ihre Mutter entsetzt zurücktaumelte, denn dieser Greg war nicht nur ein Hippie mit einem gebatikten Poncho, silbern gestreifter Hose, abgewetzten Stiefeln und einem breitkrempigen Hut, in dessen Band stolz eine Adlerfeder steckte, sondern obendrein auch noch ein Asiate. Nein, schlimmer: ein Japaner. Mit einem Fu-Manchu-Schnurrbart, der seinen Mund mit zwei herabhängenden durchscheinenden Strähnen einrahmte. Kat nahm seine Hand, führte ihn herein und sagte: »Mom, das ist –« Doch ihre Mutter war bereits verschwunden und hatte sich in ihr Schlafzimmer zurückgezogen.

Sie hatte versucht, ihn zu warnen – *Meine Mutter ist ein bisschen seltsam, nach dem Krieg und so, dem Zweiten Weltkrieg, meine ich –*, doch sie kannte ihn gut genug, um zu sehen, dass er ebenso schockiert war wie ihre Mutter, schockiert und gekränkt. Ältere Leute, dumme und engstirnige Menschen mit fetten weißen Gesichtern und Fünf-Dollar-Haarschnitten mochten ihn verspotten, weil er sich eigenartig kleidete und ein Hippie war, aber damit kam er zurecht. Rassismus dagegen war etwas anderes. Seine Familie lebte seit fünf Generationen in Amerika, er war genauso amerikanisch wie jeder andere auch, seine Eltern waren wohlhabend und betrieben in Santa Barbara einen Fischgroßhandel, und er würde seinen Platz in der amerikanischen Gesellschaft einnehmen, ob es gewissen Leuten nun gefiel oder nicht. Und wenn er auf die Straße ging und gegen den Vietnamkrieg demonstrierte, so war das sein verbrieftes Recht. Ebenso wie die Entscheidung, was er anzog, welche Platten er hörte und welche Drogen er seinem Körper mit dem freiesten Willen der Welt zuführte. Das war Greg. Das war seine Sicht der Dinge. Und wenn das Leben ein einziger Kampf war, nun, dann war es eben so. Kat hatte das Gefühl, als bekäme sie keine Luft mehr. Ihre Gedanken sprangen von einer Misslichkeit zur anderen wie ein Grashüpfer auf einem heißen Bürgersteig. »Komm«, flüsterte sie, nahm seine Hand und zog ihn herein.

Mit hängenden Schultern und gesenktem Kopf folgte er ihr steif ins Wohnzimmer, wo ihre Großmutter im Sessel saß und sich eine Seifenoper ansah.

Kat nahm ihm die Geschenke ab und legte sie auf das Sofa. Dann erhob sie die Stimme, damit ihre Großmutter sie hören konnte, und sagte: »Ich möchte dich meiner Großmutter vorstellen. Oma, das ist Greg.«

Im Lauf des vergangenen Jahres hatte sich der Geist ihrer Großmutter verwirrt, das Gesicht war unbeweglich geworden, die Augen blickten stumpf, die Hände lagen zitternd in ihrem Schoß. Mit Mühe hob sie den Blick und das bebende Kinn. Greg beugte sich vor und streckte die Hand aus. »Freut mich, Sie kennenzulernen«, murmelte er, doch sie starrte nur auf seine Hand und erwiderte nichts.

»Greg ist mein Freund, Oma – ich hab dir von ihm erzählt«, sagte Kat, und plötzlich fröstelte sie, von einem kalten Hauch getroffen, als wäre das Haus ein Gletscher, der sich gerade unwiderruflich spaltete. Sie wandte sich zu Greg und sagte: »Oma ist ein bisschen schwerhörig« – ein Lächeln –, »stimmt's, Oma? Aber meine Mutter ... ich glaube, sie zieht sich gerade was Hübscheres an. Warte hier, ich hole sie.«

Seine Stimme klang gepresst – auch er steckte in der Gletscherspalte. »Bemüh dich nicht«, sagte er.

Ihr gefiel der Gedanke, dass sie während dieses Urlaubs in Mexiko mit Alma schwanger geworden war, aber das konnte nicht sein, denn Alma kam erst im Oktober, also musste es passiert sein, als sie wieder auf dem College waren. Jedenfalls wurde sie schwanger, obwohl sie die Pille nahm und ihr nicht einmal ansatzweise bewusst war, dass sie auch nur den leisesten Wunsch verspürte, ein Kind zu bekommen – jedenfalls jetzt noch nicht. Diese Schwangerschaft schloss sie in den Gletscher ein, bis dieser sie wieder freigab. Sie konnte nicht zurück nach Hause. Und sie ging auch nicht zurück nach Hause. Sie machte die Abschlussprüfung (ihre Mutter weinte bei der Zeremonie, ohne den Grund oder das Ausmaß ihres Kummers zu kennen), und dann zog Kat mit Greg nach Santa Barbara. Er arbeitete auf einem der Boote seines Vaters und tauchte vor der Südküste von Santa Cruz nach Hummern und Abalone.

Anfangs wohnten sie bei Gregs Eltern auf der Mesa, gleich oberhalb des Yachthafens, doch trotz der Größe des Hauses – weitläufig und altmodisch, mit Veranden und Balkons und Ausblicken auf das Meer durch die nach Süden und Osten gelegenen Fenster – ging es dort recht beengt zu. Da waren Gregs fünf Geschwister, allesamt jünger als er und fortwährend in geschwisterliche Rivalitäten verstrickt, da waren seine Großmutter väterlicherseits, zwei unverheiratete Onkel und eine bunte Mischung aus Hunden, Katzen und in Käfigen gehaltenen, grässlich schreienden Vögeln. Obwohl Greg und sie ein eigenes Zimmer hatten, fühlte Kat sich dort nicht heimisch. Ihre Schwiegermutter wehrte jedes Angebot zur Mithilfe im Haushalt ab – Kat durfte weder Gemüse schneiden noch abwaschen oder auch nur den Abfall hinausbringen, und jedesmal, wenn sie sich auf das Sofa setzte oder die Küche betrat, fühlte sie sich wie ein Eindringling, was sie ja auch tatsächlich war. Und obgleich sie, wie sie fand, keinerlei Vorurteile hatte, war es doch eigenartig, in einem japanischen Haushalt zu leben – oder vielmehr in einem japanisch-amerikanischen Haushalt, wie sie sich ständig korrigierte.

Nicht dass Gregs Familie so viel anders gewesen wäre als irgendeine andere Familie – man aß Steaks, Burger, Hot-dogs und so weiter, wenn auch vielleicht mehr Fisch, denn damit verdiente man ja schließlich das Geld. Aber jeder andere Haushalt, und sei es der im Nachbarhaus ihrer Mutter in Venice, wäre ihr ebenso merkwürdig erschienen, besonders in ihrem Zustand. Sie war an Stille und Ordnung gewöhnt, an ein Haus, in dem Frauen aus drei Generationen in Frieden lebten und arbeiteten, ohne die störende Anwesenheit von Männern, Kindern und Haustieren. Hier dagegen herrschte Chaos, hier war alles fremd: Dies war eine neue Gemeinschaft mit neuen Regeln. Die Gerüche waren anders, die kleinen Rituale rund um das Essen, die Regeln, wer wo zu sitzen hatte, der Lärm und das Toben der Kinder und ihrer Freunde, ja selbst die Hunde – zwei Akitas – waren anders als alle, die sie je gesehen hatte: Ihre Köpfe waren breit und flach wie die von Bären, ihre Gewohnheiten undurchschaubar, und wo verrichteten sie eigentlich ihr Geschäft? Immer wieder überraschte Kat sie auf ihrem Bett, und zweimal war die Bettdecke danach verdächtig feucht.

Es war noch kein Monat vergangen, da begann sie Greg in den Ohren zu liegen, er solle sich nach einer eigenen Wohnung für sie beide umsehen – nichts gegen seine Familie, aber sie brauche ein wenig Privatsphäre –, und als Alma dann geboren war und Kat den ganzen Tag in ihrem Zimmer blieb, um sich nicht schon wieder anhören zu müssen, was ihre Schwiegermutter zum Thema Kinderaufzucht zu sagen hatte, wurde die Sache dringlich. Im Frühjahr des folgenden Jahres 1969 erfüllte sich ihr Wunsch. An einem feuchten, nebligen Abend kam Greg von der Arbeit nach Hause, strich sich das Haar aus dem Gesicht und verkündete mit einer Stimme, der man die Erregung anmerkte, dass sie zum Hafen ziehen würden, auf ein Boot, das er für 3600 Dollar gekauft hatte – ein Drittel war angezahlt, der Rest nach einem Jahr fällig. Wäre das Baby nicht gewesen, dann wäre sie ihm um den Hals gefallen. So legte sie einen Arm um Greg, im anderen hielt sie Alma, und dann tanzten sie im Zimmer herum, bis Gregs Onkel Billy, der in der Nachtschicht arbeitete und das Zimmer unter ihnen hatte, die Treppe hinaufkam und sich beschwerte.

Die *Black Gold* war ein Fischerboot, ein umgebautes Zehn-Meter-Kajütboot mit einem offenen Achterdeck aus Fiberglas anstelle der ursprünglichen Holzbeplankung, unter dem sich ein Laderaum für den Fang befand. Die Kajüte und die Kojen befanden sich im Vorschiff. Das Boot verfügte über eine Kombüse, so groß wie ein Kühlschrank, einen Kühlschrank, so groß wie eine Apfelsinenkiste, einen Tisch, der heruntergeklappt werden konnte, wenn er nicht benutzt wurde (also nie), eine winzige, sarggroße Toilette und eine Sperrholzplatte, dekoriert mit einer uralten Schaumstoffmatratze und einem Schlafsack, der eine Mischung modriger Gerüche verströmte. Duschen, Klos und Waschmaschinen gab es im Yachthafen. Kat sagte im Scherz, das Boot gebe eine völlig neue Definition des Begriffs Feuchtigkeit. Jedes Kleidungsstück, jede Windel, jedes Handtuch hätte ebensogut ein Schwamm sein können – das Zeug trocknete nur, wenn die Sonne schien und der Wind auffrischte und die Sachen aufgehängt werden konnten. An den Tagen, an denen das Boot im Hafen lag, wohlgemerkt. Und solche Tage waren, anfangs jedenfalls, selten.

Sie wurde im Dunkeln von Almas Weinen geweckt, nahm die Kleine mit ins Bett, um sie zu stillen, stand danach auf und machte das Frühstück für Greg: gebratenen Reis, vier Eier, Makrelen oder Abalone oder kanadischen Speck, in der Pfanne gebraten, Käsetoast, Unmengen Kaffee. Und dann, wenn sein Partner Mickey Mans erschien und gleichermaßen verkatert, ausgehungert und stoned aussah, nahm sie das Baby und verbrachte den Tag bei ihrer Schwiegermutter oder ging den ganzen Weg die Anacapa Street hinauf zur Bibliothek, wo sie in Büchern blätterte und mit Alma spielte, bis sie glaubte, vor Langeweile zu ersticken. Aber das Leben war billig, sie hatten ihre Privatsphäre, und jeden Abend wartete sie mit einer Einkaufstüte voller Lebensmittel am Hafen, wenn die *Black Gold* tuckernd einlief. Sie entwickelte sich zu einer Spezialistin für schnelle, aber nahrhafte Mahlzeiten, die sie meist im Wok zubereitete: Blumenkohl, Pok Choy, Pilze, Zuckerschoten, Bohnensprossen oder was sich sonst gerade auf dem Markt fand, dazu Fisch, den sie den heimkehrenden Fischern für praktisch nichts abkaufte: Heilbutt, Hummer, Krabben oder Rotbarsch.

Und *uni*, obwohl sie sich nie dafür erwärmen konnte. *Uni* – Seeigel – waren das, was Greg und Mickey aus dem Meer holten, ausschließlich *uni*, denn mit Abalone war wegen der Überfischung kein Geld mehr zu verdienen, auch Grundfische waren selten geworden, und Hummer durften nur zu bestimmten Zeiten gefangen werden. Gregs Vater hatte den Nischenmarkt für Seeigel entdeckt. Er verkaufte sie an einen Zwischenhändler in L. A., der sie nach Japan fliegen ließ. Sie waren unter den ersten, die sich auf Seeigel spezialisierten, aber in den späten siebziger Jahren, als Alma in die vierte, fünfte, sechste Klasse ging und es für das Normalste auf der Welt hielt, auf einem Boot zu leben, setzte ein echter Boom ein. Bis dahin hatte man Seeigel für eine Plage gehalten, doch mit einemmal waren sie ungeheuer begehrt. Die Japaner konnten gar nicht genug davon kriegen. Sie hatten es hauptsächlich auf den Rogen abgesehen oder vielmehr auf die Keimdrüsen, orangerote Organe, die sternförmig in der stachligen Schale angeordnet waren. Diese wurden vom Großhändler ausgelöst, in Eis gepackt und über Nacht nach Tokio geflogen. »Schwarzes Gold« nannte man die Seeigel, auch wenn sie sich im Sonnenlicht rot oder violett färbten, und sie brachten gutes Geld, erstklassiges Geld, phantastisch viel Geld.

Als Alma in die sechste Klasse ging, kauften sie ein Haus in einer Nebenstraße, nur wenige Gehminuten vom Hafen entfernt, und damit war es vorbei mit der Feuchtigkeit und dem Schimmel, mit der Beengtheit und dem Fischgeruch, so übermächtig, als würden sie im Schlamm auf dem Meeresgrund leben. Es war nicht perfekt – in den ersten Monaten schlief Alma schlecht und wachte immer wieder weinend auf, weil das Bett sich nicht bewegte und der Boden nicht schwankte und schaukelte, und am besten schlief sie schließlich auf dem Teppich unter dem Bett, wo sie das Gefühl haben konnte, sie sei noch immer in ihrer engen Koje unter dem Vordeck –, aber für Kat war es ein Unterschied wie Tag und Nacht. Ein Haus in einiger Entfernung vom Wasser, in dem sie Platz hatte und sich nicht ständig sorgen musste, ihre Tochter könnte über Bord fallen und ertrinken, in dem sie in der Küche auf und ab gehen konnte, ohne dass bei jedem Schritt Wasser unter ihren Füßen schmatzte, war reinigend, revolutionär und befreiend, ganz zu schweigen davon, was es für ihr Sexleben bedeutete: In unzähligen

Nächten hatten Greg und sie sich aus der Kajüte stehlen müssen, um sich fröstelnd auf dem Vordeck oder dem mit Leder bezogenen Sitz im Cockpit zu lieben, damit Alma sie nicht hörte. Und dann war da auch noch das kleine Wunder Mrs. Meehan, die Frau, die sie gefunden hatten und die nach der Schule auf Alma aufpasste, so dass Kat mit Greg und Mickey hinausfahren und auf dem Boot helfen konnte.

Sie wurde also ihre Handlangerin. Dadurch hatten die beiden mehr Zeit, um Seeigel zu sammeln, und mussten sich nicht mehr um die Ausrüstung kümmern, und nach den Jahren in der Bibliothek, dem Takesue-Haushalt und diversen Teilzeitjobs, die Kat nach Almas Einschulung angenommen hatte, um gegen die Langeweile anzukämpfen, brachte diese Veränderung sie ins Leben zurück. Die ersten Tage waren hart, aber sie begriff schnell, worum es ging. Greg war geduldig, während sein Partner besonders morgens, vor dem ersten Tauchgang, eher schlechtgelaunt war, und es dauerte keinen Monat, bis nicht nur ihr Selbstvertrauen, sondern auch ihre Muskeln in den Armen und Schultern zunahmen, und wenn es auch nicht gerade besonders weiblich war, einen gestählten Oberkörper zu haben, so fühlte es sich doch gut an. Und ebensogut fühlte es sich an, draußen zu sein, auf dem Meer, unter freiem Himmel.

Als Handlangerin auf einem Boot von Seeigelsammlern war sie für all die Aufgaben zuständig, die die Taucher nicht gern selbst erledigten: Sie ließ den Anker an vielversprechenden Stellen fallen, legte die Anzüge und Schläuche bereit, bediente die Winsch, mit der der Fang an Bord gehievt wurde, behielt den Kompressor im Auge, wenn die beiden Männer in zehn Meter Tiefe im eisigen, strömungsreichen Wasser arbeiteten, und sorgte dafür, dass sie vor den Tauchgängen am Nachmittag ein gutes warmes Mittagessen bekamen. Ganz zu schweigen von den gekühlten Bieren auf dem Weg zurück zum Hafen. Wenn sie, gewöhnlich für eine halbe Stunde – so lange dauerte es meist, um den mit einem Stahlring versehenen Beutel mit Seeigeln zu füllen – auf dem Meeresgrund waren, vertrieb sie sich die Zeit so gut es ging mit Taschenbüchern und den Stapeln alter Illustrierten, die sie von einer Freundin von

Greg, einer Zahnarzthelferin, bekam, fertigte Bleistiftzeichnungen der Felsformationen vor der Küste der Insel an oder träumte vor sich hin, wobei sie stets die gelben Schläuche im Auge behielt, die sich ins Wasser und außer Sicht schlängelten. Endlich war ihr Leben so, wie sie es sich vorgestellt hatte. Sie war noch nie so glücklich gewesen.

Dann kam ein Morgen im August. Das Meer war ruhig, der Himmel klar, das bisschen Nebel, das über dem Wasser lag, löste sich vor dem dahingleitenden Boot in nichts auf, während sie so entspannt am Ruder saß wie ein Lastwagenfahrer auf einer Schnellstraße und die beiden Männer unten schliefen. Sie war jetzt auf den Tag genau sechs Monate dabei – das wollten sie und Greg am Abend mit einem Essen in einem Restaurant und einem anschließenden Kinobesuch feiern – und mit den Abläufen inzwischen so vertraut, dass sie für die Fahrt hinaus und zurück in den Hafen beinahe immer das Ruder übernahm, denn warum sollten die beiden Taucher ihre Energie verschwenden, wenn sie morgens ebensogut noch eine Runde schlafen und abends müde in der Kajüte sitzen und Bier trinken konnten? *Spar dir deine Kraft*, hatte sie nach dem ersten Monat zu Greg gesagt. Sie hatte seinen Bizeps gedrückt, als sie im schwankenden Cockpit gestanden hatten, und ihn mit ihrem besten gespielt sexhungrigen Blick angesehen, und er hatte ihren Blick erwidert, sie leidenschaftlich geküsst und erst die eine und dann auch die andere Hand auf ihren Busen gelegt. *Klar*, hatte er gesagt, *warum nicht? Du weißt ja inzwischen, wie es geht. Behalt die Instrumente im Auge und hör auf den Motor – mehr ist ja nicht dabei.* Und so war es auch. Kein Problem. Und wenn irgendwas schiefgehen sollte, hatte sie ja zwei Mechaniker an Bord, die sich darum kümmern konnten. Einen Kaffee am Morgen, um sich wach zu halten, ein Bier – nur ein einziges – am Abend, bis sie die Schiffahrtsstraße hinter sich hatten. Auf den Tiefenmesser achten. Einen Punkt ansteuern und nicht abweichen, denn jede Abweichung kostete Sprit. Ein Kinderspiel.

An diesem Morgen hielt sie Kurs auf das westliche Ende der Insel und die Kelpgründe bei Forney's Cove, wo sie am Tag zuvor eine riesige Menge Seeigel entdeckt hatten. Alma war für zwei Wochen bei ihrer Großmutter Boyd in Venice. Die Gemeinheit, mit der sie Greg behandelt hatte, war längst vergessen, oder jedenfalls war Gras darüber gewachsen, denn als Kat und ihre Tochter sie vier Monate nach der Geburt besucht hatten – nur sie beide und nur für einen Tag –, war ihre Mutter dahingeschmolzen, und es war nie mehr ein Wort über Japse oder Schlitzaugen gefallen, wenigstens nicht, wenn Alma dabei war. Die Ausbeute war in letzter Zeit außergewöhnlich gut gewesen – sie hatten im Durchschnitt tausend Stück pro Tag gesammelt. Die Seeigel waren von bester Qualität und beinahe so zahlreich wie das scharfkantige Vulkangestein, das auf dem Meeresboden lag. Mehr und mehr Boote tauchten in den Fanggründen auf, aber Kat und Greg konnten sich nicht mal ansatzweise vorstellen, dass die Seeigel weniger werden würden, jedenfalls nicht so bald. Rausholen, was rauszuholen ist – das war ihr Standpunkt. Die Hypothek abtragen. Für die Zukunft sparen.

Greg kam herauf und rieb sich die Augen, als er hörte, dass Kat die Fahrt verlangsamte und dann in den Leerlauf schaltete. »Sind wir schon da?« fragte er gähnend, reckte sich und spähte durch das Fenster auf die Kelpwedel, die sich wie zahllose grapschende Hände im Wasser hin und her bewegten.

»Ja«, sagte sie, »das Leben ist schön, wenn man die ganze Zeit schläft.«

»Wie sehen die Peperoncini aus?« Das war sein scherzhafter Name für Kelp, denn er glich in Farbe und Textur den kleinen eingelegten Pfefferschoten, die man im Lebensmittelgeschäft kaufen konnte.

»Ich weiß nicht«, sagte sie. »Jedenfalls gibt's hier eine ganze Menge davon.«

Er ging an Deck, um besser sehen zu können, und hielt Ausschau nach den angefressenen Wedeln, die anzeigten, dass es große Seeigelvorkommen gab. Nach etwa einer Minute bedeutete er ihr, den Anker fallen zu lassen. Das war der Augenblick, in dem Mickey aus der Kombüse an Deck kam, die einst weiße Baseballmütze tief in die Stirn gezogen und mit der Hand einen Becher Kaffee umklammernd, als wäre es eine Rettungsleine. Wie Greg trug er Shorts und ein Sweatshirt mit Flecken von Lackfarbe, Motoröl und diversen Körperflüssigkeiten diverser Meereslebewesen. Er war klein und von kräftiger Statur, sein Haar wurde, obwohl er erst dreißig war, bereits schütter, und er hatte ein gewinnendes, seine Zahnlücken entblößendes Lächeln, mit dem er wirkte wie ein Klassenclown, und genau das war er auch gewesen. Wenn man seinen Erzählungen Glauben schenkte. Leider musste es mindestens zwölf Uhr sein, bevor sich dieses Lächeln oder auch nur ein Anflug davon zeigte, und als er nun erschien, war sein Gesicht wie üblich finster. »Mann, ich hab heute einfach keine Lust, in dieses Wasser zu steigen«, sagte er, beugte sich über die Reling und starrte stumpf auf den hin und her wogenden Kelp. »Wie wär's, wenn du mich vertrittst, Kat? Dann könnte ich hier oben bleiben und in der Sonne liegen. Und lesen. *Cosmopolitan* vielleicht? Oder lieber *Haus und Garten*? Denn das ist es doch, was wir wollen, oder? Ein Haus, einen Garten?«

»Nein«, sagte sie. »Wir wollen einen schönen Fang.« Sie grinste ihn an und sah ostentativ auf die Uhr. »Und das heißt, dass ich den Kompressor anwerfen und meine Jungs da hinunterjagen muss, wo die stachligen Tiere sind.«

Der Kompressor, den Greg selbst montiert hatte, stand auf der Steuerbordseite gleich hinter der Kajüte, am Schanzkleid, damit er vor Wind und Gischt geschützt war. Sie hasste es, am Seil zu ziehen und das Ding zu starten, weil der Lärm, den es machte – ein immerfort an- und abschwellendes Dröhnen, das klang, als würde das Meer von einer Schwadron Laubbläser bearbeitet –, den Frieden des Morgens und Nachmittags zerstörte. Wenn die beiden unten waren, steckte sie sich Schaumstoffstöpsel in die Ohren, aber die dämpften das Geräusch nur soweit, dass jedes Wort in den eselsohrigen Taschenbüchern und sonnengebleichten Illustrierten zweimal zu erklingen schien: einmal auf ihren Lippen und ein zweites Mal als schwebender Nachhall in den Windungen ihres Gehirns. Der Schalldämpfer des Auspuffs musste erneuert werden, soviel war sicher. Sie hatte Greg damit in den Ohren gelegen, und er hatte die üblichen Versprechungen gemacht, aber sie machten Geld, solange Geld zu machen war, und am Ende eines jeden

Tages fühlten sie sich wie nach einem Marathonlauf. Keiner von ihnen wollte über Wartungsarbeiten nachdenken – das war etwas, was in den stürmischen Januar- und Februartagen stattfinden würde, wenn die Seeigel laichten und ganze Wochen angefüllt waren mit rotierenden Spiralen aus nichts.

Der Motor sprang beim ersten Versuch an – *Wrrr-rap-rap-rap* –, und sie mussten schreien, um sich zu verständigen, während sie die Schläuche ausrollte und Greg und Mickey ihre Anzüge, Flossen, Masken und Bleigewichte anlegten. Und dann sprangen die beiden über Bord in das schwarze Wasser und hingen für einen Augenblick über der dunklen Tiefe, bevor sie verschwanden. Aus Gewohnheit – oder aus Langeweile, denn was gab es sonst schon zu tun? – sah Kat für eine Weile zu, wie die Luftblasen aufstiegen und sich schließlich voneinander entfernten, als jeder seiner eigenen Wege ging, um nach den schwarzen Stachelhäutern zu suchen, die man nur aufklauben und in den Netzbeutel stecken musste und die achtundzwanzig Cent pro Pfund brachten.

Während sie an der Reling lehnte, kam eine leichte Brise auf. Gedankenverloren ließ sie den Blick über die Wasseroberfläche zu der weißen Sichel des fünfhundert Meter entfernten Strandes und den sonnenverbrannten Hügeln dahinter schweifen. Das Boot drehte sich um den Anker. Die kleinen weißen Schaumkappen der Wellen löschten die Luftblasen aus. Der Benzinmotor des Kompressors setzte für einen Augenblick aus, stotterte, fing sich und lief mit einem hohen, jaulenden Ton weiter. Abgase strömten durch die nadelfeinen Löcher, die die salzige Seeluft in den Auspuff gefressen hatte. Der Wind war kühl, er saugte wie eine riesige Klimaanlage die Kälte aus den Wellen, und Kat ging hinunter in die Kajüte, um ihr Sweatshirt zu holen. Auf dem Rückweg schenkte sie sich in der Kombüse ihren dritten Becher Kaffee ein und machte ein Sandwich mit Schinken und Käse, einer Scheibe Zwiebel und viel Senf, das sie in der Pfanne briet, bis der Käse schön zerlaufen war, denn so mochte sie es am liebsten. Dann ging sie wieder an Deck. Die beiden waren jetzt seit zwanzig Minuten unten, so dass sie Zeit hatte, das Sandwich zu essen und in Ruhe den Kaffee zu trinken, bevor sie auftauchten und sie die Beutel mit

Hilfe der Winsch an Bord heben musste. Das war immer aufregend, eine Unterbrechung des üblichen Ablaufs: Die im verborgenen lebenden Tiere purzelten auf die Planken, wo ihre Stacheln sich hin und her bewegten und zusammenballten, als wollten sie die Bedrohung durch eine fremde Umgebung einschätzen, eine Umgebung, die aus giftiger Luft anstatt aus lebenspendendem Wasser bestand. Und dann verstaute Kat sie im Laderaum. Wobei sie sich vorsehen musste: Jeder noch so kleine Stich entzündete sich, und wenn sich ein Stachel tiefer in die Haut bohrte und abbrach, waren fünfundzwanzig Dollar fällig, denn man musste zum Arzt gehen, die Spitze entfernen und die Wunde desinfizieren lassen. *Erizos del mar*, Igel des Meeres, wurden sie von den Mexikanern genannt. Oder manchmal auch einfach *heriditas*, kleine Wunden.

Das Boot hatte begonnen, leicht zu schlingern – nichts Ernsthaftes, nichts Ungewöhnliches, denn das Wetter hier draußen war so launisch wie nur was. Sie hatte ihr Sweatshirt angezogen, und in der Sonne war es angenehm; das Sandwich schmeckte gut, und der Kaffee war noch warm. Nach dreißig Minuten waren weder Greg noch Mickey aufgetaucht, was wohl bedeutete, dass die Ausbeute kleiner war, als sie gedacht hatten, oder dass die Strömung dort unten ihnen zu schaffen machte, so dass sie langsamer als sonst vorankamen. Sie biss nach und nach die Ränder des Sandwichs ab und hob die Mitte bis zuletzt auf, dann leckte sie das Fett von den Fingern und wünschte, sie hätte eine Papierserviette mitgenommen, bevor sie sich die Hände einfach an der Shorts abwischte, die ohnehin gewaschen werden musste. Als fünfunddreißig Minuten vergangen waren, stand sie auf und hielt Ausschau nach den Luftblasen. Sie konnte die Schläuche fünf, sechs Meter weit verfolgen, doch sonst war nichts zu sehen als die Schaumflecken auf dem vom Wind bewegten Wasser. Noch fünf Minuten, dann würde sie zweimal kurz an den Schläuchen ziehen – das Signal zum Auftauchen.

Sie wusste nicht, dass der nicht gerade fachmännisch montierte Kompressor sich ein wenig von der Stahlplatte gelöst hatte, auf der Greg ihn festgeschraubt hatte. Dadurch gab es mehr Vibrationen, und so hatte sich zwischen Auslass und Auspuffkrümmer ein kleiner Spalt gebildet, und ein Teil der Abgase strömte in Richtung Einsaugstutzen. Weil das Boot in den Wind gedreht hatte und der Kompressor im Winkel zwischen Kajütenwand und Schanzkleid stand, wurde das Kohlenmonoxid nicht fortgeweht, sondern vom Kompressor angesaugt. Greg bekam zuwenig Sauerstoff. Mickey ebenfalls.

Schließlich, nach vierzig Minuten, zog sie zweimal kräftig an Gregs Schlauch und spürte, als sie den Schlauch einholte, dass er auftauchte, und das war völlig in Ordnung, kein Grund zur Besorgnis: Der Beutel war vermutlich randvoll und unhandlich, und sie half ihm, indem sie den Schlauch an Bord zog. Sie sah jetzt gespannt auf das Wasser, spähte nach Luftblasen, nach Gregs Armen und Beinen, die aus der Tiefe auftauchten, nach dem Beutel, den sie an den Haken nehmen und ins Boot hieven würde, als er plötzlich wie ein Stück Treibholz an der Oberfläche erschien, Greg, ihr Mann, ihr Geliebter. Sein langes, seidiges Haar hatte sich aus der Kapuze des Taucheranzugs gelöst und schwang wie Seegras hin und her, und es war, seltsam, kein Beutel zu sehen. Noch seltsamer war, dass er die Flossen nicht bewegte oder den Kopf aus dem Wasser hob, um sie durch die beschlagene Taucherbrille anzugrinsen und ihr den erhobenen Daumen zu zeigen. Er bewegte sich überhaupt nicht.

Der Rest war verschwommen, ein Alptraum, in dem sie sich nicht rühren, nicht reagieren konnte: Ihre Füße steckten in Treibsand, die Hände waren wie festgeklebt. Doch sie zog an dem anderen Schlauch, bis der sich straffte und wieder schlaff wurde, und in dem Augenblick, in dem sie in die Kajüte rannte, um *Mayday* zu funken, sah sie Mickey neben dem Boot auftauchen, bäuchlings, Arme und Beine ausgestreckt, den Kopf im Wasser. Dann sprang sie über Bord, und die kalten grauen Wellen des Meeres schreckten sie nicht, denn sie hob Gregs Kopf aus dem Wasser, riss ihm die Brille herunter, drückte ihre Lippen auf die seinen, wollte ihn von Mund zu Mund beatmen – aber nein, sie musste ihn an Deck bringen, ja, das musste sie tun, sie musste ihn an Deck bringen und das

Wasser aus seiner Lunge pressen, denn er war dabei zu ertrinken, er ertrank, und Mickey ebenfalls. Mit aller Kraft kämpfte sie gegen die Wellen an, gegen das hüpfende Boot, das ihr auszuweichen schien, als wäre dies ein Spiel, doch schließlich gelang es ihr, mit gereckter Hand eine Sprosse der Leiter am Heck zu packen, während sie mit der anderen Hand Greg festhielt – am Gesicht, am Kopf, am Kragen seines Taucheranzugs, wo immer sie ihn am besten halten konnte. Verzweifelt und selbst nach Luft ringend, versuchte sie immer wieder, ihn an Bord zu bringen, raus aus dem Wasser, doch sie hatte keinen festen Halt, es gab nichts als die nachgiebigen Wellen und den glatten Rumpf des Bootes, und schließlich klemmte sie, als Greg von einer Welle angehoben wurde, seinen Arm hinter eine Leitersprosse, kletterte an Deck und zerrte am Ärmel seines Taucheranzugs, doch Greg glitt wieder zurück, tauchte unter und wurde von der nächsten Welle gewiegt.

Sie zitterte, sie bekam kaum mehr Luft, doch sie sprang immer wieder ins Wasser. Es gelang ihr nicht, den schweren, leblosen Körper an Bord zu heben. Sie hatte nicht die Kraft. Das Boot machte nicht mit. Die Wellen zogen an ihr, klatschten ihr ins Gesicht, das Wasser brannte auf den Lippen, stach wie Nadeln in ihre Augen. Sie keuchte, sie mühte sich, sie schrie vor Verzweiflung. Nicht dass es geholfen hätte. Nichts konnte mehr helfen. Greg ertrank nicht, ebensowenig wie Mickey, und keine noch so gründliche Mund-zu-Mund-Beatmung hätte einen von ihnen zurückgeholt, denn sie waren beide tot. Gestorben an einer Kohlenmonoxidvergiftung, lange bevor sie begonnen hatte, sich zu sorgen, bevor sie an Gregs Schlauch gezogen hatte, ja noch bevor sie in die Kajüte gegangen war, um sich ein Sandwich zu machen. Der Wind hatte gedreht, das Boot hatte um den Anker gedreht, der Auspuffkrümmer hatte sich gelöst. Sie waren kaum zehn Minuten unten gewesen, als sie das Bewusstsein verloren hatten.

Innerhalb weniger Minuten waren zwei andere Boote da, ein Seeigelfischer und ein Ausflügler. Männer riefen und sprangen ins Wasser, packten Greg und Mickey und Kat und zogen sie an Bord, der Wind heulte, und die Sonne stand wie festgeschraubt am Himmel, um den Zeitpunkt zu markieren – 3. August 1984, 10.30 Uhr –, den Augenblick, in dem sie zur Witwe wurde wie ihre Mutter vor ihr, den Augenblick, in dem Alma, die fünfzehn Jahre alt war und sich am Strand von Venice bräunen ließ, wo die Muskelmänner aus den Fitness-Studios trabten und die Freaks und die Punks und die Straßenmusiker an der Promenade ihr Ding abzogen, für immer ihren Vater verlor.

Nach drei Zugaben, einer wohl zehn Minuten anhaltenden Ovation und dem rituellen Streuen langstieliger Rosen vor Micah Strouds Füßen durch eine Schwesternschaft kreischender Fans, bei deren Anblick Alma sich nur noch alt fühlt, schiebt sie sich neben ihrer aufgekratzten Mutter durch den Mittelgang und die großen Türen.

»Du hattest recht«, sagt Kat, als sie in die Milde der Nacht und den ersten feinen Nieselregen des Herbstes hinaustreten, wo nach der trockenen Luft im Theater, nach der Trockenheit des Sommers, der versengten Hügel und der ausgedörrten Vegetation, nach der Hitze, die das Ökosystem so stark belastet hat, alles feucht ist und süß duftet, »er ist tatsächlich was Besonderes. Ich meine, ich fand ihn toll. Und diese Frau, die er dabeihatte – wie hieß die noch mal? Die er aus dem Publikum auf die Bühne geholt hat. Die war auch gut. Nicht der Joni-Mitchell-Typ, eher wie Buffy Sainte-Marie vielleicht.«

»Wie wer?«

»Du weißt schon – sie war eine Folksängerin, in den Sechzigern. Du hast sie bestimmt bei uns zu Hause gehört, als du klein warst. Dein Vater mochte sie, das weiß ich noch. Jedenfalls bevor er Janis gehört hat.« Ein Lachen, gesättigt mit der Freude der Erinnerung. »Aber wer wollte schon noch was anderes hören, nachdem er Janis gehört hatte?«

Die Straßenlaternen machen den Dunst sichtbar, verwandeln winzige Tröpfchen in silbrige Striche, die auf den feuchten Asphalt hinabsinken, und sie sollte begeistert sein, sich erneuert fühlen – Micah Stroud und der erste Regen, ihr Geburtstag, ihre Mutter, die Inseln da draußen im Nebel, und alles, wofür sie gearbeitet, worauf sie gehofft hat, beinahe geschafft –, doch sie fühlt nichts dergleichen. Sie fühlt sich schwach und ausgelaugt, und ihr ist ein bisschen übel. Es hat nichts mit Anise Reed zu tun – das jedenfalls sagt sie sich. Natürlich, in dem Augenblick, in dem sie sie aufstehen und auf die Bühne gehen sah, wurde sie von Wut und Hass gepackt – und Neid, ja, auch Neid –, und das hat sie jäh aus dem Konzert herausgerissen und wieder einmal in eine finstere Betrachtung ihres Lebens gestoßen, des Lebens jedenfalls, das sie in letzter Zeit führt. Und Alicia. Alicia war ebenfalls da, eine Komplizin, ein Gründungsmitglied dieser Bande. Aber schlimmer noch: Sie muss zugeben, dass Anise Reed nicht schlecht war. Ihre Stimme ist reiner, als sie sein dürfte, und wie sie sie mit der von Micah hat verschmelzen lassen, das hatte schon etwas Magisches. Er hat sie bei zwei ihrer eigenen Stücke begleitet, und dann durfte sie – unglaublich – in all ihrer barfüßigen, lockenmähnigen Pracht auf der Bühne bleiben, wo sie mit einer Hand ein Tamburin geschlagen und sich bei den Refrains zu seinem Mikrofon gebeugt und die zweite Stimme gesungen hat.

Micah Stroud, Anise Reed, Dave LaJoy, Alicia Penner, Wilson Gutierrez.

Sie sind jetzt beim Wagen. Die Linien auf der Motorhaube, die Ed mit Politur und viel Muskelschmalz entfernt hat, sind noch immer schemenhaft zu sehen und zeigen, gegen welche Widerstände sie anzukämpfen hat, und mit einemmal ist sie so traurig, so überwältigt von Traurigkeit, dass sie einfach die Arme hängen lässt und verwirrt dasteht, während ringsumher andere Wagen rückwärts ausparken. Ihre Mutter hält mitten in einer Geschichte über ein Rockkonzert im Hollywood Bowl, auf dem sie mit Almas Vater, mit Greg, war, inne und fragt sie, was denn los ist.

Doch das Seltsame ist: Sie kann es nicht sagen, denn sie weiß es selbst nicht.

»Alma?« Die Stimme ihrer Mutter ist wie ein sanfter Flügelschlag im Dunkeln. »Alles in Ordnung?«

Und da ist es wieder, das Gefühl der Schwäche, der Hilflosigkeit und Erschöpfung. Die Übelkeit steigt in ihr auf, als wäre etwas entkorkt worden, und sie merkt kaum, dass sie die Arme ausbreitet und ihre Mutter umarmt, während es nieselt und die Bremslichter Hunderter Wagen aufleuchten, während die Nacht vorrückt und Micah Stroud allein und schweißgebadet in seiner Garderobe sitzt.

Am nächsten Morgen ist ihr erneut übel, ohne jeden Grund, und sie beugt sich über die Kloschüssel, bis etwas – was immer es war, was immer es ist – mit einem raschen, flüssigen Brennen hochkommt und kurz auf dem Wasser schwimmt, bevor es in einer wirbelnden Spirale verschwindet.

WILLOWS CANYON

Die Drahtschneidezangen, fünf Stück, bezahlt er in bar. Er steht mit diversen Hausfrauen, Gewohnheitstrinkern und rüstigen Rentnern in der Kassenschlange des Baumarkts, des anonymsten Ortes der Welt, und niemand sieht ihn zweimal an. Oder vielleicht auch doch, wegen seiner Dreads, aber was soll's? Er ist ein Bürger wie alle anderen, ein Mann mit Bargeld, der für eine bestimmte Arbeit ein bestimmtes Werkzeug braucht und ohne Murren wartet, bis er an der Reihe ist, obwohl alle anderen Kunden vor ihm – sieben, um genau zu sein – Wagen vor sich herschieben, die aussehen wie Häuser auf Rädern, vollgepackt mit allem möglichen Mist: Klopapierhalter aus rostfreiem Stahl, Schubladeneinsätze, elektrische Insektenvernichter, Gartenzwerge. Die dicke, träge Frau an der Kasse bewegt den Scanner, als wäre es eine Hantel. Die Lautsprecher plärren unentwegt. Flugzeuge – der Flughafen ist um die Ecke – donnern in immer kürzeren Abständen über den Himmel. Alle wollen ein bisschen herumstehen und plaudern.

Achtzehn Minuten. Achtzehn Minuten für einen simplen Einkauf, und zwar weil Kundendienst diesen Leuten als Konzept so fremd ist wie ein anständiger Preis für ein anständiges Produkt. Er hasst Einkaufszentren wie dieses – als kleiner Einzelhändler muss er das auch, da Costco und Best Buy und der ganze Rest ihn doch ständig unterbieten –, und er wäre zu dem kleinen Haushaltswarengeschäft im Upper Village gegangen, anstatt den ganzen Weg hier hinaus zu fahren und mitten in dieser Asphaltwüste zu parken, wenn man ihn dort nicht kennen würde, gut kennen würde, und bei diesem besonderen Einkauf kommt es ihm vor allem auf Anonymität an. Und das heißt: *Willkommen bei Home Depot, verehrte Kunden.*

Auf dem Rückweg zum Yachthafen legt er in Gedanken Listen an und geht noch einmal alle Details durch, um sicher zu sein, dass er nichts vergessen hat. Die schwarze Mütze liegt neben ihm auf dem Beifahrersitz, die Sonnenbrille ist auf seiner Nase, der Sunblocker im Tagesrucksack, zusammen mit einem Sweatshirt, für den Fall, dass es kühl wird, und einem Plastikponcho gegen den Regen, denn der ist vorhergesagt wie immer im Februar, dem einen Monat im Jahr, in dem man sich auf Regen verlassen kann. Als Verpflegung hat er drei Sandwiches – zwei mit Erdnussbutter und eins mit Käse und Tomate – und außerdem eine Tüte Studentenfutter und zwei Müsliriegel für extra Energie, dazu eine Literflasche Wasser, denn dem Wasser auf der Insel kann man nicht trauen, besonders jetzt, wo überall verwesende Schweinekadaver herumliegen. Einen Kompass hat er auch, obwohl er nicht genau weiß, wie man ihn benutzt, und ihn ohnehin nicht brauchen wird – den Canyon hinauf und am Zaun entlang, das ist sein Plan, und das wird er den anderen ebenfalls einschärfen. Denn was immer ihr tut, verlauft euch nicht. Wer sich verläuft, kann nach Hause schwimmen.

Er parkt an seinem üblichen Platz, weit weg von den engen Parklücken, wo einem die Leute im Nu Türen und Kotflügel verkratzen, ohne sich was dabei zu denken, und in gehörigem Abstand zu den Eukalyptusbäumen am Rand, die zu dieser Jahreszeit manchmal einen Ast verlieren, und das ist das letzte, was er braucht: eine zerschmetterte Windschutzscheibe, wenn er müde und erschöpft vom Boot kommt. Seine Codekarte hat Wilson – er will nicht, dass die anderen vor dem Tor auf ihn warten und womöglich auffallen, und darum hat er Wilson gesagt, er soll sie schon mal aufs Boot bringen. Jetzt klappt er das Handy auf, während er den Rucksack nimmt und die Mütze tief ins Gesicht zieht. Es ist kurz nach zehn, und das Wetter hält. Vom Meer weht ein leichter Wind, Wolken treiben vorbei, die Sonne ist mal da, mal wieder weg, wie eine schlechte Funkverbindung, und er wählt Wilsons Nummer und denkt, dass Regen eigentlich ganz gut wäre, denn dann bleiben die Schweinemörder im Trockenen, und ein Boot kann unentdeckt zur Insel hinausfahren. Also: Soll es ruhig regnen. Soll es wie aus Eimern gießen.

Wilson antwortet nach dem ersten Läuten. »Ja?«
»Ich bin in zwei Minuten am Tor. Sind alle da?«
»So ziemlich.«
»So ziemlich? Scheiße, was soll das heißen: so ziemlich? Sind sie da oder nicht?« Er schreitet aus, hat es jetzt eilig, das Meer ist schwarz und ölig und schlägt mit pissgelbem Schaum an die Helling am Ende des Parkplatzes, was bedeutet, dass es jenseits des Wellenbrechers tückisch sein wird. »Die Reporterin, stimmt's? Sag nicht –«
»Sie hat angerufen und gesagt, sie kommt etwas später.«
»Scheiße! Ich hab's ihr gesagt. Ich hab sie gewarnt.« Er will sich gerade hineinsteigern, als er um die Ecke biegt, wo die Toiletten sind, und da ist sie: Toni Walsh, in einer grellrosaroten Regenjacke und dazu passenden Sandalen, ihr dünnes, quasirotes Haar weht ihr ins Gesicht, und sie steht vor dem verschlossenen Tor und sieht verwirrt aus. »Hallo«, ruft er und blickt sich rasch um, ob jemand sie beide sieht (aber es sieht sie niemand: Der Hafen ist praktisch verlassen, denn wie alle wissen, kommt ein Sturm auf). »Hallo, Toni.« Und während er auf sie zugeht und ein Lächeln fabriziert, fällt ihm eine harmlose Phrase ein. »Alles bereit?«

Der Blick, mit dem sie ihn ansieht, lässt ihn zweifeln: als hätte sie ihn noch nie gesehen, als hätten sie das alles nicht am Telefon geplant und sich zweimal auf der hinteren Terrasse des Longboard getroffen, um Informationen über den Fortgang des Schlachtens und den Antrag auf einstweilige Verfügung auszutauschen, den Phil Schwartz in seinem Namen eingereicht hat (und der offenbar nicht mehr bewirkt hat als ein leises richterliches Stirnrunzeln). Der Wind verweht ihr Haar, und er sieht, dass sie sich ein Pflaster gegen Seekrankheit auf den Hals geklebt hat, knapp unterhalb des Ohrläppchens – es sieht aus wie ein fleischfarbener Ohrschmuck. Wird sie das hier hinkriegen? Ihre Iriden haben die Farbe von Schlick, das Weiße ist rotgeädert, in den Wimpern klumpt die Wimperntusche von gestern. Mit der einen Hand umklammert sie ihr Handy, mit der anderen eine rosafarbene Designertasche, so groß wie ein Koffer.

Ein paar lange Sekunden starrt sie ihn einfach an. Eine Strähne ihres lachsfarbenen Haars klebt an ihrem Mundwinkel.

»Haben Sie Ihre Kamera dabei?« fragt er ohne weitere Formalitäten. »Sie wollen doch bestimmt Fotos machen, um das alles zu dokumentieren.«

»Um sieben sind wir wieder zurück, oder? Haben Sie nicht was von sieben gesagt?«

»Ja, so ungefähr. Sieben, halb acht. Ich schätze, wir werden gegen halb zwölf da sein, dann gehen Sie mit uns den Canyon hinauf, sehen sich alles an, machen ein paar Fotos, und dann tun wir, was wir tun müssen, und sind bei Einbruch der Dunkelheit wieder an Bord. Und dann noch mal zweieinhalb Stunden für den Rückweg. In etwa.«

»Gut«, sagt sie, »gut.« Kein Lächeln, kein Hallo, kein Danke für den heißen Tip, *keine Wanderstiefel, Herrgott noch mal.* »Ich habe nämlich eine Verabredung« – und hier kommt dann doch ein Lächeln, ein kurzes Zusammenpressen der Lippen, ein leises Flakkern der Augen, das darauf hindeutet, dass hinter ihnen doch ein Gehirn arbeitet – »so um acht. Und vorher muss ich noch nach Hause und mich umziehen.«

Er fragt sich, was er dazu sagen soll. Gutes Zureden gehört nicht zu seinen Stärken, ebensowenig wie freundlich sein und ein bisschen plaudern, wenn er unter Druck steht, aber da kommt Wilson die Rampe hinauf, und im nächsten Augenblick öffnet sich das Tor, und sie sind drinnen, klick: *Ab hier nur für Bootseigner.* Wilson zeigt ihm den gereckten Daumen, als wären Reporterinnen mit rosaroten Regenjacken, nikotingelben Fingern und offenen Sandalen ihre üblichen Kampfgenossen, und dann gehen sie über den Steg zum Boot, wo die anderen bereits in der Kajüte sitzen und Kaffee trinken. Und warten.

Das Boot unter ihnen bockt und schlingert, während er ihr in der engen Kajüte den Rest der Mannschaft vorstellt. »Wilson kennen Sie ja schon«, sagt er, »und das sind Josh, Kelly, Cameron – ich meine Cammy – und Suzanne.«

Toni Walsh steht unbeholfen und mit hängenden Schultern da und nickt einem nach dem anderen zu – den Freiwilligen, wie er sie nennt, alle um die Zwanzig; Josh ist angehender Tätowierer und entschiedener Verfechter von Vollwertkost, die Frauen stammen alle aus demselben Umweltstudienseminar am City College –, bevor sie die Regenjacke aufknöpft und einen tief ausgeschnittenen schwarzen Kaschmirpullover enthüllt, unter dem sie einen schwarzen BH trägt. »Keine Sorge«, sagt sie, »die Namen werden geändert.«

Josh – er trägt ein enges, ärmelloses T-Shirt, damit man seine Tätowierungen sehen kann, irgendwelche Drachen, die wie ineinander verschlungene Regenwürmer an seinen Armen hinaufkriechen – rückt auf dem umgedrehten Eimer, der ihm als Hocker dient, näher an den Tisch und bedenkt sie mit einem langen verächtlichen Blick. Er ist keine eins siebzig groß und muskulös, aber auf die drahtige Art jener Männer, die zu mager sind, um richtige Muskeln zu entwickeln, und man sieht auf den ersten Blick, dass er sich für einen harten Burschen hält – was es nur um so leichter macht, ihn zu manipulieren. »Scheiße«, sagt er, »von mir aus können Sie meinen Namen in der Schlagzeile drucken, in den größten Buchstaben, die Sie haben – Joshua Holyrood Miller, mit zwei O –, denn ich bin total entschlossen, diesem Schlachten ein Ende zu machen. Wie wir alle. Stimmt's, Cammy?«

Keine der Frauen ist besonders ansehnlich. Nicht dass er Interesse hätte – es sind im Grunde noch Kinder, und er hat Anise, die mehr als genug für ihn ist, eigentlich sogar zuviel –, aber bei Cameron, Cammy, einer mageren Blondine mit braunen Augen und gelocktem, schulterlangem Haar, die den Eindruck macht, als wüsste sie sehr viel mehr, als man vermuten würde, blitzt manchmal etwas auf. »Klar«, sagt sie und wirft einen raschen Blick in die Runde, »klar. Aber trotzdem möchte ich nicht mit meinem Namen in die Zeitung.«

Und das war's. Alles schweigt. Als sie noch auf dem Steg waren, konnte er ihre Stimmen hören, ein angeregtes Gespräch, Gelächter, die Aufgekratztheit der Krieger vor der Schlacht, aber Toni Walsh hat es geschafft, diese Stimmung zu zerstören. Macht nichts. Sie können während der Überfahrt Frieden schließen, und ob sie eine gemeinsame Basis finden oder nicht, ist ihm vollkommen egal. Er ist kein Sozialarbeiter, und das hier ist kein Kreuzfahrtschiff. Gleichmütig sieht er zu, wie Toni Walsh ihre Tasche auf den Tisch stellt und sich vorsichtig neben Cammy auf die Bank setzt.

»Okay«, sagt er, »alles in Ordnung? Können wir?« Er ist schon auf der Treppe zum Cockpit, hält dann aber inne. »Ach ja, bevor ich's vergesse.« Er holt die Drahtzangen aus der Plastiktüte des Baumarkts hervor und legt sie auf den Tisch, eine für jeden außer Toni Walsh, die nur als Beobachterin dabei ist. »Steckt die so ein, dass ihr sie griffbereit habt. Und jetzt entspannt euch – die Überfahrt dauert zweieinhalb Stunden. Wenn es rauh wird, kotzt bitte nicht in die Kajüte, sondern über die Reling.«

Angesichts des Himmels und des wilden Schaukelns der vertäuten Boote liegt die Wahrscheinlichkeit, dass es rauh werden wird, natürlich bei etwa hundert Prozent – wie rauh, zeigt sich, als sie aus dem Schutz des Wellenbrechers herausfahren. Der Wind fegt aus Westen durch den Kanal, die Wellenkämme sind weiß, so weit das Auge reicht, und das Boot wälzt sich ziemlich aggressiv durch das ganze Spektrum seiner möglichen Bewegungen, von links nach rechts und wieder zurück, es durchschneidet die Wellenkämme mit schwerelosem Aufbäumen und hartem Stampfen. Wilson kümmert es nicht – er ist eingeschlafen, noch bevor sie den Hafen verlassen haben –, aber die anderen sehen ziemlich grün um die Nase aus. Und auch er muss dagegen ankämpfen, gegen das Gefühl, dass etwas Fremdes in seine Kehle hinaufkriecht, während sein Magen tiefer und tiefer sinkt, aber immerhin hat Regen eingesetzt, als die Insel endlich in Sicht kommt, und zwar kein leises Nieseln, sondern ein starker grauer heftiger Regen: Er fegt in bauschigen Schwaden über das Wasser, die wie mythische Wesen erscheinen, wie Götter und Engel und Teufel, und alles auslöschen. Gut. Schön. Will irgend jemand heute auf Schweinejagd gehen? Wohl eher nicht.

In der Kajüte rührt sich was, als er den Motor ausschaltet und den Anker fallen lässt. Sie sind in der Willows Bay, auf der Südseite der Insel, an einem Platz, den er wegen seiner Abgelegenheit ausgesucht hat und weil er ihn gut kennt. Hier hat er vor drei Monaten im hellen Tageslicht die beiden Waschbären freigelassen. Genau hier ist er mit der *Paladin* vor Anker gegangen und hat dann mit dem Schlauchboot übergesetzt. Beim Verladen erwachten die Tiere zum Leben und warfen sich in dem Käfig unter der Plane hin und her, und Gott sei Dank war wenig Seegang, sonst wären sie ertrunken. Sie wussten nicht, was mit ihnen geschah, sie begriffen nicht, dass sie über das Meer fuhren, ja sie hatten nicht einmal eine Vorstellung vom Meer, sie konnten nicht wissen, dass er ihnen nichts tun wollte und ein völlig unberührter Lebensraum sie erwartete, Mutter und Sohn, und vielleicht vermehrten sie sich, so dass, Inzucht oder nicht, eine ganz neue genetische Linie entstand, und vielleicht, dachte er, als er den Käfig an Land gebracht und hinter den Weiden versteckt hatte, die dieser Bucht ihren Namen gegeben hatten, vielleicht würde er ja noch mehr fangen. Ein großes Männchen, ein zweites Weibchen? Das würde Dr. Alma ziemlich verwirren, was? Eine ganz neue Tierart hier draußen auf der Insel – und warum auch nicht? Ihre kostbaren Füchse und Skunks und Eidechsen hatten es ja auch nur durch Zufall hierhergeschafft, waren bei einem Regenguss wie diesem aus einem der Canyons auf dem Festland herausgespült und mit irgendwelchem Treibgut angeschwemmt worden, und es war nichts weiter als eine Laune des Schicksals, dass keine Waschbären dabeigewesen waren.

Er zog die Plane beiseite und sah die beiden eng aneinandergedrückt kauern, die Augen auf ihn gerichtet und in Erwartung des Schlimmsten, und dann klappte er die Tür auf und zog sich zurück, versteckte sich hinter einem Busch. Er sah, wie sie die Nasen hoben, einen Moment reglos verharrten und mit einemmal losrannten. Zwei Fellknäuel, die so schnell und gründlich verschwanden, dass es war, als hätte es sie nie gegeben. Auch das war ein Zufall. Aber er, Dave LaJoy – Bürger, Hausbesitzer, Aktivist, vor Gericht besiegt und als Demonstrant ignoriert –, war das ausführende Organ dieser Freisetzung, und das war kein Zufall. Er war ein Lebensspender, ja, das war er, der Retter dieser Tiere, die zu töten der Animal-Control-Mann ihm nahegelegt hatte.

»Also, zwei Fahrten?« will Wilson wissen.

Alle sind jetzt an Deck, das Beiboot ist im Wasser und zerrt an der Leine, es regnet beständig. Aller Augen sind auf ihn gerichtet, denn er hat das Kommando, er ist der Kapitän, er hat die Karte, auf der (dank Alicia) die Zäune eingezeichnet sind, und er ist derjenige, der den Weg durch den Canyon kennt. Er verharrt kurz und sieht an ihnen vorbei zum Strand, zu diesem dunkel klaffenden Riss über der Gischt der Brandung, und alle wenden den Kopf und folgen seinem Blick. Es ist eine wilde Szenerie: der flache Bogen des Strandes, an beiden Seiten begrenzt von aufragenden Pfeilern aus glattem nassem Fels, die sich zu den Bergkämmen dahinter erheben, der Regen, der Nieten ins Meer schlägt, der niedrig hängende Himmel, unter dem sich nichts regt, nicht einmal Möwen.

»Ja, klar«, hört er sich sagen, damit alle es hören können, während er in Gedanken bereits an Land gesprungen ist und den Canyon hinaufläuft. »Gute Idee. Wir wollen das Ding nicht überladen, nicht bei diesem Wetter.«

Aber das ist alles nur Show, denn Wilson und er haben die Details schon besprochen, als sie die Landzunge umrundet haben und in Willows Cove eingefahren sind. Einer muss auf dem Boot bleiben, und das wird Wilson sein, denn in dieser Truppe von Amateuren ist er der einzige, auf den Verlass ist. Und das bedeutet, dass Wilson sie übersetzen wird, drei Leute beim ersten- und drei beim zweitenmal, und danach wird er das Beiboot wieder an Bord holen, für den Fall, dass jemand hier herumstreicht.

»Ich werde sagen, ich sehe mir die schöne Gegend an«, hat Wilson gewitzelt, während die anderen unten ihr Zeug zusammenpackten. »Oder besser noch: Ich suche nach einem schönen, abgelegenen Ort, wo ich mich in Ruhe umbringen kann. Was meinst du? Glaubst du, das wird sie beeindrucken?«

Er war zu angespannt für solche Spielchen. »Mach keinen Scheiß, okay? Und halte Ausschau nach uns – sobald wir wieder auf dem Strand sind, lässt du das Beiboot zu Wasser und kommst mit Vollgas, als wär's der Ernstfall, wo jede Sekunde zählt.«

»Und was soll ich jetzt sagen? ›Aye-aye, Sir‹?«

»Verarsch mich nicht. Nicht hier. Nicht jetzt.«

»Ich würde dich doch nie verarschen, Dave«, sagte Wilson, womit er genau das tat. »Aber keine Sorge, ich hab alles im Griff.

Ich will es doch genauso wie du – oder hast du das vielleicht vergessen?«

»Also gut«, sagt Dave jetzt und wirft noch einen Blick auf den Strand, wo die Brandung nicht so stark ist, weil der Sturm die Wellen längs an der Insel entlangtreibt. »Toni, Sie und Cammy und ich fahren zuerst, Josh, Kelly und Suzanne kommen nach. Wenn das Boot den Strand erreicht hat, springen Sie raus und rennen zu den Weiden da drüben, sehen Sie? Haben Sie keine Angst, dass Sie sich die Füße nass machen oder so – rennen Sie und verstecken Sie sich, damit das hier so schnell wie möglich über die Bühne ist und Wilson das Beiboot wieder an Bord holen kann. Wie ich schon sagte: Wenn die uns beim Landen sehen, können wir einpacken.«

Dann sitzen sie im Schlauchboot und hüpfen über die Wellen, das Ufer kommt wie an einer Schnur gezogen näher, der Motor knurrt, die Gischt spritzt ihnen ins Gesicht. Wilson macht das gut, er klappt den Motor hoch und nutzt für die letzten Meter den Schwung des Bootes, aber Toni Walsh ist ein bisschen unsicher, als es um die Umsetzung des Konzepts vom leichtfüßigen Sprung an Land geht: Sie steht bis zu den Knien im Wasser und ist in Gefahr, von der nächsten Welle umgeworfen zu werden, als Dave sie am Arm packt und auf den Strand zieht. Cammy dagegen wirft sich auf den Sand wie ein Marine und rennt zum Gebüsch. Ihr Haar unter der schwarzen Mütze ist nass und strähnig, der durchsichtige Regenponcho klebt an ihren Oberschenkeln. Im Nu ist sie verschwunden.

Zwei Minuten – hundertzwanzig Sekunden – später sind er und Toni Walsh bei ihr unter den Weiden, noch nicht mal außer Atem. Das heißt, *er* ist nicht außer Atem – Toni dagegen scheint zu hyperventilieren. Er hört, wie sie die Luft mit abgehacktem Raucherkeuchen einzieht, Wasser plätschert über die Steine, Baumfrösche schrillen, Regen zischt in den Blättern. Ein intensiver Geruch nach Pflanzen, nach Schlamm und Fäulnis liegt in der Luft. Alles scheint zu tropfen. Der Himmel über ihnen ist eher schwarz als grau. Daves Socken sind durchnässt, und er spürt das kalte Prasseln des Regens, der durch die Mütze sickert, die Haare tränkt und Tropfen für Tropfen in den Nacken rinnt.

Durch den Regenvorhang sieht er dem Beiboot nach. Wilson steuert das Heck der *Paladin* an, Josh beugt sich vor und greift nach der Leine. Ohne nachzudenken klettert Dave auf ein paar wasserumspülte Felsen, um besser sehen zu können, während Toni Walsh schnaufend und völlig durchnässt in ihrer großen nassen rosaroten Tasche nach einer Zigarette kramt und ihn verärgert ansieht. Die Felsen sind rund und glatt wie die Eier von Dinosauriern, und plötzlich ist die langbeinige, hagere Cammy neben ihm und sieht sehr zufrieden mit sich aus. Toni Walsh nicht. Toni Walsh steht dort unten, bis zu den Waden im Wasser – in braunem, sich verzweigendem, rasch dahinfließendem Wasser –, und er besinnt sich, streckt die Hand hinunter und zieht sie hinauf wie ein Stück Gepäck, und genau das ist sie ja auch. Was auch der Grund ist, warum Anise sich geweigert hat mitzukommen, obwohl er sie bedrängt und ihr gedroht und auf jede erdenkliche Weise versucht hat, ihr Schuldgefühle zu machen.

In diesem Augenblick dämmert ihm, dass es hier vielleicht ein Problem geben könnte, eine Situation, die er nicht bedacht hat: Willows Creek, normalerweise ein murmelndes Bächlein, das man überspringen kann, ist kein Bach mehr, sondern ein Fluss. Er brodelt und zischt, er ist beladen mit allerlei Treibgut und mitgerissenen, polternden Steinen, er ergießt sich am Ende des Canyons in eine schlammige Fläche, aus der braune, gewundene Tentakel zum Meer führen. Der Plan ist, auf dem leicht ansteigenden Wanderweg über die sich zwischen Weiden und Schilf hindurchwindenden Sandbänke am Bach entlang in die Hügel zu gehen, wo sie irgendwann auf einen Zaun stoßen und so viele Drähte wie möglich durchschneiden werden, während Toni Walsh mit seiner Hilfe fotografische Beweismittel von dem Schlachten anfertigen wird: Kadaver, aufgeschichtet wie Laub, wie Knochen in einem Beinhaus – man braucht nur den Raben zu folgen. Das ist der Plan. Aber der Wanderweg ist verschwunden, und die Sandbänke sind ebenfalls nicht mehr da. Und das Schilf und die Weiden stehen bis zum Hals in brodelndem dunklem Wasser.

Macht nichts. Während Wilson das Schlauchboot an den Strand lenkt und die anderen an Land springen, improvisiert er – es ist zu spät, um umzukehren, denn nach Toni Walshs Anblick zu urteilen, wird sie sich nie wieder hier hinausschleppen lassen, und wenn sie nicht bald etwas unternehmen, werden die Schweine denselben Weg gegangen sein wie die Ratten auf Anacapa. Er dreht sich um und mustert die Hänge zu beiden Seiten des Canyons. Sie werden eben querfeldein gehen müssen, oberhalb des Flusses – unwegsames Gelände, aber machbar, kein Problem, überhaupt kein Problem, denn er will das jetzt durchziehen, und die anderen würden von der Klippe springen, wenn er es ihnen befehlen würde, und was Toni Walsh betrifft, so wird sie eben einfach in den sauren Apfel beißen müssen. Wenn sie ihre Story will. Und das will sie, das muss sie wollen, sonst wäre sie nicht hier. Als er sich wieder umdreht, liegt das Boot am Strand, und zwei Gestalten in Regenponchos – die Mädchen – rennen über den Strand, während Josh das Gleichgewicht verliert und von zwei Wellen überrollt wird, bevor er sich aufrappelt und ihnen folgt.

»Da kommen sie«, sagt Cammy und kann die Aufregung in ihrer Stimme kaum unterdrücken. »Und Josh« – sie stößt ein kleines gepresstes Lachen aus –, »sieh dir Josh an! Ach je!« Sie grinst, ist aufgekratzt wie ein kleines Mädchen. Was glauben sie eigentlich, was das hier ist? Eine Reality-Show? Ein Sommerlager? Behende wie ein Floh springt sie auf den Felsen vor ihm, in ihren Augen leuchtet die reine Freude. »Er wollte wohl lieber schwimmen, was? He, Josh«, ruft sie, »wie ist das Wasser?«

Er hat nicht vor, Erklärungen anzubieten oder zuzugeben, dass er die Wassermenge, die sich um diese Jahreszeit aus dem Canyon ergießt, unterschätzt hat, denn Erklärungen sind was für Versager, und jetzt kommt es nur darauf an, nach Plan vorzugehen. Als Kelly und Suzanne – beide klein, weich, birnenförmig und in ihren identischen olivgrünen Ponchos kaum voneinander zu unterscheiden – grinsend zu den Felsen waten, reicht er die Hand hinunter und zieht erst die eine und dann die andere hinauf. Und da kommt auch Josh, der bereits zittert, und die einzige Lösung für dieses Problem – abgesehen von einem Feuer, an dem er seine Sachen trocknen könnte, und das ist keine praktikable Lösung –, besteht in Bewegung, in anstrengender Bewegung den Canyon hinauf, zum

Zaun, wo er mit der Drahtzange hantieren kann, bis ihm der Schweiß ausbricht.

»Na gut«, sagt er und dämpft verschwörerisch die Stimme, obwohl meilenweit niemand ist, der sie belauschen könnte, »der Regen bringt mehr Wasser als sonst in den Canyon, und darum wird der Aufstieg ein bisschen anstrengender, aber das macht nichts. Es wird nur etwas länger dauern, bis wir oben sind.« Er mustert seine nassen Stiefel, die Felsen, auf denen sie stehen, das Wasser, das sie umspült. Es scheint in den fünf Minuten, seit sie hier sind, gestiegen zu sein, aber das ist doch nicht möglich, oder?

Josh steht bis zu den Oberschenkeln darin, der große Poncho bauscht sich hinter ihm im Wasser. Er bemüht sich um Gelassenheit, als wäre ein Sprung in zehn Grad kalte Wellen für ihn eine tägliche Übung, er bemüht sich, ein harter Bursche zu sein, aber sein Gesicht verrät ihn, und er beißt sich auf die Lippe, damit sie nicht zittert.

Er kommt sich ein wenig lächerlich vor, wie ein wettergegerbter General in einem alten Kriegsfilm, als er sich sagen hört: »Also gut, mir nach.« Und dann steht er im Wasser und steuert auf das Ufer zur Linken zu. Es ist wie Forellenfischen, denkt er, als würde man in einer Wathose gegen die Strömung ankämpfen, nur ohne Behinderung durch Angelrute und Köder, und das Wasser wird noch tiefer, bevor sie auf das erste Hindernis stoßen: das Ufer, das sich bei näherem Hinsehen als zehn Meter hohe Felswand erweist, die intakt geblieben ist, während der Strom die weichere Erde zu ihren Füßen fortgeschwemmt hat. Er versucht, die Ecke zu umrunden, und zieht sich mit beiden Händen voran, aber dann wird das Wasser brusttief, und er gibt auf und beginnt zu klettern.

Der Fels besteht aus einer Art vulkanischem Gestein, aus Basalt vermutlich, und ist bis oben von kleinen Rissen durchzogen. Das Problem ist, dass das Zeug spröde ist und unter seinen Händen zerbröckelt. Steine fallen hinunter, als er den Bauch an die Wand drückt und sich von einem Vorsprung zum nächsten vorarbeitet.

»Tut mir leid«, ruft er und sieht hinunter auf die bleichen, nassen Melonen ihrer Gesichter, »wir müssen nur erst mal hier rauf, dann wird's bestimmt leichter …«

Für Cammy kein Problem: Sie stürzt sich auf die Felswand und klettert hinauf wie eine Bergziege, doch die anderen beiden Frauen sind etwas langsamer. Und Toni Walsh kämpft mit ihrer Tasche und schafft es bis zum ersten größeren Vorsprung, verliert dann aber den Schwung. »Josh«, ruft er hinunter, »kannst du ihr ein bisschen helfen?« Er weiß, dass er selbst zurückgehen und ihr helfen sollte, aber er ist jetzt beinahe oben und will sehen, wie es weitergeht und womit sie es hier zu tun haben.

Josh ist kein Naturbursche, er ist unbeholfen, er zittert in seinen Kleidern, die wie nasse Säcke an ihm hängen, und er ist beinahe zehn Zentimeter kleiner als Toni Walsh, doch er setzt ihn in Erstaunen. Er hat bereits den anderen Frauen geholfen (Kelly und Suzanne, und es ist verdammt schwer, die beiden auseinanderzuhalten, nur dass Suzanne – oder Kelly? – auf dem rechten Ärmel ein blutrotes PETA-Abzeichen hat), und jetzt klettert er ein Stück zurück, sucht einen festen Halt für seine Stiefel, beugt sich weit hinunter und streckt Toni Walsh die Hand hin – und Toni, die zumindest im Augenblick noch zu vielem bereit ist, ergreift sie und zieht sich hoch zum nächsten Vorsprung und dann zum nächsten. Nicht lange, und sie sind oben und blicken hinab auf die braunen Fluten im Canyon.

Von hier kann er sehen, dass der Boden der Schlucht sich in einen riesigen schlammigen See verwandelt hat, der von einem Zulauf in der Ferne gespeist wird, von mehreren Zuläufen, die höher und höher reichen und in den tiefhängenden Bäuchen der Wolken verschwinden: Wasserfälle, einer über dem anderen. Als er hier war, um die Waschbären freizulassen, waren da keine Wasserfälle. So weit sein Blick reichte, beschien die Sonne nur schmale Rinnsale, Libellen tanzten schwebend, an der Mündung strömte der Bach träge durch flache Tümpel und umspülte die gelben, ausgreifenden Wurzeln der Weiden, die wie Finger, wie Klauen aussahen. Plötzlich ist er wütend. Wütend auf sich selbst. Wie hat er nur so dumm sein können, nicht zu bedenken, was Canyons sind, wie sie entstanden sind, was Regen in der freien Natur bedeutet? Andererseits: Wenn sie auf einen sonnigen Tag gewartet hätten, wo alles, was schwimmt, auf dem Kanal herumsegelt, hätten sie den

Park-Service-Bütteln ebensogut per Funk Bescheid sagen können, sie sollten doch bitte kommen und sie festnehmen. Nein, sie mussten bei Regen hierherfahren, es ist ihnen gar nichts anderes übriggeblieben. Und jetzt bleibt ihnen nichts anderes übrig, als weiterzugehen und diese Sache durchzuziehen.

»Also«, sagt er, »wir werden uns jetzt diesen Hang hier hinaufarbeiten, knapp oberhalb des Wassers, denn es ist gestiegen und hat den Weg, den wir eigentlich nehmen wollten, überspült.«

Alle blicken über das Tal, auf den Einschnitt, wo das braune Wasser durch Stromschnellen braust. Keiner sagt etwas. Der Regen fällt stetig und vertikal, schlägt auf ihre Mützen und Schultern und bringt die Erde unter ihren Füßen in Bewegung.

»Es wird steil sein und vielleicht eine ziemliche Belastung für eure Knöchel, aber es ist machbar.« Er wendet sich zu Toni Walsh. »Okay? Wenn es zu anstrengend wird, sagen Sie mir einfach Bescheid.«

Zusammengesunken und blass steht sie da, auf ihrer Wange prangt wie eine Stammesbemalung ein gelblicher Schlammstreifen. Sie zuckt die Schultern. »Ich weiß nicht«, sagt sie, und dann lächelt sie kurz – ein gutes Zeichen, ein sehr gutes Zeichen. »Ich bin wohl eher ein Stadtmensch. Aber was tut man nicht alles für eine gute Story?«

Und jetzt sagt Kelly etwas – ja, es ist Kelly, eindeutig Kelly mit dem PETA-Abzeichen und dem Mondgesicht und dem missbilligend gespitzten Mündchen. Ihm wird bewusst, dass sie Suzanne überhaupt nicht ähnlich sieht, jedenfalls nicht im Gesicht. »Und was ist mit Erdrutschen?« fragt sie. »Ich meine, mit der Möglichkeit von Erdrutschen? Siehst du den Abbruch da?« Sie zeigt auf ein langgezogenes, nach innen gewölbtes Stück Hang, den sie werden queren müssen, um zum oberen Ende des Canyons zu gelangen. »Da hat's jedenfalls mal einen Erdrutsch gegeben, das sieht man.«

»Tja, das Risiko werden wir wohl einfach eingehen müssen. Ich bin schon tausendmal bei solchem Wetter herumgewandert – ihr etwa nicht? Das wird die Schweinemörder vielleicht ein, zwei Tage abhalten, aber im Augenblick sitzen die da und ölen ihre Gewehre und warten.«

Diesen Augenblick wählt der Regen, um stärker zu werden und den Einsatz zu erhöhen. Unter der durchnässten Mütze hängen die Dreads schlaff herab – tropf, tropf, tropf. Er will vernünftig sein, will diese Leute beherrschen, indem er sich selbst beherrscht, aber das ist keine Option, jetzt nicht mehr. »Scheiß drauf. Ich habe keine Lust, hier herumzustehen und zu diskutieren. Wenn ihr hierbleiben wollt – bitte, von mir aus. Aber ich gehe weiter, und zwar jetzt.« Unvermittelt setzt er sich in Bewegung, geht den kleinen Hügel mit übertrieben weit ausgreifenden Schritten auf der anderen Seite hinunter und tritt dabei eine kleine Lawine aus Schlamm und Steinen los, so in Fahrt, dass er sich nicht mal umdreht, um zu sehen, ob sie ihm folgen. Sie werden ihm folgen, das weiß er. Sie müssen ihm folgen.

Eine halbe Stunde später – es regnet noch immer, und das dunkle tosende Wasser in der Schlucht steigt mit jeder Minute – kommen ihm gewisse Bedenken. Er spürt die Oberschenkelmuskeln, die Ärmel seines Sweatshirts sind bis zum Ellbogen voller Schlamm, denn dieser Anstieg ist nur mit Hilfe der Hände zu bewerkstelligen, und seine Knöchel schmerzen von der Anstrengung, auf einem fünfundvierzig Grad steilen Hang das Gleichgewicht zu bewahren. Und dabei ist er ziemlich fit. Was man von Toni Walsh oder den beiden birnenförmigen Studentinnen oder auch Josh nicht behaupten kann. Sie gehen im Gänsemarsch hinter ihm, etwa fünfzehn Meter über dem Wasser, und halten sich, um nicht zu stürzen, an allem fest, was sie zu fassen kriegen, ob es nun Dornen hat oder nicht. Niemand sagt etwas. Cammy ist direkt hinter ihm und treibt ihn geradezu an, gefolgt von den beiden anderen Frauen, dann kommt Toni Walsh, klatschnass, mit grauem Gesicht, wie eine wandelnde Tote, und den Schluss bildet Josh, damit er ein Auge auf sie haben kann. Sie sind noch nicht ganz einen Kilometer weit gekommen und haben fast den ersten Wasserfall erreicht, wo sie wenigstens aus dem Matsch herauskommen werden. Es gibt keine Anzeichen von Schweinen, Jägern, Füchsen, Raben oder sonstwas. Sie könnten ebensogut auf der Rückseite des Mondes sein. Nur dass es auf dem Mond keinen Regen gibt. Und keinen Matsch.

Die Überraschung war Toni Walsh. Seit sie den ersten Hügel hinuntergegangen sind, hat er erwartet, dass sie schlappmacht, aber jedesmal, wenn er sich umsieht, ist sie da und stapft mit gesenktem Kopf dahin. Trotzdem, denkt er, wie lange wird sie noch durchhalten? Sie müssen raus aus diesem Canyon, und zwar schnell. Oder eine Stelle finden, wo sie sich ausruhen kann, damit er und Josh oder Cammy vorausgehen und nach etwas suchen können, das ein Weitergehen lohnend erscheinen lässt. Er mustert das Terrain drei-, vierhundert Meter vor ihnen, wo der Canyon sich verengt – Felsen türmen sich auf, von tiefen Rissen und Rinnen durchzogen, durch die das Wasser schießt –, als er einen Überhang entdeckt, der wie ein großes Vordach wirkt. *Endlich*, denkt er und fasst neuen Mut, dreht sich zu Cammy um und deutet darauf, bevor er den anderen zuruft: »Dort oben!« Er sieht, wie sie mit ausdruckslosen Gesichtern den Blick heben. »Da werden wir rasten.«

Der Überhang bietet nicht viel Schutz. Sie sind unter einem tropfenden Vorsprung auf einem etwa drei Meter langen Sims, das nach drei Seiten offen ist, aber immerhin bekommen sie hier weniger Regen ab. Es ist etwas eng, man steht Schulter an Schulter, Stiefel an Stiefel, und als erstes holen sie, ob Mann oder Frau, etwas zu essen aus den Rucksäcken. Es gibt nicht viel zu sagen außer: »Könntest du noch ein Stückchen rücken?«, und: »Willst du Erdnussbutter oder Frischkäse und Sprossen?« Für einen langen Augenblick hört man nur das Rauschen des Regens, das Knistern von Zellophan und ein gelegentliches leises Schmatzen. Dann zieht Josh eine Bota hervor (aus Kunststoff und Vinyl – er würde sich nie einen Schafsmagen aufs Gewissen laden) und fragt, ob jemand einen Schluck will.

»Was ist dadrin?« Toni Walsh blickt interessiert auf. Sie ist zu einem rosaroten Bündel zwischen lauter Beinen und schmutzigen Stiefeln zusammengesunken, ihr Gesicht ist weiß wie ein Fischbauch, ihr Haar sieht aus wie das Zeug, mit dem man Versandkisten auspolstert, und sie nimmt kaum Notiz von den anderen und verzehrt etwas, was wie ein fix und fertig gekauftes, dick mit Schinken und Käse belegtes Sandwich aussieht. »Brandy, hoffe ich.«

»Rotwein. Ein ordentlicher, robuster Zinfandel. Er ist gut, trinken Sie ruhig.«

Alle nehmen einen Schluck. Als Suzanne dann auch noch selbstgebackene Haferkekse herumreicht, scheint es allen ein wenig besserzugehen. Die Bota kommt zu ihm, und auch er trinkt etwas – warum nicht? Er kann einen kleinen Schub gebrauchen.

»Was meinst du?« sagt Cammy, zu ihm gewandt. »Ich meine, realistisch betrachtet. Haben wir eine Chance, da raufzugehen und vor Einbruch der Dunkelheit wieder an Bord zu sein?« Sie lehnt an der Felswand und sieht mit ihren langen Armen und Beinen wie eine Zwölfjährige aus. »Damit hab ich nämlich nicht gerechnet«, fügt sie schnell hinzu. »Mit diesen Bedingungen, meine ich.«

Er zuckt die Schultern, als wäre das ohne große Bedeutung, und reicht die Bota an Kelly weiter, die praktisch auf seinem Schoß hockt. Wenn sich in ihrem Gesicht je Abenteuerlust gespiegelt hat, so ist diese längst verschwunden, doch sie hebt pflichtschuldig den Beutel, legt den Kopf in den Nacken und spritzt sich etwas Wein in den Mund. Sie riecht nach Schweiß und der Orange, die sie geschält hat, und unter dem Mützenschirm quillt ihr krauses Haar hervor. Geistesabwesend sieht er, wie sie sich einen Weintropfen von der Lippe leckt – eine dickliche junge Frau, uninteressant und reizlos, die dringend eine Generalüberholung braucht, wenn sie je einen Mann finden und ein halbwegs gutes Leben oder überhaupt irgendein Leben außerhalb eines Nonnenklosters führen will –, bevor er sich wieder Cammy zuwendet. »Ja, ich hab schon darüber nachgedacht, ob ich mit vielleicht zwei anderen weitergehen soll, während der Rest umkehrt. Ich könnte Ihre Kamera nehmen, Toni. Vielleicht hab ich ja Glück.« Alle sehen ihn an, aber er kann aus ihren Mienen nicht schließen, ob sie erleichtert sind oder nicht. »Cammy hat recht: Wir haben einen schlechten Tag erwischt, und wir werden auf keinen Fall alles tun können, was wir uns vorgenommen haben. Jedenfalls nicht in dem Umfang wie geplant.«

»Mist«, sagt Josh. Seine Stimme klingt ganz hohl. Er stiert vor sich hin und hat die Knie an die Brust gezogen, die leere Bota baumelt von den Fingern der einen Hand, die Stiefel sind bis zu den

Schnürsenkeln mit Schlamm überzogen. Er zittert. Alle zittern. Unterhalb von ihnen, lauter jetzt, so laut wie statisches Rauschen, ertönt das unablässige spöttische Tosen des Wassers im Canyon. Niemand scheint noch etwas zu sagen zu haben. Sie wollen zurück, allesamt, sie wollen aufgeben, er sieht es in ihren Gesichtern.

Es ist ein Augenblick der Schwäche, der Hoffnungslosigkeit, der Niedergeschlagenheit. Aber er wird nicht aufgeben, er wird aus diesem Canyon klettern und Fotos machen, die diese Schändlichkeit anprangern, damit der *Press Citizen* sie auf der ersten Seite drucken und jeder sehen kann, was diese Mörder anrichten, und dann wird er Draht zerschneiden, und wenn es die ganze Nacht dauert und er zum Boot schwimmen muss ...

Und dann dreht der Wind, und alles verändert sich.

»Riecht ihr das auch?« Das ist Kelly. Sie setzt sich auf, drückt den Rücken durch und kneift die Augen zusammen. Sie schnüffelt prüfend, vernehmlich und verzieht das Gesicht. »Es riecht« – und da ist er, der Geruch, jetzt nehmen sie ihn auch wahr: modrig, süßlich und ekelhaft zugleich –, »als wäre da was Totes.«

Im nächsten Augenblick sind sie alle, auch Toni Walsh, wieder im Regen und klettern höher, auf das nächste Sims oberhalb des Überhangs. Es ist ein kleiner Absatz, ein Felsauswuchs in der steilen Wand des Canyons; in den Rissen wachsen Beifuß, Coyotesträucher und Mädchenauge, doch da ist noch etwas anderes, etwas Dunkles, das wie eine Fußmatte zwischen zwei Felsen im blassen Matsch liegt. Die Füße finden nur mühsam Halt, der Geruch wird stärker, bis er wie ein Überfall ist. »Ist das ...?« sagt jemand.

Sie stehen vor den Überresten – den Kadavern – von zwei Schweinen, das eine ausgewachsen und so groß wie ein fetter Hund, das andere ein Jungtier. Beide haben keine Augen mehr, rote Krater klaffen in ihren Köpfen, die Mäuler stehen offen, die Bäuche sind aufgerissen, so dass die bäulichgrauen Eingeweide heraushängen. Das Fell besteht aus schwarzen Borsten, die sich bewegen, weil das Fleisch von Maden wimmelt.

»Krass«, sagt Kelly.

Josh stößt einen Fluch aus. »Verdammt«, knurrt er, »womit haben sie *das* eigentlich verdient?«

Vorgebeugt, zitternd tritt Toni Walsh vor, ihre große rosarote Tasche wirkt wie ein verkümmerter Körperteil, und sie blickt angespannt auf das Display, während sie ein Foto nach dem anderen macht. Sie sagt nichts, kein Wort, denn sie arbeitet, sie macht ihren Job, sie dokumentiert, sie schreibt Geschichte. Die anderen sehen ehrfürchtig zu. Oder ängstlich. Dies ist der Tod, dies – genau dies – ist es, wogegen sie kämpfen, und hier liegt es vor ihnen, vor ihren Augen, und stinkt.

Er versucht, seine eigenen Gefühle auseinanderzuklauben – Entsetzen, Mitleid, Trauer, Wut –, aber da ist noch etwas anderes, ein Aufwallen von Erregung, ja Freude. »Gut«, sagt er, »ausgezeichnet – das ist genau das, was wir brauchen«, und er hat jetzt einen Stock in der Hand und stochert nach dem Kadaver des größeren Tiers, auf der Suche nach dem Einschuss, dem unwiderleglichen Beweis, denn diese Schweine haben nicht einfach das Gleichgewicht verloren, sie sind nicht in den Canyon gefallen und hier aufgeschlagen. Nein, sie sind ermordet worden, *eliminiert*, das ist das Wort. »Hier, Toni, hier. Ich glaube, das ist die Einschusswunde. Können Sie eine Großaufnahme davon machen?«

Es ist ein schmales Sims, auf dem sie stehen, nicht viel breiter als eine Badewanne, die Felsen sind nass, unten rauscht das Wasser, Regen rinnt über ihre Gesichter und tropft von den Schirmen der Mützen, alle drängen sich aneinander, um besser sehen zu können, und er und Toni sind im Mittelpunkt des Geschehens, sie haben recht gehabt, sie sind bestätigt – *diese verdammten Hurensöhne!* –, und als Kelly einen Schritt, nur einen einzigen Schritt, zurücktritt, um ihnen Platz zu machen, fällt es ihm schwer zu begreifen, was er sieht. Sie schreit nicht auf. Versucht nicht, sich an seiner Schulter oder dem verkümmerten blassen Nichts von einem Busch neben ihr festzuhalten. Sie sagt nur leise: *O Scheiße*, als wäre sie in einer privaten Unterhaltung über irgendein beliebiges Thema, und dann ist sie verschwunden.

Auf dem Rücken, den Kopf voran, rutscht sie den Steilhang hinunter, sie hat die Arme ausgestreckt, die Hände greifen ins Leere, polternd folgt ihr eine kleine Lawine aus Schlamm und Geröll durch eine Rinne, die zum dreißig Meter tiefer schäumenden Fluss führt. Mit einem lauten Platschen taucht sie ein, ihr khakifarbener Poncho bauscht sich und flattert in der Strömung, während der Kopf, jetzt ohne Mütze, das Haar im Wasser ausgebreitet, noch für ein, zwei, drei Wellenschläge zu sehen ist, bevor sie fortgerissen wird.

Es bleibt keine Zeit, den Schock zu verarbeiten, keine Zeit für Flüche und Rufe und den erstickten Schrei, der aus Suzannes Kehle dringt und kraftlos im Canyon verhallt, denn er ist bereits in Bewegung, springt den Hang hinunter, unter dem Überhang hindurch und weiter, die Augen auf die Stelle gerichtet, wo sie untergegangen ist, und die ganze Zeit erwartet, nein, verlangt er, sie zu sehen, wie sie sich an einem Felsen oder einem Baumstamm festklammert. Er hört die anderen rufen und kann nur beten, dass nicht noch einer das Gleichgewicht verliert und in den Fluss fällt. Es gibt nichts, woran er sich festhalten könnte. Er ist von Kopf bis Fuß voller Schlamm. In seiner Kehle ist ein fauliger Geschmack.

Als er auf einer Lawine aus Steinen und Erde schließlich den Fluss erreicht – wie lange hat er gebraucht? Fünf Minuten? Zehn? –, wird er um ein Haar selbst mitgerissen. Er steht bis zum Bauch im Wasser und kann sich gerade noch mit einer Hand am Ufer und mit der anderen an einer kleinen Weide festhalten. Die Strömung zerrt an ihm, als wäre sie lebendig. Von oben kommen Rufe. Steine, Stöcke, Zweige kullern herab. Er sieht, dass sich zwei der anderen – Cammy und Josh – den Hang hinunter zu ihm vorabeiten. Begreifen sie denn nicht? Verstehen sie nicht, wie gefährlich das ist? »Zurück!« brüllt er, so wütend wie noch nie.

Erst jetzt, als er die Beine aus dem Wasser zieht und um sein Gleichgewicht kämpft, während er in den saugenden, weichen Uferschlamm tritt, der immer wieder nachgibt, so dass es ist, als wäre er in einer Tretmühle, als würde er, wie in einem Alptraum, rennen, ohne von der Stelle zu kommen, wird ihm die Tragweite dieser Sache bewusst. Wenn sie verletzt ist – Kelly, und er kann immer nur daran denken, wie sie hinuntergerutscht ist, hilflos, vollkommen hilflos, als hätte irgend etwas sie am Kragen gepackt –, wird er eine Menge zu erklären haben. Der Küstenwache. Der Polizei. Den Zeitungen, den Mitgliedern der FPA und allen anderen, die eine nüchterne Kosten-Nutzen-Analyse vornehmen und das Schicksal der Tiere gegen menschliches Leiden und Leben aufrechnen werden, und was werden die dann wohl tun? Sie im Krankenhaus interviewen? Sich mit Filzschreiber auf ihrem Gips verewigen?

Es ist ein Schlamassel. Eine verdammte Katastrophe. Und er ist jetzt in Bewegung, arbeitet sich am Ufer entlang vor, wobei er sich an alles klammert, was ihm einen Halt bieten kann, und müht sich verzweifelt, sie zu finden, zu retten, sie fort von hier und auf das Boot zu bringen, sie in Decken zu wickeln, ihr heiße Suppe einzuflößen, Brandy, irgendwas, die Heizung anzuschalten, und das einzige, was er ausschließt, woran er nicht mal denken will, ist die trostlose Erkenntnis, dass für Kelly mit ihrem eifrigen Gesicht, der birnenförmigen Figur und dem roten Abzeichen auf dem Ärmel – *Tiere sind nicht zum Essen, Tragen oder Experimentieren da* – jede Hilfe, ob von ihm oder irgend jemand sonst, zu spät kommt.

Als sie sie finden, ist aus dem Regen ein Nieseln geworden, das Licht schwindet, und das harte, nagende Dahinrasen des Flusses ist das einzige, was in sein Bewusstsein dringt – er ist durchgefroren, ihm tut alles weh, er ist fix und fertig. Bleich wie ein Pilz leuchtet sie vor dem dunklen Hintergrund eines Gewirrs von ausgerissenen Büschen und entwurzelten Bäumen, denn die Gewalt des dahinrasenden Wassers hat ihr die Kleider vom Leib gerissen, und von dem Sweathirt, den Shorts oder dem khakifarbenen Regenponcho ist nichts zu sehen. Er ist es, der sich durch die Strömung zu ihr kämpft, während die anderen eine Kette bilden und das Seil halten, das einer auf dem Boden seines Rucksacks gefunden hat, und er ist es, der sie berührt, ihr kaltes, nacktes Fleisch, und der sieht, wie die Felsen sie zugerichtet haben und dass ihr Gesicht unter Wasser ist. Ihre Ellbogenbeuge hängt über einem Weidenzweig, der Unterarm schwingt in einer Imitation selbständiger Bewegung hin und her.

Der Fluss hat sie den ganzen Weg bis zu ihrem Ausgangspunkt getragen, wo die angeschwollenen Fluten auf der einen Seite an der Felswand entlangströmen und dann einen weiten Bogen beschreiben, um das, was sie mitgerissen haben, auf der anderen Seite abzuladen. Wenn sie das gewusst hätten, wären sie schon früher bei ihr gewesen. Aber sie haben es nicht gewusst, sondern sich Schritt für Schritt durch den Canyon vorgearbeitet, die Ufer abgesucht und ihren Namen gerufen, bis die Stimmen versagten. Liegt darin eine Ironie? Er weiß es nicht. Für ihn gibt es nur diesen Augenblick, und der ist so traurig und trostlos wie kein anderer in seinem Leben. Als er sie packt und dabei an Cammy denkt, die immer wieder gesagt hat, dass sie Wiederbelebungsmaßnahmen kann – sie war auf der High School Rettungsschwimmerin, und sie haben das an Puppen geübt, hat sie gesagt, keuchend und mit brennenden Augen –, muss er sich anstrengen, das Gleichgewicht zu bewahren, denn das schwere Gewicht des Wassers liegt auf seinem Rücken, es drückt und zerrt an seinen Beinen, obwohl es kaum tiefer als eins fünfzig ist, und das ist eine weitere Ironie. Er schlingt einen Arm um ihre Schultern, bekommt sie aber nicht frei – sie hat sich in den Ästen verfangen –, und eigentlich will er sie sanft anfassen, aber mit Sanftheit kommt er hier nicht weit, und so zieht er an ihr, als wäre das Ganze ein Spiel, eine Frage des Willens und der Entschlossenheit, als wäre sie es, die ihm Widerstand leistet. Vom Ufer hört er Suzannes verheulte Stimme: »Ist sie okay?«

Er ist völlig durchgefroren, unterkühlt, er verliert den Kampf, aber er gibt nicht auf, er ruckt und zerrt an dem weichen, widerspenstigen Körper, bis er mit einemmal freikommt, begleitet von einem abgebrochenen Weidenzweig und einem Gefolge sanft nikkender Blätter, doch er kann sie nicht festhalten, und als die Strömung sie ihm entreißt, wendet sie ihm das Gesicht zu und starrt ihn vorwurfsvoll an. Am Ufer ein Schrei und hektisches Gefuchtel, aber auch das Seil ist ihm entglitten, und was von dem Baum noch übrig ist, treibt unter seinen verzweifelt tastenden Händen davon. Er verliert den Halt. Seine Beine treten Wasser, er rudert mit den Armen, er kämpft, doch der Fluss hat ihn gepackt und tut, was er will. Etwas zieht an seiner Hose, und dann trifft ihn eine harte Faust aus Holz seitlich am Kopf, dann noch eine und noch eine, und jetzt hat der Fluss ihn am Kragen und drückt sein Gesicht hinunter ins trübe Wasser, und für einen alles auslöschenden

Augenblick kann er nicht sehen, nicht atmen und weiß nicht, wo oben und unten ist.

Plötzlich hört das Schieben auf, und er wird auf ein gewaltiges stachliges Sieb aus Treibgut geworfen. Zugleich wird die Strömung schwächer. Er öffnet die Augen und schüttelt den Kopf. Kelly ist neben ihm, so nah, dass er sie berühren könnte. Sie liegt auf dem Rücken, Arme und Beine abgespreizt, das Gesicht dem Himmel zugewandt. Ihre Brüste hängen leicht zur Seite, das Schamhaar ist wie ein Schmutzfleck in ihrem Schoß. Und die Haut, die Haut ist zerschunden, und vom Knie bis zur Hüfte klafft ein langer, gebogener Riss. An einem Fuß – dem, der ihm am nächsten liegt – ist noch der Wanderschuh, und am Oberschenkel klebt ein Stück Stoff, blau mit weißen Pünktchen. Ihre Hände sind zu Fäusten geballt. Er will sich hochstemmen, aufstehen und wegrennen, weg von ihr, weg von hier, fliehen, aber er kann nicht – es ist, als würden seine Muskeln ihm nicht gehorchen, als hätte er einen Schlaganfall erlitten, als wäre der Himmel über ihm eingestürzt und würde ihn zu Boden drücken. Und so liegt er da, für den längsten Augenblick seines Lebens, und betrachtet die fest gebundenen Schnürsenkel, die am Knöchel zerrissene Socke, das Waffelmuster der Stiefelsohle, die so sauber ist, als wäre sie fabrikneu.

Schließlich steht er auf, natürlich steht er auf, und dann sind Josh und Cammy da und staksen durch das schwarze Gewirr der angeschwemmten Zweige und Äste, während die anderen beiden, Suzanne und Toni, hilflos vom anderen Ufer aus zusehen. Die Luft ist erfüllt vom Geräusch und Geruch des Wassers. Joshs Gesicht ist ausdruckslos und so bleich wie Schmalz. Cammy hat den Poncho ausgezogen, ihre Kleider kleben an ihr wie Frischhaltefolie, ihre Füße sind nackt wie die einer Büßerin, und sie weint, sie weint noch immer. Sie hat die Schuhe ausgezogen, um besser schwimmen zu können, um mit Josh ohne Rücksicht auf die Gefahr über den Fluss zu schwimmen und zu helfen mit ihren Wiederbelebungsmaßnahmen und ihren geröteten Augen.

»Sie ist tot«, sagt Josh, und seine Stimme ist so kalt wie möglich, denn er ist ebenfalls kurz davor zusammenzubrechen. »Oder nicht?«

»Was denkst du denn? Sieh sie doch an, Herrgott!«

Und da ist Cammy und wälzt sie auf den Bauch und drückt pumpend auf ihre Schulterblätter, als würde das irgendwas bewirken, und vielleicht ist seine Stimme härter als nötig, vielleicht sollte er sie mit ihrer Scharade einfach gewähren lassen und sich auf das konzentrieren, was jetzt getan werden muss, aber er kann nicht. »Geh weg da!« schreit er und zerrt an ihrem Arm, als wollte er ihn ausreißen, und als sie hochkommt, schleudert er sie von sich. Sein Herz rast, und er stößt sinnlos alle Flüche aus, die ihm in den Sinn kommen.

Cammy. Die Bohnenstange. Die Hübsche. Das Mädchen. Sie ist so schlank und sehnig wie seine Greyhounds, aber sie greift so schnell an, dass er nicht mal Zeit hat, sein Gesicht mit den Händen zu schützen. Ihre Faust ist die Verkörperung ihres Willens und trifft ihn dreimal rasch hintereinander, bevor er ihre Handgelenke zu fassen bekommt. Mit verzerrtem Gesicht spuckt sie ihn an. »Du!« schluchzt sie. »Du bist schuld – du hast sie umgebracht! Du!«

Joshs Stimme scheint in seiner Kehle gefangen zu sein. »He«, sagt er. Nur das: »He«, so leise wie ein fallendes Blatt.

Worüber streiten sie eigentlich? Was soll das bringen? Was soll überhaupt irgendwas bringen?

Cammy beruhigt sich. Er lässt ihre Handgelenke los. Der Abend senkt sich herab. Der Leichnam zu seinen Füßen scheint anzuschwellen und zu wachsen, bis er alles verbleibende Licht aufsaugt. Die Gesichter der beiden vor ihm verschwimmen, so dass Josh Cammy und Cammy Josh sein könnte. Aus dem Nichts erscheint eine Schwadron Fledermäuse, die im Zickzack durch die Leere über ihnen fliegen.

»Wir müssen sie hier wegbringen«, sagt er schließlich, denn er ist jetzt vernünftig, sie alle sind vernünftig, sie müssen es sein. »Ich meine, wir müssen sie in irgendwas einwickeln« – und obwohl er bis auf die Haut durchnässt ist und weder Finger noch Zehen spürt, zieht er bereits den Regenponcho aus – »und zurück zum Boot tragen. Und dann werden wir sehen, was wir … na ja, was wir dann …« Er spricht nicht weiter.

Aber so einfach ist das nicht. Während Toni und Suzanne am gegenüberliegenden Ufer den Hügel ersteigen und dann an der Felswand herunterklettern – es ist ein kleines Wunder, dass sich dabei keine etwas bricht –, wickeln er und Josh den Leichnam in ihre Ponchos und binden die Enden so gut es geht mit einem von seinem Tagesrucksack geschnittenen Riemen und zwei Ersatzschnürsenkeln zu. Das Gelände ist unwegsam und die Last extrem unhandlich. Josh trägt das eine Ende, er das andere, Cammy ist in der Mitte. Was in der Hülle ist – der malträtierte Körper, das sich sammelnde Blut –, verrutscht immer wieder, verschiebt sich, will entgleiten, und er muss seine ganze Kraft aufwenden, um es – sie – auf die Felsen zu heben. Für einen Augenblick ist alles in der Schwebe, jeder Atemzug ein Lechzen nach dem Ende dieser Mühsal, und dann lässt er sie vorsichtig auf der anderen Seite hinunter, wo Josh steht, in der Dunkelheit kaum zu erkennen. »Vorsichtig, ganz vorsichtig. Hast du sie?«

Stimmen im Dunkeln. Das Rauschen des Wassers, das Donnern der Brandung. Jetzt stehen auch er und Cammy auf dem Strand, und zu dritt bilden sie ein sechsbeiniges Monster, das über den Sand kriecht, jeder Schritt eine Unmöglichkeit, doch sie schaffen es, sie bis zum Spülsaum zu tragen und so sanft abzusetzen, als wäre sie noch lebendig und schliefe den Schlaf der Genesung. Unvermittelt sind Suzanne und Toni Walsh ebenfalls da, ihre Gesichter schweben in der Dunkelheit. *Mein Gott*, sagt Suzanne immer wieder. Er lässt sie stehen, ihre Stimmen sind rauh wie das Rascheln trockener Blätter. Es herrscht vollkommene Finsternis. Er watet in die Brandung und riskiert es zu rufen: »Wilson! Wilson, bist du da?«

Nichts. Es müsste wenigstens ein Licht zu sehen sein. Er strengt sich an, er müht sich, den schwachen grünlichen Schimmer des Steuerbordlichts auszumachen, und denkt, dass er eine Taschenlampe brauchen wird, um ein Signal zu geben, und ob wohl jemand daran gedacht hat, eine Taschenlampe mitzunehmen? Suzanne vielleicht. Sie hat Cookies gebacken. Sie war es, in deren Rucksack das säuberlich aufgeschossene Stück Seil, die Schnürsenkel, das Kaugummi waren. Er will sich gerade umdrehen – die

Wellen klatschen gegen seine Beine, und er zittert, als stünde er unter Strom –, als er in der Halbdistanz etwas zu sehen glaubt, ein tieferes, schwärzeres Loch in der Schwärze der Nacht. Er hat noch nicht gemerkt, dass er sich täuscht, denn dort ist nichts zu sehen, absolut gar nichts.

EL TIGRE

Am Morgen nach dem Konzert – Sonntag, Gott sei Dank Sonntag – versteht sie nicht, was mit ihr los ist. Die Bettdecke zurückzuschlagen, in der morgendlichen Stille die Beine aus dem Bett zu schwingen, die Textur des Teppichs unter den Zehen zu spüren und von unten, aus der Küche, den aromatischen Duft des gerösteten Kaffees zu riechen, den ihre Mutter bereits aufgesetzt hat, und dann diese Leere in sich zu fühlen, dieses Tasten tief in ihr, das sie zur Toilette rennen lässt, wo sie auf die Knie sinkt, um sich nun schon den zweiten, nein, den dritten Tag hintereinander zu übergeben, ist nicht in Ordnung, ganz und gar nicht in Ordnung. Ein Kater kann es nicht sein, denn sie hat am Vorabend nur zwei Gläser Wein getrunken, und das würde auch nicht die Übelkeit von gestern oder vorgestern erklären, als sie, nur aus Geselligkeit, zwei oder drei Gläser Sake mit ihrer Mutter und Ed getrunken hat. Wird sie jetzt überempfindlich gegen Alkohol, ist es das? Oder bekommt sie eine Grippe? Zwei Zeilen eines Songs, den Micah Stroud gecovert hat, schießen ihr durch den Kopf – *I got the rockin' pneumonia and the boogie-woogie flu* –, und im nächsten Augenblick zieht sie Shorts und T-Shirt an und geht die Treppe hinunter, als wäre nichts geschehen.

»Du siehst müde aus«, ist das erste, was ihre Mutter zu ihr sagt, als sie in die Küche tritt. Ed ist offenbar noch nicht aufgestanden, aber sein Gedeck steht schon da: Kaffeetasse und Untertasse, Orangensaft, eine halbe Grapefruit glänzt rosarot im gleißenden Licht der Lampen, deren Dimmer bis zum Anschlag aufgedreht ist, und daneben liegt wie eine Opfergabe die Zeitung. »Hast du schlecht geschlafen? Also ich jedenfalls fühle mich, als hätte ich nicht länger als fünf Minuten geschlafen – diese Schnellstraße ist so laut. Ich weiß nicht, wie du das aushältst.«

Alma steht vor dem Kühlschrank, starrt desinteressiert auf die Milch und die Säfte in den bunten Kartons, auf das Stück Käse unter faltiger Folie und den Teller mit irgendwelchem Zeug, das sich an den Rändern braun verfärbt, und fühlt sich mit einemmal zu erschöpft, um zu antworten.

»Wenn du es genau wissen willst: Du siehst aus, als hättest du nicht genug Schlaf gekriegt – das ist der Job, stimmt's? Er macht dich fertig. Du hast dir schon immer viel Sorgen gemacht, schon als kleines Mädchen, über Sachen, an denen du nichts ändern konntest, als könntest du persönlich jedes Tier heilen und, ich weiß nicht, jede Maus und jede Eidechse retten, die die Katze angeschleppt hat.«

Ihre Mutter – in ihren Händen hält sie plötzlich zwei Eier, die sie über einer Rührschüssel aufschlägt, wobei sie Eigelb und Eiweiß trennt – erwartet eigentlich keine Antwort. Sie redet nur, um sich zu hören, es ist eine einsame Uhrzeit an einem grau verhangenen Morgen, und sie ist wach und geht in der Küche ihrer Tochter hin und her.

»Ist das für Ed?« fragt Alma und setzt sich an den Tisch. »Der Saft, meine ich.«

»Ich kann dir Eier machen. Willst du Eier? Du isst doch Eier, oder?«

»Nein«, sagt sie und ist unvermittelt verärgert, »nein, ich will keine Eier.«

»Du brauchst mich nicht gleich so anzufahren.«

»Ich fahr dich doch gar nicht an.«

»Doch!«

»Nein«, beharrt sie, streckt die Hand nach Eds Saft aus und zieht das Glas mit einem leisen zischenden Geräusch über die Tischplatte zu sich. »Ich habe einfach keinen Hunger, das ist alles.«

Die Eierschalen liegen auf der Küchentheke. Die Uhr am Herd zeigt 6:17. Ihre Mutter legt entschlossen den Schneebesen beiseite, dreht sich um und mustert sie. Drei Schritte in ihren Clogs, und sie beugt sich über Alma, legt ihr die Hand auf die Stirn und sieht ihr forschend in die Augen. »Ist alles in Ordnung?«

Gerade als sie sagen will, dass es ihr tatsächlich nicht so gutgeht und sie sich eben auf der Toilette im ersten Stock übergeben hat und ihr Kopf sich anfühlt, als würde er sich jeden Moment von ihren Schultern lösen und durch den Raum schweben, begreift sie, was eigentlich los ist, und zieht den naheliegenden Schluss, zu dem jede andere Wissenschaftlerin, die seit eineinhalb Jahrzehnten biologische Prozesse untersucht, sofort gekommen wäre.

»Mom?« Sie sagt es laut, doch ihre Stimme kommt ihr irgendwie elastisch vor, angespannt, dehnbar wie weicher Karamel. Die Wahrheit – die Erkenntnis – dringt wie ein unbezähmbarer Strom zu ihr durch, aber die Worte, mit denen sie aussprechen könnte, scheinen ihr in der Kehle steckenzubleiben.

Ihre Mutter sieht sie an. »Ja?« sagt sie. »Was?«

»Wie hast du ... ich meine, wie hast du damals gemerkt, dass du schwanger warst?«

In ihrer Eile, in Longs Drugstore zu sein, wenn sie öffnen – sonntags um acht Uhr –, hat sie kaum etwas anderes im Kopf als die Verwunderung über diesen Augenblick, über das, was mit ihr geschieht oder geschehen könnte. Sie muss drei Blocks weit gehen, vorbei an der Stelle, wo sie das Eichhörnchen überfahren hat – auf dem Asphalt ist nur noch ein dunkler Fleck zu sehen –, dann auf der Brücke die Schnellstraße überqueren und in den langen, gewundenen Streifen des Lower Village abbiegen. Sie ist beim Überqueren der Straße besonders vorsichtig und geht, als trüge sie bereits ein Neugeborenes auf dem Arm, denkt aber die ganze Zeit, dass sie erst Gewissheit haben muss, auch wenn es in den Augen ihrer Mutter bereits eine Tatsache ist. Ihre Mutter hat sie einfach umarmt und sich unbeholfen zu ihr hinuntergebeugt, um ihre Wange in einem Aufwallen von Hitze und Emotion an die ihrer Tochter zu drücken. Dann hat sie sich aufgerichtet und gelacht. »Ich hatte schon so einen Verdacht«, hat sie gesagt, die Hände in die Hüften gestemmt, den Kopf schräg gelegt und übers ganze Gesicht strahlend, absolut strahlend, »aber ich wollte nichts sagen. Und ich weiß beim besten Willen nicht, warum es ›morgendliche Übelkeit‹ heißt – ich hab sechs Monate lang morgens und abends gekotzt, bis ich dachte, es wäre leichter, den Mount Everest in einem Bikini zu besteigen, als dich auch nur einen einzigen Tag länger mit mir herumzutragen, aber dein Vater war ein Schatz. Darin war er gut. Er hat mich total unterstützt. Und er hat dich geliebt von dem Moment an, in dem du geboren wurdest. Er hat dich vergöttert.« Sie hat noch mehr gesagt – eine Lobeshymne auf die Hausgeburt mit Hebamme, denn ein grell ausgeleuchteter steriler Kreißsaal sei ja wohl kaum der richtige Ort, um das Licht der Welt zu erblicken. Sie selbst hätten damals eine Geburtsparty veranstaltet, wusste sie das eigentlich? Und sie hätten alles gefilmt – »Man konnte deinen kleinen Kopf hervorkommen sehen, ein kleines, weiches, rotes Ding, so winzig, dass ich dachte, ich bringe eine Mango zur Welt« –, aber leider sei der Film irgendwann verlorengegangen.

Erst als sie den Schwangerschaftstest in der Hand hält, im zu hell erleuchteten Gang zwischen den Regalen steht und, während andere Frauen in Tenniskleidung und Joggingschuhen und abgewendetem Blick vorbeiwispern, die Gebrauchsanweisung studiert, denkt sie an den zukünftigen Vater, an Tim. Tim, der im Augenblick auf der Insel ist, außerhalb des Mobilfunknetzes, und Steinadler fängt. Sie überfliegt den Text (*Mit einer Genauigkeit von 99% – Fünf Tage früher!*) und sieht sein Gesicht vor sich, sieht, wie er die Mundwinkel nach unten zieht, wenn er überrascht oder verblüfft ist. Und er wird überrascht sein, keine Frage, denn sie haben die Möglichkeit eines Kindes nie erörtert, jedenfalls nicht ernsthaft. Sie verhüten, und zwar diszipliniert, und obwohl sie Tim zuliebe auf Kondome verzichten, vergisst sie nie – niemals, ganz gleich, wie erregt sie sind –, ihr Diaphragma einzusetzen. Sie sind beide überzeugte Umweltschützer. Sie haben es sich zur Aufgabe gemacht, das Ökosystem zu schützen und zu bewahren, es wiederherzustellen. In diese überbevölkerte Welt ein Kind zu setzen ist unverantwortlich, falsch, eigentlich nichts anderes als Sabotage …

Aber warum fühlt sie sich dann so beschwingt? Warum fühlt sie sich mit einemmal so groß und gewaltig und den anderen Frauen, die keinen Schwangerschaftstest in den Händen halten, so weit überlegen? Weil sie ein Lebewesen ist, darum, und weil Lebewesen sich fortpflanzen. Der einzige erkennbare Zweck des Lebens ist es, weiteres Leben hervorzubringen – jeder Biologe weiß das. Sie ist siebenunddreißig. Ihre Uhr tickt. Sie ist ein einzigartiger Mensch mit einem einzigartigen genetischen Bauplan, Vertreterin einer überlegenen Linie – das ist Fakt, ganz vorurteilsfrei gesehen –, und Tim mit seinem hohen IQ, seiner ausgeglichenen Persönlichkeit und seinen langen, eleganten Gliedmaßen ebenso, und wenn es irgendeine Hoffnung auf Verbesserung der Spezies geben soll, haben sie geradezu die Pflicht, ihre Gene weiterzugeben.

Die Frau an der Kasse – jenseits der Wechseljahre, mit sprödem Haar und Falten, die an den Mundwinkeln ziehen – sieht aus wie eine Mutter, wenn auch eine, deren Schwangerschaften lange zurückliegen, und als sie Almas Einkauf scannt und in eine Tüte packt, schenkt sie ihr ein kleines komplizenhaftes Lächeln. Alma, die sich noch immer groß und gewaltig fühlt, erwidert den Blick und lächelt zurück. »Einen schönen Tag noch«, sagt die Frau, und diese abgedroschene Formel hat mit einemmal ein ganz neues Gewicht. Alma schafft es nicht, sich ein Grinsen zu verkneifen, als sie die Plastiktüte nimmt und den Kassenbon hineinsteckt. »Bestimmt«, sagt sie. »Ganz bestimmt.«

Zu Hause steht ihre Mutter vor der Badezimmertür, während sie versucht zu pinkeln, was ihr aber aus irgendeinem Grund nicht gelingt. Sie sitzt lange auf der Toilette und denkt an Tim und daran, wie sie es ihm sagen wird, denn sie brennt geradezu darauf und ist so gut wie sicher, dass der Teststreifen in ihrer Hand zwei leuchtendrosarote Striche zeigen wird: positiv. Sie könnte ihn natürlich per Funk erreichen, aber was sollte sie ihm dann sagen: *Wie ist das Wetter bei euch, und übrigens: Ich bin schwanger?* In vier Tagen kommt er nach Hause. Sie wird ihn am Boot abholen, seine Hand nehmen, ihn die Treppe hinauf ins Docksider führen, eine Nische aussuchen, ihm ein Firestone und einen Teller fritierte Kalamari bestellen, ihm tief in die Augen sehen und geheimnisvoll lächeln. *Was ist?*, wird er sagen und in Erwartung des Witzes lächeln. Und sie wird noch ein bisschen mit ihm spielen, unter dem Tisch über seinen Oberschenkel streichen und sich zu ihm beugen, um ihn zu küssen. Sie wird sich Zeit lassen. Den Augenblick genießen ... Aber sie eilt voraus, nicht? Denn sie hat noch immer nicht in den Becher gepinkelt und den Teststreifen hineingehalten. Noch weiß sie es nicht, jedenfalls nicht mit Sicherheit.

»Alma?« Sie spürt, dass ihre Mutter von einem Fuß auf den anderen tritt, der Boden übermittelt diese Bewegung durch die Badezimmerkacheln an ihre Fußsohlen. Plötzlich kommt sie sich lächerlich vor, wie ein kleines Kind: Ihre Mutter steht dort draußen und lauscht auf das Plätschern ihres Urins, wie sie es wohl vor all den Jahren im Haus der Takesues oder vor der schrecklich engen Toilette der *Black Gold* getan hat. Erziehung zur Sauberkeit nennt man das.

Sie holt gerade Luft, um »Noch nicht« oder »Lass mir ein bisschen Zeit« zu sagen, als der Urin fließt, warm und unvermittelt. Sie kann gerade noch den Becher in den Strahl halten, um etwas davon aufzufangen – für einen Augenblick hat sie sich in Träumen verloren und den Sinn und Zweck dieser Aktion vollkommen vergessen –, und da ist er nun, ihr Urin: Zwei, drei Zentimeter hoch steht er in dem Plastikbecher, den der Hersteller des Schwangerschaftstests zuvorkommenderweise beigelegt hat. Noch bevor sie aufsteht, um sich die Hände zu waschen, steckt sie den Teststreifen hinein und stellt den Becher auf die Kacheln zwischen ihren schlanken, leicht nach außen gekehrten Füßen. »Alma?« ruft ihre Mutter und rüttelt jetzt an der Klinke. »Spann mich nicht auf die Folter.«

Die Sekunden verticken. Nichts geschieht. Ihr Herz klopft, sie fühlt sich schwach und fiebrig, beugt sich vor, hebt den Becher auf und schüttelt ihn ein wenig – vielleicht muss man ihn schütteln, denkt sie, vielleicht gab es noch keinen ausreichenden Kontakt zwischen Urin und Teststreifen oder sie hat sonst irgend etwas falsch gemacht –, als plötzlich unter der ersten Linie eine zweite erscheint, so rosarot wie Zuckerwatte.

Ihre Mutter besteht darauf, das Ereignis zu feiern, nur sie beide (»Und Ed braucht es erst zu erfahren, wenn es wirklich sicher ist – solange kann er einfach vor dem Fernseher sitzen und sich seine

Baseballspiele ansehen«), und sie lädt Alma zu einem Sonntagsbrunch in das Hotel am Ende der Straße ein, denn sie muss jetzt für zwei essen, und sie darf auch eine Mimosa trinken, nur eine, und das ist dann der letzte Alkohol für die nächsten neun Monate. »Er wird dir nicht fehlen, Schätzchen, glaub mir. Ich hoffe nur, dass du nicht mein – wie würdest du sagen? –, mein Faible für morgendliche Übelkeit geerbt hast. Oder vielmehr morgendliche, mittägliche und abendliche Übelkeit«, fügt sie mit einem Lachen hinzu. »Aber jeder ist anders, jede *Schwangerschaft* ist anders, und dir wird's bestimmt prima gehen.«

Sie sitzen auf der Hotelterrasse und blicken über den manikürten Rasen und den Asphaltstreifen der Straße auf den Strand, gegen den wie seit unvordenklichen Zeiten die Wellen anbranden. Der Salzgeruch ist stark, und was das wimmelnde ozeanische Leben an Symbolik enthält, steht ihr so deutlich vor Augen, als würde sie mit Maske und Schnorchel im Meer tauchen. Sie beginnt zu zweifeln. Will sie das alles wirklich? Gibt es auf diesem verwundeten, geschundenen Planeten wirklich Platz für noch ein hungriges Maul? Und Tim. Was ist mit Tim?

»Woran denkst du?« fragt ihre Mutter. Sie hat beide Ellbogen auf die Tischplatte gestützt und rührt mit einer Hand träge in der blassorangeroten Flüssigkeit in ihrem Glas. Auf ihrem Teller liegen durchscheinende Krabbenpanzer und glänzende schwarze Muscheln, Obstreste und Olivenkerne, ein halbgegessener, mit öligem Dressing übergossener Salat. »Es ist deine Entscheidung. Und natürlich auch die von Tim. Aber du kannst mich zu einer sehr glücklichen Frau machen, Schätzchen, denn ich bin mehr als bereit, eine Großmutter zu sein, das sage ich dir klipp und klar. Janis hat's nicht geschafft und die von The Mamas and the Papas auch nicht, aber ich schon. Ich würde es am liebsten in die Welt hinausschreien.« Grinsend und leicht schwankend fängt sie die Blicke der beiden Frauen am Nachbartisch auf, zwinkert ihnen zu und formt mit den Lippen die Worte: »Ich werde Großmutter.«

Zu jeder anderen Zeit wäre so etwas extrem peinlich gewesen, zumal die beiden Frauen einfach durch sie hindurchsehen und ihre Unterhaltung fortsetzen, doch heute, an diesem späten, herrlichen, von Herbstsonne und dem reinlichen Geruch des Meeres erfüllten Morgen, gibt Alma sich ganz dieser Stimmung hin. Sie befindet sich in einem Anpassungsprozess, das versteht sie: Hormone werden ausgeschüttet und überwinden, noch während ihr Kopf die Oberhand behalten, argumentieren und die Optionen abwägen will, ihren Widerstand, bis sie schließlich nachgibt. Sie zuckt die Schultern. Schenkt ihrer Mutter ein Lächeln. Hebt ihr Glas. »Ja«, sagt sie, als ihre Mutter sich vorbeugt, um mit ihr anzustoßen, »ja, das wirst du wohl.«

Genau. Klar. Und dann ist da noch Tim.
Sie erwartet ihn an der Helling, als das Park-Service-Boot hinter dem Wellenbrecher erscheint und mit südlichem Kurs in den Hafen von Ventura einfährt. Der hochgewölbte Nachmittagshimmel ist von einem blass gefiederten Blau, und die milde, wohltuende Sonne hängt knapp über den Palmwipfeln, so golden und sanft und fett, dass sie aussieht wie gemalt. Alles, sogar die Demonstranten, die ununterbrochen das Gebäude hinter ihr umrunden, scheint von einem inneren Licht durchdrungen, das die Farben intensiver leuchten und die Schatten weicher werden lässt, während die selbstgemalten Spruchbänder und Plakate – *Stoppt das Schlachten!* – zu etwas Abstraktem verblassen. Seit dem ersten Test hat sie sich noch dreimal getestet; sie hat eine zweite Packung gekauft, um sicher zu sein, dass das Ergebnis nicht die Folge eines Produktionsfehlers war, und gestern morgen hat sie, kurz bevor ihre Mutter Ed eingepackt hat und wieder nach Arizona gefahren ist, für nächste Woche Montag einen Termin bei der Gynäkologin gemacht. Für eine Blutuntersuchung. Um ganz sicher zu sein, absolut und unwiderleglich.

Nur fünf Leute gehen von Bord: zwei der Studentinnen, die die gefangenen Füchse versorgen, ein Archäologe, der die Relikte der Chumash untersucht, der Botaniker, der ein Gewächshaus für einheimische Pflanzen eingerichtet hat, die er aussetzen will, sobald Fenchel und Flockenblumen entfernt oder wenigstens dezimiert worden sind, und Tim. Als er auf der Gangway ist, winkt er ihr zu und wirkt dünner, müde und erschöpft, ein paar Strähnen hängen ihm in die Stirn und verbergen das lange, schmale Gesicht, und er geht gebeugt unter der Last seines vollgepackten Rucksacks. Er trägt eine Sonnenbrille, die sie noch nie gesehen hat – ein Siebziger-Jahre-Modell mit riesigen Gläsern und einem vergoldeten Rahmen –, und wie lange ist es jetzt her? Zehn Tage erst. Es kommt ihr vor, als wären es Jahre. Er verzieht den Mund zu einem Grinsen, das sein Gesicht aufleuchten lässt, und dann steht er vor ihr, wirft den Rucksack ab und breitet die Arme aus. Und als sie sich an ihn drückt, seine Wärme spürt, die vertrauten Konturen seines Körpers, seine Lippen auf ihren, kann sie ihn gar nicht loslassen – oder vielmehr noch nicht. Erst muss sie ihm ihre Freude in der Sprache mitteilen, die der gesprochenen Sprache vorausgeht: von Körper zu Körper.

»Wow«, sagt er und löst sich von ihr, um den Rucksack aufzuheben, »mir scheint, du hast mich vermisst.«

Sie lächelt zu ihm auf, ihr Blick geht von dem getrockneten Schlamm an den Säumen und Knien seiner Jeans bis zu den glatten, seidigen Haaren des Bärtchens, das er beim letztenmal noch nicht hatte. »Du kannst dir nicht vorstellen, wie sehr«, sagt sie.

Er hat den Rucksack über eine Schulter gehängt und geht Hand in Hand mit ihr den Weg entlang. »Nach deiner Körpersprache zu schließen willst du sofort nach Hause und ins Bett – oder wollen wir erst ein Bier trinken?«

»Erst ein Bier.«

Es ist genau so, wie sie es sich vorgestellt hat: ein Tisch am Fenster, fritierte Kalamari, das blasse Pils schäumt im Glas, die Musik ist ein bloßes Hintergrundgeräusch. »Es gibt gute Nachrichten«, sagt er und taucht ein Stück Kalamari in ein kleines silbernes Schälchen mit Knoblauchsauce, als würde er einen Faden durch ein Nadelöhr ziehen. »Ich glaube, wir haben alle Steinadler bis auf drei oder vier gefangen.«

Seit vier Tagen malt sie sich aus, was sie zu ihm sagen wird, und stellt sich eine imaginäre Unterhaltung nach der anderen vor, doch jetzt, da es soweit ist, kann sie kaum mehr tun als nicken und lächeln und mit schwacher, zaghafter Stimme sagen: »Toll.«

»Sie ziehen uns fürs erste von dem Projekt ab, jedenfalls bis zum Frühjahr, wenn man sehen kann, ob es Brutpaare gibt oder nicht, aber Anfang nächsten Jahres, spätestens im Sommer, werden die Steinadler weg sein, und du kannst die Füchse freilassen.« Er trinkt Bier und stopft Kalamari in sich hinein, als wäre er die ganze Zeit schiffbrüchig gewesen und hätte sich nicht den Bauch mit dem vollgeschlagen, was in der Gemeinschaftsküche gekocht worden war. »Ich kann dir sagen«, fährt er fort und schwenkt die Gabel, auf die er ein Stück Kalamari mit Tentakeln gespießt hat, »es ist ganz schön anstrengend da draußen. Die Adler sind jetzt ziemlich auf der Hut. Aber es gibt noch mehr gute Nachrichten: In diesem Augenblick sind drei gesunde, glückliche Steinadler unterwegs in die Sierras, wo sie freigelassen werden, und ein Jungtier, das sich im Netz leider den Flügel verletzt hat, wird eine neue Heimat im Zoo von Santa Barbara finden.«

Und was sagt sie dazu? »Toll.«

»Und was ist mit dir? Ist deine Mutter noch da?«

»Sie ist gestern gefahren – Ed hat ein Golfturnier oder so und musste wieder zurück.«

»War alles gut? Ich meine, dass sie hier waren? Und das Konzert? Wie war das?«

»Toll.«

Er hält inne, hält nach der Bedienung Ausschau, um noch ein Bier zu bestellen, während zwei Möwen auf dem Geländer jenseits der raumhohen Fenster ihn hoffnungsvoll mustern, und wendet sich dann wieder zu ihr, als hätte er jetzt erst entdeckt, dass sie da ist. »Aber was ist los? Du trinkst ja gar nichts. Ich dachte« – und hier senkt er die Stimme, um den sexuellen Subtext zu betonen: zehn Tage getrennt, und zu Hause erwartet sie ein großes, weiches Bett –, »du würdest zur Begrüßung wenigstens ein Glas Wein mit mir trinken. Freust du dich nicht, mich zu sehen?«

Bevor sie sich bremsen kann, ist es heraus: »Ich kann nichts trinken.«

Er hat das noch überhaupt nicht verarbeitet – sie sieht sein verwundertes Stirnrunzeln –, als die Kellnerin am Tisch steht und sie fragt, ob sie noch etwas bestellen möchten. »Für Sie ein Firestone?«

fragt sie Tim. Er nickt. Und dann zu Alma: »Und für Sie wieder eine Diät-Cola?«

»Nein«, haucht sie, »für mich nichts.«

»Wollen Sie noch etwas zu essen bestellen oder –?«

»Klar«, sagt Tim und grinst sie an, »solange Sie noch was haben. Sie haben doch noch was?«

Die Kellnerin grinst zurück. Er gibt seine Bestellung auf, und dann kommen die üblichen Nachfragen: »Den Muscheltopf mit Pommes frites oder Coleslaw? Der gemischte Salat ist übrigens mit Ranch-Dressing, die Suppe ist Clamchowder.« Als das geklärt ist und die Kellnerin sich entfernt hat, sieht Tim Alma tief in die Augen und sagt: »Im Ernst? Du hast dem Alkohol abgeschworen?«

»Ich bin schwanger.«

Sein Grinsen erstirbt, ersteht wieder auf und wird so breit, als hätte er seine Gesichtsmuskeln nicht ganz unter Kontrolle. »Was? Was sagst du da?«

»Ich bin schwanger.«

»Das ist ein Witz, oder?«

»Ich hab's erst vor vier Tagen gemerkt. Als meine Mutter da war. Ich habe meine Periode nicht bekommen, aber ich habe ... ich meine, ich habe mir nichts dabei gedacht, bis ich mich dann morgens immer übergeben musste und –«

»Übergeben? Wieso übergeben?«

Sein Gesicht hat sich verändert, es ist so hart geworden, dass die Poren akzentuiert sind, und die sonnenverbrannte Haut wirkt stumpf und müde. Der Ausdruck in seinen Augen gefällt ihr nicht, ebensowenig wie die verkniffenen Lippen und die heruntergezogenen Mundwinkel. Als sie sich kennengelernt haben, bekam er in den ersten Wochen, bevor er anfing, sich zu entspannen, auch immer diesen Ausdruck, denn ganz gleich, wie witzig oder liebenswürdig oder fürsorglich oder authentisch er war – er hielt immer etwas zurück. Das war wegen seiner Exfrau. Crystal. Crystal hatte eine eigene Karriere – sie war Geschäftsführerin in einem Bekleidungsgeschäft, das ihr zur Hälfte gehörte – und kapierte nicht im geringsten, was für Opfer er bringen musste, um Feldforschung betreiben zu können, und das war das einzige, was für ihn in Frage kam, denn immer nur an einem Schreibtisch zu sitzen würde ihn umbringen, das war jedenfalls sein Gefühl. *Ich bin kein Sesselfurzer*, sagte er, als sie bei ihrer dritten oder vierten Verabredung auf dieses Thema zu sprechen kamen. Und dann errötete er und ruderte verlegen zurück, denn ihm war gerade aufgegangen, was er da gesagt hatte. Er stammelte eine Entschuldigung und hoffte, dass sie keinen Anstoß genommen hatte. *Ich weiß, dass irgend jemand es machen muss, und dagegen ist ja auch gar nichts einzuwenden, aber – und das hab ich auch zu Crystal gesagt – es tut mir leid: Dieser Jemand bin ich nicht. Noch nicht jedenfalls. Vielleicht, wenn ich alt und klapprig bin.*

»Es heißt morgendliche Übelkeit.«

»Bist du sicher? Ich meine, besteht die Möglichkeit, dass du dich irrst?«

Die Überreste der Kalamari sehen ölig und matschig aus, bei dem Anblick flattert ihr Magen. Sie nimmt einen Schluck Diät-Cola und greift nach seiner Hand, doch er zieht sie zurück. Plötzlich steigt Ärger in ihr auf. Er verhält sich kindisch. Wie ein Idiot.

»Ich hab den Test dreimal gemacht«, sagt sie leise und ruhig. »Und ich habe einen Termin bei der Gynäkologin, die Paula Myers mir empfohlen hat –«

»Gynäkologin?« Das Wort tropft wie ein Fluch von seinen Lippen.

»– damit sie eine Blutuntersuchung macht und es sozusagen amtlich ist. Aber ich bin zu neunundneunzig Prozent sicher.« Und jetzt schwebt sie wieder in luftigen Höhen, ihre Drüsen schütten allerlei Stoffe aus, und das Blut jagt auf Millionen winziger Flügel durch ihre Adern. »Oder nein, zu hundert Prozent.«

Er sitzt vollkommen steif da, die Hände im Schoß gefaltet. Das zweite Bier steht unberührt auf dem polierten Holz der Tischplatte. Frisch gezapft und von der sich schon wieder entfernenden Kellnerin serviert, verliert es Kohlensäure in einem Wirbel taumelnd aufsteigender Bläschen und wird bald schal sein. Ringsum sitzen Leute, sie essen, lachen, unterhalten sich. Ihre Stimmen verschmelzen und bilden ein gedämpftes Summen, das das schwache Pulsieren der aus verborgenen Lautsprechern sickernden Musik übertönt. Sie befinden sich in einem Restaurant. Es ist laut. Er war zehn Tage fort, sie hat ihm gerade von dem bedeutendsten Ereignis ihres bewusst wahrgenommenen Lebens erzählt, und er sieht sie nicht mal an. Er sieht auf den Tisch. Aus dem Fenster. Auf sein Bier. »Und?« sagt sie.

»Und was?«

»Hast du nichts dazu zu sagen? Bist du nicht« – und hier überkommt sie ein Gefühl des Versinkens, als würden die Stuhlbeine schmelzen und und der Boden unter ihr nachgeben –, »ich weiß nicht, *interessiert*? *Beteiligt*? Oder, Gott bewahre, *glücklich*?«

Jetzt sieht er sie an. »Glücklich? Nein, ich bin nicht glücklich – ich bin wie vor den Kopf geschlagen.«

Sie sieht sein Gesicht, als wäre er weit entfernt – am anderen Ende des Raums oder noch draußen, auf dem Boot –, als würde sie versuchen, es mit einem Fernglas zu betrachten. Sein Mund ist fest verschlossen. Seine Augen sind glanzlos und zusammengekniffen wie die eines Gefangenen in einem Verhörraum. Vielleicht ist es nicht der richtige Zeitpunkt, denkt sie, vielleicht hätte sie wenigstens bis zu Hause warten sollen … aber nein, hier geht es um ihr gemeinsames Leben, das Leben, das kommen wird, und das muss er begreifen, er muss aufwachen und sich dem stellen, er muss mit ihr reden, Entscheidungen treffen, Nägel mit Köpfen machen, er muss ihre Hand nehmen und ihr sagen, dass er sie liebt. »Wir werden heiraten müssen«, sagt sie und vergrößert den Druck – sie kann nicht anders.

»Ist das ein Heiratsantrag? Wenn ja, sollte ich dann nicht derjenige sein, der ihn macht? Läuft das nicht normalerweise so?« Er greift nach dem Bierglas, hält aber inne. »Was spricht dagegen, die Dinge so zu lassen, wie sie sind?«

»Alles«, sagt sie, plötzlich zornig, wütend. »Weil ich nicht will, dass unser Sohn – oder unsere Tochter, und ich hoffe sehr, es ist eine Tochter – mit diesem Stigma aufwächst, denn ich kann dir sagen, es war ganz schön schwer für mich, ohne Vater aufzuwachsen.«

»Hab ich da nicht auch was mitzureden? Ich meine, kaum dass ich von Bord gegangen bin, kommst du mir mit diesem … mit diesem Mist, als wäre alles schon entschieden. Ich will aber keine Kinder, okay? Ich wollte noch nie Kinder. Ich dachte, das hättest du kapiert. Und bist du nicht diejenige, die es immer mit der Überbevölkerung hat?« Er sieht sie säuerlich an und äfft sie mit hoher Stimme nach: »›2011 wird es sieben Milliarden Menschen auf der Welt geben, und alle Ressourcen werden verschwinden, und wir werden elend zugrunde gehen.‹ Hast du das nicht immer gesagt? Oder irre ich mich? Hm?«

Sie geht nicht darauf ein. »Es passiert. Es ist eine Tatsache. Es gehört zum Leben. Ich bin schwanger.«

»Dann lass es wegmachen.« Er steht auf und winkt der Kellnerin. Wieder hebt und senkt sich die Einrichtung des Restaurants, die Kellnerin ist da, mit einem Gesicht, so hell und leuchtend, dass es wie der übergroße Scheinwerfer einer Lokomotive wirkt, die gleich entgleisen wird, und er sagt: »Vergessen Sie das Essen und bringen Sie mir die Rechnung.« Da ist keine Spur von dem Mann, den sie kennt, keine Sanftheit, keine Fürsorglichkeit, keine Liebe. In diesem Augenblick, noch bevor er zwei Zwanziger auf den Tisch wirft und hinausgeht, ohne ein weiteres Wort, ohne einen weiteren Blick, um zu sehen, ob sie mitkommt oder überhaupt noch am Leben ist, empfindet sie nichts für ihn, absolut nichts.

Vier Monate später, im drückend trüben Licht des Februars, da jeder neblige, vernieselte Tag ein trostloser Wiedergänger des vorigen und der Blick aus den Fenstern des Büros so grau und verhangen ist, dass man meinen könnte, die Scheiben wären durch graue Pappe ersetzt worden, ist noch immer alles in der Schwebe. Man sieht ihr noch nichts an, jedenfalls ist niemandem etwas aufgefallen, und wenn sie mehrere Schichten Kleider übereinanderträgt – weite Oberteile, dicke Pullover –, denken alle, das liege am Winter, an der Kälte. Ihre Brüste sind empfindlich, unterhalb ihres Nabels ist eine feste kleine Schwellung, die sie an die Schwellung einer Braunen Nachtbaumschlange erinnert, die gerade gefressen hat, und die meiste Zeit fühlt sie sich, als hätte sie ihren Körper verlassen, als würde sie über ihm schweben wie ein Drachen in einer steifen Brise, aber niemand weiß von der Schwangerschaft außer ihrer Mutter, Dr. Chandrasoma und Tim. Und Tim ist nicht da. Denn Tim hat im Dezember eine auf sechs Monate befristete Stelle im Norden angetreten, auf den Farallon-Inseln, um die Lummen, Kormorane, Aleutenalke, Papageitaucher und Taubenteisten zu zählen, die bereits die Nistplätze für die Brutsaison im Frühjahr besetzen. Es sei seine einzige Möglichkeit, Geld zu verdienen, hat er gesagt und voller Scham, Schuldgefühl, Wut und Erleichterung den Kopf gesenkt. Außerdem eine Gelegenheit, die Wintermonate sinnvoll zu verbringen.

Und sie? Und das Baby?

Ich ruf dich an, sagte er lahm. *Und ich komme alle vier Wochen zu Besuch. Oder alle fünf. Je nach Dienstplan.*

Hochzeit? Engagement? Liebe, Unterstützung, Mitgefühl – bloße Freundschaft? Alles in der Schwebe. Auf unbestimmte Zeit.

An jenem ersten Abend stritten sie während des ganzen Heimwegs – dreißig Minuten, die ihr wie dreißig Stunden vorkamen –, und als sie in die Einfahrt einbogen, sagten sie gar nichts mehr. Er stapfte in die Wohnung, warf den Rucksack in den Flur und schloss sich im Badezimmer ein. Sie hörte die schlammverkrustete Jeans zu Boden fallen, hörte den Seufzer der Rauchglastür in ihren abgenutzten Angeln und das Ächzen und Rauschen der Dusche. Er wusch den Schmutz der Insel ab, ließ Wasser durch den Abfluss laufen, bis es kalt wurde, und reinigte sich – und wofür? Wenn er dachte, sie würde sich Parfüm hinters Ohr tupfen, in ein durchsichtiges Negligé schlüpfen und ihm geben, was er wollte, als wäre nichts geschehen, musste er verrückt sein. Sie war so erregt, dass sie zitterte, ja, tatsächlich zitterte, als sie Teewasser aufsetzte, denn sie wollte zur Beruhigung eine Tasse Kräutertee trinken und vielleicht ein oder zwei von den mit Schokolade überzogenen Biscotti essen, nach denen es sie immer so gelüstete, die sie sich aber ihrer Figur zuliebe versagte. Das spielte jetzt ja auch keine Rolle mehr, oder? Sie knallte den Kessel auf den Gasbrenner, ihr Ellbogen war in Bewegung, das Handgelenk zuckte wütend. Warum musste alles immer so ein Kampf sein? *Warum?*

Der Tee war zu heiß, aber sie trank ihn trotzdem, lauschte auf das enervierende Rauschen der Dusche und erinnerte sich daran, dass sie nichts gegessen hatte, weil er das Abendessen abbestellt, eine Szene gemacht und sich wie ein Kretin benommen hatte. Wie ein Mistkerl. Ein kleiner Mistkerl, der nicht erwachsen werden wollte, der kein Mann war und nie einer sein würde. Nach einer Viertelstunde – er duschte nicht, er ließ den ganzen Cachuma-Stausee durch den Abfluss und ins Meer laufen – stand sie vom Küchentisch auf, hängte sich die Handtasche über die Schulter und ging die Straße hinunter zu Giancarlo, um eine Pizza Margarita und einen Salat zu essen. Giancarlo umsorgte sie und war zu taktvoll, um nach Tim zu fragen. Sie gönnte sich ein Glas Chianti, nur ein einziges Glas, und als sie nach Hause ging, ging es ihr bereits besser, wenn auch nur ein wenig. Tims Reaktion war kleinlich gewesen, gemein, verletzend – im Grunde unentschuldbar –, aber die ganze Sache war so plötzlich über ihn hereingebrochen, dass er keine Gelegenheit gehabt hatte, sich zu sammeln, darüber nachzudenken, an sie zu denken und daran, wie sie sich fühlte. Er würde sich wieder fangen, dessen war sie sicher. Sie musste ihm eine Chance geben. Er war ihr Mann. Der Vater des Kindes, das in ihr wuchs. Sie liebte ihn. Er liebte sie. Dessen war sie sicher.

Sie beschleunigte die Schritte und stellte sich ihn im dampfigen Badezimmer vor, wie er aus der Duschkabine trat, mit schlanken, arbeitsgestählten Muskeln, einem feuchten Schimmer auf den Haaren rings um seine Brustwarzen, tropfendem Kinn und nassen Wimpern. Die Lichter der Geschäfte und Restaurants waren vom Nebel weichgezeichnet. Die Eukalyptusbäume erhoben sich weißgliedrig aus den Schatten. Wagen fuhren langsam vorüber. Auf der anderen Straßenseite glitt mit lautlosen, geschmeidigen Bewegungen ein Jogger vorbei. Sie fühlte sich wieder lebendig, sie schwang die Arme, und die Absätze ihrer Schuhe klickten auf dem Bürgersteig. Als sie, den Schlüssel in der Hand, vor der Tür stand, dachte sie an Versöhnung, ja, mehr noch: an Verführung – auch sie hatte zehn Tage keinen Sex gehabt – und an das Negligé, das ganz hinten in der Schublade mit der Unterwäsche lag.

Der Schlüssel drehte sich im Schloss, die Tür schwang auf. Dass Tim den Rucksack weggebracht hatte, dass der Rucksack fort war, bemerkte sie erst, als sie seinen Namen rief und keine Antwort bekam. Auf dem Badezimmerboden lagen zwei nasse Handtücher. Die Schranktür stand offen, und davor lagen seine schmutzigen Stiefel auf einem Haufen schmutziger Wäsche. Sein Lieblingshemd, ein Geschenk von ihr – schwarz mit tropischen Blumen in leuchtenden Gelbtönen –, fehlte, ebenso wie das Jackett, das er gern dazu trug. Und seine roten Converse.

Sie sah sich einen Film an, dessen Handlung kaum zu ihr durchdrang, und ging um zwölf zu Bett. Er kam nicht nach Hause. Nicht an diesem Abend und auch nicht am nächsten, und auf dem Handy wollte sie ihn nicht anrufen, diese Genugtuung gönnte sie ihm nicht. Zum Teufel mit ihm. Von ihr aus konnte er sich verkriechen und sterben. Sie führte ihr Leben, als existierte er nicht, war kühl zu Alicia und gleichgültig gegenüber den Demonstranten, fuhr wie in Trance zur Arbeit und wieder nach Hause, kochte für eine Person und verlor sich in Micah-Stroud-Songs und idiotischen Fernsehfilmen. Als sie am dritten Tag heimkam, deutete einiges darauf hin, dass Tim dagewesen war – die Converse lagen vor dem Schrank, dafür waren die Stiefel verschwunden, ebenso wie die schmutzige Wäsche –, doch auch an diesem Abend kam er nicht. Sie rief ihre Mutter an, weil sie mit jemandem reden musste, und die verbrachte, untermalt vom arhythmischen Klirren der Eiswürfel in ihrem Cocktailglas, eineinhalb wodkabefeuerte Stunden damit, über Tims Charakter, sein Aussehen, seine Erziehung und Intelligenz herzuziehen, doch das riss das Loch in ihr nur noch weiter auf, bis es so groß war, dass man ganz Santa Cruz darin hätte versenken können. Schließlich, am fünften Tag, hinterließ er ihr eine Nachricht am Kühlschrank, unter einem Magneten in Form eines im Profil dargestellten Fuchses. *Tut mir leid*, stand da, *ich weiß, dass es falsch ist, aber so fühle ich mich nun mal. Ich bin einfach noch nicht bereit dafür.* Und darunter, überflüssigerweise: *Tut mir leid, Tim.*

Am nächsten Tag war er da, als sie nach Hause kam. Auf dem Tisch standen Blumen, er hatte gekocht, und ausgehungert nach Sex, wie sie beide waren, gingen sie sofort miteinander ins Bett. Er sagte ihr, er liebe sie, aber dennoch öffnete er sich nicht ganz, und am nächsten Tag war er wieder fort. Sie sprachen darüber, immer und immer wieder, Auge in Auge oder am Telefon. Ihr Standpunkt war, dass sie das Kind bekommen würde, ob es ihm nun gefiel oder nicht, und sein Standpunkt war, dass er sich nicht einsperren und schon gar nicht vor irgendein Ultimatum stellen lassen würde. Schließlich überredete er sie, zur Familienberatung zu gehen – *Sieben Milliarden Menschen*, sagte er, *sieben Milliarden* –, und er begleitete sie und sprach ebenfalls mit der Beraterin und wollte Alma dazu bringen, einen Termin für einen Abbruch zu vereinbaren. Sie verstand ihn – sie gab ihm recht –, aber ihr Körper weigerte sich. Der November kroch dahin. Tim wohnte bei einem Freund in der Stadtmitte. Alle paar Tage war er da, wenn sie von der Arbeit nach Hause kam, und sie schliefen aus lauter Verzweiflung miteinander, aber es war traurig und einsam und mechanisch, und beide öffneten sich nicht, sondern waren voller Zorn und Groll, im Widerstreit miteinander, bis er schließlich verkündete, er gehe auf die Farallon-Inseln, und sie müsse das, was sie zu tun hatte, allein tun.

Und jetzt ist es Februar, morgens ist ihr übel, und mit jedem Tag verändert sich ihr Körper, um den Fötus zu versorgen, der in ihm wächst, aber niemand in der Arbeit weiß davon. Seit Beginn des Jahres ist sie dreimal auf der Insel gewesen, zweimal mit Annabelle und einmal mit Fred Sampson, dem Biologen von der UCSB, der das Zuchtprogramm für die Füchse überwacht, und wenn sie am Heck des Bootes gestanden und ihr Frühstück über die Reling gekotzt hat, dann war das nichts Ungewöhnliches, denn um diese Jahreszeit ist der Kanal, wie jeder weiß, besonders rauh. Die gute Nachricht ist, dass die Füchse gedeihen. Die ersten sechs Paare, 2002 gefangen, hatten fünf Junge, von denen drei in freier Wildbahn ausgesetzt wurden und prompt den Steinadlern zum Opfer fielen. Später im Jahr fingen sie drei weitere Paare, so dass sie, zusammen mit den beiden Jungtieren und den ursprünglichen sechs Paaren, insgesamt zehn Zuchtpaare hatten. Daraus sind bis jetzt, vier Jahre später, fünfundachtzig Nachkommen hervorgegangen – angesichts des reichlichen Nahrungsangebots aus handverlesenen Beeren, frisch gefangenen Mäusen und Wachteleiern sowie der Tatsache, dass sich keine geflügelten, klauenbewehrten Tiere vom

Himmel auf sie stürzen können, haben sie sich tüchtig vermehrt. Da die Steinadler, jedenfalls die meisten, fort und die Weißkopfseeadler wieder angesiedelt sind, sieht es so aus, als könnten die Füchse im kommenden Frühjahr freigelassen werden. Und was die Schweine betrifft, so arbeiten sich Frazier und seine zwölf Jäger mit ihrer Meute aus zwei Dutzend eifrigen, aufgeregt hechelnden Hunden systematisch durch jede der fünf Zonen und sind dem Zeitplan weit voraus.

Der Valentinstag fällt auf einen Dienstag. Sie feiert ihn allein, mit einem mitgebrachten chinesischen Essen und einem Laptop voller Arbeit für den Abend, und sie denkt nicht an Tim, überhaupt nicht, auch nicht, als um zehn nach neun das Telefon klingelt und sie vom Sofa aufspringt, um beim zweiten Läuten den Hörer abzunehmen, nur um die Stimme ihrer Mutter zu hören, die sich erkundigt, ob sie immer noch Probleme mit dem Magen hat. Am Freitag macht sie früher als sonst Feierabend, wegen der monatlichen Untersuchung durch Dr. Chandrasoma (»Keine Sorge, alles normal«), und am Morgen darauf fährt sie bei Sonnenaufgang unter einem Skelett von Wolken und einer tiefstehenden, zweifelhaften Sonne nach Ventura und zu dem Boot, das sie zur Insel bringt, wo sie drei Tage lang die Zäune kontrollieren und Frazier auf der Jagd begleiten wird. Als Beobachterin, nur als Beobachterin. Um ein Gefühl für die Situation zu bekommen, den Fortgang zu überprüfen und zu sehen, was es bedeutet, jemand anders dafür zu bezahlen, dass er den Abzug drückt.

Es ist einer jener Tage, an denen das Wetter sich zum Guten oder Schlechten entwickeln kann. Sie war vor dem Zeitungsjungen auf und zur Tür hinaus, und so hat sie die Wettervorhersage nicht gelesen – aber das macht nichts, denn sie wird zur Insel fahren, ganz gleich, ob Regen in dichten Schwaden niedergeht oder die Sonne am Himmel steht, als wäre sie wieder an ihrem Strand auf Guam. Bis jetzt hat sie sich noch nicht übergeben, was ein gutes Zeichen ist, aber andererseits hat sie ja auch noch gar nichts gegessen. Beim Fahren wirft sie ab und zu einen Blick auf das Meer: Durch die schmutzigen Fenster sind die Inseln mal zu sehen, dann wieder nicht, und so weit das Auge reicht, haben die

Wellen weiße Kappen. Ob Sonne oder Regen – die Überfahrt wird rauh werden. Und sie wird kotzen. Alles normal.

Annabelle erwartet sie auf dem Parkplatz. Sie hat die Füße auf das Armaturenbrett ihres zweifarbigen Mini gelegt, nippt an einem Chai Latte von Starbucks und blättert in der Zeitung. Sie sieht auf, als Alma in die Parklücke neben ihr fährt, und ihr Gesicht ist neutral – wahrscheinlich trägt sie ihre Kontaktlinsen nicht –, bis sie sie erkennt, mit zwei Fingern winkt und aussteigt. »Alles klar?« fragt sie und beugt sich lächelnd zum Fenster, als Alma den Gurt löst und den Rucksack vom Rücksitz nimmt.

Sie geht in Gedanken die Liste der Dinge durch, die sie eingepackt hat, und spürt die ersten Regungen der Freude, die sie immer überkommt, wenn sie Gelegenheit hat, ihren Schreibtisch zu verlassen und hinaus in die Natur zu gehen, wohin sie eigentlich gehört. Bei Tim ist das vielleicht anders. Aber Tim war auch nicht drei Jahre auf Guam. »Ja«, sagt sie, steigt aus, nimmt den Rucksack in die Hand und wirft mit der anderen die Tür zu. »Ich glaube, ich habe alles. Meinst du, es wird regnen?«

Annabelle senkt eine Schulter, um den Riemen straffzuziehen, und runzelt kurz die Stirn, bevor sie sich aufrichtet und das Gewicht des Rucksacks zurechtrückt. Sie trägt ihr Outdoor-Ensemble: eine rehbraune Jacke und dazu passende Shorts, die aussehen wie von einer Schaufensterpuppe bei Banana Republic, Dreihundert-Dollar-Wanderschuhe, ein rotes Stirnband und einen ebenfalls rehbraunen Tilley-Hut. »Ich würde nicht dagegen wetten«, sagt sie, als sie sich beide gleichzeitig umdrehen und mit den Fernbedienungen ihre Wagen abschließen. Dann gehen sie über den Parkplatz zum Boot. Es ist kein einziger Demonstrant in Sicht.

»Wo sind unsere Freunde?« wundert sich Alma. »In der Kirche?«

Das Haar zu einem Pferdeschwanz gebunden, der über ihrem knallroten High-Sierra-Rucksack hin und her schwingt, schreitet Annabelle auf langen Beinen neben ihr dahin. Sie sieht Alma an und grinst, denn sie sitzen im selben Boot: Quotenfrauen. »Heute ist Samstag.«

»Stimmt. Dann schlafen sie wahrscheinlich aus. Ich meine, wann bist du am Samstag morgen aufgestanden, als du auf dem College warst?«

»Oh, ich weiß nicht ... Um zehn?«

»Wohl eher gegen Mittag«, bemerkt Alma.

»Gegen Mittag? Wie wär's mit eins? Oder zwei – höre ich zwei?«

Und das ist komisch, sehr komisch, um Viertel nach sieben an einem Februarmorgen, bei gerade mal zehn Grad über Null, wenn der kühle Geruch des Meeres vom Wasser her zu ihnen treibt und vor ihnen drei Tage ohne Wohnung, Supermarkt, Büro und Wagen liegen, und darum lachen sie, als sie über die Gangway gehen. Oder vielmehr: Sie kichern. Wie Schulmädchen bei einem Klassenausflug.

Das Park-Service-Boot ist ohne jeden Zweifel seetüchtig, aber auch sehr viel kleiner als die *Islander* und liegt nicht annähernd so ruhig im Wasser. Anfangs sitzt Alma am Tisch in der Kajüte, zusammen mit Annabelle und drei Studentinnen – sie sollen ihre drei Kommilitoninnen ablösen, die in den vergangenen zwei Wochen für Mindestlohn und einen Seminarschein die Füchse versorgt haben –, doch da unten ist es ihr zu eng und überheizt, und sie muss nach achtern gehen und sich in den Wind stellen, bis die Übelkeit vergeht. Es ist kalt. Der Himmel, der vorhin noch so vielversprechend aussah, beginnt sich zu bewölken. Delphine schwimmen im Kielwasser, reiten auf der Bugwelle, springen hoch und reiten sie erneut. Ein Paar Buckelwale – oder sind es Blauwale? – blasen in der Ferne, wilde Wesen in freier Wildbahn, das Festland bleibt rasch hinter ihnen zurück, und die Wellen schlagen düster gegen den Rumpf, als wäre das Boot einzig und allein darum auf den Kanal hinausgefahren, um sie auf ihrem Weg zum Strand aufzuhalten. Nach einer Weile muss sie sich zwischen Übelkeit und Erfrieren entscheiden, und so kehrt sie in die Kajüte zurück, setzt sich steif aufgerichtet an den Tisch, starrt auf den Horizont und zwingt sich, an alles mögliche außer Booten, Decks und das Meer zu denken, bis das Dröhnen der Maschine leiser wird und die lange braune Pier von Prisoners' Harbor in Sicht kommt.

Frazier ist da, um sie abzuholen, in dem verbeulten Toyota Land Cruiser, den ein freundlicher Mensch der Conservancy gespendet hat, und alle zwängen sich hinein. Sie fahren die fünf Kilometer bis zur Hauptranch, wo sie Annabelle absetzen. Sie stehen mitten auf dem unbefestigten Vorplatz, der Motor dreht im Leerlauf, und sie hängt ihren Rucksack über eine Schulter, beugt sich durch das Fahrerfenster und nähert ihr hübsches blasses Gesicht dem sonnenverbrannten von Frazier, als wollte sie ihre Hutgrößen vergleichen. Aber nein: Sie küssen sich. Und es handelt sich hier keineswegs um ein bloßes Abschiedsritual zwischen zwei einander wohlgesinnten Kollegen, dies ist kein flüchtiges Streifen der Wange, kein Beweis kühler Zuneigung, nein, es hat vielmehr große Ähnlichkeit mit dem hungrigen, leidenschaftlichen Kuss zweier Liebender, die Abschied nehmen. Und als wäre das noch nicht peinlich genug, müssen sie eine volle Minute dort stehenbleiben, damit Frazier ihr zusehen kann, wie sie mit wiegenden Hüften über den großen Hof geht und im Schatten der Eichen in Richtung der Baracke mit den luftigen, sauberen, hübsch eingerichteten Zimmern verschwindet, wo sie wohnen wird und in der sich, vor dem Umbau in eine frühkalifornisch-rustikale Frühstückspension für die großen Geldgeber der Conservancy, die Unterkünfte der Arbeiter befanden. Dann setzt er den Wagen in Bewegung, und sie fahren fünfhundert Meter weiter zur Field Station, wo die Zimmer weder luftig noch sauber oder hübsch eingerichtet sind und wo sie ihre Schlafsäcke ausbreiten und versuchen, in dem allgemeinen Chaos etwas Platz für sich zu schaffen.

Ein Wirbel aus Umarmungen, Fetzen von Klatschgeschichten, verkürzten Begrüßungen und eiligen Abschieden, als die Studentinnen einander ablösen und Alma in das hintere Zimmer geht – ein Einzelzimmer mit einer durchgelegenen, aber brauchbaren Matratze auf einem zusammengezimmerten Gestell –, um es in Beschlag zu nehmen, bevor es ein anderer tut. Sie beugt sich über das Bett, um den Schlafsack glattzustreichen und das suspekte Kopfkissen (wer weiß, wie lange es schon hier ist und zu welchen Zwecken es gedient hat?) durch das mitgebrachte zu ersetzen, als sie merkt, dass sie nicht allein ist. Sie dreht sich um, und da steht

Frazier in der Tür. Er trägt seine Buschmontur: khakifarbene Cargoshorts und ein dazu passendes Hemd, den Filzhut mit der runden Krone und dem ledernen Hutband, in dem zwei Wildschweinhauer stecken, schwere Bergstiefel und Gamaschen aus Goretex, damit sich in seinen Socken keine Kletten festsetzen. Hier draußen braucht man Gamaschen. Sie hat ein eigenes Paar mitgebracht, nachdem sie festgestellt hat, dass man nicht weit kommt, wenn ein halbes Dutzend Kletten ihre nadelspitzen Stacheln durch die Socken und in die Haut bohren, und wenn die Klette nicht ein perfektes Beispiel für die Anpassung von Ausbreitungsmechanismen ist, dann weiß sie nicht, was man sonst als Beispiel anführen könnte. Abgesehen von Rehzecken vielleicht. Aber die gibt es hier nicht, weil es keine Rehe gibt. »Also«, sagt Frazier, und sein Lächeln flackert auf, als hätte man ein brennendes Streichholz in Holzwolle geworfen, bis es nicht mehr ein Lächeln, sondern eine Art manisches, von einem Ohr zum anderen reichendes Kiwi-Grinsen ist, »hast du vor, den ganzen Tag hier herumzusitzen, oder willst du ein bisschen Schweine-Action sehen?«

El Tigre liegt etwa fünf Kilometer südlich der Field Station und ist mit 452 Metern die höchste Erhebung in einem spitz zulaufenden Kamm, dessen westliche Flanke steil zum Willows Canyon abfällt. Sie ist dreihundert Meter niedriger als Diablo Peak, der höchste Berg der Insel, der im Nordwesten liegt, jenseits des Central Valley, und mehr als hundert Meter niedriger als El Montañon fünfzehn Kilometer weiter östlich, der höchste Gipfel der Hügelkette, die die Grenze zwischen dem Besitz des Park Service und des Nature Conservancy bildet. Dennoch geht es steil bergauf, und obwohl es die kurvige, holprige, mit Schlaglöchern übersäte Andeutung eines Fahrwegs gibt, kommen sie mit dem Fahrzeug der Island Healers – einem winzigen Pick-up mit einem engen Fahrerhaus für zwei Personen und dem Lenkrad auf der falschen Seite – nicht sehr weit. Besonders jetzt, im Winter, da eine Reihe von Regenstürmen vom Pazifik über die Insel hinweggezogen sind und alles bis auf die Felsen fortgewaschen haben, so dass der Weg aussieht wie bombardiert. Nachdem sie in einen besonders tiefen

Krater eingetaucht sind und sich auf der anderen Seite mühsam und schlingernd herausgekämpft haben, reißt Frazier das Steuer nach links, hält neben dem Weg an und stellt den Motor ab. »Von hier an laufen wir«, sagt er, öffnet die Tür und springt hinaus in den Matsch. Sein Grinsen ist womöglich noch breiter geworden, als wäre das Ganze ein herrlicher Witz auf ihre Kosten, und als sie auf der anderen Seite aussteigt, fragt sie sich unwillkürlich, ob er vielleicht schon einen Schluck aus dem Flachmann genommen hat. Sie wirft verstohlen einen Blick auf die Uhr: noch nicht mal Mittag.

Die Luft ist beladen mit Feuchtigkeit, der Wind ist kalt. Das bisschen Sonne, das da war, ist ganz verschwunden, und obwohl sie eigentlich nie wettet, würde sie alles, was sie hat, auf die Möglichkeit – nein, die Gewissheit – setzen, dass es demnächst regnen wird. »Darum bin ich ja hier«, sagt sie, schultert ihren Rucksack und grinst zurück. »Um mich zu bewegen.« (Im Gegensatz zu Annabelle, die sich mit einem breiten falschen Lächeln entschuldigt und behauptet hat, sie habe in der Hauptranch zuviel zu tun, um sich die Stiefel in den Hügeln schmutzig zu machen – Papiere, Abrechnungen, Verwaltungskram. *Ihr wisst schon, langweiliges Zeug. Von der schlimmsten Sorte.*) Und dann, wegen Tim, weil sie Tim im Kopf hat und ihn nicht hinausbekommt, fügt Alma hinzu: »Ich bin schließlich keine Sesselfurzerin.«

Frazier gibt keine Antwort. Er hat das Funkgerät in der Hand, das er immer am Gürtel trägt, und plaudert auf Kiwi mit einem seiner Jäger, Teil eines Zwei-Mann-Teams, das irgendwo vor ihnen ist und sich offenbar an ein Ziel anpirscht. »Klaa«, sagt er, »alls klaa«, und geht bereits den Weg entlang, erstaunlich schnell für einen Mann, der sonst immer so ruhig und entspannt zu sein scheint, und wie hat sie nur das Gewehr übersehen können, das er sich über die Schulter gehängt hat? Sie mustert den glänzenden Schaft, das blankgeriebene dunkle Auge des Abzugsbügels, den todbringenden Lauf. In diesem Augenblick wird ihr bewusst, das es sich um das Handwerkszeug seiner Zunft handelt und er damit so vertraut ist wie mit seinem Handy, dem Ganghebel des Toyota und dem Flaschenöffner an seinem Schlüsselbund. Warum sollte sie das überraschen? Sie faszinieren? Ihre Aufmerksamkeit fesseln? Weil sie noch nie in ihrem Leben ein Gewehr abgefeuert, ja nicht einmal in der Hand gehalten hat, und hier ist eines, das Ding, mit dem Frazier so lässig und selbstverständlich hantiert, das über seiner Schulter hängt, als wäre es das Natürlichste von der Welt, als wäre es nicht dazu da, kupferummantelte Hochgeschwindigkeitsgeschosse in lebende Wesen zu schießen, als wäre es nicht zum Jagen da, zum Töten.

»Nein«, ruft er ins Funkgerät, »verfolgt sie, wenn ihr glaubt, dass ihr zum Schuss kommt. Wir sind direkt hinter euch.« Er sieht über die Schulter zu Alma, die sich mühen muss, nicht zurückzufallen. »Ich glaube nicht, dass Alma sie selbst erledigen will.« Er stapft dahin, dass der Schlamm spritzt, und lässt die Sprechtaste los, um die Antwort zu hören, eine dünne und praktisch unverständliche Bestätigung auf Kiwi, die durch den Äther rauscht. Sie kann ihn atmen hören, er saugt die Luft mit raschem bronchialem Keuchen ein. Sie gehen jetzt noch schneller, springen über Pfützen, umgehen Felsbrocken, und das, was vom Weg übrig ist, führt in steilen Serpentinen hinauf, immer weiter hinauf. »Stimmt's, Alma?«

Sie hat nicht genug Luft für eine Antwort. Statt dessen grinst sie, um zu zeigen, wie fit sie ist, konzentriert sich auf ihre Beine und versucht, mit ihm Schritt zu halten – ein ungleicher Wettkampf, denn seine Beine sind so viel länger als ihre. Sie sieht das Gewehr, den Hut, die Schultern, sie sieht, wie sich seine Wadenmuskeln unter den Gummibändern der Gamaschen spannen und entspannen, und folgt ihm im Laufschritt den Weg hinauf bis zu einem Punkt, wo ein Pfad, den nur er erkennen kann, scharf nach rechts und steil bergab führt, folgt ihm ins Gebüsch, greift nach Zweigen, um nicht das Gleichgewicht zu verlieren, und sieht jetzt nur noch auf ihre Füße, damit sie nicht in ein Loch tritt und sich den Knöchel verrenkt. Sie steigen ein-, zweihundert Meter ab, wenden sich dann abermals nach rechts und gehen am Fuß des Abhangs entlang, und unvermittelt ist es, als wäre eine Last von ihr genommen: Zum erstenmal seit Wochen fühlt sie sich gut und lebendig und ganz, sie nimmt die Landschaft wahr, die Gerüche, die nasse, großartige, wuchernde Verjüngung der Flora ringsum, die sie bis zur Taille und höher mit einem gewaltigen Gewebe aus Graugrün und leuchtend blühendem Gelb umgibt.

Sie geht, so schnell sie kann – querfeldein nennt man das –, als der Regen einsetzt. Es beginnt als ein sanftes Rascheln der Büsche, als würden sämtliche Blätter auf dem Hang, eines nach dem anderen, zum Leben erwachen, und dann wird es stärker, so dass sie die Tropfen auf ihren Mützenschirm prasseln hört und ihre Kälte an den Händen spürt, auf den nackten Knien und im Nacken. Plötzlich riecht alles nach Salbei, es ist ein süßer, reiner Duft, den der nasse Berg unter dem Ansturm des Gusses freisetzt. Unterhalb von ihnen wird die Sicht zur anderen Seite des Canyons weicher, wattiger, verschwommener. Sie fragt sich, warum man diesen Höhenzug El Tigre nennt, wo es hier doch nie Tiger gegeben hat, nicht mal Säbelzahntiger zu Lebzeiten des Zwergmammuts, jedenfalls deuten die Fossilienfunde nicht darauf hin. Nicht einmal Luchse hat es hier gegeben – überhaupt keine Katzen. Aber vielleicht ist es eine Frage der Wahrnehmung, vielleicht sieht die Felsformation von unten aus wie eine seitlich hingestreckte schlafende Katze. Oder vielleicht gab es hier in den alten Zeiten, als die Ranch noch bewirtschaftet wurde, einen Vaquero, der aus dem tiefsten Süden Mexikos stammte, wo nachts Jaguare herumschleichen und sich die Dorfhunde holen, und vielleicht hat er sich an ihnen gerächt und so den Spitznamen El Tigre erworben, bevor er nach Santa Cruz gekommen ist, um Schafe über die Hügel zu treiben. Oder um hier zu sterben. Bei einem Unfall, einem Erdrutsch, bei einem Wetter wie diesem.

Es ist kein Geräusch zu hören außer dem Rauschen des Regens und dem Flüstern der Blätter und Zweige, die sie beiseite schieben, während sie, immer auf dem Weg des geringsten Widerstandes, durch das Buschland gehen. Almas Oberschenkel sind mit Kratzern übersät, und auch ihre Unterarme würden bluten, hätte sie nicht das Sweatshirt an, das mit jeder Minute schwerer wird. Sie schwitzt. Sie keucht. Sie ist außer Form, weil sie schwanger ist, weil sie zugenommen hat, weil sie abends müde war und ihre Tage am Schreibtisch verbracht hat, weil sie nicht gewandert ist, wie sie es mit Tim getan hat. Sie zuckt zusammen, als vor ihren Füßen eine Wachtel aufstiebt und mit dem Wind davonfliegt, und ist damit noch einmal ein, zwei Meter im Rückstand auf Frazier, der ohnehin schon zehn Meter vor ihr ist. Am liebsten würde sie ihm zurufen, dass er nicht so schnell gehen soll, aber ihr Stolz lässt es nicht zu.

In diesem Augenblick, als sie gerade aufgeben und hinter ihm zurückbleiben will, hallt der Canyon plötzlich vom wilden Geläut der Hunde wider. Es beginnt mit einem wütenden Gebell, das sich zu einem Chor aus ekstatischem, aus tiefster Kehle aufsteigendem Geheul steigert, und scheint von irgendwo weiter unten zu kommen, wo der Hang an einer von Spalten durchzogenen Kluft abreißt. Frazier wirft einen Blick über die Schulter und stürmt los, genau in die Richtung, aus der das Gebell kommt, und bevor sie nachdenken kann, folgt sie ihm. Die Vegetation stellt sich ihr entgegen, Büsche springen sie an, schlagen gegen ihre Rippen, greifen nach ihren Füßen, schieben sie beiseite, aber sie ist nicht aufzuhalten. Die Erregung der Hunde entfacht ein Feuer in ihr, und jetzt fällt es ihr nicht mehr schwer, Schritt zu halten, ihr Gleichgewicht ist perfekt, sie setzt ihre Füße genau richtig, wehrt einen schnellenden Zweig nach dem anderen ab, springt wie eine Turnerin von Stein zu Stein und holt schließlich Frazier ein, der, die Hände in die Hüften gestemmt, stehengeblieben ist und über die senkrechte, zwölf bis fünfzehn Meter hohe Felswand hinabspäht. Das Gebell kommt näher. Tiefgebückt geht Frazier an der Kante entlang, bis er findet, was er gesucht hat: eine Rinne im Fels, in der bräunliches Wasser fließt. Ohne zu zögern springt er hinein, stützt sich mit den Armen ab, streckt die Beine nach vorn und rutscht auf dem Hintern hinab. Sogleich ist auch sie im Wasser. Es geht zwölf Meter weit hinunter, und am Ende ist ein Absatz, wo sie springen muss. Ihre Handflächen sind aufgescheuert, ihre Waden schmerzen. »Wo sind sie?« keucht sie, nimmt seinen Arm und zieht sich hoch.

Bevor er antworten kann, erklingen nacheinander drei Schüsse. Es ist ein kurzes, flaches, gereiztes Geräusch – als würde jemand ein nasses Handtuch schnalzen lassen. Die Schüsse bringen die

Hunde für einen kurzen, schwebenden Augenblick zum Schweigen, doch dann bellen und knurren sie wieder, bis ein letzter, vierter Schuss erklingt und sie unvermittelt verstummen. Sie sieht Frazier an. Er hat den Kopf schräg gelegt und lauscht, das Gewehr ist jetzt in seinen Händen, und bevor sie das gedämpfte Trappeln sich nähernder Hufe identifizieren kann, knallt das Handtuch direkt neben ihrem Ohr, und das dunkle, schnelle Ding, das aus der Deckung der Büsche auf sie zugerast ist, liegt tot auf der Erde, als hätte es schon die ganze Zeit dort gelegen, durch einen komplizierten Zauber vertauscht gegen das lebende Tier.

Sie riecht das Schießpulver, den Regen, das Blut, und da kommen die Hunde – zwei von Fraziers preisgekrönten Australischen Bull Arabs mit kräftigen Schultern, massigen Köpfen und Schnauzen und jagdfiebrigen Augen. Sie brechen aus dem Gebüsch und fallen über das Schwein her – es ist ein Keiler, ein großer Keiler mit gekrümmten Hauern –, bis Frazier sie zurückruft, zu dem Tier geht und ihm mit der Pistole aus dem Halfter an seiner Hüfte den Fangschuss gibt. Noch ein Knall. Die Hunde setzen sich. Jetzt sind Stimmen zu hören, Kiwi-Stimmen von irgendwo weiter unten. »Hast du ihn erwischt, Fraze?«

»Wie immer«, ruft er zurück. »Aber ihr Jungs werdet schlampig. Wenn der entwischt wäre, hätten wir das nächstemal unsere liebe Mühe mit ihm gehabt.«

Der Tadel hängt einen Augenblick in der Luft, und dann ertönt wieder eine der Stimmen – Alma erkennt sie als die von Clive Hyndman, einem blonden Sechsundzwanzigjährigen mit permanentem Sonnenbrand auf der Nase und Beinen, die so gut aussehen, dass er als Model für Khakishorts arbeiten könnte. »Wir haben die Bache und drei Frischlinge erwischt. Wussten nicht mal, dass der Alte auch dabei war, bis er den Berg raufgerannt ist.«

Und Frazier legt die Hand trichterförmig an den Mund und ruft: »Keine Sorge. Hauptsache, wir haben ihn. Kommt ihr rauf, oder sollen wir runterkommen?«

Sie hört, wie sie sich den Hang hinaufarbeiten: ein Scharren und Rascheln, untermalt vom Scheppern loser Steine. Die nass glänzenden Hunde sitzen da und haben das Interesse an dem Schwein verloren – das lebende Schwein ist es, das sie anspornt, das fliehende Schwein, dieses seltsame Tier, das beim Klang ihres vereinten Geheuls die Flucht ergreift und nicht aufhört zu rennen, bis sie es gestellt haben und der Mann mit dem Gewehr kommt, um ein Ende zu machen. Alma würde sich am liebsten auf den nächstbesten Felsen sinken lassen – ihre Beine fühlen sich taub und leblos an, zu schwach, um sie zu tragen –, doch statt dessen geht sie zu dem Kadaver und mustert ihn, als hätte sie ihn heraufbeschworen. Er ist größer, als sie gedacht hat, eigentlich riesig, drei- bis vierhundert Pfund schwer, und das Fell ist scheckig und struppig, mehr wie das eines Hirtenhundes als das der gepflegten Hausschweine, die sie in den Dörfern auf Guam im Schlamm hat wühlen sehen. Fraziers erster Schuss mit dem Gewehr hat die Halsschlagader getroffen: Helles, sauerstoffreiches Blut ist herausgespritzt, bis das Herz aufgehört hat zu schlagen und der Strahl in sich zusammengesunken ist, als käme er aus einem Gartenschlauch, den jemand eingeklemmt hat. Das Blut zeichnet einen Schatten auf den Körper, so dunkel, dass es ebensogut Öl sein könnte, als wäre das Tier gestolpert und in einen Tümpel gefallen.

Tropfen fallen lautlos auf das dichte, rauhe Fell, auf die starren, blicklosen Augen, die zarten Wimpern, die Falten in den Augenwinkeln, das tiefe Schokoladenbraun der Iris. Sie ignoriert das Prasseln des Regens und beugt sich vornüber, um besser sehen zu können. Die Hufe faszinieren sie. Sie hat noch nie Wildschweinhufe aus der Nähe gesehen – sie sind ihrer Aufgabe so hervorragend angepasst, eingebaute Schuhe, vor Nässe dunkel schimmernd und so unempfindlich, als wären sie aus Kunststoff. Und die Ohren, die aufgestellt werden können wie die eines Schäferhunds, um Geräusche aufzufangen und zu orten, die Menschen kaum wahrnehmen. Die schweren Schultern, die elegant geschwungenen Hinterbeine, der kurze Schwanz. Dieses wilde, vollkommene Wesen. Sie spürt den Kummer in der Kehle, den Kummer des Seins, und wenn sie das Tier wieder zum Leben erwecken und in einen anderen Lebensraum bringen könnte, dann würde sie es tun.

Frazier tritt hinter sie. »Fünf weniger«, sagt er. »Und Hunderte laufen noch herum.«

Sie nickt nur. »Aber das Tier hier sieht« – noch bevor sie es ausgesprochen hat, kommt sie sich vor wie eine Idiotin – »irgendwie gut aus, nicht? Gesund, meine ich. Ein schönes Exemplar.«

»O ja«, sagt Frazier und macht einen Schritt, so dass er den Kadaver mit der Stiefelspitze anstoßen kann. »Ein Schwein in den besten Jahren. Hat wahrscheinlich so viele kleine Schweine gezeugt wie er konnte. Aber siehst du das hier?« Sein Stiefel stupst jetzt gegen die Schnauze. »Diese Hauer? Mit den Dingern könnte er einem Hund in Null Komma nichts den Bauch aufschlitzen. Das war ein richtig fieses Schwein. Und daran, wie es auf uns zugestürzt ist, konnte man sehen, dass es nicht die freundlichsten Absichten hatte.«

Er hat recht. Natürlich hat er recht. Diese Tiere müssen ausgerottet werden, und wenn man anfängt, sie als Individuen zu betrachten, hat man verloren. Wie viele Eicheln werden keimen und zu schattenspendenden, mit ihren Zweigen den Nebel einfangenden Bäumen heranwachsen, weil dieses Schwein sich nicht mehr den Bauch damit vollschlagen kann? *Fünf weniger. Und Hunderte laufen noch herum.*

In diesem Augenblick kommt Clive aus dem Buschwerk unterhalb von ihnen hervor, gefolgt von seinem etwas kleineren, aber nicht weniger robusten und ebenso sonnenverbrannten Gefährten, der zwei weitere Hunde an der Leine führt. Die Männer sind identisch gekleidet: Gamaschen, Shorts, Ponchos, breitkrempige Hüte. Beide haben das gleiche Gewehr wie Frazier. »Herrgott, was für ein Tag«, ruft Clive mit seiner hohen, rauhen Stimme, die sich immer anhört, als würde er gleich ernstlich heiser werden. »Wir können von Glück sagen, dass wir die hier erwischt haben, denn die Viecher sind nicht blöd – solange es so regnet, bleiben die schön in ihren Verstecken.« Und dann, als hätte er sie gerade eben erst bemerkt, tippt er an die tropfnasse Hutkrempe und sagt: »Hallo, Alma. Schöner Tag heute, was?«

Der andere Jäger – der sie nicht direkt ansieht, noch nicht – lässt die angeleinten Hunde los, damit sie sich schwanzwedelnd und mit kleinen Schulterstößen zu ihren Artgenossen gesellen können. »Das ist ein kapitaler Bursche, Fraze«, sagt er und nickt in Richtung des Keilers. »Schade, dass ich ihn nicht erwischt habe.«

»Vielleicht will Alma die Hauer als Souvenir haben«, sagt Clive und sieht sie von der Seite an.

»Ja«, sagt der andere, und jetzt blickt er auf, und seine Gedanken sind unverkennbar: Er ist ein gesunder junger Mann, der im Busch herumläuft und weiblicher Gesellschaft beraubt ist, und er hat sie im Nu ausgezogen, ihre Abschürfungen geheilt und den Schmutz abgewaschen, »aber sie weiß bestimmt, dass man dazu den Kopf abhacken und für ein paar Wochen vergraben muss, damit die Würmer sich darüber hermachen. Sonst brechen die Dinger ab, wenn man versucht, sie rauszuziehen.« Er hebt den Blick von dem toten Tier und sieht Alma an. »Ich bin übrigens A. P., das ist die Abkürzung für Arthur Peter – ich glaube, wir hatten noch nicht das Vergnügen.«

Sie schüttelt seine ausgestreckte Hand – sie ist so kalt und nass wie ihre – und murmelt: »Ich bin Alma. Freut mich, Sie kennenzulernen. Aber wenn das soviel Aufwand ist, sollten wir den hier vielleicht lieber für die Raben liegenlassen.« Sie wendet sich zu Frazier, nicht schutzsuchend, nicht weil dieser Moment peinlich ist und sie das Verlangen spürt, das A. P. und Clive wie eine Aura umgibt, sondern weil sie sich wieder gut fühlt, oder jedenfalls besser, und auf keinen Fall zusammenbrechen oder sonst irgendeine Schwäche zeigen will angesichts des für diese Männer so selbstverständlichen Tötens und Sterbens. Des notwendigen Tötens. Das sie angeordnet hat. Als Boss und Aufseherin. »Oder, Frazier?« sagt sie in leichtem, scherzhaftem Ton.

»Stimmt. Aber dadurch, und das ist eins von den Problemen, die man kriegt, wenn man mal mit so einer Aktion anfängt, kommt es zu einem unnatürlich steilen Anstieg der Rabenpopulation – das ist dir doch klar, oder? –, und niemand weiß, wie sich das auf den Inselhäher oder den Seitenfleckleguan oder die anderen Arten, die ihr schützen wollt, auswirken wird.«

»Na gut«, sagt A. P. und lässt sich neben dem Kadaver auf ein Knie nieder, »wenn das so ist, dann werde ich mal ein bisschen Mund-zu-Mund-Beatmung machen und sehen, ob wir den hier wieder auf die Beine bringen.«

Sie stehen im strömenden Regen in einem Canyon auf einer Insel im Pazifik, auf der im Augenblick nicht mehr als zwanzig Menschen sein können, und diskutieren die Wechselwirkungen der künstlichen Entfernung einer Spezies zugunsten einer anderen. In all den Jahren, die sie in Bibliotheken, Seminarräumen und an ihrem Schreibtisch im Studentinnenwohnheim damit zugebracht hat, Arbeiten zu schreiben und sich das Leben in der freien Natur vorzustellen, hätte sie sich das nicht träumen lassen. Aber es fühlt sich gut an. Es fühlt sich richtig an. Sie ignoriert A. P. und sagt: »Natürlich ist mir das klar. Wenn wir den Raben dieses Nahrungsangebot bereitstellen, wird ihre Zahl exponentiell ansteigen, und wenn es dann keine Kadaver mehr gibt, werden sie hungern und sterben, aber nicht ohne vorher noch jedes Nest ausgeraubt zu haben, das sie ausrauben können. Sie werden hinter allem her sein, was sich bewegt ... aber das Risiko müssen wir eingehen. Ich meine, darum geht es ja eigentlich, oder?«

Frazier nickt. »Ich wollte nur darauf hinweisen«, sagt er. Und fügt hinzu: »Keine Sorge.«

Einer der Hunde winselt. Der Regen, der etwas nachgelassen hatte, wird wieder stärker. A. P. kniet und kaspert noch immer und sagt: »Nein, ich glaube, für den hier kommt jede Hilfe zu spät.« Clives Hände hängen herab, und von der Falte in der Krempe seines Huts rinnt ein Bach. »Was ich, ökologisch betrachtet, nicht verstehe«, sagt er, »ist, warum wir nicht zusehen, dass wir ins Trockene kommen.«

Das Mittagessen, das sie unter einem Baldachin aus leuchtendblauem Kunststoff einnehmen, den Frazier auf dem Sims über ihnen mit Steinen belastet und mit an den Ästen eines Eisenholzbaums befestigten Seilen abgespannt hat, besteht hauptsächlich aus Trockenfleisch, Trockenfrüchten und Müsliriegeln, obwohl jeder der Männer auch ein in Frischhaltefolie gewickeltes Sandwich dabeihat und Alma ein halbes Dutzend vegetarische Cheese Wraps beisteuert, die sie für eine Gelegenheit wie diese vor Tagesanbruch in ihrer Küche gemacht hat. Sie haben ein Feuer angezündet, und dafür ist sie dankbar, denn sie zittert, und ihr Sweatshirt ist ganz durchnässt und hängt an einem Stock, damit es trocknet oder wenigstens dampft, und sie hat auch keinerlei Bedenken wegen des strikten Verbots offener Feuer – nicht hier, in diesem Regen. Frazier lässt seinen Flachmann herumgehen, und wie alle anderen setzt sie den kalten metallenen Hals an die Lippen, trinkt einen brennenden Schluck und spürt, wie die Flüssigkeit durch ihre Kehle und in den Säuresee in ihrem Magen rinnt, Feuer auf Feuer. Von dort wird sie in ihr Blut übergehen, mit dem sie ins Gehirn transportiert wird, um das Lustzentrum zu massieren, und hinab in ihren Bauch, wo sie durch den Embryo fließen wird, ihre Tochter, die gut daran tut, sich schon mal darauf einzustellen, denkt sie. Ein Schluck. Was kann daran so schlimm sein?

»Woran denkst du, Alma?« fragt Frazier und stochert im Feuer.

»Ich weiß nicht. An nichts, glaube ich.«

»Noch einen Schluck?«

»Nein«, sagt sie und winkt ab. Doch dann spürt sie, wie sie anfängt zu grinsen. »Ach, was soll's, warum nicht?« Noch ein Schluck, noch ein Brennen. Sie fühlt sich unbekümmert, sie hat etwas zu feiern, sie hat sich bewährt, dies war ihre Bluttaufe – nennt man das nicht so? Müsste Frazier nicht ein Taschentuch in das Blut des Keilers tauchen und es auf ihre Stirn tupfen?

»Das ist die richtige Einstellung«, sagt A.P., als sie ihm den Flachmann reicht. Sie spürt jetzt nicht nur, dass seine Blicke auf ihr ruhen, sondern auch, dass seine ironischen Bemerkungen einen respektvollen Unterton haben, etwas Gezwungenes, als könnten er, Clive und Frazier trotz dieser scheinbaren Verbundenheit nicht vergessen, dass sie diejenige ist, die sie bezahlt.

Der Regen scheint noch stärker zu werden, sofern das überhaupt möglich ist. Alle vier stinkenden, nassen Hunde haben sich ebenfalls unter den Baldachin gedrängt. Es ist eng. Der tote Keiler, ein dicker, zottiger Haufen, der einen Steinwurf weit entfernt zu verwesen beginnt, ist der einzige, der zu dieser Party nicht eingeladen ist, auch wenn er in gewisser Weise der Ehrengast ist. Es ist kühl. Sie rückt näher ans Feuer.

Lange Zeit sagt keiner etwas. Jeder hängt seinen eigenen Gedanken nach, lauscht auf den Regen und das Feuer, spürt das Leben ringsum, das Leben der Wildnis, das hier Minute für Minute,

Tag für Tag weitergeht, ob sie nun da sind, um es zu bemerken, oder nicht. Der Brandy ist in ihrem Gehirn angekommen. Sie erschauert, beugt sich vor und greift nach ihrem Sweatshirt.

»Was meint ihr?« kräht Clive plötzlich, so dass alle zusammenzucken. »Sollen wir Feierabend machen? Hat doch nicht viel Sinn, im Schlamm herumzustapfen. Wir kriegen heute kein einziges Schwein mehr zu sehen, das garantiere ich euch.«

A. P. blickt erst zu ihr und dann zu Frazier, um zu sehen, wie dieser Vorschlag aufgenommen wird, bevor er die Hände aneinanderreibt, den Kopf einzieht und zustimmt. »Sehe ich auch so.«

Frazier sitzt mit angezogenen Beinen da, grinsend wie immer, und überlässt die Entscheidung ihr. »Was sagst du, Alma – genug gesehen?«

Bevor sie etwas antworten kann – und sie sieht schon das Kaminfeuer im großen getäfelten Raum der Field Station, sie spürt schon die trockene, wohlige Wärme ihres geduschten und gepuderten Körpers in der innigen Umarmung des Schlafsacks –, geschehen zwei Dinge. Das erste ist das Auftauchen von zwei beweglichen Rüsseln und vier erschrockenen Augen am Ende der Schulter aus Erde und Fels, auf der sie sitzen, das zweite ist das eruptionsartige Auffahren der Hunde in einem Chaos aus springenden Beinen und wildem, empörtem Gebell. Im Nu sind sie verschwunden, allesamt, die herumspazierenden Schweine (Es waren doch zwei, oder? Mittelgroß, also vielleicht Jährlinge?) ebenso wie die vier Hunde. Frazier springt fluchend auf.

»Scheiße«, sagt A. P., rührt sich aber ebensowenig wie Clive. »Ich hab dir doch gesagt« – zu Clive –, »wir hätten sie an die Leine nehmen sollen.«

»Aber wer hätte gedacht, ich meine, dass diese Scheißschweine hier anmarschiert kommen, als wäre es Fütterungszeit und wir hätten einen Eimer?«

»Ach, Scheiße«, wiederholt A. P.

Das Gebell, das Geheul entfernt sich bereits bergab, als Frazier, der keine Anstalten macht, nach seinem Rucksack oder dem Gewehr zu greifen, das daran lehnt, das Feuer löscht, indem er mit dem Stiefel die Glut verteilt und Erde darüber schiebt. »Was ist?«

sagt er und sieht erst Clive und dann A. P. an. »Wollt ihr nicht langsam eure faulen Ärsche in Bewegung setzen und den Hunden folgen?«

Widerwillig und übertrieben steif stehen sie auf. Sie sehen gekränkt aus, wütend, der Tadel hat sie getroffen. Bei diesem Wetter wollen sie nicht herumlaufen, keiner will das, und sie hatten nur darauf gewartet, dass sie sagen würde: *Ja, ich hab genug gesehen, lasst uns umkehren.* Aber das geht jetzt nicht mehr. Jetzt müssen sie den Hunden folgen, denn die haben die Spur aufgenommen, und sie können sie da draußen nicht allein lassen.

»Alma?« Frazier tritt noch immer auf der Glut herum und steht in einem wabernden Umhang aus Rauch, der sich an seine Beine schmiegt, sich öffnet und wieder schließt. Er sieht sie an. »Traust du dir das zu? Wenn du willst, bringe ich dich zurück.«

Was soll sie darauf antworten? Wird sie sagen: *Nein, bring mich zurück*, wie eine heimlich schwangere Sesselfurzerin, wie eine Frau, oder wird sie das feuchte Sweatshirt anziehen, sich den durchsichtigen Poncho überstreifen und ihren Rucksack schultern wie die anderen? »Alles klar«, sagt sie, und dann wird die Plane zusammengerollt und eingepackt, und sie folgen Clive und A. P. tiefer in den Canyon. Oben ist Regen, unten ist Matsch.

Sie hat das Zeitgefühl verloren – sie ist zu erschöpft, um noch ein Zeitgefühl zu haben, zu erschöpft, um auch nur den Arm zu heben, den Ärmel des Sweatshirts zurückzustreifen und einen Blick auf die Uhr zu werfen –, aber es kommt ihr so vor, als wären sie schon seit Stunden unterwegs. Sie gehen einen Hang hinunter und den nächsten wieder hinauf, die Welt ist so nass, wie sie es gewesen sein muss, als die Kontinente aus dem brodelnden Wasser auftauchten, und es ist nichts zu sehen als mehr Hügel, mehr Buschland, mehr Rinnsale, Bäche und Wasserfälle. Die Schweine werden sie wohl nicht mehr finden, jedenfalls nicht heute. Vielleicht werden sie nicht einmal die Hunde finden. Oder den Weg. Oder den Pick-up. Die Jäger – Clive und A. P. – sind irgendwo vor ihnen und bewegen sich wie Maschinen, wie Pleuel, rauf und runter, rauf und runter. Und sie geht hinter Frazier, der – das merkt sie ganz genau –

aus Rücksicht auf sie langsamer geht, sich vorsichtig, stumm und ohne Grinsen durch die Landschaft bewegt und seinen eigenen Gedanken nachhängt. Sie sind auf dem Kamm, der sich immer weiter senkt, so dass sie den braunen Oberlauf von Willows Creek sehen und das von den Wänden des Canyons zurückgeworfene Brausen hören kann, mit dem er sich in Richtung Meer stürzt – Wasser über Wasser –, als sie dort unten etwas bemerkt. Eine Bewegung. Etwas Farbiges. Es können nicht Clive und A. P. sein. Es können nicht die Hunde sein. Oder die Schweine. Oder irgendein anderes Schwein. Denn die Farbe – es bewegt sich, ganz eindeutig – ist falsch. Die Farbe, und hier ruft sie Frazier zu, er soll stehenbleiben, während sie den Rucksack absetzt und das Fernglas aus dem Seitenfach holt, ist ein leuchtendes Rosarot.

CROTALUS VIRIDIS

Das Boot ist fort, weil Wilson von der Küstenwache vertrieben worden ist, die sich der *Paladin* genähert und ihn per Megaphon aufgefordert hat, den Anker zu lichten und die Bucht zu verlassen, da die Insel und die Küstengewässer auf unbestimmte Zeit für alle Besucher gesperrt seien, so dass Wilson nichts anderes übriggeblieben ist, als brav in Richtung Ventura zu fahren und im Schutz der Dunkelheit zurückzukehren, aber das weiß Dave nicht. Er weiß nur, dass die Dinge sich absolut beschissen entwickelt haben und er eine tote Frau, drei unterkühlte Möchtegernsaboteure und eine zitternde, schweigsame und stinksaure Reporterin an der Backe hat. Außerdem sind sie durchnässt, es regnet immer wieder, die Temperatur liegt bei etwa fünf Grad, und sie könnten allesamt hier draußen sterben, wenn sie nicht bald einen Unterschlupf finden und ein Feuer machen. Aber ein Feuer ist riskant. Was sie brauchen, ist Wilson und das Boot mit voll aufgedrehter Kajütenheizung, trockenen Sachen und einer heißen Nudelsuppe oder einem Kaffee – irgendwas, was die Kälte vertreibt.

»Dave. *Dave.*« Jemand ruft ihn im Dunkeln, ein schwebendes Gesicht, das vom Widerschein der fernen Lichter, der unter den Wolken vom Festland herübersickert, ganz schwach erleuchtet wird, und er stapft aus der Brandung, die zischend seine Knöchel umspült, und sieht, dass es Josh ist. »Hör mal, Dave« – Josh zittert so sehr, dass er die Worte kaum herausbringt –, »wir müssen ein Feuer machen, uns ist eiskalt.«

»Nein«, sagt er, und ihm ist ebenfalls eiskalt, »zu gefährlich.«

»Tja, gefährlich oder nicht – die Frauen sammeln jedenfalls Treibholz, und Suzanne hat Streichhölzer, die man überall anzünden kann, in einem Plastikdöschen, damit sie nicht feucht werden.

Wir wollen ein Feuer machen, ein großes Feuer. Ein Signal für Wilson.« Er hält inne, niest und führt eine körperlose Hand zum Gesicht. »Wo ist der überhaupt?«

»Warte. Ein paar Minuten. Er wird schon kommen.«

»Und dann?«

»Dann gehen wir an Bord, ziehen uns was Trockenes an und setzen uns an die Heizung, damit uns warm wird.«

»Was ist mit Kelly?«

»Wir nehmen sie mit.«

Joshs Stimme ist hart, wütend und kurz davor zu brechen. »Ihr wird nicht warm werden. Nie mehr.«

Er braucht seine ganze Kraft, sich im Zaum zu halten, seine Emotionen niederzukämpfen, sich zu beherrschen, denn er ist derjenige, der bis zum Hals in der Scheiße steckt und den sie sich greifen werden, und er überlegt seit einer Stunde, was er tun soll. Er könnte sagen, dass sie vom Boot gefallen ist, aber er hat auch schon mal *CSI* gesehen: Sie werden in ihrer Lunge nicht Salz-, sondern Süßwasser finden. Vielleicht waren sie auf West-Anacapa wandern, und sie ist ausgerutscht und in eine Pfütze gefallen, eine große Pfütze, eigentlich schon eher ein Teich, und bevor sie ihr zu Hilfe kommen konnten ... Aber was ist mit Toni Walsh? Sie wird sich nicht für ihn aus dem Fenster hängen. Toni Walsh hat ihre Story, und darin wird zweifellos stehen, dass er an allem schuld ist. *Unverantwortlich. Widerrechtlich. Leichtsinnig. Eine junge Frau tot, und wofür?* Schließlich sagt er: »Das ist nicht zu ändern. So was« – er weiß, wie falsch das klingt – »kann eben passieren.«

»So was kann passieren? Wir sprechen von Kelly. Kelly ist tot, kapierst du das nicht?« Irgendwo in der Dunkelheit sammeln die anderen Treibholz, ihre Stimmen sind halblaut, ihre Schritte zischen auf dem Kiesstrand. Die Wellen brechen sich und weichen wieder zurück. Es riecht nach Moder. »Wir müssen die Polizei rufen«, sagt Josh. Seine Stimme klingt dünn und gepresst, als würde er gewürgt. »Wir müssen das melden. Sie werden kommen und ... sich um den Leichnam kümmern. Ich meine, wir müssen ihnen per Funk Bescheid sagen, wenn wir auf dem Boot sind.«

Dave gibt keine Antwort. Und er macht keine Einwände, als es

Suzanne mit ihren Streichhölzern, etwas Zeitungspapier, das sie in einer Plastiktüte trocken gehalten hat, und heftigem, konzentriertem Blasen und Fächeln gelingt, aus einem schwachen, tastenden Flämmchen eine Flamme und dann ein prasselndes Feuer zu machen, das alles verzehrt, was sie hineinwerfen, sei es nun trocken oder nass. Er steht mit den anderen davor, so dicht wie möglich, er schlägt die Arme um die Brust und dreht sich langsam, um zu trocknen. Wärme ist das einzige, was zählt. Und als Wilson dann auftaucht, als das leise Brummen des Motors über dem Klatschen und Rauschen der Wellen erklingt und die Positionslichter im Dunkel erscheinen, ist er nicht mal der erste, der es merkt. Es ist Cammy, die ruft: »Da ist er! Wilson ist da!«

Alle rennen zum Wasser und sehen, wie die Lichter langsam näher kommen. Sie hören das dünne metallische Klirren der Ankerkette, das gedämpfte »Plunk« des Ankers und dann, etwas später, das leise Klatschen, mit dem das Schlauchboot auf dem Wasser aufsetzt. Vor ihrem geistigen Auge sehen sie, wie Wilson – der ahnungslose, glückliche Wilson – hineinsteigt, wie er gleich die Starterschnur ziehen wird, um sie zu holen, in Decken zu wickeln und heimzubringen, als von der Seite ein Ruf ertönt. Es ist eine Männerstimme, brutal und laut, die Stimme von Autorität und Strafe: »Halt! Wer ist da?« Und dann erscheinen vier Gestalten aus dem nächtlichen Dunkel, mit Hunden, Shorts, Ponchos, Buschhüten, Gewehren. »Keiner rührt sich!«

Der Rest ist ein einziges Durcheinander. Die Hunde beschnüffeln sie, die Männer mit den Gewehren verteilen sich, als wäre das Ganze eine Art militärisches Manöver, Cammy und Suzanne fuchteln mit den Armen und rufen: »Hilfe! Wir brauchen Hilfe!«, als wären sie minderjährige Opfer in einem Horrorfilm, das Feuer prasselt, die Wellen rauschen, das sich nähernde Wimmern des Außenbordmotors durchschneidet das alles wie eine dünne, scharfe Klinge, und dann tritt unglaublicherweise – *Wie kann sie das gewusst haben?* – Alma Boyd Takesue aus den Schatten ans Licht, ein wildes, hasserfülltes, gnadenloses Triumphlächeln auf ihrem schmalen Japsgesicht. Es dauert einen Moment, bis er das verarbeitet hat. Dies sind die Jäger, die Schweinemörder, die sie aus Neuseeland geholt haben, als gäbe es nicht genug amerikanische. Und das sind ihre Hunde. Und das – diese kleine, schwarzhaarige, böse lächelnde Frau mit den schlammbespritzten Gamaschen und dem nassen Sweatshirt – ist ihr Boss, die Anführerin persönlich, die hier ist, um dafür zu sorgen, dass das Blut so zügig und effizient wie möglich vergossen wird. Alma. Alma Boyd Takesue.

»Was macht ihr hier?« will der Mann in der Mitte wissen. Nein, er *verlangt* es zu wissen, der bullige mit dem aus der Stirn geschobenen Hut, der sich das Gewehr über die Schulter gehängt hat und dessen Hand auf der Pistole an seinem Gürtel liegt, derjenige, der sie aus zwanzig Metern Entfernung angebrüllt hat wie ein SS-Mann – und warum diesen Vergleich nicht verwenden, wenn er so gut passt?

Josh macht ein dummes Gesicht, Cammy kämpft mit den Tränen, Suzanne breitet die Hände aus, rennt flehend auf den Typ zu, als hätte er hier irgendwas zu melden, und wiederholt in einem kindlichen Singsang, was sie gerade schon mitgeteilt hat – »Wir brauchen Hilfe« –, während Toni Walsh sich in den Sand setzt, die Schultern nach vorn beugt und versucht, sich eine Zigarette anzuzünden. Damit bleibt die Antwort ihm überlassen. Und was sagt er? Er sagt: »Wer sind Sie überhaupt, dass Sie uns hier so herumkommandieren?«

Der Mann tritt ein paar Schritte vor, bis sie nur noch drei Meter voneinander entfernt sind. Im Schein des Feuers ist ein kaltes, wildes Glitzern in seinen Augen. »Ich bin der mit dem Gewehr«, sagt er und hält inne, um diese Information einsinken zu lassen, die implizierte Drohung, die eiskalte Arroganz. Sein Blick wandert langsam und ruhig von einem Gesicht zum anderen und kehrt schließlich zu Dave zurück. »Und Sie sind unbefugt hier. Nein, schlimmer: Sie sind hier eingedrungen, um zu verhindern, dass –«

»Blödsinn! Sie haben hier gar nichts zu sagen.« Er fährt herum und zeigt mit zitterndem Finger auf Alma. »Und Sie auch nicht, *Dr.* Takesue. Diese Bucht gehört nicht dem Park Service.«

Das Schlauchboot hat jetzt den Strand erreicht, und Wilson tritt blinzelnd ins Licht des Feuers und fährt sich verwirrt mit der

Hand durch das Haar. »Herrgott«, stöhnt er wie zu sich selbst, »was ist denn hier eigentlich los?« Und dann sagt er zu dem großen Mörder, dem mit dem großen Maul und den Keilerhauern, die er unter das Hutband gesteckt hat, als wäre er eine Art Eingeborener (Und warum bohrt er sie sich nicht durch die Nase, denkt Dave, wäre das nicht noch passender?): »Wer sind Sie überhaupt?«

Alma ignoriert sie und sagt zu dem bulligen Mann: »Ruf die Küstenwache. Und die Rangerstation.«

»Was?« unterbricht Dave sie. »Ranger Rick muss helfen? Schon wieder?« Er kann nicht glauben, was er da hört. »Ich hab's euch doch erklärt: Ihr habt hier nichts zu sagen. Null. Zero. Gar nichts. Und Sie« – er durchbohrt das Großmaul mit seinem Blick –, »wenn Sie uns Befehle geben wollen, zeigen Sie uns erst mal Ihre Dienstmarke. Wo ist die, hm? Sie sind ja nicht mal Amerikaner. Sie sind bloß ein Mietkiller, ein Vollidiot, der nicht mehr Respekt vor dem Leben hat als –«

»Halt's Maul«, sagt der Mann, und die Pistole ist jetzt in seiner Hand.

»Wir werden Sie festnehmen« – Alma sieht mit hartem, energischem Blick in die Runde –, »bis die zuständigen Sicherheitskräfte eingetroffen sind und wir –«

Suzanne unterbricht sie. Sie wirft den Kopf in den Nacken und schreit. Alle Frustration, die ganze Misere, der ganze Horror des Tages brechen in einer langen Salve von Wut und Hilflosigkeit aus ihr heraus. »Verstehen Sie denn nicht? Es hat einen Unfall gegeben!« schreit sie, die Schultern gerundet unter der schweren Last, alle Gesichtsmuskeln angespannt, so dass es aussieht, als trüge sie eine Latexmaske. »Eine Frau ist verletzt, sie ... sie ...«

»Sie ist tot«, sagt Toni Walsh, die Zigarette im Mund, in das Durcheinander. Sie ist leise aufgestanden und steht jetzt, die Schultern noch immer nach vorn gebeugt, neben Dave. Lachsfarbenes Haar klebt in Strähnen knapp über dem Pflaster gegen Seekrankheit an der Seite ihres Halses. Sie wirft ihm einen ungeduldigen Blick zu – schlimmer: einen Blick voller Hass und Verderben – und wendet sich dann an Alma. »Was Sie brauchen, ist ein Gerichtsmediziner.«

Die Nacht ist wie die erste, die sich je über die Insel gesenkt hat: reglos, alles verhüllend, still bis auf das regelmäßige Donnern der Brandung. Der Himmel ist nah und verströmt lebenspendende, lebenserhaltende Feuchtigkeit. Eine Nacht im Freien. Eine besondere Nacht. Eine Nacht auf der Insel. Alle haben einen Blick auf die leblose, in den Poncho gewickelte Gestalt geworfen, die aussieht wie eine Insektenlarve in ihrer Hülle, eine Larve, die nie schlüpfen wird, der Tod, der gekommen ist, um unter ihnen zu sein und sie verstummen zu lassen. Wilson lässt eine Thermosflasche mit heißem, zu süßem Kaffee herumgehen, das Funkgerät, das der bullige Mann sich an den Mund hält, knarzt und krächzt, Menschen entfernen sich ins Dunkel und kehren mit Treibholzstücken zurück, die sie ins Feuer werfen. Zehn Minuten sind vergangen. Die Jäger haben – geradezu menschlich – Müsliriegel und Trockenfleisch mit Cammy und Suzanne geteilt, die am Feuer stehen, wo ihre Kaumuskeln trotz des Schocks und der Trauer gierig arbeiten, und als Alma und der große Mann mit dem Funkgerät beiseite gehen, winkt Dave Wilson und Josh zur anderen Seite des Feuers, außer Hörweite. Sein Kopf hat die ganze Zeit wie verrückt gearbeitet – er hat die Wut, die unbändige Wut beherrscht, um diesen Augenblick zu nutzen, den Augenblick der Entscheidung, des Abhauens, des Von-hier-Verschwindens, bevor die verdammte Küstenwache da ist, und scheiß auf die Konsequenzen.

»Ist mir egal«, sagt er und spuckt die Worte regelrecht aus, »sollen sie mich doch erschießen. Aber das werden sie nicht wagen. Ich sag euch, die haben uns gar nichts zu befehlen.« Er tritt wütend in den Sand. »Das ist Freiheitsberaubung. Wisst ihr, was ein Gericht mit diesen Clowns machen würde?«

Wilson hat plötzlich einen ganz leisen mexikanischen Akzent. »Aber es sieht schlecht aus. Ich meine, wer hätte das gedacht? Diese ... Kelly, stimmt's? Die mit dem PETA-Abzeichen?«

»Ja, echt scheiße«, sagt Dave und starrt ins Dunkel. »Nein, schlimmer. Eine Katastrophe. Eine Tragödie. Das nimmt uns alle ganz schön mit, nicht? Aber es ist *unser* Problem, stimmt's, Josh? Gibst du mir recht? Und wir müssen damit klarkommen. Es war ein Unfall. Wir sind gewandert, und dann ist dieser Unfall passiert.«

Josh sagt nichts. Aber er steht da, kompakt, mit schimmerndem Haar, das Gesicht weich und buttrig im Widerschein des Feuers, ein harter Bursche, der jetzt nicht mehr so hart ist. Die Frage ist, ob man auf ihn zählen kann.

»Wisst ihr, was wir machen? Wir bringen Kelly ins Cottage Hospital. Sie ist bei einem Unfall ums Leben gekommen, niemand war schuld. Und was wir heute hier draußen gemacht haben, geht keinen was an, habe ich recht?«

Das Feuer knackt und zischt. Ein stinkender Rauchschwall treibt ihnen ins Gesicht, fährt zurück und wird von der Brise davongeweht. Nach einer Weile sagt Wilson leise: »Ich bin deiner Meinung. Wir brauchen uns von diesen *pendejos* nichts anzuhören. Ich meine, wer sind die schon?«

»Genau.«

Er, Wilson und Josh setzen sich auf der windabgewandten Seite des Feuers in Bewegung und gehen das kurze Stück über den Strand dorthin, wo der in einen dunklen Poncho gewickelte Leichnam liegt. Sie heben ihn hoch, Dave vorn, Josh in der Mitte, Wilson hinten. Das Gewicht ist erstaunlich, verdichtet, gewaltig, aber sie schaffen es tatsächlich bis zum Schlauchboot, bevor einer der Jäger ruft: »He, was macht ihr da?« und alle wieder angerannt kommen, sogar die Hunde.

Seine nassen Stiefel sind plötzlich noch nasser, die Socken saugen sich voll, Meerwasser schäumt um seine Schienbeine. Es ist schwer, die Leiche zu halten, und es ist schwer, irgend etwas zu erkennen, denn der schwarze Boden des Schlauchboots sieht aus wie ein Loch in der Erde – Wie ein Grab, denkt er –, aber er zögert keinen Moment. »Was soll das?« ruft der Mann, doch die drei, die schon wieder ganz nass sind, ignorieren ihn und legen ihre Last ins Boot. Wilson nimmt die Leine und macht sich daran, es ins Wasser zu ziehen.

Dies ist nicht der rechte Augenblick für vernünftige Argumente, für Erwägungen und Diskussionen. Er hat es satt, es hängt ihm zum Hals raus, und als ihm einer die Hand auf den Arm legt, schüttelt er sie so heftig ab, dass er beinahe das Gleichgewicht verliert. »Fass mich nicht an«, sagt er, und seine Stimme ist leise und ruhig, denn er ist jetzt zu allem bereit, er ist jenseits von Bedrohungen, Berechnungen oder auch nur Rücksichtnahmen. »Was willst du jetzt tun – mich erschießen? Na los, nur zu, du Arsch. Das hier ist *unser* Problem, unsere« – er will sagen »Genossin«, besinnt sich aber –, »unsere Freundin. Kelly. Und wir werden jetzt tun, was wir tun wollten, als Sie« – er fuchtelt in Almas Richtung – »und Ihre Söldner sich eingemischt haben.«

»Ihr könnt doch nicht –« stottert sie und macht sogar einen Schritt auf ihn und die Brandung zu, doch ihr scheinen die Worte für das, was sie nicht können, zu fehlen.

»Was können wir nicht?« erwidert er, und jetzt brüllt er wütend. »Leben? Atmen? Unschuldige Tiere retten? Mit dem Leichnam dieser Frau, die ihr noch nie im Leben gesehen habt, in unser eigenes Boot steigen? Eure verdammte Scheißinsel verlassen?«

Sie stehen als Silhouetten im Halbkreis um ihn herum. Hinter ihnen lodert das Feuer. Das Wasser ist kalt wie Eis. Das Schlauchboot scheuert auf dem Sand, die Leine ist straff gespannt, auch Josh schiebt. Er macht sich nicht die Mühe, *Versucht's doch* zu sagen oder zu wiederholen, dass sie hier keine Befehlsgewalt haben, denn damit würde er jetzt nur noch seinen Atem verschwenden. »Steig ein, Josh«, sagt er. »Und alle, die mitkommen wollen, ebenfalls.«

Die Wellen zerren an dem Boot. Er steht bis zu den Oberschenkeln im Wasser. »Cammy?« ruft er in die Dunkelheit. »Suzanne? Wollt ihr mit?« Er wartet ein, zwei Sekunden. »Na gut«, sagt er dann, »wie ihr wollt. Wir sind jedenfalls weg.«

Und als einer der Jäger – im Dunkeln kann er nicht erkennen, welcher es ist – ihn festhält, ist er bereit, mehr als bereit: dieser Scheißkerl, dieses strohdumme, jämmerliche, menschenähnliche Arschloch, das meint, ihn aufhalten zu müssen! Er packt ihn und ringt ihn nieder ins Wasser, wo sie beide untergehen, und in dem entscheidenden Moment, da einer von ihnen aufgeben oder ertrinken muss, reißt er sich los, springt auf den Außenwulst des Schlauchboots und tritt mit allem Hass, den er aufbringen kann, in das taumelnde, einem weißen Ball gleichende Gesicht des Mannes. Sie schreien Flüche. Er schreit zurück. »Na los, schießt doch«, brüllt er. »Na los!« Und dann springt der Motor an, das Boot wendet, und das Meer rauscht unter ihm dahin und nimmt alle Last von ihm.

Die Erleichterung ist von kurzer Dauer. Kaum auf dem Wasser, sind sie schon wieder in Schwierigkeiten. Wegen des Sturms ist die See rauh, das leichte Boot wird von den Wellen hin und her geworfen, und ein scharfer, wütender Wind treibt sie am Strand entlang ab, fort von den Lichtern der *Paladin*. Das Ufer ist schwarz, das Wasser noch schwärzer. Es gibt Felsen, Untiefen, Fahrrinnen, wo die Strömung ein Schlauchboot packen und im Nu umwerfen kann. Dave weiß das, und Wilson weiß es ebenfalls. Wilson hält die bockende Ruderpinne, der Motor müht sich mit einem beständigen hohen Wimmern, und doch ist es, als würden sie sich nicht von der Stelle bewegen. Minuten dehnen sich und reißen, eine nach der anderen, bis sie endlich in den Wind gedreht haben und die Lichter der *Paladin* stillstehen und dann näher kommen. Keiner sagt etwas, obwohl Dave vor Wut kocht und kurz davor ist, Wilson beiseite zu schieben und selbst die Pinne zu nehmen, und als sie da sind, als sie die *Paladin* schließlich erreicht haben, schlingert das Schlauchboot ständig von der Leiter weg, und das Heck hüpft und bockt immer genau im falschen Augenblick, bis seine Nerven blankliegen. Sie schaffen es mit Mühe und Not, Kelly und das Schlauchboot an Deck zu heben, ohne sich umzubringen.

Alles Scheiße. Er ist in Panik, er will hier weg, bevor die Küstenwache auftaucht, und wie er ihr im Kanal aus dem Weg gehen soll – oder, schlimmer noch, im Yachthafen, wo sie ihn bestimmt schon erwartet –, weiß er nicht … Aber andererseits, sagt er sich, hat er ja nichts Unrechtes getan. Wenn eine junge Frau mitten in der Wildnis auf tragische Weise ums Leben kommt, bringt man sie zurück in die Zivilisation, oder etwa nicht? Man steht doch nicht mit den Händen in den Taschen herum und hört sich an, was Alma Boyd Takesue dazu zu sagen hat – man holt sie aus dem Wasser und bringt sie in ein Krankenhaus, damit die Ärzte den Tod feststellen und einem alles andere abnehmen. Vielleicht sollte er tatsächlich die Küstenwache rufen. Wenn sie auf See sind, muss er jedenfalls einen Notruf senden. Um es offiziell zu machen. Um sich an die Regeln zu halten. Um zu zeigen, dass sie nichts vertuschen wollen, ob sie nun unbefugt auf der Insel waren oder nicht, und dass es jetzt nur darum geht, diese Frau in ärztliche Obhut zu bringen ... richtig? Aber warum hält er Reden an sich selbst? Warum ist der Anker noch nicht gelichtet? Warum steht er nicht am Steuer? Warum, verdammt, sind sie noch nicht unterwegs?

Weil sie alle drei klatschnass sind, darum, weil sie einander anrempeln wie Zombies, während sie sich in der Kajüte die Sachen vom Leib reißen und im Schrank nach irgend etwas Trockenem suchen: einer Decke, einem Sweatshirt, Shorts, Socken, einer Windjacke, so ölverschmiert, dass sie fast durchsichtig ist. Ihre Gesichter sind verschlossen. Sie sehen einander nicht in die Augen. Die Kajüte war noch nie so eng und unpraktisch. »Wir müssen hier weg«, sagt er immer wieder, kann aber nicht aufhören zu zittern. Die elektrische Heizung ist voll aufgedreht. Wilson steht bereits am Herd und hat Teewasser aufgesetzt. »Oder Kakao. Was wollt ihr? Josh? Dave?«

Endlich, nach kaum mehr als zehn, höchstens fünfzehn Minuten, ist der Anker gelichtet, er steht am Steuer, und sie nehmen Kurs aufs Meer. Alles schaukelt, die Wellen treffen sie querab, aber dann fahren sie in östlicher Richtung und vor dem Wind an der tintenschwarzen Küste der Insel entlang, und vor ihnen und hinter ihnen ist nichts, nicht einmal der Widerschein des Feuers. Von unten dringt Wärme herauf. Er hat trockene Sachen angezogen und trägt einen Pullover über einem bis zum Hals zugeknöpften Flanellhemd, doch seine Haare sind noch nass und kühlen sein Genick, so dass es sich anfühlt, als läge dort die kalte Hand eines Toten, als läge dort Kellys Hand. Nach einer Weile treibt der Geruch von warmem Kakao zu ihm herauf, und er schluckt unwillkürlich und merkt, wie hungrig er ist. Im nächsten Augenblick sind Wilson und Josh im Steuerhaus, und er hält einen Becher Kakao zwischen den Oberschenkeln. Auf dem Sitz neben ihm vibriert eine Handvoll mit Erdnussbutter bestrichener Cracker.

»Scheiße«, lässt Wilson sich vernehmen. »Was für ein Tag.«

»Der schlimmste in meinem ganzen Leben«, sagt Josh dumpf. »Ich kann's noch gar nicht fassen.«

»Ich auch nicht.« Wilson beugt sich vor und gibt einen Schuss No-Name-Whisky aus einer Halbliterflasche in seinen Kakao. »Josh?« Er hebt schwenkend die Flasche.

»Klar«, murmelt Josh und hält ihm den Becher hin. Das Boot taucht unvermittelt in ein Wellental, und der halbe Inhalt des Bechers ergießt sich über das Deck. Und den Teppich.

»Dave?«

»Nein, für mich nicht. Ich brauche einen klaren Kopf, denn wir sitzen ganz schön in der Scheiße, und zwar in so vieler Hinsicht, dass ich gar nicht weiß, wo ich anfangen soll. Sobald wir ein Handynetz haben, rufe ich Sterling an.«

»Was, den Anwalt?«

Er stellt sich vor, wie Sterling sich mit seiner vertrockneten Bohnenstange von Frau zum Abendessen setzt und mit leiernder, lebloser Gerichtssaalstimme von dem Fall erzählt, an dem er gerade arbeitet – oder vielleicht erzählt er auch Witze, vielleicht mixt er Martinis oder kommt in irgendeinem Club mit einer Frau zur Sache, die ein Dekolleté bis fast zum Nabel hat und ganz eindeutig nicht seine Ehefrau ist, wer weiß das schon? Er jedenfalls weiß nichts von diesem Mann, außer dass seine Rechnungen Erpresserbriefen gleichen.

»Ja«, sagt er, »ich muss wissen, woran wir sind. Ich meine, ich bin nicht scharf darauf, dass die Küstenwache an Bord kommt, wenn du verstehst, was ich meine. Wir müssen irgendwann einen Notruf senden, aber ich schätze, das tun wir, wenn wir die Hafenlichter sehen, also in etwa« – er sieht auf die Uhr – »zweieinviertel Stunden. Und dann können sie machen, was sie wollen – unsere Aussagen aufnehmen, die Leiche an Land bringen und die Kriminalpolizei und den Gerichtsmediziner und was weiß ich wen holen. Aber ich will, dass Sterling da ist. Auf dem Steg.«

»Aber die können uns doch nichts anhaben.« Joshs Stimme ist so leise, dass man sie über dem dumpfen Krachen der Wellen und dem beständigen Brummen des Motors kaum verstehen kann. »Oder doch?«

Wilson schüttelt den Kopf. »Auf keinen Fall. Wir müssen unsere Aussagen machen, immerhin sind wir ja Zeugen. Du jedenfalls. Du hast gesehen, wie sie ums Leben gekommen ist, stimmt's? Es ist wie bei einem Autounfall oder so, bei dem du Zeuge warst. Da wollen die Bullen dann auch wissen, wer wann wo was gemacht hat. Du weißt schon.«

Der Bug erhält einen plötzlichen Stoß von einer Welle, die aus der Reihe tanzt. Für einen Augenblick sind sie schwerelos, bevor sie in das Wellental tauchen und auf der anderen Seite wieder hinauffahren, wobei das ganze Boot erzittert. Und dann erneut ein Stoß, ein Auf und Ab, nur dass diesmal etwas gegen die Kajütentür schlägt. Es dauert eine Sekunde, bis ihnen klar wird, was das war.

»Wir müssen sie reinholen«, sagt Josh und steht schwankend auf.

»Lasst sie liegen«, sagt Dave. Er denkt an den Schmutz, den Sand und die Nässe, an das, was mittlerweile womöglich aus ihr herausgesickert ist. Angeblich entspannen sich die Schließmuskeln, wenn man stirbt. Hat er doch irgendwo gelesen.

»Sie liegenlassen? Wir reden hier von einem menschlichen Wesen.«

»Von etwas, was mal ein menschliches Wesen war.«

»Du Scheißkerl. Leck mich doch. Cammy hatte recht. Wenn du nicht –«

Er ist drauf und dran aufzuspringen und ihm eine reinzuhauen, diesem jämmerlichen, weinerlichen milchgesichtigen Wicht, der eigentlich Windeln tragen sollte, und was bildet er sich eigentlich ein, was bildet er sich *verdammt noch mal* eigentlich ein, so mit ihm zu reden, als Wilson, die Stimme der Vernunft, sagt: »Und wenn sie über Bord geht?«

»Sie geht nicht über Bord.«

»Aber wenn doch?«

Sie haben recht. Natürlich haben sie recht. Wenn sie die Leiche verlieren, sieht es so aus, als wollten sie etwas vertuschen, irgendeine Schandtat, vielleicht sogar einen Mord. Plötzlich schämt er sich für seine Gedanken. Bis heute hat er noch nie einen toten Menschen gesehen, und kaum ist es geschehen, da legt er sich auch schon eine

Geschichte zurecht, wie ein Verbrecher, wie ein Mörder. »Okay«, sagt er schließlich. »Dann bringt sie rein. Aber legt sie nicht auf die Couch oder in eine der Kojen. Einfach aufs Deck, okay?«

Durch die geöffnete Tür weht ein Schwall Luft, die nach Meer riecht, und im nächsten Augenblick kommt Josh rückwärts herein und zieht Kellys Leiche hinter sich her, doch er allein wird damit nicht fertig, und so steht Wilson auf, um ihm zu helfen. Totes Gewicht – dieser Ausdruck gewinnt eine Bedeutung, die er bisher nicht hatte, nicht haben konnte. Sie liegt halb drinnen, halb draußen. Das Boot taucht ein und hebt sich wieder. Jetzt riecht es nach etwas anderem, nach Urin und Fäkalien. Und dann reißt der Poncho, ein billiges, beschichtetes Ding, das sein Geld nie wert war, der Länge nach auf, als Josh versucht, ihn zu packen zu bekommen, und da liegt Kelly rücklings hingestreckt auf dem fleckabweisenden Teppich und starrt schon wieder zu ihm auf.

Die Digitaluhr im Armaturenbrett zeigt 2:15, als er in die Einfahrt biegt und auf die Fernbedienung für das Garagentor drückt. Er ist so erschöpft, dass er kaum das Lenkrad drehen kann. Das Scheinwerferlicht streicht über den Rasen – keine kauernden Kreaturen der Nacht, keine umherschleichende fette Hauskatze, nur üppiges, sattgrünes, gleichmäßig geschnittenes Gras –, und als er in der Garage den Motor abgestellt hat, sitzt er da und hat nicht die Kraft, die Wagentür zu öffnen. Er stellt sich die Eingangshalle vor, die Treppe, sein Bett mit den kühlen Laken, den weichen Kissen und der eierschalenfarbenen Tagesdecke, die seine Mutter gehäkelt hat, doch er bleibt, wo er ist, wie eingefroren, und lauscht auf das Ticken des Motors, bis der Bewegungsmelder über dem Garagentor abrupt das Licht ausschaltet. Er denkt an Anise – er muss sie anrufen, ganz gleich, wie spät es ist – und dann an die Hunde, die den ganzen Tag im Haus eingesperrt waren, und als er die Fahrertür öffnet, geht das Licht wieder an. Dann steht er auf dem Pflaster seiner Einfahrt, vor seinem eigenen Haus und hinter dem verschlossenen Tor, in Sicherheit. Er atmet die Nachtluft ein, legt den Kopf in den Nacken, so dass der Himmel über ihm zum Leben erwacht. Es ist sternklar, der Regen ist aufs Meer hinausgezogen.

Wenn es hier überhaupt geregnet hat. Bis auf das gedämpfte Winseln der Hunde hinter der Haustür ist es ganz still.

Natürlich liegt Scheiße in der Eingangshalle, aber daran ist nur er selbst schuld – er dachte, er würde sechs, sieben Stunden früher zurück sein. Die Hunde begrüßen ihn, umtänzeln seine Beine und schleichen dann schuldbewusst hinaus in die Nacht, und er lässt die Haustür angelehnt und geht in die Küche, um nachzusehen, ob sie Futter brauchen. Die Futternäpfe sind leer. Der Wassernapf desgleichen. Er schüttet Trockenfutter aus der Tüte, füllt den Napf am Wasserhahn und lehnt völlig erschöpft an der Theke. Sein Mund ist ausgetrocknet, die Lippen sind aufgesprungen. Er schenkt sich ein Glas Wasser ein. Unvermittelt denkt er an Essen – im Kühlschrank ist Asiago-Käse, außerdem gibt es Tomaten, eine Avocado, einen halben Laib Hafer-Nuss-Brot – und gleich darauf an Hochprozentiges. Irgendwas, das ihn ausknipst. Im Barschrank glitzert braunes, farbloses und grünes Glas, und er erwägt einen Tequila, doch dann fällt ihm der weiße Rum im Kühlschrank ein. Das erste Glas klärt seinen Kopf, das zweite bringt seinen Kreislauf in Schwung. Das Sandwich liegt in der Mikrowelle, die Hunde kommen mit klickenden Nägeln herein und trinken geräuschvoll schlabbernd, als er zum Hörer greift und Anises Nummer wählt.

Es läutet dreimal, dann schaltet sich die Mailbox ein. Nach einer enervierenden Pause hört man im Hintergrund eine wiederholte Folge von Gitarrenakkorden und Anises starke, warme Sopranstimme und dann ihre Ansage: »Hallo, hier ist Anise. Ich kann im Augenblick nicht ans Telefon. Bitte hinterlassen Sie eine Nachricht nach dem Piep. Oder dem Ton. Oder was auch immer.«

Er wählt die Festnetznummer, lässt es sieben-, acht-, neunmal läuten, legt auf und probiert es noch einmal auf dem Handy. Kurz bevor die Mailbox sich meldet, nimmt sie ab. »Weißt du, wie spät es ist?« Ihre Stimme klingt benommen, schwer von Schlaf.

»Ich bin gerade erst zurückgekommen.«

Eine Pause. »Gerade erst?«

»Es war ein verdammter Alptraum. Von der schlimmsten Sorte. Du kannst es dir nicht vorstellen – du hast Glück gehabt, dass du nicht dabei warst. Schlau von dir, nicht mitzufahren.«

»Ihr seid doch nicht erwischt worden, oder?«
»Schlimmer, viel schlimmer.«
»Was?« Alle Lethargie ist aus ihrer Stimme verschwunden. Er sieht sie vor sich, wie sie im Bett sitzt, die Augen zusammenkneift und konzentriert die Lippen spitzt. »Hast du das Boot versenkt oder ist jemand über Bord gefallen oder was?«
»Jemand ist ums Leben gekommen.«
»Ums Leben gekommen? Wie meinst du das?«
»Kelly.« Plötzlich ist er wieder wütend. Das alles ist nur passiert, weil eine spastische, trampelige, übergewichtige Collegestudentin buchstäblich ums Verrecken nicht das Gleichgewicht bewahren konnte. Auf irgendeinem Parkplatz ein Schild herumzutragen ist eine Sache, in der Wildnis zu wandern eine ganz andere. Er weiß nicht, was er sich dabei gedacht hat. Er hätte nur Wilson mitnehmen sollen. Nur er und Wilson. Und keine Reporterin. »Sie ist tot«, sagt er. »Sie ist abgestürzt.« Er sieht es noch einmal vor sich, den schlaffen Körper, die verdrehten Gliedmaßen, ganz weiß, wo alles andere braun, grau und grün war. »Auf der Insel. Im Willows Canyon. Wir konnten nichts tun …«

Am anderen Ende ein gedämpfter Ausruf, ein gemurmelter Fluch. »Hat die Polizei …? Oder die Küstenwache …?«

Er will das nicht weiter erörtern, er weiß nicht mal, warum er sie überhaupt angerufen hat. Oder nein: Er hat sie angerufen, um ihre Stimme zu hören, weil er Trost braucht, vor allem, weil er es loswerden muss, denn er wird nicht schlafen können, ganz gleich, wie erschöpft er ist, das weiß er jetzt schon. »Ich will, dass du kommst.«

»Ich soll kommen? Ich kann nicht. Du hast mich aus dem Tiefschlaf geweckt, und morgen muss ich arbeiten. Ich hab den Gig in Cold Spring, weißt du nicht mehr? Den frühen, um fünf.«

Als er im Yachthafen an seinem Liegeplatz festmachte, erwarteten ihn an der Helling zwei Polizeiwagen, mit blinkenden Lichtern, als hätten sie gerade eine Straßensperre errichtet, und obendrein wurde er vom Boot der Küstenwache eskortiert. Auch ein Krankenwagen war da, dessen Signallichter die Szene in abwechselnd gelbe und rote Streifen zerschnitten, sowie eine wimmelnde Menge aus Gaffern und halbtoten Pennern, aus den Büschen gelockt von der Aussicht auf ein Spektakel. Sterling, in einem dreiteiligen Anzug mit Krawatte, wirkte wach und aufmerksam, hielt die Polizisten auf Distanz und bewahrte ihn davor, eine Nacht im Gefängnis zu verbringen, und zwar aufgrund einer Anzeige wegen vorsätzlichen unbefugten Betretens, die Alma Boyd Takesue im Namen ihrer Kollegin Annabelle Yuell von Nature Conservancy erstattet und durch Ranger Richard Melman per Funk hatte übermitteln lassen. Alle drei, auch Wilson, erhielten eine Vorladung und wurden, nachdem sie zugesagt hatten, vor Gericht zu erscheinen, entlassen, während Sterling, das Gesicht vor Eifer und Empörung leicht gerötet, darauf bestand, Anzeige gegen Alma und die ausländischen Jäger zu erstatten, wegen tätlichen Angriffs, Freiheitsberaubung und vorsätzlichen Zufügens erheblicher seelischer Schmerzen, indem sie seine Mandanten daran gehindert hätten, die verletzte beziehungsweise tote Frau in ein Krankenhaus zu bringen. Alma war auf der Insel. Sterling stand in der Polizeiwache am Tisch des wachhabenden Offiziers, steif und unerschütterlich, das Gesicht wie aus Stein gemeißelt. Die Anzeige und die Aussagen wurden aufgenommen. Josh fuhr heim. Wilson fuhr heim. Dave fuhr heim.

»Ich muss mit dir reden«, sagt er.

»Morgen.«

»Du hast mich nicht verstanden: Wir sind im Arsch, es ist vorbei. Toni Walsh – du hättest ihr Gesicht sehen sollen. Sie wird mich fertigmachen.«

Am anderen Ende ist Schweigen.

»Komm her.«

»Schlaf erst mal, Dave.«

Ihre Bestimmtheit macht ihn wütend. »Nein« – plötzlich schreit er, und die Hunde fahren erschrocken und mit hektisch klickenden Schritten von ihren Fressnäpfen zurück –, »erzähl mir nichts von Schlaf. Hast du mich nicht gehört? Ich brauche dich!«

Eine Pause. Vollkommen ungerührt, so ruhig und gelassen wie ein Schlafmittel, sickert ihre Stimme aus dem Hörer, ein langsames Träufeln gnadenloser Silben: »Gute Nacht, Dave. Bis morgen früh.«

Er erwacht kurz nach Mittag und ist erbittert. Er weiß nicht, wann er schließlich eingeschlafen ist, nachdem er dagelegen, an die Decke gestarrt und jedes noch so kleine Knacken und Knarzen des Hauses gehört hat, als wäre es zehnfach verstärkt, aber in dem Moment, da er die Augen aufschlägt, sind alle Nöte und Erschütterungen des gestrigen Tages wieder da. Der Morgen ist vorüber. Wenn Anise angerufen hat – oder Wilson oder Sterling oder sonst jemand, AP zum Beispiel, um eine Stellungnahme zu bekommen, das Mitteilungsblatt der Schweineschlachterinnung, oder Harley Meachum, um ihm mitzuteilen, dass alle vier Filialen gleichzeitig abgebrannt sind –, dann hat er es nicht gehört. Und er ist körperlich und geistig so erledigt, dass er es nicht mal in Betracht zieht, den Anrufbeantworter abzuhören. Scheiß drauf, denkt er. Scheiß auf die Welt. Scheiß auf alles.

Barfuß geht er in Shorts und Flanellhemd zur Haustür, um die Hunde hinauszulassen, und mit vorsichtigen Schritten weiter die Einfahrt hinunter, um die Zeitung zu holen (in der noch nichts davon stehen wird, das weiß er, denn Toni Walsh saß auf der Insel fest und ist erst zurückgekehrt, als diese Ausgabe schon gedruckt war, aber er überfliegt sie trotzdem). Nein, es steht nichts drin. Morgen wird es anders sein. Morgen wird wieder ein Sturm aus Scheiße über ihn hereinbrechen, ein Hurrikan, Windstärke 10, und gerade überlegt er, ob er seine eigene Version der Ereignisse aufschreiben und als Gegengewicht zu dem, was Toni Walsh über ihn verbreiten wird, auf der FPA-Website veröffentlichen soll, als er in den Tiefen des Hauses das Telefon läuten hört.

Er rennt die Vordertreppe hinauf und ins Haus. Beim vierten Läuten nimmt er den Hörer im Wohnzimmer ab – und verzieht das Gesicht, denn er muss sich gestern jeden einzelnen Muskel gezerrt haben, und vom linken Knie bis in die Leistenbeuge durchfährt ihn ein heftiges Brennen, so dass er sich in den nächsten Sessel werfen und die Innenseite des Oberschenkels packen und massieren muss, bis der Schmerz vergeht. »Hallo?« sagt er knapp, denn er denkt, es ist Anise.

»Spreche ich mit Dave?«

Er kennt die Stimme nicht, eine leise, flüsternde Männerstimme mit irgendeinem breiten Hinterwäldlerakzent. »Ja«, sagt er. »Wer ist da?«

Der Name sagt ihm nichts. Kaum gehört, hat er ihn schon wieder vergessen. Er braucht Kaffee, Toast, er muss irgendwas in den Magen bekommen. Es dauert einen Augenblick, bis er kapiert, was der Mann, der Freund eines Kollegen eines Freundes von Wilson, ihm sagen will. »Ich hab, was Sie wollen«, sagt der Mann. »Und so viele Sie wollen. Die Frage ist nur der Preis. Dreißig das Stück? Wär das okay?«

Mit einemmal begreift Dave, wovon der Typ redet: von Klapperschlangen. Von *Crotalus viridis*, um genau zu sein, der Westlichen Klapperschlange. Er bringt kein Wort heraus, so überrascht, nein, so überwältigt ist er, dass dieser Anruf ausgerechnet jetzt kommt.

»Sind Sie noch da? Können Sie mich hören? Hier ist Everson Stiles aus Wellspring. In Texas.«

»Ja«, sagt er und fängt sich. »Ja, okay. Ich höre Sie. Und ich bin interessiert. Sehr interessiert.«

Vor Monaten, ungefähr zu der Zeit, als er mit den Waschbären hinaus zur Insel gefahren ist, hat er Wilson gebeten, sich mal umzuhören, und dies war der Kontaktmann, den er aufgetrieben hat. Everson Stiles, ehemaliger Pastor einer evangelikalen Gemeinde, die es für gut hielt, die Schlange in das Haus Gottes zu bringen. Jedes Jahr veranstalteten die Gläubigen eine Jagd und erschienen zum Gottesdienst mit Kartoffelsäcken voller Schlangen, die sie freiließen, und wälzten sich zwischen ihnen auf dem Boden herum, redeten in Zungen und flehten den Herrn an, sie vor dem Übel zu bewahren. Doch der Herr wollte sie offenbar nicht erhören, denn einige wurden gebissen, und ein zehnjähriges Mädchen starb. Es kam zu einem Prozess, den die Kirche verlor, und das war das Ende sowohl dieser Praxis als auch der Gemeinde.

»Plus Spesen. Fahrtkosten, meine ich. Benzin und so.«

»Was? Für den ganzen Weg von Texas hierher?«

Ein kurzes, schnaubendes Lachen. »Nein, da wohne ich nicht mehr. Ich bin jetzt in Ojai. Bei Ihnen um die Ecke. Und ich sage Ihnen, jetzt ist die richtige Zeit, um sie einzusammeln. Wenn sie sich zum Winterschlaf zurückgezogen haben. Dann knäulen sie sich zu mehreren zusammen. Wenn man wartet, bis sie im Frühjahr wieder rauskommen, erwischt man immer nur eine auf einmal, und dann geht der Preis rauf.«

Er versucht es sich vorzustellen: Schlangen, die sich in einem Sack, in drei, vier Säcken auf dem Betonboden seiner Garage winden und wälzen – und er wird noch andere Tiere haben wollen: mehr Waschbären, Kaninchen vielleicht oder Taschenratten, wie wär's mit Taschenratten? »Klingt gut«, sagt er und spürt, wie er sich angesichts der Detailliertheit dieser Vision entspannt: Käfige voller Kaninchen mit zuckenden Nasen und klopfenden Hinterbeinen, die ihn aus großen, glasigen, ängstlichen Augen ansehen. Aber nicht die weißen, die man als Junge zu Ostern geschenkt bekam, sondern Wildkaninchen, große, sehnige, für den Überlebenskampf gerüstete Tiere. »Nein, der Preis ist in Ordnung, und ich bin weiterhin interessiert. Sehr interessiert. Aber das ist jetzt kein guter Zeitpunkt – kann ich Sie zurückrufen?«

Kaum hat er aufgelegt, da läutet das Telefon schon wieder und reißt ihn aus seinen Gedanken. Diesmal ist es Anise, die wissen will, ob er gut geschlafen hat, und sofort ist seine Stimmung wieder im freien Fall.

»Du weißt, dass ich beschissen geschlafen habe. Vielen Dank übrigens.«

»Hol mich doch zum Mittagessen ab und erzähl mir alles, und danach können wir zusammen zu meinem Gig fahren.«

Er sagt nichts. Er hasst sie.

»Ich kann eine Ansage machen«, schlägt sie vor, und er sieht sie vor sich in ihrer Küche: Sie kaut auf einem Bleistift oder einem Grissino herum, und ringsum ist alles an seinem Platz, glänzend und beruhigend. »Über die Frau und das, was passiert ist, über die Leute, mit denen wir es zu tun haben. Oder Flyer – wenn du willst, können wir Flyer machen.«

»Du hast ja keine Ahnung, was ich durchgemacht habe«, sagt er schließlich und hört, wie schwach und selbstmitleidig, wie geschlagen er klingt. »Du machst dir keine Vorstellung.«

DER SCHIFFBRUCH DER *ANUBIS*

Nach dem Telefongespräch mit Maria Campos, der Rechtsanwältin, die Freeman Lorber ihr empfohlen hat, ist sie so erregt, dass sie sofort in die Küche gehen und sich ein Glas Sake einschenken muss, um nicht wie ein leerer Hosenanzug in sich zusammenzusacken. Sie nimmt einen langen Schluck und starrt hinaus auf den durchweichten Garten: Die Farne sind vom Regen gebeugt, der Rasen steht unter Wasser, der Eukalyptus wirft in langen, unregelmäßigen Streifen die Borke ab. Immerhin scheint die Sonne, doch das Haus fühlt sich fremd und steril an, und alles darin, von den Farbholzschnitten, die sie von ihrer Großmutter Takesue geerbt hat, über das waldgrüne Ledersofa mit Kirschholzrahmen, das sie eineinhalb Monatsgehälter gekostet hat, die Stereoanlage und den Topf mit dem Drachenbaum bis hin zu den Micah-Stroud-CDs auf dem Regal, kommt ihr so vor, als gehörte es jemand anders. Tim ist fort. Und ohne Tim ist dieses Haus leer, verlassen, nutzlos. Für einen Augenblick glaubt sie weinen zu müssen, aber sie will nicht weinen, nicht wegen Tim oder Dave LaJoy oder irgendeinem anderen Menschen, und sie hält das kalte Glas an die Stirn, drückt es wie eine Kompresse auf die Stelle zwischen den Brauen, bis der Augenblick vorbei ist.

Was Maria Campos ihr gerade gesagt hat, ist so empörend, dass sie es kaum fassen kann – es ist ein Witz, ein verrückter, kranker, perverser Witz, und das Schlimmste ist, dass es gar kein Witz ist, sondern die harte Wahrheit über die Welt und das, was ihr bevorsteht. Persönlich. Nicht als Projektkoordinatorin und Direktorin für Öffentlichkeitsarbeit beim National Park Service, Abteilung Santa-Barbara-Inseln, die nur ihre Arbeit macht und sich Tag und Nacht dafür einsetzt, dass die Verhältnisse sich verbessern und das

Ökosystem eine Chance bekommt, sich zu erholen, zu blühen und zu gedeihen, sondern als Mensch, der sich vor Gericht zu verantworten hat. Morgen früh – am Montag morgen, denn ihr Aufenthalt auf der Insel ist durch den Vorfall in Willows Cove abgekürzt worden, so dass sie nur den einen Tag dort draußen war, als wäre das nicht schon Strafe genug – muss sie aufgrund einer Klage im Zusammenhang mit den Vorgängen auf der Insel im Gerichtsgebäude von Santa Barbara erscheinen. Sollte sie das nicht tun, wird sie von der Polizei vorgeführt werden. Unglaublich. Als wäre sie die Verbrecherin, als wären die wirklichen Verbrecher gesetzestreue Bürger. Schlimmer noch: Gegen Frazier, Clive und A. P. sind Haftbefehle ergangen, was bedeutet, dass sie für mindestens einen Tag, möglicherweise auch länger, von der Jagd abgezogen werden müssen – und das jetzt, im entscheidenden Stadium.

»Das kann nicht Ihr Ernst sein«, hatte sie gesagt. Der Telefonhörer fühlte sich an wie eine Granate, die gleich explodieren würde.

»Ich weiß, wie ärgerlich das ist«, antwortete Maria mit fester, nüchterner Stimme, als wäre das alles nichts, das Normalste von der Welt, »aber Sie müssen erscheinen, ganz gleich, ob die Klage gerechtfertigt ist oder nicht. Aber verlassen Sie sich darauf« – und hier wurde ihr Ton härter –, »wir werden dafür sorgen, dass die Klage abgewiesen wird und die bösen Buben das kriegen, was sie verdient haben. Okay? Zerbrechen Sie sich darüber nicht den Kopf. Denken Sie einfach nicht daran.«

»Aber ich habe ... ich meine, ich habe nie auch nur einen Strafzettel wegen zu schnellem Fahren bekommen.«

»Ich weiß, ich weiß. Aber machen Sie sich keine Sorgen. Ich werde mich um alles kümmern, okay?« Sie hielt inne und wartete auf Almas Widerspruch, dann fügte sie in sanfterem Ton hinzu: »Machen Sie einen Strandspaziergang, gehen Sie ins Kino oder so. Was ist mit Tim? Lassen Sie sich von Tim zum Abendessen einladen.«

Alles war so falsch, dass Alma gar nicht wusste, wo sie anfangen sollte, und so murmelte sie nur: »Okay.«

»Ich sage Ihnen, das ist nichts, bloß ein verzweifeltes Ablenkungsmanöver. Sie werden sehen. Vertrauen Sie mir.«

Und jetzt, da der Hörer wieder auf der Gabel liegt, der kalte, trockene Nachgeschmack des Sake auf ihrer Zunge verweilt und ihre Gedanken ins Leere gehen, hebt sie das Glas erneut an den Mund, stellt es dann aber abrupt hin. Was denkt sie sich eigentlich? Sie darf keinen Alkohol trinken. Nichts, keinen Tropfen. Und dabei hat sie gestern erst Alkohol getrunken, als wäre sie irgendeine durchgeknallte schwangere Teeniebraut im Ghetto. Sie lehrt das Glas in die Spüle und denkt an Alkoholembryopathie, kognitive Behinderung, mentale Entwicklungsstörung, und als sie es abstellt, zittert ihre Hand. Sie muss sich zusammenreißen. Muss stark sein. Das Steuer in der Hand behalten. Die Sache ist nur: Sie fühlt sich schwach, verwirrt und verletzt.

Es ist kurz nach zehn Uhr morgens. Sie hat auf dem Rückweg auf dem Boot geschlafen, doch es war ein leichter, oft unterbrochener Schlaf, und jedesmal wenn sie die Augen aufgemacht hat, haben Toni Walsh und die anderen beiden Frauen sie angestarrt, als wäre sie ihre Gefängniswärterin und als warteten sie nur auf eine Gelegenheit zur Flucht, als könnten sie fliegen oder über das Wasser gehen, und jetzt spürt sie, wie Müdigkeit sie durchdringt, eine so vollkommene Erschöpfung, dass ihre Beine sich anfühlen, als gehörten sie nicht ihr, und sie einen Stuhl heranziehen und sich schwer darauf sinken lassen muss. Lange sitzt sie da und starrt aus dem Fenster, und dann greift sie zum Telefon und wählt – es ist unvermeidlich, demütigend, sinnlos – Tims Nummer.

Sie erwartet gar nichts. Er betreibt Feldforschung auf den Farallon-Inseln, und dort gibt es kein Mobilfunknetz, das weiß sie so gut wie jeder andere. Aber vielleicht ist er nach San Francisco gefahren, um Proviant zu besorgen, um sich ein paar Tage zu erholen, und weil er gerade erst angekommen, gerade erst an Land gegangen ist, hat er sie noch nicht angerufen, und gleich wird er sich melden, er muss sich melden, denn sie will, sie muss seine Stimme hören ... Ihr Magen ist in Aufruhr. Unter dem Tisch beginnt eines ihrer Knie zu wippen. Aber sie erwartet nichts, und nichts ist genau das, was sie bekommt. Es läutet zweimal, sie hört ein leises Klicken und dann nichts mehr.

Am nächsten Morgen zieht sie eine weiße Seidenbluse, frisch aus der Reinigung, und einen marineblauen Hosenanzug an, schlüpft in Strümpfe und Pumps und fährt zum Gericht. Maria Campos ist da, und es passiert nicht viel, außer dass sie einen ganzen Vormittag damit verschwendet, herumzusitzen, während ein Fall nach dem anderen aufgerufen wird, bis sie schließlich für zwei Minuten vor den Richter treten muss, der sie kaum ansieht und sie mit der Auflage entlässt, in einem Monat wieder zu erscheinen. Endlich im Büro, ist von Alicia nichts zu sehen – es hat einen Notfall gegeben, sagt Suzie Jessup, die das benachbarte Büro hat, und Alicia hat sich einen Tag freigenommen. Papier türmt sich zu Bergen, und die Liste der E-Mails ist ungefähr einen Kilometer lang. Arbeit. Das ist es, was sie jetzt braucht – und was sie in Anspruch nimmt –, und erst um halb drei verspürt sie das Bedürfnis nach einem großen Eistee mit Zitrone und etwas zu essen. Sie steht vom Schreibtisch auf und geht die Treppe hinunter und auf dem Fußweg am Yachthafen entlang zum Docksider. In Gedanken versunken schlendert sie dahin und versucht, einen klaren Kopf zu bekommen, als sie plötzlich innehält. Etwas ist anders, anders als sonst, aber was? Sie sieht den Fußweg entlang (schlendernde Touristen), sieht zurück zum Park-Service-Gebäude (wimmelnde Touristen, die hinein- und hinausgehen, um sich die Reliefkarte der Insel und die anderen Ausstellungsstücke im Erdgeschoss anzusehen) und schließlich über die weite Fläche des Parkplatzes (Sonnenlicht blitzt auf dem Glas und Chrom der in ordentlichen Reihen geparkten Wagen), und dann erst dringt es zu ihr durch: Die Demonstranten sind weg.

Es ist verblüffend. Als wäre sie in ihrer Betonhütte in Guam aufgewacht und vor die Tür gegangen, um festzustellen, dass der Urwald über Nacht verschwunden war. *Die Demonstranten sind weg.* Keine Sprechchöre, keine verleumderischen Schilder, keine Graffiti. Haben sie aufgegeben? Endlich? Ihr kommt der Gedanke – ein freudiger Gedanke, begleitet von einer Welle der Heiterkeit –, dass sie verschwunden sind, weil ihre treibende Kraft verschwunden ist. Weil Dave LaJoy hinter Gittern oder gegen Kaution auf freiem Fuß ist und in irgendeiner Gasse herumschleicht und sich die Kapuze seines Hoodies über den Kopf zieht wie ein Mafioso oder ein bloßgestellter Senator. Er hat den entscheidenden Fehler begangen. Er ist fertig. Erledigt. Und die Schweinejagd geht unerwartet gut voran. Wenn LaJoy irgendwann wiederauftaucht, ist das Projekt abgeschlossen, und dann gibt es nichts mehr, wogegen er protestieren könnte. Das wird ein Festtag sein!

Der Gedanke erfüllt sie mit einem inneren Licht. Alles ringsum leuchtet, als wäre es aus Schlacke neu erstanden, schimmernd und glänzend. In dieser Stimmung geht sie zum Docksider und ertappt sich dabei, dass sie Leuten zunickt, die ihr entfernt bekannt vorkommen, und stehenbleibt, um einer jungen Mutter und ihrem kleinen Kind zuzulächeln, die sich eine rosarote Wolke aus Zuckerwatte teilen. Aber dann, als sie die Treppe hinaufgeht, kommt wieder die Schwere über sie, spürt sie wieder die Last in ihr, so unverrückbar wie eine Ziegelmauer: Wie gern würde sie es Tim erzählen, ihre Freude und den süßen Geschmack des Triumphs und der Rehabilitierung mit ihm teilen. Aber es gibt keinen Tim, alle anderen haben ihre Mittagspause längst beendet, und das Café ist leer und wirkt leicht deprimierend. Sie ist allein und will etwas essen, und als die Kellnerin sie an einen winzigen Tisch in der Mitte des Raums setzen will, besteht sie auf eine Nische am Fenster, die sonst für Gruppen von vier oder fünf Personen reserviert ist, und warum auch nicht? Sie ist es leid, sich herumschubsen zu lassen. Sie ist alles leid. Sie ist müde.

Sie starrt auf die Speisekarte und versucht sich zu entscheiden, ob sie zu ihren Krabben eine kleine oder große Schale Clamchowder bestellen soll, und darum dauert es einen Augenblick, bis sie bemerkt, dass die Koreanerin aus dem Lädchen im Erdgeschoss neben ihrem Tisch steht. Mrs. Kim. Sie hält eine Zeitung in der Hand, den *Press Citizen*, und sie hält sie so, als wollte sie sie ihr anbieten. »Sie haben schon gesehen?« fragt sie.

Alma hat die Zeitung noch nicht gelesen. Am Morgen war sie dazu nicht imstande, zu angespannt, weil sie vor Gericht erscheinen musste und nicht wusste, ob sie die Bluse über der Hose tragen könnte, um die Tatsache zu verbergen, dass sie die Jacke nicht mehr schließen konnte, und so hat sie es ganz vergessen. Ohnehin überfährt sie die Zeitung meist, und dann fällt sie ihr erst wieder ein, wenn sie abends in die Einfahrt biegt und sie schmutzig und zerrissen dort liegen sieht. Was eigentlich nicht weiter schlimm ist, denn es ist ein Käseblatt, laut, besserwisserisch und bestenfalls halbkompetent, das praktisch nichts von dem vertritt, woran sie glaubt. Tim hat es immer den *Press Critizen* genannt.

»Nein«, sagt Alma. »Warum?«

Mrs. Kim, eine große, kerzengerade Frau in den Siebzigern, die Alma einmal nach beiläufiger Begrüßung mit der Bemerkung »Sie *Nihon-jin*, ja?« überrascht hat, legt die Zeitung auf den Tisch und schiebt sie ihr mit einem verschwörerischen Lächeln zu. »Sie werden mögen, was da steht. Umsonst. Für Sie.«

Noch bevor sie den Dank ausgesprochen hat, sieht sie die Schlagzeile: *Tod auf Santa Cruz*. Und darunter: *Fragwürdiges Vorgehen der FPA führt zum Tod von Studentin*, von Toni Walsh.

Mrs. Kim tritt langsam einen Schritt zurück und macht eine kleine Verbeugung, die Alma erwidert, so gut es im Sitzen geht. »Keine Demonstranten mehr, ja?« sagt die alte Frau zwinkernd. »Schlecht für Geschäft. Für Ihr Geschäft und mein Geschäft.«

Alma sieht sie mit klopfendem Herzen an und lächelt. »Das kann man wohl sagen.«

Der Artikel ist nicht so, wie sie ihn sich gewünscht hätte, aber immerhin ist die maßgebliche Zeitung von Santa Barbara zum erstenmal, seit das alles angefangen hat, offenbar bemüht, zu Dave LaJoy und seiner Bande von Verrückten auf Distanz zu gehen. Zwar betrachtet man ihn noch immer als Streiter für ein hehres Ziel und den Park Service und Nature Conservancy als Feinde, aber Toni Walsh – die gestern schlamm- und blutverschmiert und höchst erbittert war – bezieht deutlich Stellung und klingt dabei nicht so sehr wie eine Reporterin als vielmehr wie eine Kommentatorin:

Der örtliche Geschäftsmann und Aktivist David Francis LaJoy (47) aus Montecito, Gründer und Vorsitzender der Tierschutzorganisation *For the Protection of Animals*, wurde nach einem bizarren und tragischen Vorfall auf der Insel Santa Cruz am späten Samstag abend verhaftet. LaJoy führte eine Gruppe von Gefolgsleuten an, die angeblich das Projekt des Park Service zur Beseitigung der verwilderten Schweine auf der Insel sabotieren wollten, nachdem eine in letzter Minute beantragte einstweilige Verfügung vom zuständigen Gericht abgelehnt worden war. Mitglieder der Gruppe behaupten, LaJoy habe sich trotz der am Wochenende herrschenden schlechten Witterungsbedingungen leichtsinnig und unverantwortlich verhalten. Bei dem Versuch, auf Anweisung von LaJoy einen steilen Hang oberhalb eines erheblich angeschwollenen Bachs zu queren, stürzte Kelly Ann Johannson (19) aus Goleta in den Tod.

LaJoy wird des unbefugten Betretens von Privatgrund, der vorsätzlichen Sachbeschädigung und der Verabredung zu einer Straftat beschuldigt. Die Eltern der ums Leben gekommenen Studentin, Ronald und Eva Johannson aus Goleta, wollten sich telefonisch nicht äußern. Ein Freund der Familie, der nicht genannt werden will, bestätigte jedoch, dass sie wegen fahrlässiger Tötung gerichtlich gegen LaJoy vorgehen werden.

Sie liest den Artikel zweimal und fühlt sich besser, viel besser. Als das Essen gebracht wird, legt sie die Zeitung ausgebreitet auf den Tisch, damit sie die Schlagzeile und das körnige Archivfoto der Pier in Prisoners' Harbor betrachten kann, das sie für diesen Artikel ausgegraben haben. Der Clamchowder ist köstlich, mit vielen Muscheln, Kartoffelstückchen und Butter, und die Krabben haben ihr noch nie so gut geschmeckt. Zum Schluss wischt sie den Teller mit Stücken von dem warmen Sauerteigbrot ab, worauf man hier so stolz ist, und stellt dann fest, dass sie zuviel gegessen hat. So jedenfalls fühlt sie sich. Als sie schließlich aufsieht, ist es nach drei Uhr, und trotz des Energieschubs, den ihr der Eistee gegeben hat, schafft sie es kaum, sich vom Stuhl zu erheben. Sie ist schläfrig und erschöpft, doch als ihr der Gedanke kommt, sie könnte heute einmal früher Feierabend machen, schiebt sie ihn sogleich beiseite.

Sobald sie draußen ist, zwingt sie sich zu einer schnelleren Gangart, marschiert zügig voran und atmet die Meerluft in tiefen

Zügen ein. Der Yachthafen liegt ruhig da, der Parkplatz ist wieder nur ein Parkplatz. Es weht ein leichter, duftender Wind aus Süd, der einen Vorgeschmack des Frühlings mit sich bringt, und sie bleibt einen Augenblick auf dem Stück Rasen hinter dem Park-Service-Gebäude stehen und wendet ihm ihr Gesicht zu, während der Hausmeister aus der Hintertür tritt, um seinen Mop auszuschütteln, und ein halbes Dutzend Stare sich um ein paar auf dem Weg verstreute Pommes frites streiten. Dann sitzt sie wieder an ihrem Schreibtisch, und ihre Stimmung wird finsterer, als sie Alicias leeren Platz sieht. Wenn sie Alicias Beurteilungsbogen auszufüllen hat, wird sie ihrem Gewissen folgen müssen. Mehr gibt es dazu nicht zu sagen. Und sollten dabei irgendwelche Gefühle verletzt werden, dann tut es ihr leid.

Sie arbeitet bis sechs und versucht, die am Vormittag wegen des Gerichtstermins liegengebliebene Arbeit zu erledigen, ist aber nicht allzu streng mit sich selbst, denn ohne den Vorfall in Willows Cove wäre sie jetzt noch immer auf der Insel. Sie denkt daran, an die Szene am Strand, an die tote Frau, als sie die Tür abschließt und die Treppe hinunter und über den leeren Parkplatz zu ihrem Wagen geht. Als sie zusammen mit den Männern und den Hunden über den Strand ging, fühlte sie sich stark, als hätte sie alles fest in der Hand, und als sie die Umrisse des dicken, reglosen Bündels unter dem nassen Poncho sah, dachte sie zunächst, es handle sich um ein Schwein, um eines der abgeschossenen Schweine, das man aus einem Graben geborgen hatte, um es zum Festland zu bringen und auszustellen. Das Blut rauschte in ihren Ohren. Es war gesetzlich verboten, irgend etwas von der Insel zu entfernen, sei es Tier, Pflanze oder Mineral, und nun hatten sie diese Leute auf frischer Tat ertappt: Als wäre es noch nicht genug damit, dass sie unbefugt hier waren und versuchten, ein Projekt zu sabotieren, das den Steuerzahler bereits Millionen gekostet hatte, hatten sie nun auch noch versucht, sich ein Wildtier anzueignen, es zu stehlen und für ihre Zwecke zu benutzen, wo doch jeder wusste, dass alle Wildtiere, ob auf öffentlichem oder privatem Grund, Eigentum des Staates waren. Sie war erregt, erfüllt von grimmiger Freude, sie erwischt, endlich erwischt zu haben, doch dann ließen ein paar

Tropfen Harz das Feuer auflodern, und sie erkannte, dass das Bündel unter dem Poncho etwas ganz anderes war.

Der Verkehr auf der dunklen Schnellstraße ist dicht, ein sich windender Strom aus sacht leuchtenden roten Lichtern, der sie dahinträgt. Sie schaltet das Radio ein, hört sich die Nachrichten an, wechselt zu einem Musiksender und versucht, nicht an die tote Frau zu denken, nicht an Tim und das Kind, das in ihr wächst, und nicht daran, was sie den Leuten sagen wird, wenn es nicht mehr zu verbergen ist. Es wird ein Song gespielt, den sie mag und der kaum je im Radio zu hören ist – »I Came So Far for Beauty« von Leonard Cohen, gesungen von Jennifer Warnes –, und sie versucht mitzusingen, aber die Worte purzeln an ihr vorbei, und nach dem zweiten Refrain verstummt sie.

Zuerst hält sie an dem Lebensmittelgeschäft im Lower Village – nach dem reichlichen Mittagessen braucht sie nicht viel: ein Stück Lachs (aus Aquakultur, mit Farbstoff) und einen Beutel Spinat für die Mikrowelle – und dann beim Videoverleih. Sie braucht lange, um sich etwas auszusuchen, und arbeitet sich durch die Neuerscheinungen (die Tim und sie meist schon im Kino gesehen haben, als sie gerade angelaufen waren) und die Komödien, die durchweg für pubertierende Kinder gemacht und nur laut Definition witzig sind, bevor sie in die Klassikerabteilung geht und sich für einen Lubitsch-Film entscheidet, den sie schon mindestens zwei- oder dreimal gesehen hat, allerdings nicht in letzter Zeit. Der Plan – das Grundthema des Abends – ist Leichtigkeit, nur ein bisschen Ablenkung, und dann ins Bett, damit das Vergessen über sie kommt wie eine dunkle Flut aus Nichts.

Gut. Super. Aber als sie, zu Hause angekommen, den Schlüssel ins Schloss steckt, stellt sie fest, dass die Tür gar nicht abgeschlossen ist. Das ist seltsam, denn sie gehört nicht zu den Menschen, die vergessen, die Haustür abzuschließen. Das passiert ihr nie. Sie geht in Gedanken noch einmal den Morgen durch – der Wecker hat gesummt, sie ist panisch aus dem Bett gesprungen und mit einem altbackenen, hektisch mit Frischkäse beschmierten Bagel aus dem Haus gestürzt – und versucht, das Bild heraufzubeschwören, wie sie die Tür hinter sich zuzieht und sie abschließt, doch das

Bild will sich nicht einstellen. Mit einemmal hat sie Angst. In den vergangenen Wochen hat es in der Nachbarschaft eine Serie von Einbrüchen gegeben; in einem Fall – in der Olive Mill Road, keine drei Blocks entfernt – ist eine Frau angegriffen worden, als sie die Einbrecher überraschte, die gerade dabei waren, ihre Möbel zu verrücken, um die Orientteppiche einzurollen. Ganz langsam und leise, als wäre sie selbst eine Einbrecherin, dreht sie den Türknopf und schiebt die Hand durch den Spalt, um das Flurlicht einzuschalten.

Sie verharrt auf der Schwelle, bereit zu fliehen, wenn es sein muss, doch als sie die Tür langsam aufschwingen lässt – bis zur Wand, um sicher zu sein, dass niemand dahintersteht –, sieht sie nichts als den vertrauten Flur, den Tisch, auf dem Jacken, Schirme, ungelesene Zeitschriften und die drei Handtaschen liegen, die sie gründlich satt hat. »Hallo?« ruft sie. »Ist da jemand?« Und dann macht ihr Herz einen Satz, und sie denkt an Tim. Er ist doch derjenige, der immer vergisst, hinter sich die Tür abzuschließen – meistens weiß er nicht mal, wo seine Schlüssel sind. »Tim?« ruft sie und sieht vor ihrem geistigen Auge bereits eine Versöhnung: Tim ist gekommen, um sie zu überraschen, und würde es ihm nicht ähnlich sehen, plötzlich aus einem dunklen Winkel zu springen und sie zu Tode zu erschrecken? »Tim, bist du das?«

Erst als sie drinnen ist, als sie durch Küche und Wohnzimmer ins Schlafzimmer gegangen ist, begreift sie. Tim war hier, aber jetzt ist er weg. Seine Sachen – alles, sein Fahrrad, seine Bücher und Videospiele, selbst seine Unterwäsche und die T-Shirt-Sammlung – sind weg. Er hat leere Schubladen zurückgelassen. Staubmäuse. Ein altes Paar Basketballschuhe mit zerrissenen Schnürsenkeln und durchgelaufenen Sohlen.

Sie spürt den Impuls, die Schuhe zu nehmen, sie zu berühren, an ihre Wange zu drücken, doch sie kann es nicht. Ihre Knie werden weich, sie muss sich sofort setzen, auf die Bettkante. Sie kreuzt die Arme vor der Brust, hält sich an den Schultern fest und findet nicht die Kraft, den Kopf zu heben. Nach einer Weile beginnt sich das hinter die Ohren gestrichene Haar zu lösen, es gehorcht der Schwerkraft und fällt ihr ins Gesicht, bis dieses im Schatten liegt.

Sie weiß nicht, wie lange sie so dasitzt, hoffnungslos, zusammengesunken, auf ihre zusammengepressten Knie unter dem marineblauen Stoff der Hose starrend, die sie für den Gerichtstermin angezogen hat, die Knie, die er gestreichelt und liebkost hat, die Oberschenkel ... Wo ist er? Hätte er nicht anrufen können? Eine Nachricht hinterlassen? Irgendwas? Irgend etwas, was darauf hindeutet, dass sie einander etwas bedeutet haben, dass sie fünf Jahre im selben Bett geschlafen haben? Es ist obszön. Ein Witz. Es ist falsch, ganz und gar falsch.

Später, viel später schafft sie es, vom Bett aufzustehen, und geht schlurfend durch die Wohnung wie eine Patientin auf der chirurgischen Station, streicht mit dem Finger über Tische und Stühle und sucht nach einer Spur von Tim. Die Nachricht ist da, sie war die ganze Zeit da. Alma findet sie in der Küche, sie liegt, mit dem Wetzstein beschwert, auf dem Schneidbrett. Ein Blatt Papier, einmal gefaltet, darin zwei Schlüssel: ein Hausschlüssel und der Reserveschlüssel des Prius. Die Nachricht besteht aus drei Sätzen:

Alma –
ich liebe Dich, ich werde Dich immer lieben, aber wenn Du das durchziehen willst, wirst Du es allein tun müssen. Du kannst den Wagen haben, ich brauche ihn nicht – nach dem Projekt auf den Farallon-Inseln werde ich wohl für den Sommer weiter nach Norden ziehen und für einen Ornithologen an der University of Fairbanks arbeiten. Was danach kommt, weiß ich noch nicht.
Tim

Der Lachsgeruch bereitet ihr Übelkeit, doch sie zwingt sich zu essen. Die Küche ist zu hell erleuchtet, ein freudloser Ort, absolut still. Danach legt sie, um sich abzulenken, die ausgeliehene DVD ein, kann dem Film aber nicht folgen. Nichts als Geräusch und Bewegung. Sie hasst Tim, ja, sie hasst ihn, und sie ist froh, dass sie herausgefunden hat, wie er wirklich ist, bevor es zu spät war. Und sie hasst auch das Baby in ihr, diesen Embryo, dieses Ding, das er dort eingepflanzt hat, dieses Leben, noch ein Leben mehr. Als die Uhr sie dazu auffordert, geht sie zu Bett, doch sie kann nicht schlafen. Sie kann ihre Mutter nicht anrufen. Und Tim wird sie nicht anrufen.

Am nächsten Morgen ist alles noch schlimmer. Sie muss eingenickt sein und geträumt haben, erinnert sich aber nur daran, dass sie flach auf dem Rücken gelegen und an die Decke gestarrt hat, während das Tageslicht sich in den Raum schlich, als würde es sich schämen. Es ist Dienstag, ein Arbeitstag, doch sie geht nicht zur Arbeit. Nein, sie muss etwas anderes tun: Sie quält sich aus dem Bett, entleert ihre Blase, lässt das allmorgendliche Kotzritual über sich ergehen, wäscht sich das Gesicht und bürstet sich den sauren Geschmack aus dem Mund, zieht sich an und fährt in die Stadt. Zur Klinik. Sie ist in der zwanzigsten Woche schwanger und noch nie dort gewesen, nicht einmal daran vorbeigefahren, seit Tim im vergangenen November davon gesprochen hat. Sie weiß nicht mal, wann die Sprechzeiten sind und ob sie gleich einen Termin bekommen wird. Oder um genauer zu sein: ob man dort Spätabbrüche durchführt. Sie weiß nur, dass der Fötus bei einem Abbruch in diesem Stadium mit Hilfe von Instrumenten und einer Zange entfernt werden muss und dass man danach eine Absaugung und schließlich eine Ausschabung vornehmen wird, um sicherzugehen, dass in der Gebärmutter keine Gewebereste mehr sind. Ihre Gebärmutter ist voll, das ist das Problem, sie drückt von innen nach vorn, bläht sie auf, lässt den Bauch anschwellen und ihre Kleider schrumpfen, und diese Leute, wer immer sie sind – irgend jemand, ein Arzt in einem grünen OP-Kittel –, müssen ihn leeren und machen, dass alles weg ist. Das ist der Sinn der Sache. Das ist der Plan.

Sie kann an nichts anderes denken, als sie sich in den Verkehr auf der Schnellstraße einreiht: Sie sollen machen, dass alles weg ist. Sie hat nichts im Magen, nicht einmal Kaffee oder einen trockenen Toast. Trotzdem ist die Übelkeit da und kratzt in der Kehle, als wollte sie mit spitzen Krallen herausklettern. Rings um sie her zischen andere Wagen dahin. Der Morgen ist schön, aufgeladen mit Sonne, und der Regen hat die Pflanzen an der Straße grün gemacht, doch das nimmt sie kaum wahr. Sie sieht den Asphalt, den Stahl und das Chrom der Wagen, die giftigen Abgaswolken, die aufsteigen, als der unvermeidliche Stau kommt und die Kette der Bremslichter aufleuchtet. Lastwagen. Minivans. Abfall auf dem Mittelstreifen. Doch dann, als sie von der Schnellstraße abbiegt, tritt die Natur wieder auf den Plan, und zwar in Form einer Möwe, die auf das gleißende Geriffel des Meers zusegelt und deren Flügel so ungerührt sind wie das Meer und das erste Wesen, das an Land kroch.

Aber die Sache ist: Sie kann die Klinik nicht finden. Wo war die noch mal? In der Harley Street? In der Ortega? Oder nein: Garden Street. Es war die Garden Street, nicht? Verärgert, wütend – aber noch weint sie nicht – zieht sie am Lenkrad, behindert durch Einbahnstraßen und Ampeln, die willkürlich auf Rot zu schalten scheinen, als hätte sich die Stadt gegen sie verschworen. Fahrradfahrer rasen aus allen Richtungen durch ihr Blickfeld, Fußgänger errichten an einer Kreuzung nach der anderen menschliche Mauern. Sie fährt zu schnell, dann wieder zu langsam. Hinter ihr hupt jemand. Sie blättert in Stadtplänen, von denen keiner Santa Barbara zeigt, und versucht gleichzeitig, ihr Handy aus der Handtasche zu angeln – sie wird einfach dort anrufen, ja, das wird das Beste sein, sie wird anrufen und sie um eine Wegbeschreibung bitten, aber sie wird noch nicht sagen, dass sie einen Termin bei einem Arzt oder bei der Beraterin will, mit der Tim und sie damals gesprochen haben, nur eine Wegbeschreibung, das ist alles –, als eine Frau in einem winzigen silberfarbenen Wagen, der wie ein Fön aussieht, direkt vor Alma langsam aus einer Einfahrt auf die Straße fährt und sie zusehen muss, wie ihr Wagen ganz zart, fast liebevoll gegen den Wagen der anderen rollt, Stoßstange gegen Stoßstange, so sacht wie zwei Billardkugeln, die einander mitten auf dem grünen Filz des Tisches küssen.

Hinter ihr erneut ein Hupen, ein erschrockenes Bremsenquietschen. Alma sieht das Gesicht der Frau, einer Frau, die nicht viel anders ist als sie selbst, einer Frau in den Dreißigern auf dem Weg zur Arbeit, das Haar gebürstet, mit frischem Augen-Make-up. Für einen Moment mustern sie einander, die Miene der Frau spiegelt in rascher Folge verschiedene Gefühle wider, von Erschrecken über Verlegenheit, Verärgerung und Wut zu Resignation, und dann öffnen sie gleichzeitig die Fahrertüren und steigen aus. Erst da bemerkt Alma die beiden Kinder auf dem Rücksitz des anderen Wagens, zwei kleine Mädchen in Schuluniformen, die angeschnallt sind und die Hälse recken, um zu sehen, was eigentlich passiert ist.

Die *Anubis* mit Heimathafen Santa Barbara, ein Zwölf-Meter-Kabinenkreuzer mit Glasfiberrumpf und zwei Volvo-Dieselmotoren, die sie bei ruhiger See auf gut achtzig Stundenkilometer beschleunigten, wurde 2005 direkt ab Werft von einem Ehepaar aus Santa Barbara gekauft, das sich verbessern wollte. Todd und Laurie Gilfoy, beide Ende Zwanzig, waren erfahrene Skipper – von Kindesbeinen an hatte Todd die Sommerferien auf der *Dreamweaver*, dem Boot seines Vaters, verbracht. Todd und Laurie hatten nach ihrem Studium an der UCSB geheiratet – Laurie war Grundschullehrerin und unterrichtete die zweite Klasse an einer Privatschule in Hope Ranch, während Todd, der einen Abschluss in Betriebswirtschaft hatte, zusammen mit seinem Vater die örtliche GMC-Niederlassung leitete. Sie hatten keine Kinder und verbrachten die Wochenenden gern auf dem Wasser, oft in Gesellschaft anderer junger Paare. Eines ihrer Lieblingsziele war Santa Cruz, insbesondere die Südküste der Insel, wo es wenige andere Boote gab, die die Aussicht verdarben. Beide tranken gern. Und wenn sie tranken, wetteiferten sie um die Aufmerksamkeit ihrer Gäste, was diesen mitunter unbehaglich war, besonders wenn sie sich auf einem Boot mitten auf dem Kanal befanden und es kein Entkommen gab.

An einem klaren Samstag im September, knapp einen Monat nachdem sie das Boot gekauft und auf den Namen *Anubis* getauft hatten (das war Lauries Idee gewesen, die sich für ägyptische Mythologie interessierte und eines Tages die großen Pyramiden am Nil besuchen wollte), luden sie zwei andere Paare zu einem Wochenendausflug nach Coches Prietos ein. Mit Jonas und Sylvie Ryerson waren sie seit dem Grundstudium befreundet; Ed und Lucinda Cherwin waren neue Bekannte, zehn Jahre älter und Nachbarn von Jonas und Sylvie. Man traf sich um zehn Uhr am Yachthafen, das Wetter war ideal: Temperaturen um fünfundzwanzig Grad, schwacher bis mäßiger ablandiger Wind und leicht bewegte See. Laurie erwartete sie in einem mit einem Leopardenmuster bedruckten Bikini und rosaroten Crocs am Tor, um sie zum Boot zu führen, wo Todd, der nur Cargoshorts trug, bereits einen Krug Margaritas gemixt hatte. »Na, ihr Landratten?« rief er. »Ich dachte schon, ihr würdet gar nicht mehr kommen. Na los, worauf wartet ihr, an Bord mit euch.«

Noch bevor sie aus dem Hafen waren, schenkte Todd die zweite Runde aus, und als Lucinda Cherwin lächelnd ablehnte und darauf hinwies, es sei ja erst Viertel nach zehn und sie hätten noch den ganzen Tag – und den Abend – vor sich, verdüsterte sich seine Miene. »Waschlappen«, knurrte er. Und dann, an alle: »Alle Waschlappen und Landratten unter Deck! Stimmt's?« Er lächelte verkniffen und stieß Jonas an. »Hab ich recht?«

Was kann man jemandem nachsehen und was nicht? Sie waren noch keine acht Kilometer gefahren, da waren alle vier Gäste in die Kajüte gegangen, während Todd und Laurie oben waren, im Cockpit, in der prallen Sonne (Hardtop und Seitenverkleidung waren abgenommen und verstaut worden), und sich über irgend etwas stritten. Laut. Heftig. Plötzlich ertönte ein dumpfer Schlag, und dann kam Laurie, deren Mundwinkel blutete, die Treppe herunter. Sie weinte – das jedenfalls behauptete Sylvie Ryerson, allerdings erst später – und schloss sich auf der Toilette ein. Inzwischen gab Todd Vollgas und fuhr enge Schleifen, ohne irgendeinen Grund, bloß weil es ihm Spaß machte. Es klapperte in den Schränken, und was nicht festgeschraubt war, rutschte über den Kajütenboden. Linda Cherwin wurde übel, und ihr Mann ging mit Jonas hinauf, um Todd zur Vernunft zu bringen, doch der saß mit steinernem Gesicht am Steuer und ignorierte sie.

»Hören Sie mich?« Die Adern an Eds Hals traten hervor. Er war Bauunternehmer und gewohnt, Anweisungen zu geben. »Ich sage Ihnen, ich habe genug von diesem Quatsch, und es interessiert mich nicht, was zwischen Ihnen und Ihrer Frau läuft. Ich will, dass Sie wenden und uns an Land bringen. Lucinda ist übel. Uns allen ist übel. Haben Sie mich verstanden?«

Todd sah ihn nicht mal an. Er riss das Ruder herum, als hätte er einen Wasserskifahrer im Schlepp, so dass die beiden gegen die Reling prallten.

»He, Todd, komm schon, Mann, das bringt's doch nicht«, redete Jonas ihm heftig schwankend zu. Sie waren alte Freunde. Er appellierte an Todds Vernunft. »Und das weißt du auch. Entweder ihr vertragt euch wieder, oder du bringst uns zurück – ich meine, du hast Lucinda eine Heidenangst eingejagt ...«

Letztlich wendete Todd tatsächlich – bei voller Geschwindigkeit und in einer so engen Kurve, dass sie beinahe gekentert wären –, aber während der ganzen Rückfahrt zum Hafen sagte er kein einziges Wort. Die Motoren liefen, als die Gäste ihr Zeug an Land brachten, der Gestank von Dieselabgasen lag in der Luft, und das Boot schaukelte noch auf der eigenen Kielwelle. Jonas war mittlerweile stinksauer, und als er auf dem Steg stand, drehte er sich zu Todd um und rief: »Weißt du was? Du kannst manchmal ein richtiges Arschloch sein.« Todd hob den Blick vom Armaturenbrett – er hatte schon wieder ein Glas in der Hand – und zeigte ihnen den gereckten Mittelfinger. »Waschlappen«, brüllte er so laut, dass die Leute auf den benachbarten Booten herumfuhren, »ihr seid nichts als Waschlappen! Alle miteinander!«

Keiner sah ihm nach. Hätten sie es getan, so hätten sie gesehen, dass Laurie an Deck war und auf ihn losging. Sie fluchte und verwünschte ihn, ihr Haar flog, und ihre Fäuste trommelten auf seine nackte Schulter mit dem eintätowierten Cartoon-Skunk. Er stieß sie von sich. Worum es bei dem Streit überhaupt ging, sollte man nie erfahren. Die *Anubis* lief eineinhalb Stunden später mit eingeschaltetem Autopiloten in China Beach auf Grund. Es war niemand an Bord. Vermutlich war die Gewalt irgendwann derart eskaliert, dass die beiden ineinander verkrallt ins Wasser gefallen waren und das Boot seine Fahrt ohne sie fortgesetzt hatte. Todds Leiche, unversehrt bis auf ein paar Abschürfungen an den Unterarmen, wurde am Abend desselben Tages etwa dort geborgen, wo sie, wie man annahm, über Bord gegangen waren. Der Leichnam seiner Frau wurde erst im folgenden Winter gefunden, als sie, noch immer im Bikini und das Gesicht zum Himmel gekehrt, in Prisoners' Harbor angespült wurde.

Ohne ihre Mutter hätte Alma diese Geschichte nicht erfahren. Kat war im Internet darauf gestoßen und hatte den Artikel ausgedruckt und kommentarlos an ihre Tochter geschickt. Die Überschrift – *Leichenfund auf Santa Cruz* – war rot unterstrichen.

Der Winter dauerte noch bis in den März, doch der Regen hörte abrupt auf, und in den Bergen fiel zwanzig Prozent weniger Schnee als sonst, was für den Sommer Wasserknappheit verhieß. Meteorologen sprachen über die Auswirkungen der globalen Erwärmung – als ob irgendeine Jahreszeit, für sich allein genommen, irgendwelche Rückschlüsse auf irgend etwas anderes als sie selbst zuließe –, und im *Press Citizen* stand eine Reihe aufgeregter Artikel über schmelzende Polkappen, das allmähliche Versinken der Malediven und die Gefahr von Tsunamis an der kalifornischen Küste, und das war auch ganz gut so, wenn es die Leute nur zum Nachdenken brachte. Dann war es April, eine immer wärmere Sonne kroch mit jedem Tag höher über den Himmel, und obwohl Alma wusste, dass sie für einen letzten ergiebigen Regen beten sollte, freute sie sich doch über die Gelegenheit, einen Strandspaziergang zu machen und Gesicht und Beine von der Sonne bescheinen zu lassen. Nach der grauen Tristesse des Winters und allem, was sie durchgemacht hatte, fühlte sich das besonders gut an. Diese Gerichtssache war ausgestanden und hatte sich aufgelöst wie eine Tablette in einem Glas Wasser, als hätte es sie nie gegeben. Maria Campos hatte Wort gehalten: Der Richter hatte die Klagen gegen sie und Frazier, Clive und A. P. abgewiesen. Und warum? Weil es keinen Klagegrund gab, weil die Klage nicht schlüssig war, und auch der Staatsanwalt hatte das eingesehen und auf Rechtsmittel verzichtet.

Auf den April folgte ein grauer Mai, und jetzt, in der ersten Juniwoche, ist die Sonne verschwunden und der Himmel trüb. Die Juni-Trübheit. Es ist das vorherrschende Muster des Wetters um diese Jahreszeit: Der Hochnebel hängt den größten Teil des Tages über dem Meer und löst sich, wenn überhaupt, erst am späten Nachmittag auf. Es ist die Zeit, in der die Menschen an der Küste am anfälligsten für jahreszeitlich bedingte Affektstörungen sind, und das kann sie absolut nachvollziehen. Es ist ein La-Niña-Jahr, das Wasser ist kälter als sonst, und das bedeutet, dass die Wolkendecke, die über der Wohnanlage, dem Strand und dem größten Teil der Innenstadt, ganz zu schweigen vom Park-Service-Gebäude, von ganz Ventura und Oxnard liegt, noch dichter ist als sonst. Almas Gegenmaßnahme besteht darin, so oft wie möglich den Schreibtisch zu verlassen und hinauszufahren auf die Insel, die für sie zu einer Art Zufluchtsort geworden ist, besonders die Hauptranch, die mehr Sonne bekommt als Scorpion.

Dort ist sie auch jetzt. Sie liegt im hinteren Zimmer der Field Station auf dem Rücken und schließt die Augen. Nur für eine Minute. Es ist halb sieben am Abend, und bald wird es Essen geben, wenn sie den alles durchdringenden Geruch von bratendem Knoblauch, Ingwer und Frühlingszwiebeln richtig deutet, der aus der Küche herüberweht, wo die beiden verbleibenden Fuchswärterinnen Marguerite und Allison einen Wok voller Tofu und Fisch zubereiten. Sie hört Stimmengemurmel aus dem großen Zimmer, Gelächter, jemand spielt ein paar Akkorde auf der Gitarre. Es werden etwa ein Dutzend Leute am Tisch sitzen: Frazier, Annabelle, ein paar Jäger (Schweinemänner und Fuchsfrauen haben sich im Lauf des Jahres in verschiedenen Kombinationen zu Paaren zusammengefunden, und wer könnte es ihnen verdenken?) sowie der eine oder andere Biologe, Archäologe und Handwerker. Es herrscht ein guter Gemeinschaftsgeist, jeder tut, was gerade zu tun ist, heute koche ich, morgen kochst du.

Sie werden wohl Wein trinken. Wein ist hier das Sakrament, und wenn man den ganzen Tag im Gelände unterwegs war, ist er ein geradezu unverzichtbares Sakrament. Sie sieht sie vor sich, wie sie, über den Raum verteilt, dasitzen, die diversen, nicht zueinander passenden Gläser einschenken, Witze reißen, sich angeregt unterhalten, Klatsch erzählen, über ihre Feldforschungen reden, über Politik, Skandale, Sexgeschichten und alles mögliche, das ihnen in Abwesenheit von Fernsehen und Handys durch den Kopf schießt. Almas Freunde. Ihre Familie. Die Leute, die mit ihr und unter ihrer Leitung nach den strengen Regeln wissenschaftlicher Forschung gearbeitet und keineswegs leichtfertig innerhalb von nur fünfzehn Monaten 5036 verwilderte Schweine getötet haben, ohne dass irgendwo auf der Insel Spuren irgendwelcher Überlebender auszumachen wären. Gleich wird sie sich mühsam erheben und hinübergehen. Sie wird essen – sie kann sich nicht erinnern, jemals so hungrig gewesen zu sein wie in den vergangenen Wochen –, aber sie wird keinen Wein trinken, nicht mal den winzigsten unschuldigsten Tropfen.

Es ist ein Kampf. Ellbogen, Unterarme und Handgelenke sind so schwach, als hätte jemand alle Knochen entfernt, doch sie schafft es, sich aufzusetzen, und im nächsten Augenblick schlüpfen ihre Füße in die Sandalen. Die Klettverschlüsse sind ihr allerdings zu anstrengend, und so bleiben die Riemen offen. Sie sitzt einen Moment da und sieht den Fliegen am Fenster zu: Ihre Welt ist ihnen fremd geworden, die freie und freigebige Luft, die sie mit ihren herrlichen Gerüchen nach Suppentöpfen, leeren Konservendosen und zartem Aas umfächelt hat, ist mit einemmal hart und undurchdringlich wie Stein – wie konnte das nur geschehen, welches Mysterium hat sich hier ereignet? Sie können es nicht wissen. Sie können nur fliegen, summen und sterben, das unerreichbare Paradies vor Augen. Wäre sie auf Guam, dann würde jetzt ein Gecko an der Wand hinaufkriechen und sich an ihnen gütlich tun, doch hier sind die Eidechsen weniger zutraulich. Aber das Essen ist eindeutig fertig, und sie steht auf und geht über die rissigen Dielenbretter hinüber in das große Zimmer, wo alle aufsehen und grinsen.

»Mensch, Alma«, ruft Frazier, und sein rotes Gesicht wird noch röter, »wir dachten schon, du hättest dahinten Drillinge gekriegt, dich einfach zusammengenommen und die Nabelschnur durchgebissen.« Er zwinkert den anderen zu, nimmt sein Glas von der rechten in die linke Hand, geht durch den Raum zu ihr, streicht über ihren dicken Bauch und verkündet: »Nein, Leute, sie sind noch dadrin. Und ich kann's ihnen nicht verdenken – welches Baby, das noch alle beisammenhat, würde rauskommen wollen, wenn das erste, was es sieht, ein verdammter Haufen Trunkenbolde und Buschläufer ist?«

»Damit kannst ja wohl nur dich selbst meinen«, sagt jemand. Allgemeines Gelächter.

Annabelle kommt hereingeschwebt, schiebt Frazier freundlich beiseite und hält eine Flasche hoch, damit Alma sie in Augenschein nehmen kann. »Alkoholfreier Cidre. Vielleicht möchtest du ein Glas?«

»Ja, gern«, sagt sie. Ihre Stimme ist leise und zart, mit einem leisen Flattern, das auch sie selbst bemerkt. »Das heißt, wenn es noch ein sauberes Glas gibt.«

A. P. stößt demonstrativ einen unartikulierten Laut aus, wirft den Kopf in den Nacken und leert sein Glas in einem Zug. Dann wäscht er es in der Spüle aus, trocknet es umständlich mit der einzigen noch halb sauberen Ecke des Geschirrtuchs ab und reicht es ihr mit einer Verbeugung. Annabelle ist zur Stelle, schenkt aus der Cidreflasche ein und bringt einen Toast aus. »Auf Alma«, sagt sie. »Und das Baby!«

»Oder die Babys«, wirft Frazier ein.

»Du hast leicht reden« – Annabelle beugt sich vor und füllt ihr Glas aus der nächstbesten Flasche Pinot Grigio –, »du bist ja nicht derjenige, der dieses ganze Gewicht mit sich herumtragen muss.« Sie hält inne, sieht ihn nachdenklich an und tätschelt dann seinen Bauch. »Obwohl, wenn ich's mir recht überlege ...«

»Ich schwöre, ich bin nicht schwanger.«

»Sechslinge!« ruft A. P. »Weniger wäre« – er schwankt, grinst, versucht, aus der Flasche zu trinken und gleichzeitig den Satz sinnvoll zu Ende zu bringen – »unerträglich. Oder untragbar. Oder ... oder was auch immer.«

Der errechnete Termin ist in zweieinhalb Wochen. Alle wissen das, sogar Freeman Lorber, der sich alle Mühe gegeben hat, seine Autorität geltend zu machen, und, als ihre Schwangerschaft nicht mehr zu verbergen war, immer wieder betont hat, er stehe als Trauzeuge zur Verfügung, bis sie ihm klipp und klar gesagt hat, es werde keine Hochzeit geben, und das Ganze gehe ihn auch gar nichts an. *Du musst dich nur darum kümmern,* und hier hat sie ihre Stimme so hart werden lassen, dass Widerspruch unmöglich war, *dass du während meines Mutterschaftsurlaubs eine Vertretung für mich hast – der wird allerdings nur eine Woche dauern, fünf Arbeitstage, du kannst dir diesen Gesichtsausdruck also gleich wieder abschminken.* Sollte es irgendwelche Überraschungen geben – sollten die Wehen einsetzen, während sie noch auf der Insel ist –, bleibt noch genug Zeit, um zum Festland zu kommen, wenn nicht mit dem Boot, dann mit einem Hubschrauber. Aber das wird nicht geschehen, denn sie wird die letzte Woche zu Hause verbringen. Ihre Mutter wird dasein. Und Ed. Ed, der den Wagen volltanken und den Reifendruck prüfen und bereit sein wird, mit durchgetretenem Gaspedal zum Krankenhaus zu rasen.

Nach dem Essen nimmt sie ihren Stuhl und setzt sich hinaus, um zuzusehen, wie das Licht über dem Hügel hinter der Baracke vergeht. Ihr Buch liegt auf dem Bett, aber sie braucht kein Buch, nicht hier, nicht heute abend. Alles ist still, die Schwalben sitzen in ihren Nestern, die Grashüpfer, die den Füchsen so gut schmecken, kommen im hohen gelben Gras zur Ruhe, die Farben der Gebäude, der Wiesen und des Buschlands verblassen und verschmelzen genau so wie auf den Diebenkorn-Bildern im Hauptgebäude – und Diebenkorn war ja hier, er hat genau hier gewohnt, als Freund und Gast von Carey Stanton, zu der Zeit, als das alles noch nicht öffentliches oder vielmehr treuhänderisch für die Öffentlichkeit verwaltetes Eigentum war. Daran denkt sie: wie es sein muss, das sanft Geschwungene, Tröstliche dieser Szenerie mit Ölfarben oder auch mit Bleistift einzufangen, wie beinahe unmöglich das sein muss. Und sie denkt an ihre eigenen letzten Versuche an gegenständlicher Malerei, in der siebten oder achten Klasse, die dann eher wie abstrakter Expressionismus wirkten, als Allison, eine der Fuchswärterinnen, sich zu ihr gesellt.

Das Licht schwindet, Fledermäuse jagen im Zickzack über den Himmel, kühle Meeresluft kriecht den Pass hinauf. Allison setzt sich neben sie auf die Erde und lehnt sich an die rauh verputzte Wand. »Darf ich?« fragt sie und hält eine unangezündete Zigarette hoch.

»Ja. Ja, nur zu«, sagt sie, spürt aber unwillkürlich einen ganz leichten Ärger. Könnte sie nicht hinter dem Haus rauchen? Oder auf dem Hügel da? Oder auf einer der Bojen im Kanal? Irgendwo, nur nicht ausgerechnet hier?

»Ich meine, der Wind weht den Rauch von dir weg, glaube ich.«

Das Aufflammen des Streichholzes, die gespitzten Lippen, der scharfe, beißende Geruch verglühender Pflanzenfasern, der jedoch sogleich verweht wird und am Haus entlang davonfliegt wie ein beschworener und mit einem Auftrag entsandter Geist.

Für einen Augenblick schweigen sie. Alma sieht über den weiten Vorplatz zum Kompostcontainer, der aufragt, als wäre er ebenfalls ein Gebäude. Allison beschäftigt sich mit ihrer Zigarette. Die Fledermäuse prallen von nichtvorhandenen Hindernissen ab, die Schatten werden eine Spur dunkler. Dann, nur um irgendwas zu sagen, um freundlich und liebenswürdig zu sein anstatt immer nur alt, schwanger und brummig, sagt Alma: »Das Abendessen war großartig. Ihr habt euch wirklich selbst übertroffen.«

»Hat's dir geschmeckt?«

»Ich glaube, ich hab zuviel gegessen.«

»Ja, ich meine, als Marg und ich die Fische gesehen haben, die A.P. gefangen hat, dachten wir: panieren, fritieren und beiseite stellen, damit die Panade knusprig bleibt. Und der Rest war einfach. Gemüse aus dem Wok mit braunem Reis. Und Wein.« Sie lacht. »Wenn genug Wein drin ist, schmeckt alles prima.« Allison ist blond – Almas Mutter würde sagen: schmutzigblond –, sie hat ein schmales Gesicht, ist hübsch und nicht älter als die Studentin, die Dave LaJoy zum Sterben hergebracht hat.

»Jedenfalls wart ihr heute echt inspiriert«, sagt Alma. »Ihr solltet ein Restaurant eröffnen.«

Aber Allison antwortet nicht. Sie sieht in Richtung Kompostcontainer. »Was ist das?« flüstert sie. »Ein Fuchs? Nein, das kann doch kein Fuchs sein, oder?«

Die Füchse, die sich in der Gefangenschaft daran gewöhnt haben, gefüttert zu werden, lassen sich oft in der Umgebung der Ranch sehen, sogar bei hellem Tageslicht. Alma hat sechs verschiedene identifiziert, die jede Nacht den Kompostcontainer aufsuchen und sich über die Abfälle hermachen, zu denen heute abend geradezu unwiderstehliche Fischhäute, Innereien und Gräten gehören. Aber Allison – immerhin ist sie ja Fuchswärterin – hat recht, das sieht Alma sogar ohne Fernglas. Das ist kein Fuchs. Die Gestalt ist zu gedrungen, und sie bewegt sich falsch, zu ruckartig und nicht annähernd geschmeidig genug. »Skunk«, sagt Alma und erhebt sich im selben Moment von ihrem Stuhl, in dem auch Allison aufsteht. »Was sonst könnte es sein?«

Und hier wird es interessant. Die beiden gehen vorsichtig über den Vorplatz und die leichte Steigung hinauf, wo das Gras mit der Sense gemäht ist, so dass nur gelbe Stoppeln geblieben sind, zwischen denen hier und da eine Fenchelknolle wie eine geballte grüne Faust zu sehen ist. Der Boden ist uneben, und das schwindende Licht spielt ihren Augen Streiche. Beide versuchen, sich so wenig wie möglich zu bewegen, wie in dem Kinderspiel »Rote Ampel, grüne Ampel«, sie halten die Arme an der Seite und verharren nach jedem Schritt. Der Container ist jetzt nur noch fünfzehn Meter entfernt. Sie kneifen die Augen zusammen, um in der herabsinkenden Dunkelheit etwas erkennen zu können, aber selbst im Dämmerlicht ist offensichtlich, dass dieses Wesen, das die Vorderpfoten bewegt wie eine Bäuerin, die sich nachts am Ufer eines Flusses über ihre Wäsche beugt, weder Fuchs noch Skunk ist. Zum einen ist es zu groß. Und die Bewegungen stimmen nicht. Das Fell. Wie es beim Fressen aufgerichtet auf den Hinterbeinen sitzt. Für einen Augenblick verwandelt sich Almas Verblüffung in Empörung. Sie sieht einen Hund, einen dreckigen, stinkenden, Krankheiten verbreitenden Hund, den irgendein Freizeitkapitän hier ausgesetzt hat, ohne einen Gedanken an die Folgen zu verschwenden, an das mögliche Wüten von Staupe und Parvoviren unter der Fuchspopulation, doch dann erkennt sie, dass dieses Tier keineswegs ein Hund ist. Es ist erstaunlich, es ist verwirrend, aber es scheint sich um etwas ganz anderes zu handeln. Um ein Wesen mit einer Maske, mit beweglichen Fingern und einem langen, buschigen, gestreiften Schwanz.

DIE TRENNZONE

Und jetzt ist schließlich Juni, der Kanal ist voller Boote, und die Schweine sind tot – keiner weiß es, keinen kümmert es. Seine Haltung dazu ist: keine Bitterkeit, keine Aufregung, die zu nichts führt. Die FPA existiert nicht mehr, sie ist nur noch ein trauriger Witz, der Strom der Spenden ist versiegt, nachdem Toni Walsh auf ihn losgegangen ist und die überregionalen Zeitungen die Story aufgegriffen haben. Ganz zu schweigen von den Blogs. Das, was sie getan haben, war in den Augen einer bestimmten Bevölkerungsgruppe einst heldenhaft, doch jetzt sind sie zu einem Symbol für Eigensinn und Unverhältnismäßigkeit geworden, ja, schlimmer noch, für eine Art von slapstickhafter Inkompetenz, die es ihm schwermacht, sich mit erhobenem Haupt in der Öffentlichkeit zu zeigen. An einem grauen, trüben Morgen, als das Café rappelvoll war und alle bis hin zu dem Nachwuchspenner mit der schmutzigen Hose, der jeden Morgen hereingeschlurft kommt und sich einen Becher Kaffee zum Mitnehmen bestellt, es mitbekamen, fühlte sich sogar Marta, die jämmerliche, fettärschige Marta, die im Augenblick in der Küche ist und darauf achtet, dass seine Spiegeleier beidseitig gebraten und die Toasts nicht bretthart sind, bemüßigt, die Ereignisse zu kommentieren. »Wie es aussieht, sitzen Sie ein bisschen in der Scheiße, stimmt's, Dave?« sagte sie, laut genug, dass alle es hören konnten, verzog aber zugleich die schlaffen Falten ihres Gesichts in geheucheltem Mitgefühl. Er kochte vor Wut und Demütigung, doch er ließ den Blick durch den Raum wandern – sollten sie doch lächeln – und erwiderte mit gleichmütiger Stimme: »Nichts, womit ich nicht klarkomme.«

Er sitzt am Fenster, brütet über dieser kleinen Szene, über all den unangenehmen Szenen, die sich in den vergangenen vier Monaten in seinem Scheißleben ereignet haben, und sieht dem Verkehr zu, der auf den nassen Straßen vorbeizieht. Der Nebel ist so dicht, dass er jeden auftauchenden Wagen aus dem Nichts zu erschaffen scheint. Dave will einen zweiten Becher Kaffee, er will seine Spiegeleier und seine Toasts, aber Marta bewegt sich, als wäre der Boden mit Fliegenpapier belegt. Es ist mindestens fünf Minuten her, dass sie in die Küche verschwunden ist, wahrscheinlich, um eine zu rauchen oder sich eine Bluttransfusion oder, besser noch, ein neues Gehirn verpassen zu lassen. Hasst er sie? Nein. Er toleriert sie, wie er all die anderen Halbidioten und Stümper dieser Welt toleriert. Will er ein anderes Café finden, in dem das Essen und der Service besser sind? Nein. Er ist ein Gewohnheitstier, im Guten wie im Schlechten, das würde er jederzeit zugeben – sogar Anise gegenüber, die ihren Fuß niemals in einen Laden wie diesen setzen würde. Besonders Anise gegenüber.

Wenigstens die Gerichtsaffäre liegt hinter ihm. Der größte Teil jedenfalls. Die Zivilklage ist ein Witz und wird ohne Verhandlung abgewiesen werden – Kelly war volljährig und ist freiwillig mitgekommen, getrieben von ihren eigenen Wünschen und Überzeugungen. Und Sterling hat dafür gesorgt, dass die Klage auf einen einzigen Punkt – unbefugtes Betreten – reduziert worden ist. Dave wird sich schuldig bekennen, voller Stolz, und er wird es in seinem Blog auf der FPA-Website für alle, die noch da sind, dokumentieren. Dann wird er die Strafe bezahlen und weitermachen. Womit er wieder bei dem wäre, was er heute vorhat. Wenn er gefrühstückt hat, sofern Marta es tatsächlich schafft, die Schwingtür zu öffnen und ihn zu bedienen, was, wenn er sich nicht täuscht, ihr Job ist, wird er im Supermarkt die nötigen Zutaten für Sandwiches kaufen, außerdem Tofu, Kirschtomaten, Paprikaschoten, Pilze und Zwiebeln für Spieße und ein paar Flaschen frischen kalifornischen Weißwein, und anschließend wird er mit Anise, Wilson und Alicia über das Wochenende nach Coches Prietos fahren. Zum Entspannen. Um ein bisschen zu schnorcheln. In der Sonne zu liegen. Laut Wetterbericht soll die Sonne gegen Mittag herauskommen, auch wenn es im Augenblick nicht so aussieht.

Er wirft einen wütenden Blick auf die reglos in den Angeln hängende Küchentür mit ihrem fettigen Fabrikglasfenster und der schmutzigen Durchreiche und wendet sich dann wieder dem Nebel und den wiedergeborenen Wagen zu. Bildet er es sich ein oder hat sich der Nebel ein wenig gelichtet? Vor einer Minute noch war der Hydrant auf der anderen Straßenseite nicht zu sehen, oder?

In diesem Augenblick erscheint eine Frau, geht an dem Hydranten vorbei, blickt sich kurz nach beiden Seiten um, überquert die Straße und kommt dabei direkt auf ihn zu. Sie ist fünfunddreißig, vielleicht vierzig und trägt einen Rock, eine dunkle Strumpfhose und glänzende schwarze Gummistiefel, die bis zu ihren Knien reichen. Ihr Gesicht ist rund, freundlich, großzügig, sie hat große, gefühlvolle Augen, die an einem Samstagmorgen um halb sieben bereits geschminkt sind, und das weiße Barett zeichnet knapp über den Augenbrauen eine scharfe, geheimnisvolle Linie. Ein kleiner Sprung, und sie ist auf dem Bürgersteig und geht direkt auf sein Fenster zu, dabei kennt er sie gar nicht, oder doch? Ihre Pupillen sind groß und geweitet, dunkle Planeten mit colabrauner Corona, und das lässt sie weich, empfänglich, verletzlich erscheinen – ist das nicht ein Ausdruck von Liebe? Oder ist sie bloß kurzsichtig? Sie steht jenseits des Fensters, nur Zentimeter entfernt, doch sie sieht ihn nicht an, sie ist nicht wegen ihm gekommen. Sie späht an ihm vorbei und sucht die Tische, die Theke, die Nischen nach jemandem ab, bis sie Dave mit einemmal bemerkt und ihm ein breites, unsicheres, entschuldigendes Lächeln schenkt.

Normalerweise würde er jeden, der ihn um diese Uhrzeit in seiner Nische aus den Gedanken reißt – ihn überrascht –, finster ansehen. Aber nicht heute. Heute ist es anders. Heute beginnt eine neue Zeit, eine Zeit der Entspannung, des Akzeptierens, der Freude und Vergebung, und so lächelt er zurück, und dieses Lächeln besagt, dass er, obwohl er Anise hat und obwohl auch sie jemanden hat, der jeden Moment kommen und mit ihr in dieses Café gehen wird, willens und imstande und zu allem bereit ist.

An den Supermarktkassen stehen Schlangen, dabei sollten doch jetzt alle noch schlafen, oder? Unwillkürlich spürt er das vertraute Brennen der Ungeduld, als die Kassiererin über die Lautsprecher nach dem Supervisor ruft – *Randy? Randy, Kasse drei, bitte!* – und niemand kommt, so dass er, bevor er endlich an der Reihe ist, warten muss, bis der alte Mann, der sich mit der Geschwindigkeit eines Tiefseetauchers bewegt und sowohl seine Kundenkarte als auch seine Telefonnummer vergessen hat, in bar bezahlt hat und auch die drei Frauen abgefertigt sind, die jeweils einen Jahresvorrat an Lebensmitteln eingekauft haben, als wollten sie von hier direkt nach Hause fahren und sich in ihren Bunkern verschanzen, und obwohl die Kassiererin zuviel Kaffee getrunken hat und zum Plaudern aufgelegt ist, antwortet er auf jeden idiotischen Satz aus ihrem Mund nur einsilbig. Als er hinausgeht, ruft sie ihm ein fröhliches *Einen schönen Tag noch* nach.

Zu Hause angekommen, lässt er die Lebensmittel im Wagen, nimmt sich aber die Zeit, die verderblichen Sachen in den Kühlschrank im Kofferraum zu legen. Danach geht er ins Haus, um die Hunde in den Garten zu lassen. Er hat mit Guadelupe, dem Hausmädchen, vereinbart, dass sie heute abend und morgen früh kommen und nach ihnen sehen wird, und so braucht er sich in dieser Hinsicht keine Sorgen zu machen. Die Hunde – sie sind bei Tagesanbruch, als er aufgestanden ist und die Zeitung hereingeholt hat, schon einmal draußen gewesen – schleichen über den Rasen und verrichten mager und zusammengekrümmt ihr Geschäft. Sie sind gequält worden, der Schmerz hat sich in sie eingebrannt, sie sind ihr ganzes zartknochiges Leben lang gerannt, als Welpen, auf der Rennbahn, beim Züchter und wieder auf der Rennbahn, bis sie schließlich zu alt waren, um noch weiter zu rennen, und der Mann mit der Spritze kam. Vor dem er sie gerettet hat, wenigstens diese beiden. Es sind ängstliche, schreckhafte Tiere, die durch das Haus schleichen, als wären sie Gespenster, als würden sie sich schämen, gesehen zu werden. Er sieht ihnen eine Weile zu, wirft einen Blick auf die Uhr und pfeift sie ins Haus. Es ist halb neun, und um neun will Stiles kommen.

Um Punkt neun läutet es am Tor, und aus der Gegensprechanlage dringt Stiles' wie mit Säure verätzte Stimme, als wäre es eine Nachricht von einem anderen Planeten. »Ich bin's, Stiles. Ich hab die Ware.«

Wenn Dave die Karikatur eines Südstaatlers mit Latzhose und Strohhut erwartet hat, der einen ramponierten, mit Heuballen und den Hals reckenden Ziegen beladenen Pick-up fährt, so erlebt er eine Enttäuschung. Stiles sitzt am Steuer eines kürzlich polierten GMC Yukon – dasselbe Modell wie sein eigener, nur neuer –, und als er vor dem Eingang hält, aussteigt und Dave die Hand schüttelt, sieht er nicht anders aus als irgendein Vorstadtbewohner im Einkaufszentrum. Und er ist jung, viel jünger, als Dave ihn nach seiner Stimme am Telefon geschätzt hat – er kann nicht viel älter sein als er selbst.

»Danke, dass Sie gekommen sind«, sagt Dave und lässt die Hand des Mannes los.

Eine verlegene Pause tritt ein. Stiles starrt ihn an, als erwarte er eine Lobeshymne für Errettung aus großer Not. Schließlich sagt er: »Ist das Ihr Haus?«

»Ja.«

»War wohl ganz schön teuer?«

Dave zuckt die Schultern. »Kalifornien.«

»Ich weiß genau, was Sie meinen.« Eine weitere Pause, länger diesmal. »Aber ich halte mein Wort, ganz gleich, was passiert, und wenn ich mich nicht irre, hatten wir uns auf dreißig Dollar das Stück geeinigt. Stimmt's?«

»Stimmt. Und wie viele haben Sie –«

»Zehn. Jede in ihrem eigenen Sack«, sagt Stiles, geht zur Heckklappe seines Wagens und öffnet sie.

Dave sieht hinein. Die gleiche Innenbeleuchtung wie in seinem Wagen, der gleiche graue Teppich, die gleichen Staufächer aus Kunststoff. Der Teppich ist mit einer Plastikplane abgedeckt, auf der die Säcke liegen und so harmlos wirken, als enthielten sie Zwiebeln oder Kartoffeln. Bei näherem Hinsehen bemerkt man Bewegungen, ein Spannen und Entspannen von Muskeln, das wie ein Beben über das stumpfbraune Sackleinen läuft.

»Sie müssen sie getrennt halten, damit sie sich nicht gegenseitig beißen. Die sind nämlich gegen ihr eigenes Gift nicht immun, müssen Sie wissen. Ich hab's schon erlebt, dass sie sich selbst gebissen haben – Selbstmord quasi. Bei dreißig Dollar das Stück sollten Sie das lieber vermeiden.«

Bis zu diesem Augenblick hat er über die Tödlichkeit dieser Tiere gar nicht weiter nachgedacht – es sind eben Schlangen, Klapperschlangen, und wenn es die auf Santa Catalina gibt, warum dann nicht auch auf Santa Cruz, und was macht es schon, wenn Dr. Alma eines schönen Sommermorgens auf eine tritt? So ist die Natur nun mal, nicht? Doch jetzt, da er die nichtssagenden braunen Säcke betrachtet und um die darin lauernden Wesen weiß, verspürt er ein Prickeln, nicht anders als die mit Angst vermischte Erregung, die ihn überkam, als er zum erstenmal eine Pistole sah, ein regloses schwarzes Stück Metall, das im Haus eines Jungen aus der Nachbarschaft ganz unschuldig auf der Küchentheke lag. Sie war einfach da, matt schimmernd zwischen Zucker- und Keksdose, doch sie konnte jederzeit zu todbringendem Leben erwachen. »Wie muss ich mit ihnen umgehen? Ich meine, beißen die auch durch den Stoff oder was?«

Stiles greift in den Kofferraum, packt einen der Säcke an dem Knoten, mit dem er verschlossen ist, und hebt ihn heraus. Die Muskeln an seinem Arm treten hervor. Das Ding in dem Sack bewegt sich. »Kann passieren. Aber denen gefällt's in so einem Sack, sie mögen die Dunkelheit. Sie beißen nicht gern in was, was sie nicht sehen oder mit ihrem Radar wahrnehmen können.«

»Mit ihrem Radar?«

»So nenne ich das. Wärmesensoren. Damit können sie warmblütige Beutetiere aufspüren, wenn sie nachts herumschleichen. Mäuse und so. Kaninchen.« Er hält Dave den Sack hin. »Hier, wollen Sie ihn mal halten? Nein?« Ein Lächeln jetzt, verkniffen und mit leicht herabgezogenen Mundwinkeln. »Wenigstens mal nachsehen, was Sie kriegen für Ihr Geld?«

»Nein«, hört er sich sagen und macht eine abwehrende Handbewegung. »Schon in Ordnung.«

Schweigen. Stiles mustert ihn mit noch immer abschätzigem Blick. »Na gut, wie Sie wollen. Das wären dann dreihundert. In bar. Die Anfahrt ist umsonst. Soll ich sie in Ihren Wagen umladen?«

»Ja, gut«, sagt Dave und versucht, die Brieftasche hervorzuholen und zugleich die Heckklappe des Yukon zu öffnen. »Brauche ich auch so eine Plastikplane?«

Ein Schulterzucken. »Könnte sein, dass sie scheißen. Ein fieser Geruch, und wenn der erst mal in den Teppich eingezogen ist, kriegen Sie ihn nicht mehr raus. Aber Sie können meine Plane haben. Ich brauch sie nicht mehr.«

So machen sie es. Wie ein Kellner, der das Tischtuch wechselt, breitet Stiles die Plane auf dem Boden des Kofferraums von Daves Yukon aus und streicht die Falten mit einer energischen Handbewegung glatt. Dann hebt er die Säcke, immer einen in jeder Hand, hinein und legt sie vorsichtig ab. Als er fertig ist, gibt Dave ihm das Geld, drei Hundert-Dollar-Scheine. Stiles fächert sie auf, faltet sie einmal zusammen und steckt sie in die rechte Hosentasche. Dann tippt er sich an eine unsichtbare Hutkrempe und steigt in seinen Wagen. Die Tür wird zugeschlagen, der Motor wird gestartet und summt wie ein Staubsauger. Noch ein Letztes – er reckt den Kopf aus dem Fenster, sein Lächeln ist so verkniffen, dass es beinahe eine Grimasse ist. »Schönen Wagen haben Sie da.« Mit einem gedämpften Geräusch rastet der Ganghebel ein. »Gefällt mir.«

Fast eine Stunde vor den anderen ist Dave an Bord, verstaut alles und macht das Boot seeklar. (Die Schlangen sollen eine Überraschung sein, sozusagen die Krönung des Tages, und er trägt die Säcke einen nach dem anderen hinunter und legt sie vorsichtig hin, wobei er jeden Körperkontakt vermeidet.) Erst fährt er zur Zapfsäule und dann wieder zurück zum Liegeplatz, um die Sandwiches zu machen und den Tofu und das Gemüse für die Spieße zu marinieren. Der Wein ist im Kühlschrank, das Bier – Wilson ist Biertrinker aus Leidenschaft – ebenfalls, und unter dem Tisch steht, auf ein paar Lagen Zeitungen, der Käfig mit den Kaninchen. Bisher hat er nicht gewusst, wieviel Kaninchen eigentlich fressen – es ist, als hätte sich diese Lebensform nur entwickelt, um unendlich viele Kügelchen aus Scheiße zu produzieren, und sie zwei Wochen lang in der Garage zu halten war eine echte Prüfung. Guadelupes Mann hat sie ihm besorgt – es sind Baumwollschwanzkaninchen, nicht die großen, schlanken Präriehasen, auf die er gehofft hat, aber andere waren nicht zu kriegen. Vor drei Jahren hat Salvador ein Paar Wildkaninchen, die seinen Garten verwüstet hatten, gefangen, in einen Stall gesperrt und eine Zucht eröffnet. Er verkauft sie zum Schlachten, und laut Guadelupe gehen die Geschäfte gut. Aber diese fünf werden nicht im Kochtopf landen und waren dabei auch noch billig: fünf Dollar das Stück. Die Frauen – sowohl Anise als auch Alicia – fanden sie süß und fütterten sie mit Karotten, Salatblättern und so weiter, verloren aber nach einer Woche das Interesse und überließen das Tierpflegergeschäft ihm. Aber sie sind ganz versessen darauf, sie freizulassen, daran gibt's keinen Zweifel. »Wir werden am Strand eine kleine Feier veranstalten«, hat Anise gesagt und seinen Oberarm gedrückt. »*Kleine Hasen im Hasenland.* Das wird so cool.«

Was Waschbären betrifft, so hat er kein Glück gehabt. In den Fallen war drei Nächte hintereinander immer nur dieselbe Katze und dann nichts mehr. Auch keine Opossums, obwohl er vor ein paar Wochen spät in der Nacht zwei auf der Straße vor dem Haus gesehen und die Fallen weiterhin aufgestellt und mit Ködern bestückt hat. Die Idee mit den Taschenratten hat er begraben. Sie haben sich ein paar Wochen nach der Verschiffung der Waschbären in seinem Garten breitgemacht und überall auf seinem neuen Rasen große Erdhügel aufgeworfen, die wie kleine Vulkane aussahen. Er zog den Gärtner zu Rate. »Können Sie sie fangen – unverletzt, meine ich?« Der Mann bedachte ihn mit einem langen Blick und sagte dann, ganz langsam und mit Nachdruck: »Gift oder Schlagfalle. Egal wie – danach sind sie tot. Wenn Sie Haustiere wollen, gehen Sie zu PETCO.«

Anise ist die erste. Sie trägt Clogs und ein gelbes Trägerkleid, das ihr knapp über den Po reicht und aussieht wie einer von den Spielanzügen, in die man kleine Mädchen gesteckt hat, als er noch ein kleiner Junge war, nur dass ihr Spielanzug tief ausgeschnitten ist und zeigt, was sie zu bieten hat. Sie hat sich die Tasche über die Schulter gehängt und hält in jeder Hand eine Flasche Wein, die eine rot, die andere weiß. »Einen Cambria und einen Martha's Vineyard, Schatz. Meine Lieblingsweine.« Sie schiebt den Strohhut in den Nacken, drückt ihm einen Kuss auf die Wange und rümpft die Nase. »Was ist das für ein Geruch?«

»Die Kaninchen. Hast du das vergessen? Heute ist doch ihr großer Tag.«

Sie hockt auf allen vieren vor dem Käfig, macht küssende Geräusche und spricht in einer Art Babysprache mit den hirnlosen, mümmelnden Tieren, die sich an das Gitter drücken, als bestünde ihre Welt nur aus Draht. »Ach, ihr armen kleinen Häschen, eingesperrt in diesem schrecklichen Käfig. Keine Angst, ihr süßen Kleinen, niemand wird euch fressen, nicht solange Mama da ist und aufpasst.«

Er betrachtet sie mit echtem Interesse: Der Rocksaum ist noch weiter hinaufgerutscht, und die Brüste hängen schwer herab – das Wort »Hündchenstellung« fällt ihm ein. Wie lange ist es eigentlich her, dass sie Sex hatten? War das letztes Wochenende? Vor sieben langen Tagen? Drei Schritte, und er beugt sich über sie und späht ebenfalls in den Käfig, wobei seine Hand nach ihrer Körperwärme tastet, nach der Stelle unter dem Rocksaum, nach dem straff gespannten Satin ihres Höschens. »Mmh«, macht sie und drückt, die Hüften wiegend, gegen seine Hand, »das fühlt sich gut an.«

Sie pressen sich aneinander, Mund an Mund, Unterleib an Unterleib. Anise lehnt an der Wand, und alles in ihm ist angespannt wie eine Bogensehne, als mit einemmal Wilson in der Tür steht. »He, he, sofort aufhören«, ruft er wie der Klassenclown, der er war und noch immer ist, »sonst kommen wir nie aus dem Hafen.« Und dann, zu Alicia, deren Gesicht neben dem seinen erscheint, so dass es aussieht, als blickten die beiden in einen Brunnen: »Weißt du, was hier abgeht? Die drehen einen Pornofilm, nur dass sie die Kamera vergessen haben.«

Auch Alicia hat Wein mitgebracht, einen ganzen Korb, aus dem die Flaschenhälse ragen, und als sie in ihren engen weißen Shorts die Treppe hinuntergeht, kommen ihre Beine gut zur Geltung. Wilson trägt auf der Schulter einen Kasten Dos Equis und hält in der anderen Hand eine Einkaufstüte voller Tortilla Chips und

Avocados. »Ohne Chips und Guacamole«, verkündet er und stellt die Tüte auf den Tisch, »ist es keine Party. Und wir wollen doch eine Party, stimmt's, Alicia?«

Bevor sie etwas antworten kann, bevor sie Anise den Korb überreichen oder auch nur hallo sagen kann, hat er sie umarmt und lässt parodistisch die Hüften kreisen. »Wir brauchen doch keinen, der uns zeigt, wie das geht, oder, Baby?«

Dave ist entspannt, oder jedenfalls so entspannt, wie er sein kann, denn das ist nicht gerade seine Stärke, und so lässt er Wilson gewähren, anstatt ihm zu sagen, dass er mit dem Quatsch aufhören soll. Er lächelt, legt den Arm um Anises Taille und sagt: »Das wollen wir mal abwarten. Wie ich dich kenne, schnarchst du schon, kaum dass wir zehn Minuten auf See sind.«

Wilson ist plötzlich in Bewegung, lässt Alicia los, stellt den Korb auf den Tisch, breitet die Arme aus und zuckt betont die Schultern. »Kann schon sein, Captain, aber wenn es soweit ist« – er zwinkert Alicia zu –, »bin ich wieder voll da.«

Alles ist gut, alles ist heiter, alles ist schön. Sie lächeln einander an, alle vier, und er denkt, wie großartig es ist, so etwas tun zu können: sich ausklinken, sich Zeit nehmen, sich entspannen und das Leben auf sich zukommen lassen, anstatt ihm immer nur nachzujagen. Von Kindheit an hat er solche Ausflüge gemacht, und nichts, was man für Geld bekommen kann, ist mit der Aufregung zu vergleichen, die einen überkommt, wenn man den Proviant an Bord schafft und in aller Ruhe in den genialen Schränken verstaut, die zu genau diesem Zweck dort eingebaut sind – »Klarschiff machen«, hat seine Mutter das immer genannt –, wenn man dann den Motor anlässt und die Leinen losmacht, bei strahlendem Sonnenschein oder kaltem, feuchtem Nebel oder Regen, der wie tausend Finger auf das Dach der Kajüte klopft, und mit halber Kraft, im Herzen nichts als Vorfreude, aus dem Hafen fährt. Als er noch zur Schule ging und das tägliche Einerlei, die Semesterarbeiten und die Prüfungen ihm so zusetzten, dass er sich fühlte, als wäre er unter dicken Schlammschichten begraben wie die überwinternden Frösche in der dreifarbigen Schnittzeichnung eines Teichs im Biologiebuch, fuhren seine Eltern mit ihm und einem Freund seiner

Wahl – Barry Butler, Joe Castle, Jimmy Mastafiak – für ein Wochenende hinaus zu den Inseln.

Wenn man ablegt, ist es, als würde man seinen Platz im Flugzeug nach Hawaii einnehmen oder die Boards auf den Dachgepäckträger schnallen und nach Baja California fahren, nur besser, viel besser, denn die Reise ist Teil des Abenteuers, und wenn man angekommen ist, hat man nicht bloß einen Koffer oder eine Tasche dabei, sondern ein ganzes Haus. Jaja, er kennt diese kilometerlangen Wohnmobile, die auf den Schnellstraßen unterwegs sind, am Steuer irgendwelche reanimierten Leichen, die ihren irdischen Besitz von Toledo nach Butte und zurück karren und dabei jede Menge Abgase produzieren, aber in einer Rauchwolke mit zehntausend anderen Idioten auf einem schmalen Streifen Asphalt unterwegs zu sein ist nicht zu vergleichen mit einer Fahrt auf hoher See, wo sich der Geist jeden Tag, jede Stunde, jede Minute mit etwas Neuem beschäftigen kann, wo man mit dem kleinen Finger das Steuer drehen und fahren kann, wohin man will.

Wilson ist behende und könnte, wenn er wollte, einen guten Seemann abgeben. Er macht die Leinen los und setzt sich zu ihm ins Cockpit. Die Frauen sind unten, in der Kajüte, und halten Gläser mit kaltem, klarem Viognier in den Händen, während sich auf der Flasche in dem antiken Weinkühler, den Anise bei irgendeinem Trödler entdeckt hat, Kondenswassertropfen bilden. Sie fahren zwischen der Doppelreihe der Liegeplätze hindurch, die *Chez When*, die *Mikado* und die *Isosceles II* zeigen ihnen ihr Heck, und der Nebel ist so dicht, dass man die Namen kaum entziffern kann. »Gegen Mittag soll es aufklaren«, sagt er und übertönt das Brummen des Motors, »und dann müsste es für den Rest des Wochenendes schön bleiben. Hat jedenfalls der Wetterbericht im Radio gesagt.«

»Soll das ein Witz sein?« Wilson hat seine Bierflasche zwischen die Oberschenkel gestellt. Er trägt ein zu großes T-Shirt, ausgebeulte Shorts und Sandalen. Die aus der Stirn geschobene Baseballmütze ist diesmal nicht schwarz, sondern rot und mit dem Logo der Anaheim Angels bestickt. »Ich hab Alicia von ihrer Wohnung in der Bath abgeholt, und es war so neblig, dass ich nicht mal das Haus sehen konnte.« Er hebt die Flasche an den Mund, sein Kehlkopf hebt und senkt sich. »Gegen Mittag? Wenn wir Glück haben, klart es um sechs auf. Wenn überhaupt.«

Unvermittelt taucht die auf zahllosen Pfeilern aufragende Pier mit ihren Restaurants, Andenkenläden und Touristenrudeln wie ein riesiger, im Wasser stehender Tausendfüßer aus dem Nebel auf und bleibt hinter ihnen zurück, und dann haben sie den Hafen verlassen und fahren hinaus aufs Meer, das so glatt und blank ist wie eine Edelstahlpfanne. »Immerhin ist es windstill«, sagt Dave und denkt daran, wie friedlich der Kanal aussieht, wenn man in einem Flugzeug sitzt oder an einem sonnigen Tag über den San-Marcos-Pass fährt – als wäre er ein Teich, als könnte man in zwanzig Minuten hinüberpaddeln.

»Immerhin. Aber Sonne wäre mir lieber.«

Das ist das letzte, was Wilson von sich gibt, denn das leise Schaukeln und das einschläfernde Brummen des Motors lassen ihn innerhalb von Minuten einnicken. Die Bierflasche ist noch immer zwischen seinen Beinen und kann nicht umfallen, und selbst wenn – es ist ohnehin nur noch ein bisschen Schaum darin. Sein Kopf neigt sich nach vorn, bis das Kinn die Brust berührt. Er beginnt ganz leise zu schnarchen. Für die nächste Stunde lässt Dave ihn in Ruhe, konzentriert sich auf das, was vor ihm liegt, behält die Instrumente im Auge und starrt voraus in den Nebel, bis es nur noch den Nebel gibt, der Himmel und Erde und Meer verschluckt und wieder ausspuckt, aber keine Anstalten macht, sich zu lichten. Er hängt seinen Gedanken nach, doch die werden immer weniger, bis er schließlich gar nichts mehr denkt und sein Geist sich, wie immer auf See, vom Körper löst. Er ist nur noch lebendig, sonst nichts. Sein Herz schlägt. Er atmet. Und der Nebel bettet ihn auf eine glatte, kühle Fläche aus Nichts, so dass es ist, als würde er schweben – nein, fliegen.

Sie haben gerade die Hälfte der Strecke hinter sich, als Wilson hochfährt. »O Scheiße«, murmelt er, »ich glaube, ich bin eingenickt.«

»Sah eher nach Tiefschlaf aus. Du warst fast eine Stunde weg.«

Von unten erklingen ein Tremolo weiblicher Stimmen, Gekicher und Musikfetzen. Wilson setzt sich zurecht, entdeckt die Flasche zwischen seinen Beinen, hebt sie prüfend hoch und stellt sie wieder ab. »Willst du ein Bier? Ich glaube, ich brauche noch eins.«

»Erst wenn wir da sind.«

»Stimmt. Vorsicht ist die Mutter der Porzellankiste.« Schweigen, nichts als das sanfte Zischen der Bugwelle, das Summen des Motors, das Geplauder von unten. »Hört sich so an, als würden sich wenigstens die Frauen amüsieren. Scheiße, ist das eine dicke Suppe. Wie um Himmels willen navigierst du da durch? Ich meine, ich wüsste nicht, ob wir mitten auf dem Kanal sind oder gleich auf das Ende der Insel treffen. Oder irgendwelche Felsen rammen. Und auf den kalten Grund des Meeres sinken, fünf Faden tief und so weiter. Du sorgst doch dafür, dass das nicht passiert, oder, Dave?«

»Das habe ich vor. Hier, sieh dir die Karte auf dem Bildschirm an – die, ja, die da.«

Nach ein paar Sekunden sagt Wilson: »Ja, aber trotzdem gefällt's mir nicht, wenn ich nicht sehe, wohin ich fahre.«

»Musst du aber gar nicht.«

»Darum sind mir diese Art von Karten auch lieber.« Wilson beugt sich vor und zieht aus dem Gestell zu seiner Linken eine laminierte Seekarte. »Du weißt schon: alte Schule. Die kann man wenigstens anfassen. Aber was ist das gelbe Ding hier in der Mitte?«

»Was, brauchst du jetzt eine Brille?«

Wilson kneift die Augen zusammen und hält die Karte auf Armeslänge von sich. »Nur wenn ich arbeite«, sagt er. »Aber ich kann's trotzdem lesen: ›Wetterboje Santa-Barbara-Kanal Ost‹. Aber das wusstest du ja schon.«

»Wir haben sie gerade passiert und sind ungefähr auf halbem Weg zur Insel. Dann müssen wir noch um die Westseite herum und dann nach Coches Prietos.«

»Dann sind wir also im« – er liest es ab – »›Tiefwasserweg Nord‹?«

»Nein. Siehst du hier, auf dem GPS? Wir haben ihn gerade verlassen. Wir sind jetzt in der Zone zwischen den beiden Tiefwasserwegen – der eine führt nach Norden, der andere nach Süden.«

»In der Trennzone.«

»Genau. Und wenn wir in etwa fünf Minuten den Tiefwasserweg Süd überquert haben, ist alles in Butter. Das heißt, bis wir zur Westspitze der Insel kommen und in den Santa-Cruz-Kanal einbiegen, wo die von dir erwähnten Felsen sind. Also kein Bier, keinen Cocktail, nichts, jedenfalls nicht für mich. Nicht bevor wir geankert haben und ich mich entspannen kann, denn du weißt so gut wie ich, dass man in diesen Gewässern keinen Mist bauen darf. Besonders unter Bedingungen wie diesen.«

»Schon verstanden. Aber dein Kopilot kann sich ins Koma saufen – ist das nicht sogar vorgeschrieben? Es sei denn, du hast einen Herzanfall. Du wirst doch keinen Herzanfall kriegen, oder, Dave?«

Das Rauschen der Bugwelle, hin und wieder ein Kichern von unten. Keine Vögel, nicht mal Sturmtaucher. Irgendwo über ihnen das angestrengte Halblicht der Sonne, die versucht durchzudringen. Und die Ruhe. Die Ruhe, die man nicht für Geld kaufen kann. Oder vielleicht doch, denn ist das nicht genau das, was sie tun?

»Weißt du, was ich dir noch gar nicht erzählt hab? Anise und Alicia übrigens auch nicht?«

Grinsend, vorgebeugt, schiebt Wilson die Mütze mit einer raschen, nervösen Fingerbewegung aus der Stirn und wartet auf die Fortsetzung. Er mag Partys, er mag Überraschungen. »Was?« sagt er, und sein Grinsen wird noch breiter.

»Wir setzen heute nicht bloß Kaninchen aus. Du erinnerst dich an den Typ aus Texas, den dein Freund oder Onkel oder so kennt? Den Schlangenmann?«

»Hör auf!«

»Ja, wir haben, einzeln in Säcke verpackt, zehn Klapperschlangen in erstklassigem Zustand an Bord. Und das ist erst der Anfang – der Typ hat gesagt, er kann uns so viele besorgen, wie wir wollen.«

»Kann ich sie sehen?«

»Erst wenn wir da sind.«

»Ach, komm schon, wovor hast du Angst? Vor der Fortsetzung von *Snakes on a Plane*? Ich kann sie mir doch auch jetzt ansehen. Mann, ich hab schon als kleiner Junge Schlangen gehalten. Ich hatte sechs Terrarien mit einer Gummiboa, einer Zornnatter, ein paar Bullennattern, Königsnattern und Klapperschlangen, ja, auch Klapperschlangen. Wusstest du, dass bei denen in den San-Gabriel-Bergen bei L. A. gerade ein ganz eigenartiger evolutionärer Prozess stattfindet? Und zwar dadurch, dass die Schlangen mit den kleinsten Schwanzrasseln sich stärker vermehren als die großen, lauten, alten, aggressiven *cascabeles*, weil die alle getötet werden.«

»Nein, wusste ich nicht. Will ich auch nicht bezweifeln. Denen hier jedenfalls wird's prima gehen.« Und das ist seine Vision – er sieht es direkt vor sich –, die jetzt Wirklichkeit werden wird, denn er bringt die Schlangen an einen Ort, wo ihnen nichts und niemand etwas tun wird und sie wachsen und gedeihen können, bis sie die Schwanzklappern verlieren, und wenn das nicht Naturschutz ist, dann weiß er nicht, was Naturschutz sonst sein soll.

»Komm schon. Nur eine. Ich will mir bloß eine einzige ansehen.« Wilsons Augen – das ist ihm noch nie aufgefallen – beben leicht. Es ist eine ganz leise Bewegung, wie die der lautlosen Schlangen in der nachgiebigen Enge der Säcke.

»Ich hab nein gesagt. Kannst du mich hören? Spreche ich laut genug für dich?«

Wilson strafft die Schultern, und er zieht die Mundwinkel nach unten. Er streicht sich über den Spitzbart, als würde er nachdenken, steht auf, steckt die Seekarte wieder in das Gestell und nimmt die leere Bierflasche, alles in einer einzigen Bewegung. »Na gut, scheiß drauf. Aber ich gehe jetzt runter und hole mir noch ein Bier, und wenn ich dabei zufällig eine Schlange zu Gesicht kriege, ist das meine Sache, richtig?« Er dreht sich um, legt die freie Hand auf das Treppengeländer und verschwindet in der Kajüte.

Dave ist gelassen. Er war den ganzen Tag, die ganze Woche gelassen, aber das hier geht eindeutig zu weit, denn Wilson kann ein solches Arschloch sein, und dabei ist er doch bloß ein Zimmermann und ein Schlaumeier, der meint, er darf jedem auf den Geist gehen, wann immer er will, und bevor er sich besinnen kann, ist Dave aufgesprungen, läuft polternd die Treppe hinunter und brüllt: »Nein, Irrtum, du Sack – es ist *mein* Boot und *meine* Sache!«

Die *Tokachi-maru*, ein 12 000-BRT-Frachter mit Heimathafen Nagoya, mit einer Ladung aus Textilien und Maschinenteilen aus chinesischer Produktion unterwegs nach Long Beach, war eines der ältesten Schiffe unter japanischer Flagge. Sie war in den späten Sechzigern gebaut worden und seither, abgesehen von kurzen Liegezeiten und Aufenthalten im Trockendock, ununterbrochen auf See gewesen. Von der Wasserlinie bis zur sechs Decks darüberliegenden Brücke war sie mit Rost überzogen, und obwohl man Rumpf und Aufbauten an vielen Stellen mit Anstrichen versehen hatte (hauptsächlich in Elefantengrau und schmutzanziehendem Weiß), sah sie aus wie ein Seelenverkäufer und war der Schandfleck eines jeden Hafens. Aber sie brachte ihren Eignern Geld, und diese waren entschlossen, sie so lange fahren zu lassen, bis die Grenze der Wirtschaftlichkeit erreicht war – oder besser noch, bis sie in einem vom Himmel gesandten Taifun irgendwo in der Südsee auf den Grund des Meeres sank, voll versichert natürlich und ohne Verluste an Menschenleben. In Anbetracht der zurückgelegten Seemeilen und der vielen Jahre auf See hatte es an Bord erstaunlich wenige Unfälle gegeben (nur die üblichen Knochenbrüche, Herzinfarkte und Alkoholvergiftungen, und einmal, in den späten achtziger Jahren, war vor der Küste von Georgia ein Mann über Bord gegangen und leider nie gefunden worden), und trotz ihrer Hässlichkeit und der Probleme, die zugerostete Schotten und eine Kombüse bereiteten, die nur über den beim Bau des Schiffs installierten vierflammigen Gasherd und drei uralte Mikrowellenherde verfügte, waren ihre Instrumente auf dem neuesten Stand, und Kapitän Noboru Nishisawa, Neffe des ersten Kapitäns der *Tokachi-maru*, gehörte zu den umsichtigsten und zuverlässigsten der ganzen Flotte.

An diesem Tag, einem Samstag im Juni, stieß das Schiff, als es von Norden in den Santa-Barbara-Kanal einfuhr, auf dichten Nebel, und Kapitän Nishisawa erschien persönlich auf der Brücke und ordnete als Vorsichtsmaßnahme an, auf halbe Fahrt zu gehen und in regelmäßigen Abständen das Nebelhorn zu betätigen. Im übrigen verließ er sich auf die Instrumente, seine Erfahrung und darauf, dass die schiere Masse des Schiffs einen gewissen Schutz darstellte. Sein Kurs verlief genau in der Mitte des Tiefwasserwegs Süd, und das Radar zeigte keine anderen Schiffe vor ihm an. Im Notfall würde die *Tokachi-maru* zwei Seemeilen und dreieinhalb Minuten brauchen, um anzuhalten, ihr Wendekreis betrug etwa eine Seemeile. Und von hier oben, sechs Stockwerke über der Wasseroberfläche, konnte man ein kleines Boot selbst unter den besten Wetterbedingungen nur äußerst schwer ausmachen.

So war es eben. Darum gab es ja Schiffahrtsstraßen und Trennzonen. War das System perfekt? Natürlich nicht. Die Trennzone funktionierte wie der Grünstreifen einer Schnellstraße, nur dass es auf dem Wasser natürlich keine Markierungen gab, keine Leitplanken, Palmen oder Oleanderbüsche, die die nach Norden und Süden führenden Fahrbahnen trennten. Kam es zu Unfällen? Natürlich. Doch meist sah, spürte oder hörte die Besatzung eines Frachtschiffs überhaupt nichts, wenn ein kleines Boot das Pech hatte, ihm in die Quere zu kommen. Man muss es sich so vorstellen: Eine dicke Frau, noch dicker als Marta aus dem Cactus Café, ein Monument aus Fleisch, Knochen und fließenden Säften, stampft nach einer Doppelschicht auf schmerzenden Füßen zu ihrem Wagen und hat nicht die leiseste Ahnung, welche Katastrophen sie dabei in der Welt der Ameisen, Käfer und Würmer anrichtet.

Wilson ist fix, das muss man ihm lassen. Als Dave die Treppe herunterpoltert, hat Wilson bereits die Klappe hinter dem Tisch geöffnet und, bevor Dave sie wieder zuknallen kann, einen der Säcke herausgezerrt. Die zweite Weinflasche, Anises Chardonnay, ist halb leer, und die Frauen essen jetzt etwas, haben sich über die Sandwiches hergemacht, ohne auf den Gedanken zu kommen, ihm auch eins anzubieten. Sie blicken amüsiert auf, als würden er und Wilson irgendein lustiges Spiel spielen, aber das ist nicht lustig, ganz und gar nicht. Es ist dumm. Idiotisch. Und er wird es nicht zulassen, nicht auf seinem Boot. Zwischen ihm und Wilson ist der Tisch, und Anise sitzt auf der Bank und ist im Weg. »Leg den Sack hin«, sagt er.

Aber Wilson bleckt grinsend die Zähne, als wäre das hier eine Zahnpastareklame, und schwenkt den Sack. »Auf keinen Fall,

Mann. Ich will ihn ja auch nur« – er senkt den Blick und löst die Schnur, mit der der Sack zugebunden ist, während Dave danach greift, aber im selben Augenblick wieder zurückfährt, aus Angst vor dem dunklen Ding darin und seinen Giftzähnen, und hat Stiles nicht gesagt, dass sie durch den Stoff beißen können? – »aufmachen und den Frauen zeigen ... ta-ta-ta-daa, Überraschung!«

In diesem Augenblick, dem Augenblick, in dem sich der Sack öffnet und Wilson so blitzschnell, als hätte es nie einen Sack gegeben, den Arm hineinstreckt und das Ding hervorholt, das er unmittelbar hinter dem flachen, dreieckigen Kopf gepackt hat und dessen Körper sich windet und emporschnellt wie eine gutgezielte Ohrfeige, fühlt Dave sich so hilflos wie noch nie in seinem Leben. Und hoffnungslos. Er ist erstarrt, die beiden Frauen stoßen kleine, halberstickte Schreie des Erschreckens und der Belustigung aus, denn das ist es, was Frauen in solchen Situationen zu tun haben, und Wilson grinst und schwenkt die Schlange, als hätte er sie persönlich zur Welt gebracht. Und Daves einziger Gedanke ist, dass alles schrecklich aus dem Ruder gelaufen ist.

Da ist sie, die Schlange, seine Schlange, die er von seinem Geld gekauft hat, um sie zu besitzen und wieder freizulassen, wie es ihm beliebt, und sie steckt nicht mehr in einem Sack, sie ist nicht mit Stoff bedeckt und vor Blicken verborgen, sondern krümmt und windet sich direkt vor seinem Gesicht, ihre Schwanzrassel surrt erbost wie ein aufgestörter Bienenschwarm, sie ist dick, bedrohlich, tödlich, ihr Wesen zeigt sich unverhüllt. Eine Schlange. Eine Klapperschlange. *Crotalus viridis.* Sie hat das Maul wütend aufgerissen, ihre Fangzähne sind gelblichweiß und triefen von Gift. Es wird eng in der Kajüte. Das Meer wogt. Und er begreift, zum erstenmal begreift er, wie unrecht das ist, wie unrecht er hatte und dass man die Tiere – *die Tiere* – selbst entscheiden lassen muss.

Dann ertönt eine Schiffssirene, laut wie Kanonendonner.

Dann kommt der Zusammenstoß.

Dann nichts mehr.

SCORPION RANCH

Sie hat den Kanal noch nie so unbewegt erlebt. Als sie aus dem Hafen von Ventura auslaufen, gibt es keine Wellen, und um zehn Uhr morgens ist es schon so warm wie mittags. Soweit sie es beurteilen kann, geht keine Brise, nicht die leiseste – es ist absolut windstill, die Brandung ist kraftlos, die Boote rühren sich nicht von der Stelle, das Kelp liegt schlaff im Wasser. Heute werden nicht viele Segler unterwegs sein – tja, da werden die Freizeitkapitäne eben leiden müssen. Sie hat gar nichts dagegen, ein bisschen egoistisch zu sein – selbst wenn sie die Macht hätte, den Planeten auf seiner Achse anzuhalten, hätte sie kein besseres Wetter bestellen können. Es ist wirklich bemerkenswert. Obwohl die *Islander* bis auf den letzten Platz mit Park-Service- und Nature-Conservancy-Leuten sowie Campern und Tagesausflüglern besetzt ist, stehen alle herum, als wären sie auf einer Cocktailparty in einer Wohnung mit unschlagbarer Aussicht. Keiner ist grün im Gesicht, keiner hängt über der Reling, und nirgends ist eine Packung Dramamine oder Bonine zu sehen. Das Meer ist so glatt, dass Wade, als er ihr Tee in einem Becher aus Recyclingpappe bringt, durch die ganze lange Kajüte gehen kann, ohne mit den Armen zu rudern oder zu schwanken wie ein Drahtseilartist, und dabei keinen einzigen Tropfen verschüttet. »Das da draußen ist nicht Wasser, sondern Glas«, sagt er und beugt sich über den Tisch, an dem sie mit Annabelle und Frazier sitzt. »Und wir fahren nicht durch das Meer, sondern gleiten darüber hinweg. Und seht euch bloß die Sonne an.«

»Du hast recht«, sagt sie. »Das ist absolut perfekt.« Sie denkt an die letzte Projektabschlussfeier, vor drei Jahren, auf Anacapa. Er ebenfalls.

»Heute wird jedenfalls niemand frieren«, sagt er, »soviel ist mal sicher. Und die Becher und Pappteller und so weiter bis hin zum Kuchen, verdammt, werden nicht ins Meer geweht werden, was, Frazier?«

Frazier und Annabelle sitzen träumend vor ihrem Kaffee, ihre Gesichter sind so weich und zufrieden und ihre Haltung ist so entspannt, als wären sie in Trance. Er hält seinen Pappbecher in der Linken, sie den ihren in der Rechten. Sie sitzen sehr dicht beieinander, so dass ihre Hüften sich berühren, und ihre anderweitig unbeschäftigten Hände sind ineinander verschränkt und liegen lässig auf Annabelles Schoß. Alma fällt auf, wie hübsch und heiter Annabelle aussieht: Sie trägt eine aquamarinblaue Jacke und eine gelbe Bluse, was die aus Hauern geschnitzten Ohrhänger, die Frazier ihr geschenkt hat, gut zur Geltung bringt, und blickt verträumt über das Meer nach Anacapa und Santa Cruz, die sich in der Ferne erheben wie das ursprüngliche Eden, wie es vor Adam und Eva war, als noch nichts einen Namen hatte.

Aus seinen Gedanken gerissen sieht Frazier auf. »Keine Ahnung. Damals war ich ja nicht dabei, weil« – er sieht erst Alma und dann Annabelle an – »ihr nicht auf die Idee gekommen seid, uns zu holen, damit wir fiese kleine Löcher in all die fiesen kleinen Ratten machen ... für, na, sagen wir, einen Freundschaftspreis von fünfzig Dollar das Stück. Na, höre ich fünfzig Dollar?«

Wade mustert ihn verwirrt, als wäre er nicht sicher, ob das ein Witz sein soll, zieht den Kopf ein und verkündet, dass er nachsehen muss, ob alles in Ordnung ist. »Diesmal kein Schlamassel, okay?« Er lächelt nervös und reibt die Hände aneinander, als würde er persönlich den Teig für die Holzofenpizzen kneten. Alma sieht, wie aufgeregt er ist. Die Feier liegt von Anfang bis Ende in seiner Verantwortung, genauer gesagt, in seiner und Jens Verantwortung. Jen ist ihre neue Sekretärin und das Mädchen für alles. Sie hat vor einem Monat angefangen und sich bereits als Fels in der Brandung erwiesen: Sie ist ein Computergenie und hat vier Semester Biologie am Santa Barbara Community College studiert. Jen wird mit allem fertig. Und Wade ebenso. Und das will sie ihnen auch geraten haben. Denn sie hat heute frei. Sie hat nicht mal ihren Laptop mitgenommen.

Wade ist fort, Leute gehen herum, das Boot bewegt sich so unmerklich vorwärts, als würden sie vor Anker liegen, und dann trinkt Frazier einen Schluck Kaffee, sieht sie über den wulstigen Rand seines Bechers an und sagt: »Dann ist das also Beverlys erste Seefahrt? Oder bist du schon mal mit ihr drüben gewesen?«

Das ist für Annabelle das Stichwort, um die Augen zu verdrehen, seine Hand loszulassen und ihm einen kleinen, spielerischen Schubs zu geben. »Was denkst du dir eigentlich, Fraze? Sie ist gerade mal neun Wochen alt.«

Das Gewicht des Babys an ihrer Schulter, ihrer Brust, der ganzen rechten Seite ihres Körpers, ist wie das einer Daunendecke in einer nebligen Nacht: leicht, beruhigend, unentbehrlich und überhaupt nicht wie das des unbeweglichen Klumpens, der in ihr gewachsen ist, so schwer, dass sie dachte, sie würde mit jedem Schritt in die Erde einsinken. Beverly. Sie hat Tims Augen – zwei helle Flecken aus Grün, wie Blätter, auf die das Sonnenlicht fällt – und die starken, nicht ganz kerzengeraden Beine der Takesues. Sie trinkt gierig, unersättlich. Sie gurgelt. Sie lacht. Ihr Lächeln kann den Verkehr zum Erliegen bringen. Alma sagt: »Mh-mh. Das ist das erstemal.«

»Sie scheint gern zu reisen, das muss man sagen. Jedenfalls hat sie noch keinen Piep gemacht.«

»Warte, bis sie aufwacht und merkt, dass sie Hunger hat. Meine Mutter sagt, sie hat eine Lunge wie eine Opernsängerin.«

»Jetzt mach sie doch nicht schlecht! Sie sieht aus, als könnte sie das erste Baby sein, das allein um die Welt segelt. Was meint ihr? Mit ab und zu einem kleinen Nickerchen am Steuer?«

Beverly bewegt sich und schlägt die grünen Augen auf, denen das, was sie sehen, nicht besonders gefällt. Sie holt zwei-, dreimal Luft, und im nächsten Augenblick bricht die Wehklage los und schallt durch die Kajüte. Alle sehen sich um, manche sind irritiert, andere schwelgen gerührt in Erinnerungen, und dann wenden sie sich ab, Alma knöpft Bluse und Still-BH auf, das Baby saugt, die Milch fließt, und die Unterhaltung wird fortgesetzt.

»Ich weiß nicht, wie's euch geht«, sagt Frazier und sieht Annabelle an, »aber ich könnte jetzt ein Bier gebrauchen. Noch jemand? Alma?«

»Sie stillt doch, du Blödmann.« Annabelle sieht ihn strafend an, mit finsteren Augenbrauen und in gespielter Empörung zusammengekniffenen Lippen.

»Na und? Ein bisschen Bier in der Muttermilch macht die kleinen Racker nur robuster. Ich meine, seht mich an. Meine Mutter hat zeit ihres Lebens jeden Tag vier bis fünf Pints weggehauen – und glaubt bloß nicht, sie hätte damit aufgehört, bloß weil ihr ein Baby an der Brust gehangen hat.«

Annabelle verpasst ihm einen leichten Schlag auf den muskulösen Arm. »Komm schon, Frazier, benimm dich zivilisiert. Tu wenigstens so, als wärst du Amerikaner.«

»Du glaubst doch wohl nicht, dass ich das einer Antwort würdige, oder?« Er erhebt sich. »Bier – die Sprache, die jeder versteht.« Er steht leicht gebeugt da, und Annabelle rutscht zur Seite, um ihm Platz zu machen. »Annabelle?«

»Ja, warum nicht? Schließlich haben wir ja was zu feiern.«

»Alma? Bist du sicher?«

Sie schüttelt den Kopf. »Für mich keins, danke.«

Sie sehen ihm nach, als er zwischen den Tischen hindurch zur Verkaufstheke geht, wo sich, wie Alma feststellt, schon eine Menge Leute eingefunden haben, die offenbar dieselbe Idee hatten: Jeder hat ein Bier in der Hand, und dabei ist es erst kurz nach zehn.

»Das wird eine tolle Party«, sagt Alma.

Annabelle nickt grinsend. »Und der da« – sie nickt in Fraziers Richtung – »wird dafür sorgen, dass sie erst aufhört, bis wir wieder in Ventura sind und sie uns vom Boot werfen.«

Die Feier – die nicht verfrüht ist, keineswegs, denn es geschehen tatsächlich Wunder, und diese müssen gewürdigt werden – verdankt sich der Tatsache, dass seit dem Abschuss des letzten Schweines im vergangenen Frühjahr auf der ganzen Insel keine Spuren von Schweinen mehr gefunden worden sind. Sie hätten noch ein Jahr warten können, um die Peinlichkeit zu vermeiden, dass irgendeine Bache mit sechs Frischlingen gerade rechtzeitig für die

Sechs-Uhr-Nachrichten auftaucht, aber Schweine richten regelrechte Verwüstungen an und wühlen große Flächen um, die man aus der Luft sehen kann, und so ist man zu neunundneunzig Prozent sicher, dass alle tot sind – aber natürlich wird man noch zwei Jahre lang die Zäune kontrollieren, bevor sie dann für immer entfernt werden. Außerdem werden Frazier und seine Männer in einem Jahr nicht mehr dasein – na ja, Frazier vielleicht doch, jedenfalls nach den Blicken zu urteilen, mit denen er Annabelle betrachtet, wenn er glaubt, dass niemand es sieht.

Nein, sie ist sicher. Sie würde jede Wette eingehen, dass alle Schweine tot sind. Und dieser Tag – es ist Mitte September, die Sonne steht hoch am Himmel, auf dem Meer ist es dreiundzwanzig Grad warm und in Scorpion werden es wohl sechsundzwanzig sein – ist im PR-Himmel gemacht worden, für eine Gelegenheit wie diese, und weil Freeman Lorber sich in einem Konflikt befindet, wird sie mit Beverly auf dem Arm vor die Gäste und die Kameras von KNBC treten und Santa Cruz für frei von invasiven Spezies erklären.

Bis auf ein unwillkommenes einzelnes Exemplar von *Procyon lotor*, das man vor dreieinhalb Monaten am Kompostcontainer der Hauptranch gesehen hat. Vielleicht waren es auch zwei Exemplare – die Erde war zu hart für Pfotenabdrücke –, aber auf jeden Fall war das Tier da. Sie selbst und Allison haben es gesehen, es war unverkennbar. Und das – das Auftauchen eines Waschbären in jener Abenddämmerung im Juni – ist entweder einer der größten Zufälle in der Geschichte der Biogeographie von Inseln oder eine sich zusammenbrauende Katastrophe. Oder beides.

Anfangs wollte ihnen niemand glauben, und als dann alle herausgerannt kamen, war das Tier natürlich verschwunden. *Es muss ein Fuchs gewesen sein*, sagten sie, *oder ein Skunk; vielleicht ein verkrüppelter Fuchs mit einem gebrochenen Bein* (was den eigenartigen Gang erklären würde), doch sie ließ sich nicht beirren. Am nächsten Abend legten sich alle auf die Lauer und sahen die schemenhaften Umrisse von Füchsen und Skunks, die ihre Runden machten, aber keinen Waschbären. Die anderen bedachten sie mit Blicken, als vermuteten sie hormonell bedingte Wahnvorstellungen, und Allison zählte nicht, denn sie war sehr jung. Und sie hatte an jenem Abend ziemlich viel getrunken.

Am dritten Abend holten Allison und sie eine alte Fuchsfalle hervor und statteten sie mit einem Köder aus reichlich Erdnussbutter und einer halben nicht mehr ganz frischen Dose Thunfisch aus, die jemand weit hinten im Kühlschrank gefunden hatte, während die anderen – auch Frazier und Annabelle – in einer Atmosphäre sarkastischer Überlegenheit ihren Wein tranken. *Waschbären, na klar. Was habt ihr beiden eigentlich geraucht?* Obwohl sie sich so schwer fühlte wie Konishiki, der gefeierte Sumo-Ringer – oder vielmehr wie Konishiki und sein Bruder –, war Alma bei Tagesanbruch auf den Beinen und ging über den steinigen Vorplatz zum Kompostcontainer, hinter dem sie die Falle aufgestellt hatten. Es war ganz still, die Vögel schliefen noch halb, der Himmel im Westen war in Dunkelheit gehüllt und gesprenkelt mit Sternen. Als sie noch fünf Meter entfernt war, sah sie, dass sich in der Falle etwas bewegte, ein Tier, ein Säugetier mit einem dichten Pelz. Und als sie vor dem Kasten stand und von oben hineinspähte, drehte das Tier Kopf und Schultern und starrte sie mit harten, braunen, in eine schwarze Räubermaske eingebetteten Augen an.

Frazier wollte es töten. »Ich warne euch«, sagte er und wirkte riesig in den Boxershorts und dem T-Shirt, das er zum Schlafen anzog: so viel Haut und die plumpen nackten Füße, deren Zehen sich in die Erde gruben, »wenn ihr diese Viecher laufenlasst, überrennen sie euch. Ich hab das mit unzähligen Tierarten auf unzähligen Inseln erlebt. Und das hier sind Allesfresser. Die werden sich ungünstig auf die Füchse auswirken, für deren Schutz ihr gerade – und seht mich dabei nicht an – sieben Millionen Dollar ausgegeben habt.«

»Und wenn es nun auf einem Stück Treibholz hergekommen ist?« sagte Alma und starrte in den Käfig, während die anderen mit verschlafenen Augen und zerzaustem Haar hereindrängten und in ihre Kleider stiegen. »Bei einem der Winterstürme vielleicht. Aus den Canyons auf dem Festland ist eine Menge Zeug ins Meer gespült worden – es könnte sein, dass wir hier ein kleines Wunder vor uns haben. Einen ersten Kolonisten.«

»Dann nimm ihn mit. Mach eine Blutprobe. Einen DNA-Test«, sagte Annabelle.

»Der kann nicht schon die ganze Zeit hiergewesen sein«, warf Frazier ein. Ungeduld zeichnete sich auf seinem Gesicht ab; er sah aus wie einer, der einen Bus nicht verpassen will. »Die Insel ist eingehend untersucht worden, und wir haben sie kreuz und quer durchkämmt, um die Schweine –«

»Aber sie sind nachtaktiv«, konterte Alma. »Tagsüber verstecken sie sich in einem Erdbau oder einem hohlen Baum, also könnte es sein, dass wir den hier übersehen haben. Aber wissen wir überhaupt, wie lange er schon hier ist? Nein. Bestimmt noch nicht sehr lange. Ich sage euch noch einmal, wir haben es hier wahrscheinlich – ich meine, möglicherweise – mit dem ersten natürlichen Transfer seit sechzehntausend Jahren zu tun.«

»Und wenn ihn einer hergebracht hat?«

»Wer?«

»Als Witz.«

Sie sah ihn verständnislos an. »Wer sollte denn als Witz einen Waschbären fangen und hierherbringen? Was für ein Witz sollte das sein? Es wäre doch vollkommen sinnlos. Nein, dieses Tier ist auf demselben Weg hergekommen wie die Skunks und die Füchse und die Mäuse und die Eidechsen und der ganze Rest, und unsere Pflicht besteht ganz klar darin, uns nicht einzumischen. Wir können es markieren. Ihm ein Halsband anlegen. Aber die Natur muss ihren Lauf nehmen.« Sie sah die anderen an, ihr beinahe bitterer Blick ging von einem Gesicht zum nächsten. »Das ist es doch, was wir wollen, oder?«

Schließlich, nachdem sie das Tier drei Tage lang in einem Käfig im Windschatten der Field Station gehalten und sich per Funk mit Freeman Lorber, Annabelles Boss bei TNC und einem halben Dutzend Wildbiologen beraten hatten, betäubten sie es, wogen und vermaßen es und nahmen zwei Blutproben für einen Vergleich mit Festlandpopulationen. In der dritten Nacht wurde die Tür des Käfigs irgendwie geöffnet – Waschbären sind sehr geschickt, sehr intelligent –, und das Tier war fort.

Als das Boot am Steg von Scorpion Bay anlegt, schläft Beverly wieder und wacht glücklicherweise auch nicht auf, als Alma sie in die Trage steckt und den Reißverschluss schließt. Annabelle – die sie noch nie so fürsorglich erlebt hat – hält die Trage, so dass Alma mit den Armen durch die Gurte schlüpfen und das Gewicht gleichmäßig auf die Schultern verteilen kann, und dann gehen sie an Deck und stellen sich in der Schlange der Menschen an, die die Leiter zum Steg hinaufklettern wollen, während der Kapitän der *Islander* in einem aus langer Erfahrung geborenen Manöver die Motoren auf minimaler Kraft laufen lässt, so dass der Bug des Boots am Steg anliegt. Bei bewegter See ist es gar nicht so leicht, die Leiter zu fassen zu bekommen, die, im Gegensatz zum Boot, natürlich fest verankert ist, aber heute ist das kein Problem. Nicht mal für langsame und ältere Menschen. Nicht mal für Menschen mit Babys.

Die Szenerie ist von einer so reinen Schönheit, dass es ihr jedesmal den Atem verschlägt: Die Felsen ragen auf und lassen sie und das Boot und alles von Menschenhand Gemachte klein und unbedeutend erscheinen, über ihr wimmelt es von Seevögeln, und der Blick entlang den Klippen nach Osten ist so wild und urtümlich, dass man die großen Flugsaurier der Kreidezeit, die dort auf ihren unordentlichen Nestern gehockt haben, beinahe sehen kann. Auf dem Steg teilen sich die Passagiere in zwei Gruppen: Die Park-Service- und TNC-Leute steuern auf das in der Nähe gelegene Ranchhaus zu, während die Camper und Tagesausflügler in den Genuss eines Vortrags von einem der freiwilligen Mitarbeiter des Park Service kommen, der ihnen die Regeln aufzählt, Regeln, die ihrer eigenen Sicherheit dienen und von den meisten auch befolgt werden, auch wenn es Idioten gibt, die das nicht tun. Wie könnte es auch anders sein, wenn die Allgemeinheit Zutritt hat? Die Leute fallen von Klippen und ertrinken, sie betrinken sich und werden gewalttätig, sie brechen sich Knochen, ihr Herz macht nicht mehr mit – das ist der Alltag des Park Service. Alma hegt beinahe einen Groll gegen die Allgemeinheit, gegen diese Leute, die über alles hinwegtrampeln und ihren Abfall hinterlassen, die Artefakte stehlen und Vögel von ihren Nestern aufschrecken, auch wenn sie weiß, dass sie nicht so denken sollte. Und doch: wie viel besser wäre es, wenn niemand hierherkäme und die Inseln einfach so sein könnten, wie sie immer waren. Oder hätten sein sollen. Wie damals, bevor die Aleuten kamen und die Seeotter ausgerottet haben, vor den Schafzüchtern, den Viehzüchtern und allen anderen.

Kurz bevor der Kapitän ablegt, um die an Bord Gebliebenen nach Prisoners' Harbor zu bringen, hat der Freiwillige – ein eifriger Mann in mittleren Jahren mit Shorts, einer aus der Stirn geschobenen Mütze und einem kunstvoll geschnitzten Wanderstab – noch eine überaus wichtige Ansage zu machen: »Seien Sie um halb vier wieder hier am Steg – das Boot legt um vier Uhr ab.« Er hält inne und sieht allen nacheinander ins Gesicht. »Sonst müssen Sie über Nacht hierbleiben, ob Sie das nun geplant haben oder nicht.« Die Camper und Picknicker und Wanderer wechseln Blicke und grinsen schief: Auf keinen Fall werden sie das Boot verpassen, denken sie, aber natürlich gibt es oft genug einen, der es eben doch verpasst.

In diesem Augenblick, als Wade und Jen und die anderen das Zeug für die Party ausladen und Alma nur dasteht und alles in sich aufnimmt – ihre erste Fahrt zur Insel, seit Beverly geboren ist! –, fängt sie zufällig den Blick einer Frau auf, die rechts neben dem freiwilligen Mitarbeiter steht. Die Frau – sie ist etwa so alt wie Almas Mutter – starrt sie unverwandt an. Kennen sie einander? Für eine Frau von etwa Sechzig sieht sie gut aus, mit ihrem wilden Schopf aus ergrauendem Haar, das unter einem dieser abgenutzten Strohhüte hervorsieht, wie sie Mexikaner tragen, und dem allgemeinen Eindruck von Fitness und Durchtrainiertheit, den sie macht, mit ihrer eher jugendlichen Kleidung – Jeans und Jeansjacke, ein schwarzes T-Shirt mit dem Logo irgendeiner Band und Cowboystiefel – und der Gitarre, die sie sich über den Rücken gehängt hat. Sie starrt noch immer, und Alma starrt zurück, als Wade in ihr Blickfeld tritt.

Er lächelt. Von jeder Schulter hängt ein schwerer Segeltuchsack voller Lebensmittel, und seine Beinmuskeln sind angespannt unter der Last. »Komm, Alma«, sagt er, »was stehst du hier herum? Weißt du nicht, dass gleich eine Party steigt?«

Stimmt. Und der Tag umschmeichelt sie wie ein Bad. Sie sitzt, umgeben von Freunden, im Schatten das alten, aus Lehmziegeln errichteten Ranchhauses, während vom Grill verheißungsvolle Gerüche aufsteigen und die Leute zu ihr kommen, einer nach dem anderen, um sich mit ihr zu unterhalten und das Baby zu bewundern, als wäre sie eine Würdenträgerin, eine Potentatin, die Königin der Insel auf ihrem Thron. Schließlich ist es an der Zeit, und sie steht auf und hält ihre Rede. Beverly ist gut gelaunt und grapscht nach dem Mikrofon, und sie selbst ist so entspannt und ungezwungen, als wäre sie zu Hause und spräche zu ihrem Spiegelbild. Sie preist Annabelle und Freeman, Frazier und seine engagierten Männer von Island Healers, sie preist Neuseeland und die Fuchswärterinnen, und schließlich, als ihr niemand mehr einfällt, den sie preisen könnte, und sie alle Statistiken über die Erholung des Ökosystems heruntergerasselt hat, die ihr einfallen, erhebt sie ihr Glas – mit Cidre, reinem, sprudelndem Apfelcidre aus der Kühlbox, so kalt, dass das Glas beschlägt – und bringt einen Toast auf die Füchse und die Generationen von Füchsen aus, die ihnen folgen werden. Und der Applaus? Der Applaus prasselt wie Regen, der auf die ausgetrockneten Hügel niedergeht, wo Fichtensamen im Humus keimen und die Eichen schwer von Eicheln sind.

Rita weiß, dass irgend etwas los ist, irgendeine idiotische Park-Service-Veranstaltung, weswegen sie nicht auf das Gelände und in das Haus kann, wie sie es vorhatte, weil sie es noch einmal sehen und darin sein wollte, und sei es nur für einen Tag, aber sie weiß nicht, worum es bei dieser Feier geht und was da überhaupt gefeiert wird. Sie riecht den Rauch, der vom Grill aufsteigt, und er versetzt sie in die Vergangenheit zurück, auch wenn es sicher kein Lammfleisch ist, das sie da braten, da könnte sie wetten. Aber was sonst? Schweinefleisch? Oder vielmehr das, was von einem Schwein übrig ist, wenn es fabrikmäßig verarbeitet, mitsamt Knochen, Darm, Augen und so weiter zermahlen und in die Form eines Würstchens gebracht worden ist? Ja, und Rindfleisch natürlich. Rindfleisch ist in Ordnung. Diese Naturschützer kriegen es nur in Form eines ausgebluteten Proteinklumpens zu sehen, der im Kühlregal des

Supermarkts unter Plastikfolie auf einem Styroporteller liegt, aber wahrscheinlich ist die Hälfte von ihnen ohnehin Vegetarier. Also Tofu, Falafel, Eierfrüchte – oder Auberginen, wie man sie jetzt nennt –, Paprikaschoten, Sommerkürbis, all die Sachen, die Anise so gern mochte, auf die sie bestanden hat, als sie groß war und ausgezogen ist.

Das Rumpeln eines Mikrofons, eine verschwommene Stimme, die lauter und leiser wird, ganz wie die Elektronik es will. Sie schlägt einen weiten Bogen um das Haus, diesen Ort der Erinnerungen, sie hält auf Abstand zu all diesen Leuten und ihren Wünschen und Bedürfnissen und steigt hinauf, wo das Bachbett sich weitet, damit sie hinunterblicken und die Ranch so sehen kann, wie sie einmal war. Während der ganzen Überfahrt hat sie darüber nachgedacht, wo sie die Asche verstreuen soll, welche Stelle Anise sich wohl gewünscht hätte. Vielleicht an der vorderen Ecke des Hauses, hat sie gedacht, von wo man einen Blick auf die Bucht hat, oder vielleicht hinter dem Haus, wo ihr Gemüsegarten war, doch angesichts dieser Störung, angesichts dessen, was hier los ist, ist sie sich nicht mehr so sicher. Sie stapft weiter, die Erde ist trocken und rissig, die aus den Hügeln heruntergespülten Kieselsteine rollen unter ihren Stiefeln davon. Sie spürt den Schweiß in den Achselhöhlen und unter dem Schweißband des Hutes. Es ist ein klarer Tag, und über ihr wölbt sich der Himmel wie ein Glassturz. Grashüpfer sirren und schießen durch die Luft. In hundert Schattierungen von Braun und Grau und dem blassen, versengten, verdorrten Grün der Pflanzen, die erst im Herbst wieder Regen bekommen werden, springt die Welt sie an.

Zwei Fischer, genauer gesagt zwei Seeigelsammler, haben Anises Leichnam gefunden, nicht weit von Scorpion Bay, als hätte sie versucht, nach Hause zu gelangen. Sie war eine Woche im Wasser gewesen und hatte in dieser Zeit von der vermuteten Unfallstelle bis hierher dreißig Kilometer zurückgelegt. Tiere hatten an ihr gefressen. Und dass Rita sie oder vielmehr das, was von ihr übrig war, hatte ansehen müssen, als der Gerichtsmediziner das weiße Tuch über ihrem Gesicht und den Schultern zurückgeschlagen und das schmutzige, verfilzte Seegras, das ihr Haar gewesen war, und das Fleisch, das kein Fleisch mehr war, den Blicken preisgegeben hatte, war ihr wie ein Verbrechen erschienen, so unerträglich und so falsch, dass sie geglaubt hatte, sie würde diesen Ort nicht mehr verlassen können, sondern dort, auf den Fliesen dieses kalten, kalten Raums, sterben. Die übrigen – Dave, Wilson, die andere Frau – wurden nie gefunden. Sie blieben spurlos verschwunden. Ebenso das Boot, bis auf ein paar angeschwemmte Wrackteile. Und was haben sie ihr gesagt? Sie haben gesagt, da unten liegt alles voller Boote.

Ihre Beine tragen sie am Bachbett entlang hinauf, immer höher und höher, bis die Ufer näher zusammenrücken und ein Rinnsal zwischen den Steinen dahinrinnt, als wollte es sich verstecken. Weiter oben, am anderen Ufer, gibt es einen kleinen Hain, wo einer der hundert kleinen Zuläufe, die den Bach im Winter speisen, sich seinen Weg in den Canyon gräbt, und ihr wird bewusst, dass das ihr Ziel ist. Dort ist Frieden, das weiß sie, und obwohl sich im Lauf der Jahre einiges verändert hat – Bäume sind gewachsen und umgefallen, Klippen sind geborsten und wohnwagengroße Felsen zu Tal gestürzt –, glaubt sie, die Stelle finden zu können. Außerdem hat sie Beine, und die Beine kennen den Weg.

Sie ist verschwitzt, ihre Unterwäsche ist ganz nass, als sie dort ankommt, und ihr Atem ist auch nicht mehr das, was er mal war. Aber der Ort – eine hochgelegene Sickerstelle, die Schafe kamen gern her, um an den Felsen zu lecken, sowohl wegen des Wassers als auch wegen der Salze – sieht ziemlich genau so aus, wie sie ihn in Erinnerung hat: ein paar Eichen, die jetzt größer sind als damals, so dick, wie ihre Schultern breit sind, und das sacht rieselnde Wasser, das über den Fels und in den beschatteten Tümpel rinnt, auf dem Wasserläufer und andere Insekten tanzen, die kleineren, die Ruderwanzen. Die Ruderwanzen sind auch da. Und ein einzelner Frosch, der, während blauschillernde Libellen über der Oberfläche schweben, mit einem leisen, wohltönenden Plumps verschwindet.

Die Asche ist in einem Metallkanister mit Schraubverschluss, nicht in einer Urne. Jedenfalls ist es keine Urne aus Ton – das ist das Material, an das sie bei dem Wort »Urne« denkt, einem Wort, in dem etwas von Alter und Beständigkeit mitschwingt. Aber dies ist keine Urne, sondern ein Kanister. Sie setzt sich an den schattigen Tümpel, der nicht größer ist als ein Waschzuber, holt den Kanister aus dem Rucksack hervor und stellt ihn neben sich. Dann nimmt sie die Gitarre von der Schulter auf den Schoß und schlägt ein paar Akkorde. Sie hält inne, um das Instrument zu stimmen. Der erste Song ist einer, den sie immer mit Toby gesungen hat, ein Blues in e-Moll, so traurig, dass sie die Worte kaum herausbringt, und dann finden ihre Finger die Griffe für »Somewhere Over the Rainbow«, ein Lied, das sie, als Anise ein kleines Mädchen war, immer wieder spielen musste. »Über dem Regenbogen?« hat sie gefragt. »Wo ist das, Ma?« Sie singt die Lieder für Anise, nur für Anise, Lieder von anderen, die zu ihren eigenen geworden sind, und Lieder, die sie selbst geschrieben hat. Die Lieder. Die Sonne. Die Insel. Sie wird die Asche erst verstreuen, wenn es dunkel wird, wenn alle wieder auf das Boot gestiegen und weggefahren sind, wenn die einzigen Geräusche die Geräusche der Nacht sind.

Irgendwo ist ein Fuchs, und seine Augen stehlen das Licht. Er ist keiner von denen, die sich haben einsperren und ein Halsband verpassen lassen. Er ist ein Überlebender, ein Kämpfer. Bei einem längst vergessenen Revierkampf hat seine Schnauze eine Wunde davongetragen, die verheilt, wieder aufgebrochen und abermals verheilt ist. Es regt sich etwas im nächtlichen Gras: Grillen sind unterwegs, Skorpione, Dinge, die Lebenssaft in sich tragen. Er lauscht aufmerksam. Und irgendwo im tiefsten Schatten des stoppeligen gelben Grases bewegt sich noch etwas anderes, etwas, das langsam und zielsicher vorangleitet und über rauhe Schuppen und bewegliche Wirbel verfügt – ein Kolonist, ein Treibholzpassagier, ein Überlebender ganz anderer Art. Der nackte, geschmeidige Muskel, das Zucken der Zunge, die kalten, starren Augen, die nichts zu sehen brauchen. Stille. Das Gras erzittert, der Mond versinkt im Meer. Nacht auf Santa Cruz, Nacht wie in unvordenklicher Zeit.

DANKSAGUNG

Ich möchte Lotus Vermeer, Marla Daily, Kate Faulkner, Rachel Wolstenholme, Marie Alex, Jim Perry, Jay Brennan, Stephanie Mutz und Mike DeGruy für ihre freundliche Hilfe bei den Recherchen zu diesem Buch danken. Außerdem gilt mein Dank den Historikern und Verfassern von Memoiren über das Leben auf den Santa-Barbara-Inseln, insbesondere Michel Peterson, Marla Daily, John Gherini, Tom Kendrick, Clifford McElrath, Margaret Eaton und Helen Claire; ihre Berichte waren für diese Erzählung von unschätzbarem Wert.

Teile dieses Buches sind, leicht abgewandelt, in *McSweeney's*, *Orion* und *The Iowa Review* erschienen.

INHALT

Teil I
ANACAPA

Der Schiffbruch der *Beverly B.*	11
Rattus rattus	32
Der Schiffbruch der *Winfield Scott*	54
Die *Paladin*	88
Boiga irregularis	119
Coches Prietos	151

Teil II
SANTA CRUZ

Scorpion Ranch	179
Ovis aries	212
Sus scrofa	239
Prisoners' Harbor	265
Die *Black Gold*	293
Willows Canyon	327
El Tigre	353
Crotalus viridis	389
Der Schiffbruch der *Anubis*	408
Die Trennzone	431
Scorpion Ranch	449
Danksagung	463